não queira saber

Da autora:

Calafrios
Chama Fatal
O Último Grito
Não Queira Saber

LISA JACKSON

não queira saber

Tradução:
Fabiana Barúqui Martins

Rio de Janeiro | 2016

Copyright © 2012 by Lisa Jackson LLC

Título original: *You Don't Want to Know*

Imagem de capa: Duncan Walker / Getty Images

Capa: DuatDesign

Editoração: Futura

Texto revisado segundo o novo
Acordo Ortográfico da Língua Portuguesa

2016
Impresso no Brasil
Printed in Brazil

Cip-Brasil. Catalogação na publicação.
Sindicato Nacional dos Editores de Livros, RJ.

J15n Jackson, Lisa, 1952-
Não queira saber / Lisa Jackson; tradução Fabiana Barúqui. — 1. ed. — Rio de Janeiro: Bertrand Brasil, 2016.

Tradução de: You don't want to know
ISBN 978-85-286-1657-6

1. Ficção americana. I. Barúqui, Fabiana. II. Título.

15-25856   CDD: 813
                                                CDU: 821.111(73)-3

Todos os direitos reservados pela:
EDITORA BERTRAND BRASIL LTDA.
Rua Argentina, 171 — 2º andar — São Cristóvão
20921-380 — Rio de Janeiro — RJ
Tel.: (0xx21) 2585-2076 — Fax: (0xx21) 2585-2084

Não é permitida a reprodução total ou parcial desta obra, por quaisquer meios, sem a prévia autorização por escrito da Editora.

Atendimento e venda direta ao leitor:
mdireto@record.com.br ou (0xx21) 2585-2002

PRÓLOGO

Mais uma vez, o sonho chega de fininho.

O dia está cinzento e enevoado e estou na cozinha, ao telefone, falando com alguém... só que essa parte muda. Às vezes, é o meu marido, Wyatt. Também podem ser Tanya e até minha mãe, apesar de eu saber que ela morreu há muito, muito tempo. Mas é assim que acontece...

Da sala de estar, o cômodo ao lado da cozinha, aqui nesta casa, ouço a televisão, vozes baixas de desenho animado, e sei que Noah se entretém com os brinquedos no tapete, diante da TV de tela plana.

Assei uns pães — a cozinha ainda está quente por causa do forno — e penso no Dia de Ação de Graças. Ao olhar pela janela, percebo que está escurecendo. É quase noite. Deve estar frio também, pois as árvores tremem com o vento, um punhado de folhas teimosas agarradas a galhos finos e esqueléticos. Do outro lado da baía não se vê a cidade de Anchorville, que está coberta pela neblina.

No entanto, está agradável dentro desta mansão antiga que meu tataravô construiu.

Seguro.

Cheira a canela e noz-moscada.

De repente, de soslaio, vejo um movimento do lado de fora. Imagino que seja Milo, nosso gato, mas lembro que Milo, um príncipe de pelo rajado, está morto. Há anos.

Tomada pelo medo, aperto os olhos. É difícil enxergar através da neblina que vem do mar, mas *sei* que há alguma coisa lá fora, no quintal, atrás do canteiro de roseiras irregulares e lamacentas no qual se veem algumas pétalas secas nos botões e espinhos mortos.

Creeeaaaak!

Sinto um arrepio quando um vulto passa perto da varanda.

Durante poucos segundos, temo que haja algum perigo à espreita do outro lado das pontas da cerca de ferro forjado.

Creeeaaaak! Bang! O portão se abre, balançando com o vento forte.

É nesse momento que avisto Noah, meu filho, vestido com o pequenino moletom de capuz e a calça jeans dobrada nas canelas. De alguma forma, ele saiu de casa e atravessou o portão aberto. Agora, no crepúsculo, corre alegremente, como se perseguisse algo, a caminho do cais.

— NÃO!

Largo o telefone.

A queda derruba meu copo d'água em câmera lenta.

Viro e penso que estou enganada, que é óbvio que ele está na frente do sofá, diante da TV, que... Vejo que a sala está vazia. Alguma produção da Disney — *Aladdin?* — ainda está passando.

— Noah! — grito com toda força e saio correndo desesperada.

Estou de pijama e meus pés parecem afundar em areia movediça. Não consigo atravessar a maldita casa rápido o bastante, mas, ao passar voando pelas janelas com os olhos fixados na baía eu o vejo correndo ao cair da noite, aproximando-se cada vez mais da água.

Esmurro uma vidraça velha.

A janela se espatifa.

O vidro se espalha.

O sangue jorra.

Mesmo assim, ele não me ouve. Tento abrir as janelas da varanda que dá para a baía. Não se movem. Parecem emperradas. O sangue escorre pelas vidraças.

Sigo em frente com dificuldade. Aos berros, chamando meu filho e Wyatt, corro em câmera lenta em direção às portas. Estão destrancadas. Uma delas solta um rangido alto quando me arrasto para a varanda.

— Noah!

Começo a chorar. Soluço. O pânico toma conta de mim quando quase tropeço nos degraus e passo correndo pelas azaleias encharcadas e pelos pinheiros depenados pelo vento, nessa ilha remota, o lugar que considerei minha casa durante a maior parte da vida.

— Noah! — berro de novo, mas minha voz se perde no barulho do mar e não vejo meu menino. Ele desapareceu em meio às roseiras mortas do jardim. Nem sinal dele na névoa rasteira.

Ah, Deus, por favor, não... Faça com que esteja bem!

O frio do Pacífico me engole, mas não é nada comparado ao gelo no meu coração. Corro pelo caminho coberto de conchas de ostras e mexilhões

— afiadas o bastante para perfurar minha pele — e alcanço as tábuas escorregadias do cais. Avanço sobre as ripas maltratadas pelo tempo até chegar ao fim do ancoradouro, que se embrenha no nevoeiro como se estivesse suspenso no ar.

— Noah! — *Ah, pelo amor de Deus!* — NOAH!

Não há ninguém.

O píer está vazio.

Ele foi embora.

Sumiu na cerração.

— Noah! Noah! — grito o nome dele, de pé, no cais. As lágrimas escorrem pelo meu rosto. O sangue goteja da minha palma cortada e mancha a água salobra. — NOAH!

As ondas estouram além do píer, provocando estrondos quando atingem a margem.

Meu menino desapareceu.

Foi engolido pelo mar ou evaporou, não sei qual dos dois.

— Não, não... *não*. — Estou desolada e desesperada, sentindo uma dor insuportável enquanto desabo no cais e olho para a água. Penso em mergulhar na escuridão, nas profundezas geladas, e pôr um fim naquilo tudo.

— Noah... por favor. Que Deus o proteja...

Minha prece vai embora com o vento...

E acordo.

Encontro-me na minha cama, no quarto que ocupo há anos.

Por um breve momento, fico aliviada. Foi um sonho... apenas um sonho. Um pesadelo horrível.

Então, perco as esperanças quando percebo meu engano.

De repente, meu coração fica apertado de novo.

Meus olhos ardem com as lágrimas.

Porque eu sei.

Meu filho, de fato, se foi. Desapareceu. Dois anos se passaram desde que o vi pela última vez.

No cais?

No berço?

Brincando do lado de fora, debaixo dos pinheiros?

Ah, santo Deus, penso, arrasada, com uma dor no peito...

Não consigo lembrar.

CAPÍTULO 1

— Estou falando sério, não conte a ninguém — sussurrou uma voz. — Posso perder o emprego.

Ava Garrison abriu os olhos pesados. Da cama, ouviu o som de vozes do outro lado da grande porta de madeira que estava entreaberta.

— Ela nem sabe o que está acontecendo — concordou a outra mulher.

A voz era mais intensa e áspera do que a anterior e Ava pensou tê-la reconhecido. A dor de cabeça latejava atrás dos olhos enquanto o pesadelo recuava para o subconsciente. A dor passaria, como sempre, mas, nos primeiros minutos depois de acordar, a sensação era de que cavalos com ferraduras de aço galopavam em seu cérebro.

Respirando fundo, piscou. O quarto estava escuro, com as cortinas fechadas. O ruído do aquecedor antigo forçando ar pelos registros abafava a conversa que rolava atrás da pesada porta de carvalho.

— Shhh... ela deve acordar daqui a pouco... — disse a Voz Sussurrante de novo. Ava tentou identificá-la e imaginou que pudesse ser de Demetria, a babá antipática de Jewel-Anne. Para uma mulher que não chegava a ter trinta anos, Demetria, alta e magra, denotava sempre uma expressão severa que combinava com o penteado austero: cabelos pintados de preto, contidos num rabo de cavalo baixo por uma presilha bruta. Sua única concessão à extravagância, ao que parecia, era o indício de uma tatuagem, um cacho de tinta que escapava sob a presilha e cutucava a parte de trás da orelha. Para Ava, a tatuagem lembrava um polvo tímido esticando um tentáculo curioso por baixo do esconderijo de cabelo preto e denso e da presilha de casco de tartaruga.

— Mas o que houve? O que está acontecendo com *ela*? — perguntou a segunda voz.

Meu Deus, será que era Khloe? Ava se sentiu subitamente traída. Sabia que estavam falando dela, e Khloe tinha sido sua melhor amiga enquanto cresciam naquela ilha remota. Mas isso fora anos atrás, muito antes de a jovial e desencanada Khloe ter se transformado na alma infeliz que passaria a vida sem conseguir esquecer um amor que terminara de maneira repentina.

Mais sussurros...

É claro. Parecia até que elas queriam que Ava ouvisse a conversa, como se a tivessem provocando.

Ava só entendia frases soltas, que eram tão dolorosas quanto verdadeiras.

— ... está perdendo o juízo aos poucos... — *Khloe de novo?*

— Já se passaram anos. Pobre Sr. Garrison. — Voz Sussurrante.

Pobre Sr. Garrison? É sério?

Khloe, se era mesmo ela, concordou:

— Como sofreu.

Wyatt? Sofreu? É mesmo? O homem que parecia ausente de propósito, sempre distante? O homem do qual ela cogitou se divorciar em mais de uma ocasião? Ela duvidava de que o marido tivesse sofrido um único dia na vida. Ava mal conseguia conter o grito, mas queria ouvir o que estavam dizendo, qual era a fofoca que se espalhava rapidamente pelos corredores forrados de madeira do Portão de Netuno, aquela casa centenária construída e batizada pelo seu tataravô.

— Bom, alguém precisa tomar uma atitude. Eles são mais ricos do que Deus! — murmurou uma delas, com palavras cada vez mais esganiçadas à medida que se afastava.

— Pelo amor de Deus, fale baixo. De qualquer forma, a família está providenciando o melhor tratamento que o dinheiro pode comprar...

A família?

A cabeça de Ava latejava quando ela removeu o edredom grosso e pisou descalça no luxuoso carpete que fora colocado sobre a madeira de lei. Pinho... eram tábuas de pinho. Lembrou-se. Haviam sido cortadas na serraria que fora o coração da Ilha Church, batizada sem um pingo de modéstia pelo mesmo tataravô que construíra a casa. Um passo, dois... Começou a perder o equilíbrio e agarrou um dos balaústres altos da cama.

— Todos os integrantes da família... querem respostas...

— Todos nós, né? — Um risinho malicioso.

Por favor, meu Deus, que não seja a Khloe.

— Mas nós não somos donas de nenhuma parte desta ilha maldita.

— Não seria ótimo...? Se fôssemos, quero dizer. — A voz pareceu lastimar ao se corrigir.

Ava deu um passo, e uma onda de náusea lhe subiu pela garganta. Achou que fosse passar mal ao sentir a bile na língua, mas aguentou firme, respirou fundo e resistiu à vontade de vomitar.

— Ela está doida de pedra. Mas ele não larga da mulher — disse uma delas, mas Ava não distinguiu qual. As palavras eram tão dolorosas quanto verdadeiras. Em silêncio, amaldiçoou a memória nebulosa, o cérebro confuso.

Ela já tinha sido brilhante, a melhor da turma. Além de aluna excepcional, era uma empresária com sagacidade para... para... *o quê?*

Trincando os dentes, arrastou-se até a porta e olhou para fora. Conforme o esperado, duas mulheres desciam a escada, seus corpos desaparecendo devagar. Mas nenhuma delas era Khloe, como a mente de Ava sugerira. Eram Virginia Zanders, mãe de Khloe — uma mulher que era o dobro do tamanho da filha e cozinhava no Portão de Netuno —, e Graciela, uma empregada que trabalhava meio expediente e que, como se tivesse sentido a presença de Ava na porta, olhou por cima do ombro e lançou um sorriso tão água com açúcar quanto o chá gelado que Virginia servia nos dias quentes de verão. Da metade do tamanho da companheira, Graciela estava com o cabelo preto e sedoso preso num coque na base do crânio. Se quisesse, seria capaz de dar um sorriso tão reluzente que derreteria até a casca de um M&M. Hoje o seu sorriso lembraria mais o do Gato de Alice, como se soubesse de um segredo cabeludo, sombrio e muito particular.

Sobre a patroa.

Os pelos dos antebraços de Ava se arrepiaram. Como uma cobra deslizando por suas vértebras, o frio lhe desceu pela espinha. Os olhos pretos de Graciela pareciam brilhar por saberem de algo sigiloso, antes de ela e Virginia saírem de cena, com os passos cada vez mais distantes.

Com um empurrão um tanto brusco, Ava bateu a porta e tentou trancá-la, mas não havia fechadura. Em vez disso, uma placa do mesmo formato cobria o buraco que permanecia.

— Que Deus me ajude — sussurrou, respirando fundo e devagar ao se recostar na porta.

Não desista. Não permita que transformem você em vítima. Reaja!

— A quê? — perguntou ao quarto escuro. Então, com raiva da situação e da própria atitude, foi batendo os pés até as janelas. Quando se tornara uma pessoa tão fraca? *Quando?* Não fora sempre forte? Independente? A menina que cavalgava com a égua no penhasco acima do mar, que escalava o pico mais alto da montanha da ilha, que nadava nua nas águas gélidas e revoltas do Pacífico que invadiam a baía? Ela havia surfado, escalado pedras e... tudo isso parecia ter acontecido mil — não, 1 milhão — de anos antes!

Agora estava presa ali, naquele quarto, enquanto todas aquelas pessoas sem rosto falavam baixinho, supondo que ela não podia ouvi-las. Mas podia. É claro que podia.

Às vezes, ela se perguntava se sabiam que estava acordada, se não a provocavam de propósito. Aqueles tons de voz suaves e piedosos podiam fazer parte de uma grande fachada, de um labirinto horrível e doloroso que não oferecia escapatória.

Não confiava em ninguém e lembrava a si mesma de que tudo aquilo se devia à paranoia. À sua doença.

Sentindo pontadas atrás dos olhos, cambaleou até a cama e caiu no colchão macio forrado com lençóis caros, esperando a agonia diminuir. Tentou levantar a cabeça, mas foi impedida pela intensidade da dor, capaz de fazê-la tremer, e teve que se conter para não berrar.

Ninguém merecia aquele sofrimento. Não era para isso que serviam os analgésicos? Não eram receitados para impedir enxaquecas? Uma vez, havia tomado vários comprimidos e não pudera deixar de indagar se a medicação, em vez de ajudar, não era a causadora da dor que lhe dilacerava o cérebro.

Ava não entendia por que todos estavam determinados a atormentá-la, a fazê-la achar que estava louca, mas tinha certeza absoluta de que era só isso que pretendiam. Todos eles: as enfermeiras, os médicos, a empregada, os advogados e o marido — principalmente Wyatt.

Meu Deus... ela parecia mesmo paranoica.

Talvez estivesse.

Com um esforço extremo, reuniu forças e deixou a cama de novo. Sabia que, em algum momento, as pontadas no cérebro se dissipariam aos poucos. Sempre melhorava. No entanto, assim que acordava, era um transtorno.

Apoiando-se na cama para se equilibrar, andou com cuidado até a janela, afastou as cortinas e abriu as persianas.

O céu estava cinza e sinistro, como no dia em que... naquele dia horrendo em que Noah...

Não faça isso!

De nada adianta reviver os piores momentos da sua vida.

Piscando, obrigou a mente a voltar ao presente e olhou pelos vitrais que apontavam do segundo andar daquela mansão que, um dia, fora elegante. O outono, aos poucos, se transformava em inverno — pensou enquanto apertava os olhos, observando o cais, no qual a noite começava a cair, traços de neblina deslizando sobre o píer escurecido.

Percebeu que não era de manhã, e sim quase noite, apesar daquilo não fazer sentido. Ela havia dormido durante horas... dias?

Não pense nisso. Você está acordada agora.

Apoiando a mão na vidraça fria, analisou melhor o que estava à sua volta. À margem da água, a casa de barcos havia ficado cinza com o passar dos anos. O cais adjacente avançava na direção das águas revoltas da baía. Era maré cheia, e as ondas espumantes quebravam no litoral.

Como naquele dia...

Ah, Jesus amado.

Um calafrio, gelado como as profundezas do mar, tomou conta dela. Um calafrio que vinha de dentro.

Bateu um aperto no coração.

Ao se aproximar do vidro, sua respiração embaçou a janela. Sua nuca enrijeceu de um jeito familiar. Ela sabia o que estava por vir.

— Por favor...

Apertando os olhos, observou a ponta do cais.

Lá estava ele, seu filho pequenininho, cambaleando na borda, uma imagem fantasmagórica no nevoeiro.

— Noah — sussurrou, com um pavor súbito, deslizando os dedos na vidraça enquanto o pânico brotava dentro dela. — Meu Deus, Noah!

Ele não está lá. A sua mente confusa está pregando peças em você.

Mas ela não podia correr o risco. E se dessa vez, dessa única vez, fosse mesmo o filho? Ele estava de costas para Ava, com o pequeno moletom vermelho com capuz umedecido por causa da neblina. O coração dela se contraiu.

— Noah! — berrou, batendo no vidro. — Noah! Volte aqui!

Tentou abrir a janela freneticamente, mas parecia estar pregada.

— Vamos! Vamos! — gritou, tentando abrir à força e quebrando as unhas no processo. A maldita janela nem se mexia. — Meu Deus...

Movida pelo medo, abriu a porta num movimento brusco, saiu descalça do quarto, às pressas, e seguiu o corredor até a escada dos fundos, batendo os pés na madeira macia dos degraus. Desceu correndo, sem fôlego, segurando o corrimão. *Noah, meu amor, meu amorzinho. Noah!*

Pulou da escada para a cozinha e passou pela porta dos fundos, pela varanda telada, alcançou o amplo quintal da casa e seguiu em frente.

Agora ela podia correr. Rápido. Apesar do cair imediato da noite.

— Noah! — berrou, ao passar voando pelos caminhos tomados por ervas daninhas, atravessar as roseiras mirradas e as samambaias encharcadas e chegar ao cais, onde a escuridão e o nevoeiro escondiam o fim do píer. Estava ofegante e gritava o nome do filho, desesperada para vê-lo, para acompanhar seu rostinho se virando ao olhar para ela, com os olhos arregalados, cheios de expectativa, acreditando que...

O cais estava vazio. A neblina se espalhava na escuridão da água. Gaivotas grasnavam ao longe.

— Noah! — gritou, correndo sobre as tábuas escorregadias. — Noah!

Ela tinha visto o menino! Tinha visto!

Ah, querido...

— Noah, cadê você? — disse, em meio a um soluço e uma rajada de vento ao chegar à borda, a última tábua lhe impedindo os passos. — Amor, é a mamãe...

Pela última vez, examinou com afinco o cais e a casa de barcos e concluiu que ele havia sumido. Sem hesitar, pulou no mar gelado e foi tomada pelo frio, sentindo o gosto da água salgada ao se debater numa busca frenética pelo filho nas profundezas escuras.

— Noah! — berrou, tossindo e cuspindo ao emergir. Mergulhou na água negra várias vezes, vasculhando as profundezas obscuras, numa tentativa desesperada de avistar o menino.

Deus, por favor, permita que eu o encontre. Ajude-me a salvá-lo! Não o deixe morrer! Ele é inocente. Eu sou a pecadora. Jesus amado, por favor...

Mergulhou cinco, seis, sete vezes. Estava com a camisola armada ao seu redor, com o cabelo solto do elástico e tomada pelo cansaço à medida que se afastava cada vez mais do cais. Ao emergir lentamente outra vez, teve a vaga sensação de ouvir uma voz.

— Ei! — gritou um homem. — Ei!

Mergulhou de novo. Os cabelos boiavam, os olhos, abertos, ardiam na água salgada, e os pulmões, de tão expandidos, pareciam que iam explodir. *Cadê ele? Noah, meu Deus, querido...* Não conseguia respirar, mas não podia parar de procurar. Precisava encontrar o filho. O mundo ficou mais escuro e frio, e Noah, ainda mais distante.

Alguém mergulhou ao lado dela.

Ava sentiu braços fortes envolverem sua caixa torácica numa pegada firme. Ela estava fraca, prestes a desmaiar, quando foi puxada para cima, arrastada de qualquer jeito para a superfície. Um pouco de ar escapou de seus pulmões.

Quando emergiram, tomou fôlego, tossindo e vomitando ao notar que estava diante do olhar reprovador e inflexível de um completo desconhecido.

— Você perdeu o juízo? — indagou ele, sacudindo vigorosamente a água do cabelo. — Que inferno! — esbravejou, antes que ela pudesse responder e, segurando-a com firmeza, arrastou-a para a margem. Ela havia se afastado do cais, mas as braçadas dele, fortes e seguras, atravessaram o mar e levaram os dois até a praia de areia, onde ele a colocou na água que batia na cintura.

— Vamos! — vociferou.

Ele a sustentou com o braço enquanto atravessavam a água com dificuldade rumo à praia de areia. Ava batia os dentes e tremia dos pés à cabeça, mas praticamente não sentia nada além de um luto muito profundo e doloroso. Engolindo o sofrimento, sentiu um gosto salgado e, por fim, se levantou o suficiente para encarar o homem que nunca tinha visto.

Ou tinha? Havia algo vagamente familiar nele. Tinha mais de 1,80 m de altura, estava com a camisa de manga comprida e a calça jeans encharcadas e exibia uma beleza bruta, como se tivesse passado a maior parte de seus trinta e poucos anos ao ar livre.

— Que diabos passou pela sua cabeça? — exigiu saber, sacudindo os cabelos que lhe cobriam os olhos. — Você podia ter se afogado!

Depois, como se lembrasse de perguntar:

— Você está bem?

É claro que não estava bem. Ava tinha certeza de que nunca mais chegaria nem perto de estar bem.

— Vou levar você para dentro. — Ele ainda a segurava e a ajudou a passar por um par de botas que estava jogado na grama e a subir o caminho de areia, tomado pela vegetação, que dava na casa.

— Quem *é* você? — perguntou ela.

Ele a olhou de cima a baixo.

— Austin Dern.

Como ela não respondeu, acrescentou:

— E você é Ava Garrison? É a proprietária?

— De uma parte. — Torceu o cabelo para tentar remover a água salgada e gelada, mas era impossível.

— Da *maior* parte. — Ele fixou os olhos nela, que tremia. — E você não sabe quem eu sou?

— Não faço ideia. — Mesmo em estado de choque, ela estava se irritando com o homem.

Ele murmurou algo bem baixinho e, enquanto a empurrava na direção da casa, disse:

— Bem, isso não é interessante? Você me contratou. Na semana passada.

— Eu? — Meu Deus, a memória dela estava tão ruim assim? Às vezes, parecia fina e frágil como uma gaze. Mas não em relação àquele assunto. Ava sacudiu a cabeça e sentiu a água gelada escorrendo pelas costas. — Acho que não. — Ela teria se lembrado dele. Estava certa disso.

— Na verdade, foi o seu marido.

Ah. Wyatt.

— Acho que ele se esqueceu de me contar.

— É?

Ele evitava olhar para ela, que estava toda bagunçada e morrendo de frio. Por um momento, Ava imaginou o quanto sua camisola encharcada devia estar transparente.

— A propósito, de nada.

O homem se limitou a dar um sorriso forçado. Apesar de estar escurecendo na ilha, ela viu o rosto dele: sério e impassível. Olhos profundos, de cor indeterminada por causa da noite, maxilar quadrado com sombra de barba, lábios finos como lâminas e um nariz que não era muito reto. O cabelo dele era negro como a noite, um meio-termo entre castanho-escuro e preto. Os dois se arrastaram juntos para o gigantesco casarão de três andares.

Na varanda dos fundos, a porta de tela se abriu, depois bateu atrás de uma mulher que saíra correndo da casa.

— Ava? Meu Deus! O que houve? — exigiu saber Khloe. A luz revelava a preocupação em seu rosto. Ela atravessou o jardim num galope e pulou por cima de um pequeno canteiro de buxos para segurar Ava quando o desconhecido soltou o corpo dela. — Meu Deus! Você está toda molhada! — Khloe balançava a cabeça. Sua expressão era um misto de pena e medo. — Que diabos você estava fazendo... ah, nem precisa dizer. Já sei. — Abraçou Ava e não pareceu se incomodar com o fato de a sua calça jeans e o seu casaco estarem absorvendo a água da camisola da amiga. — Você tem que parar com isso, Ava. De verdade. — Olhou para o estranho e continuou a falar com Ava. — Venha. Trate de entrar em casa. — Depois se dirigiu a Dern. — Você também. Meu Deus! Os dois estão encharcados até os ossos!

Khloe e Dern tentaram ajudá-la a subir o caminho, mas ela se desvencilhou de ambos, assustando o gato preto de Virginia, Mr. T, que estava escondido atrás de uma azaleia mirrada. Soltando um silvo, o gato deslizou para um buraco debaixo da varanda, no momento em que Jacob, primo de Ava, saiu correndo de seu "apartamento-toca", localizado no porão da casa antiga.

Ava começou a recobrar parte da garra de outrora. Estava cansada de se fazer de vítima, enjoada das caras de pena e dos olhares sabichões que os outros trocavam, como se dissessem *pobrezinha*. E daí se achavam que estava louca?

Grande coisa.

É claro que ela tinha questionado a própria sanidade poucos minutos antes, mas a preocupação de todos estava começando a dar nos nervos.

— O que aconteceu? — perguntou Jacob. Seus óculos estavam tortos e o cabelo ruivo, despenteado, como se tivesse acabado de acordar.

Ignorando o primo e todos os outros, Ava subiu a escada devagar, pingando, com a camisola colada no corpo. Ela não dava a mínima para a opinião deles. *Sabia* que tinha visto Noah, e não importava o que Khloe, seu salvador metido a cowboy, nem a maldita psiquiatra srta. Evelyn McPherson pensavam: ela não estava louca. Nunca estivera. Não estava pronta para o manicômio.

— Me deixe ajudar você — disse Khloe, mas Ava não estava com paciência.
— Estou bem.
— Você acabou de pular no mar, Ava! Sem dúvida, não chega nem perto de estar *bem*!
— Só me deixe em paz, Khloe.

Khloe olhou para Dern, depois recuou, erguendo as mãos com as palmas voltadas para fora.
— Tuuuudo bem.
— Não precisa ser melodramática — murmurou Ava.
— Ah, mas é claro. *Eu* é que faço drama! — bufou Khloe. — Só para deixar registrado, quem foi que se jogou na baía poucos minutos atrás?
— Tudo bem, tudo bem. — Ava tinha subido a escada e estava abrindo a porta de tela. — Já entendi. — Dentro de casa, onde o calor a atingiu em cheio e o aroma de tomate com mariscos impregnava os corredores, ela passou depressa pela parede de janelas com vista para o quintal e deu outra espiada rápida. Agora, exceto por algumas luzes de segurança, o terreno estava escuro e, por causa do nevoeiro denso, não era possível ver o fim do píer. Ava sentiu uma dor no peito ao pensar no filho, mas deixou o luto de lado.

Pelo menos, a mente dela estava um pouco mais leve. A dor de cabeça não havia passado por completo, mas se recolhera para algum ponto distante dos lobos frontais. Ava escutou a porta de tela abrir e fechar e percebeu que o confronto com Khloe — e, possivelmente, com o homem que entrara logo atrás — ainda não havia terminado.

Ótimo. Era tudo que ela queria!

Com os dentes batendo a ponto de fazer barulho, Ava se dirigia à escada dos fundos quando ouviu o barulho do elevador que ficava do lado esquerdo da escada. Depois, escutou o chiado da porta se abrindo lentamente.

Rezou para a passageira não ser Jewel-Anne. Mas, como sempre, não teve muita sorte e, em poucos segundos, a prima gorducha apareceu e entrou no corredor pilotando a cadeira de rodas elétrica. Por trás dos óculos de lentes grossas, olhou para Ava, examinou a camisola encharcada, o cabelo lambido e sua pele, que devia estar quase azul.

— Foi nadar de novo? — perguntou com o sorrisinho presunçoso que Ava tinha vontade de arrancar da cara da prima. Jewel-Anne tirou um dos fones do iPhone e ela ouviu *Suspicious Minds*, de Elvis Presley, tocar baixinho, ao longe.

"*We're caught in a trap*", cantava ele, e Ava se indagou como uma mulher que nascera tanto tempo depois da morte do ícone do rock podia ter se tornado uma fã tão fervorosa. É óbvio que tinha a resposta pronta, pois fizera a pergunta a Jewel-Anne no ano anterior. Enquanto preparava o mingau de aveia, com um dos fones no ouvido, Jewel-Anne havia ficado muito séria:

— Fazemos aniversário no mesmo dia, sabia? — falou, acrescentando outra colher de açúcar mascavo ao mingau.

De alguma forma, Ava tinha conseguido controlar a língua afiada e dissera apenas:

— Você nem era nascida quando...

— Ele fala comigo, Ava! — Os lábios de Jewel-Anne haviam se contraído com a certeza. — Ele foi uma figura muito trágica. — Ela estava compenetrada no café da manhã, misturando a manteiga e o açúcar mascavo, e mexendo o mingau na tigela. — Como eu.

Depois, olhara para Ava de um jeito inocente, fazendo-a sentir a forte pontada de culpa que só a prima paraplégica conseguia provocar.

Não é só com você que ele fala, fora o que ela tivera vontade de dizer. *Centenas de pessoas veem o Elvis todos os dias. Ele deve estar "falando" com esses pirados também.* Em vez de começar uma briga sem fim, ela havia recuado com a cadeira, jogado o resto do mingau na pia e posto a tigela no lava-louça no momento em que Jacob, o único irmão que Jewel-Anne tinha por parte de pai e mãe, entrara na cozinha sem dizer uma palavra, achara um bagel tostado e saíra pela porta dos fundos, com a mochila pendurada num dos ombros largos. De cabelos ruivos e cacheados e com o rosto marcado por espinhas, Jacob, que fora lutador de nível estadual, era um eterno estudante que possuía todas as bugigangas eletrônicas imagináveis. Era um tremendo nerd de computador e tão estranho quanto a irmã.

Já Jewel-Anne, com os cabelos lisos até a cintura e os olhos azuis, ingênuos e muito sinceros, nem precisava dizer nada para Ava saber que ela continuava acreditando que tinha uma relação especial com o Rei do Rock-and-roll. *Sim, claro. Elvis fala com Jewel-Anne.* Mesmo em termos não literais, ela duvidava até da existência da mais tênue das relações e, rapidamente, subiu os degraus de dois em dois.

Por que Ava deveria se preocupar com a própria sanidade se morava com um grupo de pessoas que, vez ou outra, podia assinar um atestado de loucura?

CAPÍTULO 2

As luzes piscaram duas vezes enquanto Ava estava debaixo da ducha de água quente. Sempre que a escuridão invadia o banheiro, ela se enrijecia e apoiava a mão na parede azulejada do boxe, mas, felizmente, a luz não acabou. Graças a Deus. Esse era o problema da ilha, localizada ao largo da costa de Washington, sem acesso ao continente, exceto por barcos particulares ou por uma barca que ia duas vezes ao dia para Anchorville se o tempo permitisse.

Ava sabia que o lugar tinha sido um refúgio para seus tataravós, que se instalaram ali, comandaram a maior das propriedades e, de alguma forma, fizeram fortuna no ramo madeireiro. Quando outras pessoas se mudaram para a ilha, Stephen Monroe Church lhes oferecera tábuas, mantimentos e, acima de tudo, trabalho.

Ava sempre se indagou sobre como devia ser a população naquela época. Por que deixaram o conforto do continente? De que os colonizadores estavam atrás? Ou, o mais provável, de que fugiam?

Sejam quais fossem os motivos, eles haviam ajudado Stephen e a esposa, Molly, a construir aquela casa grandiosa, que incluía três lances de escada, três andares (sem contar o sótão) e um porão, que agora abrigava um depósito, a adega de Wyatt e o apartamento de Jacob. Construído em estilo vitoriano e num dos pontos mais elevados da ilha, o Portão de Netuno tinha uma vista de quase 360 graus da torre a oeste, que se destacava no meio do terraço abalaustrado. Portanto, tratava-se de uma casa de janelas que deixavam o sol do verão entrar. Nesse período do ano, contudo, com a neblina e a chuva, a geada e o granizo, os raios que incidiam eram fracos e pouco frequentes.

Esfregando-se com um sabonete de lavanda e um xampu suave, ela removeu o sal e a sujeira da pele e dos cabelos, permitindo que a água relaxante apaziguasse o medo que lhe dilacerava a alma — o medo e a perturbação que sentia por causa do filho.

O que lhe havia passado pela cabeça?

Noah não estava no cais.

Era apenas sua mente fraca e afoita lhe pregando peças, vestígios do sonho que continuava a confundi-la.

Mesmo assim, a imagem do menino em meio à névoa, cambaleando na ponta do cais, assustadoramente real, ainda a acompanhava.

Faz dois anos... aceite a perda.

Ela se lavou, pensando que o filho estaria com 4 anos, caso tivesse sobrevivido.

O pranto lhe inundou os olhos e Ava sentiu um nó na garganta. Virou-se para o chuveiro e deixou que a água quente levasse suas malditas lágrimas.

Depois de se vestir e desembaraçar o cabelo, sentiu-se melhor. Descansada. Não se sentia mais à beira de um abismo mental.

Quando saía do banheiro, Ava escutou alguém bater na porta do quarto.

— Ava? — A voz do marido chamou baixinho enquanto a porta abria.

— Pensei que você estivesse em Seattle — respondeu ela.

— Portland. — Exibia um sorriso amarelo. O rosto parecia desfigurado de preocupação. O cabelo cor de areia estava despenteado, como se tivesse forçado a passagem dos dedos tensos.

— Ah, é mesmo. — Ela sabia que ele tinha ido para o sul. O cliente de Wyatt era de Seattle, mas tinha holdings imobiliárias no Oregon e estava enfrentando algum tipo de ação judicial.

— Não importa. — Wyatt se aproximou dela. Ava ficou tensa, mas não se afastou, nem mesmo quando ele ajeitou um cacho de cabelo que estava caído na testa dela. Sentiu os dedos quentes e familiares roçarem sua pele. — Você está bem? — perguntou, com os olhos castanhos esverdeados escuros de preocupação. Era a mesma pergunta de sempre e não importava a resposta: todos já haviam tirado suas próprias conclusões.

— Eu adoraria dizer que estou bem, mas... — Ava fez um sinal de mais ou menos com a mão — Digamos que eu esteja melhor do que há uma hora.

Ela se lembrou de ter se apaixonado por ele ou de, pelo menos, achar que tinha se apaixonado. Os dois se conheceram na faculdade... sim, foi isso mesmo. Numa pequena escola particular perto de Spokane. Fazia quase quinze anos. Ele era belo, atlético e sensual, atributos que não haviam mudado com o tempo. Até mesmo naquele momento, com o cabelo castanho-claro bagunçado pelos dedos e a barba de um dia lhe escurecendo o queixo, era um homem bonito. Robusto. Ousado. Um advogado radical que agora parecia desarrumado, com o paletó amassado, a gola da camisa branca aberta e a gravata afrouxada. Sim. De fato, Wyatt Garrison ainda era sexy e atraente.

E ela não tinha um pingo de confiança nele.

— O que aconteceu? — perguntou Wyatt ao sentar na beirada da cama, do lado "dele", afundando um pouco o colchão com o peso. Quantas vezes ela havia se deitado nos braços do marido naquela mesma cama? Quantas noites tinham feito amor... Quando haviam parado? — Ava?

Ela acordou do devaneio.

— Ah, você sabe. O mesmo de sempre. — Olhou para a janela na qual antes tivera certeza de que vira o filho. — Pensei ter visto o Noah. No cais.

— Ah, Ava. — Ele sacudiu a cabeça devagar. Triste. — Você precisa parar de se torturar. Ele se foi.

— Mas...

— Sem "mas". — O colchão rangeu quando ele ficou de pé. — Achei que você estivesse melhorando. Quando lhe deram alta do St. Brendan's, os médicos acreditavam que você estava caminhando para a recuperação.

— Talvez seja só um obstáculo.

— Mas não pode voltar à estaca zero.

— Eu estava melhorando — disse, preferindo não pensar no hospital do qual acabara de ter alta. — Quero dizer, estou melhorando! — Engoliu em seco. Não queria cogitar a possibilidade de ter que voltar para a ala psiquiátrica do hospital do continente. — O problema são os pesadelos.

— Você tem se consultado com a dra. McPherson?

Evelyn McPherson era a psiquiatra que Wyatt havia escolhido pessoalmente assim que a esposa fora liberada do St. Brendan's. Ele justificara a escolha dizendo que ela tinha um consultório em Anchorville e estava disposta a atender Ava na ilha, o que fazia sentido, mas algo na mulher a incomodava. Era como se ela escutasse com mais atenção do que devia, como se estivesse preocupada além da conta, como se os problemas de Ava fossem dela. Era tudo pessoal demais.

— É claro que me consultei. Ela não contou? Quando foi? Na semana passada.

Ele ergueu as sobrancelhas escuras, dando a entender que não acreditava.

— Em qual dia da semana passada?

— Hum... Acho que foi na sexta-feira. É, foi isso mesmo. — Por que ele estava duvidando dela? E por que se importava? Desde o sumiço de Noah, o casamento deles estava, no mínimo, fragilizado. Wyatt passava a maior parte do tempo em Seattle, no continente, onde morava num prédio alto, bem próximo ao proeminente escritório de advocacia do qual era associado júnior. Era especialista em direito tributário e investimentos.

Ela desconfiava de que o interesse dele por ela havia diminuído aos poucos, de que ela fosse um constrangimento, uma mulher "louca", uma esposa que deveria ficar escondida numa ilhazinha ao largo da costa de Washington.

— Fiquei com medo de ter perdido você.

Ele parecia sincero e, por um momento, Ava sentiu um nó na garganta.

— Lamento. Não foi dessa vez.

Wyatt parecia ter levado um tapa na cara.

— Piada sem graça.

— Muito.

Ela precisava mudar de assunto e rápido.

— Austin Dern — disse, fechando as cortinas. — Você contratou esse cara?

Wyatt assentiu.

— Para cuidar do rebanho. — Olhou para Ava. — Sejamos sinceros. O Ian não leva jeito para ser caseiro do rancho. Não entende de cavalos nem de bois. Pensei que pudesse assumir essa função depois que o Ned se aposentou e se mudou para o Arizona, mas me enganei.

— Eu cuidava dos cavalos.

— Foi-se o tempo — disse ele, com um sorriso frágil. — E, mesmo assim, você não era a melhor opção quando se tratava da manutenção da cerca, da escovação dos cavalos, do conserto do telhado do celeiro ou da bomba-d'água quando congelava. O Dern é um faz-tudo. É pau para toda a obra.

— Onde encontrou esse Dern?

— Ele trabalhava para um cliente meu que vendeu o rancho. — Wyatt ergueu um dos cantos da boca. — Pensei em dar uma folga ao Ian.

— Ele vai gostar — Ava falou do primo, o meio-irmão de Jewel-Anne. Ian não era exatamente a iniciativa em pessoa. Ela andou até a ponta da cama e se segurou num dos balaústres altos. — Sabe, estou surpresa em ver você aqui.

Wyatt contraiu o maxilar de maneira quase imperceptível. Quase.

— De qualquer forma, eu já estava voltando. O Jacob me esperava na lancha. —Jacob, que costumava ser chofer da irmã, também passara a servir de motorista de Ava quando ela tivera a carteira de habilitação cassada.

Wyatt acrescentou:

— A Khloe ligou para o meu celular. Por sorte, eu já estava perto de Anchorville.

— Que gentileza dela...

Ele contraiu a boca para baixo, desgostoso.

— Ouça a si mesma. A Khloe era a sua melhor amiga.

Era verdade.

— Foi ela quem se afastou de mim.

— É mesmo? — Ele jogou as mãos para cima e sacudiu a cabeça. — Tem certeza disso? — Ela não respondeu, e Wyatt prosseguiu com um toque de sarcasmo. — Como quiser, mas a dra. McPherson está a caminho. Você precisa conversar com ela.

— Como quiser — imitou-o, mas se arrependeu do tom agressivo de suas palavras quando percebeu um brilho de mágoa nos olhos dele.

— Eu desisto.

Wyatt saiu pela porta em questão de segundos e, mais uma vez, ela sentiu um nó na garganta.

— Eu também — sussurrou. — Eu também.

—Você sabe que não viu o Noah de verdade.

A dra. McPherson era gentil, apesar de ser um pouco condescendente. Bonita e magra, usava saia e botas. O cabelo com luzes roçava seus ombros, e seu olhar destilava preocupação. Às vezes, parecia sincera e atenciosa. Contudo, fazendo jus à paranoia, Ava não confiava nela. Nunca confiara.

Agora estavam sentadas na biblioteca, um cômodo localizado fora da área de estar, com estantes do chão até o teto, repletas de livros velhos, além da lareira, que reluzia suavemente. O gás propano apitava baixinho enquanto a madeira empilhada nos suportes antigos pegava fogo.

— Eu vi o meu filho — insistiu Ava. Estava sentada no sofá gasto, com as mãos fechadas e apoiadas no colo. — Se ele estava lá ou não, não sei, mas eu vi o meu filho.

— Você sabe como isso soa. — Wyatt estava de pé num canto. Havia afrouxado ainda mais a gravata e exibia uma expressão sombria.

— Não me interessa como soa. Foi o que aconteceu. — Ava reagiu à preocupação nos olhos do marido com uma revolta contida. — Pensei que eu devesse ser sincera.

— Sim, deve — disse a dra. McPherson, assentindo rapidamente. Empoleirada na ponta da poltrona reclinável espremida entre a lareira e o sofá, o fogo iluminava seu cabelo claro. Apesar do consultório ficar no continente, ela ia à ilha com frequência, como havia combinado com Wyatt. — É claro.

Evelyn olhou para Wyatt de soslaio e, por uma fração de segundo, Ava pensou ter visto ternura nos olhos dela, que foi mascarada rapidamente. Talvez tivesse entendido errado.

— Acho melhor ficarmos sozinhas — sugeriu a psiquiatra a Wyatt.

— Tudo bem — disse Ava. — Não me importo. A gente até podia transformar isso numa sessão de terapia de casal em vez dessa tentativa determinada de descobrir se perdi o juízo ou não.

— Ninguém falou isso — comentou Wyatt. Andou até a lareira e desligou o gás. As chamas recuaram, como caracóis assustados se escondendo na concha, deixando as toras de pinho cobertas de musgo brilhando com um vermelho intenso e pulsante.

— Ouçam, eu sei que parece loucura. Maluquice. Até mesmo para mim. Mas estou dizendo que vi meu filho no cais, no nevoeiro. — Ela queria acrescentar que achava que a medicação que estava tomando podia ter sido a causa, mas isso teria deixado a psiquiatra na defensiva, considerando que ela receitara o ansiolítico.

Wyatt passou por trás do sofá, aproximou-se e apertou o ombro dela. Movido por afeto? Ou por frustração? Ela levantou a cabeça e olhou para ele, mas não viu nada além de preocupação em seu rosto.

— Você precisa parar de fantasiar, Ava. O Noah não vai voltar. — Depois disso, Wyatt deixou o recinto, fechando a porta devagar.

A psiquiatra o acompanhou com os olhos. Assim que a porta foi fechada, voltou a olhar para a paciente.

— O que você acha que está acontecendo aqui, Ava? — perguntou.

— Bem que eu queria saber. — Ava olhou para as janelas, escuras por causa da noite. — Por Deus, como eu queria saber.

Antes que elas pudessem entrar de fato no assunto, ouviram uma batida na porta, e Wyatt a abriu novamente.

— Achei melhor avisar. O xerife Biggs está aqui.

— Por quê? — quis saber Ava.

— A Khloe ligou para ele.

— Porque pulei na baía?

— É. Ela achou que você pudesse ter tentado se suicidar.

— Não tentei me suicidar!

— Seja simpática. O Biggs é tio dela.

— Grande coisa. — Ava não toleraria aquilo. — O que é isso? — Desviou o olhar do marido para a psiquiatra. — Vocês estão tentando me internar?

— É claro que não.

— Ótimo, porque, só para constar, não preciso que me vigiem para que não cometa suicídio!

— Ninguém disse que...

— Nem precisava, Wyatt. Está bem? — Ela se levantou e saiu pela porta.

— Cadê ele?

— Está na cozinha.

— Ótimo.

Deixou o marido e a maldita psiquiatra conversando sobre sua sanidade, ou sobre a falta dela, e atravessou a sala de jantar formal e a copa rumo à cozinha, o grande cômodo aconchegante pintado em tons de amarelo, sempre com um cheirinho de café e de quitutes recém-saídos do forno pairando no ar. O piso preto e branco estava gasto da porta até o corredor dos fundos, e os armários brancos precisavam desesperadamente de uma nova demão de tinta, mas aquele era, sem dúvida, o ambiente mais alegre da casa. De um dos lados havia uma sala de estar, com dois sofás puídos, uma televisão de tela plana e uma caixa de brinquedos entulhada num canto. Naquela tarde, o ar estava impregnado pelo aroma de pão sendo assado e pelo odor pungente do ensopado de mariscos de Virginia, estilo Manhattan.

O corpulento xerife Biggs estava sentado numa das cadeiras dispostas ao redor de uma mesa de tampo de mármore rachado. Extrapolando os limites do assento de palha trançada, ele já havia aceitado uma xícara de café de Virginia, que lhe servira de má vontade e agora lavava a louça com os braços afundados na água até os cotovelos, tentando fingir que não estava interessada em escutar a conversa que os patrões estavam prestes a ter com Biggs que, por acaso, também era seu ex-cunhado e tio de Khloe.

Como sempre, Virginia usava um vestido liso e barato sobre a silhueta avantajada, com um avental de cores berrantes amarrado em volta do abdome redondo e dos seios fartos. Tênis gastos e meias escuras completavam o visual. Raras haviam sido as ocasiões em que Ava tinha visto Virginia em outro traje, até mesmo anos antes, quando ainda não tinha sido contratada e era apenas a mãe de Khloe. Como as vidas de todas elas haviam se entrelaçado desde os anos do ensino fundamental...

— Olá, Ava. — Biggs se levantou e estendeu a mão, que ela apertou com certo nervosismo. Os dois já haviam se encontrado algumas vezes, sempre em situações tensas.

— Xerife. — Ela o cumprimentou com um movimento de cabeça e puxou a mão. A dela estava úmida. A dele era de uma frieza irritante.

— Eu soube que você foi parar na água — disse ele, voltando a acomodar o corpanzil na cadeira, segurando a xícara. Apertou os olhos, encarando-a com suspeita. Ava e Biggs nunca tinham sido amigos. Ainda mais depois da morte do irmão dela, Kelvin, cerca de cinco anos antes. — Quer me contar o que houve?

— Não é crime, é?

— Dar um mergulho? — perguntou ele. — Nããão. É claro que não. Mas o pessoal daqui ficou preocupado. — O rosto dele era carnudo. As bochechas exibiam alguns vasinhos rompidos. Os olhos fundos eram intensos, mas não pareciam cruéis. Biggs apontou para os demais presentes no recinto. — Acho que pensaram que você tinha sido enfeitiçada ou que estava sonâmbula.

— Eu liguei para o Joe. — Khloe chegou, entrando pela varanda. O novo funcionário, Austin Dern, veio atrás.

Dern também havia se trocado. O cabelo preto estava molhado e penteado para trás, e ele vestia uma camiseta de manga comprida e uma calça jeans desbotada e seca. Encarou Ava com os olhos cor de ardósia. Novamente, ela teve a sensação de que já o vira, como um esquisito *déjà-vu*, mas, por mais que tentasse, não conseguia lembrar onde.

Khloe acrescentou:

— Eu... pensei que precisássemos de ajuda.

— Então é uma visita *informal*? — perguntou Ava, uma vez que Joe Biggs era tio de Khloe.

Biggs mantinha os olhos em Ava.

— Só dei uma passada aqui porque a Khloe me ligou.

— Fiquei preocupada, só isso — interrompeu Khloe enquanto Virginia, espiando pela porta aberta, fez uma careta, pegou uma toalha e enxugou as mãos. Depois, fechou com força a porta pesada que dava para a varanda, como se quisesse manter o calor do ambiente e assegurar que qualquer coisa que estivesse à espreita do lado de fora não tivesse a chance de entrar.

Só deu uma passada num maldito barco oficial da polícia numa noite enevoada? Foi porque um parente ligou? Sim, claro. Ava não estava acreditando naquilo. Até Virginia, que tinha voltado para a pia, lançou um olhar descrente sobre o ombro.

Khloe parecia um pouco menos melindrada, pois disse:

— Qual é, Ava? Se fosse o contrário e eu tivesse corrido lá para fora, de madrugada, e pulado na baía em novembro, você também teria entrado em pânico. Não é a mesma coisa de quando éramos crianças e fugíamos para nadar sem roupa sob a maldita luz da lua!

Em sua mente, Ava visualizou aquela imagem já de algum tempo: eles correndo nus até a margem da água, enquanto o farol cintilante da lua iluminava o mar calmo. Ela, Khloe e Kelvin... Deus, o que ela não daria para sentir aquela leveza de espírito novamente.

Khloe tinha razão.

Droga.

Ava sentiu o olhar de todos pesando sobre ela. De Wyatt, de Dern e até de Virginia, cujas mãos tinham parado de lavar os pratos, apesar de estarem afundados na água com sabão. Todos aguardavam.

— Cometi um erro, só isso. — Voltou as palmas das mãos para cima, como que se rendendo. Não havia por que mentir e, de qualquer forma, ela não mentiria. — Pensei ter visto meu filho na ponta do cais e corri para salvar o menino. Acontece... que eu posso ter me enganado. E não está "de madrugada". — É um argumento pobre, porém, válido.

— Parece que já é meia-noite — resmungou Khloe.

— O garoto desapareceu há quanto tempo? Quase dois anos? — quis saber Biggs, enquanto a dra. McPherson entrava de fininho no recinto, ficando de pé, em silêncio, perto da copa.

— É. — A voz de Ava era cautelosa. Suas pernas, de repente, bambearam. Ela se recostou na geladeira, esperando que ninguém percebesse. — Mas estou bem agora, xerife — mentiu, forçando um sorriso. — Agradeço a sua preocupação e o trabalho que teve vindo até aqui.

— Sem problema. — Mas os olhos dele se fixaram nos dela, e Ava percebeu que os dois estavam mentindo. Ela detestava ser tão submissa, mas sabia que precisava agir com cuidado ou acabaria ficando em observação num hospital, tendo a estabilidade mental questionada.

De novo.

Alegando estar com dor de cabeça, o que não era mentira, Ava foi jantar no quarto, o que concluiu ser, provavelmente, a saída mais covarde. Que pena. A presença de Biggs na casa era angustiante, apesar de Ava não saber exatamente por quê. Não que ele fosse prendê-la nem nada, mas ela tinha a sensação de que Biggs, assim como todos os demais, estava contra ela ou, no mínimo, esperando que cometesse um deslize, um grande erro.

Em relação a quê?

Não deixe a paranoia falar mais alto que o seu bom-senso.

— Não estou paranoica — murmurou baixinho e tapou a boca. Não podia deixar que a ouvissem falando sozinha. Não. Não seria bom. Ela precisava se recompor e descobrir quem era confiável, se é que havia alguém.

Mas, ao mergulhar o pão crocante na condimentada sopa de mariscos de Virginia e avistar o cais da janela, Ava percebeu que estava sem apetite. Em noites claras, da mesma janela, era possível espiar as luzes de Anchorville do outro lado da baía e até observar o tráfego da cidadezinha adormecida.

Mastigando, pensativa, Ava se indagou por que Khloe havia se apressado em chamar o xerife. Não ligara para a emergência, e sim para o próprio

Biggs. Porque ele era tio dela? Para poupar os paramédicos de uma viagem desnecessária ou para evitar um escândalo ou qualquer constrangimento? Isso parecia improvável.

Ela olhou para o barco oficial amarrado no cais, que mal se podia avistar em meio ao nevoeiro.

— Estranho — murmurou, deixando a maior parte do ensopado de lado. Mas tudo era estranho e haver fofocas sobre a Ilha Church não era, de fato, algo inédito. Na verdade, escândalos pareciam tão entranhados nas paredes daquela propriedade quanto as enseadas e angras que recortavam as margens pedregosas da ilha. Ela sentiu uma friagem e procurou o casaco, um cardigã marrom que possuía havia séculos e que costumava deixar no pé da cama. Ava enfiou os braços nas mangas e puxou o cabelo para fora da gola antes de apertar a faixa ao redor da cintura.

Toc. Toc. Toc.

Ela quase morreu de susto quando ouviu as batidas na porta.

— Ava? — A porta abriu e Khloe meteu a cabeça no quarto. — Ei, como você está?

— O que você acha? — perguntou, com o coração disparado. Nossa, ela ficava nervosa à toa.

— Eu não queria assustar você.

— Não assustou. — Era mentira. As duas sabiam disso. Ava se acomodou na mesa na qual o caldo avermelhado começava a solidificar. — Por que você ligou para o Biggs?

— Eu já disse. Fiquei preocupada! — admitiu Khloe, esfregando os braços como se também sentisse uma friagem repentina. — Nossa, está frio aqui.

— Sempre, e você está fugindo do assunto.

Khloe se sentou na beirada do colchão.

— E se... e se tivesse acontecido alguma coisa com você e nós não o tivéssemos avisado? Você podia ter se afogado. Desmaiado na água. Sofrido hipotermia ou sabe Deus o quê.

— Eu estava bem.

— Você estava viva. Por pouco. E muito descontrolada. — Finas rugas de preocupação surgiram na testa de Khloe. — Eu devia ter ligado para a emergência, mas fiquei com medo de eles a levarem à força e... — Ela encolheu os ombros, depois passou os dedos frustrados no cabelo curto e de um preto azulado. — Para dizer a verdade, Ava, às vezes, simplesmente não sei o que fazer.

— Pois é. — Ela também não sabia.

— Então... como o tio Joe ainda está aqui, por que não desce e fala com todo mundo? Mostre que você está bem.
— Está sugerindo que eu finja?
— Estou sugerindo que pare de agir como louca. Diga ao Joe e à psiquiatra que você sabe que não viu o Noah.
— Mas...
— Shhh! Não discuta. — Os olhos grandes de Khloe suplicavam. — Apenas diga que estava confusa, um pouco atordoada por causa dos remédios que está tomando e que se deu conta de que não pode ter visto o Noah. — Ela não acrescentou que, se Ava se mostrasse calma e racional, isso provavelmente melhoraria a situação. Ninguém a despacharia para uma avaliação psiquiátrica se ela fizesse aquele teatro... Ah, caramba. — A visita do Joe é informal. É sério. Ele veio me fazer um favor...
— Num barco da polícia.
— Era o meio mais rápido de chegar até aqui. É mais uma visita para saber como você está do que qualquer coisa remotamente oficial. Ele até jantou com a gente.
— É mesmo?
Khloe ergueu aqueles ombros estreitos.
— Eu me sentiria melhor, considerando que chamei o Joe até aqui, se você lhe mostrasse que está...
— Sã? Que não perdi o juízo? Que não vou me suicidar?
— Que seja. Mas, sim. — Khloe concordou. — Faça isso por mim. Pode ser?
Parecia que não dava para fugir de um segundo encontro com o xerife.
— Tudo bem. Mas, da próxima vez, não se apresse em chamar a cavalaria.
— Não haverá uma próxima vez. Não é?
Assim espero, pensou Ava, mas não respondeu, enquanto pegava uma jaqueta pendurada dentro do armário e enfiava os braços nas mangas.
— Acho que tenho sorte do Sea Cliff estar fechado. Senão, o Biggs teria me arrastado para lá.
— Engraçadinha — disse Khloe, sem esboçar um sorriso, ao ouvir a menção ao antigo hospital psiquiátrico.
Um hospício para pacientes perigosos, localizado na extremidade sul da ilha, o Sea Cliff estava fechado havia pouco mais de seis anos. Todos no Portão de Netuno tinham sido criados a 8 km do hospital, que fora permanentemente desativado depois que um dos criminosos mais perigosos da história do estado de Washington, Lester Reece, escapara dos muros grossos e decadentes e dos portões enferrujados da instituição.

CAPÍTULO 3

Preparando-se para o que provavelmente seria outro interrogatório, Ava desceu com Khloe o lance único de escada e atravessou a sala de jantar, na qual Graciela já havia recolhido a sopeira e os pratos da mesa. Elas puseram a louça suja de Ava na bancada da cozinha e se dirigiram à biblioteca, onde Biggs havia se acomodado numa poltrona e segurava uma caneca com a mão gorducha.

Jewel-Anne e o primo Ian tinham se juntado a Wyatt e à dra. McPherson no cômodo aconchegante, decorado com abajures Tiffany, um velho sofá acolchoado e cadeiras sem braço. A dra. McPherson trabalhava com o médico de Ava, mas era a terapeuta principal. A conversa era um burburinho tranquilo, de clima sóbrio. Jewel-Anne, ao menos uma vez na vida, não estava ouvindo música, apesar de ter levado uma de suas bonecas medonhas. Essa era do tipo Kewpie, com olhos grandes e fixos, cílios exagerados e uma boca muito vermelha fazendo um beicinho precoce. Ava não sabia se a boneca, de cachos louros e emaranhados, era para ser uma criança ou uma adolescente. De qualquer forma, era uma visão perturbadora, ainda mais por causa do jeito que Jewel-Anne a carregava, como se o maldito treco fosse sua filha.

Ian não parecia notar a boneca e ficava mexendo no bolso da camisa, na qual, antes, costumava guardar um maço de cigarros sempre à mão. Ele alegava que tinha parado de fumar havia pouco tempo, apesar de Ava tê-lo visto do lado de fora, perto do cais, dando um trago, mas ninguém sabia por quê mentia. Alto, magro e desengonçado, com mais de 1,80 m e cabelos castanhos e encaracolados com alguns fios grisalhos, Ian fora trabalhar na ilha como faz-tudo alguns anos antes, e Ava com frequência se perguntava por que ele não havia partido para outra, saído daquele lugar. Ian, assim como os outros primos, fora proprietário de uma parte da Ilha Church, ou de um "pedaço da pedra", como o pai dele costumava dizer, fazendo referência a um velho slogan de uma empresa de seguros que condizia com a opinião dele sobre a ilha.

Sem dúvida, o grupinho íntimo estava discutindo sobre a esposa de Wyatt e seu atual estado mental, pois todos se calaram quando ela entrou no cômodo.

Ótimo, pensou, enquanto o silêncio constrangedor se estendia, e o nó que já lhe apertava o estômago ficou ainda mais dolorido.

—... só precisa descansar — comentava a psiquiatra quando Ava chegou. Ela e Wyatt olharam para cima com um pouco de culpa, supôs.

— Ava — disse Wyatt, levantando-se num sobressalto e atravessando rapidamente o tapete desbotado estendido sobre as antigas tábuas corridas da biblioteca. Lançou um breve olhar inquisidor na direção de Khloe, como se estivesse chateado por ela ter convencido Ava a descer. — Pensei que você estivesse com dor de cabeça — sussurrou, ao se aproximar da esposa.

— Estava, mas é impressionante o que alguns comprimidos para enxaqueca podem fazer.

— Imaginei que o xerife quisesse fazer mais algumas perguntas a ela — interferiu Khloe, secamente.

— E quero — retrucou Biggs.

— Ótimo — disse Khloe. — Vou buscar um chocolate quente para você — acrescentou, dirigindo-se a Ava.

Mas ela chegou tarde. Como se tivesse previsto o retorno de Ava, Demetria, a enfermeira de Jewel-Anne, apareceu com uma caneca fumegante, na qual marshmallows minúsculos se dissolviam no chocolate quente e encorpado. Ela entregou a caneca a Jewel-Anne.

— Estou com outra xícara no micro-ondas — ofereceu Demetria, parecendo um pouco menos severa. Seus lábios se esticaram numa tentativa de sorriso. — Só um segundo.

— Me deixe ajudar você — disse a psiquiatra, dirigindo-se à cozinha.

— Ei, pode me trazer uma xícara de café? — perguntou Ian, sorridente, para a enfermeira de Jewel-Anne.

Demetria parecia estar prestes a dizer *Pegue você mesmo*, mas, em vez disso, lançou um sorriso frio e respondeu:

— Vou ver se tem café pronto.

Rapidamente, voltou para a cozinha, enquanto Wyatt pegava a esposa pela mão e a ajudava a chegar ao sofá. Eles se sentaram, lado a lado, tensos, e Ava sabia muito bem que todos estavam de olho nos dois, de olho nela. Os dedos de Wyatt continuavam entrelaçados nos dela, como se ele se importasse ou temesse que ela fugisse.

Para onde? Estamos numa ilha, meu Deus.

Debaixo do casaco, os ombros dela se retesaram e Ava não pôde deixar de sentir que Wyatt estava incorporando o papel de marido dedicado, fazendo um teatro para os demais, o que era ridículo. Todos os moradores do Portão de Netuno sabiam que o casamento deles estava em crise. Desde a noite do desaparecimento de Noah.

De um jeito casual, ela soltou a mão dele e a meteu no bolso fundo do casaco. Com o dedo, tocou em algo frio e metálico... uma chave. Percebeu quando a ponta do dedo indicador sentiu os dentes da lateral.

Uma chave do quê? De onde? Ela não tinha vestido o casaco mais cedo? Não havia nenhuma chave nos bolsos, não que ela soubesse.

Demetria voltou com uma xícara de chocolate quente para Ava e lhe entregou. Evelyn McPherson também regressou rapidamente, segurando a própria caneca.

— Não tinha café? — perguntou Ian. Quando Demetria fez que não com a cabeça, ele fechou a cara. — Mas senti o cheiro e... — Olhou para Biggs, que tomava um longo gole da xícara de café. — Droga! — Ian se levantou contrariado e foi bufando para a cozinha, enquanto Demetria parecia conter um sorriso.

Pequenas vitórias, pequenas vitórias, pensou Ava, cansada dos joguinhos deles.

Biggs se mexeu na cadeira, olhando para Ava.

— Você viu alguma coisa e correu para o cais?

— Eu já lhe disse que pensei ter visto o meu filho e que corri para salvar o menino. Acho que eu estava enganada — admitiu, apesar de ter precisado forçar as palavras. — Mas vi alguma coisa. Alguém. No cais.

De soslaio, flagrou Wyatt olhando disfarçadamente para Evelyn, que estava perto da lareira, fazendo questão de mostrar que aquecia a parte de trás das pernas. No entanto, Ava sabia que, na verdade, estava examinando a paciente minuciosamente.

Ava sentiu um nó na garganta e olhou para a própria xícara enquanto os marshmallows se desintegravam, como se fossem ondas escuras e espumosas quebrando na praia.

— Acho que estava confusa, mas fiquei assustada.

— Pensou que estivesse salvando alguém? — interrogou Biggs.

— Pensei.

— Ela está tomando alucinógenos? — perguntou à psiquiatra.

— Não foi alucinação! — rebateu Ava, que ouviu alguém tossir baixinho e viu Austin Dern de pé ao lado da janela, dando a entender que estava observando a noite escura. Ele captou o olhar dela no reflexo da vidraça por apenas um instante e sacudiu a cabeça de maneira quase imperceptível.

— Quero dizer... Ah, não sei o que quero dizer. — Ela detestava aquilo. Estava mentindo, mas a advertência sutil de Dern falou mais alto que a raiva.

— Você sabe que o Noah desapareceu há cerca de dois anos — disse Evelyn McPherson num tom gentil. Lágrimas ameaçavam se formar nos olhos de Ava. — Ele já estaria com quase 4 anos e com uma aparência bem diferente da que tinha na última vez em que o viu.

Ava engoliu em seco e concordou com a cabeça.

Voltando-se para o xerife, a psiquiatra disse:

— É óbvio que não é uma boa hora.

— E existe uma boa hora? — perguntou Ava.

— Existem momentos mais propícios — explicou McPherson, e Joe Biggs aproveitou a deixa.

— Que bom que ficou tudo esclarecido — declarou o xerife.

É sério? Ava encarou Biggs como se ele tivesse enlouquecido, mas, se o xerife viu dúvida nos olhos dela, ignorou. Ajeitando o chapéu na cabeça, ele se dirigiu para a porta.

— Obrigado, Joe — disse Wyatt, e o grandalhão parou. — Sei que é um transtorno.

— São ossos do ofício. — Biggs apertou a mão de Wyatt antes de atravessar a cozinha. Os passos pesados foram esmaecendo quando a porta rangeu ao abrir.

No bolso, os dedos de Ava estudavam com avidez a chave desconhecida. Ela não sabia por que aquilo parecia importante. Não sabia quem a deixara para ela, mas não achava que se tratasse de um equívoco qualquer. A chave tinha uma razão de ser.

Se ela, ao menos, conseguisse descobrir qual...

Em que diabos se metera? Dern se perguntou, enquanto descia o caminho de cascalho até o estábulo no qual o pequeno rebanho de cavalos, que agora estava sob os cuidados dele, passaria a noite.

A ilha inteira parecia ter saído de um filme de Hitchcock, e dos ruins, do tipo que a mãe dele assistia noite adentro para acompanhá-la na insônia constante.

Por cima do ombro, ele olhou para a casa, uma construção gigantesca e assimétrica que se destacava no meio da noite, com sua única torre lembrando o dente comprido da mandíbula de um monstro perfurando a camada inferior de nuvens que encobriam a ilha. Portão de Netuno... Quem tivera a ideia de dar esse nome? Dern supôs que a casa tivesse sido batizada muito tempo antes, talvez pelo dono original, um capitão do mar que se instalara ali e investira no ramo madeireiro numa época em que as matas virgens se espalhavam por milhares de quilômetros quadrados dos estados de Washington e Oregon.

Bem, o velho Stephen Monroe Church dera origem à uma tataraneta muito pirada: Ava Church Garrison. Linda. De uma beleza quase sedutora, para quem acreditava nessas coisas. Não era o caso de Dern. Com os olhos grandes, cinzentos como as águas do Pacífico no inverno, maçãs do rosto salientes e o queixo pontudo, ela tinha traços de uma verdadeira beldade, mas era magra demais para o gosto dele. Parecia uma morta de fome. Apesar de nem sempre ter sido assim. Ele sabia.

Dern verificou se os cavalos estavam bem e se acalmou um pouco quando o cheiro de feno seco, poeira e couro lubrificado se sobrepôs ao fedor mais cáustico de urina e ao aroma de terra do esterco. O barulho dos cavalos andando na palha, com um relincho ou outro, também era reconfortante. Ele sempre se sentira mais à vontade com bichos do que com gente. Naquele dia, aquele sentimento ficara mais claro do que nunca quando Dern conhecera os outros moradores do Portão de Netuno, um ninho de cobras — se é que isso existe.

Depois de trancar a porta, subiu a escadaria externa do apartamento que, pelo menos por enquanto, era o seu lar. Era um conjugado, com metade do tamanho da biblioteca na qual havia testemunhado a interação entre os integrantes da família Church, os funcionários do Portão de Netuno e o xerife. Foi quando tudo começou a ficar um pouco confuso. Alguns empregados pertenciam à família, e até o maldito xerife era parente de Khloe Prescott, que, supostamente, tinha sido babá da criança desaparecida e, após o sumiço, ficara para cuidar de Ava, que, em algum momento, fora sua melhor amiga.

Parecia uma charada sem fim.

E Dern sabia que era um bando de mentirosos. Todos eles. Até mesmo a esquálida Ava Garrison. Ele podia sentir.

Não havia quase nada no cômodo, apenas um sofá que virava uma cama desconfortável, uma mesa dobrável com o tampo manchado, uma "poltrona" e uma televisão de mais ou menos 1983. Um fogão a gás pintado de verde-floresta ficava a um passo da porta da frente e era a única fonte de calor do lugar. Agora também estava coberto com a calça jeans, que continuava encharcada. Nas paredes de madeira, gravuras de embarcações marítimas de outra era escondiam os buracos dos painéis gastos.

Lar, doce lar.

Antes, assim que chegara, Dern havia jogado o colchonete por cima do sofá e arrumado suas poucas roupas no armário minúsculo que, para ele, era o suficiente. O banheiro consistia em um chuveiro, um vaso sanitário e uma pia lascada, instalada atrás de uma porta dobrável. A cozinha era embutida, com uma pia funcional, uma bancada minúscula, um micro-ondas e um frigobar. As manchas de calor na velha bancada de fórmica indicavam que o inquilino anterior tivera uma chapa elétrica, mas que não se encontrava no único armário minúsculo que continha detergente, dois pratos, duas tigelas e uma variedade de potes e copos. Havia uma cafeteira espremida num canto e duas xícaras ao lado, mas não se via café em lugar algum.

Dern ouviu algo arranhando a porta e, ao abri-la, se deparou com um cachorro enlameado — alguma cruza de cão de pastoreio, provavelmente uma mistura de Pastor Australiano com Border Collie, todo preto, exceto por três patas que, em algum momento, tinham sido brancas. Estavam cobertas de terra.

— Quem diabos é você? — murmurou. — Aguente aí.

Dern pegou uma das toalhas que estavam no armário debaixo do televisor e limpou as patas do vira-lata, que entrou, deu três voltas e se jogou no tapete de retalhos puídos que cobria o linóleo na frente do fogão a gás. Com a cabeça apoiada nas patas, o cachorro o encarava, como se esperasse algo.

— Sinta-se em casa — resmungou Dern antes de tirar a calça ainda molhada de cima do fogão e aumentar o calor. Enquanto o novo amigo observava, levou a Levi's para o banheiro e a pendurou na porta de vidro fosco do boxe, ao lado da camisa ainda úmida.

O cão só se mexeu para abanar o rabo, quando Dern fechou a porta dobrável e regressou.

— Pela forma como entrou, imagino que você já tenha vindo aqui, não é, rapaz? — Dern se agachou. Não resistiu e acabou afagando as orelhas do cachorro. Depois, virou a coleira e leu uma etiqueta muito velha. — Vagabundo? — perguntou, voltando a se levantar. — É sério? Esse é o seu nome?

O vira-lata abanou novamente o rabo molhado quando Dern desafivelou a coleira para verificar se era mesmo uma coleira. Já tinha vasculhado o apartamento em busca de dispositivos eletrônicos. Não encontrara nada de suspeito, nada de câmeras minúsculas nem de microfones escondidos em lugar algum. Conferira até o espaço que servia de sótão e examinara cada centímetro do assoalho, das paredes e do teto. Era um hábito, algo que fazia desde a época do serviço militar. E, tendo em vista os motivos de sua presença ali, era uma boa ideia.

— Tudo certo — falou com o cachorro, enquanto recolocava a coleira. Depois, fez mais um carinho em Vagabundo antes de se levantar e desejar ter pensado em pôr umas cervejas no frigobar.

Na manhã seguinte, pretendia cuidar dos animais e, depois, fazer a travessia de barco até Anchorville para sentir a atmosfera da cidade e dar uma bisbilhotada. Se tivesse tempo, esperaria se inteirar das fofocas locais sem levantar suspeitas e descobrir mais a respeito da Ilha Church e de seus habitantes.

Se fosse possível.

Andou até a janela que dava para o Portão de Netuno e observou a casa monstruosa. Ainda havia luzes acesas em algumas das janelas, apesar de não conseguir espiar o quarto de Ava Garrison daquele ponto estratégico. Isso o incomodava um pouco, ainda mais depois do mergulho surpreendente que ela dera na baía poucas horas antes. Mas ele não podia reclamar de onde morava, do fato de precisar de um lugar de onde pudesse ficar de olho nela, pois levantaria suspeitas. Sendo assim, tinha que agir com cautela.

Depois de fechar as cortinas, conferiu mais uma vez o esconderijo: um dos buracos na parede coberto por uma gravura de um veleiro navegando em ondas violentas. Mais cedo, havia colado uma bolsa resistente e à prova d'água na parte de dentro do painel, o mais fundo que pôde alcançar do buraco. A bolsa tinha um fecho de velcro e guardava vários itens, incluindo um celular pré-pago que não podia ser rastreado — pelo menos, não com facilidade —, um dispositivo de acesso à internet que ele não queria que ninguém encontrasse e um pequeno pen drive que continha todas as informações que ousava manter na ilha. Uma cópia dos dados estava armazenada bem longe dali, num site particular de backup, no continente, mantendo-os afastados de olhos curiosos. O último item era a pistola. Uma Glock que não tinha como ser vinculada a ele.

Mesmo assim, Dern nunca se sentia totalmente seguro. Sempre se precavia.

— Faz parte — lembrou a si mesmo ao retirar o dispositivo de acesso à internet e o pen drive dos esconderijos. Após verificar a tranca da porta, abriu o laptop e se conectou, pronto para escrever as anotações sobre o que descobrira no primeiro dia como funcionário de Ava Garrison.

Infelizmente, naquele momento, tinha mais perguntas do que respostas.

Mas aquilo mudaria.

O cachorro soltou um longo suspiro e fechou os olhos.

Dern olhou para o pastor fedorento.

Concluiu que o bicho talvez fosse seu único amigo na ilha.

Mais uma vez, aquilo lhe pareceu o suficiente.

CAPÍTULO 4

Ela acordou sozinha.

De novo.

O lado da cama em que Wyatt dormia estava frio, como se nem tivesse se deitado com ela.

— Ótimo — sussurrou, fazendo uma careta ao som do alívio. Não estava certo. Ela já havia perdido o filho e, ao que tudo indicava, a própria identidade. Então, deveria se agarrar ao marido e ao casamento. Mas corria um risco enorme de perder os dois e só conseguia sentir alívio.

Quando *aquilo* havia começado?

De início, após a morte de Noah, ela e Wyatt haviam se unido, consolado um ao outro, secado as lágrimas um do outro. A ternura e o desespero de quando faziam amor evaporaram ao longo dos meses, quando se deram conta de que o menino não voltaria, de que havia desaparecido para sempre.

Wyatt passou a ficar no continente e, então, quando retornava, raramente dormiam juntos.

Apesar de ela precisar de outro bebê. *Um filho não substitui outro.* Ava sabia disso. Mas queria outra criança. Alguém para amar.

Com a porta fechada, ouviu o barulho da cadeira de rodas de Jewel-Anne andando do lado de fora. A prima inválida teria voltado a espioná-la? Jewel-Anne estava cada vez mais esquisita, e sua paciência com a prima se esgotava. Por que diabos Jewel-Anne se esconderia para observá-la e escutar suas conversas? A prima estava tão entediada assim? Não fazia o menor sentido.

A dor de cabeça voltou com força e, mais uma vez, Ava sentiu o mundo desabar ao seu redor. Estava grogue, arrastando-se por causa dos resquícios do sono pesado, mas resistiu. Sempre tivera o sono leve, mas, ultimamente...

Doparam você. É óbvio. Como está ignorando os soníferos que a dra. McPherson receitou, ela deve ter posto o remédio naquele maldito chocolate que você tomou com tanta gulodice ontem à noite. Ela não foi à cozinha com Demetria?

Respirou fundo. *Não faça isso. Evelyn McPherson é uma psiquiatra muito respeitada que está querendo ajudar.*

Ava fechou os olhos por um segundo e, com muito esforço, tentou sair da cama para encarar o dia, mas aquilo parecia assustador.

Você não pode ficar aqui deitada, sentindo pena de si mesma. Não pode alimentar a paranoia de que estão todos contra você. Saia dessa cama e faça alguma coisa. Qualquer coisa!

Descobrindo-se, Ava se obrigou a rolar para fora do colchão e calçou os chinelos. A cama confortável e desarrumada a chamava, mas ela ignorou a tentação de se jogar de novo nas cobertas emboladas, de apoiar a cabeça latejante no travesseiro e voltar a fechar os olhos para esquecer o mundo. Que bem isso faria?

Com os chinelos calçados, parou para se espreguiçar, ouviu o estalo da coluna e sentiu um bocejo se formando.

Café. É disso que você precisa. Duas, talvez três xícaras de italian roast *ou qualquer blend com um teor absurdo de cafeína.*

Na janela voltada para Anchorville, ela contraiu um pouco o rosto quando um fino raio de sol passou pela abertura entre as cortinas quase fechadas e lhe perfurou o cérebro como uma faca quente. Nossa, que dor de cabeça. Mas era sempre assim de manhã.

Ava puxou as cortinas pesadas para os lados e espiou o dia que já havia começado. O sol estava a leste, e raios luminosos atingiam a água e brilhavam tanto, que ela precisou apertar os olhos para enxergar a barca que se afastava do litoral da cidade de Monroe — na verdade, um pequeno povoado — deste lado da baía. Composta por uma mercearia, um correio, uma lanchonete que abria de acordo com a vontade do dono, um pequeno hotel e uma cafeteria cercados por um punhado de casas, Monroe tinha 78 residentes fixos. As poucas crianças que moravam lá pegavam a barca para estudar em Anchorville, e a maioria dos habitantes também trabalhava no continente ou no velho hotel, que agora era uma pousada e a única hospedagem da ilha.

A barca estava se distanciando da ilha, deslizando sem esforço na água iluminada pelo sol. Alguns barcos de passeio se deslocavam lentamente da marina para o mar aberto.

De maneira instintiva, ela olhou para o cais que balançava na água. As tábuas, castigadas pelo tempo, secavam ao sol. Nada parecia fora do lugar. Não havia nada de estranho, nenhuma lembrança física do filho vestido com um casaco de moletom vermelho e calça jeans. Não havia ninguém na ponta enevoada do cais.

— Você está perdendo o juízo — sussurrou. *Como eles acham.*

Ela se virou para tentar espiar o estábulo e o apartamento no qual Austin Dern estava morando, mas é claro que não conseguiu avistá-los daquele ângulo.

Trate de se mexer.

Volvendo-se, observou os remédios matinais: três comprimidos cor de cereja que estavam num vidrinho do tamanho de uma xícara de café expresso ao lado de um copo d'água.

Alguém, Wyatt, provavelmente, levara a medicação de manhã, enquanto ela dormia. Ava não ouvira a pessoa chegar. Sentiu um frio na espinha ao pensar no que poderiam fazer com ela enquanto dormia um sono tão profundo. Não queria engolir nada que pudesse lhe entorpecer a mente, mas Wyatt e McPherson insistiam que precisava dos remédios.

— Balela — murmurou baixinho. Levou o vidro para o banheiro, jogou os comprimidos coloridos no vaso sanitário e deu descarga.

A água ainda descia pelo encanamento antigo quando ela voltou para o quarto e devolveu o vidro do remédio à mesinha de cabeceira.

Vestindo uma calça jeans e uma camiseta de manga comprida, procurou no armário um par de tênis surrados e um pulôver verde de lã. O pulôver, que usava havia anos, agora estava, no mínimo, um número maior.

Observando o suéter que vestira na noite anterior, vasculhou o bolso direito e tirou a chave que fora deixada ali dentro.

— De onde você é? — indagou em voz alta, olhando para os dentes gastos da chave. Não havia marcas identificáveis, nada que indicasse o que destrancava, mas Ava meteu o pequeno pedaço de metal no bolso da frente da calça para o caso de desvendar o mistério.

Ao sair do quarto, pensou que pudesse esbarrar em Jewel-Anne, mas a prima era esperta demais para ser flagrada espiando e já havia se mandado. Se é que estava mesmo do lado de fora da porta de Ava.

Na cozinha, Ava pegou o bule e se serviu do café que Virginia fizera — não importava qual. Depois, pegou um guardanapo e uma fatia de bolo de maçã que alguém já havia cortado e posto para esfriar na bancada. A casa estava em paz, o que era raro. Não se ouvia nem mesmo o cantarolar desafinado de Graciela nem a cadeira de Jewel-Anne atrapalhando o silêncio.

Ela achou aquilo estranho, mas o que não era? Sua vida inteira parecia surreal naqueles dias. Atravessou a porta dos fundos e a varanda até chegar à parte externa, onde o vento de outono soprava frio, algumas folhas secas rodopiavam sobre o gramado, e o cheiro de maresia era constante. Naquele momento, sob a luz do sol, a ilha aparentava ser pacífica e serena, sem nenhum indício do mal que parecia brotar das encostas e entranhar nas paredes do Portão de Netuno à noite.

É tudo coisa da sua cabeça, querida. É tudo coisa da sua cabeça.

Observando a baía, Ava se sentou no balanço da varanda e se impulsionou devagar.

O café forte e quente desceu queimando a garganta e amenizou a dor de cabeça. O bolo de Virginia ainda estava morno e era recheado de canela e maçãs cozidas, provavelmente oriundas das árvores retorcidas do pomar que ainda davam frutas.

Que diabos você está fazendo? Espera que algo aconteça? Você não é assim, Ava. Nunca foi. Você era — ainda é — uma mulher de atitude. Lembra? Não se formou na faculdade em um pouco mais de três anos? Não era uma empreendedora que abriu a própria agência de propaganda, ganhando rios de dinheiro com marketing digital, antes de vender a empresa? Não transformou sua bela herança numa fortuna que lhe permitiu comprar a parte dos primos e dos irmãos para que, por fim, pudesse ser a dona majoritária da ilha? Se não fosse Jewel-Anne ter ficado de fora, o Portão de Netuno seria só seu. Não era esse o seu sonho? Ela mordeu a ponta do lábio e refletiu. O que tinha acontecido com a mulher que já tinha sido, aquela que batera os olhos em Wyatt Garrison para nunca mais largar? Onde estava a atleta que corria maratonas? Onde fora parar a pessoa que havia comprado, de caso pensado, a herança de quase todos os parentes para ser a única proprietária do Portão de Netuno, a mulher que pretendia restaurar a casa antiga para deixá-la magnífica como era?

Foi embora... se perdeu quando o único filho desapareceu. Uma lágrima rolou do olho de Ava, que a enxugou com raiva. *Chega de andar por aí se lamentando! Chega de deixar que a agridam! Chega de bancar a vítima! Coragem, Ava! E, se o passado a incomoda tanto, desvende o mistério. Descubra o que aconteceu com o seu filho e toque a sua vida.*

— Minha nossa — sussurrou, com um medo súbito de seguir em frente.

Vamos, Ava! Pelo amor de Deus, faça alguma coisa!

Engolindo o resto do café, quase quebrou a mesa ao bater com a caneca no tampo de vidro empoeirado. Amassou o guardanapo, enfiou-o no bolso da calça e andou até o cais e a casa de barcos. Ao entrar, descobriu que só o bote continuava lá. A lancha havia sumido. A rampa estava vazia e o elevador, abaixado. Na infância, sempre fora fascinada pela casa de barcos, pelo cheiro de maresia, pela forma como a água estava sempre revolta, pelo sótão oculto, no qual o mecanismo do elevador de barcos ficava escondido junto com alguns vespeiros abandonados e uma infinidade de teias de aranha pegajosas que, repletas de corpos de insetos dissecados, pendia da única janela imunda.

Quando crianças, ela e Kelvin se escondiam lá, fugindo das brigas dos pais, tão voláteis quanto a paixão que sentiam um pelo outro.

Kelvin. Sentiu um aperto no peito ao pensar nele e saiu imediatamente da casa de barcos, recusando-se a deixar que as lembranças de seu único irmão a arrastassem de novo para aquele lugar sombrio que parecia chamá--la sempre. Primeiro Kelvin. Depois, Noah.

Talvez todos os membros da família que a consideravam maluca tivessem razão. Havia grandes chances de ela ser louca de pedra.

Só que, mais uma vez...

Ao sair da casa de barcos, Ava subiu uma série de degraus de pedra que levavam ao jardim, onde, no verão, floresciam rosas, hortênsias e calunas. Agora o terreno estava abandonado e infestado de ervas daninhas, com o mato cobrindo as pedras. Parou na lápide, uma pedra entalhada com o nome de Noah. Não havia data de nascimento. O dia em que ele desaparecera também não estava indicado na placa irregular. Só continha o nome dele. Ava se abaixou e se apoiou em um dos joelhos. Inclinando-se para tocar nas letras, beijou os dedos e os roçou sobre a superfície áspera.

— Sinto saudades — sussurrou, e teve a sensação de que estava sendo observada, estudada por olhos invisíveis.

Olhou para a casa por cima do ombro, mas não viu ninguém nas janelas escuras que refletiam o mar.

Wyatt tinha razão. Ela não podia continuar daquele jeito. Vivendo no passado. Sem saber o paradeiro do filho. *Você precisa descobrir o que aconteceu com ele. Você. Sabe que não pode contar com mais ninguém.*

De pé, Ava observou o cais e franziu a testa. Por que sempre o via *ali*? Ele não estava brincando perto da casa de barcos quando desapareceu. Mesmo assim, nos sonhos e nas visões, sempre via o pequenino de costas na ponta do píer, numa proximidade perigosa da água.

Por que os pesadelos sempre a levavam para lá?

Atravessando um portão enferrujado, Ava se dirigiu à parte de trás da casa, de onde avistava o estábulo, o celeiro e as construções adjacentes. Os cavalos e algumas cabeças de gado estavam pastando. A pelagem emaranhada reluzia com os raios de sol. Curiosa, percorreu a área com os olhos em busca de Dern, mas ele não estava em parte alguma. Vasculhou o estábulo, o celeiro e até subiu a escada do apartamento dele. A porta estava trancada e ninguém respondeu quando bateu. Dern, assim como todos os outros moradores da propriedade, parecia estar ausente naquela manhã — o que era uma pena, pois Ava queria conversar com ele e descobrir mais a respeito do homem que a resgatara da baía.

Do estábulo, andou até a frente da casa e se deteve na porta. Não estava mais sozinha. Virginia perambulava pela cozinha. Ava também escutou passos no andar de cima e o murmúrio suave da cadeira de rodas de Jewel-Anne.

Não, ela não estava mais sozinha.

E não sabia se isso era bom.

Ou ruim.

Ava foi até a cozinha, onde Virginia, equilibrada num banquinho, arrumava latas na copa, com todos os rótulos voltados para fora, as latas maiores no fundo e as menores na frente. Também dava para ver pacotes de macarrão, além de uma variedade de temperos e mantimentos básicos, como arroz, feijão, farinha e açúcar em potes quadrados de vidro, todos devidamente etiquetados. Olhando por cima do ombro, Virginia perguntou:

— Você comeu alguma coisa? — Endireitou uma caixa de caldo de galinha que estava torta.

— Roubei uma fatia do seu bolo. Estava bom.

— Isso não é muito. Quer mais alguma coisa?

— Não, obrigada.

Uma pilha de latas de atum estava perfeitamente alinhada. Virginia consultou o relógio.

— O almoço ainda vai demorar algumas horas.

— Acho que aguento. Então... onde estavam todos hoje de manhã?

Por baixo das mangas do vestido simplório, os ombros de Virginia se contraíram de forma pouco perceptível, e as latas de atum ameaçaram cair.

— Olá! — A voz de Wyatt ecoou do corredor externo. Ao se virar, Ava se deparou com ele dando passos largos em sua direção. A preocupação que ela vira estampada na cara do marido na noite anterior havia evaporado, e ele até conseguiu abrir um sorriso. — Como está se sentindo?

— Nada mal. — Ava deu de ombros.

— Que bom. — Wyatt engachou a mão no cotovelo dela. — Eu estava preocupado — admitiu.

— Vou ficar bem.

Ele ergueu um dos cantos da boca.

— Estou contando com isso. — Mas ainda havia dúvidas nos olhos dele, dúvidas que tentava disfarçar. — E então? Quer ir à cidade?

— Com você?

— É claro que é comigo. A gente podia almoçar.
— Pensei que você tivesse que trabalhar.
— Vou embora no fim da tarde, mas pensei em sairmos um pouco desta ilha, fazermos algumas compras na mercearia, sei lá, darmos uma volta.
— Darmos uma volta — repetiu ela.
— Pois é, eu sei. — Ele soltou o cotovelo dela e ergueu uma das mãos como se estivesse se rendendo. — Não fazemos isso há muito tempo, mas acho que, talvez, tenha chegado a hora de, sabe — levantou um dos ombros e abriu um pouco mais o sorriso —, nos reaproximarmos.

Ava olhou para cima, na direção do segundo andar, para ter certeza de que não havia ninguém escutando. Diminuindo a voz, disse:
— Então por que não foi para a cama ontem à noite?
— Eu estava lá.
— Não... É mesmo? Mas... — Ava sacudiu a cabeça e se afastou, lembrando-se da cama fria, do travesseiro que não mostrava a marca da cabeça dele, dos lençóis e das cobertas arrumados e esticados do lado dele. Não tinha como estar lá. Ela teria percebido, teria sentido a presença dele. — Você não estava lá.
— Levantei cedo.
— Wyatt — falou ainda mais baixo, tentando manter a paciência. — O que é isso?
— Me diga você.
— Por que está mentindo?
— Boa pergunta — respondeu ele, desmanchando o sorriso. — Por que mentiria?
— Você não estava lá quando fui dormir nem quando acordei.
— Isso não é novidade, Ava. Acontece o tempo todo... — Afastou o olhar e soltou um longo suspiro sofrido. — Eu estava lá, Ava. Bem do seu lado. A maior parte da noite. Quando cheguei, você estava dormindo; então não quis atrapalhar. Depois, como estava muito agitada, levantei e passei o resto da noite, a partir das 4 horas da manhã, aqui embaixo, no escritório. — Apontou com o dedo para a sala localizada do outro lado da escada, o lugar do qual ele havia se apoderado quando tinham se mudado anos antes e no qual se refugiava com frequência, fechando as portas francesas e as cortinas sempre que trabalhava de casa, o que, nos últimos dois anos, era cada vez mais raro.
— O seu lado da cama nem foi usado — insistiu ela.
— Muito usado — corrigiu ele, erguendo um dedo enquanto o rosto enrubescia um pouco. — Não foi *muito* usado. — Fechou a cara. — Tudo

bem, esqueça o convite que fiz para irmos à cidade. Talvez não seja uma boa ideia. Acho que é melhor cada um ficar no seu canto. — Olhando-a pela última vez, com um misto de decepção e raiva, refez o caminho pelo qual viera, com os passos emitindo sons ocos no chão de mármore do saguão.

Ela rangeu os dentes. *A culpa é sua, Ava. Ele estendeu uma bandeira branca e você a rasgou ao meio.*

— Ui. — A voz de Ian ecoou pelo saguão. Virando-se, ela o viu encostado na parede próxima ao elevador. — Problemas no paraíso?

— O que você tem a ver com isso?

— Está sensível hoje, não é, priminha? O que houve? Parou de tomar os remédios?

Do que ele estava falando? Ela pensou nos comprimidos que havia jogado no vaso sanitário e se recusou a se sentir culpada. De jeito nenhum.

— Sabe, não é uma atitude muito inteligente irritar o Wyatt — falou Ian por falar.

— Não é de propósito.

— É claro que é.

Ian a encarava, e ela reagiu:

— Você não tem que trabalhar?

— Agora não muito, uma vez que o seu maridinho resolveu contratar aquele ex-fuzileiro naval, oficial da tropa de elite ou sei lá o quê.

— O Dern? Pensei que fosse trabalhador rural.

— Também é.

— O que você sabe a respeito dele?

— Que é encrenca. Não entendo. Por que Wyatt precisa ter espiões por perto... — Ian fez uma careta.

Ava sentiu a paranoia aumentar.

— Por que você acha que é um espião?

— Todos não são? Não é o que *você* pensa? Você não é a única que pode bancar a paranoica, Ava.

Ela o fuzilou com os olhos.

— Não sei muita coisa, tá? Só o que descobri na internet. O Dern teve alguns problemas com a Justiça. Foi detido duas vezes. Não chegou a ser chamado a juízo nem condenado.

— Foi detido por quê?

— Na internet, só consegui descobrir essas informações, mas você pode perguntar a ele.

— O Wyatt jamais contrataria alguém com ficha na polícia.

Ian olhou para ela.

— Eu disse que ele não chegou a ser indiciado, mas isso não quer dizer que seja flor que se cheire, não é? — Um sorriso se abriu sobre seus dentes. — Mas alguém é? — O celular tocou, ele apertou o botão ATENDER e saiu andando.

Enquanto Ian falava baixinho, Ava subiu as escadas correndo e foi para o quarto, mas Graciela já estava lá dentro, a cama já estava feita e o quarto arejado.

— Bom dia — disse a empregada, enquanto ajeitava os travesseiros que acabara de afofar. Depois, passou a mão sobre a colcha, alisando-a.

— Bom dia... mas... você sabe que não precisa arrumar a minha cama. — Ava tinha passado a vida inteira arrumando o próprio quarto e preferia que fosse assim.

— Ah, eu sei. — Graciela assentiu com a cabeça ao entrar no banheiro. — Mas por causa do seu... hum... acidente de ontem à noite, pensei em dar uma ajuda.

Ava andou até a porta e pegou a empregada arrancando com força sua toalha, que estava pendurada num gancho próximo ao chuveiro.

— Posso cuidar de mim mesma.

— Eu sei. — O sorriso de Graciela se encaixou perfeitamente em seu rosto bonito, enquanto ela recolhia uma toalha de rosto molhada que estava na bancada ao lado da pia. Em seguida, se agachou e catou o tapete do banheiro. — Mas foi o sr. Wyatt quem pediu. — Começou a se levantar, olhou para dentro do vaso sanitário e parou.

— Por quê?

A menina deu de ombros e, em seguida, apertou a descarga. Ava percebeu que pelo menos uma parte dos comprimidos que tentara descartar havia permanecido na privada.

Graciela sabe que você está jogando os remédios fora...

— Não perguntei — disse a empregada e, por um segundo, Ava ficou perdida, mas logo percebeu que a resposta se referia à pergunta sobre o pedido de Wyatt.

— Quando? — Agiu como se nada tivesse acontecido. — Quando ele lhe pediu isso?

— Ontem à noite. — As sobrancelhas pretas quase se chocaram, e o sorriso caiu dos lábios. — Algum problema? Eu fiz alguma coisa errada?

— Não, não. — Ava tratou de acalmá-la. — Só que, de agora em diante, deixe que eu mesma faço.

Graciela piscou, parecendo um pouco chateada, e Ava se sentiu uma megera.

— Me desculpe — disse a empregada, baixinho.

— Não precisa se desculpar. Não tem problema. O quarto... está ótimo — Ava recuou, deixando Graciela passar. — Está tudo bem. Apenas... da próxima vez, me consulte, certo?

— Como quiser, srta. Ava — disse Graciela, passando com as toalhas amontoadas debaixo do braço.

— É só Ava — lembrou à empregada, mas Graciela, com as costas tensas, já estava saindo do quarto.

— Sim, senhorita — retrucou, tapando a boca em seguida e se dirigindo rapidamente ao elevador.

Pelo amor de Deus, Ava, não arrume briga. Não crie tempestade em copo-d'água!

No entanto, voltou ao banheiro e bisbilhotou o vaso. Se havia algum resquício da medicação se desintegrando na louça, foi embora no momento em que Graciela deu a última descarga.

— Não é nada demais — disse em voz alta, como se não valesse a pena perder tempo pensando no flagra que a empregada lhe dera.

Mas, lá no fundo, Ava sabia que estava mentindo para si mesma

De novo

CAPÍTULO 5

Ava descia correndo a escada principal da casa quando o telefone começou a tocar. Um toque. Dois. Estava quase na entrada quando ouviu a voz de Virginia atendendo.

— Alô... ah, sim... oi, sra. Church...

Sra. Church? Ai, ai. Ava tremeu por dentro quando pensou em quem poderia ser a pessoa ao telefone: a esposa do tio Crispin, Piper, mãe de Jewel-Anne e Jacob? Com certeza não era a *primeira* esposa de Crispin, Regina, a mulher amarga que havia lhe dado os três filhos mais velhos: Ian, Trent e Zinnia. Regina falecera havia muito tempo, num acidente de automóvel em que o tio Crispin estava ao volante. Ele sobrevivera e, pouco tempo depois, se envolvera com Piper. Ava não estava nem um pouco a fim de conversar com ela.

— ...é claro — dizia Virginia, que olhou para a entrada e viu a patroa pegando a bolsa. Ava balançou a cabeça e fez que não com a mão, na esperança de que a cozinheira captasse a mensagem. É claro que não captou — Ela está bem aqui — declarou Virginia, radiante. — Só um segundo.

Com um sorriso tão caloroso quanto as geadas de inverno, Virginia andou na direção dela. Ava se preparou.

A cozinheira passou o telefone para ela e anunciou:

— É a sua tia.

Perfeito. Fuzilando Virginia com um olhar de nunca-mais-faça-isso-comigo, levou o aparelho ao ouvido e disse:

— Alô?

— Ah, graças a Deus você está bem! Fiquei muito preocupada quando a Jewel-Anne me ligou ontem à noite. — Piper. Ava mentalizou a tia impossivelmente magra, cujos cabelos vermelho-fogo disparavam da cabeça como bombinhas desgovernadas, mechas cacheadas que ela só conseguia domar depois de muitas sessões de chapinha. Piper devia estar com os dedos esparramados de maneira teatral sobre o peito mais que farto. Os seios dela eram desproporcionais em relação ao corpo minúsculo.

— Estou bem. — Ava a tranquilizou e olhou com desdém para o traseiro largo da cozinheira, que se arrastava para a cozinha.

— Está mesmo? Você não sabe como fiquei chateada. Desde que a Jewel-Anne me ligou ontem à noite, estou desnorteada. Eu não conseguia decidir se deveria dar ou não este telefonema. Aí, disse a mim mesma: "A Ava é sua sobrinha. Caramba, Piper! Você tem que ligar para saber como a pobrezinha está."

— Estou bem — respondeu Ava, secamente.

— Ah, como pode estar bem? — perguntou Piper, suspirando. — Depois de tudo que você passou? Sei que não é da minha conta, mas, no seu lugar, eu venderia essa casa velha e fria, me mudaria dessa pedra deprimente e recomeçaria do zero. A maior parte dos negócios do Wyatt está em Seattle. Então, para que continuar na ilha e reviver aquela noite horrível eternamente? Estou dizendo, Ava. Tem que fazer isso pela sua sanidade. Enquanto continuar aí, isso assombrará você para sempre, o que não é nada saudável, sabia? Você e o Wyatt precisam ter outro filho e... Minha nossa, já estou tagarelando. Dei mais conselhos do que você queria ouvir.

Amém, pensou Ava, enquanto a tia soltava um risinho nervoso.

— Bom, eu só queria ouvir a sua voz e saber de você. Vou passar para o seu tio. Ele estava morto de preocupação!

Crispin, o irmão que havia perdido sua parte da fortuna dos Church para o pai de Ava? Ela não acreditava, nem por um segundo, que ele desse a mínima para o que restara da prole do irmão.

— Ah, nossa, estão me ligando. A gente se fala mais tarde — disse Piper, desligando o telefone.

Aliviada, Ava desligou e passou correndo pela cozinha e pela porta dos fundos antes que outro parente resolvesse telefonar. Só Deus sabia para quem Jewel-Anne podia ter ligado, mandado mensagem, e-mail, deixado recado no Facebook e tal. Ava não queria ficar para descobrir. Além disso, precisava se acertar com Wyatt. Tinha sido grossa com ele. Na verdade, tinha sido uma chata de galocha nos últimos dias, sempre desconfiando de tudo, sempre criticando os motivos dele. Wyatt também estava tenso. Bem, quem poderia culpá-lo? A briga daquela manhã indica o estado do casamento deles. Talvez ela devesse tentar recomeçar... se não fosse tarde demais.

Olhando novamente para o estábulo, Ava pensou no novo funcionário que Wyatt contratara e disse a si mesma para acreditar que o marido tinha escolhido o homem certo para o trabalho

Desceu rapidamente os degraus dos fundos em direção ao caminho curvo e atravessou os enormes portões abertos que davam para a estrada que levava à cidade. Monroe ficava a menos de 800m morro abaixo, construída num trecho em que a baía avançava um pouco na costa. Ava concluiu que a caminhada ajudaria a desanuviar a cabeça e a mantê-la concentrada.

Sem medicação.

Ela esperava que o ar fresco e o exercício, sem mencionar o fato de ter saído daquela casa que mais parecia uma prisão, amenizasse a dor de cabeça que parecia estar sempre à espreita dentro do cérebro, pronta para atacar a qualquer momento.

Apoiou os óculos escuros na ponte do nariz e se manteve no acostamento da estrada, onde o musgo e a erva daninha que cobriam o cascalho não haviam morrido com a chegada do inverno. Soprava um vento frio, e o cheiro de maresia estava forte, enquanto o sol despontava detrás de nuvens densas e onduladas. Mais a oeste, no mar, o nevoeiro parecia hesitar, como se esperasse uma campainha ou outro sinal que lhe indicasse a hora de invadir a costa. Contudo, naquele momento, o dia estava limpo e a luz do sol esquentava a pele da moça apesar da brisa de outono.

Quando chegou ao minúsculo burgo de Monroe, Ava se dirigiu à marina e passou por barcos em que pescadores separavam o que haviam capturado, limpavam os cascos ou futucavam os motores das embarcações ancoradas.

Quase na ponta de um píer, estava aportado o *Pestinha*, um barco de pesca com console central e cabine. Butch Johansen estava sentado ao leme de sua pequena embarcação, lendo o jornal atentamente. Um boné de beisebol surrado escondia a calvície precoce, e um cigarro pendia de seus lábios. Usava um colete por cima do casaco de moletom. A calça jeans já tinha visto dias melhores e a barba escura estava por fazer havia uns três dias.

Olhou para cima quando a sombra de Ava o cobriu.

Apertando os olhos por causa do sol e da fumaça da guimba de cigarro que queimava lentamente, ele disse:

— Oi, irmãzinha! — Butch a apelidara assim anos antes, quando ela seguia o irmão e o melhor amigo pelos rastros das ovelhas e dos cervos da ilha. Na maioria das vezes, eles tentavam despistá-la. Na maioria das vezes, não conseguiam. — O que diabos anda fazendo? Eu soube que quase se afogou ontem, depois de dar um mergulho rápido à meia-noite.

— Foi isso que você ouviu? — Ava teria se irritado, mas aquele era Butch, o melhor amigo de Kelvin, alguém que ela conhecia desde que se entendia por gente. Vivia provocando-a e, de alguma forma, achava divertido o fato de tanta gente conhecida pensar que estava louca

— Quase isso.

— Notícias ruins se espalham rápido.

— Numa cidade deste tamanho, *qualquer* notícia se espalha na velocidade da luz.

— Por falar nisso, você pode me levar ao outro lado da baía?

— Tem um encontro daqueles?

— Lembre que sou uma mulher casada.

Butch jogou o cigarro na água.

— Se chama isso de casamento... — Quando ela estava prestes a protestar, ele levantou a mão para impedi-la. — Tudo bem, passei do limite. É que não vou muito com a cara do Wyatt.

— E, por acaso, você vai com a cara de alguém?

As sobrancelhas grossas convergiram debaixo da ponta carcomida do boné de beisebol.

— Acho que não. Pelo menos, não desde o Kelvin. — Desamarrou as cordas que prendiam o *Pestinha* no cais. — O seu irmão era uma peça rara.

Ela sentiu uma pontada de tristeza.

— É, eu sei. — Era difícil pensar na morte de Kelvin, uma ferida dolorosa que nunca cicatrizara de verdade. Já haviam se passado mais de quatro anos desde aquela noite horrenda, mas a lembrança era constante para os dois. Subindo a bordo, ela observou Butch virar o boné para trás, encaixar os óculos escuros sobre o nariz e ligar o motor. — Você ainda sente saudades dele.

— Só todos os malditos dias. Simples assim.

Ava se sentou em um dos assentos de plástico enquanto ele manobrava o barco para longe das outras embarcações aportadas na pequena marina. Ela também sentia saudades do irmão. Às vezes, a dor lhe corroía a alma, apesar da noite em que ele morreu ter se apagado parcialmente de sua memória. O cérebro não aceitava o horror daquilo tudo, embora ela estivesse com ele...

A boca da baía era difícil de ser navegada, pois o lugar era guardado por sete rochas pretas visíveis apenas na maré baixa, mas que ficavam à espreita sob a superfície na maré cheia. Traiçoeiras e pontudas, tinham sido batizadas de Hidra pelo tataravô de Ava, e ela sempre tremia quando passava por essas rochas porque, nessas pedras escondidas, o irmão falecera.

Recusando-se a encarar as profundezas cinzentas do mar, Ava envolveu o torso com os braços. Já Butch se limitou a olhar na direção dela quando passaram pela única ponta escura visível naquele momento, uma protuberância rochosa repleta de cracas e estrelas-do-mar.

Uma vez em mar aberto, Butch elevou ao máximo a potência do motor. Despertando com um ronco pesado, o barquinho atravessou as águas escuras enquanto a brisa densa e salgada chicoteava as ondas espumosas, e as gaivotas voavam no alto do céu azul e limpo.

Ava ficou mais animada assim que desceu no cais em Anchorville. Já era de tarde, o sol afundava no céu, a oeste, mas avistou o barco que Wyatt usara mais cedo, atracado ao ancoradouro. A lancha lustrosa e com motor interior possuía cozinha e cabines, mas raramente era usada para outra coisa que não o transporte entre a ilha e o continente.

— Quer que eu espere? — perguntou Butch depois de Ava ter lhe dado uma nota de US$ 20, que ele fez a maior cerimônia para pegar, mas que acabou guardando no bolso.

— Não. Eu volto com o Wyatt.

— Tem certeza?

— Absoluta.

Butch ergueu uma sobrancelha grossa e descrente, mas assentiu com a cabeça. No último dos degraus acinzentados que levavam à cidade, Ava parou e olhou para o mar. Observando o *Pestinha* se afastar do continente, levantou a mão e acenou, depois a deixou despencar. Butch se limitou a lançar um olhar por cima do ombro.

Ava consultou o relógio e viu que eram 14h15. A barca voltava às 16h para a ilha; então, precisaria correr para concluir todos os afazeres que planejara.

O primeiro item da lista era tentar conversar com Tanya, uma amiga da época do ensino médio que tinha namorado durante alguns anos Trent, o primo de Ava — que, por acaso, era irmão gêmeo de Ian. O namoro acabara quando ela, de uma hora para outra, fugira para se casar com Russell Denton, um cowboy tinhoso que não conseguia se manter fiel, sóbrio, nem longe das mesas de pôquer.

O casamento desmoronara bem rápido, mas não antes de Tanya engravidar... duas vezes. Ela e Russ tiveram um desses relacionamentos voláveis e nocivos que nunca terminam de fato. Por fim, menos de um ano antes, os papéis do divórcio tinham sido assinados. Tanya agora era mãe solteira de Brent, de 7 anos, e da primogênita Bella, além de proprietária do Shear Madness, um dos dois salões de beleza de Anchorville. Com o tino para negócios e o ouvido para fofocas, Tanya estava indo bem. Pelo menos, era o que dizia a Ava. No divórcio, ela ficara com a casa, um bangalô antigo construído numa das ladeiras da cidade, e com o pequeno estabelecimento. Era uma das poucas pessoas em que Ava sentia que podia confiar plenamente.

Enquanto as nuvens se aglomeravam sobre sua cabeça, Ava correu para o salão de beleza, localizado a uns cinco quarteirões das docas, entre uma *delicatéssen* e a melhor padaria do condado. Ouviu o estômago roncar ao passar pela porta aberta da padaria e sentir o cheirinho de café recém-feito misturado ao aroma de pão quente e canela.

O salão de Tanya estava semi-iluminado e com a porta fechada. Alguém colara na janela um aviso escrito às pressas informando que o estabelecimento reabriria pela manhã.

— Que ótimo — murmurou Ava, decepcionada. Mas, também, o que esperava? Havia marcado um horário, por acaso? Bisbilhotou o interior escurecido, no qual as paredes tinham sido pintadas de rosa-claro e a decoração era um tributo aos anos 1960, com quadros de fotos em preto e branco de mulheres ícones daquela década. Todas elas, de Marilyn Monroe, Jackie Kennedy e Brigitte Bardot a Twiggy e Audrey Hepburn, observavam de cima as quatro cadeiras de couro sintético preto que, no momento, estavam desocupadas.

Na padaria, Ava pediu um café para viagem, resistiu à vontade de comprar o último pão doce de canela que estava na vitrine e tentou ligar para Tanya, mas o telefonema caiu na caixa postal e uma voz computadorizada e sem vida a instruiu a deixar uma mensagem.

Não deixou.

Em vez disso, tomou um gole de café e andou até a esquina, de onde avistava a baía e a Ilha Church, ainda visível apesar do nevoeiro que chegava lentamente do mar. Identificou até o Portão de Netuno numa das pontas e, um tanto aparente na extremidade sul da ilha, o teto escuro do Sea Cliff. Fazia seis anos que a instituição estava desativada. O hospital fora obrigado a fechar as portas por causa da fuga de Lester Reece, o último de seus detentos loucos. Reece fora suspeito de vários homicídios locais e tinha sido condenado pelo assassinato da mulher e da melhor amiga dela durante um de seus muitos ataques de raiva. Os advogados de defesa insistiram em alegar que ele sofria de esquizofrenia paranoide e, por fim, Reece fora sentenciado a viver o resto de seus dias no Sea Cliff.

De alguma forma, ele enganou os guardas, esgueirou-se pelos portões de ferro e desapareceu na noite.

Ava sentia um arrepio quando pensava em Reece e em seus atos medonhos. Parecia impossível conceber que ele e outros indivíduos igualmente perigosos haviam morado tão perto do Portão de Netuno. É claro que, quando criança, aceitara aquilo como sendo apenas mais uma parte do folclore da Ilha Church.

— E aí? Quem ajudou você a fugir? — Uma voz masculina interrompeu o devaneio, e o coração dela quase saltou pela boca.

Olhando por cima do ombro, avistou Austin Dern caminhando na direção dela. Levava uma mochila surrada pendurada no ombro, e a sombra da barba havia escurecido da noite para o dia.

— Não estou encarcerada.

Contudo, apenas uma hora antes, não tinha considerado a casa uma prisão?

— Se você está dizendo... — Sem se preocupar em disfarçar o ceticismo, Dern puxou a mochila mais para cima do ombro. — Está indo ou vindo?

— Vindo. Acabei de chegar... Tenho alguns assuntos para resolver e pensei em, talvez, visitar uma velha amiga.

— Boa ideia.

— E você?

— Eu precisava fazer umas compras — disse Dern tranquilamente. — Passei em Monroe antes, mas não dá para conseguir muito mais do que pretzels dormidos e pepperoni vencido há meses na Loja de Alimentos Frank's. O nome também está mais para propaganda enganosa. Não há muita coisa ali que passe por alimento.

Ava sentiu um sorriso ameaçar se formar nos lábios. Deus, quando tinha sido a última vez em que ela sorrira ou achara um pingo de graça em alguma coisa?

— Frank's. É assim que se chama, né? — perguntou ele, apertando os olhos.

— É a versão de 7-Eleven de Monroe. E lá tem milho torrado — disse ela, confirmando com a cabeça —, caso você esteja desesperado. Acho que não tem prazo de validade.

Dern fitou-a como se acabasse de descobrir algo inusitado.

— Talvez você tenha razão. — Apontou o queixo para a marina, na qual estavam vários barcos que eram usados como táxis particulares no trajeto entre o continente e a ilha. — Dependendo do quanto você vai demorar, podemos rachar um táxi.

Ava balançou a cabeça e recusou a oferta:

— Não me espere. É bem provável que eu pegue a barca.

— Não me importo.

Dern não se mexeu, e Ava se perguntou o que ele realmente pensava dela depois de tê-la arrastado para fora da baía em meio a berros e pontapés na noite anterior.

— Tem certeza?

— Tenho, sim. Ao contrário do que você pode achar ou escutou por aí, não preciso de babá.

— Eu não disse...

— Eu sei. — Ava levantou a mão para impedir que a discussão se estendesse. — Obrigada.

Ele assentiu e começou a se dirigir para a zona portuária.

— Quem sai perdendo é você.

— Se está dizendo... — retrucou ela, devolvendo as palavras dele, e Dern retribuiu com uma risada. Observando-o descer o morro em direção à marina, Ava notou os ombros largos pressionando as costuras da jaqueta e a forma como o jeans desbotado da calça cobria nádegas que se mexiam com facilidade.

Ela sentiu um calor subindo pela nuca e, apesar de dizer a si mesma que não havia mal algum em "dar uma conferida" em outro homem, desviou o olhar para a rampa, na qual Wyatt havia atracado a lancha da família.

— Caia na real — sussurrou baixinho e esperou, bebericando o café que esfriava até ver Dern subir num barco e negociar o valor da corrida. Enquanto se acomodava num assento, ele olhou por cima dos ombros e para o morro, fitando-a antes do capitão ligar o motor do táxi e manobrar o barco para fora da marina.

Ava ficou pensando nele. Como Dern havia arranjado o trabalho na ilha?
Não há nada de sinistro em procurar emprego.

Então, por que ela tinha a sensação de que já o conhecia? De que Austin Dern escondia algum segredo? De que não era quem dizia ser?
Porque você é chata e desconfiada.

Ela riu um pouco e, quando caíram as primeiras gotas de chuva, levantou o capuz do casaco e correu pelas calçadas. Com a cabeça inclinada contra o vento, decidiu cortar caminho pelo parque, pelo qual uma idosa levava dois cachorros em guias separadas. Os jovens cães da raça Whippet puxavam daqui e dali, focinhando a grama molhada e perseguindo um esquilo cinza que tivera a audácia de correr de um carvalho para outro.

— Harold! Maude! Venham aqui! — berrou a mulher, puxando as guias com força, enquanto os cães magrelos, que insistiam na perseguição, atacavam e ficavam de pé nas patas traseiras enquanto a senhora tentava, em vão, arrastá-los para um pequeno Subaru azul estacionado perto do meio-fio.

— Está chovendo! — lembrou aos filhotes, mas nem Harold nem Maude pareciam perceber. — Ah, pelo amor de Deus. Que tal uma guloseima? Venham *aqui* agora!

Os cachorros se limitaram a abanar uma das orelhas na direção dela. Ava se desviou dos comandos descontrolados da mulher e acabou do outro lado do parque, onde havia um portão de ferro forjado aberto para a rua. Ela estava prestes a atravessá-lo quando se deteve, perplexa.

O marido segurava a porta de um café e olhava para dentro. Um segundo depois, a dra. McPherson apareceu. Usando um par de botas, uma saia justa e uma jaqueta de couro lustrosa, a psiquiatra abriu o guarda-chuva, depois se virou e, com a mão de Wyatt no cotovelo, foi se afastando do parque, andando em direção à baía.

Ava permaneceu onde estava, paralisada.

O coração batia forte no peito enquanto ela observava o casal partir. Wyatt estava com a cabeça inclinada sob o guarda-chuva e, em momento algum, soltou o cotovelo de Evelyn McPherson. Parecia que ele a guiava pela calçada molhada, como se tivesse algum direito sobre a psiquiatra da esposa.

O que significava aquilo? Ava mal percebeu as gotas contínuas de chuva ou o adolescente que passou correndo por ela, espirrando água de uma poça.

Não é nada, disse a si mesma. *Nada.*

No entanto, voltou a sentir a mesma desconfiança que a acompanhava desde que tivera alta do hospital, de que todas as pessoas que ela conhecia não eram quem fingiam ser. Nem mesmo o próprio marido.

Felizmente, Wyatt estava tão entretido com a dra. McPherson, que não reparou na esposa encharcada, de pé, na chuva. O que não era ruim. Era bem melhor que ninguém fizesse ideia do motivo de sua visita ao continente.

Eles já a consideravam doida do jeito que as coisas estavam.

Se alguém da ilha se desse conta de que Ava começara a fazer hipnose, isso geraria uma infinidade de perguntas e de sobrancelhas erguidas.

O problema era que ela, na verdade, nem os culpava.

Até para a sua mente perturbada, aquilo era difícil de engolir.

CAPÍTULO 6

Após certificar-se de que Wyatt e a médica boazinha estavam longe de seu campo de visão, Ava jogou fora o copo com o resto de café frio numa lixeira próxima e andou os três quarteirões que faltavam para chegar ao estúdio da hipnotizadora.

Dizendo a si mesma que o fato de Wyatt se encontrar com a psiquiatra não significava nada, que ela precisava ter um pouco de fé, Ava desceu correndo os degraus abaulados que davam no subsolo e parou diante da porta da casa vitoriana ampla e irregular. O edifício, que pertencera a um barão da indústria madeireira, fora dividido em vários apartamentos e agora era propriedade de Cheryl Reynolds, uma mulher de uns 50 anos que dizia ter o "dom" de não só hipnotizar os clientes como também, por alguns dólares a mais, prever o futuro deles.

Você nunca foi de acreditar em truques, jogos de salão e hipnose, não é mesmo? Lembra aquele dia na feira estadual, em que um hipnotizador chamou voluntários da plateia e todos pareciam dormir, depois se levantaram, sapatearam e bateram os braços como se fossem galinhas? É isso que você quer? Não deu certo na primeira vez, não é? Mesmo assim, você voltou. E o que espera? Ouvir esclarecimentos sobre o seu filho? Trazer à tona lembranças reprimidas?

Os ombros de Ava se contraíram. Ela sentiu o vento frio lhe soprando os cabelos e se lembrou do sonho, do quanto havia sido real. Também se recordou de ter visto Noah no cais no dia anterior.

Apertou a campainha.

Dois dos gatos vira-latas de Cheryl a observavam de cima do muro de contenção enquanto ela aguardava, criticando a si mesma.

Meio minuto depois, a porta se abriu.

— Ava, que prazer em vê-la — disse Cheryl, levando-a para dentro.

Com pouco mais de 1,50m de altura, Cheryl escondia as curvas com um caftan em *tie-dye*. Os cachos louros estavam presos, exibindo o rosto redondo e enrugado de preocupação. Sem dúvida, a história do último mergulho insano de Ava na baía já havia chegado aos ouvidos dela também, através dos cafés e das casas de chá da cidade.

— Então, me conte — insistiu, enquanto a música suave sussurrava pelos corredores e o aroma de incenso não conseguia camuflar o fedor pungente de mofo e urina de gato. — Como vai?

— Vivo dizendo que estou bem, mas é claro...

— Que você não está.

— São os sonhos de novo. Sei que parece loucura, impossível, mas eu vejo o Noah. Vejo o meu bebê. — Lutou para que a voz não falhasse ao pensar no filho.

Cheryl lhe afagou o braço.

— Entre. Vamos ver o que podemos fazer. — Acenando para que Ava a acompanhasse, Cheryl passou com ela por uma série de cômodos anexos até chegar ao estúdio: um quarto convertido e pintado num tom de cinza-gelo que fazia Ava se lembrar do mar no inverno. — Você pode se sentar na poltrona reclinável ou, se preferir, no sofá. — Parou e acendeu uma vela.

Era a segunda visita de Ava. A primeira tentativa de hipnose não havia sido muito eficaz. Não fizera grandes descobertas nem tivera revelações surpreendentes que pudessem ajudá-la a entender a própria mente perturbada.

Mesmo assim, ela estava de volta.

Ainda aflita. Ainda à procura.

Ava se obrigou a se acomodar na enorme La-Z-Boy e levantou o encosto para os pés. Ao fechar os olhos, sentiu o calor de um cobertor aconchegante quando Cheryl jogou uma colcha sobre suas pernas. Santo Deus, ela estava cansada, e ali, sentia-se segura. Em paz. Era um alívio que nunca ocorria na ilha.

— Quero que você se aprofunde hoje — disse Cheryl, baixinho, ao sentar-se numa cadeira próxima. — Apenas se acalme e vá mais fundo...

Ava mal percebeu o som daquela voz ou da música relaxante ao deslizar para debaixo do véu. Era uma sensação estranha, como se não estivesse dormindo de verdade, mas também não estivesse totalmente desperta. Era algo intermediário entre os dois estados. Como um sonho...

— Respire fundo... — A voz de Cheryl era suave, porém, firme.

Ava respirou fundo, e a tensão pareceu abandonar os músculos.

— Agora respirou fundo... até o seu cantinho particular...

O cantinho da calma. Era o que aquilo significava para ela. Na imaginação, Ava se via naquela enseada ensolarada, perto da cachoeira. Usava um vestido amarelo de verão e tinha os cabelos presos num rabo de cavalo com um elástico simples. A areia branca cintilava com a luz do sol, filtrada pelas árvores, e um jato suave tocava suas bochechas. A água era cristalina, fresca e...

Ava percebeu que Noah também estava lá. Brincava na areia. Os dedos gorduchos cavavam os grãos que brilhavam sob os quentes raios de sol. Ele estava a apenas alguns metros dela.

— Amor — disse ela em voz alta, e ele sorriu, exibindo os dentinhos minúsculos.

— Mamãe! Olhe o que eu achei! — Ergueu uma concha, dourada e reluzente, bela em sua complexidade, mas partida e lascada.

— Cuidado, querido. Isso corta.

Ava andou na direção dele. Sua sombra cobriu o rosto do menino, que estava virado para cima, e ela viu um pouco de audácia nos olhos do filho.

— É por isso que se chama navalha...

— É minha!

— Eu sei, mas deixe a mamãe ver. Só para ter certeza de que não tem problema.

— Não! É minha! — repetiu ele, com o queixo erguido de maneira desafiadora e a concha apertada na mão.

— É claro que é sua. — Ava se agachou ao lado dele, esticando o braço. — Só quero ver se não vai machucar você.

Mas ele não dava ouvidos. Em vez disso, andava para trás, afastando-se dela, segurando a concha com força. O sangue começava a aparecer entre os dedos gorduchos.

— Noah, por favor...

— Não!

Mais sangue.

Ela foi atrás dele, mas, com as pernas curtas, ele se virou e correu para a água.

— Noah! — berrou, apavorada. — Pare!

Naquele instante, que pareceu uma eternidade, ela viu onde errou. Saiu correndo feito louca atrás dele, pisando na areia com os pés descalços.

— Noah! — A voz dela era levada pelo vento, enquanto a cor do oceano escurecia do azul-claro para uma tonalidade cinza-ardósia, passando de lagoa tranquila a mar escuro e revolto. — Pare! Ah, por favor! Amor! — Horrorizada, assistiu ao filho entrar na água. As ondas estouravam e o cercavam de espuma.

Ofegante, ela correu atrás dele, mas, quando se aproximou e tentou alcançá-lo, ele se virou com os olhos arregalados de medo. Seus pezinhos escorregaram num banco de areia e o menino desapareceu na água profunda.

— Noah! — gritou, desesperada. — Amor...

— Agora acorde — disse uma voz ao longe.

Soluços irromperam da garganta dela.

— Respire fundo. E abra os olhos...

Os olhos de Ava se abriram e ela se viu recostada na poltrona reclinável do estúdio de Cheryl. Seu coração batia freneticamente. Seus dedos se agarravam nos braços de couro da cadeira, e sua mente estava tomada de imagens sombrias que levaram um gemido aos seus lábios.

— Agora você está calma... — Cheryl soava confiante.

Aos poucos, Ava soltou um suspiro e, mais uma vez, sentiu o corpo liberar a tensão ao ficar aliviada por perceber que o sonho horrendo estava passando. Relaxou os dedos e deixou que os ombros caíssem.

— Meu Deus — sussurrou, olhando para Cheryl e sentindo os olhos se encherem de lágrimas. A última coisa que queria era chorar.

— Você reviveu o acontecido.

— Não. — Balançando a cabeça, Ava fungou e enxugou as lágrimas. — Já chega. Acho que nem cheguei a viver o acontecido. Não há o que *reviver*.

— Não que você saiba.

— Dane-se isso tudo.

— Você está bem?

— Eu pareço bem? — perguntou, e quase riu do absurdo da situação.

Cheryl se aproximou enquanto a vela queimava.

— São os seus temores vindo à tona — disse ela. — Mas o que me preocupa é o fato de permearem o seu cantinho silencioso. Antes de você conseguir relaxar por completo, antes de irmos mais a fundo, as visões retornam.

— Pois é. — Era apenas a segunda sessão e, na primeira, Ava tivera uma experiência semelhante. Mesmo assim, estava convencida de que, se conseguisse transpor a barreira mental que havia criado, se lembraria de muito mais e descobriria a verdade.

— Tome. — Cheryl ofereceu a ela uma fumegante xícara de chá de ervas que tinha cheiro de gengibre. — Quer tentar de novo?

Bebendo o chá, Ava sacudiu a cabeça.

— Outro dia. — Tomou mais um gole. — Você tem outros pacientes que enfrentam o mesmo problema?

Cheryl sorriu quando a porta do quarto abriu e um gato malhado e magrelo deslizou para dentro.

— Alguns anos atrás, atendi um rapaz que tinha um grande bloqueio mental, mas conseguimos superar. Acho que, no seu caso, também dá... Você chega bem perto e volta atrás.

— Como é que pode? Pensei que a hipnose... — ela tremeu por dentro — fosse capaz de revelar tudo.

— Cada um é de um jeito, Ava. Às vezes, até as pessoas mais dispostas a participar têm dificuldade de chegar lá. Tentaremos de novo, se você quiser.

— Está bem. — Tomou o chá e, recompondo-se, pagou a Cheryl e marcou um horário para a semana seguinte.

Apesar das suspeitas de que o lance da hipnose não estava surtindo efeito, ela não podia desistir. Pelo menos não ainda. A caminho do cais, Ava se indagou se havia algo que pudesse ajudá-la ou se permaneceria para sempre naquele estado de ignorância, um purgatório infernal que não tinha fim.

Havia pouco tempo que estivera internada no hospital, e a estada não fizera mais do que acalmá-la. Além disso, as frequentes sessões de terapia com a dra. McPherson não haviam surtido nenhum resultado surpreendente. A hipnose fora um último recurso, uma medida desesperada, e aquilo também não tinha conseguido libertar lembranças reprimidas nem verdades veladas.

Talvez não haja nada. Talvez as respostas que você procura jamais serão encontradas.

Aquele pensamento era de arrepiar e a perseguiu pelas ruas estreitas e pelos degraus cobertos de cracas que levavam ao cais, no qual ela encontrou Butch sentado ao leme do *Pestinha*, folheando as páginas de um livro gasto e fumando um cigarro.

— Pensei que eu tivesse dito que pegaria carona com o Wyatt — declarou Ava quando ele ergueu a cabeça para olhá-la por cima dos óculos escuros.

— Você disse. — Butch largou o livro e deu partida no motor.

— E?

— Você é uma mentirosa, Ava. Nós dois sabemos disso. — O rapaz abriu um sorriso que lhe fez parecer dez anos mais jovem e, gesticulando com a mão a chamou para o barco.

— Suba a bordo.

— Você não precisava ter voltado por minha causa.

— Não voltei.

— Quem é o mentiroso agora?

Ele bufou, ajeitando o topo do chapéu.

— Eu não estava fazendo nada mesmo. A pescaria está fraca.

— Que pena que teve que ficar aqui e esperar por mim.

— Não havia nada melhor acontecendo.

Ava não acreditou nele nem por um segundo sequer, mas aceitou a carona.

Enquanto ela se acomodava no assento, Butch jogou dentro do casco as cordas que amarravam o barco no ancoradouro e se posicionou atrás do leme. Manobrando o *Pestinha* por entre os outros barcos de pesca e de passeio atracados no cais, ele não percebeu que ela afundava cada vez mais nas almofadas de plástico e dizia para si mesma que a visão que tivera durante a hipnose não significava nada. Era apenas sua imaginação agindo. De novo.

Ava ouviu o motor começar a roncar quando Butch acionou o acelerador, e, ao reabrir os olhos, a marina e Anchorville haviam ficado para trás e a grande extensão de água cinzenta entre a ilha e o continente se estreitava.

Repetiu para si mesma que não estava voltando para a prisão, que era uma mulher livre. Mas, quando o *Pestinha* empinou um pouco porque a proa se chocou com a ondulação deixada por uma lancha que vinha na direção oposta, ela se deu conta de que estava se enganando.

Ava cruzou os braços sobre o peito e sentiu um frio se espalhar pelo corpo quando o Portão de Netuno ficou claramente visível. Aquele já tinha sido o único lugar no mundo no qual ela se considerava segura, e Ava batalhara muito para ser a proprietária de tudo... bem, de *quase* tudo. Ainda restava a parte de Jewel-Anne que, de todos os primos, fora a única a resistir e a não se deixar seduzir pelo dinheiro.

— Por que eu venderia? *Adoro* isto aqui, Ava — dissera, olhando-a de baixo com o belo rosto de menininha e olhos que pareciam inocentes. Elas estavam no corredor dos fundos. Jewel, num momento raro, não carregava nenhuma boneca. — É mais importante do que qualquer soma de dinheiro.

— Você pode morar com amigos numa cidade grande. Seattle, São Francisco, até mesmo Los Angeles... Em vez de ficar aqui, confinada nesta ilha. — Ava já tinha oferecido à prima quase o dobro do que valia a parte de Jewel na propriedade.

A boquinha perfeita de Jewel se contorcera num sorriso irônico, e os olhos dela tinham parecido exalar superioridade:

— Eu disse que adoro isto aqui. — A prima jogara o cabelo por cima dos ombros, dera a volta com a cadeira de rodas e esperara o elevador descer. Quando ele parou e as portas se abriram, Jewel lançara um último olhar para Ava. — Jamais irei embora. Este é o meu lar — prometera.

Lar, pensou Ava com amargura ao se concentrar no quarto de Jewel-Anne, que ficava no segundo andar da torre de janelas. De dentro, dava para ver os jardins, a baía, o continente e o mar aberto. Era o lugar favorito da prima, no qual dissera com frequência:

— Consigo ver onde foi, sabia? O local no qual Kelvin se afogou... — O sorriso dela sempre ficava melancólico, depois triste, e seus olhos sempre carregavam uma acusação tácita.

Ela só precisara dizer uma vez:

— Você matou seu irmão, Ava — sussurrara, observando pela janela e apertando a boneca de porcelana, com cabelos pretos e um olho que nunca abria. A voz de Jewel-Anne estava tomada por um ódio silencioso e reprimido. — Ele amava você e... e você matou seu irmão. — Naquele momento, ela olhara para cima, contraindo de leve o lábio superior e enrolando com os dedos uma mecha do cabelo liso da boneca. — Você é uma hipócrita, Ava. Uma mentirosa, uma assassina e só Deus sabe mais o quê. Você *banca* a esposa e *finge* ser uma mãe carinhosa.

Na época, Ava era mais forte e quase esbofeteara a prima martirizada.

— E você é uma vaca, Jewel-Anne. Não me interessa se você é cadeirante. É uma bela de uma vaca.

— Perfeito — retrucou a prima. — Porque você terá que me aturar. Eu *nunca* vou vender a minha parte da casa para você. *Nunca!* — Os dedos pararam de se mover, e o ódio parecia emanar do corpo pequeno e desconjuntado. — Na verdade, Ava, prefiro morrer antes — declarara num suspiro sucinto, cheia de si, erguendo uma das sobrancelhas.

CAPÍTULO 7

Quando estava no continente, Dern comprou uma garrafa de 750ml de Jack Daniel's, um pacote grande de Doritos e 10kg de ração de cachorro. Sua nutrição não foi muito priorizada e aquilo sugeria um comprometimento com o vira-lata, mas e daí?

Esse não é o meu maior problema, pensou Dern, ao colocar a garrafa em um dos armários quase vazios. Fazer compras não tinha sido o verdadeiro motivo de sua ida ao continente. O chato é que descobrira pouca coisa no breve passeio.

Dern visitara uma mercearia, a loja de bebidas, uma cafeteria, uma lanchonete e um bar, puxando conversa sobre a Ilha Church e seus habitantes, e ninguém parecia saber muito além das velhas fofocas locais que já estava analisando.

Sim, o dono original, um capitão do mar, havia comprado a maior parte do território. Sim, o lugar agora valia uma fortuna, e Ava Church Garrison era praticamente a única proprietária. Todos concordavam que ela era: "Linda. E, diga-se de passagem, pode ser uma empresária inflexível e autoritária quando quer. Perdeu totalmente as estribeiras quando o filho desapareceu. Foi parar num hospital psiquiátrico porque tentou cortar os pulsos ou algo do gênero. É tão pirada quanto o resto da família." Segundo o consenso local, ela era casada com um advogado da cidade, e havia grandes chances de ele ter se casado por dinheiro e, ah, sim, a família Church? É um bando de malucos. Nada confiáveis. Nem mesmo a cadeirante, Jewel-Qualquer-Coisa. Garota estranha. Mas ela, pelo menos, tinha um pingo de inteligência. Jewel foi a única parente que não vendeu sua parte do Portão de Netuno para a prima. A única que se recusou. Que fato curioso...

Num pé-sujo chamado Lobo do Mar, Dern mencionara o Hospital Sea Cliff e sofrera alguns longos olhares de reprovação. Parecia até que todos concordavam que a perda da instituição não fora algo negativo. Na verdade, os três homens que bebiam no Lobo davam a impressão de estar aliviados.

— Sea Cliff? — repetiu Gil, um sujeito mais velho, com longos cabelos brancos e a voz enrouquecida por causa de anos de fumo, quando Dern perguntou do hospício abandonado. — Depois que o perturbado do Lester Reece escapou e desapareceu, todo mundo em Anchorville ficou feliz com o fechamento do Sea Cliff. — Ele tomou um longo gole do uísque ao som de uma música country que tocava ao fundo. — Aquele manicômio nunca rendeu nada de bom. Fique sabendo. O lugar parecia mais uma prisão do que um hospital — acrescentou, sacudindo a cabeça.

O homem barrigudo e caladão que estava sentado no banco ao lado de Gil fez que sim antes de enfiar o nariz num copo de cerveja pela metade.

— Cambada de perturbados. Eu não teria ido para lá nem que estivesse morrendo! — interrompeu um terceiro homem. O rapaz magricela, que tinha dentes separados e vestia uma camisa de flanela surrada com uma calça jeans larga, deslizou o copo na direção do bartender. — Ei, Hal, quero outra.

Naquele momento, o telefone tocou e o garçom disse:

— Só um segundo, Corky. — Levou o aparelho ao ouvido e o segurou com um dos ombros enquanto tirava mais uma Budweiser da torneira.

— Ouvi dizer que a terapeuta da cidade, uma tal de dra. McPhee, se não me engano, trabalhava ali.

Dern virou a cabeça na direção da janela de vidro, que tinha vista para a baía e, mais ao longe, para a ilha. O letreiro de neon brilhante ocupava metade do espaço.

— McPherson. — Gil sacudiu os cabelos brancos. — Pode ser. Não sei.

O magricela soltou uma gargalhada.

— É McPherson. Aham. É isso mesmo. Minha tia se consultou com ela um tempo atrás. Eles tinham clínicas públicas, fora dos portões daquele lugar maldito.

— Na ilha?

— É. Mas também fecharam. De qualquer forma, a tia Audrey não gostava nem um pouco do Sea Cliff. O fato de ser tão perto do hospital a incomodava. Ela desistiu depois de três sessões.

— E para onde a McPherson foi?

Corky deu de ombros.

— Abriu um consultório em algum lugar por aqui.

— Em Anchorville? — perguntou Dern.

— Perto da rua Três. Mas ela ainda vai de barca para a ilha. — Fez que sim com a cabeça, concordando consigo mesmo. — A mulher que é dona de quase tudo é mesmo surtada. Pirou da batatinha quando o filho se afogou.

Os músculos das costas de Dern se enrijeceram um pouco.

— Desapareceu — corrigiu Gil. — O corpo nunca foi encontrado.

Corky bufou.

— Se o menino estivesse vivo, já teria aparecido a essa altura. — Agarrou a cerveja que Hal deslizou pelo bar arranhado. — Obrigado. Sabe, algumas pessoas acham que o Lester Reece voltou depois da fuga e estava por trás do sumiço do garoto.

— O detento do Sea Cliff? — perguntou Dern, tentando não demonstrar muito interesse, apesar de tudo a respeito da ilha chamar sua atenção.

— É. — Corky tomou um longo gole do copo.

— São suposições — discordou Gil. — É provável que o Reece também esteja morto.

— Não mesmo — retrucou Corky. — O povo daqui viu o sujeito.

— Recentemente? — indagou Dern.

— De jeito nenhum. — Gil fez cara de descrente. — Ninguém viu o homem desde que ele fugiu.

Corky reclamou:

— Mas o velho Remus Calhoun...

— É um mentiroso descarado. Gosta de pôr lenha na fogueira. — Gil parecia convencido de que os boatos eram falsos. — O Remus também alega ter visto o Pé Grande e jura que, quando estava na Escócia, avistou o Nessie. — Deu um gole demorado na bebida e limpou a boca com a manga da camisa. — Qual é a probabilidade?

— Então ninguém viu o Reece de novo? Depois da fuga? — quis saber Dern.

O homem caladão sacudiu a cabeça e até Corky deu um tempo.

— O mais provável é que tenha se afogado tentando sair da ilha, como aqueles caras que tentavam escapar de Alcatraz — pensou Gil em voz alta. — Um dos Church jura ter visto o Reece fugindo a nado naquele dia.

— Qual deles? — interrogou Dern.

— Ah, caramba... — Gil parou para pensar. — Foi o irmão da garota inválida que mora na ilha. Como se chama? Jim, Jack ou...

Corky bufou com certo desgosto.

— Jacob.

— É. É isso mesmo — concordou Gil. — O nerd de computador.

O caladão assentiu de novo.

Gil acrescentou:

— O velho Lester é meio que a nossa versão do Elvis. As pessoas vivem achando que veem o homem, como fizeram com o Rei durante anos. Mas, não. Ele não está por aqui. Não mais do que D. B. Cooper. — Deixou escapar uma risada ríspida que se transformou em acesso de tosse. Ao tossir, o rosto amarelado ficou vermelho vivo de repente.

— Você está bem, Gil? — indagou o garçom, enquanto Gil se recompunha e tomava um longo gole da bebida.

— Estou. — Gil pigarreou.

— Talvez seja melhor você mudar para cigarros mentolados — aconselhou Corky.

— E talvez seja melhor você calar a boca. — Gil olhou de cara feia para Corky, mas o baixinho, com o nariz afundado na bebida, não pareceu perceber nem se importar.

Dern terminou de tomar a cerveja e não fez mais perguntas sobre a Ilha Church e seus habitantes. Contudo, pensou em ter uma conversa com Jacob, que, com quase 30 anos, entrava e saía da ilha, sempre "indo estudar". Dern ficou alguns minutos apenas escutando a conversa dos outros, e o assunto mudou naturalmente para a temporada de pesca de caranguejo que se aproximava e, em seguida, para as últimas notícias sobre futebol americano. Deu o último gole, pôs algumas notas em cima do balcão e deixou os três homens ainda discutindo sobre as chances que o Seattle Seahawks tinha de chegar à final. Gil estava certo de que o time conseguiria, mas o caladão apenas sacudiu a cabeça e pediu outra bebida. *Sempre otimista*, pensou Dern com sarcasmo.

Ao fechar a porta, ouviu a voz esganiçada de Corky ainda reclamando do "maldito técnico idiota".

Agora, de volta à ilha, com o cachorro velho encolhido na frente do fogão a lenha, Dern refletiu sobre Ava Church e decidiu que a maioria dos boatos sobre ela tinha um fundo de verdade. Era linda, com uma cabeleira escura e densa. Por baixo da tristeza de seus olhos, havia uma faísca de inteligência e um tanto de rebeldia. Ao que tudo indicava, Ava tinha sido um dínamo, uma mulher independente, antes de levar uma rasteira do destino.

Ela era atraente, até mesmo sexy, apesar das cicatrizes feias que vira em seus punhos, indícios de que algumas das fofocas da cidade eram verídicas.

Dern resolveu não se servir de bebida e foi dar uma olhada no rebanho. Ele tentara localizar Jacob, só que, mais uma vez, o rapaz não estava pelas redondezas. A porta do apartamento do subsolo estava trancada.

* * *

Wyatt esperava por ela.

Sentado no escritório, com a televisão ligada em algum canal de notícias, ele olhou para cima quando Ava passou pela entrada rumo à cozinha. Pondo o controle remoto sobre a mesa, declarou:

— Eu soube que você foi à cidade.

Ela assentiu.

— Você também foi.

— Pois é. Eu lhe convidei, lembra? Para almoçar?

— Wyatt...

— Você deixou bem claro que não queria ir comigo porque não acreditava que eu dormi na nossa cama ontem à noite.

Ela sentiu o sangue ferver, mas sabia que recomeçar a briga não resolveria nada. Ergueu a mão antes que a velha discussão se inflamasse novamente.

— Não vamos tocar nesse assunto de novo.

Ele pareceu se conter por um momento e disse:

— Tudo bem, você tem razão. Discutir não vai ajudar. — Parte da tensão abandonou o rosto de Wyatt. — Não tem problema. Podemos almoçar outro dia. Só fiquei surpreso em saber que você foi à cidade.

— Fui no impulso — respondeu ela, tentando apaziguar as coisas. — Eu precisava sair. Tentei visitar a Tanya, mas ela não estava por lá. E você?

— Negócios. Fui ver como estava a Outreach.

Outreach era uma pequena filial da firma de Seattle para a qual Wyatt trabalhava. Então os dois estavam se esquivando, omitindo a verdade. Quando haviam ficado tão distantes, separados a ponto de precisarem evitar as questões reais a fim de se comunicarem? Wyatt devia sentir o mesmo, a linha tênue da confiança se puindo, pois encarava a esposa como se fosse um enigma complexo que era incapaz de decifrar.

— Você podia ter ido comigo — disse ele, baixinho. — Eu chamei.

— Eu sei. É que... Pensei que precisássemos de um tempo longe um do outro, apesar de o termos de sobra. — Olhou ao redor do cômodo, adornado com móveis confortáveis e janelas grandes. — Mas eu tinha que sair daqui, sabe? Precisava ver alguma coisa além destas quatro paredes.

— Imagino.

Assentindo, Wyatt acrescentou:

— É, eu entendo. Dá para enlouquecer aqui dentro.

— Alguns acham que já enlouqueci.

Ele soltou uma risada, ficou de pé e a abraçou com força.

— Eu sei — sussurrou no cabelo dela. — Estamos dando um jeito nisso.

Wyatt sempre fora forte e atlético e, sempre que a segurava, parecia que não a largaria mais. Agora o perfume da loção pós-barba fazia Ava se lembrar de como tinha sido se apaixonar por ele. Lágrimas lhe queimavam os cantos dos olhos, mas ela piscou para contê-las.

— Da próxima vez, vá comigo — pediu ele.

— Tudo bem — concordou ela, resistindo à vontade de desabar nos braços dele. *Mas é sério? Você confia no Wyatt? Até mesmo agora que está mentindo pra você?*

Ela se soltou e começou a se afastar, mas a mão dele permaneceu no braço dela.

— O que aconteceu com a gente, Wyatt? Nós costumávamos...

— Ser mais próximos?

— Eu ia dizer que costumávamos nos divertir juntos.

— Pois é. — Ele beijou o topo da cabeça dela. — Voltaremos a ser assim em breve. Prometo.

Ele teve a sagacidade de não acrescentar *quando você estiver melhor*, mas a insinuação pairava entre eles, como uma barreira invisível que o casal não conseguia definir e, muito menos, transpor.

— Vou cobrar — disse ela, mentindo descaradamente enquanto ele pegava o paletó que estava jogado numa cadeira próxima.

— Que bom. Agora, ouça, preciso ir a Seattle. É só por uma noite. Talvez duas. Depende do quanto meu cliente está disposto a negociar o rompimento de um leasing. Aí eu volto. Enquanto isso, você pode falar comigo pelo celular.

Ela fez que sim.

— E pedi à dra. McPherson que viesse aqui de novo.

— Já tenho uma consulta marcada com ela para o fim da semana.

— Eu sei, mas encontrei com ela hoje na cidade. Perguntou de você e combinamos a visita. — Ele deu de ombros. — Mal não faz, né?

Ava ficou surpresa por ele ter mencionado a psiquiatra.

— Então você esbarrou com ela por acaso?

— Não exatamente. Quando eu soube que teria que me ausentar, liguei para ela, tomamos um café e sugeri que ficasse um pouco aqui.

— Ela é ocupada.

— Não é *tão* ocupada assim — discordou ele. — Além do mais, o continente é logo ali. É só pegar um barco. Acontece que ela gostou da ideia. — A expressão dele demonstrou seriedade. — A dra. McPherson quer ajudar você, Ava, e talvez consiga se você parar de bater de frente com ela.

— Eu não bato de frente com ela.

Wyatt tocou os lábios da mulher com o dedo.

— Apenas tente. Está bem?

Quando ele recolheu a mão, Ava perguntou:

— Você acha que estou louca, Wyatt?

— Confusa.

— Não fuja do assunto.

Ele suspirou.

— Acho que você precisa de ajuda. Ajuda psiquiátrica. Todos os médicos do St. Brendan's também acham. Foi você quem quis ter alta e voltar para cá para... enfrentar os seus demônios. — Tocou levemente no ombro dela. — Mas não pode fazer isso sozinha, Ava. E ninguém aqui está qualificado para ajudá-la. Eu, Graciela, Khloe... Nem mesmo Demetria, que é enfermeira. Não sabemos qual é a melhor forma de lidar com essa situação. Mas a dra. McPherson sabe. — Ele abriu um sorriso angustiado e juntou as sobrancelhas. — Você tem que confiar na gente, Ava. Estamos aqui para ajudar, mas não conseguiremos se você não se ajudar. E recorrer a uma hipnotizadora... É sério?

Ela sentiu o ar prender na garganta. Seus lábios negavam.

Antes que Ava pudesse protestar, ele prosseguiu:

— É bom você lembrar que Anchorville é uma cidade pequena. Não chega a ser minúscula como Monroe, mas é bem pequena. — Consultando o relógio, xingou baixinho e a beijou na testa. — Preciso correr. O Butch já deve estar aqui.

— Butch?

— Johansen — esclareceu Wyatt, e Ava sentiu um aperto no peito. — O amigo do Kelvin. Ele levou você e a trouxe de volta para a ilha, não foi?

— Foi.

Enfiando os braços no paletó, Wyatt assentiu com a cabeça como se já soubesse a resposta.

— Liguei para ele. Pedi que a buscasse e que me esperasse quando você estivesse em casa. — Wyatt olhou-a de um jeito especulador. — Ele não mencionou nada?

— Não. — Ava sacudiu a cabeça e sentiu uma pontada de traição.

— Bem, ele vai me levar ao continente. Achei melhor deixar a lancha aqui para o caso de alguém precisar.

Havia um toque de crueldade no olhar dele? Um ar de superioridade? Ou ela só estava imaginando coisas? Wyatt buscava uma capa no armário da frente e pegava a maleta, que tinha espaço apenas para o computador, os produtos de higiene pessoal e um terno.

E o marido saiu. A porta se fechou com uma pancada leve. Ava espiou pela janela e viu o *Pestinha* atracado na marina.

Que diabos significava aquilo tudo?

Por que Butch não dissera nada?

Ele nunca tinha gostado de Wyatt nem fazia a menor questão de disfarçar. Mesmo assim... Ava cerrou os punhos, enterrando as unhas nas palmas das mãos. *Você está analisando demais. Deixe para lá. O Wyatt é seu marido. NÃO duvide dos motivos dele.*

Mas ela não conseguia evitar.

Imaginava se, algum dia, seria capaz de voltar a confiar nele de verdade.

Chateada, foi para o quarto, subindo os degraus de dois em dois e, uma vez no cômodo, conferiu se a chave não identificada que encontrara no bolso do casaco ainda estava malocada na calça jeans que vestira no dia anterior. Feita de metal fosco, a chave parecia velha, como se tivesse sido forjada para uma fechadura antiga. Era grande demais para pertencer a um baú ou a despensas e armários mais modernos. Testou a chave na porta do quarto, mas, como ouviu Graciela na escada, guardou-a na primeira gaveta da escrivaninha, debaixo de alguns papéis, e disse a si mesma que descobriria mais tarde qual porta ela destrancava. Não fazia ideia de como o objeto tinha ido parar em seu bolso, e esse era outro mistério a ser desvendado.

Podia ter sido algum engano. Um lapso.

Sim, claro. Alguém deve ter posto a própria chave no seu bolso... Será que essa mesma pessoa estava usando o seu casaco? Ou a escondeu rapidamente? Ou será que alguém deixou ali sem querer?

No seu bolso? Sério, Ava. Alguém queria que você ficasse com a chave. Pelo menos, agora você tem alguma coisa para fazer. Uma atitude a tomar.

Uma atitude que estava mais do que na hora de ela tomar.

Caminhando até a janela, avistou Wyatt se aproximando da marina e acenando para Butch. O rapaz o aguardava no *Pestinha* e retribuiu o aceno.

— Que ótimo — disse baixinho e apagou outra pessoa que ela havia inserido na lista de conhecidos confiáveis.

Pela vidraça, observou Wyatt tomar o mesmo assento que ela ocupara, enquanto o *Pestinha* avançava pelas águas da baía. Ava ficou com a certeza angustiante de que não podia confiar em ninguém vinculado à ilha. Pior ainda: não conseguia se livrar da sensação de que Wyatt, o homem em quem mais deveria acreditar, não era a mesma pessoa com quem pensava haver se casado.

Mas, por acaso, ela era a garota por quem ele se apaixonara?

De jeito nenhum, pensou ao ver a própria imagem fantasmagórica refletida no vidro transparente da janela. Aquela garota morrera há um bom tempo...

Então, quem diabos é você?

Ava engoliu em seco e sentiu o pânico tomar conta de si. De alguma forma, em algum momento, ela havia perdido a personalidade. Não que fosse uma moça doce e inocente quando conhecera Wyatt, mas, ao longo dos anos, com certeza mudara. Não era mais a empresária cabeça-dura e, por vezes, insensível. Tudo bem, talvez ela continuasse sendo cabeça-dura, mas já havia sido atlética e ousada. Não tinha nada a ver com aquela pessoa oca que estava de pé na janela.

Apoiou as mãos na vidraça, como se tentasse recuperar parte da mulher que fora um dia. Olhando para o mar agitado através de seu reflexo pálido, observando o barco no qual o marido estava ficar cada vez menor, sentiu uma raiva muda percorrer seu sangue, uma fúria por causa da pessoa impotente que se tornara.

— Chega — sussurrou, deslizando a mão vidro abaixo até cerrar o punho.

Ava daria um basta naquela fraqueza provocada pelos próprios temores.

Estava na hora de retomar as rédeas da própria vida. Mesmo que fosse preciso bater de frente com todos os parentes "bem-intencionados".

Ela precisava reagir. Com força.

CAPÍTULO 8

No dia seguinte, Ava se sentia mais forte, pronta para dominar o mundo. Era um lado dela que havia desaparecido e que emergia pela primeira vez desde que tivera alta do hospital.

Se, por acaso, teve pesadelos durante a noite, não se lembrava de nenhum detalhe na manhã seguinte, apesar de haver resquícios de preocupação rondando sua mente. Tentou esquecer. Naquele dia, não se deixaria abalar por nenhum sonho idiota, lembrando ou não.

Livrando-se das cobertas, ficou de pé, ignorando a dor de cabeça que latejava na base do crânio enquanto tomava banho. Em seguida, vestiu o roupão favorito e amarrou a faixa na cintura.

Secou o cabelo de qualquer jeito com a toalha, andou até a janela do quarto, afastou as cortinas e abriu as persianas. O estômago dela se contraía e a ansiedade lhe repuxava os nervos, mas, ao olhar pela vidraça antiga naquela manhã, não avistou o filho parado no cais. Não havia nenhuma imagem apavorante do menino cambaleando perto da água escura e turbulenta.

— Graças a Deus — murmurou, com uma das mãos ainda envolvendo a corda das persianas. Seus ombros relaxaram subitamente, quase num alívio irresistível.

Talvez estivesse melhorando.

Naquela manhã, enquanto espiava da janela, viu uma névoa ascendente e as folhas trêmulas das samambaias cobertas de orvalho. O úmido caminho de pedra se bifurcava em duas trilhas: uma levava ao apartamento particular que ficava no porão e a outra fazia uma curva pelo jardim em direção ao pasto mais próximo. Aquela trilha contornava a lateral da casa e só era visível do quarto de Ava. Ela avistou Austin Dern pastoreando os cavalos. Um ruço, um palomino, um preto e um baio, os animais estavam envoltos pela neblina densa e apareciam e desapareciam ao seguirem o homem alto para fora do campo de visão de Ava, rumo ao estábulo localizado na parte de trás da casa.

Ela se afastou rapidamente da janela, desceu a escada e chegou a um pequeno corredor que levava a um dos quartos de hóspedes vazios. A porta estava um pouco emperrada, mas, por fim, se abriu, exibindo uma cama que não era usada desde o verão e uma mesa de cabeceira com livros que acumulavam poeira. Retratos de seus tataravós estavam pendurados no cômodo havia anos. Os rostos severos e carrancudos encaravam de cima qualquer um que passasse da entrada.

O ar estava parado, fedendo a poeira e a desuso, odores que não podiam ser eliminados com os sachês perfumados metidos dentro das cômodas vazias. Até mesmo as velas aromatizadas postas diante de um espelho antigo haviam perdido o cheiro.

Ava se dirigiu até a janela, da qual cortinas pesadas pendiam sobre persianas que estavam fechadas havia meses. Girando o punho, abriu-as e olhou pelo vidro sujo. Daquele ponto estratégico, podia avistar as construções localizadas atrás da casa e os capinzais molhados que se espalhavam para além da cerca, misturando-se ao aglomerado de pinheiros e cicutas que subiam a encosta.

Dern trabalhava com os cavalos perto do estábulo.

Escondida atrás das cortinas pesadas, ela analisou o homem que a salvara, o rapaz que Wyatt contratara, mas deixara de mencionar. De ombros largos e passos longos, Austin Dern parecia à vontade com os cavalos, como se tivesse passado a vida toda em contato com rebanhos. Era o estereótipo do vaqueiro de Hollywood: calça jeans desbotada, uma jaqueta surrada de pele de carneiro e botas de cowboy, além da barba por fazer e do cabelo sem corte. Ele abriu uma porteira e tocou os cavalos para dentro. Para completar a imagem, só faltavam o chapéu Stetson e o sotaque caipira.

Dern olhou para cima, como se tivesse percebido o interesse dela. Ava sentiu os pelos da parte de trás do pescoço eriçarem, como se uma brisa fria tivesse soprado sua nuca. Mais uma vez, teve a sensação estranha de que o conhecia.

— Você está imaginando coisas — murmurou, afastando-se da janela e dizendo a si mesma que não o vira em algum lugar na adolescência...

Ava se lembrou daqueles braços fortes envolvendo-a, da pressão do corpo molhado dele contra o dela quando Dern a tirou do mar.

Agora tudo aquilo parecia surreal, como se tivesse acontecido com outra pessoa. É claro que, se ela já o conhecesse, seria capaz de lembrar...? Das sombras do quarto desocupado, observou Dern entrar no estábulo.

Vagabundo, um pastor vira-lata que aparecera havia poucos anos, estava grudado na barra da calça do caseiro. Durante uma fração de segundo, Ava pensou em confiar nele, mas descartou a ideia rapidamente.

Ninguém. Você não pode confiar em ninguém. Muito menos num estranho que acabou de chegar e que foi contratado pelo Wyatt. Nada é o que parece ser... lembre-se disso.

De nada adiantava fantasiar sobre o recém-chegado. Ava não sabia nada a respeito de Dern, exceto que ele a salvara.

Ela estava incomodada com o fato de Wyatt ter contratado o homem sem informá-la. Típico!

Voltou a olhar para o cais, no qual jurava ter visto o filho dar passos vacilantes sobre as tábuas escorregadias, numa proximidade perigosa da água profunda, enquanto o nevoeiro o encobria. O coração dela acelerou com a lembrança.

Teria sido uma alucinação provocada pela ansiedade? Ou fora resultado daquelas porcarias de comprimidos que lhe haviam receitado?

Ava *sabia* que o filho não havia desaparecido no cais... certo? Então, por que o fascínio mórbido por aquelas malditas tábuas escorregadias que invadiam a baía?

Que diabos havia de errado com ela?

A polícia sugerira que Noah havia caído no mar, mas isso não significava que era verdade. É claro que não!

A cabeça voltou a latejar e Ava fechou as cortinas antes de regressar ao quarto.

Entrou no banheiro e jogou água gelada no rosto. Enquanto a água corria, ouviu uma batida rápida na porta. Às vezes, Ava tinha a sensação de que o quarto era a estação Grand Central.

— Estou indo!

Puxando uma toalha do suporte, esfregou-a no rosto e entrou no quarto, no qual Graciela já havia passado da porta.

— Srta. Ava? — disse a empregada, com o sorriso ensaiado intacto. — A Virginia quer saber se a senhorita vai tomar café da manhã.

— Vou comer alguma coisa mais tarde.

O sorriso de Graciela murchou.

— Ela disse que o café está pronto.

— Ótimo.

Ava esperou.

Graciela não se mexeu.

Nem entendeu a deixa.

— Vou descer daqui a pouco. Aí como alguma coisa. — Quem era a patroa ali? Mesmo assim, a empregada teimosa não saiu do lugar. Ava jogou a toalha no pé da cama. — Algo mais, Graciela?

— *Sí...* sim. — Franziu um pouco a testa, como se relutasse em dar a mensagem.

— O que foi?

— Achei melhor avisar que o seu celular estava tocando lá embaixo.

— Meu celular? — Ava buscou rapidamente o aparelho com os olhos. — Eu não escutei.

— Está no saguão principal, ao lado da porta, na sua bolsa.

— No saguão? — Ava olhou para a cadeira, na qual sempre deixava a bolsa todas as noites, antes de dormir. De fato, não estava lá. — Obrigada. Vou buscar — disse à empregada, que reagiu com um sorrisinho afetado, insinuando saber que a patroa estava perdendo o juízo. — Apenas avise à Virginia sobre o café da manhã, tá? — ordenou, enquanto Graciela saía do quarto e fechava a porta devagar.

Já vai tarde. Graciela não fizera nada de errado, mas algo na empregada bonitinha lhe dava nos nervos.

Sem dúvida, Ava não se lembrava de ter deixado a bolsa no andar de baixo. Não que aquilo fosse um problema. Era só mais um indício de que não estava raciocinando direito e de que os buracos em sua memória agora incluíam furos menores, além dos rasgos enormes que não conseguia costurar.

Contudo, do jeito que se sentia naquela manhã, Ava tinha certeza de que só voltaria a ser o que era parando de tomar a medicação receitada pelos médicos. Aqueles comprimidos terríveis só serviam para entorpecê-la, e ela precisava raciocinar com clareza e se concentrar para descobrir exatamente o que acontecera com o filho e por que sofria visões.

Rapidamente, despiu o roupão e vestiu uma calça jeans limpa e um suéter de tricô. Estava enfiando a cabeça na gola quando outra série de batidas na porta anunciou a entrada de Demetria.

— Ei! — disse Ava de maneira brusca. — Estou me vestindo.

— Ah. — A enfermeira não parecia nem um pouco preocupada, apesar de ter murmurado um leve pedido de desculpas. Levava nas mãos um copinho de papel e um copo d'água. — Seus comprimidos.

— Coloque na mesa de cabeceira. — Ava passou o cabelo pela gola do suéter e balançou os cachos. — Depois eu tomo.

— Sabe, é preciso tomar sempre no mesmo horário para manter o nível da medicação estável.

— Me deixe adivinhar: para evitar alterações de humor?

A enfermeira contraiu levemente os lábios.

— Exato — concordou Demetria.

— E as alterações de humor são ruins porque...?

Demetria a encarou com cautela.

— Imagino que você se lembre de ter pulado na baía na outra noite. Acho uma boa ideia evitar mais uma situação que ponha a sua vida em risco, não é?

— Estou melhor.

— Faz só...

— Tempo o bastante! — esbravejou Ava, mas, depois, tentou controlar o temperamento. Qualquer sinal de volatilidade só daria razão à enfermeira. — Sei que não tenho sido a pessoa mais estável de todas. Então, se eu resolver mergulhar de cabeça na baía novamente, *pode ser* que eu cogite tomar os comprimidos. Por enquanto, vamos ver o que acontece.

— A dra. McPherson não vai gostar.

— E eu vivo para deixá-la feliz — respondeu ela, com o rosto inexpressivo. Como Demetria continuava segurando o maldito copo, Ava apontou para o recipiente. — Não se preocupe com os comprimidos. Vou ligar para a psiquiatra e contar o que aconteceu.

— Não pode fazer isso depois de tomar a medicação?

A enfermeira de Jewel-Anne estava mesmo tirando Ava do sério, e ela já havia feito de tudo para manter o tom de voz.

— Apenas deixe os comprimidos na mesa de cabeceira.

— Por que você tem que dificultar tanto as coisas? — explodiu Demetria, como se não pudesse mais se conter.

— Eu estava pensando a mesma coisa a seu respeito. — Ava passou pela enfermeira, esbarrou no braço dela e mandou todos os comprimidos pelos ares.

— Cuidado! — Demetria se ajoelhou e começou a procurar os remédios freneticamente. — Veja só o que você fez!

Ava já havia começado descer a escada. Seus passos eram abafados pelo carpete macio que corria pelo centro dos antigos degraus de madeira. Ela não seria arrastada para uma discussão naquela manhã. Demetria era uma daquelas pessoas moralistas e donas da verdade que Ava não conseguia aturar. Servia para Jewel-Anne que, de alguma forma, havia manipulado a enfermeira, fazendo Demetria acreditar que estava no comando.

Era uma relação estranha da qual Ava não queria participar.

No andar de baixo, ela foi recebida pelo cantarolar desafinado de Virginia sobrepondo-se ao crepitar do bacon que fritava na frigideira. Os dois barulhos emanavam da cozinha, e uma chuva contínua atingia as janelas altas que ladeavam a enorme porta da frente.

Graciela tinha razão: a bolsa estava exatamente onde dissera, jogada com descuido num banquinho do saguão. Ava devia ter deixado ali na noite anterior... mas não conseguia se lembrar. Decidindo que aquilo não tinha importância, pegou a bolsa e revirou seu interior em busca do celular, que estava no fundo de um bolso com zíper.

Enquanto o aroma de café quente e bacon crocante fazia o estômago dela roncar, Ava desbloqueou o teclado e conferiu as mensagens. Ao todo, havia três chamadas perdidas — duas de Tanya e a terceira identificada apenas como "número privado". Além disso, recebera uma mensagem de texto de Tanya:

Me ligue assim que puder.

— Tudo bem, tudo bem. — Apertando a tecla RETORNAR com o número de Tanya, Ava subiu as escadas novamente.

Passos pesados chamaram a atenção dela.

— Srta. Ava — chamou Virginia.

Quase pisando em falso, ela se virou e encarou a cozinheira no momento em que Tanya atendeu.

— Oi! Eu estava me perguntando se você tinha recebido a mensagem! Ou melhor: mensagens! Minha nossa, você nunca olha o celular?

— Oi. Só um segundo, tá? — falou Ava ao telefone enquanto a cozinheira, quatro degraus abaixo, estava empacada na base da escada.

— Ah, me desculpe — disse Virginia rapidamente, franzindo as sobrancelhas ao perceber que a patroa estava no celular. — Não vi que estava ocupada. — Dirigiu-se para a cozinha e apontou para os fundos da casa. — O café está servido na sala de estar — falou baixinho.

Ava já ia começar a protestar, mas, em vez de se meter em outra discussão, disse apenas:

— Já estou descendo.

Voltou a subir a escada. Uma vez fora do alcance dos ouvidos alheios, retomou a conversa ao telefone:

— Foi mal, Tanya. Está tudo acontecendo ao mesmo tempo aqui.

— NSE. — *Não se estresse,* na linguagem da amiga. — Recebi sua mensagem. Me desculpe por não estar no salão. Tive problemas com o encanamento em casa... O porão inundou, um cano estourou... Ah, é melhor nem começar!

— Parece péssimo.

— E foi. No caso, o você-sabe-o-quê estava correndo morro abaixo direto para a minha área de serviço... Eca! Tremo só de pensar. Mas o Al, do Encanadores Al Seu Dispor, veio me ajudar e, em poucos dias, quando tudo estiver seco, a situação vai se normalizar. Foi o que disse. Enquanto isso, estou lavando toda a roupa de casa no salão, onde tenho uma lavadora pequena. Mas creio que poderia ser pior.

— Bem pior — disse Ava, ao entrar no quarto e fechar a porta.

— Ah, nossa, Ava. Como sou idiota! — exclamou Tanya. — Não é nada demais... Só meias e roupas íntimas sujas. Apenas um pequeno contratempo. Digo, depois de tudo que você passou... — continuou, sem se tocar. — Sabe, eu lamento muito, muito mesmo.

Ava escutou um clique na linha, como se mais alguém estivesse tentando falar com ela. Ignorou a chamada.

— Está tudo bem — retrucou Ava.

Mas as duas sabiam que era mentira.

Escorando-se na porta do quarto, Ava sentiu o peso da perda arrastando-a para baixo. Mas ela não podia permitir aquilo. Não naquele dia. Não quando estava, finalmente, se sentindo proativa.

— Pensei de a gente se encontrar para... tomar um café, almoçar ou sair para beber. Sei lá.

— Eu adoraria! Quando você quiser... Bem, tenho que arranjar um tempinho. Com o trabalho no salão, os horários das crianças e tudo mais. Vai ser complicado. Escola, futebol, o balé da Bella... Acredite se quiser. Tenho a sensação de que passo metade do dia no carro. Você precisa ver o meu gasto com gasolina!

Levar os filhos para as atividades parecia o paraíso para Ava, mas ela não disse nada. Em vez disso, declarou:

— Você é a ocupada no momento; então, decida quando.

— Muito bem... Vejamos... Minha agenda de compromissos e o meu calendário pessoal estão no computador... Então que tal... Minha nossa... Talvez eu possa encontrar você amanhã. Consigo tirar uma hora de almoço, mas teria que ser tarde. Tipo às 14h ou às 14h15min. Pode ser? Tenho um corte e uma coloração marcados que devem demorar mais do que o previsto.

— Por mim, tudo bem.

— Beleza. É só passar no salão.

— Por volta das 14h. Fechado. Leve fotos da Bella e do Brent.

— Já pus no trabalho. É, pois é, eu sou *esse tipo* de mãe. — Tanya riu e Ava relaxou um pouco.

— Até mais. — Ava já ia desligar quando a voz da amiga a interrompeu.

— Calma! Ei, Ava, passamos a conversa inteira falando só de mim. E você? Está bem?

Lá vinha a maldita pergunta de novo.

— Eu, hum, soube do que aconteceu na outra noite — acrescentou Tanya de supetão. — Está tudo bem?

— Tudo nos conformes — disse Ava rapidamente, pois escutou passos na escada. — Conto tudo quando a gente se encontrar — acrescentou baixinho.

— Promete?

Toc. Toc. Toc.

Alguém bateu na porta do quarto.

Minha nossa. De novo?

— Juro por Deus — sussurrou automaticamente ao desligar. Na infância, elas sempre diziam essas três palavras quando não estavam brincando. Tinham uma regra de que, quando uma delas dizia *Juro por Deus*, aquilo significava que era a mais pura verdade. — Estou indo! — gritou, desligando o celular e abrindo a porta.

Jewel-Anne, sentada na cadeira de rodas e com a mão erguida para bater de novo, estava plantada na entrada. A cadeira bloqueava a passagem, de forma que Ava não tinha como sair.

— O seu café da manhã está esfriando — anunciou de imediato.

A boneca da vez, ruiva, de olhos verdes e cílios grossos, estava enfiada numa bolsa especial presa na lateral da cadeira e parecia encarar Ava. Jewel-Anne removeu um dos fones do iPhone, que segurava firme na outra mão gorducha.

— Eu já disse à Virginia que estou indo — retrucou Ava, um pouco impaciente.

— Achei melhor avisar. — Jewel-Anne acordara afetada. Arrogante como sempre. — E o Trent me mandou uma mensagem. Ele disse que está tentando te ligar, mas que você não retorna.

— Ele não... — Ava se lembrou do número privado na tela minúscula do celular. — Então ele não conseguiu falar comigo e ligou para você?

— Acho que sim. — Mostrando desinteresse, Jewel deu de ombros.

— Por quê?

— Vai ver foi porque você não atendeu e ele sabia que conseguiria falar comigo. — disse Jewel-Anne, como se Ava fosse uma completa idiota. Aquele comportamento estava muito frequente. Até demais, na verdade. — Ele mudou de telefone — acrescentou a prima, passando o número.

Após entregar a mensagem, Jewel-Anne jogou o cabelo por cima do ombro, apertou um botão, deu ré e manobrou a cadeira com habilidade antes de ir embora.

— De nada — falou, virando a cabeça ao passar pela porta fechada do quarto de Noah.

Ava balançou a cabeça ao descer novamente a escada. Leu o menu do celular e ligou para o número de Trent.

De fato, não conseguiu completar a chamada.

Estava prestes a tentar o número que Jewel-Anne lhe dera — uma das poucas capacidades da memória que ela não perdera naqueles poucos anos —, mas, ao chegar ao primeiro piso, o celular tocou em suas mãos.

— Alô? — disse, lendo a mensagem de identificação "número privado".

— Então você *está* viva — provocou Trent.

— Contra a minha vontade, segundo alguns.

— Ha-ha-ha, cuidado. Posso ser uma dessas pessoas — disse ele, achando graça.

— É bem provável.

De todos os primos, Trent, o irmão gêmeo de Ian, era com quem Ava se identificava mais. Trent, o "equilibrado", como se referia a si mesmo, era 1 cm mais baixo do que Ian. Mas a falta de estatura era compensada por sua beleza e personalidade. No ensino médio se autoapelidara de "alegria da mulherada". Trent se achava o máximo, mas aquilo não estava longe de ser verdade.

Pergunte a Tanya.

Ou a tantas outras amigas que haviam estudado com Ava.

— Eu estou bem — insistiu ela, deixando que ele pensasse o que quisesse. Sem dúvida, Trent ouvira os relatos da meia-irmã e do irmão gêmeo sobre o "estado de saúde" de Ava ou qualquer outro nome que dessem para aquilo.

— A Piper já me ligou.

— A Madrasta Querida — resmungou ele.

— A própria.

— Me deixe adivinhar. Ela agiu como se estivesse morta de preocupação com você.

— Resumindo, foi.

— Mas eu não preciso me preocupar com você? — perguntou ele.

— Por que não pensa por conta própria e supõe que eu *não* estou maluca?

— Qual é a graça nisso?

— Dã.

Trent riu e eles conversaram enquanto Ava percorria o saguão até chegar aos fundos da casa e ao solário, que oferecia uma vista ampla dos estábulos, dos campos e dos morros que cercavam o Portão de Netuno.

— Só peço que você se cuide — disse ele quando o assunto começou a morrer e Ava entrou no escritório de Wyatt. Pressionando o celular contra o ombro, ela pegou uma caneta de um copo que estava sobre a escrivaninha e anotou o número novo de Trent na palma da mão. -- Ava, lembre-se de que você está morando num antro de birutas.

— Engraçado. É exatamente isso que todos acham de mim.

— Então você está se sentindo em casa.

— Discordo — retrucou ela com uma risada.

— Então prove que estão errados.

Vou provar, pensou Ava ao desligar e passar o número de Trent para a lista de contatos do celular. Mas, antes, teria que provar para si mesma.

CAPÍTULO 9

Ava engoliu por obrigação o café da manhã: ovos fritos com gemas que já haviam se solidificado, bacon frio e torrada encharcada de manteiga, tudo acompanhado de café. Após, ela pegou uma maçã e uma banana de uma cesta que estava no aparador da sala e voltou correndo para o quarto.

Mais lúcida do que estivera em semanas, vasculhou o armário, achou o laptop e se acomodou numa cadeira ao lado da janela. O que ela precisava fazer era descobrir onde todos estavam na noite do desaparecimento de Noah. Ava já havia pensado naquilo muitas vezes, mas nunca tivera forças nem autocontrole para agir.

É claro que a polícia fizera algo parecido, mas ela achava que o xerife Biggs e seus subalternos não haviam se esforçado o bastante, pois partiram do pressuposto de que Noah havia saído da casa e se afogado. Após o depoimento superficial de todos os presentes, da busca feita na ilha por agentes e voluntários e do trabalho dos mergulhadores que revistaram as águas da baía próximas ao cais particular do Portão de Netuno, eles concluíram que o filho dela havia escorregado do píer e se afogado, e que o corpinho do menino tinha sido levado pela maré.

Só que a maré estava subindo quando Noah desapareceu.

Ela havia verificado.

Mas ninguém lhe dera ouvidos, e Ava não podia culpá-los. Ela enlouquecera: ficara apavorada, desesperada para achar o filho e, no processo, tivera um colapso nervoso...

Não fora à toa que ninguém a levara a sério. Nos dois anos seguintes, não perdera as esperanças de que o menino seria encontrado, mas a mente perturbada não tinha sido capaz de manter o foco nem de se concentrar.

Até aquele momento. Ava olhou para a mesinha de cabeceira e para o copo minúsculo que continha os comprimidos que Demetria havia recolhido do chão e posto sobre o móvel.

Tranquilizantes para acalmá-la.

Antidepressivos para animá-la.

Levou o recipiente para o banheiro. Novamente, jogou o conteúdo no vaso sanitário, mas, dessa vez, verificou se tudo descera com a descarga. Ava supunha que a intensidade da dor de cabeça se devesse à interrupção brusca da medicação, mas não se importava. Aguentaria a abstinência ou o que fosse.

Após assegurar-se de que não havia restado nenhum vestígio dos comprimidos, ela voltou para o quarto, bebeu metade da água do copo e deixou o recipiente da medicação vazio sobre a mesa. Mesmo sabendo que ninguém acreditaria nela, agiu mecanicamente. Em seguida, fez uma trança rápida para impedir que o cabelo lhe caísse no rosto ao digitar e mergulhou de cabeça no projeto.

Ava se lembrou da noite em que sua vida havia mudado para sempre. Era o auge do feriado de Natal e a casa estava repleta de gente — os funcionários do Portão de Netuno e as pessoas que tinham sido convidadas para a festa. Ela começou a listar todos que haviam passado a noite e os que tinham apenas feito uma visita. Escreveu a lápis o nome de um por um num bloco de papel que encontrou na gaveta da escrivaninha. Contudo, não tinha certeza de que se lembrava de todo mundo, não com a memória daquele jeito. Mesmo assim, transferiu a lista para o computador.

Começou movendo os dedos de maneira desajeitada sobre o teclado, estranhando as teclas. Mas persistiu, digitando com cuidado, errando e corrigindo até recobrar a memória muscular.

— É como andar de bicicleta — disse Ava.

Em pouco tempo, pegou o ritmo e criou colunas com nomes, relações e os lugares nos quais cada pessoa alegara estar no momento em que Noah desapareceu. Ela já havia repassado aquilo com a polícia várias vezes, mas estava tão desolada na época, que não conseguira fazer muito mais do que sofrer.

Olhou para a planilha que tinha compilado. Será que ajudaria?

Ela só descobriria quando tentasse.

Três horas depois, Ava sentiu uma dor de cabeça latejando atrás dos olhos e se sentou na cadeira da escrivaninha. Girou o pescoço para liberar a tensão e olhou para a tabela e para o cronograma que havia criado no computador, feitos basicamente a partir de suas próprias lembranças e das conversas que tivera com os demais naqueles poucos anos.

Ela conseguia visualizar a casa como se fosse naquela noite...

O saguão estava decorado com guirlandas de pinheiros enfeitadas com luzes pisca-piscas brancas e entremeadas com fitas douradas. Na base dos degraus, uma árvore de 6 m também exibia essas luzinhas, enfeites e laços vermelhos. Os galhos de cima quase alcançavam o segundo andar do vão da escada.

Uma série contínua de músicas natalinas tocava nas caixas de som espalhadas por toda a casa. Só era possível ouvir as notas conhecidas quando o burburinho de conversas, risadas e tilintar de copos diminuía.

O clima era de festa. O único momento de tristeza foi durante o jantar, quando Ava olhou para a direita, para a cadeira que o irmão, Kelvin, sempre ocupava nas reuniões de família. Obviamente, ele não compareceu. No lugar dele estava Clay Inman, um colega de trabalho de Wyatt, associado júnior da firma. Se Ava se lembrava bem, a família de Inman morava em algum canto da Carolina do Norte e não tinha onde passar as festas. Tomara o assento de Kelvin na inocência. Com exceção de Ava e talvez de Jewel-Anne, que olhou para ela em algum momento do jantar, ninguém parecia ter percebido.

Às 21h, Noah ficou mal-humorado e ela o levou para cima. Ninou um pouco o menino e o colocou no berço.

— Não! — reclamou ele, apontando para a cama que fora entregue naquela semana.

— Não sei, não...

— Cama grande, mamãe!

— Tudo bem, tudo bem — cedeu ela, arrependendo-se imediatamente do erro. — Mas você tem que dormir.

Ela o arrumou na cama e esperou na cadeira de balanço enquanto ele fechava os olhos, fingindo que dormia. De repente, o menino reabriu um deles.

— Durma — repetiu ela com firmeza, ajeitando-se na cadeira de balanço.

Vinte minutos depois, ele desistiu e respirava tranquilamente. Ava se levantou da cadeira que rangia, se debruçou na cama e sussurrou:

— Feliz Natal, rapazinho. — Afastou os cachos pretos da testa do menino e deu um beijo suave em sua pele macia. — Vejo você de manhã.

Ele ofereceu uma tentativa de sorriso, apesar de estar com as pálpebras fechadas e com os cílios macios repousados nas bochechas. Ela se lembrava de ter parado na porta e olhado por cima do ombro para conferir se a coberta tapava todo o corpo do menino e se a luz noturna, localizada entre o berço e a cama, brilhava delicadamente sob a janela.

Ava sentiu um aperto no peito ao pensar na última vez em que vira o filho. A dor era palpável. Ela voltou a pegar o lápis, torcendo-o ansiosamente à medida que as lembranças viajavam pelo cérebro.

Na noite do ocorrido, estava com pressa.

Após assegurar-se de que Noah havia dormido, Ava saiu do quarto e deixou a porta encostada. Em seguida, segurou a saia do vestido vermelho que havia comprado para a ocasião e correu escada abaixo para se juntar aos convidados. Recordava-se de ter parado no patamar, pensando ter ouvido Noah chamar *mamãe*. Esperou, esforçando-se para escutá-lo, mas a voz fininha do menino não se sobrepôs à cacofonia de sons que vinha do primeiro andar, e disse a si mesma que estava imaginando coisas.

— Aí está você! — chamou Wyatt, e Ava avistou o marido na base da escada, segurando uma bebida e sorrindo para ela. — Nós temos convidados!

— Eu sei, eu sei. Só fui pôr o neném na cama.

Ela desceu rapidamente os degraus que faltavam e se despediu de Inman e de outras poucas pessoas que haviam se aglomerado perto da porta da frente para vestir os casacos, cachecóis e luvas antes de serem levadas de volta ao continente.

Foi um entra e sai de convidados enquanto Ava batia papo e conferia se as bebidas estavam sendo servidas, se as velas permaneciam acesas, se todas as pessoas estavam conversando, se a música tocava e se seu sorriso continuava impecável. Durante mais de uma hora, ninguém foi ver Noah. Ela havia ligado a babá eletrônica, um sistema de áudio com alto-falantes instalados no quarto do casal, no escritório e na sala de estar. Também haviam instalado um monitor de vídeo, mas a câmera estava apontada para o berço. Não fora redirecionada para a cama porque Noah ainda não tinha estreado o móvel.

Os dois aparelhos não serviram para nada. Naquela noite, o monitor de áudio fora abafado pelo nível de ruído da festa e a câmera não dera nenhuma pista. Não estava equipada com uma fita de vídeo. Mesmo que estivesse, com a visão limitada, era pouco provável que fornecesse alguma imagem.

Desde aquela noite, a moça continuava sendo atormentada pelo mesmo sentimento de culpa.

Quantas vezes Ava não desejara ter voltado ao quarto do filho?

Quanta angústia e autoflagelação mental não havia suportado ao pensar que havia ignorado o filho quando a chamara, quando mais precisara dela? Aquela decisão idiota podia ter sido a causadora...

Ava cerrou os olhos por um momento e sentiu um nó na garganta por causa das lágrimas que estavam sempre prestes a cair. Não. Chorar não vai ajudar. Nem se lamentar com os céus.

Ela sabia.

Ava já havia tentado as duas abordagens e se martirizado por ter ignorado o coração e voltado correndo para Wyatt e para a festa...

— Que Deus me ajude.

Agarrou as laterais do teclado e abaixou a cabeça.

Concentre-se.

Não deixe a dor em seu coração tomar conta de você.

Mas a dor estava sempre presente, consumindo-lhe a alma, fazendo-a lembrar de que era a culpada do desaparecimento do filho. Ela era a culpada.

E agora você tem que encontrá-lo.

Ninguém mais fará isso.

Engolindo em seco e com os olhos ardendo, Ava se preparou e continuou a desenterrar as recordações daquela noite.

A festa terminou cedo, um pouco depois das 23h. Contudo, a maioria dos convidados que permaneceram na casa continuou no andar de baixo. Wyatt estava no escritório bebendo um uísque escocês raro com o tio Crispin — o pai do bando de primos de Ava.

Trent e Ian jogavam sinuca na sala de jogos localizada num recuo do salão principal, enquanto a irmã deles, Zinnia, havia passado pelas portas francesas rumo ao jardim para atender o celular. Pela porta semiaberta, sentiram o frio do inverno e ouviram Zinnia descascando o novo namorado, o rapaz que se recusara a passar o feriado numa "maldita pedra no meio do nada". Ele acabara viajando para a Itália, o que, de fato, irritara a mulher. Alimentada por vários copos de café irlandês e por um temperamento que nunca aprendera a controlar, Zinnia, de acordo com os dois irmãos, tinha soltado os cachorros em cima do namorado, Silvio.

Tia Piper havia tirado os saltos e estava lendo na sala de estar, enquanto o filho, Jacob, saíra para fumar um cigarro na varanda da frente. Ava se recordava de tê-lo visto pela janela. O corpo dele estava na sombra, mas a ponta do cigarro aceso brilhava no escuro.

Jewel-Anne já havia se recolhido. Ela foi a única da família a admitir que estivera no segundo andar, apesar de ter jurado que nem havia se aproximado do quarto de Noah. Mais tarde, a garota declarou ter certeza de que a porta dele estava fechada.

Ava se lembrava de ter encostado a porta, que era muito pesada para ter batido com o vento. Alguém só podia tê-la fechado de propósito.

— Quem? — murmurou, escrevendo a pergunta no bloco de papel, circulando-a sem parar. Ao lado, escreveu *POR QUÊ?*

O xerife Biggs e seus detetives consideraram a possibilidade de que Noah tivesse saído da cama sozinho e caminhado pelo longo corredor até a escada dos fundos. Dessa forma, ninguém no andar de baixo o teria visto. As autoridades supuseram que o menino podia ter subido a escada íngreme para o terceiro piso ou até para o sótão, apesar de não terem encontrado nada nas buscas efetuadas nos andares de cima. A polícia, então, presumiu que Noah pudesse ter ser dirigido à cozinha e saído pela porta dos fundos num momento em que todos os funcionários estavam em outro lugar ou simplesmente não notaram a presença dele. Além disso, cogitaram a possibilidade de ter descido para o porão, mas, como ocorrera no sótão, a polícia revistara os cômodos do subsolo e não encontrara nenhuma pista do paradeiro da criança.

É claro que Noah também podia ter sido levado à força. Contudo, nos dias que se sucederam, ninguém ligou nem mandou mensagens pedindo resgate, e o xerife Biggs retomou a teoria original de que o menino havia saído da casa e se perdido.

Ava partiu o lápis entre os dedos.

— Impossível.

Ela não acreditava naquilo, apesar de Biggs ter seus motivos. Mas para Ava não passavam de desculpas.

Ela nunca aceitara a ideia de que ninguém tivesse visto Noah sair da casa, mas, de fato, a porta dos fundos, que dava acesso à varanda, havia ficado aberta em algum momento da noite. A porta de tela ficara batendo com o vento, mas ninguém percebera o barulho durante a festa. Só mais tarde Virginia mencionara as pancadas.

— Eu ouvi alguma coisa — admitira —, mas pensei que fosse lá longe, tipo uma janela do celeiro ou do estábulo. Tem sempre alguma coisa rangendo ou batendo por aqui.

Virginia passara a maior parte da noite na cozinha. Khloe e o marido, Simon Prescott, estavam trabalhando na ocasião: ela deu uma força na cozinha enquanto ele se alternava com seus dois ajudantes, Ned Fender e Butch Johansen, no transporte dos convidados para dentro e para fora da ilha.

Graciela ajudara a preparar e a servir os tira-gostos e as bebidas, além de manter o recinto arrumado. Recolhera guardanapos usados, pratos sujos, talheres esquecidos e copos vazios.

Demetria passara parte da noite cuidando de Jewel-Anne. No resto do tempo, ficara sozinha. Ava se recordava de ter visto a enfermeira falando com Ian e tomando vinho com Wyatt. Até conversara com Tanya enquanto a paciente estava em outro lugar.

Todos os ajudantes contaram com álibis a maior parte do tempo, apesar de os horários terem sido imprecisos e determinados na base do chute, uma vez que tinha sido um entra e sai de gente na ilha e na casa.

Mas ninguém subira a escada.

Poucas pessoas admitiram ter saído do primeiro andar da mansão. Os poucos que declararam ter subido a escada principal — ao lado da árvore de natal — ou usado o elevador alegaram que estavam procurando outro banheiro. Todos juraram não ter ido ao andar de cima depois de Ava ter posto o filho para dormir e tinham álibis que confirmavam seus depoimentos.

Então, quem foi?

Frustrada, ela jogou os pedaços do lápis inutilizado na lixeira próxima à cama.

A lista de convidados não era tão longa assim. Faltavam Inman, é claro, e Tanya, que havia decidido levar Russ à festa, apesar dos dois já estarem separados na época.

— Estamos tentando resolver as coisas — disse a amiga, tentando se explicar. — Por causa das crianças.

Tentaram em vão. Menos de dois meses depois, Tanya pediu o divórcio, e Russ deixou Anchorville de vez.

Havia outra meia dúzia de convidados: amigos que conheciam os pais dela, pessoas que já estavam tão enraizadas na Ilha Church quanto ela. A maioria desses moradores locais tinha ido embora cedo, antes de Ava pôr Noah na cama. O filho se jogara em cima dela, repetindo:

— Cansado não, mamãe. Cansado *não*!

Ah, como ela queria escutar a vozinha dele. Até uma reclamação era melhor do que aquele vazio, do que a falta de informação. Fechando os olhos, Ava se recostou na cadeira da escrivaninha e tentou juntar todas as peças. Ela já havia revivido mentalmente a noite do desaparecimento de Noah milhares de vezes, mas nunca obtivera respostas nem pistas do que acontecera de verdade. E agora... agora havia montado uma tabela e traçado uma linha do tempo, o que não era muito e, provavelmente, não era mais do que a polícia elaborara dois anos antes.

Qual era o nome do detetive que liderara as investigações e a interrogara? Simms, Simons ou... *Snyder*! Isso! Wes Snyder. Tinha quarenta e tantos anos, o rosto rechonchudo, cabeça de bola de sinuca e o cabelo raspado rente. Snyder foi gentil, sério e dedicado e era bem mais inteligente que Joe Biggs. Mesmo assim, como os demais, não ajudou em nada. Não conseguiu desenvolver teorias reais sobre o que acontecera com Noah. Cogitaram a hipótese de sequestro, mas a ideia também foi descartada. Não houve intervenção do FBI. Por fim, até Snyder desistiu — como todo mundo.

Menos você, Ava. Você não pode deixar para lá.

Reabrindo os olhos, ela pegou uma caneta de um copo sobre a escrivaninha e escreveu o nome de Snyder no bloco, abaixo de *Joe Biggs*, que já constava no papel.

Do celular, ligou para a delegacia do xerife e perguntou pelo detetive Snyder, mas lhe informaram que ele passaria a maior parte do dia fora. Ava deixou uma mensagem no correio de voz dele e desligou o telefone. Parecia que sempre lhe puxavam o tapete de propósito. Todos estavam contra ela.

A cabeça latejava. Seus músculos estavam mais tensionados do que a corda de um arco. O estômago roncava alto. Ava tomou alguns comprimidos de analgésico extraforte com um copo d'água. Partiu pedaços da banana que pegara mais cedo e os mastigou pensativa.

Seus nervos se acalmaram um pouco, mas ela sabia que precisava sair da casa para pensar com clareza. Desligou o computador e, junto com a capa e as anotações, enfiou-o no armário.

O casarão antigo começava a deixá-la claustrofóbica. Vestindo um velho casaco de moletom do Seattle Mariners, Ava saiu do quarto, mas se deteve diante da escada. Percorreu com os olhos o patamar que a rodeava e dava na porta de Noah. Desde que saíra do hospital, só tivera coragem de olhar para dentro do cômodo uma vez. Mas a dor falara mais alto, e ela não conseguira entrar. Desde então, a porta ficava fechada. Exceto pela faxina semanal, o quarto permanecia intacto.

Contudo, naquele momento, Ava se sentia obrigada a entrar.

Antes que voltasse atrás, ela caminhou na direção do quarto do filho, girou a maçaneta de vidro, escancarou a porta e entrou.

Seu coração disparou.

Suas mãos ficaram úmidas e geladas.

A única luz do cômodo vinha de uma janela que estava com as persianas semiabertas. O dia cinzento parecia se espalhar pelo quarto, descolorindo a colcha de estampa de marinheiro que cobria a cama e ofuscando os lençóis outrora vibrantes. Um nó se formou na garganta de Ava.

Ela sentiu a dor intensa da perda.

Por um instante, pensou ter detectado o aroma de óleo de bebê camuflado pelo cheiro de lustra-móveis e poeira... Mas devia ser apenas a mente lhe pregando peças outra vez.

Engolindo em seco, Ava acendeu a pequenina luminária de marinheiro e reparou no móbile pendurado sobre o berço. Sorridentes criaturinhas marinhas pendiam sem vida. Com o coração na garganta, ligou o enfeite, e os três bichos minúsculos e felizes — um caranguejo, um cavalo-marinho e uma estrela-do-mar — começaram a girar lentamente ao som de sinos e de uma conhecida canção de ninar.

Ela se lembrou de Noah ainda bebê, deitado de costas, acompanhando com os olhos o deslocar lento dos animais marinhos. Ou um pouco maior, quando se agarrava na grade do berço a fim de tentar alcançar os bichos suspensos.

— Ava? — A voz de Wyatt interrompeu o devaneio.

Ela pulou meio metro, atingindo a estrela-do-mar e fazendo-a girar ainda mais. O resto do móbile balançava de maneira desgovernada. Virando-se rapidamente, Ava se deparou com o marido de pé na porta, destacado pela luz do corredor.

— Você me assustou! — reclamou ela.

— Não foi minha intenção. — Wyatt forçou um sorriso amarelo. Levava o casaco pendurado num braço e a maleta na outra mão. — Eu queria saber o que você está fazendo aqui.

— Lembrando — respondeu, passando os dedos na parte de cima da grade do berço, onde a madeira macia estava marcada pelos dentinhos de Noah.

— É uma boa ideia?

— Só Deus sabe.

— Eu... eu ainda tenho que trabalhar um pouco, mas pensei que a gente podia... fazer alguma coisa à noite. Jantar no escritório. Ver um filme, quem sabe?

— Um encontro em casa? — perguntou Ava.

Ele fez que sim e abriu um sorriso que, pela primeira vez, parecia sincero.

— Era assim que a gente chamava.

— Eu me lembro.

— Que bom.

Ava sentiu uma onda de alívio, uma pontinha de esperança de que nem tudo que tinham vivido juntos estava completamente destruído.

— Ava — sussurrou Wyatt.

— Diga.

— Ele se foi. — O marido pigarreou. — O Noah. Ele não vai voltar e... acho melhor você aceitar isso.

Balançando a cabeça, Ava endireitou os ombros.

— Não posso nem vou aceitar.

— Então você não vai melhorar.

— Só quero saber a verdade, Wyatt.

— Não importa o que aconteça?

Ava voltou a sentir o medo frio se formando dentro dela, mas tratou de controlá-lo.

— Não importa o que aconteça.

Wyatt a encarou por um segundo, contraindo os lábios. Depois, frustrado, deu um tapa no batente da porta.

— Faça o que quiser, Ava. Você vai fazer de um jeito ou de outro mesmo.

Sem mais uma palavra, o marido foi embora. O barulho dos passos cada vez mais longe.

— Vou mesmo — prometeu ela ao quarto vazio, desligando a pequena luminária ao lado da cama desocupada.

Tudo indicava que o "encontro em casa" havia melado.

CAPÍTULO 10

De mal com o mundo em geral e com Wyatt, especificamente, Ava saiu da casa feito um furacão. Do lado de fora, a brisa salgada de inverno avançava do mar. Com a discussão ainda martelando na cabeça, ela passou por samambaias sedosas e hostas de folhas largas que se aglomeravam na sombra enquanto seguia o caminho de pedra — coberto de mato e açoitado pelo vento — que cortava o jardim.

Ela precisava fazer alguma coisa, *qualquer* coisa, para pôr a vida de volta nos eixos. Decidida a caminhar até a cidade para esquecer as frustrações, Ava reparou nos cavalos que pastavam perto da cerca e teve uma ideia melhor.

Quando era criança, ela adorava galopar com a égua favorita pelos campos orvalhados e entrar na floresta cerrada que contornava a propriedade. Passava horas seguindo os velhos rastros de cervos e ovelhas que recortavam a mata e acompanhavam a costa. Explorava cada pedacinho da ilha. Conhecia até os lugares que os pais haviam proibido. Apesar das advertências da mãe, Ava percorria as trilhas preferidas, que passavam pelos muros de calabouço do antigo hospital psiquiátrico e subiam as falésias de centenas de metros de altura. Lá embaixo, as ondas arrebentavam no litoral. Entre os lugares vetados estavam cabanas velhas, uma cachoeira, e a pedreira e suas minas.

Ava resolveu visitá-los.

Ela atravessou um portão e as marcas de pneu de uma estrada que dava acesso ao cercado no qual os cavalos pastavam. Assobiando, chamou a atenção de Jasper, um capão baio com a cara branca. O animal ergueu a cabeça, balançou as orelhas pretas e relinchou.

— Vem cá — chamou Ava, querendo saber por que todos os seres do sexo masculino que faziam parte de sua vida eram tão teimosos. — Vai ser divertido. Prometo.

Devagar, como se fizesse um sacrifício enorme, o cavalo se aproximou.

— Até que enfim — murmurou ela, esticando o braço por cima da cerca para afagar a testa do bicho.

Jasper relinchou. Seu hálito quente se misturou ao ar frio da tarde.

— Eu também estava com saudades de você. Venha. Vamos dar um passeio.

Pelo menos daquela vez, Jasper não resistiu e seguiu Ava até o estábulo. Em poucos minutos, ela pôs uma manta desbotada e a sela sobre o lombo do cavalo, apertou bem a cilha e encaixou o cabresto na cabeça dele.

Logo após, montou no animal e o guiou para fora. Olhou uma vez para a casa e avistou Simon cuidando do jardim. Quando ele levantou a cabeça para olhar na direção dela, Ava rapidamente conduziu o cavalo para longe do cercado. Quanto menos pessoas a vissem, menos ela teria que explicar, e a moça estava cansada de justificar todos os passos que dava. Além disso, não sabia muito a respeito de Simon, apenas que mantinha um casamento conturbado e tórrido com Khloe e que já havia trabalhado no setor de comunicações do Exército.

Quando, por fim, atravessou a última porteira, Ava levou novamente o cavalo para o campo aberto, debruçando-se no pescoço lustroso de Jasper.

— Vamos ver do que você é capaz, meu velho — incentivou ela, conduzindo o animal a meio galope.

Imediatamente, Jasper transformou a marcha num galope suave. Suas patas afundavam no capim molhado, carregando os dois por entre moitas de cicuta e pinheiros tão altos que os topos se perdiam nas nuvens baixas.

O cavalo corria cada vez mais rápido, até a paisagem virar um borrão. A rajada de vento frio embaraçava os cabelos de Ava.

Uma gargalhada lhe subiu pela garganta. Quanto tempo se passara que não se sentia tão livre? Tão alegre? Meu Deus, parecia uma eternidade! Ao chegar ao riacho que cortava um caminho dentado pelo meio do campo, Jasper não diminuiu o passo. Simplesmente passou correndo pelas margens aplanadas, espirrando a água lamacenta.

Ao sul, dava para ver o hospício abandonado — uma fortaleza de pedra e concreto construída num penhasco enorme, com vista para o mar. As grades de ferro pendiam por causa da ação do tempo, enquanto a ferrugem formava rabiscos vermelhos nas paredes cinzentas. As janelas quebradas tinham sido cobertas com tábuas. Um mastro de bandeira permanecia de pé — uma sentinela solitária, cuja corrente enferrujada chacoalhava com o vento.

Uma sombra passou por cima do muro e, por uma fração de segundo, Ava pensou ter visto alguém em cima da sólida estrutura de pedra. Um segundo depois, a imagem desapareceu no escurecer. Ela tremeu. O Sea

Cliff agora parecia um lugar assombrado no qual ela não queria nem pensar. Não quando, pela primeira vez em anos, estava sentindo uma onda de liberdade e de alegria.

— Nada vai cortar meu barato — sussurrou.

As palavras recuaram para a garganta por causa do galope de Jasper e da ventania. Puxando as rédeas, ela obrigou o cavalo a diminuir o galope, pois havia começado a chover de verdade. Eles entraram na floresta de cicutas e pinheiros e passaram pelos galhos gotejantes. O cheiro de terra molhada se mesclava ao ar salgado.

Ela viu o bafo fumegante de Jasper e sentiu um arrepio ao ser rodeada pela solidão da ilha. Era um lugar ermo, afastado do continente. Mas o isolamento nunca a incomodara. Pelo contrário. No passado até lhe dera forças e paz de espírito. Claro que antes das tragédias...

A trilha continuava morro acima, onde as árvores davam lugar a um promontório que proporcionava uma vista deslumbrante do estreito. Do ponto elevado, era possível ver outras ilhas — picos negros que despontavam nas águas dinâmicas daquele braço do Pacífico.

Ava estivera ali pela última vez na manhã seguinte ao desaparecimento de Noah. Ela vasculhara todas as construções, todos os cantos da casa e, por último, cavalgara pela floresta até chegar àquele local. Lá de cima, olhara para o mar, com medo de ver o corpinho do menino nas águas turbulentas. Ela até tentara descer a escada em ruínas que balançava para a frente e para trás e que dava no cais de uma praia já fora de uso havia anos. Ava trincou os dentes. Na noite em que Noah sumira, ela ficara tão apavorada, tão desesperada para encontrá-lo, que tentara descer a escada.

O vento a chicoteava. Lá embaixo, as ondas estouravam. Numa das mãos, segurara firme a lanterna. Com os outros dedos se apoiara no corrimão frágil e bambo.

Devagar e com cuidado, Ava conseguira descer. Uma série de preces circulava em sua mente.

Deus, por favor. Permita que eu o encontre.

Por favor, faça com que ele esteja bem... por favor, por favor, por favor...

— Noah! — berrara ela, arrancando a voz lá do fundo da garganta. O barulho do mar era ensurdecedor.

— Noah!

Depois, chamara mais baixinho:

— Ah, amor, por favor... Venha com a mamãe... Por favor.

O vento soprara o capuz do seu casaco, permitindo que o cabelo caísse no rosto dela.

Com um passo de cada vez, Ava descera a escada bamba. Um passo. Dois...

No patamar, respirara fundo, virara-se e, aos poucos, descera o segundo lance curto da escada. O tempo todo, a velha estrutura rangera com o peso dela.

Mas Ava tinha que descer.

Precisava encontrá-lo.

Onde estava o filho dela? *Onde?*

— *Noah!!!*

Com o coração acelerado de pavor, Ava chegara ao terceiro patamar, fizera um giro de 180 graus e pisara em falso.

Bum!

A madeira podre partira.

O maldito degrau cedera.

Berrando, Ava caíra para a frente. Seu pé prendera no buraco, torcendo o tornozelo.

Desesperada, tentara agarrar o corrimão.

A lanterna voara da mão dela, apontando seu feixe luminoso para todos os lados enquanto caía na escuridão.

— Socorro! — berrara ela, pendurada pelo pé, agarrando-se com os dedos no corrimão frouxo. Sua cabeça quase tocava no patamar seguinte. — Socorro!

Mais uma rajada de vento atingira a escada. A estrutura tremera e rangera no paredão de pedra.

Usando toda a força, Ava conseguira se levantar. Puxara o pé do buraco e, determinada a encontrar o filho, continuara a descer na escuridão, deslizando as mãos com cuidado no corrimão para tatear o caminho. Trêmula, mas obstinada.

A dor no tornozelo estava insuportável, mas não era nada comparada ao desespero que sentira ao chegar à praia e, obviamente, não ver nenhum sinal do menino.

Nadica de nada.

Ava passara o resto da noite na praia, encolhida de frio, chorando baixinho, enquanto as ondas estouravam e todos os deuses do mal que existiam no mundo riam dela.

Na manhã seguinte, depois que a tempestade passara e a guarda costeira a achara, Ava escutara trechos de frases que a perseguiriam dali em diante.

— A pobrezinha perdeu o juízo...

—... não sei se consegue voltar ao normal...

—... imagine... Que perda terrível... Ela é forte, mas quem aguenta uma coisa dessas...?

Tudo bem-intencionado. Tudo dito com mais do que um pingo de zelo. Todos morrendo de preocupação.

Na época, até ignorara os comentários. Porque, na época, ainda acreditava piamente que Noah seria encontrado em algum canto da ilha. A salvo. Com medo. Mas vivo.

Com o passar das horas, dos dias, das semanas e dos meses, a esperança foi morrendo. Agora ela estava ali, sem saber se voltaria a ver o filho, na falésia, no topo da escada que, desde aquela noite, estava interditada. Os degraus continuavam presos à encosta da ilha, mas estavam desbotados, em pior estado do que se encontravam dois anos antes. O local estava cercado e com um aviso de perigo, a fim de desestimular qualquer um que pretendesse descer.

O vento cortante soprou o cabelo de Ava para o rosto enquanto a chuva caía fina e contínua, e nuvens baixas encobriam o horizonte. Ela olhou para o oeste, onde o estreito invadia o Pacífico. Mal dava para ver o punhado de ilhas pequenas e protuberantes — como os espinhos assustadores de uma criatura submarina gigantesca — que pareciam emergir e afundar com a violência da maré.

Quase que de propósito, o olhar dela se voltou para mais perto da boca da baía, e Ava sentiu um tremor involuntário.

O coração apertou quando ela pensou no irmão e na noite que lhe tirara a vida.

Ava desceu do cavalo e soltou as rédeas, deixando Jasper pastar. O cabresto chacoalhava com o movimento do animal. A moça não sabia por que se sentira obrigada a cavalgar até aquele lugar, a enfrentar uma dor que ela preferia esquecer e que destruiria seu breve momento de alegria. Mas era necessário.

Ela andou até a beira da falésia e olhou fixamente para a boca da baía. Sentiu um nó na garganta. Submersa nas profundezas da água estava o que os moradores chamavam simplesmente de Hidra. Invisível a olho nu no mar calmo, mas em constante mudança por causa das correntes, o istmo da baía era estreito e perigoso para os capitães que não estavam acostumados com o canal nada amplo.

Ava conhecia muito bem os riscos que a entrada da baía oferecia. Os pelos dos seus braços se arrepiaram com a visão daquela passagem longa, do local no qual as pedras estavam escondidas e parte do píer havia sido tomada pela água.

Com frio, ela cruzou os braços e se recordou, com detalhes, do dia do acidente, quase cinco anos antes. Fora um dia como aquela tarde cinzenta — só que uma ventania inesperada havia liberado toda a sua fúria contra Kelvin e seu bem mais estimado: um veleiro novo e lustroso que estava sendo estreado...

CAPÍTULO 11

No dia do passeio, o céu estava escurecendo de maneira tenebrosa porque uma tempestade se formava. Nuvens pretas se agitavam e o mar ondulava descontroladamente. Os quatro estavam a bordo do veleiro novo: Kelvin, Jewel-Anne, Wyatt e Ava.

— Leve a gente para casa! — berrou Jewel-Anne, com os olhos arregalados de medo e o rosto pálido sob a chuva turbulenta.

Ela se agarrou à amurada.

— Estou tentando. Abaixe as malditas escotilhas e entre! — gritou Kelvin.

— Para ficar presa? De jeito nenhum!

— Jewel, por favor! — esbravejou ele.

—- Ande logo! — Ela não arredou pé, teimosa como uma mula.

— Entre! — ordenou Ava, com o vento ganhando força e o barco bordejando violentamente.

— Merda! — Kelvin tentava controlar o leme e Wyatt baixava a âncora flutuante da popa, na esperança de manter o veleiro estável, mas as ondas atingiam o *Bloody Mary*, fazendo-o rodopiar desgovernado pelo mar.

— Vire o veleiro. Fure as ondas! — berrou Wyatt, xingando, quando uma onda monstruosa estourou na popa e o barco sacolejou com força. — A tempestade está se dirigindo para o litoral! Fure as ondas!

— Nãããoo! — protestou Jewel-Anne ao ver o paredão d'água que se formava. — Leve a gente para dentro da baía! Depressa!

— A gente tem que sair! — retrucou Wyatt.

Com a ajuda de Ava, Wyatt estava penando com a vela de capa, cuja finalidade era auxiliar durante as tempestades. Mas o maldito acessório parecia tão inútil quanto o motor que Kelvin havia tentado ligar sem sucesso.

— Ah, por favor! Apenas leve a gente para casa! — Jewel-Anne começou a chorar. Suas pernas escorregavam de um lado para outro enquanto tentava se segurar envolvendo os braços na amurada.

— Não vamos conseguir passar pela barra do porto! — gritou Wyatt.

— Então vamos todos morrer! — Jewel piscava freneticamente. — Todos nós, inclusive o bebê! — Fitou os olhos de Ava, suplicando, apelando para os instintos maternos da prima.

— Ela tem razão! — afirmou Ava, pensando no filho dentro da barriga. O filho *dela*. Do *Wyatt*. — Precisamos chegar ao litoral.

— Mesmo que a gente atravesse a barra e entre na baía, o que não vai acontecer, não vai dar para atracar no cais — apontou Wyatt. Ele estava atento, com o rosto encharcado pela chuva e o cabelo emplastrado.

— Pelo amor de Deus, abaixe essa droga de vela! — ordenou Kelvin com raiva. Sua calma já havia sido abalada pela dimensão da tempestade.

Wyatt fez uma careta ao ver o tamanho da onda que se aproximava.

— Mantenha o barco a 90°!

— Não consigo. Merda! — Kelvin tentou controlar o leme. As pedras que protegiam a barra estavam cada vez mais próximas. — Segurem firme!

Com um rugido, a onda encobriu e inundou o barco. A água gelada cercou Ava, que já estava enjoada e lutava para se segurar. O pequeno veleiro balançava horrores, rodopiando com a fúria do mar.

Com o cabelo voando no rosto e encharcada até os ossos, Jewel-Anne berrava agarrada à amurada próxima ao leme. Estava com os olhos esbugalhados de medo e pálida como cera.

— Vocês têm que ser mais rápidos! — berrou, como se pudessem vencer a tempestade.

Kelvin a ignorou. Estava concentrado quando outra onda atingiu o convés e o barco inclinou levemente para um dos lados.

— Entrem debaixo do convés! — ordenou Wyatt.

Jewel-Anne estava descontrolada:

— Você vai bater! Pelo amor de Deus, Kelvin! Vamos morrer! Cuidado!

— Cale a boca! — Kelvin mal olhou para ela. O rapaz estava com o cabelo emplastrado por causa da chuva e com os braços grudados no leme. — Cale a porra da boca!

Com o estômago embrulhado e morrendo de frio por causa da água, Ava agarrou a amurada e se esforçou para avistar o litoral, uma luz, qualquer coisa que pudesse orientá-los. O que começara como um passeio excêntrico se transformara rapidamente naquele desastre, e agora Kelvin fazia de tudo para tentar levar o barco à costa sem bater nas pedras que cercavam a ilha.

— Nós não vamos sobreviver! — gritou Jewel-Anne, com o vento uivando e o barco balançando.

— Vista a merda do colete salva-vidas! — insistiu Kelvin.

— Não consigo! — Jewel-Anne estava histérica, com o rosto branco feito o de um defunto. Agarrou o braço do primo e quase caiu para a frente com o sacolejo do veleiro. — Vamos todos morrer! — Lamentando-se, a menina tombou numa poça ridícula aos pés de Kelvin.

— Tire a Jewel de perto de mim! — ele disse a Ava. — Agora!

— Não toque em mim! — Jewel-Anne voltou a berrar, fuzilando Ava com os olhos, enquanto segurava o braço de Kelvin.

— Venha, Jewel-Anne — pediu Ava, mas a prima se agarrou às pernas de Kelvin.

Ele tentou afastá-la com os pés enquanto lutava para manter o barco flutuando.

— *Leve essa garota para baixo do convés!*

— Nããão! — Jewel-Anne não aceitaria aquilo.

Ava puxou a prima pelo braço.

— Venha, Jewel!

— Me deixe em paz! — Ela se levantou com dificuldade, agarrou a grade e quase caiu de cabeça no mar agitado.

— Jewel-Anne! — Wyatt pulou na direção da garota atrapalhada enquanto Kelvin tentava estabilizar o veleiro no cavado enorme. — Trate de entrar embaixo do convés!

Jewel-Anne parecia não escutá-lo.

— Venha, Jewel — pediu Ava com o máximo de calma, apesar do barco balançar freneticamente e de ela estar com o estômago embrulhado, com ácido subindo pela garganta.

— Meu Deus! — berrou Kelvin em meio aos rugidos do mar. — Desça!

— Para ficar presa que nem um rato quando o veleiro capotar? — gritou Jewel.

— O barco não vai... Ah, dane-se. — Ele voltou a atenção para o leme.

— Na cabine é mais seguro — disse Ava, tensa, tentando parecer forte e convincente, quando seu próprio coração estava disparado. Medo e adrenalina corriam em suas veias.

— Mentirosa!

— Vamos, Jewel-Anne! — Ava agarrou o braço da prima. Os dedos de uma das mãos se enredavam na manga escorregadia da jaqueta de Jewel, ao mesmo tempo que a outra mão localizava um colete salva-vidas debaixo do banco do convés. Nossa, a prima sabia ser teimosa! — Vista isto. Agora! — Enfiou o colete na mão da menina. — Não perturbe o Kelvin. Deixe que ele leve a gente para dentro da baía. — Ela puxou o braço de Jewel-Anne quando o barco balançou.

— Não! — Jewel perdeu o equilíbrio e caiu, berrando de dor.

— Tire essa garota daqui! — esbravejou Kelvin, que estava fazendo de tudo para controlar o próprio pânico enquanto navegava no cavado de uma onda que se formava.

Choramingando, Jewel-Anne se arrastou para longe de Ava no convés molhado, tão desengonçada quanto um caranguejo virado. O vento havia soprado o capuz de sua jaqueta e ela ainda não tinha vestido o maldito colete, que pendia de seus dedos.

— Fique longe de mim! — grunhiu ela, com os olhos cheios de pânico e o rosto e o cabelo encharcados pela chuva. — Meu Deus, meu Deus, meu Deus! Nós vamos morrer!

Ava perdeu o controle. Jogou-se para a frente e alcançou o convés escorregadio. De joelhos, agarrou a prima pelo braço e a sacudiu com raiva.

— Pelo amor de Deus, Jewel, trate de se acalmar!

— Cale a boca! — berrou Jewel.

Smash! Sem pensar, Ava deu um tapa na cara da prima.

— Pare de chilique! — berrou, em meio ao vento uivante. — Ninguém vai morrer. Faça o favor de se controlar!

Perplexa, Jewel-Anne encarou-a enquanto o barco sacolejava frenético.

— Sua vaca!

— Parem com isso as duas! Façam alguma coisa, meu Deus do céu! — berrou Wyatt por cima do ombro. Ele ainda estava lutando com a inútil âncora flutuante.

A chuva caía sobre eles, despindo-lhes as jaquetas e os capuzes. O colete salva-vidas oferecia pouca tranquilidade diante do mar violento. As pedras agora estavam a poucos metros de distância, cercadas de redemoinhos. Ava se levantou e tentou arrastar Jewel-Anne até seus pés, mas a prima era um fardo pesado. Era quase impossível puxá-la à força pelo convés escorregadio e instável.

— Venha, venha — resmungou Ava, com o vento soprando e a tempestade atacando. O pavor lhe dera forças e, por fim, Jewel-Anne ficara de pé novamente, agarrando-se ao parapeito próximo ao leme.

Mesmo com o mundo desabando ao seu redor, Jewel esfregou a marca vermelha no rosto.

— Vaca! — grunhiu, dirigindo-se a Ava. — A culpa é toda sua!

Subitamente, o veleiro tombou, mal conseguindo se sustentar na água.

Jewel segurou a grade com força, fixando os olhos no mar.

— CUIDADO!

Ava acompanhou o olhar da prima. Seu coração quase parou quando viu as pedras. Pretas. Pontudas. Ameaçadoras.

— Jesus amado — murmurou, consumida pelo medo. Estavam perto demais! O cavado estava muito próximo das pedras!

Jewel-Anne se jogou em cima de Kelvin.

— Vire! Kelvin! Vire!

— Deem um jeito nessa garota! *Agora!* — ordenou Kelvin.

— Aguente firme! — berrou Wyatt, enquanto outra onda gigantesca crescia violentamente e ameaçava encobrir o barco. Ele se projetou para a frente, agarrou Jewel-Anne e a puxou para perto de si. — Pare com isso! Agora! Vista o colete salva-vidas!

Tarde demais.

A onda estourou. Um paredão-d'água ensurdecedor. Os pés de Ava foram varridos do chão.

Bum!

Ela bateu com a cabeça na amurada.

Uma dor explodiu atrás de seus olhos. O mundo começou a ficar preto. Às cegas, Ava tentou se agarrar a alguma coisa. Uma torrente de água gelada quase a esmagou, afundando-a, inundando a boca e os pulmões da moça.

O veleiro gemeu e sacolejou.

Ava emergiu tossindo e piscando, sem conseguir focar a vista. Era fato. Eles não venceriam a tempestade. Ela pensou no bebê e pediu aos céus que a pessoinha que ainda estava em sua barriga tivesse uma chance...

Não desista! Você não pode!

Ela se concentrou no irmão.

Kelvin estava a postos, exibindo o olhar dos fadados ao fracasso. Segurava o leme com firmeza, enfrentando a tempestade — e perdendo. Parecia que estavam sozinhos no mundo.

Wyatt!

Ah, meu Deus, onde estava Wyatt?

E Jewel-Anne?

Tossindo e cuspindo, Ava alcançou um pedaço de corda que havia se soltado de algum lugar e se segurou enquanto o barco sacudia com as ondas.

Onde diabos estava Wyatt? O coração dela disparava de pavor.

— Wyatt!

Mal dava para enxergar. A água inundava o convés. Ava não podia acreditar que havia perdido o marido. Ele tinha que estar ali! E onde estava Jewel-Anne? Desesperada, ela começou a gritar por socorro, rezando em silêncio para que os dois não tivessem sido varridos do barco.

Meu Deus, meu Deus, meu Deus...

Por favor, faça com que estejam a salvo.

Em pânico, percorreu o convés com os olhos. Gritou o nome do marido, mas o ronco do mar latejava em seus ouvidos, um barulho tão intenso quanto seu medo. A voz dela não passava de um sussurro.

— Wyatt! — berrou ela, ainda tossindo, enquanto o veleiro tombava de um jeito perigoso e as pedras... as malditas pedras estavam perto demais... — Wyatt!

RAAAASG! O som horrendo de pedra dilacerando fibra de vidro invadiu o veleiro.

O *Bloody Mary* sacolejou.

Ava se agarrou à corda. *Que Deus nos ajude!*

Outra onda monstruosa despencou como uma cascata sobre as amuradas e o convés.

— Aguente firme! — gritou Kelvin.

O veleiro se empinou. Os mastros rangiam ao mesmo tempo que Kelvin tentava fazer a proa sair do cavado e entrar na próxima onda gigantesca.

A quilha raspou nas pedras pontudas. Chiando como se estivesse com dor, ela se partiu e o mar invadiu o convés, inundando a parte de baixo do barco, fazendo-o afundar. O veleiro continuava sacolejando, sendo levado para as profundezas turbulentas.

Outra onda se formou debaixo do barco quebrado, levantando o *Bloody Mary* bem no alto. Depois, num movimento brusco, lançou-o mais uma vez contra as rochas pontiagudas, com tanta força que o veleiro capotou.

Ava foi arremessada na água gélida e engolida pelo mar. A corda de náilon que antes a salvara estava firmemente enrolada na palma da mão da moça, e agora a puxava cada vez mais para o fundo do oceano, levando-a para uma morte certeira. O maldito colete salva-vidas não poderia salvá-la.

Desesperada, Ava tentou se soltar. Seus dedos vacilavam. *Vamos lá, vamos lá!* Seus pulmões começavam a arder. A corda não estava amarrada, apenas enrolada, e ela não conseguia desvencilhar os dedos.

Vamos, Ava, você consegue! Não desista!

Seus pulmões estavam pegando fogo. Seus dedos ficavam cada vez mais desajeitados à medida que o mar a arrastava na correnteza violenta. Destroços circulavam ao redor dela e a corda só fazia apertar.

Ava foi tomada pelo pânico.

Se ela não respirasse logo...

Bum!

A moça foi lançada nas pedras, batendo a lateral do rosto e as costelas na rocha pontiaguda e coberta de cracas.

Bolhas de ar escaparam de seus lábios.

A dor ricocheteou coluna abaixo.

Ela mal conseguia pensar. A escuridão a cercava e a arrastava cada vez mais para o fundo. Seus sentidos estavam fracos, seduzindo-a a entregar os pontos...

Não!

Numa última tentativa, puxou a corda dos dedos, destroçando-a com a mão livre, arranhando a pele, quebrando as unhas. Quando, finalmente, o náilon cedeu e desatou, ela nadou. Para valer!

Lutando para chegar à superfície, com o corpo machucado e exausto, ela cortou o mar, enfrentando a forte correnteza, sem saber se conseguiria, apesar de estar com o colete de espuma.

De repente, chegou à tona. Sem fôlego, encheu o pulmão de ar pouco antes de a próxima onda gigantesca estourar. Ava aproveitou a oportunidade e deixou que a maré a levasse, passando pelas pedras ásperas e pela barra até entrar na baía.

Fraca, machucada e em frangalhos, sofrendo as investidas do vento e do mar, ela avistou as luzes do Portão de Netuno piscando à distância. Pontinhos dourados e reconfortantes brilhando na escuridão.

Ava sentiu um aperto no peito.

A imensidão do mar turbulento era desanimadora. Se ela ao menos conseguisse nadar até o litoral... menos de 2km... mas, antes...

Ava tentou boiar na água para vasculhar a superfície ondulada e revolta em busca de Wyatt, Jewel-Anne e Kelvin.

Sem dúvida, estavam vivos.

Tinham que estar.

Não estavam de colete?

— Ei! — berrou ela, mas sua voz foi abafada pela tempestade.

Estudou com os olhos os objetos estranhos que eram levados pela maré, os destroços do *Bloody Mary*. Não viu ninguém. *Ah, por favor*, pensou, desesperada. *Wyatt, por favor...* Sentiu um nó na garganta quando outra onda forte e congelante a empurrou mais para perto da costa.

Ava bloqueou a mente e prendeu a respiração. Tentou não pensar que o irmão, a prima e o marido podiam estar perdidos. Que talvez só ela tivesse sobrevivido. Se sobrevivesse.

— Ei!

Alguém a tocou no braço, acordando-a do devaneio.

Ava reprimiu um grito de espanto. Seus pés escorregaram um pouco quando ela deixou a lembrança e voltou para o presente.

Austin Dern a fuzilava com os olhos. Ele segurava o braço dela com força.

E parecia puto da vida.

CAPÍTULO 12

— O que você está fazendo aqui? — Ava, puxou o braço com violência e deu um passo para trás.

— Cuidado! — Dern a segurou de novo. Com os dedos fortes, envolveu o braço dela e a arrastou para a frente.

Pela primeira vez, ela percebeu que estava a menos de meio metro do precipício, ainda mais perto da escada em ruínas.

Outra enxurrada de adrenalina correu pelo sangue de Ava, enquanto, 30m abaixo, as ondas cresciam e estouravam, roncando, de repente, nos ouvidos dela. Absorta nas próprias reflexões, Ava não notara o quanto havia se aproximado da beira do abismo. Bastavam mais alguns passos e...

Com o coração disparado, ela murmurou:

— Minha nossa... Eu não...

O coração batia forte nos ouvidos de Ava. E se ele não tivesse aparecido? E se ela tivesse dado dois passos para trás e despencado? Soltando um suspiro reprimido, ela finalmente se livrou da mão de Dern, se afastou do penhasco e andou na direção dos cavalos. Agora havia dois: Jasper e Cayenne, a égua cor de canela que estava com Dern. Os animais pastavam o capim ralo. Seus cabrestos tilintavam e seus rabos balançavam com a brisa.

— Que diabos você está fazendo aqui em cima? — perguntou ele.

— Nada. Só estava pensando.

As sobrancelhas grossas se contraíram sobre os olhos intensos de Dern. Ele a fitava com um olhar não-me-venha-com-conversa-fiada.

— Não pode pensar num lugar um pouco mais seguro?

Ava deu de ombros e pigarreou.

— Eu só estava cavalgando, tomando ar puro e...

Por que você se sente obrigada a se abrir com ele? Isso não é da conta dele.

— É um lugar e tanto para sonhar acordada. Parecia que você estava prestes a pular.

— Não. — Ela o fuzilou com os olhos. — E por que você está aqui?

— Dei falta de um dos meus cavalos. E o cachorro — apontou com o polegar para o vira-lata, que farejava uma moita próxima a uma cicuta — me trouxe até aqui. — Dern a fitou nos olhos. — Parece que foi uma boa ideia.

— Estou bem.

— Está mesmo? — Ele ergueu uma das sobrancelhas pretas de maneira cética.

Coisa de macho alfa.

— *Sim, estou mesmo.* — Tudo bem, ela havia ficado a apenas um ou dois passos do abismo, mas não estava gostando da atitude daquele sujeito. — Você não precisa desenvolver o hábito de me salvar.

— Tem certeza?

— Tenho. — Outro pensamento desagradável invadiu a cabeça de Ava. — Não me diga que meu marido contratou você para ser... o quê? Algum tipo de babá ou... de guarda-costas?

— Só vim procurar o cavalo. Não tive o intuito de me meter nessa confusão. Seja lá o que for.

Ava sentiu o sangue ferver.

— Não sei o que você está achando por causa do que aconteceu na outra noite e aqui, agora há pouco — ela inclinou sutilmente a cabeça na direção da beira do penhasco —, mas eu não preciso mesmo de babá.

— Se você está dizendo...

— Estou.

Ele deu de ombros, parecendo não se convencer. Continuava com os olhos apertados, cheios de desconfiança. Contudo, afastou-se, virando as mãos para cima em sinal de rendição.

— Não faz mal. — Dern pegou as rédeas do cabresto de Cayenne. — Só leve o cavalo de volta e, da próxima vez, você poderia me deixar um bilhete ou alguma coisa do tipo.

— Eu procurei você quando peguei o Jasper. Você não estava lá. E realmente não pensei que precisasse de permissão para levar o meu cavalo.

Dern não revidou e Ava sabia o que ele estava pensando: que ela *precisava* do aval de alguém para sair a cavalo sozinha. Que não estava no controle. Que era uma louca de pedra.

— O seu terreno é grande. Tudo bem, nem sempre estou no estábulo e no celeiro, mas tenho celular. Se você me avisar com antecedência, posso arrumar o cavalo para você.

— É mesmo? Não sei o que você ouviu por aí, mas sou capaz de selar um cavalo. Com os olhos fechados. Talvez eu seja a única com essa opinião, mas, acredite, consigo fazer isso — retrucou ela. — Que eu saiba, a casa é minha, a terra é minha e o bendito cavalo também — acrescentou, antes que ele pudesse responder.

— Eu só estava dizendo...

— Eu *sei* o que você estava dizendo, Dern! — Ava pegou as rédeas de Jasper, montou na sela e deixou o maldito caseiro, ou fosse lá o que fosse, vendo-a partir.

Dern trincou os dentes.

Aquilo não estava indo bem. Nada bem.

Tendo sido posto em seu devido lugar pela pessoa de quem ele precisava se aproximar, Dern observou Ava indo embora. Montada na sela, ela ainda estava com as costas retesadas por causa da afronta. O bumbum redondo, protegido pela calça jeans, empinava um pouco enquanto ela se debruçava no pescoço de Jasper e punha o cavalo baio para galopar.

Tirando os olhos do traseiro de Ava, Dern coçou a nuca, frustrado, e disse a si mesmo que ela era encrenca. Ele havia pisado na bola. Para valer. Aparentemente, ela não curtia o número do cavaleiro de armadura brilhante surgindo para salvá-la. Bom, ele não a culpava. Não era um papel confortável, e Dern nem estava acostumado a incorporá-lo.

Ele soltou um suspiro e mal percebeu a ventania e o ar denso que prometiam mais chuva. Seus pensamentos estavam concentrados no mistério que Ava Garrison representava.

Dern imaginou como ela seria na cama e com que frequência dormia com aquele marido imbecil. Com certeza, havia alguma coisa estranha ali. Ele percebera pela maneira como os dois evitavam trocar olhares. É. Nada de casamento feliz na boa e velha Ilha Church.

Por que ele se importava? Não fazia ideia.

Dern nem sequer *gostava* dela. Na verdade, pelo que ouvira, Ava era a pior das megeras — claro, quando não estava no surto psicológico que a afligia desde o desaparecimento do filho.

Ainda assim, Dern se encontrava diante de algo lamentável e improvável: estava atraído por ela.

— Vá com calma — murmurou baixinho.

Estava tudo errado. Ele não podia se dar ao luxo de se interessar por mulheres no momento, muito menos por Ava Garrison: casada, ruim da cabeça e, segundo boatos, a pior das cobras quando não estava se lamentando por causa do filho. Definitivamente, não valia o sacrifício.

Mas era tarde.

As mulheres sempre tinham sido o ponto fraco de Dern. Contudo, homens melhores do que ele já haviam sucumbido aos encantos de uma moça bonita. E, infelizmente, Dern gostava de mulheres ardentes, capazes de enfrentá-lo de igual para igual.

A Ava Garrison assustada, descontrolada e molhada como um rato afogado que ele vira na outra noite não oferecia ameaças. É claro que ela era bela. Mas vulnerável. Carente. De fato, não fazia o tipo dele. Porém, com essa nova Ava, que parecia capaz de mastigá-lo verbalmente e cuspi-lo, a história mudava de figura. Por mais errado que aquilo fosse, Dern adorava um desafio e, rapaz... Ah, rapaz... Ela era difícil.

Ele manteve os olhos em Ava, que desaparecia ao longe. Ela estava à vontade montada no animal. Não mentira quando dissera que sabia lidar com cavalos e, provavelmente, com estábulos. Ele observou quando ela diminuiu um pouco a velocidade antes de sumir na mata e se perguntou qual seria a motivação de Ava Garrison.

Que diabos essa mulher tem que está começando a mexer com você?

Dern concluiu que era apenas a beleza dela, apesar de seus olhos expressivos emanarem inteligência. Bom, pelo menos, naquele dia. E havia também os lábios dela: carnudos e contraídos sobre dentes nem tão perfeitos quando ela se exasperara com ele. O cabelo preto estava úmido por causa da chuva e cacheava um pouco ao escapar da trança na base da nuca. Apesar de estar um pouco magricela, Ava ainda tinha o corpo de uma atleta, de uma velocista, com quadris estreitos, seios pequenos e pernas que não acabavam nunca. Dern vira fotos dela de alguns anos antes, de quando ainda não havia perdido o filho. Era igual, só que mais forte, com a cintura fina e o abdome definido.

De acordo com as informações que levantara, Dern sabia que Ava fizera atletismo no ensino médio e na faculdade. Corria longas distâncias e completara pelo menos uma maratona quando tinha vinte e poucos anos, talvez mais.

Dern conversara com pessoas que haviam trabalhado com ela. As descrições que surgiram eram simples:

Determinada.

Motivada.

Perfeccionista.

E, para alguns, desalmada.

Bem diferente da mulher fraca e abalada que ele havia retirado das águas gélidas da baía poucas noites antes. Se Dern não soubesse, teria jurado se tratar de duas pessoas diferentes, pois, naquela tarde, ele tivera um gostinho da mulher de negócios inflexível, extremamente exigente e de língua afiada.

Ao menos, ela não estava mais sonâmbula.

Quando ela voltara de onde quer que os pensamentos a tivessem levado, seus olhos acinzentados soltavam faísca, as bochechas estavam coradas de raiva e os lábios, cerrados de desaprovação. O queixo estava erguido e a mandíbula, contraída.

O problema era que Dern achava essa nova versão bem mais interessante do que a mulher que resgatara da baía. Ele a observara naquela noite: trêmula, a vítima quase acuada que escondera as mãos entre os joelhos, de lábios tensos e que desviara o olhar quando fora interrogada pelas pessoas que, supostamente, a amavam.

Com dificuldade, Dern parou de pensar nela. Ele estava sozinho naquela falésia enorme. O vento do Pacífico formava ondas no oceano e sacudia as árvores que cercavam a clareira. Como havia encontrado o cavalo desaparecido, supôs que era melhor ir embora também.

Missão cumprida.

Pelo menos, naquele dia.

Dern subiu na sela e, de cima do cavalo, observou o mar novamente, tentando localizar o ponto que ele a flagrara olhando. A água turva, com vários tons de cinza, invadia a boca da baía, passando por cima da barra submersa e escondida, à qual os moradores se referiam com respeito e um pouco de medo. Um cordão de pedras protegia a entrada. Ilhotas pretas e minúsculas que emergiam da água. As ondas estouravam e cobriam seus topos pontudos.

Por que ela estava olhando com tanta atenção para as pedras escuras? Não tinham nada a ver com o desaparecimento do menino, e a mulher estava obcecada pela noite em que o filho fora visto pela última vez. Coçando a nuca, Dern se deu conta de que aquilo estava relacionado à morte do irmão de Ava. Os dois eventos não tinham a menor ligação.

Kelvin Church morrera num trágico acidente de barco. Ela estava presente e sobrevivera por pouco. O desastre também deixara Jewel-Anne Church numa cadeira de rodas, da qual nunca mais saiu. Poucos dias após a tragédia, Ava e Wyatt puseram o filho no mundo.

Ao chamar o cachorro com um assobio, Dern questionou se os dois acontecimentos traumáticos da vida de Ava Garrison não estavam relacionados e se aquilo havia contribuído para o atual estado mental dela. Naquele dia, ela estivera lúcida a ponto de colocá-lo em seu devido lugar.

Mas quanto tempo aquilo duraria?

No caminho de volta para casa, Dern ajeitou o cós da calça jeans. A arma estava escondida debaixo da jaqueta e da camisa, e o cano frio pressionava sua pele, fazendo-o se lembrar de que não tinha muito tempo a perder. Com Wyatt fora da ilha e Ava possessa com ele, era melhor Dern ficar longe dela. Ele tinha um pouco de tempo livre, e o dia ainda estava claro, o suficiente para uma rápida mudança de planos. Puxando as rédeas da égua, pegou um caminho que se afastava do mar e entrava na floresta, levando à estrada — tomada pelo mato — que passava ao sul do antigo hospital psiquiátrico.

Estava na hora de voltar ao Sea Cliff.

Cavalgando pela mata úmida, sentindo o cheiro de terra molhada misturado com maresia, Ava tentou apagar da mente o rosto superpreocupado de Dern, mas não conseguiu. O que passou pela cabeça dele para segui-la morro acima?

Ele salvou você, não foi?

Talvez. Ela não achava que teria dado um passo fatal e caído do precipício, mas quem sabe? Se tivesse despencado e morrido no mar, todos no Portão de Netuno sacudiriam a cabeça, fariam cara de tristeza e murmurariam que sabiam que ela decidira acabar com aquilo tudo.

Ava emitiu um som de irritação e diminuiu a velocidade de Jasper, até o cavalo passar a andar. Então Dern a encontrara em cima da falésia. E daí? Isso não significava que ele a estava seguindo nem bancando seu guarda--costas pessoal. E, com certeza, Wyatt não havia contratado o homem para ficar de olho nela.

Paranoia... Não deixe seus temores dominarem você...

No entanto, quando Ava saiu da floresta e olhou para o sul, na direção do Sea Cliff, ficou pensando se a imagem que vira antes, o vulto no topo do muro, era Austin Dern.

Mas o que ele poderia querer com o velho hospício? Ele é um trabalhador rural. Só isso. Seu único crime é a insistência em tentar salvá-la de você mesma.

Ava apertou os olhos e piscou por causa da garoa enquanto puxava o cavalo para cima e observava o concreto em ruínas. Ela escutou um uivo baixo e ficou toda arrepiada, antes de se dar conta de que devia ser apenas um coiote.

Nada mais sinistro.

E nenhum vulto apareceu no parapeito do muro do antigo hospital.

— Idiota — murmurou, inclinando-se novamente sobre o pescoço de Jasper. — Vamos para casa, rapaz.

O cavalo grandalhão não precisava de mais incentivo. Aumentou o passo e fez o capim molhado voar sob suas patas. O ar frio fazia Ava perder o fôlego e, quando os dois chegaram ao riacho, ela viu que Jasper estava com as orelhas erguidas e apontadas para a frente. Em vez de passar pela trilha plana, ele seguiu direto para uma fenda mais profunda. Por instinto, Ava soltou as rédeas ao sentir os músculos do animal se contraindo. Com a dona debruçada em seu pescoço, Jasper pulou o córrego de fluxo rápido e aterrissou na outra margem com um baque.

Assim que suas patas tocaram no chão, o cavalo disparou em direção ao estábulo. Ava deixou Jasper livre para fazer o que quisesse. Ela devia estar com a mesma empolgação que já sentira, mas perdera o bom humor. As preocupações e os medos tinham voltado. Ela errara feio ao pensar que poderia fugir dos problemas. Era impossível e sabia disso.

Ao se aproximarem da casa, Ava puxou as rédeas e olhou para a janela do quarto de hóspedes vazio. As persianas estavam abertas, apesar dela se lembrar de tê-las visto fechadas mais cedo.

Graciela devia estar limpando e as deixou abertas.

Mesmo assim, Ava forçou a vista para tentar enxergar por dentro da janela escura, mas não havia ninguém. Nada.

Ignorando a sensação prolongada de que estava sendo observada por olhos ocultos, ela cavalgou para o estábulo e desceu do animal. Segurando as rédeas numa das mãos, destrancou a série de porteiras que levavam à porta do estábulo.

Na entrada, não pôde conter a vontade de olhar por cima do ombro, na esperança de que o esbelto cowboy saísse das trilhas e surgisse do meio da floresta.

É claro que ele não apareceu.

Zombando de si mesma em silêncio, Ava tirou o cabresto, a sela e a manta de Jasper. Em seguida, refrescou o cavalo e lhe ofereceu uma porção especial de aveia.

— Você merece — disse ela, coçando a testa do animal por baixo da franja. O cavalo relinchou. Seu hálito quente espalhou o pouco de aveia que sobrara, mas sugou o resto com os beiços sensíveis. — Talvez a gente repita o passeio qualquer dia desses — murmurou Ava, antes de conferir se todos os cavalos tinham água e de apagar as luzes.

Ela mal havia tirado as botas na varanda e entrado na cozinha, atravessando-a em direção à escada principal, quando ouviu a voz da prima.

— Saiu para cavalgar?

Droga! Ela devia ter usado a escada dos fundos.

Em vez de simplesmente ser grossa e fingir que não escutara Jewel-Anne, Ava teve que encarar a prima.

Com os pés descalços escorregando um pouco, Ava parou na entrada do escritório, onde um filme antigo piscava na tela da TV. O pequeno cômodo estava iluminado apenas pelo aparelho ligado.

A prima aguardava. Com as sobrancelhas erguidas por cima dos óculos, Jewel-Anne examinou a jaqueta molhada e o cabelo de Ava, despenteado pelo vento. A menina estava acompanhada de uma de suas bonecas eternas. Em seus dedos, as agulhas de tricô estalavam rapidamente num ritmo esquisito. A linha mesclada de tons de rosa se transformava rapidamente em algo minúsculo, que só podia ser outro casaquinho fofo para um de seus bebês.

Ava arrancou o elástico do cabelo.

— Foi bom.

— Cavalgar? Na chuva?

— Garoa. — Ela desfez a trança. — Não estava chovendo de verdade.

Jewel-Anne revirou os olhos e voltou a assistir à televisão.

— Dá na mesma.

Não entre nessa discussão. Lembre-se: ela é uma inválida. Você não faz ideia de como ela se sente presa nessa maldita cadeira de rodas.

— Você viu alguém lá fora? — perguntou Jewel-Anne, quase de maneira inocente, e Ava estava prestes a contar que havia esbarrado com o caseiro quando percebeu que a prima se referia a Noah. Quando Jewel-Anne a encarou de novo, exibia um sorriso beatífico nos lábios pálidos, quase uma réplica perfeita do sorriso estampado na boneca ao lado dela.

É um truque da sua imaginação.

No entanto, Ava sentiu o sangue gelar.

— Não vi ninguém — mentiu ela.

— Foi o que pensei. Ah, prontinho, Janey.

Jewel-Anne se deu ao trabalho de acomodar melhor a boneca ao seu lado para que o rosto de Janey ficasse virado para a televisão, onde a luz azul e piscante da tela formava sombras estranhas sobre as imagens desbotadas. Janey parecia vidrada no filme.

— Assim... está melhor — disse Jewel-Anne para a boneca, voltando a tricotar com os olhos colados na tela.

Eita, pensou Ava. *Isso é esquisito. Jewel-Anne me culpa pelo acidente que tirou a vida de Kelvin e a pôs numa cadeira de rodas, e veja no que ela se transformou.*

Ava começou a subir a escada, mas a voz de Jewel-Anne foi atrás dela.

— Pensei que você tivesse visto o Dern de novo.

— De novo?

Clique, clique, clique.

Ava refez os passos enquanto Jewel-Anne acrescentou:

— Ele saiu a cavalo depois de você. Eu o vi. O Simon também viu. — Ela desgrudou os olhos da televisão só por um segundo. — Pensei que o Dern tivesse ido atrás de você.

Ava não queria cair na provocação, mas tinha perguntas.

— Você sabe alguma coisa sobre ele?

Jewel-Anne pensou por um momento, interrompendo a cadência frenética das agulhas.

— Acho que o Dern arranjou o emprego através de um conhecido do Wyatt. Um amigo de um amigo ou algo do gênero. Não sei ao certo. — Voltou a tricotar. *Clique, clique, clique, clique.* — Por que não pergunta ao seu marido?

— Eu perguntei.

— E?

— Acho que ele disse que o Dern trabalhou para um cliente dele.

Jewel-Anne deu de ombros, exibindo um sorriso educado, porém, falso. — Pronto. Aí está a resposta.

— Eu só queria saber quem é o cliente.

— Isso importa? — Jewel-Anne olhou para cima, com uma expressão perturbada. — Ouça, se você não confia no Wyatt... — acrescentou, antes que Ava pudesse continuar.

— Você está pondo palavras na minha boca — interrompeu Ava. — Eu só achei que o Dern me parecia familiar.

— Familiar? Como?

— Não sei exatamente de onde conheço esse cara, mas algo me diz que... Sei lá... Que já o vi antes... Ou talvez ele só me lembre alguém.

— Talvez seja melhor você perguntar ao Dern. — Jewel-Anne piscou. — A menos que esteja com medo.

— Com medo? É claro que não.

— Foi o que pensei. — Mas o sorriso de Jewel-Anne dizia outra coisa e, mais uma vez, as agulhas compridas voltaram a saçaricar em seus dedos curtos. — Eu sei. Você só está confusa.

Ava nem se deu ao trabalho de responder. De nada adiantava. A garota fazia de tudo para irritá-la e parecia adorar bancar a manipuladora, sempre tentando provocá-la.

Subindo os degraus de dois em dois, Ava tentou se livrar do sentimento de culpa permanente que a afligia desde o acidente de barco, mais de quatro anos antes. Ela saíra do desastre relativamente ilesa, mas Jewel-Anne fora sacudida pelo mar como uma boneca de pano. Ao ter o corpo lançado contra as pedras, a menina fraturara a coluna e só não morrera porque Wyatt era um exímio nadador.

A jovem tinha um motivo para ser amarga.

Ava nunca se sentia à vontade perto dela, mas não tinha coragem de pedir que a prima fosse embora.

— Você está maluca? — esbravejara ela da última vez em que Ava abordara o assunto delicado e fizera outra proposta para comprar a parte da prima.

Jewel-Anne fizera uma pausa para a ficha de Ava cair e acrescentara:

— E eu iria para onde, hein? Você tem alguma ideia? Para um asilo, talvez? Seria mais fácil para você, né? Não me ver? Não ser lembrada.

Ela apertara o botão da cadeira de rodas e saíra da sala de estar como uma flecha, fazendo barulho ao passar pelas velhas tábuas corridas rumo ao elevador.

Wyatt estava no cômodo e lançara um olhar de agora-você-conseguiu para a esposa, apesar de ter segurado a língua. Ele, é claro, insistira para que a deficiente permanecesse na casa. Para Wyatt era fácil, pois passava mais tempo fora do que na ilha. Não precisava aturar Jewel-Anne com frequência e raramente falava com Demetria, a enfermeira intrometida e carrancuda. O objetivo era Demetria ajudar Jewel-Anne a ficar mais independente, mas, para Ava, parecia ocorrer o oposto.

Além disso, logo após o acidente, Ava não tinha sido contra a permanência da prima na mansão. Muito pelo contrário. Noah nascera quase dois meses antes do previsto, dias após a morte de Kelvin, e cuidar dele tomava todo o tempo dela. O bebê era a sua alegria absoluta e, quando Jewel-Anne teve alta do hospital, a moça não se incomodou com o fato de a prima e a enfermeira ficarem na casa. Por que não? Havia espaço de sobra. Ela dormia pouco por causa do recém-nascido, estava de luto pela morte do irmão e, sim, se sentia um tanto culpada por ter sugerido o passeio de veleiro, algo que Jewel-Anne nunca a deixara esquecer.

No início, havia esperança de que a prima recobraria o movimento das pernas. Os médicos nunca afirmaram que o quadro de Jewel-Anne era permanente. Contudo, após quase cinco anos e nenhuma evolução visível, a esperança acabara e Jewel ficara de vez no Portão de Netuno.

Ava fazia de tudo para não deixar que a prima a irritasse, mas, às vezes, o comportamento de Jewel-Anne dificultava as coisas. Que a verdade fosse dita. A garota tinha necessidades simples: as bonecas bizarras, a coleção do Elvis — alguns discos ainda eram de vinil e Jewel ouvia as músicas no quarto, num rádio antigo que Jacob arrastara do sótão quando a irmã descobrira que o aparelho estava guardado lá — e filmes antigos na televisão. Quando

Demetria não obrigava a paciente a fazer terapia ocupacional e fisioterapia, Jewel-Anne passava horas lendo jornais, revistas de fofoca e blogs on-line sobre celebridades. Ela gostava de reality shows e saía de vez em quando, insistindo em fazer mechas de cores diferentes no cabelo de dois em dois meses. Jewel cortava e pintava as madeixas no continente, no salão de Tanya, no qual se atualizava sobre as fofocas locais.

Às vezes, Ava se perguntava se ela era um dos temas das conversas de Jewel-Anne e Tanya, mas resolveu não se preocupar com isso, apesar de Tanya ter fama de aumentar uma ou outra história para deixar a informação mais dramática. Mas era uma amiga de confiança, ao contrário de Jewel-Anne.

Mesmo assim, Ava chegou ao segundo andar pensando na prima e na sensação de que ela nunca perdia a chance de alfinetá-la. Imaginava se, um dia, a garota superaria a raiva que sentia por causa do acidente de barco e pararia de jogar a culpa nela.

Fazendo cara feia, Ava concluiu que aquilo provavelmente jamais aconteceria. Jewel-Anne estava sempre perambulando pelos lugares, quase esbarrando nela, assustando-a ou, simplesmente, tirando-a do sério. A prima parecia sentir uma grande satisfação em perturbá-la. Às vezes, Jewel-Anne era infantil, quase travessa, como se não tivesse mais de 11 anos. Por outro lado, também podia ser calculista, sagaz e madura.

E era mentirosa.

Ava sabia muito bem disso.

CAPÍTULO 13

— Eu só não vejo o que ainda temos que discutir — declarou Ava uma hora depois.

Estava sentada na sala de estar, perto da janela, desejando sair novamente. Já era quase noite. As hortênsias, tão viçosas no verão anterior, agora não passavam de tocos pretos visíveis pelo vidro. Alguém acendera a lareira, e a dra. McPherson estava acomodada numa cadeira próxima.

— Faz só alguns dias que você teve a última alucinação — disse ela com sua voz suave, porém autoritária, que incomodava demais a paciente.

— Não foi alucinação. Eu vi o Noah.

A psiquiatra, sem nenhum fio de cabelo fora do lugar, fez que sim com a cabeça.

— E eu soube que você tem recusado a medicação.

— Quem te contou isso?

— E que você adquiriu o hábito de jogar o remédio no vaso e dar descarga.

— Todo mundo nesta casa faz parte de uma operação secreta de espionagem da qual não estou ciente?

— Não. — Ela balançou a cabeça. — Todo mundo só está preocupado.

— E tomando nota, contando comprimidos, fazendo um relatório para você... Ou, talvez, para o meu marido. — Ava soltou um suspiro e olhou para o fogo. — Escute, não preciso mais disso.

— Você está se referindo a...?

— A estas sessões, aos medicamentos e ao fato de todos vocês me observarem como se eu fosse uma aberração de circo.

Ava se levantou e esquentou a parte de trás das pernas na lareira. De alguma forma, ela se sentia mais forte ao ficar de pé, ao olhar de cima a psiquiatra que parecia representar tudo aquilo que deixara de ser. O cabelo de Evelyn McPherson estava penteado para trás e preso num nó apertado, deixando à mostra suas feições clássicas, tão livres de rugas quanto a jaqueta, a blusa e a saia que vestia. Sua roupa era cinza e tudo combinava: a echarpe preta e rosa, as botas, a pasta e a bolsa. Ava olhou para o próprio reflexo no espelho que ficava em cima da lareira: nem um pingo de maquiagem, o cabelo ainda marcado por causa das tranças, calça jeans e um moletom duas vezes o tamanho dela.

Antes, ela parecia a psiquiatra.

Caramba, ela *era* o mesmo tipo de mulher, até pior. Nada de sorrisos bondosos e pacientes para Ava Church. Nada disso. Não quando era conhecida nos círculos financeiros como "mulher-macho".

— Eu soube que você saiu para cavalgar hoje — disse McPherson.

— Foi.

— Sozinha.

— Quem te contou isso?

A psiquiatra balançou a cabeça, deixando Ava ainda mais irritada.

— Me desculpe. Não percebi que o passeio a cavalo não tinha sido autorizado — declarou Ava, rangendo os dentes.

— Eu só fiquei preocupada.

Ela estava mesmo com cara de preocupação. Ava quase acreditou. Quase.

— Agradeço por você ter tentado me ajudar, mas já chega. Vou fazer as coisas do meu jeito. Portanto, é o fim desta sessão e das demais.

— Negação é um dos sintomas de...

— Paranoia? Esquizofrenia? Alguma outra doença terminada em "ia"? Não me interessa.

— Ava.

— Você não está me ouvindo. — Sentindo o calor da lareira nas panturrilhas, Ava deu um passo em direção à mesa de centro. — Talvez eu esteja louca. É possível. — Antes que a psiquiatra pudesse interromper, levantou o dedo. — Mas a loucura é minha e eu me responsabilizo por ela.

McPherson franziu a testa.

— Você não precisa fazer mais nada por mim — disse Ava, e então, olhando pela janela, observou o anoitecer, uma escuridão que começava a encobrir a ilha.

Khloe bateu na porta semiaberta.

— Espero não estar incomodando — desculpou-se na entrada, quando Ava e a dra. McPherson voltaram a atenção para o barulho —, mas a porta estava encostada...

Ela carregava uma bandeja com um bule de chá e duas xícaras.

— Não tem problema, Khloe. Já tínhamos terminado — retrucou a psiquiatra tranquilamente.

Não era a primeira vez que Ava se sentia num filme esquisito dos anos 1950, no qual todos os funcionários estavam mancomunados, ouvindo atrás da porta, oferecendo chá como pretexto para escutar mais de perto. .

Mas era Khloe, sua grande amiga do ensino médio, quem estava servindo chá e trocando olhares sabichões e conspiratórios com a psiquiatra.

Aquilo era bizarro, isso sim.

Ou era paranoia? Talvez a dra. McPherson tivesse razão...

Pelo menos, Khloe não estava com um uniforme de empregada. Vestindo jeans e um casaco, entrou no quarto e disse:

— Imaginei que vocês gostariam de tomar alguma coisa antes do jantar.

Depois de pôr a bandeja com cuidado sobre a mesa de centro, segurando a tampa do bule, Khloe começou a servir o chá.

— Eu passo — declarou Ava, enquanto Evelyn McPherson pegava uma das xícaras fumegantes.

— Tem certeza? — Khloe se levantou e elas ficaram cara a cara. Já tinham sido amigas. Agora...

— Você sabe que não tomo chá. — *Só naquela ocasião com a Cheryl, a hipnotizadora.* — Café, sim. Eu bebia Diet Coke feito água. Lembra? No ensino médio?

Khloe franziu a testa.

— Isso faz muito tempo — respondeu ela, o perfume do chá-preto *orange pekoe* se misturando ao aroma de madeira queimada. — Você queria um refrigerante? A mamãe tem uma caixa guardada na despensa e eu posso arranjar um pouco de gelo.

— Não. — O tom frio interrompeu Khloe de forma abrupta, mas Ava se conteve e controlou o temperamento. — Só quero ser tratada como um ser humano normal. Vocês podem fazer isso?

— É claro — disse Evelyn, com toda a calma.

— Você nunca foi "normal", Ava. — respondeu Khloe ao mesmo tempo.

Ava abriu levemente a boca, mas um sorriso minúsculo se formou nos lábios de Khloe. Por um segundo, Ava enxergou a amiga como ela fora tantos anos antes, quando o maior problema das duas era arranjar companhia para o baile e descobrir como dariam o fora de Anchorville.

Khloe recolheu a bandeja.

— Só não quero pessoas cheias de dedos ao meu redor, ou entrando no meu quarto sem pedir licença ou insistindo que eu tome café da manhã quando estou sem fome — declarou Ava, desesperada para ser compreendida. — Ao menos uma vez, eu queria ser capaz de... Sei lá... *Dormir até mais tarde* ou algo do gênero. Não quero ninguém se preocupando com o fato de ter tomado meu suco de laranja ou o remédio. Só quero que me deixem em paz!

— Ava — repreendeu a psiquiatra.

— Não. Está tudo bem. — Khloe fitou Ava nos olhos, como se visse a amiga pela primeira vez em uma década. — Eu entendi.

— Que bom — disse Ava, de coração.

Khloe assentiu e, como se, de repente, tivesse percebido que aquilo estava ficando pessoal demais, muito próximo da amizade que as duas já tinham vivido, engoliu em seco, deu a volta e saiu às pressas do recinto.

Ava sabia que todos tinham motivos para se preocupar, mas ela estava melhorando. De verdade. E não ia mais tomar aquela porcaria de medicação!

Deixando a psiquiatra com a xícara na mão, ela saiu do cômodo batendo os pés e se dirigiu à escada. Avistou Khloe de costas, desaparecendo pela porta da cozinha. As duas haviam sido grandes amigas no ensino médio. É óbvio que tiveram seus arranca-rabos, e Khloe demorara para perdoar Ava por ter namorado Mel LeFever por um tempo. Mas elas haviam superado aquilo e passado a graduação juntas, apesar de Ava ainda se lembrar da noite em que Khloe a acusara de ter roubado o único garoto de quem ela gostava. Mas é claro que tudo mudou quando Khloe e Kelvin ficaram juntos. Mel LeFever era uma lembrança distante, e a amiga ficara dominada por Kelvin.

Khloe e Kelvin... "K Duplo", como costumavam dizer. Khloe aceitara sem pestanejar um anel de noivado do irmão de Ava, poucos meses antes de falecer no acidente de barco. Ava ficara muito feliz pelos dois, até que a tragédia ocorreu, ela teve Noah, e o mundo mudou por completo.

Logo após o enterro de Kelvin, Khloe, arrasada, passou alguns meses fora de Anchorville. Mas, quando voltou, Wyatt a contratou para ser babá de Noah. Na época, Ava não tinha tanta certeza de que precisava de uma babá. Além disso, a relação com Khloe estava abalada. Kelvin havia morrido e talvez Khloe, depois de ouvir Jewel-Anne repetir feito uma matraca que Ava era a culpada pelo acidente de barco, tivesse se afastado emocionalmente da amiga. A relação entre as duas não era mais a mesma. Apesar de Ava ter reclamado com Wyatt sobre a contratação de Khloe, seus protestos entraram por um ouvido e saíram pelo outro.

— Vai ser bom para ela saber que ainda faz parte da família — argumentou ele.

Eles estavam no carro de Wyatt esperando a barca: ele sentado ao volante, tamborilando com os dedos sobre o aro ao ritmo que estava imaginando. Ava, no banco do carona, observava a baía pelo para-brisa. O dia estava ensolarado. Raios luminosos cintilavam na água. Barcos de pesca e de passeio salpicavam a baía. As janelas estavam abertas e a brisa ajudava a refrescar a parte interna do veículo de Wyatt. A maresia se misturava ao cheiro de carro novo que ainda permanecia.

Noah, preso na cadeirinha, balbuciou baixinho no banco de trás e Ava se virou para afagar a bochecha macia do menino.

— Olá, rapazinho — ela sussurrou, mais feliz do que nunca.

— Receber uma ajudinha com o neném não seria nada mau.

— Acho que isso é obrigação do pai.

— Mas o pai dele — Wyatt tocou a ponta do nariz dela com carinho — passa muito tempo fora. E vai ser assim por enquanto, até eu convencer os sócios de que sou mais produtivo em Anchorville.

— Então faça isso. Você é advogado. Tem que ser capaz de apresentar um argumento forte.

Wyatt riu. Soltou aquela gargalhada forte que vinha de dentro e que a esposa adorava.

— Sim, mas lembre-se de que eles também são advogados.

— Ah, então sabem qual é a sua.

— Hummm. Apenas cogite a ideia de contratar a Khloe. A meu ver, todos sairiam ganhando.

— Não sei. Ela não é treinada.

— Profissionalmente, não. Contudo, nós também não somos. — Soltando outro maldito sorriso maroto, Wyatt afagou o ombro dela. — Qual é, Ava? Ela é a mais velha dos seis irmãos. Sempre ajudou a Virginia, não foi?

— Mas precisamos mesmo de uma babá?

Sentado ao volante do Mercedes, Wyatt olhou para ela.

— Nós ainda precisamos de um tempo juntos, a sós. — Ele sorriu para Ava no momento em que a barca, revirando a água ao chegar, atracou no cais. — A gente podia se divertir. O Noah vai precisar de um irmãozinho ou de uma irmãzinha.

— Algum dia — concordou ela, sorrindo, apesar das dúvidas.

— Quanto mais cedo, melhor. Você e eu sabemos que essas coisas demoram. — Wyatt moveu as sobrancelhas com segundas intenções. — Não podemos começar hoje à noite?

— Vá sonhando — retrucou ela, mas riu quando ele engatou a marcha e conduziu o sedã para o convés plano da barca. Durante o percurso até a ilha, Ava acabou aceitando a babá.

Duas semanas depois, Khloe e Virginia foram trabalhar para eles. Por fim, a jovem voltou a namorar e se casou com Simon Prescott, um paisagista que havia trabalhado no serviço de inteligência e de comunicações do

Exército. Ele arranjara um emprego em Anchorville antes de se mudar para a ilha. Simon foi morar com Khloe e as coisas permaneceram estáveis durante alguns meses.

Até que o inimaginável aconteceu.

No Natal, Noah sumiu.

Tudo mudou. Khloe, firme como uma rocha enquanto Ava estava despedaçada em 1 milhão de cacos, de alguma forma foi promovida de grande amiga a babá e a acompanhante.

Ava mergulhou num luto tão profundo, que não percebeu a mudança. Só sabia que havia passado horas chorando no ombro de Khloe, buscando consolo e atenção na amiga. Wyatt também estava desolado, e não foi capaz de ajudar a mulher, que migrou do desespero e da dor para um quadro pior e que ninguém detectou de imediato, mas que marcou o início das alucinações, da incapacidade que Ava tinha de distinguir realidade de ilusão.

— Sra. Garrison.

Ela estava quase no último degrau quando uma voz masculina e áspera chamou sua atenção. Virando-se, Ava se deparou com Austin Dern na base da escada.

— Acho que isto é seu. — Ele estava com o celular dela na mão. — Deve ter deixado cair na falésia.

— Ah.

Ela nem tinha dado falta do aparelho. Ao descer a escada correndo, Ava pensou nas duas ocasiões em que ficara sozinha com ele: uma na baía e a outra a poucos passos da beira do abismo.

— Obrigada. — Rapidamente, pegou o celular da mão dele e voltou a subir a escada, mas parou. — Sabe, considerando que você talvez tenha salvado a minha vida duas vezes, pode me chamar de Ava.

Dern franziu a testa enquanto pensava a respeito, e Ava tentou ignorar toda aquela aura de cowboy sensual que o cercava. Barba por fazer, pele bronzeada do trabalho ao ar livre, pés de galinha como se estivesse apertando os olhos contra o sol e o corpo comprido e magro, vestido de brim desbotado e malha xadrez. Definitivamente, *não* fazia o tipo dela.

— Se você quer assim — concordou Dern.

— Quero.

Ela fitou os olhos dele, percebendo que eram castanho-escuros e reservados. Durante uma fração de segundo, Ava se lembrou do corpo de Dern totalmente pressionado contra o dela na água fria. Ela estava com a camisola colada no corpo, exibindo cada centímetro de sua pele. As mãos e os braços dele eram fortes e a seguraram firme, ajudando-a a permanecer na superfície.

— Por favor — insistiu ela.

Ele pensou e concordou.

— Tudo bem... Ava.

Mais uma vez, os olhos dos dois se encontraram, e o que Ava viu naquelas duas íris profundas era tão assustador quanto excitante. Ela desconfiava de que, quando Dern Austin se dedicava a uma tarefa, só descansava depois de concluí-la. Ava sentiu um nó na garganta e quase tropeçou no degrau ao tentar recuar.

Ela subiu correndo o resto da escada, entrou rapidamente no quarto e fechou a porta. Estava sentindo calor, quase uma inquietação, mas atribuiu o mal-estar à falta de comida. Não podia ser uma reação ao homem. De jeito nenhum. Não era esse tipo de mulher.

Ah, claro. E que tipo de mulher você é hoje em dia? Você sabe, ao menos?

Ignorando a pulsação acelerada e as dúvidas que pareciam atormentá-la, procurou o computador e as anotações no armário e se jogou na cama. Apertou o botão LIGAR no laptop e, enquanto a máquina iniciava, tirou o cabelo do rosto e o prendeu num rabo de cavalo improvisado.

Antes mesmo dela abrir o programa, alguém bateu de leve na porta e, sem esperar resposta, a abriu e escorregou a mão para dentro do quarto. Os dedos femininos seguravam com firmeza uma lata de Diet Coke gelada.

Ava quase riu.

Esticando o braço, Khloe meteu a cabeça pela abertura da porta.

— Achei uma escondida no fundo da geladeira. Acho que a mamãe estava guardando para ela. — Khloe entrou no quarto e se recostou na porta. — Shhh... Não conte a ninguém. Minha mãe fica muito alterada quando não toma a dose de cafeína. — Atravessando o quarto, entregou o refrigerante a Ava.

— Obrigada.

Ava puxou o anel da lata, ouvindo o clique e o barulho distinto de lata sendo aberta.

Posicionada na beirada da cama, Khloe estava hesitante.

— Eu só queria dizer que sei que as coisas andam esquisitas por aqui. Às vezes, acho que deveríamos simplesmente nos mandar desta ilha, mas, bem... Isso é meio impossível e sei que tudo vai melhorar.

— Você quer dizer que *eu* vou melhorar.

— Todos nós — retrucou Khloe. Ela soltou um suspiro e olhou pela janela. Parecia tomada de tristeza. — Bom, preciso correr. O Simon já vai chegar. — Consultou o relógio. — Meu Deus, ele já deve estar em casa. Me deseje sorte.

— Pode deixar.

Khloe estava com metade do corpo para fora da porta quando acrescentou:

— E a Coca-Cola é um segredinho nosso, certo?
— Certo.

Um segredinho nosso, pensou Ava ao tomar o primeiro gole do refrigerante.

— Cuidado! — gritou Khloe quando fechava a porta, mas não antes de Ava ouvir o zumbido agudo da cadeira de rodas de Jewel-Anne. — O que você está fazendo aqui?

Está ouvindo atrás da porta de novo, é claro.

Os segredos dançaram.

Era impossível guardá-los com a prima na casa.

Ava estava prestes a pular da cama para dizer poucas e boas a Jewel-Anne, mas o celular vibrou. Depois de catá-lo no bolso da calça, ela viu o rosto e o número de Wyatt na tela minúscula.

— Oi — atendeu, recostando-se nos travesseiros.

— Oi para você também. — A raiva que ela ouvira na voz do marido mais cedo havia passado. — Me desculpe pela briga.

— Nós somos casados. Acontece — disse ela, apesar das brigas estarem mais frequentes ultimamente.

— Só liguei para avisar que terei que adiar o encontro em casa. As reuniões acabaram tarde e marquei de beber com um cliente; então, vou demorar a chegar.

De qualquer forma, Ava já havia imaginado que o encontro em casa não aconteceria mais.

— Qual cliente? — perguntou com calma, disfarçando o tom de desconfiança.

— Orson Donnelly. Sabe a Donnelly Software?

Ava conhecia aquele nome. O homem fizera fortuna na indústria de software — em eterna expansão — desenvolvendo programas destinados principalmente à empresas iniciantes. Contudo, Donnelly e o filho resolveram cortar relações e o filho se achou no direito de exigir sua parte na empresa ou algo do gênero.

— É, eu preciso acalmar o sujeito, mas não sei quanto tempo isso vai demorar. Não me espere.

— Tudo bem.
— E... Ava?
— Sim?
— Eu te amo.

Wyatt desligou antes que ela pudesse responder, e a moça ficou segurando o celular, incapaz até mesmo de dizer para o quarto vazio:

— Eu também te amo.

CAPÍTULO 14

— Eu jurava que tinha guardado uma Diet Coke aqui — murmurou Virginia para si mesma, com os ombros enfiados na geladeira.

Não havia mais ninguém na cozinha. Pelo menos, não que Ava pudesse ver.

Ao ouvir passos, Virginia se levantou e bateu a porta.

— Acho que vou ter que trazer mais.

Os pratos do jantar ainda estavam empilhados na pia. A lava-louça estava semivazia. O cheiro de mariscos, alho e molho de tomate impregnava o ar. Havia três pratos cheios envoltos em filme, além de dois potes de plástico cheios do molho vermelho de mariscos que sobrara da refeição que Ava havia devorado. Pela primeira vez em dias, ela tivera apetite, e o pão quente, a Caesar salad e a massa picante estavam deliciosos. Tanto, que ela conseguira jantar sem se enfurecer com Jewel-Anne nem se incomodar com Demetria. Nem sequer se irritara com os comentários de Ian sobre o quanto ela era "sortuda" por possuir uma parte tão grande da ilha, apesar de ele ter vendido sua parte para Ava muito tempo antes. Ian costumava disfarçar o ressentimento, mas, vez ou outra, não se segurava e lembrava à prima que ela havia "jogado direitinho". Ele sempre fazia os comentários em tom de brincadeira, como se fossem só provocação, mas Ava sabia que, por trás do sorriso, Ian acreditava que, de alguma forma, ela havia se aproveitado dele e do resto da família ao comprar a herança de todos.

Essa noite, ela o ignorara.

— Isto é da Khloe e do Simon? — perguntou Ava, apontando para os pratos cobertos.

— Aham. E para o empregado novo... Dern. — Virginia entrou na despensa, vasculhou as estantes e voltou com três latas de refrigerante. — Acho que ele vai gostar. — Abriu novamente a porta da geladeira e arrumou as latas de Diet Coke nas prateleiras. — Solteiros... — Ao fechar a porta, lançou um olhar sabichão para Ava. — Nunca cozinham.

— Pode deixar que eu levo para ele — ofereceu-se Ava. — Vou retribuir. Ele achou meu celular hoje cedo e me devolveu — acrescentou quando Virginia estava prestes a protestar.

A cozinheira deu de ombros.

— É menos uma viagem para mim.

Depois de vestir um casaco, Ava pegou o prato e se dirigiu ao apartamento de Dern. Fazia tempo que pretendia arranjar uma desculpa para conversar com o homem de novo e descobrir um pouco mais sobre ele. Ao percorrer rapidamente o caminho até a casa do rapaz, tentou se convencer de que precisava obter mais informações a respeito de Dern porque ele era funcionário dela e havia aparecido de forma abrupta. Além disso, Ava tinha a sensação de que ele escondia alguma coisa. Não ia até lá porque Dern era atraente, meu Deus do céu. Mesmo que fosse, ela era uma mulher casada... Podia até não ser feliz no casamento e estar por um triz de se separar do marido ou até de se divorciar, mas continuava sendo casada.

Naquela noite, o nevoeiro estava baixo. As luzes de segurança estavam encobertas pela neblina fina, e o barulho do mar sussurrava baixinho nos ouvidos dela. Ao se aproximar do estábulo, Ava sentiu o fedor dos cavalos se sobrepor ao cheiro de maresia que vinha da baía e percebeu, pela janela da casa de Dern, que a luz estava acesa.

Ao subir, de botas, a velha escada do apartamento de Dern, Ava escutou Vagabundo latir. Antes de chegar ao patamar, a porta se abriu e o homem apareceu na entrada, iluminado pela luz da casa.

Quando viu Ava, Vagabundo enlouqueceu, latindo e andando em círculos atrás das pernas de Dern.

— Sistema de segurança interna — brincou ela, apontando com o queixo para o vira-lata empolgado, enquanto entregava o prato ao novo funcionário. — A Virginia mandou para você. Ela tem mania de fazer comida em excesso.

— É mesmo?

— Considere que é um benefício do trabalho no Portão de Netuno. Acredite. A Virginia não deixa ninguém que vem para cá passar fome.

Sentado no chão, Vagabundo gania com o focinho levantado e o rabo batendo no velho assoalho de carvalho.

— Parece que alguém está com saudade de você — disse Dern, saindo da frente e dando passagem para Vagabundo, que chorava pateticamente enquanto Ava se abaixava para fazer carinho nele.

— Bom, ele é um traidor. — Sorrindo, ela coçou a parte de trás das orelhas do cachorro. — Vai com qualquer um. — Olhou para cima. — Ele era da rua. Acabou parando aqui e sendo acolhido pelo Ned, como um pacote completo. A Virginia põe comida para ele na varanda de trás do casarão. Tem até uma entrada para cachorro numa das portas de lá. Comprei uma cama e pus perto da escada dos fundos, mas ele prefere ficar aqui, no estábulo ou até ao relento. Não é mesmo, rapaz? — dirigiu-se ao vira-lata, que bateu o rabo ainda mais rápido no piso. — É. Foi o que pensei.

— Parece que de gosta de você.

Ava riu.

— Ele até confia em mim. Isso é raro nesta ilha.

Dern ergueu uma das sobrancelhas pretas.

— Pois é. Sofro de algum tipo de mania de perseguição ou alguma coisa do gênero.

Ava se levantou e Vagabundo desceu a escada, passando por ela.

— Mania de perseguição?

— Ou alguma coisa do gênero — lembrou ela. — O diagnóstico muda toda semana, mas você já deve saber disso. — Ava observou o cachorro cheirar o mourão mais próximo e se aliviar. — Aposto que o Wyatt contou tudo a meu respeito quando contratou você.

— Ele só disse que você enfrentou uma barra quando perdeu o filho. Entre. Preciso pôr isto em algum lugar.

Dern levou o prato para dentro e Ava o acompanhou, com Vagabundo passando espremido pelas pernas dela para entrar novamente. Fazia tempo que ela não visitava aquela acomodação que ficava em cima do estábulo, mas pouco havia mudado. As mesmas gravuras estavam penduradas nas paredes, o tapete de retalhos continuava como ela lembrava, e a mobília, que já estava gasta na última visita, tinha ficado um pouco mais acabada. Havia uns poucos pertences de Dern no apartamento, mas nada que indicasse que ele pretendia ficar por muito tempo.

— Você precisa de mais alguma coisa? — perguntou Ava, mas sacudiu a cabeça e entregou o prato.

— Isto basta.

— Bom, me avise se precisar de alguma coisa.

Ele assentiu.

— Pode deixar.

— Ótimo. É melhor eu voltar. É provável que você precise esquentar o espaguete no micro-ondas. — Inclinando-se, fez mais um carinho no cachorro. — Ah, aliás, "Vagabundo" foi ideia do Ned. Ele apareceu sem coleira de identificação e ninguém em Monroe procurou saber quem era; então, o Ned o apelidou de Vagabundo. — Ava se levantou. — Você sabe quem é o Ned, né? Não foi o que o Wyatt disse?

— Nunca vi o sujeito. Eu trabalhava para um conhecido do seu marido. O Donnelly descobriu que o filho, Rand, não levava jeito para administrar o rancho; então, vendeu o terreno sem ele saber. Fiquei desempregado. O Donnelly me pôs em contato com o Wyatt. — Dern sorriu com o canto da boca. — Não é nenhum mistério. Pergunte ao seu marido. — Ele não permitiu que Ava retrucasse. — Me deixe adivinhar. Você já perguntou. — Dern cruzou os braços. — Como eu disse, ao contrário do que parece acreditar, não fui contratado para ficar de olho em você.

Ela concordou, mas se deteve na porta.

— Então, por que tenho a sensação de que já nos vimos antes?

— Devo ter um rosto comum.

— Não. Não é isso.

Dern deu de ombros.

— Bom, não sei explicar. Só sei que, se já tivéssemos nos visto, eu me lembraria de você. Não é do tipo de mulher que eu esqueceria.

Ava sentiu uma leve comichão percorrer seu corpo, mas disse a si mesma que estava pisando em campo minado.

— É melhor eu ir andando e deixar você comer. Tchau, Vagabundo — despediu-se, saindo pela porta. Não que Dern tivesse tentado impedi-la.

Ela se indagou se o homem a observava por uma nesga das cortinas ou das persianas, mas tratou de esquecer a ideia. Estava escuro, mesmo com as poucas luzes de segurança acesas. Portanto, se ele a acompanhasse com os olhos, só veria que estava voltando direto para casa.

Assim que Ava saiu do alcance da luz sinistra emitida pelo poste mais próximo da mansão, deu meia-volta e andou pelo jardim em direção ao memorial que Wyatt fizera para Noah um ano após o desaparecimento do menino.

— Tire isso daí — insistira Ava. — Parece uma lápide, e ele não está morto.

— É só um memorial. Quando ele voltar, vamos registrar a data ou tirar tudo de uma vez.

Ela ficara furiosa na época, mas, quando a placa de pedra lisa, gravada com o nome de Noah, foi colocada no jardim, perto de uma roseira trepada numa treliça, Ava encontrara um consolo surpreendente ao passar o dedo no nome do filho ou ao apenas se ajoelhar ao lado da pedra e se lembrar de segurá-lo, sentindo os braços quentes da criança envolvendo seu pescoço, ouvindo sua risada aguda. Nossa, como morria de saudades...

Ava passou pela pedra, diminuindo o passo e se agachando para tocar no pequenino memorial.

— Vou achar você — prometeu. — Onde quer que esteja, meu bem, a mamãe vai achar você.

Ava sentiu um nó na garganta, mas não desabou. Não se permitiria isso.

Levantando-se, entrou pela porta dos fundos e andou até a velha escada que vinha do porão, passava pelos três andares, pelo sótão e terminava no terraço abalaustrado da casa. Originalmente, tinha sido construída para os empregados, mas não existia uma regra rígida. Mesmo assim, a maior parte do tempo, todos que moravam ou trabalhavam no Portão de Netuno usavam o elevador ou a escada principal. Quando ela abriu a porta, sentiu o cheiro de poeira e mofo provocado pela falta de uso.

O estômago de Ava embrulhou quando ela recordou que a última vez em que percorrera aquela escada até o porão fora na semana do desaparecimento de Noah. Acompanhada de dezenas de pessoas, inclusive da polícia, ela vasculhara a mansão de cima a baixo. Descera a velha escadaria, no mínimo, uma dúzia de vezes, perdendo um pouco mais a esperança a cada busca.

Agora, com o coração acelerado por causa da lembrança, Ava acendeu a luz e desceu os degraus de madeira maciça. Na base da escada, encontrou outro interruptor e o ligou. De repente, o labirinto de cômodos inacabados ficou parcialmente iluminado por cinco ou seis lâmpadas empoeiradas. Uma delas queimou, enquanto as outras produziam uma luz muito fraca que encobria o lixo entulhado no lugar: prateleiras de potes vazios, molduras quebradas e equipamentos esportivos velhos. Havia até uma máquina caça-níqueis que não funcionava mais.

Além da quitinete de Jacob, que tinha acesso externo, e da adega que Wyatt insistira em construir cinco anos antes, a área estava inacabada havia quase um século. Ela atravessou a porta de vidro da adega do marido, perfeitamente climatizada e umidificada, e, só por desencargo de consciência, testou a chave misteriosa na fechadura. Foi uma ideia boba. O cômodo era novo e a fechadura, reluzente e grande. A chave que Ava encontrara era velha e de outro formato. É claro que não serviu, mas enquanto forçava o objeto na fechadura, ela olhou pela porta de vidro e avistou os rótulos de algumas garrafas antes de desistir.

Voltou a atenção para a área principal da adega, espaço que tinha sido escavado e criado com as sobras do Portão de Netuno.

O teto era baixo e, por várias vezes, Ava bateu o rosto em teias de aranha que grudavam em seu cabelo, deixando um resíduo pegajoso que não sairia com a escova.

— Eca — murmurou, esfregando as mãos no rosto rapidamente.

Ao passar por corredores de quinquilharias, viu a máquina de costura da avó coberta com a capa, ao lado de uma pilha de livros-textos desatualizados de meio século antes. O arco e a flecha do tio estavam pendurados próximo a um par de galochas de pescador, armadilhas para caranguejo e boias. Ali perto, ao lado dos aparelhos de ginástica, ela quase tropeçou num conjunto de halteres e pesos.

Ava sempre odiara aquele lugar.

Como se não bastassem a umidade e o fedor de mofo, era perturbador pensar que ali havia camundongos, ratos, vespas e sabe Deus mais o quê.

Mas Ava se sentia obrigada a vasculhar o porão.

O coração ficou apertado no momento em que avistou uma caixa plástica cheia de roupas de bebê, etiquetada com o nome de Noah. Ao lado dela havia alguns brinquedos do menino. Ava observou um caminhão de bombeiro com uma roda quebrada e um conjunto de blocos ainda na embalagem. Com carinho, tocou a crina de corda de um cavalo de balanço que Noah nem chegara a usar.

Suas pernas bambearam quando ela removeu a tampa plástica e, quase com veneração, remexeu os macacões, as mantas do enxoval e os casaquinhos, roupas que havia encaixotado antes dele completar 2 anos. Ava as guardara na estante do armário de um dos quartos de hóspedes, mas, obviamente, alguém se sentira no direito de levá-las ali para baixo. Sua garganta se fechou logo após passar os dedos sobre um pequenino pijama que imitava um smoking. Teve que piscar para se livrar das lágrimas quando se lembrou do primeiro Natal de Noah, quando o colocara debaixo da árvore e tirara de vinte a trinta fotos com a câmera nova comprada para a ocasião. Ava abriu uma das bolsas plásticas e sentiu o perfume do sabão especial que usava para lavar as roupinhas do bebê.

— Sinto saudades de você — murmurou.

Ao ouvir passos no andar de cima, dobrou novamente o pijama, enfiou-o na proteção plástica e o pôs de volta na caixa. Pigarreando, tampou o recipiente e o devolveu à prateleira.

Ava não podia ficar muito mais tempo no porão, pois perceberiam sua ausência e não estava a fim de dar explicações.

Metendo a mão no bolso, pegou a chave outra vez e começou a procurar cofres, escrivaninhas e gaveteiros velhos, qualquer coisa que tivesse fechadura. Parecia uma tarefa quase impossível, já que estava cercada por cem anos de bugigangas quebradas, esquecidas e abandonadas. Várias gerações de Church haviam guardado objetos sem utilidade entre as paredes antigas do porão.

Ava começou pelos fundos, perto do aquecedor antigo que tinha dutos enormes. Revirou os entulhos e foi descobrindo várias fechaduras.

Primeiro, testou a chave numa escrivaninha com tampo corrediço.

Não serviu.

Em seguida, tentou dois baús centenários.

Não deu, mas havia indícios de camundongos ou ratos nas roupas de uma era distante e que cheiravam levemente a naftalina.

Tremendo, Ava lembrou-se de que precisava mandar alguém fazer a faxina do porão.

Descobriu uma maleta e um diário trancados, mas as fechaduras eram pequenas demais. À medida que perambulava no meio daquela imundície, foi ficando mais assustada. Era como se andasse com cuidado para não pisar nos fantasmas de seus ancestrais. De repente, sentiu um frio na espinha que nada tinha a ver com a temperatura do ambiente.

Não deixe o nervosismo falar mais alto.

Avistando uma mesinha empoeirada no canto de um cômodo que tinha sido apenas madeirado, Ava testou a chave na fechadura do móvel. Por um segundo, sentiu-se triunfante, mas a chave não girou nem um milímetro.

— Não adianta — disse a si mesma.

Fazia quase uma hora que estava no porão, mas continuava sem pistas de onde a maldita chave pertencia. Talvez não tivesse nada a ver com o Portão de Netuno.

Parada no meio do quarto, Ava tentou se concentrar e descobrir, através da lógica, a finalidade da chave.

— Nenhuma — murmurou.

O cheiro de mofo do teto rebaixado impregnava as narinas. *A maldita chave deve ser só alguma pegadinha. Isso é coisa da Jewel-Anne.*

— Mas por quê? — perguntou.

Seria por tédio? Ou era só maldade mesmo?

Ava balançou a cabeça e seguiu em frente. Achou uma penteadeira com um espelho que se desdobrava em três partes. Sua imagem refletida no objeto empoeirado e manchado aparentava preocupação, cansaço e nervosismo.

— Bom... Dã — sussurrou para a mulher do reflexo.

Ava imaginou a avó sentada no banco acolchoado e desbotado em seu quarto, no segundo andar — o mesmo banco no qual Wyatt costumava dormir —, olhando-se no espelho. A avó sempre prendia o cabelo num coque, arrumando perfeitamente os fios cor de neve. Contudo, à noite, soltava a cabeleira e a escovava diante do espelho. As mechas brancas continuavam densas quando encaracolavam na altura dos ombros ossudos. Ava tinha permissão para entrar no quarto que cheirava a Joy, um perfume caro de jasmim e rosa que, segundo boatos, fora o preferido de Jacqueline Onassis. Pelo menos, era do que a avó se gabava quando virava a cabeça para se ver de perfil no espelho e espirrava um pouco da fragrância debaixo do queixo. A avó também deixava que Ava a penteasse, privilégio que não era concedido a nenhum outro neto.

Uma rajada fria de ar parado soprou sua nuca, fazendo-a tremer. Ela quase pôde ouvir a avó sussurrando: *Não desista, Ava. Você é uma Church, uma batalhadora. Não deixe que a façam de boba... Ah, não. De jeito nenhum...*

BANG!

Por causa do barulho, Ava soltou um grito involuntário e pulou do banco. Algo duro havia caído no chão de concreto. Com o susto, bateu o joelho na penteadeira, fazendo o espelho balançar. Deixou a chave cair quando se virou bruscamente e olhou por entre os móveis cobertos e amontoados no escuro.

— Quem está aí? — perguntou, com o coração disparado e os nervos tensionados como a corda de um arco.

Mas nada se mexeu.

Tudo continuou parado.

Com exceção do coração dela, que batia em ritmo galopante.

— Mostre a cara!

Ava sentiu a garganta seca ao olhar por entre as tábuas da parede inacabada e para além das formas variadas dos móveis abandonados.

Ninguém apareceu.

Nenhum som nem cheiro indicava que estava acompanhada.

Mas Ava tinha a sensação estranha de que havia alguém escondido nas sombras. Observando.

Ela se esforçou para ouvir e pensou, por um momento, ter escutado uma música, algum sucesso antigo do Elvis que, provavelmente, vinha de cima, das imundas tubulações de ar.

Ava se obrigou a normalizar a respiração.

Ela não havia imaginado o barulho.

Alguma coisa, de fato, tinha caído.

E não fora por conta própria.

Ainda de olho no quarto escuro, Ava se ajoelhou no chão rachado para procurar a chave. Como não achou de imediato, ligou a lanterna do celular para iluminar o local e descobriu que a chave se encontrava debaixo da penteadeira. Alcançou o minúsculo objeto metálico e ficou de pé, com o rosto voltado para o espelho empoeirado.

Uma imagem se moveu no reflexo, um vulto que passou rapidamente pelos três espelhos.

Virando depressa e com os pelos arrepiados, Ava forçou a vista na direção do movimento, levando em conta que o vulto fora para o lado oposto do que vira. Rumo à escada.

— Quem é? — indagou, esforçando-se para ouvir passos.

Nada.

Ah, meu Deus.

Talvez fosse só imaginação, a mente problemática pregando peças. Não! Ela vira alguma coisa! Com certeza!

Com a garganta seca de pavor, Ava passou a andar apontando a lanterna do celular para todos os cantos escusos que poderiam servir de esconderijo.

E se ele tiver uma arma? Uma faca? Um revólver?

Ava sentiu o medo se acomodar na boca do estômago e começou a suar frio ao atravessar a escuridão e a poeira, seguindo o minúsculo feixe de luz da lanterna. Estava preparada para morrer de susto caso iluminasse os olhos de alguém ou de alguma *coisa*.

Santo Deus, ela estava mesmo surtando. Caminhou na direção da escada, mas parou ao ver os brinquedos de Noah. O cavalo balançava para a frente e para trás.

Com o coração disparado, olhou por cima do ombro, esperando que alguém fosse pular em cima dela.

Havia uma pessoa no porão.

— Sei que você está aí. — Alertou. — Quem é?

Mas ninguém respondeu. Além da própria respiração curta, Ava só ouviu o piso do andar de cima rangendo.

Não havia mais nada que ela pudesse fazer lá embaixo e, verdade fosse dita, a mulher não estava a fim de ficar na penumbra tentando convencer algum perturbado — ou alguma perturbada — a sair do esconderijo.

— Beleza. Fique aqui sentado, se quiser. Mas vou trancar a porta!

Com o coração galopante, Ava subiu correndo a escada e só respirou quando chegou ao topo.

Ela fechou a porta e estava prestes a cumprir a promessa de trancá-la quando escutou o murmúrio distinto da cadeira de rodas de Jewel-Anne. Um segundo depois, a prima, com os fones no ouvido, virou o corredor. Ao ver Ava, Jewel-Anne pareceu surpresa por um instante. Depois, abriu um sorriso dissimulado e balançou a cabeça.

— Você estava no porão? — Ela fez uma careta ao olhar para os ombros e o cabelo de Ava. Removeu os fones do ouvido. As notas suaves de "Suspicious

Minds", de Elvis, pareciam baixinhas e fracas. — Por quê? — Jewel-Anne torceu o nariz. — Aquilo lá é um nojo.

Mais uma vez, Ava tentou tirar as teias de aranha do cabelo despenteado.
— Como você sabe?

— O quê? — murmurou Jewel-Anne, subitamente magoada. Ferida. Apertando os dedos na parte de cima das rodas da cadeira, a garota piscou com força para combater as lágrimas. — Isso é golpe baixo, Ava — respondeu com frieza.

Ava se sentiu um pouco cruel.

"*We're caught in a trap*", cantava Elvis, quase de forma inaudível.

Cheia de si, a prima contraiu os lábios e ergueu o queixo de maneira desafiadora.

— Sabe, Ava, não nasci nesta cadeira de rodas. Se você não tivesse insistido naquele passeio de barco, o Kelvin ainda estaria vivo e eu conseguiria andar!

— Você tem que parar de me culpar — refutou Ava, cansada das distorções de Jewel-Anne. — Não fui eu que provoquei o acidente.

— Continue repetindo isso para si mesma — retrucou a prima, antes de dar ré na geringonça elétrica. — Quem sabe, um dia, você não se convence disso? — acrescentou, falando por cima do ombro ao sair de cena.

Dividida entre fúria e, sim, culpa, Ava se apoiou no batente da porta. Do ponto de vista racional, sabia que Jewel-Anne estava totalmente errada, mas, às vezes, dava mesmo vontade de culpar alguém. Esse sentimento ela entendia muito bem.

CAPÍTULO 15

Dern não esperava que Ava estivesse tão lúcida. Até onde sabia, ela era uma surtada a um passo do manicômio. Contudo, essa informação não procedia. Após resgatá-la da baía na primeira noite, Dern descobrira que ela era bem mais inteligente e intuitiva do que ele tinha sido levado a crer. Na verdade, quando voltou, pela sombra, do casarão para o apartamento, o homem concluiu que era uma força a ser considerada.

— Até os melhores planos podem dar errado... — murmurou baixinho ao subir a escada rapidamente, destrancar a porta e entrar no lar temporário.

Vagabundo o aguardava ansioso e o olhava de cara feia, da forma como só um cachorro consegue, por ter sido deixado sozinho.

— Você não pode ficar aqui o tempo todo, sabia?

Dern afagou a parte de trás da orelha do vira-lata e foi — pelo menos, parecia ter sido — imediatamente perdoado. O cachorro velho gemia de felicidade enquanto o rapaz coçava as costas dele.

— Fica só entre a gente, tá?

Como se tivesse entendido, Vagabundo latiu baixinho. Depois, quando Dern se levantou, andou tranquilamente até o seu canto, perto da lareira, e se acomodou.

— Bom menino — disse o homem, indo ligar o laptop e encaixar o dispositivo de acesso à internet e o pen drive em suas respectivas entradas USB.

Em poucos segundos, ele estava conectado e conferindo todos os arquivos que tinha sobre Ava Church Garrison, a Ilha Church, o Portão de Netuno e as pessoas que haviam morado e trabalhado naquele lugarzinho miserável. A história da ilha estava num arquivo. Os vínculos com Anchorville estavam em outro. Havia ainda um terceiro documento dedicado inteiramente ao Sea Cliff. Dern sentiu a mandíbula tensionar quando pensou no hospício em ruínas. Ele pulara uma cerca e andara pelos velhos corredores do edifício que, um dia, abrigara pacientes e funcionários. Com exceção da camada grossa de poeira, do ar estagnado e da sensação generalizada de negligência, o prédio estava intacto. Na parte externa, por outro lado, onde as paredes sofriam a ação da chuva e do vento, o sentimento de abandono era mais pronunciado. Mesas de piquenique apodreciam e a tinta descascava. As marcas de cocô de gaivota eram onipresentes.

Com a gola da camisa virada para cima, Dern andara pela parte externa que estava cercada. Os velhos caminhos do gramado tinham sido tomados pelo mato e mal dava para vê-los por baixo das ervas daninhas. Além disso, o concreto havia rachado.

Desuso e desespero. Era o que restava.

O Sea Cliff não tinha sido construído para ser um presídio, mas acabou simbolizando isso.

Pelo menos para Dern.

Ele só precisava manter a farsa.

Pelo tempo que fosse necessário.

O homem começou a questionar os motivos de sua estada na ilha, mas, rapidamente, descartou os vestígios de dúvida. Ava Garrison não estragaria seus planos. Se a mulher virasse um problema, Dern teria que dar um jeito nela.

Ela não era a primeira mulher a atrapalhá-lo.

E não seria a última.

Esse pensamento fez Dern travar, pois tinha a leve desconfiança de que se livrar de Ava Church não seria assim tão fácil.

O cais estava vazio.

Mesmo através do nevoeiro em movimento, Ava viu que o filho não estava de pé perto da água.

— Mamãe!

A voz dele a chamou e ela se desfez das cobertas. Nua, com a brisa de inverno acariciando sua pele, tentou pegar o roupão que estava pendurado no gancho da porta, mas não conseguiu soltá-lo.

— Mamãe...?

Meu Deus, ele parecia assustado.

— Noah! Estou indo.

Ela abriu correndo a porta do quarto e se encontrou na casa de barcos, onde o cheiro de óleo diesel e de água impregnou suas narinas. Por que Noah estava ali? Seus olhos percorreram a água turva, mas Ava só viu o reflexo do próprio corpo nu e de um homem que estava atrás dela, aparecendo por cima de seu ombro esquerdo. Os olhos misteriosos de Austin Dern encontraram os dela no espelho d'água ondulante. Ele também estava nu. Quando se aproximou e envolveu o tronco dela com a mão, Ava sentiu os dedos fortes dele pressionando a pele de suas costelas e reprimiu um grito.

— Mamãe?

A voz de Noah outra vez. Ava se virou e Dern desapareceu, como numa cortina de fumaça, quando ela alcançou a porta da casa de barcos e saiu. A luz do sol começava a tingir o céu da manhã enquanto ela corria descalça pelo caminho até chegar à varanda e entrar em casa. Pegando a escada dos fundos, subiu depressa para o segundo andar e ouviu a voz fininha de Noah chamando.

— Estou indo, meu amor! — berrou ela, desembestando pelo corredor. Seus pés pisavam com força o assoalho de madeira. As barras da grade da escada da frente passavam depressa, formando um borrão.

Na porta de Noah, ela o ouviu soluçar.

— Ah, meu bem — disse Ava, tomada pela emoção.

Seu coração disparava só de pensar em vê-lo novamente. Fazia tanto tempo, tanto tempo... Girou a maçaneta da porta.

Nada.

Segurou mais uma vez a maçaneta de vidro e girou com força.

Nem se moveu.

— *Noah?* — Meu Deus, ele havia parado de chamá-la? — A mamãe está aqui, do outro lado da porta. Você não a trancou, né, querido?

Ava puxou com toda força, contraindo os músculos, sentindo dor nos ombros. Conseguia ouvir o menino soluçar e chorar baixinho do outro lado da porta.

O coração dela se despedaçou em um milhão de cacos.

— Estou indo!

Fechando os olhos, Ava agarrou a maçaneta, torcendo-a e se jogando para trás.

A maçaneta de vidro se soltou, cortando as palmas e os dedos da moça.

— Noah? — chamou e ouviu o menino choramingar.

Através do buraco deixado pela maçaneta quebrada, Ava observou o quarto do filho. Não havia mais nenhum barulho, com exceção das notas tilintantes do móbile que girava lentamente sobre o berço. O cavalo-marinho e o caranguejo pequeninos pareciam rir dela e, no fundo, Ava sabia que o filho havia sumido de novo.

Desabando no chão, ela se encolheu, tremendo de pavor e desespero.

— Noah — murmurou, desolada. As lágrimas se misturavam ao sangue que pingava dos punhos cerrados. — Onde você está? *Onde?*

— Ava! — berrou Wyatt, interferindo nos soluços da mulher. — Ava! Acorde!

Dedos fortes envolveram seus ombros, e Ava piscou com força contra a luz do sol que entrava pelas janelas. Wyatt estava inclinado sobre a cama, sacudindo-a de leve.

— O que foi? — murmurou ela.

Ava se sentou na cabeceira da cama, em meio aos travesseiros, afastando-se de Wyatt. O sonho, tão real, lhe dilacerava o cérebro. Ela chegou a olhar as mãos em busca de vestígios de sangue, mas estavam incólumes, sem nenhum arranhão. Um sonho. Só mais um sonho.

Ava jogou o cabelo para trás e tentou se recompor, enfrentar o medo e a decepção. Por maior que tivesse sido o desespero para entrar no quarto do filho, pelo menos, no sonho, ela sabia que o menino estava vivo.

— Você está bem? — perguntou o marido.

Ava olhou de cara feia para Wyatt. Aquela maldita pergunta de novo...

— Você teve um pesadelo. Estava berrando. Achei que gostaria de acordar.

Ela fechou os olhos com força. Tinha sido tão real! Se tentasse, ainda conseguiria ouvir a voz queixosa e assustada de Noah.

Ao escutar o barulho da cadeira de rodas de Jewel-Anne, Ava voltou a abrir os olhos e viu que a porta do quarto estava escancarada. Só Wyatt havia entrado, mas dava para ver Jewel-Anne e Demetria de tocaia do lado de fora. Ava lançou um olhar furioso para a enfermeira, que levou a prima e sua geringonça embora.

— Eu gostaria de um pouco de privacidade — disse Ava.

Wyatt já estava contornando o pé da cama.

— Ouvi você berrando e vim correndo. Minha única intenção era saber se você estava bem.

Ele fechou a porta suavemente e, em seguida, recostou-se nela. Seus olhos preocupados a analisavam, e Ava puxou as cobertas até o queixo.

— Já tive outros pesadelos. Muitos — declarou ela, com a voz menos segura que as palavras.

Ava sentiu um tremelique por dentro e engoliu o pânico que começava a se manifestar. Talvez até tivessem razão. Talvez estivesse mesmo surtando.

— Você estava no quarto de hóspedes? — perguntou ela, lutando para voltar à normalidade.

— Não. Cheguei hoje de manhã. Peguei carona com o Ian. Eu te mandei uma mensagem. Você não recebeu?

— Não... Eu...

Ela achou o telefone na mesa de cabeceira. Devia estar desligado. De repente, lembrou-se de ter trabalhado no computador até pegar no sono. Não havia se incomodado em desligar nem em carregar o celular e o laptop. Até havia deixado o computador entrar em modo de espera, na cama, ao lado dela. Agora, olhando para a máquina, percebeu que a tela ainda estava preta, mas isso não era garantia de nada e alguém podia ter visto que ela estava reconstruindo a noite do desaparecimento de Noah. Bastava apertar uma tecla para o laptop ganhar vida. Wyatt podia ter esperado a tela fechar de novo antes de acordá-la. Mas só se ele tivesse acertado em cheio no timing ou fosse muito sortudo, pois não havia como prever o pesadelo.

Não. Era pouco provável que tivesse visto a tela.

Então o segredo estava a salvo do marido. Wyatt não podia saber o quanto ela ainda tentava desesperadamente juntar as peças irregulares daquela noite horrível.

— Você chegou há muito tempo? — quis saber ela.

— A dra. McPherson disse que você afirmou, com todas as letras, que precisava ficar em paz e que não queria ser incomodada. Que deixou isso bem claro.

— Você já falou com ela hoje de manhã? — Ava pegou o celular e o ligou.

— Que horas são?

O visor do aparelho mostrava que eram 10h30. Ela não podia acreditar. Fazia anos que não acordava depois das 7h. Desde que estava na faculdade e, mesmo assim, só quando tinha virado a noite. Havia uma luzinha piscando no celular, indicando que ela havia recebido pelo menos uma mensagem enquanto estivera morta para o mundo.

— O que acha de eu trazer um pouco de café? — sugeriu Wyatt, fazendo-a levantar a cabeça rapidamente por causa da gentileza. O gesto era simples, mas a deixou comovida.

— Obrigada, mas já vou descer.

— Estarei no escritório — disse ele, sorrindo. — Vá me fazer companhia.

— Tudo bem.

Ava se animou um pouco. No fim das contas, talvez ainda tivessem uma chance de ficar juntos. Eles haviam se amado. Com paixão e fervor.

— Para sempre — sussurrara Ava, depois de dizer "sim" no jardim, durante a pequena cerimônia em que ela jurara que seria mulher de Wyatt para sempre.

Então, por que tinha a sensação de que não podia confiar nele? De que não podia confiar em nenhum deles? Ava sabia a resposta, mas não queria pensar naquilo. Ainda, não. Pôs o celular para carregar e viu que, além da mensagem de Wyatt, havia duas chamadas: uma de Cheryl, remarcando a próxima sessão de hipnose, e outra do detetive Snyder. Parecia que tinha recebido um terceiro telefonema, mas o número era desconhecido e a pessoa não deixara nenhuma mensagem.

Hum, pensou. *Será que foi engano?*

Enquanto o celular carregava, ela confirmou a sessão com Cheryl, que seria no dia seguinte. Em seguida, ligou para Snyder, mas o telefonema caiu na caixa postal novamente. Deixou, então, uma mensagem, perguntando se podia passar na delegacia no dia seguinte para obter informações sobre o desaparecimento de Noah. Após fazer as chamadas, Ava se vestiu, ignorando qualquer coisa vagamente relacionada à maquiagem, e correu para o andar de baixo, no qual encontrou Virginia já nos preparativos do almoço, descascando batatas na pia da cozinha.

— Bom dia — cumprimentou a empregada.

— Bom dia.

Ava pegou uma caneca no armário, serviu-se do café que estava na jarra de vidro da cafeteira e aqueceu o líquido no micro-ondas.

— Me disseram para não lhe chamar para o café da manhã — disse Virginia, olhando por cima do ombro.

— Não faz mal.

— Acho que temos muffins ou bagels.

— Não precisa — respondeu. Ela pegou um *biscotti* de chocolate que estava num pote de vidro enfurnado no canto da bancada. — Isto basta.

— Humpf. Que café da manhã pobre... — Virginia estalou a língua, removendo a casca fina de outra batata.

Determinada a fazer as pazes com o marido, Ava se dirigiu ao escritório dele, no primeiro andar.

Ela o encontrou sentado à escrivaninha, diante do laptop aberto. Segurava o celular entre a bochecha e o ombro enquanto fazia anotações num bloco amarelo. Quando Ava entrou, ele ergueu o indicador e, quando ela tentou ir embora, Wyatt fez que não com a cabeça e apontou para uma cadeira próxima às portas francesas que davam para a sacada. Ela enfiou um pé por baixo da outra perna ao se acomodar na cadeira, tomou um longo gole de café e mergulhou o *biscotti* na caneca.

— Claro... Eu vou... — Wyatt consultou o reloginho que ficava no canto da escrivaninha. — Vejamos. Que tal às 16 horas? — Girou a cabeça na direção de Ava e revirou os olhos, enquanto escutava a ladainha do outro lado da linha.

Sorrindo, Ava voltou a atenção para a janela, que ainda estava molhada. O sol começava a esquentar as vidraças.

Ela havia acabado de engolir o último pedaço do *biscotti* quando ele finalmente desligou.

— Desculpe — disse Wyatt. — Tive que fazer o papel de advogado atencioso. Era o Orson Donnelly de novo. — Recostou-se na cadeira até esta ranger em protesto. — Cá entre nós, esse cara é um verdadeiro pé no saco.

— Foi ele que te indicou o Dern? — perguntou Ava.

— Foi. O Dern trabalhava para o filho do Donnelly antes deste vender o terreno. O Orson mencionou que o homem estava desempregado e, como o Ned havia se mandado e o Ian era um... caseiro nada empolgado, liguei para o Dern, pedi que enviasse as referências por fax, confirmei com o Donnelly que o cara não era o motivo do fracasso do rancho dele e o contratei. — Wyatt inclinou a cabeça para o lado. — Você tem algum problema com o sujeito?

— Eu só estava curiosa para saber como ele tinha vindo parar aqui de repente. Todos os nossos empregados já eram conhecidos meus antes de serem contratados, exceto o Simon, que, no caso, era casado com a Khloe.

Era verdade. Ava conhecia Graciela porque era amiga da irmã caçula de Tanya e havia crescido em Anchorville. Demetria também morava do outro lado da baía, mas trabalhara no Sea Cliff antes de ser contratada como enfermeira de Jewel-Anne. Até Ned era amigo do tio Crispin, que o havia empregado anos antes.

Dern era o forasteiro.

— Pensei em dar uma folga ao Ian. — Wyatt ergueu um dos cantos da boca. — Talvez agora tenha a oportunidade de descobrir sua verdadeira vocação. — Inclinou-se para a frente e apoiou o cotovelo na escrivaninha. — Quer conversar sobre o pesadelo?

— Não.

— Sonhou com o Noah de novo.

Ava não se deu ao trabalho de responder. Não era necessário.

— É por essas e outras que você está sendo medicada. Para poder descansar. Dormir direito. Meu palpite de leigo é que ou os remédios não estão fazendo efeito, ou você não está tomando a medicação.

— Hum — murmurou ela.

Wyatt fechou a cara, frustrado.

— Você prefere ter alucinações, quase se afogar e ficar aos berros por causa de um pesadelo assustador a tomar os remédios?

Como Ava não respondeu, prosseguiu:

— Sei que você não quer se sentir dopada. Eu entendo. Mas você não está sendo legal contigo nem com a gente, que precisa ficar nervoso e se preocupar com você, ouvir seus gritos à noite ou resgatá-la da água antes que se afogue. Se o Dern não estivesse por perto naquela noite, tremo só de pensar no que teria acontecido com você.

— Eu sei nadar.

— Ava. — Wyatt balançou a cabeça, incrédulo. — Mesmo que não se afogasse, podia sofrer hipotermia e... Você estava fora de si. Só Deus sabe se conseguiria mesmo se salvar! — Ele emitiu um grunhido de irritação. — Não sei mais o que fazer.

— Por que não fica um tempo sem fazer nada?

— É sério? E correr o risco de você se machucar?

— O que está sugerindo, Wyatt? Que eu volte para o St. Brendan's? — Não fazia nem um mês que ela estava em casa e ele já tentava considerá-la um caso perdido. — É o que você quer?

— Não! — Wyatt fuzilou a mulher com os olhos castanho-esverdeados. — É claro que não, mas estou ficando sem opção. — Levantou a mão espalmada, como se impedisse qualquer objeção. — Eu só queria que você parasse de brigar comigo. Também perdi um filho, sabia? Só estou fazendo de tudo para não acabar perdendo minha mulher.

Ava sentiu a garganta fechar, e lágrimas ameaçaram cair de seus olhos, como sempre acontecia quando Wyatt era carinhoso com ela.

— Ele está vivo.

— Também quero acreditar nisso. De verdade. Mas vivo ou... não, o Noah foi embora, Ava. Você tem que aceitar isso. Ele não vai voltar. Se foi sequestro, por que ninguém entrou em contato? Por que não pediram resgate? E... se foi vendido para outro casal que estava desesperado por um filho, por que não o encontraram? Havia fotos dele espalhadas por toda a mídia. Nos jornais. Na televisão. No rádio. Na internet, no Facebook, no Myspace e tudo mais. Tentamos de tudo. Você se lembra do circo que foi!

Ela lembrava. Os primeiros dias tinham sido repletos de esperança, desespero, pânico e do medo avassalador de encontrarem o cadáver do menino.

Wyatt estava com o rosto enrugado de preocupação.

— Você precisa encarar os fatos, Ava. O Noah se foi. Isso acaba comigo também.

— Mas, ontem à noite, ouvi os gritos dele.

— Você estava sonhando!

— Não. Vinham do quarto dele.

— Foi só o vento ou... esta casa velha rangendo ou sabe Deus o quê, mas alguma coisa permeou a sua mente, invadiu o seu subconsciente e transformou o barulho em algum tipo de manifestação estranha dentro do seu pesadelo.

— Eu sei o que ouvi — disse ela e, de soslaio, viu Jewel-Anne se dirigindo ao elevador. A garota olhou para a porta aberta do escritório, mas não encarou Ava.

Wyatt percebeu a troca de olhares e empurrou a cadeira para trás. Contornou a mesa e fechou a porta suavemente, mas, com firmeza. Depois, atravessou as tábuas corridas para ficar de pé bem na frente da mulher.

— Ava, por favor. Só estou tentando segurar a barra.

— Não estou querendo atrapalhar você, Wyatt — retrucou ela, com a voz embargada. — Só que preciso fazer o que estiver ao meu alcance para descobrir o que aconteceu com o Noah.

— Mesmo que tenha que sacrificar a sua saúde? O nosso casamento?

— Não quero sacrificar nada, Wyatt. E nem era para ser necessário. Apenas quero encontrar nosso filho. Me deixe fazer isso.

Ava saiu sem esperar a resposta.

CAPÍTULO 16

Ele não aceita a ideia, pensou Ava na manhã seguinte, ao pegar o casaco, passar os braços pelas mangas e sair de casa. Wyatt não se permitiria ver a necessidade dela. Ele não a entendia e, portanto, não ia nem podia ajudá-la. Desde que Ava voltara do St. Brendan's, nem ela nem Wyatt haviam tocado no assunto "divórcio". Era quase como se, através do silêncio, os dois tivessem entrado num acordo e decidido dar mais uma chance ao casamento. Desse modo, ninguém pediria os papéis.

Mas não estava dando certo.

Os dois sabiam disso.

No dia anterior, Wyatt dera um beijo de despedida na mulher antes de partir para o continente, mas o beijo fora rápido e na testa, quase mecânico. Uma obrigação.

O relacionamento deles era complicado. Provavelmente desde o início. Talvez, por ser muito jovem na época, ela tivesse sido ingênua e não tivesse querido descascar as camadas e analisar mais de perto o casamento.

Ava pôs o seu celular no bolso, pegou a bolsa e estava se dirigindo para a porta quando esbarrou com Ian no primeiro andar.

— Estou indo para a cidade buscar o Trent — informou ele. — Você quer alguma coisa?

— O Trent está aqui?

O irmão gêmeo de Ian morava em Seattle.

— Está em Anchorville. Ele me mandou uma mensagem há algumas horas e me perguntou se eu podia ir buscá-lo. Disse que tentou falar com você também, mas você não atendeu.

Ela devia ter perdido a chamada.

— Pergunte ao seu marido. Ele convidou o Trent.

— O Wyatt não me contou nada — retrucou Ava.

Ian deu de ombros.

— Foi o que o Trent me disse. Não acho que seja segredo. Não é nada de mais.

Provavelmente, Ian tinha razão e Ava resolveu não começar a plantar suspeitas na própria cabeça, que já estava cheia o bastante.

— Eu só quero uma carona até o continente, se você estiver de saída.

— Beleza. O que é dessa vez? Negócios ou lazer? — perguntou ele, enquanto os dois se dirigiam para a casa de barcos.

— O que você acha? — indagou Ava.

Ian riu.

— Que não anda rolando muito nem de uma coisa nem de outra no momento.

Quando passaram pelo cais, Ava olhou para as tábuas acinzentadas e tentou se convencer de que não vira Noah na outra noite, de que havia sido apenas um truque da neblina e da própria mente predisposta.

Fumaça azul e espelhos.

Ian levou Ava até o outro lado da baía e se ofereceu para buscá-la mais tarde, mas ela dispensou a carona e se despediu do rapaz, que havia marcado com o irmão gêmeo no Lobo do Mar.

Primeira parada: Delegacia de Polícia de Anchorville, na qual Ava encontraria o detetive Wesley Snyder.

— Sabe, Sra. Garrison, sinto muito, mas não temos nenhuma pista nova — disse o detetive Snyder do outro lado da mesa bagunçada.

Era um homem alto. As mangas do paletó recuavam nos braços. Sua careca reluzia, e ele olhava para a moça com um semblante de preocupação sincera. O "escritório" era um cubículo, uma das várias baias com divisórias. Eram escritórios idênticos e semiprivados. Apesar das paredes serem revestidas, o barulho de telefones tocando, de conversas alheias, de passos e de impressoras e máquinas de fax invadia o ambiente.

Ava se sentou na beirada de uma das desconfortáveis cadeiras de visitas. Ela queria arranjar um jeito de convencer o único agente da delegacia a quem considerava um aliado.

— Só pensei que, se eu visse as suas anotações, o que você conseguiu reunir, e comparasse com o que tenho, talvez eu pudesse descobrir algo que passou despercebido...

Ela viu a resposta nos olhos dele.

— Me desculpe. Não posso. Já fizemos isso.

— Eu sou mãe do Noah.

— Não importa. Não estou autorizado a deixar que pessoas de fora da delegacia vejam o que temos. Pode comprometer as investigações. A senhora sabe disso.

— Já faz dois anos.

Snyder passou a mão atrás do pescoço.

— Eu sei, mas não posso infringir as regras. No entanto, se a senhora tiver algo que possa ajudar, sem dúvida, pode deixar.

— Não tenho provas concretas, se é a isso você que se refere. Só o que me lembro daquela noite.

Ele pegou uma pasta grossa que estava em cima da mesa e a abriu. Catou os óculos de leitura no bolso do paletó, separou as hastes e ajeitou as lentes na ponta do nariz.

— Vejamos — disse Snyder.

Depois de folhear várias páginas, ele se deteve bem no meio da pilha. Soltando um gemido de aprovação, puxou um monte de papéis do clipe que prendia o bolo. Olhou rapidamente as páginas e as empurrou para o outro lado da mesa.

Ava reconheceu o depoimento que dera sobre a noite do desaparecimento de Noah.

— Esta é a declaração que temos da senhora. Ah, e acho que isto também... — Ele vasculhou outro tanto da pilha e achou mais algumas páginas. Desta vez, era parte de um interrogatório que havia sido gravado e transcrito. A maioria das informações equivalia ao que Ava compilara nos dias anteriores. — A senhora gostaria de acrescentar mais alguma coisa? — perguntou Snyder, calmamente.

Ava começou a se sentir uma boba ao se lembrar de quando dera o depoimento. Eles estavam na casa, na sala de jantar. O pequeno gravador do detetive passara o tempo todo na mesa durante o interrogatório. A luzinha vermelha do aparelho acendia quando ela falava. Ava contara a Snyder tudo que havia acontecido na festa na noite anterior: a localização das pessoas na mansão e o que se lembrava. Eram as mesmas informações que reunira novamente.

— Não — admitiu Ava, sentindo o calor subir pelo pescoço ao se recostar na cadeira. — É disso que me recordo.

Snyder guardou as páginas e a olhou com bondade por cima dos óculos de leitura.

— Bom, se a senhora se lembrar de mais alguma coisa, entre em contato comigo ou com alguém daqui, por favor. E prometo mantê-la informada se tivermos alguma novidade.

O detetive se levantou, indicando que a conversa havia terminado, e Ava foi embora, desanimada.

É claro que a polícia não daria ouvidos a ela. Não sem provas concretas. Algo além de suposições, das próprias visões ou das malditas necessidades.

Ava saiu da delegacia e respirou fundo. Nuvens pretas e cinzentas chegavam do Pacífico. Um vento forte e contínuo soprava ao longo da orla, e a temperatura parecia ter caído 6º C desde que entrara no prédio da polícia. Apertando a faixa do suéter, andou os sete quarteirões até chegar ao salão de Tanya.

Gotas de chuva começaram a estourar na calçada quando ela se enfiou debaixo do toldo listrado do salão Shear Madness. Um sininho tocou quando Ava empurrou a porta do pequeno estabelecimento. Numa das paredes havia três divisões, cada uma com uma pia e uma cadeira cor-de-rosa e um pequeno candelabro de cristal falso e cintilante pendendo do teto. A primeira cadeira estava ocupada. Havia uma mulher recostada na pia e uma cabeleireira lavava as madeixas da cliente. O ar estava impregnado do cheiro de produtos químicos usados um pouco antes.

— Oi, Ava — disse Hattie, a cabeleireira, olhando por cima do ombro. — A Tanya está nos fundos. — Em seguida, se dirigiu para a cliente. — Pronto. Está bom. — A mulher se sentou e Hattie começou a enxugar suavemente o cabelo dela com a toalha.

Ava pisou nos cabelos cortados que ainda não tinham sido varridos e passou pelas duas cadeiras vazias, até chegar à porta dos fundos, que exibia uma foto enorme da Marilyn Monroe. Bateu na porta e encontrou Tanya em pé no meio do cômodo inacabado. Havia um vaso sanitário, uma pia, uma lavadora e uma secadora de roupas. O resto do ambiente ainda estava aberto e, a julgar pela temperatura, não possuía calefação.

Tanya ainda usava as luvas que havia usado para pintar cabelos e um avental escuro por cima da saia comprida e do casaco. Ela estava bem no meio do chão do concreto.

— Oi. E aí? — cumprimentou Tanya, virando-se para olhar por cima do ombro quando Ava entrou no cômodo inacabado. — Eu só estava, pela milionésima vez, tentando descobrir como enfiar uma sala de manicure e de depilação aqui. Ou, talvez, uma câmara de bronzeamento artificial ou uma cama de massagem. O problema é que preciso de um acesso até a lavadora e a secadora e ainda ter espaço para uma porta nos fundos e... Ah, só Deus sabe...

Frustrada, Tanya tirou as luvas e as jogou num cesto próximo à lavadora. Então, voltou-se para Ava e abraçou a amiga.

— Que bom ver você! E não precisa ouvir os meus problemas de espaço/construção/pedreiro. Além disso, estou ficando vesga só de pensar no assunto. Talvez seja melhor deixar as coisas como estão. Vamos sair para comer! Estou morrendo de fome!

Tanya já estava desamarrando o avental e pegando a jaqueta pendurada num dos suportes de uma das tábuas expostas da parede.

— Perfeito — respondeu Ava.
— Guido's?
— Você leu meus pensamentos.

Tanya abriu a porta e meteu a cabeça dentro do salão.

— Vou sair por uma ou duas horas, Hattie.
— Beleza. Eu seguro as pontas — respondeu a cabeleireira.

Tanya deixou a porta que dava para o salão bater e, fechando a jaqueta, levou Ava para a saída dos fundos. Pegou um guarda-chuva que estava pendurado, destrancou a porta e a segurou para a amiga passar.

Do lado de fora, a chuva batia no asfalto rachado da viela que percorria a extensão do amontoado de prédios. Um gato preto e barrigudo correu pelo beco para se esconder debaixo da plataforma de carga de uma loja de móveis. Mais além, o céu estava sombrio, cinza-escuro.

Ava puxou o capuz do suéter e ficou com raiva de si mesma por não ter levado uma jaqueta. Enquanto isso, Tanya lutava com o guarda-chuva. Juntas, meio que correndo, as duas se desviaram de poças, carros estacionados e lixeiras. Depois, viraram numa rua transversal e subiram na calçada. Três quarteirões adiante, elas atravessaram uma rua estreita e chegaram a um restaurante italiano na entrada de um centro comercial. O Guido's, um símbolo de Anchorville, pertencia à família Cappiello desde que Ava se entendia por gente.

Do lado de dentro, o restaurante cheirava a alho, molho de tomate e pão quente. O chão era de azulejo preto e branco, e havia uma bandeira da Itália pendurada com orgulho sobre o arco que dava na cozinha. As paredes eram pintadas de janelas de mentira que exibiam cenários italianos. Paisagens do litoral do país ou imagens panorâmicas de montanhas e vinhedos se alternavam com "vistas" do Coliseu, da Fontana di Trevi ou de outros pontos turísticos reconhecíveis da Itália. Tanya escolheu uma mesa aninhada numa pitoresca "janela" com vista para a Torre de Pisa.

— Esta é a minha preferida — explicou, tirando a jaqueta. — Daqui, consigo ver a porta. Sempre gostei disso. Sabe, meu pai era policial e estava sempre de frente para a porta. Só por precaução.

— Você é cabeleireira.

A amiga deu de ombros.

— É difícil se livrar de velhos hábitos.

Tanya pegou um cardápio plastificado e estudou as opções.

— Vou querer o linguini ao pesto. Ah, meu Deus, eu não deveria. Fiz dieta a semana toda... Não estou ingerindo mais de mil calorias por dia, mas o pesto daqui é caseiro, orgânico e MA-RA-VI-LHO-SO! — Fechou o cardápio. — Pode acreditar.

— Eu acredito — respondeu Ava sem pensar. Era verdade. Tanya era uma das poucas pessoas em quem sabia que podia acreditar.

— Minha nossa, eu deveria mesmo era pedir uma salada, com algum tipo de molho light ou sem molho ou... Ah, que saco!

A garçonete, uma menina esbelta que vestia saia-lápis preta, blusa branca e gravata vermelha, levou dois copos d'água para a mesa.

— Vocês querem alguma bebida? — perguntou a moça.

— Uma taça de Chianti — disse Tanya rapidamente. Depois, consultou o relógio. — Não, não posso. Ainda tenho mais uma coloração à tarde. — Olhou para Ava, do outro lado da mesa, e fez uma careta. — Não quero pintar errado as mechas da sra. Danake. Tudo bem. Não. Quero um refrigerante diet. E a salada da casa. Sabe, *quero* metade dos itens do cardápio. Ah... Droga, eu deveria ser fuzilada, mas vou pedir o linguini ao pesto como acompanhamento.

— Meia porção?

— Perfeito. — Tanya virou as palmas das mãos para cima, onde o ventilador de teto girava lentamente. — Não tive escolha.

— Uma tigela de minestrone e a mesma massa — pediu Ava.

— Ah, espere. Podemos dividir o linguini — disse Tanya, radiante. — Metade das calorias.

Ava sorriu.

— Por mim, tudo bem.

Feliz consigo mesma, Tanya, dirigiu-se à garçonete:

— Pode ser assim? Vamos dividir a massa, mas dá para trazer a porção inteira?

— Claro.

— E quero pão para acompanhar a salada.

— A cesta de pães é cortesia da casa.

— Maravilha.

Quando a garçonete se retirou, Tanya se recostou no banco duro.

— *Detesto* fazer dieta. É muito chato. Quero mesmo é uma refeição italiana com três pratos, além de linguiça como acompanhamento, tiramisu de sobremesa e, para finalizar, um cigarro. — Soltou um suspiro sonoro. — Acho que esses dias não voltam mais.

— Parece com o que comíamos quando vínhamos aqui na época do ensino médio, depois dos jogos. Talvez você devesse entrar de novo para a equipe de líderes de torcida.

Tanya riu.

— Shhh! Ninguém sabia que eu fumava.

— Shhh... *Todo mundo* sabia que você fumava.

— Não conte à minha mãe, tá? — disse ela, com um sorriso malandro. Era brincadeira. A mãe havia morrido fazia seis ou sete anos.

— Acho que ela sabia.

— É, sabia. Peguei muitos Salem Lights da bolsa da mamãe e ela percebeu.

Ava soltou um risinho.

— Você não tinha me prometido fotos recentes das crianças?

— Ah, é! Eu trouxe.

Tanya sorriu de orelha a orelha. Depois, vasculhou a bolsa até achar o celular e iniciou um slide show na telinha do aparelho.

Ava se debruçou sobre a mesa.

— Eles estão enormes.

— A Bella está com 9 anos e o Brent acabou de fazer 7. Já está no primeiro ano. Ela está no quarto ano e tem um namorado, se é que podemos dizer isso. Sabe quando uma das amigas comenta que um menino gosta de você e, de repente, vocês estão "saindo"? Perguntei: "Saindo para onde?". Ela me olhou como se eu fosse de outro planeta. Mas aos 9 anos? É sério? Namorado? Nessa idade, as meninas ainda não odeiam o sexo oposto? — Tanya balançou a cabeça. — Então agora tenho que monitorar a TV e o computador, antes que ela comece a imitar uma daquelas estrelas ridículas de reality shows.

Tanya passou mais algumas fotos.

— Esta é uma recente do Brent, que, quem diria, quer ser cowboy — comentou, torcendo o nariz.

— Como o pai — disse Ava, olhando para uma foto na qual o menino estava com um chapéu Stetson que era, pelo menos, três vezes o tamanho dele, e o que parecia ser um par novinho de botas de cowboy.

Tanya olhou de cara feia.

— Tudo menos isso. — Passou rapidamente o restante das fotos, exibindo imagens de Bella dançando, passeando de barco e jogando futebol, enquanto Brent estava com um cachorro malhado, andava a cavalo ou parecia pequenininho num uniforme de futebol americano. — Também não sou muito a favor disso. Acho que ele é nooovo demais, mas o Russ pagou a escolinha e, supostamente, o Brent não é *tackle* e eu não entendo nada. É difícil criar filhos nos dias de hoje...

Assim que proferiu as palavras, Tanya fez uma careta de arrependimento.

— Meu Deus, Ava, me desculpe. Eu sou tão tapada às vezes!

— Não faz mal — retrucou ela rapidamente, mas foi um alívio quando a garçonete apareceu com as bebidas e disse que serviria os pratos em poucos minutos.

Ava começou a prestar atenção em outra mesa, na qual um casal parecia tão apaixonado que havia se espremido no mesmo lado e fazia brincadeirinhas fofas sobre jogar moedas na fonte pintada na parede, perto do lugar no qual estavam sentados.

— A luxúria dos jovens — comentou Tanya, e o momento passou.

— Como andam as coisas entre você e o Russ?

— Vejamos... Ele é um babaca. Não sei que diabos passou pela minha cabeça. Só me casei com ele para me recuperar do término com o Trent. O Russ sabia o que eu sentia pelo Trent e nunca pareceu acreditar que eu havia esquecido o outro. — Ela mexeu a bebida com o canudo. — Vai ver ele tinha razão. Quero dizer, o Trent... tem... "pegada", seja lá o que isso for. — Os cubos de gelo dançavam no copo. — Aliás, eu o vi um dia desses, sabia?

— Quem?

— O Trent. Ele estava aqui. Na cidade. Bom, na marina.

— É mesmo? Sei que está aqui agora. O Ian me contou que ia encontrar com o irmão, mas, quando nos falamos no telefone, não me disse que estava em Anchorville.

— Tudo bem — respondeu Tanya, dando de ombros.

— Tem certeza de que não era o Ian? — perguntou Ava.

— Eu *sei* diferenciar os dois — disse Tanya, bufando. — Namorei o Trent por mais de um ano e ele foi o meu primeiro, sabe? Eu nunca tinha feito aquilo com mais ninguém. Então, sim, acho que consigo distinguir o cara do irmão gêmeo. Eles não são idênticos.

— São muito parecidos.

Ela ergueu um dos ombros sem se convencer.

— Você falou com ele?

Tanya balançou a cabeça.

— Não. Fiquei surpresa em vê-lo e eu não estava muito arrumada e — fez uma careta — eu devia ter dito "oi" ou qualquer coisa. — Mexeu ainda mais rápido o canudo. — Ele foi uma presença tão marcante no meu casamento, que achei melhor deixar para lá. O Russel e eu ainda estamos discutindo por causa de dinheiro e... mesmo que uma simples conversa com o Trent não leve a nada pode parar nos ouvidos do Russ e alimentar o velho ciúme. — Tanya tremeu de um jeito zombeteiro. Depois, olhou de novo para Ava, concentrando-se no presente. — Sei que isso não deveria importar. Eu não deveria deixar que as atitudes do Russ afetassem a minha vida, e eu tento, acredite. Mas ele continua sendo o pai dos meus filhos e ainda tenho que lidar com ele. Só que, às vezes, fica mais fácil se eu não alterar a rotina.

— Qual é? Você também tem que viver a sua vida. Não pode deixar que o Russ a controle. Isso é chantagem emocional.

— Pode ser. — Olhou fixamente para Ava. — Quando você encontrar o Trent, diga para me ligar.

— Acho melhor te dar o telefone novo dele.

Ava pegou uma caneta na bolsa e um guardanapo na mesa, localizou o número de Trent no celular e o anotou. Deslizando o papel até a amiga, acrescentou:

— O Russ não tem nada a ver com isso.

— Diga isso a ele. — Tanya enfiou o guardanapo no bolso da calça jeans. Suspirando, observou o jovem casal. Depois, olhou para a pintura da Torre de Pisa. — Eu me lembro de ter sentido tesão pelo Russ, mas não sei ao certo se chegamos a estar apaixonados. Não como você e o Wyatt... Ah, chegou!

A garçonete pôs as entradas sobre a mesa. Em seguida, acrescentou uma cesta de pão quente envolta num guardanapo. Ava provou a sopa e Tanya fisgou um dos pães e o mergulhou no molho. Antes de morder, virou a bisnaga com destreza de um lado para o outro, a fim de remover o excesso.

— Meu Deus! Que delícia! — Tanya engoliu o pedaço de pão com um gole de refrigerante diet. — Agora me fale daquela noite. De quando você deu um mergulhinho no mar.

— Eu pulei — corrigiu Ava. — E foi do cais para a baía. Não foi exatamente no mar aberto.

— Por que você fez isso? — quis saber Tanya, voltando a afundar o pão no molho.

— Pensei ter visto o Noah de novo. Sei que parece loucura e... talvez seja, mas tenho certeza do que vi — suspirou. — Você também acha que sou caso de hospício.

— É claro que não. Mas a sua família tem um longo histórico de problemas... mentais. Digo, não tem um traço de loucura que passa de geração em geração? Você me contou isso.

— Pois é.

— A sua tataravó não se jogou do terraço do Portão de Netuno? — perguntou a amiga. — E o pai do Trent teve algum tipo de apagão mental quando estava dirigindo, não foi? E acabou matando a mulher?

— O tio Crispin. Foi a primeira esposa dele.

Tanya olhou para Ava e uma sabia o que a outra estava pensando: no boato de que não havia sido acidente coisa nenhuma, de que Crispin já estava envolvido com Piper e um divórcio sairia caro demais. Nada fora provado, mas a mancha na reputação permaneceu.

— Temos nossas loucuras — admitiu Ava. — Só que sou a mais louca no momento.

— Você ficou muito abalada com o desaparecimento do Noah. Não pode ser culpada por isso. Você surtou. Eu também teria surtado.

Ava pensou por um momento e disse:

— Tanya, posso te contar uma coisa?

A amiga chegou para frente.

— Ah, que bom. É algum segredo cabeludo?

— Quando o Noah sumiu, revistamos a ilha inteira. Cheguei a descer a escada da falésia e passar o resto da noite lá.

Tanya concordou.

— Mas, agora, quando vejo o Noah, ele sempre está no cais. Não existe nenhuma relação entre a casa de barcos, o cais ou qualquer outra coisa com o desaparecimento dele, mas vejo meu filho lá. E parece absurdamente real.

Tanya encarou a amiga, e Ava se preparou para ouvir outro sermão sobre o quanto estava fantasiando e desejava que o menino estivesse vivo, convencendo a mente a criar imagens da criança, gerando falsas esperanças. Em vez disso, Tanya esticou os braços até o outro lado da mesa e segurou as mãos de Ava entre as dela.

— Muito bem. Então, vamos supor que ele esteja vivo — disse ela, assentindo devagar.

Ava mal podia acreditar no que ouvia. Alguém estava, de fato, escutando o que ela dizia.

— Mas ele continua como da última vez em que o vi, dois anos atrás. Não mudou nada.

— Agora resolveu me dissuadir?

— Não! Mas é que não faz o menor sentido.

— Talvez você só precise descobrir que diabos está acontecendo.

— Como assim?

— Ou você está delirando, ou está vendo um fantasma...

Ava puxou as mãos, sem gostar do rumo da conversa.

— Ou alguém está de sacanagem com você e é tudo enganação.
— Mas como?
— Sei lá. Com drogas psicotrópicas? Alucinógenos?

Ava pensou nos comprimidos que lhe haviam receitado.

— De qualquer forma, você está dizendo que as minhas visões do Noah são frutos da minha imaginação. Que não está lá de verdade.

— Você mesma falou isso. Ele não está com a mesma idade. Só estou dizendo que, seja lá o que tenha acontecido com o Noah, suas visões significam outra coisa.

Ava sentiu um frio na barriga.

— Quer dizer que alguém quer me fazer acreditar que ele está vivo, uma vez que não está?

— Isso não sei. Digo, você está vendo o Noah, não é? Não são dragões roxos, palmeiras crescendo em icebergs, sua mãe morta nem mesmo o Kelvin. Só o Noah. Não acho que existam drogas que possam induzir manifestações específicas. Não. Você está colocando o Noah lá, mas as alucinações devem ter um motivo. — Tanya voltou a pegar o garfo.

— Está dizendo que alguém *quer* que eu veja meu filho.

— Não. Estou dizendo que alguém *quer* que você pense que está louca. E *você* está usando o Noah. Ou, mais precisamente, o seu luto está usando a imagem do Noah.

— Mas por que fariam isso?

— Me diga você. Quem teria mais a ganhar se você saísse de cena? Ou fosse internada?

— Ou morresse? — sugeriu Ava, levando a lógica de Tanya para outro patamar.

— Não. Morta, não. — Tanya sacudiu a cabeça com tanta força, que os cachos quicavam ao redor do rosto. — Isso seria fácil.

— Como assim?

— Matar alguém é fácil. Armas, assassinos, comprimidos, qualquer coisa. Existem mil maneiras de se eliminar uma pessoa. O problema é se safar. Então, para não sujar as mãos, talvez seja melhor enlouquecer o alvo por meio da manipulação de fatos e situações.

— Você está começando a me deixar preocupada de verdade — desabafou Ava, com um sorriso.

— Ha, ha, ha. Diga que estou errada. E se alguém realmente quiser que você pense que está perdendo as estribeiras... todas as estribeiras?

— Para se livrar de mim? — perguntou Ava, incrédula.

— Para tirar você de cena, sem dúvida. — Tanya atacou o linguini.

— Quem? Por quê? Por causa da Ilha Church?
— É um bom palpite.
— Nem sou dona de tudo. Além do mais, acredite. Isso me causa problemas. Problemas enormes.
— Então, pense em outra coisa. Só estou dizendo... — Tanya murmurou, encarando uma garfada de macarrão. Seus olhos pareciam brilhar. — Nossa, como está gostoso!

CAPÍTULO 17

Trent não atendeu. Nem o número novo que havia dado a Ava nem o celular antigo, que ela tentou outra vez, movida a desespero. O telefone novo não tinha caixa postal; então, no caminho do estúdio de Cheryl, Ava mandou uma mensagem de texto pedindo que retornasse a ligação.

Será que Tanya o vira mesmo pouco tempo antes? Exatamente desde quando ele estava em Anchorville?

E, se tivesse visto, qual seria o problema? Trent não chegara a dizer de onde estava ligando, mas, como morava em Seattle, era possível que tivesse chegado sem avisar. Não era impossível, só improvável. Mais uma coisa que parecia anormal e acionava o radar de Ava.

Absorta nos pensamentos, ela enfiou o celular no bolso e sentiu uma neblina leve no rosto. Havia praticamente parado de chover enquanto estivera no restaurante com Tanya, mas, agora, a temperatura voltara a cair e um nevoeiro espesso encobrira a cidade.

As ruas estreitas estavam desertas. Não havia pedestres, apenas alguns carros passando. Aqui e ali, ela viu luzes acesas, pontinhos quentes que brilhavam na noite que caía. Por duas vezes, Ava teve a sensação de que estava sendo seguida, de que ouvira passos atrás dela na calçada. Por duas vezes se enganou. Ao olhar por cima do ombro, não viu nada além de pinceladas de névoa e do céu cada vez mais escuro.

— Trate de se controlar — disse, quando um cachorro começou a latir feito louco. Ela deu um pulo antes de perceber que o som vinha de, pelo menos, um quarteirão de distância. Mesmo assim, olhou para trás e, por uma fração de segundo, pensou ter visto algo se mexer perto de um pinheiro alto. Contudo, ao se aproximar do tronco grosso da conífera, notou que se tratava apenas de um galho quebrado, que quase arranhava o chão ao ser soprado pelo vento.

Pare com isso!

Ava se virou e apertou o passo durante quarteirão e meio que faltava para chegar ao estúdio de Cheryl. Apesar de ainda ter a sensação de que olhos ocultos a observavam e seguiam todos os seus movimentos, ignorou o arrepio de alerta que lhe subia pela nuca e se limitou a andar um pouco mais rápido. Passou por um carro estacionado e por um muro de cipreste gotejante antes de atravessar a última rua.

Três gatos se dispersaram quando Ava chegou à entrada do porão de Cheryl e bateu na porta. Havia começado a chover e o dia estava quase escuro feito noite. O suéter a deixara totalmente na mão e ela estava com os ombros molhados.

Cheryl, usando outro caftan em *tie-dye*, abriu a porta e a conduziu pela série de cômodos.

— Você vai ficar ensopada até os ossos — falou, com Ava se recostando na poltrona reclinável.

— Isso é uma previsão?

— Não faço previsões. Só abro as portas da mente. — Mas Cheryl riu, enquanto acendia uma vela.

O aroma de lavanda e tomilho começou a tomar conta do ambiente. Dava para ouvir uma música baixinha e relaxante se sobrepondo ao gotejar de chuva que descia pela calha montada ao lado da única janela do cômodo.

— Então? Vamos começar? — Cheryl desdobrou uma manta e cobriu as pernas de Ava antes de se acomodar numa cadeira e iniciar a sessão.

Em poucos segundos, Ava relaxou. Os cantos do porão escuro começaram a esmaecer e ela estava de novo com o filho, no verão, quando os raios de sol dançavam sobre a água e Noah corria e gargalhava perto da orla.

O menino brincava alegremente na areia, segurando um barquinho de plástico... Uma réplica perfeita do *Bloody Mary*.

— Onde você conseguiu isso? — Ava perguntou a ele.

Levantando a cabeça, a criança olhou para ela e abriu um sorriso largo o bastante para exibir os perfeitos dentinhos de bebê.

— Tio Kelvin — respondeu Noah com clareza. — Ele me deu.

Mas aquilo era impossível. Kelvin morrera antes de Noah nascer. O filho não teve a chance de conhecê-lo.

— Era o barco do tio Kelvin? — perguntou, tentando esclarecer. Talvez outra pessoa tivesse dado o brinquedo ao garoto.

Contudo, Noah balançou a cabeça. Os cachos louros brilhavam no sol.

— Ele me deu. — O menino a encarou, com olhos sábios demais para a idade que tinha. — Por que não acredita em mim, mamãe?

— Mas eu acredito...

De repente, ele fechou a cara.
— Você não acredita em ninguém.
— Noah, isso não é verdade. Por que está dizendo uma coisa dessas?
Ele olhou para a mãe de um jeito inocente e respondeu:
— O papai me disse.
— O papai? — sussurrou, quando o sol pareceu se pôr e o filho sumiu de seu campo de visão. — Noah?

Ava chamou pelo menino enquanto a noite caía. De repente, viu que estava no convés do *Bloody Mary* em meio à tempestade. As velas chicoteavam com violência e o vento uivava. A chuva varria o convés enquanto o barco era jogado e balançava. Jewel-Anne berrava como se estivesse morrendo de dor...

Até que Noah reapareceu. Seu filhinho perfeito. Uma criança que Ava pensou que jamais teria, depois da série de abortos que sofrera. Tão precioso. Um milagre. Nascido logo após a tempestade. Ela nem se lembrava muito da gravidez. Nos primeiros meses, havia pensado que estava gripada.

— Três, você está saindo... Dois, está emergindo, se aproximando... Um... Você está de volta.

Ava escutou as ordens e despertou no estúdio de Cheryl. Olhou para os braços vazios. Nenhum bebê para segurar.

— Você estava no barco de novo — disse Cheryl, baixinho. — Estava gritando.

— Eu sei.

Ava se sentia abatida e fraca. Havia muita coisa de que não se lembrava a respeito daquela noite. Muita dor e tristeza. Através das sessões de hipnose, ela tentara descobrir mais a respeito da morte trágica de Kelvin e do desaparecimento do filho, esperando que Cheryl pudesse acusar alguma lembrança que o cérebro se recusava a recuperar. Agora, contudo, ela se questionava se não era melhor não se recordar de todos os detalhes daquela noite horrenda.

Tanto Khloe quanto Jewel-Anne pareciam achar difícil perdoá-la por ter sugerido o passeio de barco naquele dia. Deus sabia como havia se martirizado por causa daquilo, mesmo consciente de que não tivera culpa. No entanto, às vezes, Ava tinha a sensação de que havia algo mais. Algo fora do alcance. Se conseguisse se lembrar...

— Você está bem? — indagou Cheryl, preocupada.
— Eis essa pergunta de novo.
Cheryl abriu um sorriso meio amarelo.
— O que foi? — questionou Ava?
— Nada.
— Tem alguma coisa, sim.

Cheryl desviou o olhar por um momento. Em seguida, declarou com seriedade:

— Eu só acho que você precisa ter cuidado.

— Tudo bem... Isso me assustou. Por quê?

— As coisas nem sempre são o que parecem ser. Nem como queremos que sejam. Tem muita gente amarga na ilha. Você sabe disso. Eu também sei. Às vezes, não consigo evitar. Eu me preocupo com você.

Ava pensou nos comentários de Tanya, mas respondeu à Cheryl, tocando em suas mãos surpreendentemente frias:

— Não se preocupe. Sou cautelosa do meu jeito.

— Que bom — respondeu Cheryl, com sinceridade.

— Que tal a gente se encontrar na semana que vem?

— Claro...

Mas Cheryl estava com o pensamento longe, e Ava saiu mais nervosa do que quando chegara.

Cheryl trancou o porão e se recostou na porta, esperando a cliente descer a rua. Estava com o semblante sério. Lidar com Ava Garrison era sempre difícil e, às vezes, a hipnotizadora não sabia se a ajudava ou a magoava.

— Ajuda... Você sempre ajuda — lembrou a si mesma, retornando à sala na qual haviam terminado a última consulta.

Alguns dos gatos rodearam seus pés e Cheryl sorriu, abaixando-se para afagar a cabeça dos bichanos. Merlin, o vira-lata de pelo longo, entrou no cômodo seguinte, mexendo levemente o rabo cinzento. Chesire, malhado e obeso, e Azeitona, um gato arredio, preto e com o peito, os dedos e os bigodes brancos, se espalharam no sobretudo preto da dona, que formava uma cauda nela.

— Cuidado! — esbravejou Cheryl ao entrar na sala, fechar a porta e se levantar.

Ela dobrou a manta que havia usado para cobrir as pernas de Ava e pôs o caderno na gaveta da escrivaninha, soprou a vela e apagou a luz da porta. Imediatamente, o estúdio ficou escuro. Só havia um fraco feixe de luz entrando pela janela.

Hisssss!

O som sibilante ecoou pelo labirinto de cômodos do porão. Era um dos gatos... no corredor, de acordo com o barulho. Devia ter se assustado.

— Merlin? — chamou ela, dirigindo-se para a porta aberta, onde o corredor também estava escuro.

Que estranho.

Cheryl não se lembrava de ter apagado a luz.

— Vem cá, gatinho

Ela ligou o interruptor, mas nada aconteceu. Cheryl sentiu um arrepio na nuca, mas disse a si mesma que se tratava apenas de uma lâmpada queimada.

— Droga.

Onde estavam as lâmpadas reservas? Lá embaixo, virando o corredor, na área de serviço.

Tateando a quina da parede, ela ouviu Merlin novamente. Dessa vez, ele soltou um rosnado baixo e rouco.

O coração de Cheryl começou a bater forte. Nervosa, disse a si mesma para não dar asas à imaginação. *O gato é arisco. Tem medo da própria sombra. Lembre-se disso. Não precisa se preocupar. Apenas pegue a lâmpada para o corredor e uma lanterna para poder trocá-la. Há uma na área de serviço, em cima do tanque...*

Outro rosnado e um chiado. Em seguida, um gemido intenso e as pegadas suaves e rápidas do gato correndo. Cheryl esperou, com os ouvidos atentos. Não escutava nada além das batidas aceleradas do coração; então, passou os dedos pela parede para se orientar, imaginando-as, como sempre fazia.

Com um passo de cada vez e a respiração um pouco mais rápida do que o normal, Cheryl virou a última quina e chegou à área de serviço. Entrou e ligou o interruptor.

Nada.

O cômodo, que não tinha janelas, continuava escuro.

Foi o disjuntor de novo.

Não era a primeira vez, mas o maldito disjuntor não dava problema desde o inverno anterior e Cheryl resolveu que não precisava gastar dinheiro para consertá-lo. Agora que sabia o que acontecera, percebeu que o ventilador do aquecedor não estava se movendo. O silêncio era quase total no porão.

Respirando um pouco melhor, ela revirou o gaveteiro próximo ao tanque, o cheiro acre de urina de gato lhe subindo pelo nariz. Sem dúvida, estava na hora de trocar a caixa de areia outra vez.

Tateando, achou a lanterna. Primeiro, os dedos encontraram lápis, tira-manchas e um estilete, no qual se cortou antes de alcançar o cilindro pesado. Com o polegar, apertou o botão, acionando a luz fraca da lanterna.

Aquilo teria que servir.

Apontando o feixe oscilante para a parede, Cheryl deu alguns passos e achou o quadro de luz aparafusado na parede oposta à secadora. Aqueles disjuntores correspondiam aos cômodos dela, que incluíam o apartamento no primeiro andar e o subsolo. Ao abrir a caixa, o dedo ensanguentado deixou uma mancha na porta metálica.

De fato, o disjuntor principal havia queimado.

Isso nunca tinha acontecido. Sim, um ou dois disjuntores já haviam desligado, mas não o principal. Que diabos? Cheryl esticou o braço para acionar o botão quando sentiu a temperatura ambiente cair.

Só alguns graus.

Ouviu o barulho da rua. O som de um carro passando. Como se alguma janela do porão tivesse ficado aberta.

Mais uma vez, a sensação de que alguma coisa estava errada fez um arrepio frio lhe subir pela espinha. Cheryl tocou no disjuntor e ouviu um ruído de couro arranhando o cimento, um passo atrás dela.

Não!

Ligou o disjuntor, mas era tarde demais. De repente, a área de serviço foi tomada por uma luz fluorescente e piscante. Os tubos liberavam uma cor azulada estranha quando mãos fortes envolveram a garganta de Cheryl.

Alguém tentava estrangulá-la!

O pânico invadiu seu corpo.

Ela tentou gritar, chutar, lutar, mas os dedos inflexíveis apertaram ainda mais e, de repente, Cheryl não conseguia mais respirar. O coração doía de tão acelerado. Os pulmões ardiam. Ela se debateu como louca, dando murros no ar, jogando a cabeça para trás, sacudindo as pernas e os braços em vão. O maníaco, fosse quem fosse, era forte.

Determinado.

Mortífero.

Por favor, Deus, não!

Os pulmões pareciam que iam explodir, e Cheryl sabia que seus olhos estavam esbugalhados, pois sentia os vasinhos saltando. *Não, não, não! Aquilo não podia estar acontecendo... Não com ela... Não... com...*

Tudo ficou escuro e, de repente, ela foi libertada. Deixaram que caísse no chão. Cheryl tentou tomar ar, mas emitiu um som rouco, picotado e angustiante, como se sua laringe estivesse esmagada. Por um segundo, pensou que fosse sobreviver. Contudo, mesmo enxergando mal, ela viu a lâmina.

Longa e fatal, cintilando com intuito malevolente.

O medo paralisou o cérebro dela.

Quem...?

A lâmina desceu e atravessou sua garganta exposta. Cheryl sentiu apenas uma leve ardência, mas, enquanto agonizava, soube que o agressor tinha ido embora. Ouviu o som de passos ao longe. Um dos gatos miou baixinho... Olhos dourados brilhavam diante do rosto dela.

Chesire... Ah, gatinho querido...

E tudo acabou.

CAPÍTULO 18

Dern manteve distância.

Havia gente demais da ilha na cidade naquele dia. Ele os viu. O marido de Ava, Wyatt, estava em Anchorville se encontrando com a psiquiatra. Que estranho.

E, poucas horas antes, Ian chegara de barco na baía. Ficara um tempo na loja de artigos de pesca e no café, dando a entender que esperava alguém.

Além deles, havia a sra. Garrison.

Dern foi cauteloso com todos. Não queria que soubessem que estava na cidade. Não precisava ser visto pelos olhos errados. Se alguém testemunhasse que estava vigiando Ava Garrison, poderia causar um problema. Um problemão. Sendo assim, Dern se manteve na sombra, com a gola da camisa levantada e o boné de beisebol abaixado por cima dos olhos, quando viu a mulher sair da delegacia. Ele observava de longe enquanto ela andava até o salão de beleza. Depois, quase a perdeu de vista quando Ava e a cabeleireira, Tanya Denton, saíram pela porta dos fundos e correram por uma viela para almoçar no restaurante italiano. Quase duas horas depois, ela deixou a amiga no Shear Madness e subiu o morro até a casa da hipnotizadora.

Pois é. A sra. Garrison teve um dia agitado.

Quando Dern observou Ava saindo do estúdio de Cheryl Reynolds, já era noite. Ele conseguiu alcançá-la um pouco depois, na marina, apesar de continuar se escondendo na sombra.

Mesmo de longe, pôde ver que a moça estava chateada, andando sob os postes de luz, levando à boca um copo de papel com o símbolo de uma cafeteria local. Seus lábios estavam contraídos.

Por fim, quase quarenta minutos após ter saído da casa da hipnotizadora, Ava conseguiu uma carona para a ilha com o velho e bom Butch Johansen, capitão do *Pestinha*.

O breve passeio dela pela cidade havia acabado.

Dern esperou o barco de Johansen desaparecer na neblina e andou até a outra ponta da cidade. Desceu o caminho arborizado até a extremidade da baía, na qual havia atracado seu barquinho.

Agora que anoitecera, se ele fizesse tudo direito e continuasse tendo sorte, ninguém saberia que tinha saído da ilha.

— Cruzes, Ava. Não imaginei que você fosse ficar tão irritada! — Butch a olhou de soslaio enquanto conduzia o *Pestinha* para a Ilha Church.

— Pensei que você odiasse o Wyatt.

Butch apertava os olhos para enxergar na escuridão enquanto o barco deslizava para cima e para baixo nas águas turbulentas da baía.

— Não gosto dele, mas também não discrimino. Transporto todo mundo, inclusive o Wyatt. — Butch olhou torto para Ava. — Pelo menos, não me casei com o sujeito.

Ela estava embrulhada em um dos coletes salva-vidas velhos que fediam a cigarro e a maresia.

— Só achei que você teria me contado.

— Para você ficar toda nervosinha? — Butch fez uma careta por baixo da barba eternamente mal aparada. — Você já estava nervosinha o bastante. — Lançou outro olhar para ela.

— Beleza.

Ava estava cansada de brigar, de duvidar e de suspeitar de todas as pessoas que conhecia. Aquilo era exaustivo.

Com o motor do barco roncando alto, Butch atravessou a baía e diminuiu a velocidade ao se aproximar do cais do Portão de Netuno. O segundo e o terceiro andares da velha mansão estavam apagados, apesar de haver luzes acesas no térreo e até na janelinha do apartamento de Jacob, no subsolo.

— Só para o seu governo — declarou ele —, marquei de buscar o Wyatt daqui a uma hora, para trazê-lo de volta para a ilha.

Ava observou a água gelada e escura.

— Eu nem sabia quando ele ia voltar.

Enquanto ele atracava o barco no cais e deixava o motor em marcha lenta, Ava abriu o colete enorme e o pendurou no encosto de um dos assentos.

— Obrigada — disse pagando pela corrida.

— Disponha, irmãzinha — retrucou ele, com um sorriso breve.

Ava subiu os degraus de pedra que davam na entrada principal da casa. Ao abrir a porta, sentiu o cheiro de carne de porco assada que vinha da cozinha e viu que a porta da sala de Wyatt estava entreaberta. Jogou a bolsa na mesa do saguão e ajeitou o suéter que ainda estava molhado, antes de entrar no escritório do marido... e encontrar Jewel-Anne atrás da escrivaninha dele, sentada na penumbra. A única luz do cômodo vinha da tela do computador. As persianas já estavam fechadas.

Ao ouvir os passos, Jewel-Anne olhou de cara feia e tentou manobrar a cadeira para longe da escrivaninha, em direção à porta, mas era tarde demais. Uma das rodas ficou presa na perna da cadeira de Wyatt, que tinha sido empurrada para o lado.

— Te peguei no flagra — disse Ava baixinho, recostando-se no batente da porta e cruzando os braços.

— Esqueci uma coisa aqui e estou tentando achar.

— Esqueceu uma coisa na mesa do Wyatt? Será que deixou cair no teclado do computador dele?

Jewel-Anne fez que sim com a cabeça. Depois, quando seus olhos encontraram os da prima, desistiu.

— Tudo bem. Você me pegou. Eu estava bisbilhotando.

— Bisbilhotando.

— As coisas andam... esquisitas por aqui.

— É mesmo?

Isso vindo de Jewel-Anne?

— Ouvi você e o Wyatt brigando e... — A garota olhou para a porta da entrada principal e falou mais baixo. — Achei melhor te contar. Eu também ouvi.

— Ouviu? — Ava ficou paralisada. — O Wyatt? — perguntou ela, já sabendo a resposta antes mesmo de Jewel-Anne sussurrar as palavras.

— O Noah. Ouvi o bebê chorando. Eu ouvi.

Os joelhos de Ava ficaram bambos. Era alguma pegadinha? Ela pressionou a palma da mão na mesa para se apoiar.

— Não ouvi nada.

— Ouvi, sim! Escutei alguma coisa e tenho certeza de que parecia choro de bebê!

Muito bem. Pelo menos desta vez, dê algum crédito.

— O que você está procurando no computador?

Jewel balançou a cabeça.

— Pensei que o choro estivesse vindo desta sala.

— Não.

— O quarto do Noah fica bem em cima do escritório — afirmou a prima.

— Sim, mas... — Assim que começou a discutir, desviou o olhar para o teto. Ava imaginou o quarto do filho bem em cima.

— A tubulação da calefação. — Jewel-Anne foi até o espaço debaixo do duto do teto, que se conectava ao duto que desembocava no quarto do menino. — Eu lembro que a gente brincava aqui quando era criança. Conversávamos pela tubulação e tentávamos "espiar" uns aos outros.

Ava se lembrava muito bem das brincadeiras que faziam, de como todos os primos corriam pela casa, perseguindo uns aos outros, brincando de esconde-esconde e, sim, espiando.

— Eu sempre tentava ouvir o que o Jacob e o Kelvin estavam fazendo — admitiu Jewel-Anne. — E aqui era um bom lugar para escutar o que estava acontecendo lá em cima.

De soslaio, Ava viu uma sombra passar perto da porta, mas Jewel-Anne não percebeu e continuou tagarelando.

— Então pensei em vir até aqui para descobrir se havia alguma coisa...

Ela deixou a voz ser levada e Ava pôs o dedo nos lábios da prima, indicando em silêncio que era para ela se calar. Depois, enquanto a garota assistia, Ava andou com cuidado até a porta e olhou para fora.

É claro que não havia ninguém marcando bobeira no corredor. Nem uma alma por perto. O cantarolar baixinho de Graciela vinha do andar de cima. Também se ouvia o tilintar de panelas e frigideiras na cozinha, mas nada além disso.

— O que foi? — sussurrou a prima, com os olhos arregalados atrás dos óculos.

— Nada. Eu acho. Mas... Quer saber? Agradeço por você tentar ajudar. Fico feliz por alguém poder confirmar que eu realmente ouvi um bebê chorando, mas você não deveria xeretar o escritório do Wyatt.

Jewel-Anne arqueou o pescoço de um jeito desafiador.

— Porque este é o seu território? — Recostou-se com força na cadeira de rodas e olhou para a porta. — Pensei que fosse ficar contente por alguém acreditar em você!

— E fiquei. Mas...

— Mas o quê? — perguntou Jewel-Anne.

— Este é o escritório particular do Wyatt. Ele não...

— O quê? Qual é, Ava? Quando foi que você se importou com a privacidade dele ou com qualquer outra coisa referente a ele?

— Ele pode não gostar. Só isso.

— Claro.

— Agradeço mesmo, Jewel. E a tubulação da calefação... já é alguma coisa.

— Eu sei um segredo — disse a prima, de supetão.

Ava ergueu as sobrancelhas, reparando que Jewel-Anne parecia friamente séria e adulta, como se tivesse removido a máscara de menininha pela primeira vez em anos.

— Que tipo de segredo?

— Você quer saber?

— Jewel-Anne — murmurou Ava, irritada.

Na mesma velocidade em que desapareceu, a máscara voltou. A expressão de Jewel-Anne ficou enigmática e misteriosa. Ela apertou um botão no braço da cadeira, ligou o iPod, tocando "Puppet on a String", do Elvis, no último volume, e lançou para Ava outro sorriso sabichão enquanto saía pelas portas francesas que davam no corredor principal.

Jacob, que vinha da sala de estar e estava dobrando o corredor, quase trombou de frente com a irmã.

— Cuidado! Meu Deus! — Ele deu um salto para trás e derrubou o iPad. O aparelho atingiu o chão com um *crrrrack* angustiante e deslizou na direção da escada, fazendo a maior barulheira. — Vai ser uma droga se estiver quebrado! — berrou o rapaz, desolado. — Depois, examinou o iPad mais de perto. — Merda! A capa partiu! Todas as minhas anotações, minha pesquisa e meus relatórios estão neste troço. Caramba. Que... merda! — explodiu ele, ficando com o rosto da cor do cabelo ruivo, enquanto Jewel-Anne se mandava e Demetria vinha correndo da sala de jantar.

— O que aconteceu? — perguntou ela, ofegante.

— A minha porcaria de iPad já era! — Levantando-se, com os lábios apertados, Jacob passou o dedo pela rachadura do tablet eletrônico. — Por que diabos você não pode se entender com a Jewel-Anne, hein? — indagou ele, bufando e fuzilando a prima com os olhos. — Ela está numa maldita cadeira de rodas, meu Deus do Céu. Não pode dar um desconto?

Incrédula, Ava olhou para ele.

— A culpa é minha?

— Você está sempre certa, né? A escrota que controla esta merda de ilha! Sabe, Ava, fazia sentido quando você era esperta, quando *sabia* o que estava fazendo. Você podia ser escrota. Mas agora está muito perturbada!

— O que é isso? — retrucou ela, com o sangue quente.

— Você não pode mais nos dar ordens!

— Dar ordens? Quando eu...? — Ava se controlou, percebendo que Jacob estava mais adiantado que ela na discussão. — Quer saber? Não me lembro de ter lhe dado ordens, mas vou começar a dar. Lá vai: mude-se daqui. Dê o fora. Encontre outro lugar para se entocar e fazer isso aí que você faz, mas saia da Ilha Church. Ainda hoje.

— *O quê?*
— Não sei por que demorei tanto. Excesso de zelo, talvez. Excesso de comprimidos.
— Você está me *expulsando*?
— É. Acho que estou.
Demetria interveio. Erguendo a mão como se sua palma pudesse interromper a briga, disse:
— Esperem. Vocês dois deveriam parar e respirar.
Jacob não prestou a menor atenção nela.
— Eu sou seu motorista — argumentou ele, apontando com o polegar para o peito, encarando a prima.
— Eu sei dirigir — retrucou Ava.
— Então também está me demitindo? — Jacob apertou os olhos com raiva. — Você é i-na-cre-di-tá-vel!
— Não — respondeu Ava, com firmeza. — Na verdade, pela primeira vez em muito tempo, acho que, finalmente, estou sã. Não gosto do que está acontecendo aqui.
— Eu tenho que estudar! — balbuciou Jacob, sem saber como lidar com essa nova Ava.
— Então arranje um apartamento em Anchorville — sugeriu ela. — É mais perto do maldito campus.
— Quem vai manter a casa nos conformes? Sou eu que garanto o funcionamento do Wi-Fi. Instalei o equipamento especial necessário para cá. Tudo, desde o elevador de barcos até as televisões e os computadores. Até o sistema de segurança. Estamos numa ilha, Ava, no meio do nada! Na semana passada, cheguei a remover o micro-ondas e a instalar um novo painel de controle para a Virginia. Vocês precisam de mim aqui!
Ele tinha razão, mas Ava não admitiria de jeito nenhum. Ela deu um passo a frente, aproximando-se dele.
— Ao contrário do que acredita, você não é indispensável, Jacob. A gente vai se virar sem você.
— Jesus Cristo. Você *é* mesmo uma escrota. Todo mundo tem razão!
Aquilo doeu um pouco, mas ela mal piscou.
— Você não pode me expulsar! — insistiu ele, apontando um dedo acusador para ela e erguendo o queixo em protesto. — Você não é dona da ilha inteira. Nem mesmo da casa. A Jewel-Anne tem uma parte também. Então, a menos que *as duas* me expulsem, você vai ter que me aturar. Da última vez que vi minha irmã, ela não estava com cara de que ficaria do seu lado.
— Eita! — exclamou Demetria.

Em vez de continuar discutindo, Jacob saiu batendo o pé na direção do corredor dos fundos.

Ava ficou com Demetria, que acompanhou com os olhos quando o rapaz atravessou o saguão amplo.

— *Nunca* vi o Jacob tão irritado. — Levando a mão à nuca, a enfermeira soltou o cabelo, que caiu, lambido, sobre o rosto. — Acho que ele também tem alguns assuntos mal resolvidos.

— Também?

— Ele não é exatamente o Cavaleiro Solitário quando se trata de problemas emocionais.

Inclinando-se, Demetria deixou o cabelo cair no rosto. Em seguida, segurou os fios, esticou-os para trás e voltou a prendê-los atrás das orelhas, usando grampos para dar firmeza. Ela se afastou de Ava e andou até a escada dos fundos e o elevador.

— Às vezes, juro que esta casa é pior do que o Sea Cliff era — declarou a enfermeira, de longe. — E, acredite: aquele lugar era um pesadelo.

CAPÍTULO 19

Com as chaves na mão, Jacob entrou no apartamento, acendeu as luzes, piscou duas vezes e disse:

— Que porra é essa, cara?

Sentado na beirada da cama de solteiro desarrumada, Dern o aguardava. O lugar era um chiqueiro. Havia pilhas de roupas amassadas no chão e na cama e garrafas e latas de refrigerante espalhadas por toda parte. Os restos de várias refeições de micro-ondas e os garfos ainda cobertos de comida seca eram um convite aberto aos ratos que, provavelmente, habitavam as fendas das paredes de cimento. O recinto fedia a pizza velha, o que devia apenas mascarar o cheiro de mofo do porão antigo. Só havia uma janela, pintada de preto, e uma televisão de tela plana dominava a parede ao pé da cama. Debaixo do aparelho havia uma coleção de controles e de óculos para o console de videogame enfiado num closet que, como Dern descobrira, tinha uma porta nos fundos que dava para o resto do subsolo.

— O que está fazendo? — esbravejou Jacob, colocando o iPad numa estante que já estava repleta de CDs, além de uma luminária equipada com uma lâmpada de luz negra. — Como você entrou aqui?

— A porta estava aberta.

— Impossível!

Era mentira. Dern havia usado seu kit de arrombar fechaduras e, em menos de dois minutos, massageou os pinos até abrir as duas trancas.

— Você não pode entrar aqui!

Em pânico, Jacob olhou para o computador, que estava com a tela em branco. A máquina ficava sobre uma mesa improvisada, composta por cavaletes e uma grande placa de madeira compensada. Havia meia dúzia de conjuntos de fios ligados ao desktop, e cada um alimentava dispositivos diferentes, inclusive um HD de backup, um gabinete, um modem e um monitor secundário.

— Vou chamar a polícia. Isso é invasão de domicílio!

Dern jogou o celular para Jacob.

— Aproveite e peça aos policiais que deem uma olhada no seu computador e explique todos os sites pornográficos que você anda acessando.

— Ei, espere aí...

Dern estava blefando, mas Jacob não sabia e sua expressão o entregava.

— Não... tem criança nem nada disso. São sites legalizados.

— Explique isso aos tiras. Não estou nem aí.

— Que diabos você está fazendo aqui? O que você quer?

— Eu estava lhe procurando.

— Eu estava... na faculdade.

Dern deixou essa passar.

— Pensei que você pudesse me esclarecer umas coisas.

— Que coisas? — perguntou Jacob, desconfiado. Ele andou até a mesa e verificou se o monitor estava desligado.

— Quero saber como funcionam as coisas por aqui. Você cuida da segurança. Certo?

— Não oficialmente. — Jacob parecia nervoso. Incomodado. — Não.

— Mas instalaram câmeras aqui, não foi?

Jacob deu de ombros.

— Algumas. Eu acho.

Dern já sabia disso, mas resolveu não admitir.

— Pode me mostrar o que você filmou na noite em que a Ava pulou do cais?

— Só na mansão... Eu, hum, não instalei câmeras no cais.

— Mas deve ter alguma coisa na casa de barcos. Sabe, para o caso de vandalismo.

Jacob perguntou com cuidado:

— Por que o interesse?

— Estou cuidando da segurança do rebanho e do conserto das instalações. Só quero saber com o que estou lidando.

Sem se convencer, Jacob se sentou na cadeira da mesa. Relutante, religou o computador.

— Não acho que isso faça parte das suas funções.

— Meu trabalho é bem abrangente. Não me contrarie.

— E você não vai contar a ninguém sobre... Você sabe...

— A pornografia. Não.

Respirando fundo, Jacob afastou um copo vazio e um bloquinho enquanto mexia no mouse para acessar a informação que Dern solicitara.

O monitor maior ganhou vida e, com poucos cliques do mouse, surgiu uma tela dividida. A visão era limitada: a varanda da frente, a varanda dos fundos, a parte externa da casa de barcos e o que parecia ser uma vista mais ampla, panorâmica, do exterior da garagem, que abrangia um pedaço do estábulo e o estacionamento. A metade superior da escada do apartamento de Dern também era visível desse ângulo maior dos fundos da mansão.

Jacob fez mais alguns ajustes, selecionando as opções de um menu até encontrar a data que procurava.

— Pronto. Aqui está — disse, mais para si mesmo do que para Dern.

Imagens rápidas piscaram nas telas. Pessoas iam e vinham em cenas frenéticas e picotadas, até que ele diminuiu a velocidade no dia em questão e adiantou para o anoitecer.

Dern sentiu um frio na barriga.

No monitor destinado à varanda dos fundos, a porta se abriu e Ava, com cara de desespero, descalça e com a camisola esvoaçante, passou correndo. Segundos depois, apareceu na tela da casa de barcos e correu pelo cais, sumindo novamente. Dern viu a própria imagem. Primeiro na base da escada do apartamento, onde parou, virou a cabeça e partiu em disparada, contornando a casa e saindo do campo de visão da câmera. Depois, também apareceu na tela da casa de barcos. Havia tirado os sapatos e, com as pernas compridas, correu para fora do alcance da câmera.

Poucos segundos se passaram e Dern concluiu que foi o momento em que Ava e ele estavam na água.

As lentes do aparelho retornaram para uma área bem pequena, mostrando a praia próxima à casa de barcos. Contudo, só dava para ver a parte inferior do corpo dos dois. A calça jeans dele estava encharcada. A camisola dela, transparente e pingando. Ava estava com as pernas à mostra enquanto Dern a ajudava a chegar em casa.

Dois segundos depois, a porta da varanda abriu e Khloe Prescott saiu correndo, desceu a rampa para deficientes e desapareceu da tela.

— Você quer mais? — perguntou Jacob, erguendo a cabeça e encarando Dern, que assistia a tudo por cima do ombro dele.

— Isso já dá.

— Então estamos quites. Certo?

— Só mais uma coisa. Ouvi dizer que você acha que viu o Lester Reece fugindo do Sea Cliff.

— Não acho que vi. Sei que vi.

— Como?

— Porque eu estava caçando. É, eu sei que era de noite e, sim, é ilegal. Nem era temporada. Ouvi um barulho na água, apontei a lanterna para a beira do mar e vi o sujeito, cara. Juro! Era o desgraçado do Lester Reece. Quase me borrei de susto!
— Como você sabia quem ele era?
— Todo mundo sabia! Ele era uma lenda por aqui. E não era das boas.
— E depois? O que aconteceu?
— Eu dei no pé. Foi isso que aconteceu. Me esqueci do alce que estava na minha mira. Apenas subi na caminhonete e me mandei de lá!
— Apesar de estar com uma arma?
— Uma Winchester de ferrolho. Mas, merda, eu não ia atirar nele com aquilo!
— E não tirou uma foto dele? Com o celular?
— Como se eu tivesse todo o tempo do mundo. Ele me deixou em pânico! Deixa todo mundo em pânico.
— Pensei que fosse querer se gabar.
— Eu só queria era ficar bem longe daquele psicopata. Ele matou o quê? Cinco ou seis pessoas? Eu não estava a fim de ficar por lá e ser a próxima vítima. Apenas fui embora, cara. — Jacob parecia sincero e um pouco nervoso, como se realmente tivesse ficado apavorado na noite em questão.
— Por que diabos você se importa?
— Não me importo. Só ouvi dizer e fiquei curioso.
— Já matei sua curiosidade. Eu vi o desgraçado. Simples assim! Agora me deixe em paz!

— Pensei que o Trent viesse para cá — disse Ava depois do jantar, quando a família estava ao redor da lareira com a televisão ligada, mas sem som.
Jewel-Anne, com uma de suas bonecas esquisitas ao seu lado, estava sentada na cadeira de rodas, perto da janela. Suas agulhas de tricô se mexiam em ritmo frenético. O clique-clique se sobrepunha ao chiado do fogo. Wyatt, cercado por jornais e com os óculos de leitura posicionados na ponta do nariz, estava numa extremidade do sofá, enquanto a esposa se encontrava na outra. Ian havia se acomodado na poltrona reclinável e segurava uma bebida entre as mãos.
Tudo parecia falso. Quase uma cena montada.
— Trent deve ter se atrasado — retrucou Ian, dando de ombros. — Provavelmente, por causa do trabalho.
— Ele é representante farmacêutico. Que tanto trabalho pode ter em Anchorville? — indagou Ava.

— Ele tem muitos clientes — Ian mexeu os cubos de gelo do uísque antes de tomar um gole.

— A cidade tem duas farmácias.

— E um hospital, um ambulatório e algumas clínicas — disse Wyatt, olhando para a mulher por cima dos óculos de leitura.

Ian concordou.

— Os clientes precisam ser paparicados, sabia? Ele deve ligar pedindo que o tragam para cá por volta de meia-noite. — Ian bebeu o uísque.

— Talvez ele fique na cidade — declarou Jewel-Anne, continuando a tricotar. A garota abriu um sorriso muito sutil, como se soubesse de algo que os demais, ou pelo menos Ava, não tivessem conhecimento.

Ao som de passos cada vez mais próximos, Demetria chegou.

— Está preparada? — disse a enfermeira à Jewel-Anne. — Uma sessãozinha antes de dormir?

— Vai rezar? — perguntou Ian, com um sorriso sarcástico.

— Fisioterapia de novo? — reclamou Jewel. — Não fiz o bastante hoje, no centro? — Mas ela já estava guardando as agulhas e o novelo na bolsa presa à cadeira de rodas.

— São só alguns alongamentos — retrucou Demetria, acompanhando a paciente, que ajeitou a boneca e fez cara de martírio antes de deixar o recinto.

— Ela está sempre de mau humor? — perguntou Ian, triturando um cubo de gelo com os dentes. — Bom — declarou ele, batendo com as mãos nos joelhos antes de se levantar —, esse é o máximo de aventura que aguento numa noite. — Tendo dito isso, levou o copo vazio para a cozinha, deixando Ava a sós com o marido.

— Eu soube que você esteve na cidade hoje — disse ele.

Ava sentiu o estômago embrulhar.

— É. Fui almoçar com a Tanya.

Wyatt bufou. Nunca tinha gostado da amiga de Ava.

— Não levou ninguém com você?

Havia um tom acusatório na voz dele ou era só preocupação?

— Achei que eu daria conta sozinha.

— Que bom... É que fico preocupado. Foi para isso que a Khloe continuou aqui. Para ajudar você.

— Estou bem — afirmou ela, pela milionésima vez. Ava arqueou uma das sobrancelhas. — Tudo bem, talvez não esteja "bem", mas estou mais forte do que estava há alguns dias; então, não se preocupe. Pode deixar que julgo o que posso ou não fazer.

— Sei que você acha que estou sendo superprotetor.

— E está.

— Mas você me deu motivos para me preocupar, Ava! Vamos lá, você sabe disso. E a dra. McPherson não está convencida de que você seja capaz de tomar todas as decisões certas.

— Ela te disse isso?

— Disse.

— Ela não deveria falar comigo?

— É claro. E diria a mesma coisa para você.

É verdade, pensou Ava. A boa e velha dra. Evelyn era bem sucinta em relação ao que achava que a paciente era ou não capaz de realizar.

— Então ela não acha que tenho condições de tomar uma decisão *sã* a respeito de um almoço com uma amiga?

— Creio que o problema seja o fato de você sair de casa *sozinha*. De ir para a cidade *sozinha*. De encontrar os outros *sozinha*.

— Então não tem problema, pois não fiquei sozinha. Peguei carona com o Ian até o continente e o Butch me trouxe de volta. Almocei com a Tanya.

Ava não mencionou o detetive Snyder nem Cheryl.

— E, quando chegou em casa, arranjou briga com a Jewel-Anne e o Jacob?

— Ah... Demetria faladeira.

— Foi a Jewel-Anne quem me contou.

— Humm. Ela também contou que estava no seu escritório e que eu queria saber por quê?

— Algo a ver com a propagação de barulho pela calefação — respondeu ele.

— Ela alegou que também ouviu o bebê chorando — retrucou Ava.

— O quê? — Ah, pelo amor de Deus, Ava! Ela estava brincando com você. A Jewel sempre teve essa... *coisa* com o acidente de barco e continua tentando se vingar de você. É infantilidade. Ignore.

— Eu acreditei quando ela disse que ouviu o Noah — afirmou Ava.

Wyatt ergueu a mão como se não tivesse tempo para aquela baboseira e perguntou:

— E como começou a discutir com o irmão dela?

— O Jacob ficou todo irritadinho *comigo* quando a irmã quase o atropelou com a cadeira de rodas. O iPad dele quebrou ou algo do tipo e ele se enfureceu. Descontou em mim para valer... — Ava ia contar mais, porém, parou bruscamente. — Por que estou explicando isso tudo para você, como se você fosse meu pai e tal? Pergunte a ele! Você é meu marido. Deveria estar do meu lado!

Wyatt sentiu um calor lhe subir pelo pescoço e apertou os lábios.

— E você deveria estar do meu, Ava — argumentou ele. — Não sou seu inimigo.

— É mesmo? — provocou ela.

A resposta do marido foi sair da sala batendo os pés.

Naquela noite, Ava sonhou novamente. Dessa vez, ouviu passos de criança do lado de fora da porta. Ela se livrou das cobertas e saiu correndo do quarto para o corredor escurecido pela noite. Pequenos pontos luminosos, vindos das luzes noturnas instaladas após o nascimento de Noah, a guiavam.

— Noah? — sussurrou ela. — Noah?

Será que o viu dobrando o corredor? Aquilo era o suspiro baixinho dele se sobrepondo ao ruído do aquecedor?

Ava correu de um cômodo a outro. Tentou várias portas. Algumas estavam trancadas, enquanto outras se abriam e revelavam lugares escuros e vazios, com camas feitas e janelas fechadas.

Onde ele estava?

Não está aqui... Não está aqui...

Ava sentiu o coração apertado e dolorido ao descer as escadas como uma flecha. Seus pés descalços escorregavam de leve no tapete.

Onde ele está?

Quem está com ele?

Noah!

Não há inimigo algum. É tudo coisa da sua cabeça.

— Noah! — berrou em desespero e ouviu o eco da própria voz. — Noah!

Onde ele estava? Com os joelhos trêmulos, Ava se agarrou à coluna da escada e foi escorregando até ficar encolhida no saguão. O coração doía e batia acelerado de pavor, latejando em seus ouvidos.

— Ava... Caramba... — Wyatt estava debruçado no corrimão da sacada do segundo andar. — Meu Deus... Aguente aí!

Ela ouviu os passos pesados do marido descendo a escada, sentiu a vibração na coluna e continuou agarrada a ela.

— Venha cá...

Braços fortes a envolveram e a apertaram.

— É o Noah — explicou ela, com lágrimas escorrendo pelo rosto. — Eu ouvi, Wyatt. Ouvi o meu bebê.

— Ah, amor, não... Ele se foi.

— Não diga isso! — Ava tentou se afastar, mas Wyatt a segurou com firmeza.

— Shhh...

Sem muito esforço, ele a pegou no colo e a levou para o elevador. Abraçando-a e sussurrando nos cabelos dela que tudo daria certo, apertou o botão do segundo andar.

Em menos de um minuto, os dois estavam no quarto. Enquanto Wyatt a carregava até a cama, ela jurava ter ouvido a batida do coração dele, forte e estável. O coração dela, por outro lado, se despedaçava em mil cacos.

— Ava, vai ficar tudo bem — disse ele, apesar de não acreditar nas próprias palavras. — Shhh. — Beijou a bochecha úmida da mulher, colocando-a sobre o edredom. — Foi só outro sonho. Nada mais.

Afastando os cabelos da testa da esposa, Wyatt olhou nos olhos de Ava e, no quarto escuro, ela viu compaixão e algo mais lá no fundo.

— Sinto muita saudade dele — sussurrou ela.

— Eu também. — O rosto dele estava deformado pela emoção, tão pura quanto a noite. — E eu sinto saudade de você, Ava. De nós dois.

— Eu sei.

— Sabe?

— Sei — murmurou Ava, com a voz embargada, quando os lábios dele encontravam os dela.

O beijo doce e delicado se transformou em algo mais. Algo selvagem e ardente. Ava sentiu a nuca queimar com um fogo que ela acreditava estar extinto para sempre. Quando a língua dele pressionou os lábios dela, Ava os separou com vontade. Ansiedade. Avidez. Passou os braços pelo pescoço de Wyatt, que deitou na cama com ela, removeu as cobertas e, com o joelho, afastou as pernas da mulher. As molas rangeram e algo se quebrou dentro de Ava quando se agarrou ao marido e fechou os olhos e a mente para as dúvidas, a dor e o medo.

Ela sentiu as mãos dele percorrendo seu corpo, esculpindo-o, tocando seus seios e fazendo seus mamilos enrijecerem. Ava arqueou as costas, na expectativa. Ele, com a mão espalmada na coluna da mulher, a apertava com força contra o próprio corpo.

Músculos fortes e definidos faziam pressão contra os dela, e Ava cedeu ao calor que percorria suas veias, ao desejo que pulsava em suas partes mais profundas e úmidas.

Não faça isso, insistiu a mente. *Fazer amor com ele é perigoso. Confiar nele é fatal.*

Mas ele é meu marido, discutiu em silêncio, sentindo um arrepio na espinha e os seios inchando. *Já o amei um dia.*

Isso é loucura. Traição. Sim, houve uma época em que ele a levava ao delírio, repetidamente, fazia o seu corpo e a sua alma arderem de paixão. Mas isso foi há muito tempo. O Wyatt não é mais o mesmo, Ava. Nem você.

Ele gemeu no ouvido dela, enroscando as mãos nos cabelos da mulher. Por uma fração de segundo, quando Ava olhou para ele, viu algo diferente na expressão do homem: um ar vitorioso, como se, de alguma forma, ele tivesse vencido.

Algo no fundo do cérebro de Ava estalou e, em outro momento, ela se deu conta de que Wyatt não era Wyatt, e sim um desconhecido, um homem que ela nunca vira.

Ciente disso, ela esperava que o fogo apagasse, que a mente lhe tirasse daquele turbilhão de emoções. No entanto, o coração continuava acelerado. O sangue permanecia quente de desejo ao passar pelas veias, e ela abraçou o amante desconhecido que a beijava com ardor. Paixão. As bocas se apertavam com ansiedade. Os lábios dele estavam quentes. Sua língua criava uma mágica ao percorrer a pele febril dela.

Os seios de Ava se enrijeceram quando ela segurou a cabeça do amante e ele beijou e lambeu seus mamilos.

Ava sentiu o desejo tomar conta de seu corpo e quis mais... Muito mais.

Segurando a mão dela, ele a ensinou a dar prazer aos dois e Ava pressionou o corpo contra o dele, arqueando as costas, mexendo os quadris... Nossa, como ela o desejava... por inteiro... Quando, finalmente, abriu os olhos para encará-lo, percebeu que aquele homem, o fruto de sua imaginação que havia feito seu sangue e sua alma ferver, era muito parecido com Austin Dern.

CAPÍTULO 20

Não havia ninguém na cama com ela.
Óbvio.
O lado que Wyatt — ou fosse quem fosse — devia ter usado não estava amarrotado. Não havia marcas no travesseiro nem calor radiando de um espaço recentemente vago. Nenhum cheiro emanava dos lençóis.
Fora tudo fruto da mente perturbada de Ava.
De novo.
Ela estava cansada daquilo tudo.
Pior ainda: Ava tinha a sensação de que alguém havia tocado e acariciado seu corpo, apesar de ter parado por aí. Além de um furo no dedo — do qual não se lembrava do motivo —, não havia nada que indicasse que tivesse feito algo que não fosse dormir e se revirar durante a noite. Não havia nenhum sinal de satisfação sexual, nenhuma dor entre as pernas nem manchas na cama na qual estava deitada.
Mais uma vez, imaginara tudo.
Apesar de ainda estar escuro, havia movimento na casa. A luz invadia o quarto pelo vão da porta, e Ava ouviu um tilintar de pratos. Do lado de fora, uma gaivota grasnava o vento chicoteava a mansão, e as rajadas sacudindo as velhas vidraças das janelas.
O sonho erótico não passava. Continuava perseguindo-a, martelando em sua cabeça quando ela tomou banho e se vestiu. Ava chegou a parar por um segundo e a encarar a própria imagem refletida no espelho, ao escovar o cabelo para fazer um rabo de cavalo. Um sonho erótico. Com Wyatt. E Austin Dern.
Ela soltou um gemido de pura frustração antes de prender o elástico e escovar os dentes. Raramente se lembrava dos sonhos, mas o último parecia cravado em sua mente.

Do lado de fora do quarto, no corredor, Ava passou por vários cômodos até chegar ao quarto de Noah e abrir a porta. Pelo menos agora conseguia cruzar a entrada sem desabar.

O lugar estava do jeito que ela havia deixado no outro dia e, apesar de ter dito a si mesma que estava na hora de se desfazer dos pertences do bebê, lhe faltou coragem. Ela o imaginou no cômodo, balbuciando e conversando sozinho, falando coisas sem sentido. Quantas vezes não tinha brincado no quarto com ele e visto suas mãozinhas tentando alcançar as dela? Se fechasse os olhos, sabia que ainda seria capaz de sentir o cheiro do filho. Para reforçar a imagem, Ava andou até o gaveteiro e abriu as latas, os vidros de xampu e de pomada de bebê que não eram usados havia muito tempo. O aroma doce lhe trouxe recordações. Ela cheirou um pequeno tubo de creme.

Uma tábua corrida rangeu.

Ava olhou para o espelho pendurado em cima do gaveteiro e viu o reflexo de Wyatt parado na porta.

Perplexa, quase derrubou o tubo de creme, mas conseguiu colocá-lo delicadamente na estante.

Os olhos dele estavam escuros de emoção.

— Não faça isso consigo mesma. Comigo. Você só está se torturando, sabia?

— Recordar não faz mal.

— Você acha que é bom viver no passado, se agarrar a falsas esperanças, destruir a sua vida e a dos outros por causa de uma convicção ridícula e dolorosa, desta... desta sua fantasia de que nosso filho, de alguma maneira, ainda está vivo e vai voltar para nós?

— Não posso perder as esperanças.

— Não pode viver uma mentira! — Wyatt deu um passo à frente e pôs as mãos nos ombros dela. — Ava, por favor... Pare de brigar conosco.

— Conosco?

— Com todos que a amam, que querem ajudar. Por favor. — Wyatt contraiu um músculo da mandíbula e abaixou a cabeça, encostando a testa na dela. — Pare de brigar *comigo*.

Ava sentiu algo se partir dentro dela.

— Não é de propósito.

— Eu sei que dói, mas temos que tocar nossas vidas.

— Não consigo.

— É claro que consegue. É difícil, mas você tem que tentar.

Ava apoiou a cabeça na camisa dele, ouviu o compasso de seu batimento cardíaco e se indagou se o marido não tinha razão. Era ela quem estava resistindo ao consolo que ele oferecia.

— Preciso fazer uma pergunta — disse Ava, com medo de parecer boba. — Você foi para a cama ontem à noite? — Ergueu a cabeça para encarar o marido. — Para o nosso quarto? A nossa cama?

Wyatt contraiu a mandíbula.

— Fui — admitiu ele. — Ouvi você berrar e entrei. Não sabia se você iria lembrar.

Ava sentiu um certo alívio. Pelo menos, ela não tinha imaginado aquilo, que parecera tão real. Mesmo assim, havia alguma coisa estranha.

— A gente...?

Ele riu sem um pingo de humor.

— Não. Não mesmo. Eu, hum, não achei que fosse o momento certo.

— Aí você foi embora?

— Eu não quis lhe acordar.

Ava ergueu a sobrancelha com ceticismo.

— Você anda... muito estressada e, além disso, nem tive certeza se você sabia quem estava lá.

— O quê? — O coração dela começou a disparar.

— Você estava sonhando. Falou enquanto dormia.

Ah, meu Deus, será que eu o chamei pelo nome de outra pessoa? Do Dern? Por favor, por favor, não! Ava sentiu uma onda de calor subir pelo pescoço.

— Você viu a rosa?

— Não. Que rosa?

— A que roubei do vaso do corredor e pus embaixo do seu travesseiro.

— Não... — Ela balançou a cabeça, lembrando-se de que havia tateado o lado da cama em busca de calor.

— Então ainda está lá. — Ele beijou a testa dela. — Deus, tomara que a gente consiga fazer isso dar certo, Ava — disse Wyatt com um sorriso, mas ela ouviu o tom resignado de suas palavras, como se o marido já tivesse desistido da ideia de que podiam resolver as coisas. — Nos vemos depois. Vou ficar algumas horas no escritório de Anchorville. Devo voltar no meio da tarde.

— Tudo bem — respondeu ela, ainda tentando entender o que havia acontecido quando ele saiu.

Ava aguardou até ouvir a porta da frente bater, depois, correu na direção do quarto. Não havia nenhuma rosa na cama. Nenhuma. Ela teria achado.

— Quem é o louco agora? — murmurou, pouco antes de entrar no quarto e se deparar com Khloe se levantando após ter feito a cama.

Sobre a colcha esticada havia uma única rosa branca. Suas pétalas eram levemente bordeadas de tons cor-de-rosa, como as das flores que costumavam ficar no vaso do corredor.

— Onde você encontrou isso? — perguntou Ava, apontando para a rosa despedaçada.

— Encontrei na cama! Você podia ter me avisado, caramba. Eu me furei nessa porcaria.

Khloe levantou a mão direita e, de fato, havia um pouco de sangue brotando do dedo indicador. Ela pôs o dedo na boca e se dirigiu ao banheiro adjacente.

— Você tem antisséptico, né? — Suas palavras não soavam muito claras, pois Khloe, obviamente, ainda tentava conter o sangue com os lábios. — E curativos?

— Acho que sim.

Khloe não sabia disso? Frequentava o banheiro tanto quanto Ava.

Ela ouviu a porta do armário de remédios ranger, e, enquanto Khloe revirava os produtos do banheiro, Ava se aproximou da cama e pegou a rosa.

— Isto não estava aqui à noite — afirmou ela.

— O quê? A flor? — perguntou Khloe pela porta aberta.

— É.

— E quando apareceu? Ah, droga! — Entrou no quarto envolvendo um pequeno Band-Aid no dedo. — Nunca fui ambidestra... — Khloe observou Ava com a rosa na mão. — Cuidado. Era para a Graciela tirar todos os espinhos antes de pôr as flores no vaso, mas ela nunca se dá ao trabalho. Diz que deveríamos comprar rosas sem espinhos.

— Mas a variedade sem espinhos não se chama Branca da Ilha Church nem foi desenvolvida pela minha bisavó.

— Imagino que não.

— Então, isto estava mesmo na cama? — perguntou Ava.

— Bem debaixo do seu maldito travesseiro. Estou surpresa por você não ter se ferido nela. Minha nossa!

Ava olhou para o arranhão no próprio dedo e Khloe entendeu o movimento.

— Ah, parece que você se machucou.

— Suponho que sim. — Ava não tinha certeza disso.

Khloe balançou a cabeça.

— Qual outra explicação você dá para isso? — Apontou com o indicador do curativo para a marca no dedo de Ava.

— Não sei — respondeu ela, e isso por si só já era perturbador.

Quinze minutos depois, ela estava no andar de baixo, onde pegou uma xícara de café e, cedendo à insistência de Virginia, um pote de iogurte de alguma fruta vermelha. Além disso, descobriu que Wyatt já tinha ido para a cidade.

— Ele disse que voltaria antes de meio-dia — informou Virginia, enquanto fazia um inventário da despensa e anotava num bloquinho os produtos que estavam faltando. — Não acredito que o caldo de galinha acabou de novo. Como é que pode?

Em vez de responder, Ava correu para o andar de cima, pegou o laptop e desceu novamente para a biblioteca. Como Wyatt não estava, supôs que teria algum tempo para ficar sozinha.

Jewel-Anne costumava tomar o café no quarto e ficar por lá até a hora da sessão de fisioterapia com Demetria, no fim da manhã. Jacob, se não tivesse ido para a faculdade, estaria escondido no apartamento "calabouço". Os empregados estavam ocupados e Ian, se não estivesse pescando, estaria tomando café da manhã na cidade antes de voltar para a mansão. Passava muito tempo na casa de barcos e no pequeno apartamento anexado a ela, apesar de dormir no casarão, num quarto no terceiro andar, pois preferia o "luxo da calefação central" ao frio do estúdio, que tinha um velho aquecedor a lenha.

Ava ficaria um tempo sem ser incomodada e poderia, de fato, fugir das quatro paredes do próprio quarto. Além disso, a internet sem fio funcionava melhor no andar de baixo, perto do escritório de Wyatt, no qual estava o modem.

Ela passou várias horas organizando as anotações, tomando iogurte, bebendo café e acrescentando novas histórias que não tinha lido ainda na internet. Até que ouviu sirenes, distantes e fracas. Seus resmungos agudos ecoavam pela baía. Ava sentiu um arrepio, mas o ignorou e desligou o computador. Enquanto o laptop apagava, avistou uma foto de Noah tirada poucos dias após o nascimento dele. Ela empurrou o computador para o lado e andou até a estante da biblioteca para pegar a fotografia.

— Que rapazinho engraçado... — disse ela a respeito do bebê vermelho, que estava enrolado numa manta sobre o sofá.

O parto tinha sido difícil, mas ela não se lembrava muito bem. Aquele acontecimento abençoado — logo após a morte de Kelvin — estava escondido na memória, como tantos outros eventos. Talvez fosse por um bom motivo, pois o filho quase falecera no processo. Os meses que precederam o parto haviam sido difíceis e, por vezes, ela tivera ataques de pânico, temendo que aquela gravidez também não fosse adiante. De fato, Noah nascera antes do esperado, mas viera saudável.

Ava via imagens borradas do hospital e dos médicos tentando manter a calma, de luzes fortes e da dor. Era o mesmo tipo de lembrança que tinha do acidente de barco que tirara a vida de Kelvin. Eram as mesmas recordações desconexas e assustadoras, mas, ao menos, Noah havia nascido.

Ava olhou a foto e sentiu um nó na garganta. Largou o retrato e andou até a janela para observar o jardim que abrigava o pequeno memorial e o banco. Depois, atravessou a biblioteca e desceu alguns degraus rumo à sala de jogos contornou a mesa de sinuca que estava no centro do cômodo desde que se entendia por gente. A avó chamava a mesa de "monstruosidade horrenda", com o tecido verde desbotado e a estrutura em carvalho escuro.

Passando pelas portas francesas, Ava se dirigiu ao jardim e ao espacinho dedicado ao filho. Enquanto folhas secas, sopradas pelo vento, rastejavam pelo caminho, ela se sentou no banco e olhou para a placa. O menino não estava enterrado lá, mas, naquele dia nublado e de ventania, aquele era o lugar no qual ela se sentia mais perto de Noah.

— Onde você está? — perguntou a si mesma. Então, ela observou que havia outras marcas na terra úmida. Pegadas grandes, obviamente de um homem, eram visíveis ao lado dos rastros deixados pela cadeira de rodas de Jewel-Anne.

Com bastante frequência, Jewel-Anne usava os caminhos do jardim quando saía da casa. Por mais que o trajeto estivesse cheio de mato ou de pedras, ela levava uma das bonecas e conversava com o brinquedo enquanto manobrava a cadeira de rodas pelas azaleias carregadas e pelas hortênsias sem poda. Era comum Ava ver a prima naquele mesmo lugar, olhando para memorial do filho, localizado a poucos metros dos fundos da casa.

Ava esfregou as mãos por causa do frio de novembro. As festas de fim de ano se aproximavam rapidamente, e ela sentiu o estômago congelar ao prever mais um feriado sem graça. Passara a vida toda ansiando pelo Natal, mas, depois de perder Noah, tudo havia mudado. *Tudo.*

Ava observou a baía, na qual as ondas estouravam e as águas cinzentas eram profundas demais.

Por que todos, com exceção dela, se contentavam em deixar a memória de Noah morrer e simplesmente aceitavam o fato de que ele tinha "desaparecido"? Já haviam explicado isso a ela, óbvio. Não houve pedido de resgate, nenhum corpo foi encontrado e as pistas eram pouquíssimas — e muito exaustivas. Até Wyatt se conformara com a ideia de que não veria mais o filho. Por isso sugerira o memorial.

Ela olhou para a pedra gravada com o nome do menino. O fato de todos aceitarem o desaparecimento de Noah a deixava extremamente frustrada.

Com a ventania, Ava escutou o barulho da porta dos fundos se abrindo e o murmúrio da cadeira de rodas de Jewel-Anne passando na rampa.

Ótimo. Acabou o meu sossego.

A moça estava se levantando quando a prima percorreu o caminho que dava no jardim. Usando um casaco pesado — com a boneca morena vestindo algo parecido — Jewel-Anne apareceu num canto.

— O que faz aqui? — perguntou ela. — Eram as primeiras palavras civilizadas que dirigia a Ava desde a discussão no escritório de Wyatt.

Ava pensou em não responder, mas não estava com energia para aquele tipo de joguinho e competição.

— Vim pensar — respondeu.

Jewel-Anne desceu o caminho irregular e parou no banco, com o olhar compenetrado na placa de pedra.

— Eu também. Acho que ajuda. Também tenho saudades dele, sabia? — acrescentou, quase para si mesma, e Ava sentiu derreter um pouco do gelo que cobria seu coração. — É por isso que venho aqui. Porque, de alguma forma, o Noah parece mais perto.

— É — concordou Ava, com a voz embargada de emoção. — Pensei que você estivesse na fisioterapia.

— Matei. — Jewel-Anne olhou para Ava. — Não está adiantando nada mesmo...

— Mas o médico disse...

— O médico — bufou Jewel-Anne. — O que ele sabe? Só me receita remédios e sugere terapia ocupacional, análise ou coisas que me mantenham ocupada, mas nada disso serve para droga nenhuma. — Os olhos da garota se encheram de lágrimas, e ela as limpou de maneira brusca. — Veja só quem fala. Você *nunca* faz o que deve fazer. Ah, por falar nisso, a Khloe me disse para lembrar que você tem outra consulta com a psiquiatra. Ela está a caminho.

Ava sentiu uma angústia no peito só de pensar em mais uma sessão com a dra. McPherson. A última coisa que queria era ficar sentada falando de seus "sentimentos" com a psiquiatra. Bom, talvez pudesse chocá-la com o sonho erótico.

O celular de Jewel-Anne apitou e ela tirou o aparelho do bolso do casaco.

— Que ótimo — disse ao ler a mensagem. — A sra. Marquês de Sade quer me encontrar no estúdio de balé. Agora. — Olhou com raiva para o telefone e o enfiou no bolso. — Acho melhor eu ir logo, senão ela vem me procurar e vai ficar toda nervosinha.

Cheia de habilidade, Jewel fez uma rápida manobra de 180 graus com a cadeira de rodas e foi para casa.

Ava observou a prima indo embora e pensou em todas as ocasiões em que vira Jewel-Anne no jardim, com as rodas da cadeira brilhando no sol.

Já havia se indagado várias vezes sobre como seria ficar confinada numa cadeira. Sentira compaixão e, sim, até culpa pelo destino da prima mais nova, mas Jewel-Anne sempre dizia ou fazia algo tão desumano e cruel que toda a empatia de Ava evaporava.

Dê uma trégua a ela. Pelo menos, tente. O que custa?

Novamente sozinha, Ava se ajoelhou e passou os dedos pelo memorial do filho. Graças a Deus não havia um corpinho dentro de um caixão sob as roseiras espinhentas e desfolhadas que já estavam sem botões havia meses.

Aquilo era uma dádiva.

Portanto, era uma ilusão pensar que, ali, estava mais perto dele.

Engolindo em seco, Ava fechou os olhos por um segundo e tentou entender aquilo tudo. Mais uma vez, teve a sensação de que era vigiada, de que não estava sozinha no jardim, de que havia mais alguém ali. Ficou arrepiada, e não foi de frio. Abriu os olhos e, com eles, percorreu os arbustos sem poda. Não viu nada além de uma gaivota mergulhando na baía.

Mesmo assim...

Olhando de soslaio para a casa, Ava pensou ter visto um movimento numa das janelas do andar de cima, uma cortina se fechando no... quarto de Noah?

Sentiu o coração apertado.

Quem estaria no quarto do seu filho?

Não é nada. Pode ser a Graciela espanando ou...

Mas ela já estava a caminho, a passos largos, cada vez mais rápidos, escada acima, pela porta dos fundos, atravessando a cozinha a galope e quase derrubando Virginia e uma bandeja de biscoitos quentes, voando pelos corredores e subindo a escada da frente de dois em dois degraus.

No segundo andar, Ava não hesitou. Saiu em disparada rumo ao quarto de Noah. A porta estava entreaberta.

Ofegante e com o coração na garganta, ela entrou no cômodo. Foi tomada por mais recordações. Sua imaginação predisposta queria a todo custo vê-lo no berço, mas ele não estava lá.

Porém... O coração disparou quando ela viu os sapatos.

Os tênis de Noah.

Jogados como se ele tivesse acabado de tirá-los.

Não!

Ao entrar no quarto, Ava sentiu o cheiro de água salgada e percebeu que os sapatos estavam molhados. Uma poça se formava na ponta do tapete.

Com os olhos incrédulos e arregalados, ela se aproximou e recolheu os minúsculos tênis vermelhos com a logo da Nike. Cheiravam a maresia por causa da água salgada. Ava sentiu a garganta fechar.

— Noah.

À beira de um desmaio, ela pensou no filho e o visualizou. Em sua imaginação distorcida, assistiu ao corpinho do menino boiando nas águas geladas da baía, seu cabelo flutuando e se emaranhando na maré que se recolhia. Seus olhos, amplos em seu rostinho branco, a encaravam, acusando-a em silêncio.

— Amor!

A mão pequenina se estendeu na direção dela, mas, petrificada, Ava não conseguia se mexer.

— Mamãe! — berrou ele.

Ava soltou um grito.

— Noah!

Mas ele não estava com ela. Ava não se encontrava na beira da baía e, sim, no quarto do filho.

— Ah, Deus, o que está acontecendo comigo? — murmurou, enquanto a imagem do menino se apagava.

Ao se virar, Ava descobriu que não estava só.

Havia um homem parado na entrada, preenchendo o espaço da porta. Sua silhueta escura bloqueava a passagem.

CAPÍTULO 21

— Santo Deus! Você me assustou! — gritou, pondo uma das mãos na frente da garganta.

O homem de pé na porta não era nenhuma figura sinistra determinada a matá-la de susto, e sim o caseiro que o marido havia contratado.

— Não foi minha intenção — Dern desviou o olhar do rosto da mulher para os tênis minúsculos que pendiam dos dedos dela e pingavam água salgada no tapete.

— São do Noah — declarou ela. — Encontrei-os aqui, no chão, perto do armário dele.

— Mas estão molhados.

— É água salgada — retrucou, com um nó na garganta.

O que Tanya havia dito? *E se alguém realmente quiser que você pense que está perdendo as estribeiras... todas as estribeiras?*

Bom, esse alguém estava conseguindo o que queria. Mas quem faria algo tão cruel, tão deliberadamente doloroso? E por quê? Se alguém, de fato, pretendia enlouquecê-la, estava fazendo um trabalho muito bem-feito. Ava pensou nas pessoas que moravam na casa, em todos que tinham acesso ao quarto. Sentiu o estômago embrulhar ao se lembrar da discussão com Jewel-Anne e da briga com Jacob, apesar de não serem os únicos suspeitos. Apenas estavam no topo da lista.

— Você está bem?

— Pareço bem?

Dern ergueu um dos cantos da boca.

— Acho que você é bem mais forte do que pensa.

Ava queria que aquilo fosse verdade.

O rapaz pegou um dos tênis pequeninos da mão dela e o cheirou.

— Você tem razão. É água salgada.

— Alguém os pôs aqui. Queria que eu achasse.

— Por quê? — Dern parecia genuinamente confuso.
— Para que eu passasse por louca. Ou mais louca.
— Mas quem?
— Boa pergunta. — Ava bufou de leve e cruzou os braços. — Não sou a pessoa mais querida da ilha.
— Mas você é a manda-chuva. Todos aqui são seus subordinados.
— Menos os meus parentes.

Dern pôs o tênis encharcado numa mesa de cabeceira, andou até o armário e abriu a porta. Todas as roupas de Noah estavam penduradas em cabides minúsculos ou dobradas dentro das gavetas do móvel. Os sapatos estavam enfileirados. Não havia nenhum fora do lugar nem espaço para o Nike vermelho e molhado.

— Todas as outras coisas estão onde deveriam estar?

Depois de colocar o segundo sapato ao lado do primeiro e de perceber que o par deixara uma marca de umidade no tampo brilhoso e recém-espanado da mesa, Ava se dirigiu ao armário e evitou tocar nas roupinhas que o filho havia usado.

— Acho que sim. Não olho isto aqui há um tempão... Desde que fui para... — Ava se conteve quando o nome St. Brendan's estava prestes a escapar da língua. — Desde que passei um tempo fora.

Ela não estava enganando ninguém. Sem dúvida, Dern tinha ouvido os boatos de que Ava ficara internada num hospital psiquiátrico, mas não confirmaria a informação. Pelo menos, não por enquanto.

— Por que fariam isso? — Dern sacudia a cabeça. As sobrancelhas pretas estavam unidas e uma das mãos esfregava a barba enquanto ele pensava. — Talvez tenha sido sem querer.

— Sem querer? Alguém, sem querer, estava com o tênis do meu filho, deixou cair no mar, depois trouxe para cá e pôs exatamente do lado do armário? — perguntou ela, sem conseguir disfarçar o sarcasmo na voz. — Não. Fizeram de propósito. Deixaram num lugar onde eu encontraria.

— Por quê? — indagou Dern novamente.

— Sei lá. É alguma brincadeira de mau gosto! — Ava sentiu a raiva subir pela espinha quando pegou o tênis e se dirigiu à porta. — Você não vê? Alguém está se divertindo com o meu tormento.

Dern a segurou pelo cotovelo.

— Não faça isso.

— Por que não? — esbravejou Ava, tomada pela fúria e pela frustração.

— Porque tenho uma má notícia.

— Você quer dizer *outra* má notícia — retrucou, mas o sarcasmo sumiu de seus lábios quando Ava percebeu que Dern estava muito sério, com os olhos carregados e sombrios. — O que houve?

— O Ian me ligou. Por isso vim até aqui atrás de você.

Ava aguardou, sentindo uma nova onda de ansiedade se acumular.

— Ele disse que você conhece uma mulher chamada Cheryl Reynolds.

— Conheço.

Contraindo a mandíbula, Dern apertou o braço dela com um pouco mais de força.

— Ela morreu, Ava — disse baixinho.

— *O quê?*

Os sapatinhos caíram no chão e saíram quicando pelo quarto.

— Tudo indica que foi homicídio.

— Ela foi assassinada? — Ava sentiu um desespero gelado nas entranhas. — Não... Não pode ser. — Não dava para acreditar. — É mais alguma brincadeira de mau gosto!

— Não acho que seja — retrucou Dern, e a raiva dela passou. — Liguei para um amigo meu que fica na marina. Ele disse que os boatos estão se espalhando e que, hoje cedo, viu viaturas e uma ambulância subindo o morro.

Tinha que ser algum engano. *Tinha* que ser!

— Mas eu acabei de me encontrar com ela! — protestou Ava, mesmo se lembrando das sirenes que haviam ecoado ao longe pela manhã.

— Sinto muito — disse ele.

— Não... Não quero ouvir isso...

Ava não podia nem queria acreditar que Cheryl estava morta. Ainda mais *assassinada*. Com o coração disparado e tentando negar o fato, puxou o celular do bolso e começou a ligar para Ian quando o telefone tocou.

O nome e o número de Tanya apareceram na tela.

— Alô.

— Meu Deus, Ava. Você já soube? — Tanya soltou a bomba. — Da Cheryl? Que foi assassinada? Bem na casa dela? — A amiga estava descontrolada e o estômago de Ava embrulhou. — Não dá para acreditar. Não dá. Isso nunca acontece em Anchorville!

— Calma — sugeriu Ava, apesar de Tanya estar apenas verbalizando seus próprios pensamentos. — Você está falando sério?

— Como nunca!

— Está bem... Está bem. E o que aconteceu?

— Ninguém sabe. A polícia está fazendo o maior sigilo, mas eu escuto o povo falar no salão, e parece que alguém simplesmente invadiu a casa e matou a Cheryl. Caramba. A Ida Sterns, uma cliente minha, tende a exagerar, mas disse que encontraram o corpo no porão, rodeado pelos gatos. Um deles estava até tomando o sangue dela!

— Eca!

— Mas é verdade que a Cheryl está morta, Ava. E foi assassinato! — Tanya parecia estar quase hiperventilando. — A cidade toda está em pânico, que nem aconteceu quando o Lester Reece fugiu do Sea Cliff. Está um caos! Ai, Senhor, tenho que correr para buscar as crianças, mas... Eu sei que você se consultava com a Cheryl. Só achei que deveria saber. Ih, estão me ligando. Merda! É o Russel! Era só o que me faltava! Deus, o que ele quer? Que droga. Deve estar sabendo do Trent.

— O que tem o Trent?

Ava desceu a escada e entrou no saguão, dirigindo-se às janelas altas que ladeavam a porta. Dern vinha bem atrás e parou junto com ela. Pela vidraça, a moça observou o dia nublado. Do outro lado da baía, a cidade de Anchorville se espalhava no litoral e havia luzes vermelhas de sirenes no morro perto da casa de Cheryl.

Santo Deus.

Tanya continuava falando de Trent.

— Apenas saímos para beber. Nada demais. Ouça, tenho que ir! — Dito isso, desligou.

Atônita, Ava olhou para Dern. Ela devia estar com cara de espanto, pois ele a segurou pelo braço de novo, amparando-a.

— Sinto muito — lamentou Dern.

O homem a encarava com os dedos mornos sob a manga de sua blusa e Ava se lembrou do sonho. Recordou-se do estranho em sua cama, do amante imaginário que deslizara por cima de seu corpo nu, da pressão que fizera contra seu abdome, do tesão intenso que brilhava nos olhos dele. As mãos que lhe afagaram as costas. As pontas dos dedos que tocaram a fenda entre suas nádegas, eram fortes, determinadas. Agora, naquela sala, Ava sentia o mesmo desejo incontrolável que ele havia provocado, uma curiosidade sobre suas proezas na cama, uma vontade de vivenciar todas aquelas promessas.

Mesmo que fosse só em pensamento.

Ava recolheu o braço e se afastou um pouco de Dern.

— É que é muito difícil de acreditar — disse, com um pigarro, ciente de que seu constrangimento era visível em suas bochechas coradas.

Ava pensou novamente em Cheryl e se deu conta de como sabia pouco a respeito da mulher. A hipnotizadora tinha sido casada duas vezes, mas nunca mencionara filhos. Ava tampouco vira fotos de crianças penduradas nas paredes ou em cima das mesinhas do estúdio de Cheryl.

— Só não entendo por que alguém faria mal a ela.

— A pergunta é sempre essa — declarou Dern quando os dois ouviram o barulho do elevador. Pouco depois, Jewel-Anne e Demetria apareceram no saguão.

— Vocês já souberam? — Jewel-Anne estava muito pálida e com os olhos esbugalhados atrás das lentes grossas.

— Da Cheryl? — indagou Ava. — Já.

— Não dá para acreditar... Mas está em todos os jornais — afirmou a prima, futucando o iPhone.

— Você conhecia a Cheryl? — perguntou Ava, sendo retribuída com um olhar perturbado.

— Anchorville é uma cidade pequena, Ava. É claro que eu a conhecia. Todo mundo conhecia. — Jewel mordeu o lábio. — Alguém sabe do Jacob? Ele está na ilha? Vai querer saber da notícia.

Antes que alguém respondesse, os dedos da garota já se mexiam a toda velocidade sobre o teclado minúsculo, enquanto ela, supostamente, enviava uma mensagem para o irmão.

— Que horror — sussurrou Demetria, sacudindo a cabeça como que negando a tragédia. Faz anos que não acontece um assassinato aqui. Desde que o Lester Reece foi condenado. Vocês não acham... que ele voltou, né?

— Não! — interrompeu Khloe de supetão, chegando da cozinha.

Jewel-Anne se endireitou na cadeira.

— Duvido — disse ela. — Ele... Parece que desapareceu.

— Provavelmente, com a ajuda do pai — interferiu Khloe.

Era só imaginação de Ava ou a boca de Dern se contraíra quase que de maneira imperceptível? Num piscar de olhos, a expressão sumira, assim como Reece, anos antes. Apesar dos boatos de que algumas pessoas tinham visto o criminoso mais infame de Anchorville, Lester Reece estava morto ou havia dado um jeito de fugir da polícia. Se fosse a última opção, Khloe teria razão. Para Reece ter escapado da Justiça, só podia ter recorrido à família, que era muito unida. Ele era filho de um juiz local que acabara perdendo o cargo por causa de rumores de adultério e concussão, mas que nunca negara nada a Lester. Privilegiado e belo, o rapaz também tinha um desvio de personalidade que o fazia ser cruel e que, por fim, o levara a cometer um assassinato. Apesar da condenação, o advogado caro e inteligente arranjara psiquiatras que passaram um laudo de instabilidade mental, e Reece acabara sendo mandado para o Sea Cliff em vez de parar atrás das grades. Ele fugiu do hospital e seu desaparecimento fez com que o administrador da instituição — Crispin, o tio de Ava — fosse demitido.

— Ele foi visto recentemente — insistiu Demetria. — Pelo Corvin Hobbs. Há poucos meses.

— Quem acredita no Corvin? — retrucou Jewel-Anne, curta e grossa.

Era verdade. Hobbs era um pescador local, conhecido por suas histórias e por ser chegado a um Johnnie Walker.

— Acho que temos companhia — disse Demetria, olhando pela janela.

Ava seguiu o olhar da enfermeira e viu um barco recortar a água, deixando um rastro revolto e branco. Ela reconheceu a lancha da família com várias pessoas dentro. Pouco atrás vinha uma segunda embarcação, exibindo o emblema da delegacia do xerife.

Quando a lancha reduziu a velocidade para entrar na casa de barcos, Ava distinguiu Ian no leme. Ele estava acompanhado pelo irmão gêmeo, por Wyatt e, obviamente, por Evelyn McPherson.

O grupo acabara de desembarcar quando o barco da delegacia atracou no cais. Havia uma mulher no leme. O detetive Wesley Snyder estava ao lado dela. Só faltava o xerife.

— Perfeito — disse, olhando para Dern. — Tudo indica que daremos uma festa.

— Posso saber por quê? — O homem franziu a testa.

— Porque todos já sabem que estive com a Cheryl ontem. Devem estar esperando que eu tenha visto alguma coisa que possa ajudar na investigação.

Decidida a sair da linha de fogo, Ava se dirigiu à escada, rumo ao segundo andar.

Dern foi atrás.

— Talvez seja mais do que isso — declarou ele, ao se juntar à ela no andar de cima.

— Como assim?

— Você pode ter sido a última pessoa a ver a Cheryl com vida.

— Você acha que estão suspeitando de mim? — perguntou sem acreditar. — Eu nem conhecia a mulher direito.

— Sei lá. Mas tem alguém sacaneando você. Pra valer.

Ela escutou um passo no patamar e viu Graciela com uma flanela na mão, tirando o pó dos corrimões da escada. A empregada também olhava pelas janelas enquanto a comitiva saía do píer e subia a ladeira da casa.

— O que está acontecendo? — perguntou.

— Parece que temos companhia — respondeu Ava.

— E esses sapatos? — Graciela viu os tênis de Noah no chão. — Por que estão aqui?

— Encontrei-os no quarto dele.

— Molhados? — indagou Graciela, olhando para Ava como se não confiasse nela.

— Sim.

— Mas não estavam no armário? — Ela parecia confusa ao levantar os tênis minúsculos pelos calcanhares.

— Não! Não estavam no armário. — Ava tomou os sapatos que pendiam dos dedos da empregada.

— Mas por quê?

— Minha nossa! — A voz de Khloe precedeu seus passos. Ao virar o corredor no andar de baixo, a moça enfiou o celular no bolso do casaco. — Por que não me contou do assassinato? — perguntou a Ava.

— Acabei de saber.

— O Ian me ligou há poucos minutos — explicou Dern, descendo novamente com Ava para o térreo.

Ava passou correndo por Khloe e abriu a porta. Wyatt estava subindo a escada da frente.

— Trago más notícias — disse ele, com a expressão séria, ao entrar em casa e dar um beijo rápido na bochecha da mulher. Cheirava a maresia e a algo mais... Um leve fedor de fumaça de cigarro.

— Já sabemos — declarou Ava.

Os gêmeos chegaram logo depois de Wyatt. Trent deu um abraço apertado em Ava. De todos os primos, ele era o mais apegado a ela.

— Que confusão — comentou Trent, Ian e McPherson passando pela porta. — O Ian disse que você conhecia a vítima.

— Todo mundo conhecia. — Ava fechou a porta assim que entraram. — Fazia anos que Cheryl morava em Anchorville.

Abrindo o casaco, Trent prosseguiu:

— Mas acho que o Ian mencionou que você se consultava com ela.

Ava percebeu que não dava para guardar tudo para si e viu que Dern a encarava.

— Pensei que a hipnose pudesse me fazer lembrar e... E que, talvez, eu conseguisse me recordar de alguma coisa que me ajudasse a encontrar o Noah.

Pronto. Segredo revelado.

Wyatt bateu os olhos nos tênis pendurados nos dedos de Ava.

— O que é isso? — Rugas de preocupação e frustração marcaram a testa dele. — São do Noah?

— Achei no quarto dele. Estão molhados. Com água salgada.

— O quê? — murmurou ele.

— Alguém os pôs lá. Para que eu desse de cara.

— Por que fariam...? — Wyatt ouviu passos na varanda. — Falaremos disso depois. — A campainha soou baixinho. — Agora temos que lidar com a polícia.

CAPÍTULO 22

— Tudo indica que a sua consulta foi a última do dia. Você deve ter sido a última pessoa a ver Cheryl Reynolds com vida — disse o detetive Snyder, sentado no sofá da biblioteca. Sua parceira, a detetive Morgan Lyons, estava de pé ao lado das portas francesas que estavam fechadas e davam para o corredor. Ela parecia esperar que alguém fosse tentar interrompê-los. De semblante severo, Lyons conseguia transmitir uma aura dominadora, apesar da baixa estatura. Era bem mais jovem do que o parceiro — tinha, no mínimo, dez anos a menos — e, pelos cálculos de Ava, devia beirar os 35 anos. Esbelta e com cabelos rebeldes, que pareciam determinados a escapar do coque preso na nuca, a policial a observava com olhos atentos.

Todos, com exceção de Ava, tinham sido levados a outros cômodos da casa e ela, apesar dos protestos de Wyatt, estava falando com a polícia.

— Você não deveria fazer isso — aconselhara o marido. — Não sem assessoria jurídica.

— Quer dizer, sem você? — retrucara Ava.

Os olhos de Wyatt ficaram sombrios e ele a puxou pelo braço para longe dos ouvidos dos detetives.

— Eu me refiro a um advogado criminalista, Ava.

— Mas não preciso de advogado. Não fiz nada de errado. — Ela fitara o marido, mas só encontrara dúvida em seus olhos. — Você acredita em mim, né?

— É claro — respondera Wyatt, soltando o braço da mulher.

Ava entrara na biblioteca acompanhada dos detetives. Agora os dois policiais a encaravam. Snyder, careca e objetivo, e Lyons, de olhos grandes e lábios cerrados.

— Eu lhes disse que, quando saí, a Cheryl estava na porta do porão, onde fica o estúdio. Acho que não havia mais ninguém lá embaixo, mas não tenho como afirmar. Eu estava, hum, sendo hipnotizada, então, não tinha muita consciência do que acontecia à minha volta, mas não vi mais ninguém lá. Só a Cheryl e os gatos.

— Ela trancou a porta?
— Quando cheguei? Não. — Ava pensou bem. — Mas não tenho certeza.
— E quando saiu? — perguntou Lyons.
— Não me recordo dela ter trancado a porta. Não ouvi nenhum clique. Só lembro que estava de noite. Os postes da rua haviam acendido.

Contudo, as luzes acendiam mais cedo naquela época do ano. Os relógios já tinham voltado para o horário-padrão no início do mês e as tardes eram incrivelmente curtas.

— A senhora disse que passava das 17 horas? — perguntou Snyder.
— Aham. A consulta estava marcada para as 16h30min, e lembro que corri para chegar a tempo. Tive um almoço demorado com minha amiga. Me tomou quase a tarde toda, então, cheguei na casa da Cheryl alguns minutos atrasada. Devia ser 16h35min. Quando saí, era por volta das 17h30min. Estava mesmo escurecendo.
— As consultas costumavam demorar uma hora? — Snyder ajustou o gravador digital que colocara na mesa entre eles.
— Por aí — admitiu Ava. — A Cheryl não é... não era rígida com horário.

Snyder prosseguiu com as perguntas.
— E a senhora foi lá porque...
— Pelo mesmo motivo que fui à delegacia mais cedo — respondeu Ava, demonstrando um pouco de irritação. — Estou tentando descobrir o que aconteceu com o meu filho. Como tive lapsos de memória, esperava que a hipnose pudesse liberar alguma informação presa no meu subconsciente, alguma coisa que não consigo lembrar.
— Mas a senhora se lembra de todos os detalhes da consulta? — esclareceu Lyons da porta. — Os "lapsos de memória" não foram um problema ontem.

Ava teve que se conter para não dar uma resposta atravessada.
— Não. Eu me lembro do que aconteceu antes e depois de estar hipnotizada. Não durante. — Ava encarou a detetive obstinada. — Não tenho muita noção do que acontece ao meu redor quando estou sob hipnose.
— Mas a sra. Reynolds ficou na sala o tempo todo — interferiu Snyder.
— Acho que sim, mas não posso jurar.

Snyder franziu o cenho.
— Mais alguém pode ter entrado?
— Na sala? Duvido.

Ava tentou lembrar se havia sentido alguma mudança enquanto estava hipnotizada.

— E no resto da casa?

— Não sei. Acho que a Cheryl aluga os andares de cima; então, imagino que alguém possa ter entrado ou saído... — respondeu Ava, com a expressão carregada.

— E no porão? — pressionou Lyons.

— Eu estava na sala dela, mas existem outros cômodos, então, é possível. A porta entre a sala e o corredor ficou fechada durante a consulta. Só posso afirmar que não me lembro de ter ouvido nada fora do normal — disse, esforçando-se para ter paciência.

Antes que a detetive Lyons pudesse fazer outra pergunta, Snyder voltou a esclarecer:

— A senhora era a última cliente marcada.

— Realmente não estou por dentro da agenda dela — retrucou Ava.

— Ela não mencionou que atenderia outra pessoa? — questionou Lyons.

— Não.

As perguntas continuaram e Ava passou por tudo de novo, pela terceira vez: que horas chegou? Quanto tempo ficou? Quando saiu, viu alguém suspeito no trajeto até a marina? Respondeu da melhor maneira possível: não, não sabia de ninguém que quisesse fazer mal a Cheryl. Conhecia a falecida fazia uns dez anos, mas virara cliente havia pouco tempo. Tivera uma consulta havia pouco menos de uma semana e a última, no dia anterior.

— E voltou para a ilha cerca de 45 minutos depois da consulta? — indagou Lyons, após mais de uma hora do que estava começando a parecer mais um interrogatório do que uma simples conversa.

— Isso. Comprei um café com leite numa loja da cidade, Burburinho Local, e saí da marina com o Butch Johansen. Ele é meu amigo e capitão do *Pestinha*.

Pela primeira vez, um sorriso ameaçou se formar nos lábios da detetive Lyons.

— Então a senhora não percebeu nada fora do normal? — questionou Snyder.

— Não — retrucou Ava, resolvendo apostar todas as fichas. — Só uma coisa: tive a impressão de que alguém estava me observando. Desde que saí da casa da Cheryl até subir no barco, tive essa sensação estranha de que alguém estava... me seguindo.

Ela viu os dois detetives estufarem um pouco o peito.

— Quem? — perguntou Lyons.

— Não sei. Escutem, nem tenho certeza disso. Foi só uma impressão.

Ava flagrou a detetive Lyons olhando para seus punhos, visíveis sob as mangas da blusa. Quando os olhos das duas se encontraram, acrescentou calmamente:

— Sei o que o povo anda falando de mim. Que sou louca. E é verdade. Fiquei descontrolada quando meu filho sumiu, mas não sou *doente* mental. Posso afirmar com certeza que havia alguém me seguindo? Não. Da mesma forma que não posso dizer que não havia mais ninguém na casa da Cheryl quando saí de lá. Ela parecia incomodada? Talvez. Ela me aconselhou a "ter cuidado", pois as coisas "não são o que parecem ser". Mencionou que havia "gente amarga" na ilha e que estava preocupada comigo.

Os detetives se entreolharam.

— Por que ela estava preocupada? — interrogou Snyder.

Ava balançou a cabeça.

— Talvez porque eu continue insistindo em achar meu filho, o Noah.

— E isso colocaria a senhora em perigo? — perguntou Lyons.

— Só estou especulando. Não sei ao certo.

Os detetives fizeram mais algumas perguntas, mas pareciam insatisfeitos quando finalmente desistiram. Snyder apertou o cartão na palma de Ava.

— Se pensar em mais alguma coisa, é só me ligar.

— Pode deixar — garantiu ela, ciente de que a promessa era tão vazia quanto os quartos do Sea Cliff.

Ava enfiou o cartão no bolso da frente da calça e sentiu algo... metálico e frio. Aquilo a fez lembrar de que não chegara a encontrar a fechadura da maldita chave.

Talvez não existisse.

Talvez, depois de tudo que acontecera, a chave não tivesse a menor importância. Era apenas um objeto que achara e metera no bolso. Afinal, sua memória estava com buracos enormes.

Esse era o problema, como sempre. Ava simplesmente não lembrava. Estava quase — ou, pelo menos, era o que achava — se lembrando de algo importante. Algo vital. Era como uma nuvem no horizonte, um mísero filete que assumia um formato que não era exatamente de uma figura definida. Ava não conseguia chegar lá.

Vai ver estava na hora de tomar uma atitude em relação à chave. Talvez alguém na casa soubesse do que se tratava. Podia até ser a mesma pessoa que havia deixado os sapatos de Noah para ela encontrar. Com essa conclusão, Ava recolheu os tênis do lugar no qual os colocara e se retirou.

Estava na hora de descobrir quem era o tal indivíduo.

***

— Ela está escondendo alguma coisa — afirmou Lyons mais tarde, depois que os detetives atravessaram a baía e voltaram à delegacia.

Lyons removeu a chave da ignição da viatura: um trambolho de carro equipado com um motor potente, uma grade separando os bancos da frente dos de trás e o aroma inconfundível de fumaça de cigarro.

Snyder desceu do veículo e, ao lado de Lyons, subiu o caminho de cimento rachado que separava dois gramados iguais e passava pelo mastro que exibia as bandeiras dos Estados Unidos e do estado de Washington, com o rosto do primeiro presidente americano estampado no fundo verde-esmeralda. As duas bandeiras balançavam com a mesma ventania que havia atingido os detetives no percurso pela baía.

Caminhando lado a lado, Snyder e Lyons alcançaram a entrada. Por educação, ele segurou a porta para ela, apesar de saber que a moça considerava o gesto um tanto "machista" e "condescendente". Ela fora irredutível, mesmo depois de Snyder ter explicado que se tratava apenas de uma gentileza. Não fazia diferença.

Agora, no entanto, Lyons murmurara baixinho um rápido "obrigada" enquanto os dois entravam no prédio longo e plano. As goteiras do teto pareciam eternas e o lugar tinha um cheiro que lembrava vagamente algum desinfetante de pinho.

Snyder estava cansado. Os músculos da lombar doíam por causa de uma velha lesão causada pelo futebol americano e que sempre se manifestava quando passava muitas horas em pé e pouco tempo na poltrona reclinável vendo *SportsCenter* na TV de 60 polegadas.

— Você acha que Ava Garrison matou Cheryl Reynolds? — perguntou Snyder ao meter a mão no bolso em busca do maço de cigarros. A embalagem estava vazia, exceto por um Marlboro que guardava para o caso de precisar desesperadamente de nicotina, uma vez que o cigarro eletrônico não provocava a mesma onda. Aquela porcaria podia ser boa para evitar câncer pulmonar, enfisema e tal, mas não era igual ao fumo de verdade. — Por qual motivo?

— Eu não disse que ela fez alguma coisa — esbravejou Lyons.

Ela estava sensível. Talvez fossem aqueles dias do mês, mas Snyder não ousou insinuar tal coisa. Lyons podia se irritar e soltar os cachorros em cima dele, acusando-o de não ser politicamente correto. Bem, ele *sabia* disso. Já havia ultrapassado esse limite uma vez. Na verdade, gostava da moça, apesar dela ser um pouco pavio curto.

— Mas só Deus sabe o que ela disse quando estava hipnotizada — prosseguiu Lyons. — Talvez não gostasse do fato de alguém saber tanto a seu respeito.

— Então, por que se consultava?

— Só acho que ela pode estar escondendo alguma coisa. Pode estar envolvida no caso ou não. Só estou dizendo.

Os dois entraram no cubículo que Snyder chamava de lar e ele começou a tirar o casaco. O computador ainda estava ligado, exibindo informações sobre o caso de Cheryl Reynolds, além de fotos do porão dela. Dava para ver o cadáver no monitor. Os detetives ainda aguardavam a autópsia, mas era uma formalidade. O corte ensanguentado na garganta era indício suficiente de que havia sido homicídio. Snyder pendurou o casaco e removeu o coldre de ombro, enquanto Lyons verificava o smartphone pela milésima vez no dia. Ele tinha certeza de que era assunto profissional, mas, caramba, ela era viciada naquele troço.

— Já volto. Vou ao banheiro. — Enviando uma mensagem, Lyons saiu da sala e se dirigiu ao fundo do prédio.

Nas últimas horas, a dupla conversara com todos os clientes da hipnoterapeuta, principalmente os que a mulher havia atendido no dia de sua morte. Todos os amigos e conhecidos de Cheryl Reynolds ficaram pasmos ao saberem que alguém seria capaz de fazer mal à guru da hipnose.

Snyder também tinha conseguido falar com os dois ex-maridos dela, mas, até então, eles estavam fora da lista de principais suspeitos. Um morava a mais de 80km de distância, havia casado novamente e passara o dia todo no trabalho. O outro, mais suspeito, morava em Seattle e, apesar de não estar trabalhando, tinha "ficado de bobeira" com os amigos num bar local. O garçom confirmara. Os dois álibis pareciam bem concretos.

Até o momento.

Como proprietária, Reynolds não tinha problemas com os inquilinos.

Aparentemente, também não tinha nenhum ex-namorado revoltado.

Snyder esfregou os nós do pescoço enquanto relia as anotações.

De acordo com o testamento encontrado na gaveta da escrivaninha, os herdeiros da mísera poupança de Reynolds e dos aluguéis do prédio antigo eram uma sobrinha de 9 anos —moradora de outro estado e única filha do irmão falecido — e o lar de proteção animal de Anchorville que, segundo os termos do documento, teria que acolher os "bebês" dela — sete gatos, no total — até morrerem. Snyder vira pelo menos cinco dos bichanos quando fora chamado à cena do crime. Quem diabos sabia onde os outros dois estavam? O primeiro quinteto já tinha sido levado ao abrigo. Recolheriam a dupla remanescente naquele dia ou no seguinte.

A polícia estava verificando o celular, o telefone de casa e o computador de Cheryl Reynolds, mas, até o momento, nada chamara atenção.

A casa não parecia ter sido roubada... Pelo menos, não dava essa impressão à primeira vista, mas a equipe de peritos criminais ainda estava analisando o edifício e os arredores.

A investigação ainda estava no início.

Faltava muito chão pela frente.

Amigos e vizinhos poderiam ter visto ou ouvido alguma coisa.

Talvez encontrassem impressões digitais.

Alguém poderia se lembrar de ter visto um carro ou uma pessoa estranha. As entrevistas que ela gravara poderiam dar alguma pista...

Lyons ressurgiu na entrada do escritório de Snyder. Estava guardando o celular no bolso e segurava um pacote de M&M's de amendoim que devia ter comprado na máquina do refeitório, perto dos banheiros.

— O Biggs sugeriu que pode ter sido obra do Lester Reece — disse Lyons.

— Do Lester Reece, que está desaparecido — lembrou Snyder, apesar de não ter acrescentado que não dava muita importância à opinião do xerife. J. T. Biggs era, no mínimo, um policial medíocre. — Por que um assassino que fugiu do hospital Sea Cliff voltaria para a única cidade na qual as pessoas se lembrariam dele e o reconheceriam?

— Ele estava num hospital *psiquiátrico*. Determinado a ser um louco perigoso.

— Esquizofrenia paranoide ou algo do gênero.

Lyons abriu o pacote de amendoim com a unha do polegar.

— O sujeito é doido com D maiúsculo. É capaz de tudo.

— Não. — Snyder não acreditava naquilo. — Acompanhei o caso dele. Você, não. O Lester Reece não era mais louco do que os outros desgraçados que a gente prende. Só que tinha uma carteira bem mais recheada e um advogado muito bom. — Olhou para a imagem de Cheryl Reynolds na tela do computador e fechou a cara. — Para mim, o Lester Reece virou comida de peixe.

— Ele matou a ex-mulher, não foi?

— Deena e a amiga... Como ela se chamava? — indagou ele, antes de estalar os dedos. — Mary, Marsha ou... Maryliss. Isso. Pensei que eu nunca fosse esquecer. Maryliss Benson. Elas eram as melhores amigas, mas, em algum momento, o Reece teve um caso com a amiga. Quem sabe se a vítima era para ser a ex-mulher ou a ex-namorada? Filho da puta cruel e privilegiado. Ele se achava acima da lei.

— O Reece literalmente destruía os corações femininos.

Snyder bufou.

— Ele se envolveu com um bando de mulheres da região antes de perceberem o quanto era perturbado. Mesmo assim, algumas continuaram com ele porque curtiam sua fama, infâmia ou chame como quiser.

— Ah, mas que teia emaranhada tecemos — disse ela, jogando alguns amendoins na boca.

Snyder riu. Ele detestava admitir, mas gostava de Morgan Lyons. De todos os pedacinhos que compunham aquela mulher de 1,62m de altura. Confiante, inteligente, espirituosa e de língua afiada, ela falava de igual para igual com a maioria dos veteranos da delegacia, apesar de não ter nem um ano de contratada. Nos cinco anos anteriores, trabalhara na Polícia Estadual do Oregon e nunca entendera direito por que tinha saído de lá. Snyder só sabia que Lyons era uma boa detetive e era bonita demais para ele. Por mais que exibisse um semblante severo e tentasse esconder as curvas, tinha seios fartos demais para serem totalmente minimizados, cinturinha fina e uma bunda que fazia o detetive e o resto da população masculina fantasiar sobre o seu desempenho na cama.

Obviamente, Snyder era escolado. Tinha duas ex-mulheres que comprovavam isso. Portanto, a detetive Morgan Lyons, por mais sexy que fosse, estava fora do alcance. Muito fora do alcance.

Ele não era louco a esse ponto.

Não mais.

Havia ensinado seu pau a ser um pouco mais esperto. Pelo menos, era o que esperava.

Além disso, rolavam boatos de que Lyons tinha um ex-marido muito casca-grossa. O sujeito era um ex-policial de gênio ruim e que gostava de dar ordens. Ah, e claro, adorava armas de fogo de todos os tipos. De fuzis de assalto a pistolas baratas, o cara colecionava tudo.

Aquilo podia ser uma combinação fatal.

— O que acha de tomarmos um café? — sugeriu Lyons.

Snyder consultou o relógio.

— Está meio tarde.

— Deixe de ser frouxo. Nunca ouviu falar em descafeinado? Compro qualquer café chique que você quiser tomar e a gente conversa com o barista para confirmar a história da Ava Garrison.

— Você não parece gostar muito dela — retrucou ele, pegando o casaco que acabara de pendurar.

— Acho que é meio pirada. Ela mesma admitiu no interrogatório. E vi as cicatrizes nos seus punhos. Uma pessoa equilibrada não faria aquilo. — Lyons terminou o restante do pacote de M&M's na mão. — Estou até me oferecendo para pagar.

Snyder sorriu.

— Esqueça o café com leite. Depois de conversarmos com o pessoal da cafeteria, vamos ao O'Malley's tomar uma cerveja. E eu pago.

— Beleza.

Ela quase sorriu de volta.

Quase.

CAPÍTULO 23

— Como foi? — perguntou Wyatt quando Ava saiu da biblioteca depois da conversa com a polícia.

— Péssimo. Pelo que constataram, eu devo ter sido a última pessoa a ver a Cheryl antes dela ter sido... antes dela morrer, e por isso estavam me interrogando. Pensaram que eu podia ter visto ou ouvido alguma coisa. — Ava sacudiu a cabeça. — Não acho que eu tenha ajudado — admitiu, ainda segurando os tênis de Noah.

Ava passou por Wyatt ao se dirigir à escada e ele, reparando nos sapatos, perguntou:

— O que está acontecendo? Aonde você vai?

— Quero descobrir quem deixou isto no quarto do bebê.

— Ah, Ava...

— O que foi?

Como Wyatt não respondeu de imediato, ela chutou:

— Isso é muito constrangedor para você. A sua mulher é pirada e isso o incomoda.

— É que me preocupo com você, Ava.

— Se preocupa tanto que contratou uma psiquiatra para me monitorar?

— Para ajudar você — lembrou ele com firmeza.

Ava começou a se afastar de novo, mas Wyatt deu um pulo para a frente e a segurou pelo cotovelo.

— Apenas pare e pense, tá? Não faça nada de que possa se arrepender.

— Tarde demais! — esbravejou ela, e Wyatt fechou a cara, como se estivesse magoado.

— Está tudo bem? — perguntou Evelyn McPherson, dobrando o corredor com uma xícara de café nas mãos e os olhos anuviados de preocupação. Suas botas produziam um clique baixinho na tábua corrida.

— A Cheryl Reynolds morreu — declarou Ava. — Como poderia estar tudo bem? — A moça estava com os nervos à flor da pele por causa do interrogatório policial.

— Me desculpe. Tem razão. Como você está? Talvez seja melhor a gente conversar — sugeriu a psiquiatra, num tom suave que tirou a paciente do sério.

Ava olhou para a mulher e suas botas de estilista, saia justa e um suéter leve que completava o modelito.

— Não acho uma boa — retrucou, antes de dar meia-volta, apesar de ouvir as súplicas do marido.

— Ava, por favor... Não faça isso.

Ah, vá para o inferno!, pensou ela, mas manteve a boca fechada. Por enquanto. Ava deixou Wyatt e a dra. McPherson no corredor e se dirigiu ao escritório, no qual a família e os empregados haviam se reunido. Estavam todos lá, espalhados pela sala. Seus parentes. Seus funcionários. Todos que viviam ou trabalhavam no Portão de Netuno, inclusive Austin Dern, que estava recostado na estante de livros no fundo do cômodo.

O burburinho que se sobrepunha aos estalidos da lareira morreu assim que Ava passou por Demetria, perto da porta.

— Como você está? — perguntou Trent, oferecendo o primeiro sorriso sincero que ela via em horas.

Trent se servira de bebida e estava esquentando as panturrilhas na lareira. Ian, ao lado dele, também segurava um copo.

— Não estou muito bem — admitiu Ava ao escutar passos vindos de trás.

Wyatt e a boa dra. McPherson chegaram para a festa. Juntos.

Perfeito.

— Desde quando você fica muito bem? — perguntou Jewel-Anne.

Então era dia da Jewel-Anne hostil.

Beleza.

Pode vir com tudo.

Mr. T rastejou pelas sombras do fundo do escritório até se acomodar debaixo do sofá e encarar todo mundo.

Jewel-Anne estava perto da janela, toda encolhida na cadeira de rodas. A boneca da vez tinha cabelo preto e liso e grandes olhos azuis e vazios que abriam e fechavam com dificuldade. As agulhas de tricô estavam quietas, mas despontavam de um novelo dentro da bolsa presa à cadeira de rodas.

Jacob estava ao lado da irmã. Parecia um aspirante a motoqueiro com a jaqueta de couro preto, a calça camuflada e meia dúzia de anéis de prata que só chamavam mais atenção para as tatuagens que tinha nos dedos. A barba de três dias aumentava a ilusão de que ele era valentão, não um nerd de computador.

Ava se dirigiu a Jewel-Anne:

— Uma amiga minha morreu ontem, e não foi um simples infarto. Ela foi assassinada. Portanto, não estou mesmo bem.

— Por que os policiais estão em cima de você? — perguntou Jacob.

— Porque eu vi a Cheryl ontem.

— Como amiga ou hipnotizadora? — indagou Jewel-Anne, erguendo as sobrancelhas por cima da armação dos óculos, apesar de sua surpresa ser obviamente um tanto forçada.

Ava pôs os tênis de Noah — agora quase secos — no meio da mesa de centro.

Ian acompanhou o movimento da prima com os olhos e perguntou:

— O que está acontecendo?

— Esses sapatos não são do Noah? — indagou Khloe, segurando uma xícara de café.

Khloe estava sentada com o marido e a mãe num sofá no canto da sala. Simon segurava a mão dela e parecia fuzilar Ava com os olhos.

— Sim, são. — Ava observou o outro lado do escritório e percebeu que Austin Dern estava calado num canto, perto da estante de livros, quase na sombra. Mais uma vez, ela teve a sensação de que ele era familiar. Será que já não tinham se encontrado? *Não faça isso. É campo minado. E como!* — Estavam no quarto dele — contou ela.

— E não é lá que costumam ficar? — Khloe parecia confusa de verdade.

— Você ainda tem muitas roupas dele.

— Mas não guardo roupas molhadas, mergulhadas em água salgada.

— O quê?

Khloe encarou Ava como se ela estivesse inventando aquilo, mas pelo menos Graciela, que também tocara nos sapatos, concordou com a patroa. A empregada estava de pé, perto da entrada do corredor que dava na cozinha e, pela sua cara, qualquer um via que preferia estar em qualquer outro lugar que não fosse o escritório.

Ao perceber que Graciela assentiu, Khloe disse:

— Quero ver se entendi. Você acha que alguém mergulhou, *de propósito*, os sapatos do Noah, *esses* tênis da Nike, na baía e, depois, deixou no quarto dele para você encontrar?

— Alguém podia estar tentando me enlouquecer — sugeriu Ava.

— Você não precisa de ajuda com isso — bufou Jacob.

— Esperem — interferiu Wyatt, encarando Jacob. Até Dern parecia a ponto de protestar. Wyatt fuzilou o caseiro com os olhos. — Isso não faz o menor sentido.

— Pois é. Eu estava tentando contar isso para você quando a polícia chegou — retrucou Ava. Ela pegou os sapatinhos e os entregou a Wyatt, que estava na porta. — Aqui. Toque neles. Sinta o cheiro! — Ava pôs o primeiro tênis do filho na palma da mão do marido.

— Merda. Talvez seja melhor ele lamber os sapatos também — sugeriu Jacob, que calou a boca quando Jewel-Anne lhe deu um soco no joelho.

— Meu Deus — murmurou Wyatt, cheirando o couro molhado. — Você achou o tênis no quarto dele? — perguntou, apesar de a mulher já ter dito que sim. — Foi ao quarto do Noah de novo?

Ava soltou fogo pelas ventas. Por que ele estava mudando de assunto?

Como ela não respondeu, Wyatt voltou a perguntar:

— Por que você foi ao quarto dele?

— O quarto do bebê não está interditado — comentou Trent. — A Ava pode ir onde quiser.

Wyatt o ignorou.

— Só acho estranho. Você passou meses sem entrar no quarto do Noah e agora não sai mais de lá.

— Vi alguém no quarto dele! — Ava não se deu ao trabalho de disfarçar a irritação. — Estive no jardim com a Jewel-Anne hoje cedo. Quando ela foi embora... olhei para a casa e vi uma pessoa na janela.

— Uma pessoa? — repetiu Wyatt.

— Ele, ela... estava atrás da cortina, mas havia alguém no quarto do Noah!

Até para os próprios ouvidos, Ava soava desesperada, como se fizesse de tudo para se explicar. Percebeu que todos na sala a encaravam e quase pôde ouvir as palavras não proferidas circulando entre eles, pensamentos que insinuavam que, dessa vez, ela havia chegado ao fundo do poço.

Demetria. Graciela. Virginia. Até o carrancudo Simon, além de Khloe e todos os parentes. Ava tentou não parecer ansiosa demais, mas era complicado. Controlou as emoções com dificuldade e, de alguma forma, conseguiu manter o tom de voz. Erguendo uma das mãos para evitar interrupções, declarou:

— Eu estava sozinha. E... tive a impressão de que alguém me observava. Sabe quando você sente a presença de alguém, mas não vê a pessoa? — Ninguém respondeu, mas Ava flagrou Wyatt e McPherson trocando um olhar cúmplice, quase conspiratório. Mesmo assim, ela prosseguiu. — Quando olhei para a janela do quarto do Noah, vi um vulto atrás das cortinas.

— Um vulto? Ou um fantasma? — perguntou Jacob, contendo o riso.

— Deixe a Ava falar — ordenou Dern. Com os braços cruzados no peito, ele apontou para a mulher com o queixo. — Continue.

Incentivada, Ava prosseguiu:

— Aí corri até o quarto do bebê e, quando cheguei, a criatura já tinha ido embora.

— Puf! — exclamou Jacob, interpretando uma pequena explosão com as mãos.

— Foi então que vi os sapatos ao lado do armário — declarou Ava, fuzilando Jacob com os olhos.

— Grande coisa — retrucou Jewel-Anne.

— Talvez seja mesmo — interveio Trent. — Vamos considerar o que ela disse. Então, quem foi? Quem pegou o tênis, jogou no mar e, depois, trouxe de volta para o quarto para a Ava achar?

Ao ouvir Trent falar daquele jeito, Ava se sentiu uma tola, como se estivesse fazendo tempestade em copo d'água. Cheryl Reynolds tinha morrido e ela estava preocupada com sapatos molhados? Não era à toa que todos pensavam que estava perdendo o juízo... Sem perceber a mudança de atitude da prima, Trent apontou para Wyatt, para Ian e para si mesmo. — Não fomos nós. Estávamos no continente. Você também — disse ele, referindo-se a Evelyn McPherson. — Por eliminação, restam os demais.

— Se é que havia mesmo alguém lá dentro — contra-atacou Demetria.

A enfermeira estava na entrada do corredor que dava para a cozinha, com um pé para dentro e outro para fora da sala, como se não soubesse onde deveria ficar. Igual a Graciela.

Apesar de duvidar de si mesma, Ava não permitiria que a conversa tomasse aquele rumo perigoso.

— *Alguém* pôs os sapatos lá.

— A última vez em que vi esse tênis — disse Khloe solenemente —, ele estava no seu armário, Ava.

— No *meu* armário? — Ava perdeu um pouco da coragem.

— Você guardava lá porque era o sapato favorito do Noah. Lembra? — Khloe fazia que sim com a cabeça, como que incentivando a amiga a recordar.

— Eu... Eu acho que não.

— Na prateleira de cima, ao lado dos livros preferidos dele.

Não. Não podia ser. Mas havia um quê de verdade em algum lugar. Ava se lembrou de ter se esticado para pegar uma bolsa e de ter visto o tênis...

— Eu vi os sapatos no armário hoje de manhã — afirmou Graciela, olhando para a patroa como se ela fosse mesmo caso de internação. — Por isso perguntei por que não estavam no armário quando vi você com os sapatos. Eu me referia ao *seu* armário.

Meu Deus. O jogo estava virando.

— Se você viu o tênis no meu armário hoje de manhã, quem pegou e...?

A situação ficava cada vez mais clara. A moça estava sendo persuadida a acreditar que ela mesma havia roubado os sapatos e os mergulhado na baía. Depois, colocou-os no quarto de Noah de propósito durante um dos surtos dos quais nunca se lembrava.

— Todo mundo pensa que fui eu — murmurou ela, incrédula. Contudo, lá no fundo, na parte desconexa de sua mente, Ava já não tinha mais tanta certeza.

— Ninguém disse isso — afirmou Wyatt, tranquilizando-a. No entanto, havia uma certa irritação por trás das palavras apaziguadoras, como se quisesse que Ava saísse do transe e se lembrasse das coisas, voltando a ser a mulher que fora um dia e com quem havia se casado.

— E as câmeras de segurança? — perguntou Dern, desviando o olhar para Jacob. — Sabe, agora existem essas coisas. Além dos monitores de áudio, as câmeras têm vídeo.

Jacob deu de ombros, como quem diz: *Não é responsabilidade minha.*

— Não tínhamos isso quando o Noah era bebê — lamentou-se Ava, sacudindo a cabeça. — Quem me dera, mas não. Não temos monitores instalados aqui.

Da mesma forma, não havia nenhum filme da noite do desaparecimento do filho, nenhuma imagem de alguém entrando no quarto e levando a criança. O coração de Ava voltou a doer e ela bloqueou aquele pensamento, o erro que mudara sua vida.

Todos continuavam olhando para ela.

Quem está na chuva, é para se molhar, pensou, recorrendo à força interna. Eles já a achavam louca. Talvez estivesse na hora de mostrar que tinham razão. Ava reparou nos olhos escuros de Dern, carregados de receio e dúvida, mas foi em frente.

— Sei que todos vocês acham que estou ficando doida.

— Ninguém disse isso — repetiu Wyatt.

— Está nos olhos de vocês — declarou ela.

— Você pulou na baía uma noite dessas — lembrou Jewel-Anne, empertigada e cheia de si. — E você tem alucinações.

— Talvez.

— Não tem nada de "talvez" — disse Jacob.

Aquilo não estava indo bem, mas o que ia bem recentemente?

— E o que me dizem disto? — Ava tirou a chave do bolso da calça e a ergueu, antes de colocá-la sobre a mesa, ao lado dos sapatos molhados.

— É uma chave? — perguntou Jewel-Anne com uma risadinha descrente. — De onde é?

— Não sei. Achei que alguém pudesse me dizer.

— Por quê? — indagou a prima.

— Achei essa chave no meu bolso, mas não fui eu que guardei.

Ela não viu, mas sentiu os ombros de Wyatt despencarem e, de soslaio, percebeu que a psiquiatra contraíra um pouco os lábios.

— Isso tem importância? — perguntou Trent e, pela primeira vez desde que vira o primo, ele também parecia duvidar dela e do rumo daquela conversa.

— Não faço ideia de onde a chave é nem de qual fechadura abre.

— Vai ver não abre nada — sugeriu Ian. — Parece antiga. — Ele atravessou a sala, tirou a chave da mesa e a analisou. — Se a chave é um incômodo e você não sabe de onde é, por que não joga fora?

Wyatt ergueu as sobrancelhas, incentivando-a, em silêncio, a fazer exatamente o que Ian dissera.

Ava não podia. Ainda não.

— Acho que deve ser importante e que alguém tinha um motivo para deixar a chave no meu suéter.

Ian revirou os olhos.

— É sério? É só uma chave. Ninguém entrou escondido no seu quarto e guardou a chave no bolso do seu suéter no meio da noite enquanto você dormia. Chega de tanta intriga. Se alguém quisesse que você ficasse com a chave, teria dado a você e dito: "Tome. Esta chave é do... sei lá." Ou: "Isto é seu?". Ou ainda: "Ei, achei isto. Sabe de onde é?" — Ian olhou para todos os rostos sombrios ao redor do escritório. — Não é nenhum grande mistério, Ava, nem tem nada a ver com a sua vontade de achar o Noah. É só uma porcaria de chave que você mesma deve ter posto no bolso e esqueceu. — Para deixar claro o seu ponto de vista, o rapaz jogou a chave na lareira. — Pronto!

Ava ficou chocada.

— Assunto encerrado — acrescentou Ian.

Wyatt já estava atravessando a sala.

— Você não precisava ter feito isso. — Olhou de cara feia para o primo de Ava. — Pelo amor de Deus. Qual é o seu problema?

— Qual é o *meu* problema? — retrucou Ian. — Qual é o *seu* problema? Você é que é casado com a maluca!

— Esta casa é minha e não vou admitir isso! — esbravejou Wyatt.

— Então entenda o seguinte: esta casa não é sua. É dela. — Ian apontou com o polegar para Ava. — E é por isso que você aceita ser tão pau-mandado, querendo ou não!

— Já chega — disse Wyatt num tom perigoso.

Usando a pinça que servia para mover a lenha dentro da lareira, Wyatt conseguiu pegar a chave com cuidado, arrastando-a por uma grossa camada de cinzas até a extremidade da grelha. Uma vez resgatado o objeto, o rapaz lançou um olhar ameaçador para Ian.

— Estou de saco cheio desse drama — bufou Ian. — Isso não leva a gente a lugar nenhum. — Tomou um gole da bebida e, com esforço, tratou de se recompor. — Ouça, Ava, sinto muito pelo Noah. De verdade. E entendo o fato de você não desistir e de querer encontrar seu filho. É sério. Mas... as outras coisas? O mergulho na baía, os sapatos... — Ele apontou para o tênis em cima da mesa. Depois, indicou a lareira com o polegar. — Uma chave idiota... Não é nada, entendeu? Você vive dizendo que não está delirando, que não está nem um pouco neurótica. Mas será mesmo? Não está vendo? Sapatos, chaves, mergulhos de madrugada na água congelante... Uma pessoa em sã consciência não faria essas coisas.

Ian olhou ao redor em busca de apoio, mas ninguém disse uma palavra. Ainda bem.

— Todo mundo acha isso, Ava — prosseguiu ele, sem se abater. — Eu, pelo menos, admiro o fato de você não ter desistido do seu filho, mas os métodos que você usa para tentar encontrar o garoto, essa insistência em pensar que tem alguém querendo puxar o seu tapete de propósito... Isso não é normal e não está certo. Ninguém concorda com essas suas atitudes, mas, como estão com medo de perder o emprego ou de serem expulsos da ilha, não se manifestam.

Ian atravessou a sala e pôs a mão no ombro da prima.

— Deixe tudo para lá.

Após dizer isso, Ian se retirou.

— Ele tem razão — concordou Jacob. — Não sei quanto a vocês, mas estou cansado de tantas lágrimas e acusações. Dessa maldita histeria! — Levantando a mão, dirigiu-se a Ava. — O seu filho sumiu. Ponto. É melhor se conformar e tocar a sua vida!

Khloe ficou espantada.

— Jacob — protestou ela.

Ava tinha sido pega de surpresa.

— O que foi? Ficou chocada? É sério? — Jacob olhou para os dois meios-irmãos. — *Todo mundo* acha isso.

Wyatt quase voou pela sala.

— Já chega você também — declarou, crescendo para cima de Jacob. — Suma daqui. Uma mulher morreu, caramba!

— Ei! — Jacob levantou as duas mãos com as palmas viradas para cima. — Por falar em reação exagerada... Não mate o mensageiro, tá? Só estou mandando a real! — Jacob olhou ao redor, mas ninguém o defendeu. — Marionetes.

O rapaz saiu batendo os pés, fazendo um barulhão com os coturnos. O gato, assustado, passou correndo pela porta e entrou na cozinha, quase trombando com Demetria.

O celular de Khloe tocou e ela atendeu. Com o aparelho no ouvido, a moça saiu do escritório em busca de privacidade.

Ava não aguentava mais. Talvez Ian e Jacob tivessem razão. Ela podia estar exagerando e fazendo tempestade em copo d'água.

Vendo vultos e maldades que não existiam

Mas duvidava disso.

O assassinato de Cheryl Reynolds era prova suficiente de que havia algo errado.

CAPÍTULO 24

Snyder subiu na bicicleta, ajustou a alça do capacete e começou a pedalar de volta para o apartamento. Ele ouvia muitas besteiras por andar na velha bicicleta de dez marchas, mas, por causa do exercício, havia perdido uns 13kg e diminuído a pressão arterial e o colesterol. Desse modo, suportava a chuva, o frio e o escárnio dos colegas de trabalho.

Nessa noite, Snyder teve o impulso de pegar um atalho. Passou pela marina e sentiu o cheiro da água salgada e o fedor implícito de óleo diesel. Parou e olhou para além das ondas que se formavam na baía, observando a Ilha Church, o baluarte da família de mesmo nome.

O nevoeiro invadia o lugar, uma neblina densa que prejudicou sua visão, da mesma forma que toda a baboseira que cercava Ava Church Garrison lhe anuviava a mente, afastando-o da evidência do assassinato de Cheryl Reynolds. De qualquer forma, já era quase noite, mas, num dia de céu limpo, ele teria visto as poucas luzes de Monroe, localizado o cais da barca e até avistado as janelas acesas do Portão de Netuno, aquele casarão gigantesco. No entanto, Snyder percebera que só os dois primeiros andares da mansão ficavam iluminados. Nunca vira luzes acesas no último andar. Se bem que, de Anchorville, só dava para ver a parte da frente da casa.

Que ficava muito distante.

Com exceção da ocasião em que fora à Ilha Church após o desaparecimento do filho dos Garrison, ele nunca dera muita atenção à mansão nem a seus moradores. É claro que ouvira os boatos, mas os ignorara na maioria das vezes.

Snyder virou numa ruela estreita e contornou um caminhão estacionado em fila dupla, que soltava muita fumaça pelo escapamento enquanto o motorista tentava descarregar rapidamente barris de cerveja para o bar ao lado.

Pedalando por uma estrada paralela à orla, o detetive manteve os olhos no trânsito, mas a mente estava a mil, como sempre acontecia quando andava de bicicleta. Snyder concluiu que, de fato, o que faltava era a motivação e a arma do crime. Tanto o barista do Burburinho Local quanto Butch Johansen tinham confirmado a história de Ava, e ele simplesmente não conseguia vê-la como uma assassina fria e violenta.

Contudo, já havia se enganado.

Lester Reece era o maior exemplo disso. Snyder liderara as investigações do caso.

Consultou o relógio, suspirando. Acreditava piamente na teoria das "primeiras 48 horas", ou seja, se o assassino não fosse encontrado até dois dias após o homicídio, as chances de capturá-lo e de solucionar o crime despencavam. Sentia agora a corrida contra o tempo. Já fazia 24 horas que alguém havia tirado a vida de Cheryl Reynolds.

Snyder fez uma parada no Ahab — um pequeno mercado de peixes com cerca de cem anos de existência e que aparentava tal idade — e comprou as últimas ostras frescas. O lugar, com seus aquários, gelo em escama e uma grande variedade de frutos do mar, não havia mudado desde sua última reforma que, ao que tudo indicava, ocorrera na mesma época em que a refrigeração entrara em voga. Letreiros desbotados das décadas de 1930, 1940 e 1950 ainda se encontravam pendurados nas grossas paredes de madeira que outrora tinham sido pintadas de branco. Normalmente, as ofertas do dia eram anunciadas em pedaços de papel pardo colados nas janelas. Grandes tanques de água corrente salgada armazenavam, com vida, navalhas, sapateiras-do-pacífico e ostras em suas profundezas geladas. Do lado de fora, numa garagem convertida, uma panela enegrecida estava a postos para cozinhar qualquer criatura marinha que os fregueses escolhessem, enquanto gaivotas e focas patrulhavam as águas ondulantes da baía em busca de sobras.

Snyder puxou papo com Lizzy, que devia beirar os 90 anos e era figurinha carimbada no mercado desde que ele se entendia por gente. A idosa tinha o rosto enrugado, usava óculos de lentes grossas e sempre prendia com uma rede o cabelo espesso e branco como a neve, mas era ágil, sagaz e sabia de antemão quase tudo que acontecia na cidade.

Usando uma pá, Lizzy pôs seis ostras com gelo dentro de uma sacola plástica e perguntou:

— Vocês já desvendaram o assassinato da Cheryl Reynolds?

— Ainda estamos investigando e não podemos fazer comentários.

— Não foi nenhuma surpresa. A Cheryl era esquisita. Estava sempre vestida como se fosse a alguma manifestação riponga.

— Imagino que sim.

— Ela era do tipo paz, amor, esperança e toda aquela baboseira dos anos sessenta ou setenta. Na minha opinião, é isso que acontece com quem anda com gente estranha.

— Você acha que a Cheryl se envolvia com maus elementos?

Snyder não pôde deixar de olhar ao redor do precário estabelecimento da velhinha, situado no cais, região que toda a escória costumava frequentar. Metade dos flagrantes de drogas de Anchorville era feita num raio de 50m das docas.

Lizzy leu os pensamentos do detetive.

— Ah, bem... Aqui a situação é diferente, e eu *não* convido meus clientes para irem à minha casa! Além disso, conto com o Jimmy e os cachorros dele na porta ao lado, na loja de artigos de pesca.

Snyder conhecia Jimmy, o neto de Lizzy. O homem tinha uns 50 anos e estava sempre com cara de chapado. O detetive também já havia afagado as cabeçorras de George e Martha, ao adquirir iscas ou licenças de pesca na loja ao lado, mas duvidava que o casal de labradores tivesse energia para espantar possíveis assaltantes.

— Prontinho!

Lizzy entregou a compra, pegou a nota de vinte e a enfiou na velha caixa registradora, que ainda fazia barulho quando a gaveta fechava. Depois, depositou o troco na mão do cliente.

— Se quer saber, acho que você deveria ir atrás do Lester Reece — sugeriu ela, enquanto Snyder guardava a sacola de ostras na mochila.

— Ele está morto.

— Não acredito nisso. Hã-hã. — Lizzy contornou o balcão e desligou o letreiro de neon, que dizia ABERTO. — E, sabe, a Cheryl conhecia o Lester.

— Conhecia?

— Sem dúvida. Bem, na verdade, ela conhecia a mãe dele. Era cliente dela. E também é outra que tem um parafuso a menos, se é que você me entende. — Lizzy girou um dedo comprido ao lado do ouvido que portava o aparelho auditivo. — Continuou com o juiz, mesmo sabendo que ele já tinha se engraçado com todas as mulheres do condado. Se fosse comigo — prosseguiu a velhinha, sorrindo e exibindo a dentadura perfeita —, eu teria dado um tiro no filho da mãe.

— Aí você estaria em apuros.

— É claro que não. Para mim, é um homicídio justificável!

Rindo, Snyder saiu assim que outro freguês, escondendo o rosto por causa de uma rajada de vento, tentava entrar na loja.

Lizzy bloqueou a porta.

— Já fechamos. Volte amanhã.

— Mas... — O homem reclamou, levando uma portada na cara e vendo as luzes internas se apagando. — Caramba — resmungou ele, mais para si mesmo do que para os outros. — A Stella vai me matar!

Snyder montou na bicicleta e começou a subir o morro rumo ao apartamento, que ficava no extremo norte da cidade.

Depois que abriu uma cerveja, tirou as ostras das conchas e ligou a televisão, o celular tocou. O rosto e o número de Morgan Lyons apareceram no visor.

— Acho bom ser importante — disse, ao atender.

— Acabei de analisar a lista de clientes da Cheryl Reynolds. Encontrei num disco rígido velho, no computador dela. Adivinhe qual nome apareceu na lista?

— Não estou no clima para brincadeiras — respondeu Snyder, sentindo, na verdade, uma leve onda de adrenalina, um gostinho de expectativa.

— Que tal Jewel-Anne Church? — declarou Lyons, cortando subitamente a onda de adrenalina do parceiro.

— Ela é aleijada. Não acho que tenha matado ninguém.

— O termo correto é *deficiente* ou até *portador de deficiência*, mas isso não vem ao caso. Ela não nasceu na cadeira de rodas, sabia? E foi antes do acidente de barco, que causou a paralisia.

— Tudo bem.

— Você não acha importante.

— Só se considerarmos que todos os conhecidos da Reynolds podem ser suspeitos. Tirando isso, não. Não acho que a Jewel-Anne deva entrar na lista só porque é parente da última pessoa que viu a Cheryl viva e por ter sido cliente dela um tempo atrás. A não ser que você tenha mais alguma coisa para me dizer.

— Nem tenho.

— Foi o que pensei.

No entanto, algo incomodava Snyder: Ava Garrison foi à delegacia em busca de mais informações sobre o desaparecimento do filho no mesmo dia em que tinha uma consulta marcada com Cheryl. Coincidência? Provavelmente. Sem dúvida, as pessoas da ilha aproveitavam ao máximo as idas ao continente. Mas Snyder sempre prestava atenção quando havia alguma coisa fora do normal, em desarmonia. Portanto, ficaria de olho na moça rica que possuía a maior parte da Ilha Church e levaria em consideração o fato de a prima deficiente ter sido cliente da hipnoterapeuta. Ao celular, ele disse:

— Tem alguém um pouco mais interessante na lista?

— Ainda não, mas vou manter você informado.

— Faça isso — retrucou ele, entrando na varanda minúscula, na qual havia acendido a churrasqueira e assado as ostras. Ele sabia que o molusco banhado na manteiga e gratinado com uma mistura de queijos italianos não ajudaria a reduzir o nível de colesterol, mas tinha chegado à conclusão de que a vida era uma só e de que já havia ingerido bastante comida de coelho na semana anterior. O suficiente para satisfazê-lo, mesmo que o médico discordasse.

Naquela noite, ele ia se divertir e assistir ao futebol americano: Seahawks contra Steelers. Adorava quando o Hawks enfrentava o Pittsburgh. No casamento de oito anos com a segunda mulher, herdara um cunhado da Pensilvânia. O cara era um babaca, um daqueles alucinados que achavam que a vida se resumia a apostar nos jogos; por isso, Snyder sentia um prazer enorme em derrotá-lo. A partida da noite prometia ser boa, pois o Seahawks tinha uma vantagem de três pontos. Um gol de campo furreca.

Ele pegou a mesinha de armar favorita no armário do corredor e se acomodou diante da televisão com a cerveja, as ostras e meio pacote de batata frita. Contudo, mesmo com o time de Seattle liderando o quarto tempo, Snyder foi perdendo o interesse enquanto catava o resto das batatinhas. Continuava imaginando Cheryl Reynolds deitada numa poça de sangue, com um bando de gatos miando e andando sorrateiramente ao redor dela.

Aquilo era muito esquisito.

Dern terminou de tratar dos animais e afagou cada focinho sedoso ao servir a ração nos cochos. Os cavalos relinchavam e andavam pelas baias, amassando a palha ao enfiarem a cara na aveia.

O estábulo era quente e seco e, com exceção da luz esquisita produzida pelas lâmpadas fluorescentes, era convidativo. Cheirava a cavalo, grãos, poeira e couro lubrificado, todos os aromas que o faziam lembrar o rancho dos pais, no qual havia crescido.

Naquela época, a vida era mais simples — ou, talvez, ele estivesse apenas sendo nostálgico, pois fora naquele período que tudo começara: a inquietude, a necessidade de mudar o próprio destino.

Com Vagabundo em sua cola, Dern apagou as luzes e levantou a gola para se proteger da chuva e do vento. Uma tempestade havia se formado e, provavelmente, duraria grande parte da noite. Olhando para o casarão, imaginou o que estaria acontecendo lá dentro. As janelas do primeiro andar estavam acesas e um ou outro cômodo do segundo andar também exibia um brilho dourado. Dern passara a maior parte da tarde longe da mansão. Depois que os detetives foram embora e a família Church se reuniu no escritório, ele usou o trabalho como desculpa e se retirou.

Dern não podia se aproximar demais. Eles o questionariam e ficariam desconfiados, então, precisava manter distância. Apesar de quase todos os funcionários serem tratados como parte da família, ele era carne nova no pedaço e não queria levantar perguntas sobre sua vida e seu passado ao mostrar um interesse desmedido.

Ao subir a escada do apartamento, Dern se perguntou se não teria sido um erro ir para a ilha. Sim, na época, parecia a oportunidade perfeita, mas, agora, depois de conhecer melhor Ava Garrison, tinha a sensação de que era melhor dar o fora de uma vez — antes que fosse descoberto, antes que se envolvesse demais.

Ela era intrigante. Doida varrida, sim, mas extremamente sexy. Por baixo da tristeza, havia uma mulher inteligente e sedutora que o atraía, ele querendo ou não.

— Idiota — resmungou, enquanto o cachorro soltava um latido baixinho, parecendo concordar.

No patamar da escada, fez carinho na cabeça de Vagabundo e se recriminou. Não podia ficar à vontade demais naquele lugar nem tinha tempo para duvidar de si mesmo. Estava numa missão e pronto. Ava Garrison e seus olhos enormes que fossem para o inferno.

Se ela se machucasse no processo, era o preço a se pagar.

— Quero que tudo isso se dane.

Dern destrancou a porta, entrou no apartamento e ficou paralisado.

Alguma coisa estava estranha.

Dava para sentir.

Mas não parecia haver nada fora do lugar. O livro que estava lendo continuava sobre a mesinha ao lado do sofá. Os dois copos e o prato sujo deixados na pia não tinham sido mexidos. Havia migalhas de torrada na bancada, e a jaqueta permanecia pendurada no encosto da cadeira da cozinha, como ele largara. Mesmo assim...

Aparentemente, não havia nada de errado, mas a sensação dizia o contrário. Um leve odor se sobrepunha ao cheiro de bacon e cebola que ele fritara mais cedo.

Calma. Ninguém desmascarou você.

Dern pensou em conferir o esconderijo, mas resolveu não arriscar, por medo de haver alguma câmera escondida. Primeiro, tirou o casaco e revistou o lugar de cabo a rabo em busca de microfones, câmeras ou qualquer coisa que pudesse ter sido implantada. Só então relaxou um pouco e levantou o quadro da parede para ter certeza de que nada havia sido levado ou danificado.

Após averiguar que não estava sendo monitorado, pegou o celular e deu o telefonema.

Ele estava ficando nervoso e isso não podia acontecer.

Não antes de concluir a missão.

Digitou um número conhecido.

Uma voz feminina atendeu.

— Eu estava me perguntando quando você daria sinal de vida — disse ela.

Dern fez que sim com a cabeça, como se pudesse vê-la.

— Só liguei para avisar que está tudo correndo conforme o planejado.

— Eu soube que assassinaram uma mulher em Anchorville.

— Foi. — Ele não ousou dizer mais nada.

— Tenha cuidado — alertou ela, no tom familiar que fazia Dern se lembrar de noites quentes de verão e céus estrelados.

— Sempre.

Desligou antes que a conversa ficasse pessoal demais e tentou imaginar quem havia entrado no apartamento.

E o mais importante: por quê?

Ava sofrera durante mais uma sessão particular com a dra. McPherson. Como sempre, a psiquiatra a incentivara, chegando a dizer que aquilo podia ser um avanço e que, à medida que a mente de Ava voltasse ao normal, ela recuperaria a memória — a mesma ladainha que a moça ouvia desde que tivera alta do St. Brendan's.

— Quero parar de tomar a medicação — informou Ava, mas a terapeuta não cedeu, mesmo suspeitando de que a paciente não estava tomando os remédios.

— Esse é o objetivo final, é claro. Mas, por enquanto, vamos evitar medidas drásticas. Você parece mesmo estar melhorando.

— É? Vi meu filho e pulei na baía uma noite dessas, e agora todo mundo acha que estou me iludindo.

Ava não acrescentou que havia tirado a maldita chave da lareira e que agora a levava consigo o tempo todo. Tolice? Talvez. Paranoia? Sem dúvida. Obsessão? Sim... Era muita obsessão, mas não se desgrudava da chave. Sentia o fino objeto metálico dentro do bolso da calça naquele momento. Quanto aos sapatos molhados do filho, Ava sabia que alguém havia tirado o par de seu armário, jogado na água do mar e deixado no caminho para que ela encontrasse e ficasse emocionalmente abalada. Ela devolveu o tênis à última prateleira do closet. Deixaria ali por enquanto.

— Você anda muito estressada — disse Evelyn, aproximando-se da mulher —, mas acho mesmo que está progredindo na direção certa. Sei que você quer suspender a medicação e vamos trabalhar com esse fim. — O sorriso dela parecia sincero, mas a preocupação em seus olhos nunca sumia por completo. Provavelmente por estar mascarada pela culpa. — Isso vai demorar um pouco. Precisamos ter paciência.

É claro que a psiquiatra não sabia que ela não estava tomando um comprimido sequer. Além disso, as dores de cabeça provocadas pela suspensão abrupta da medicação não eram tão fortes quanto Ava tinha sido alertada que seriam. Ela sobreviveria.

Após a consulta, ela saiu da sala em silêncio, apesar de estar correndo por dentro. Atravessou a cozinha, na qual Virginia arrumava a bagunça de alguma refeição. Pegou um pouco de água quente para fazer um chá de pêssego que, supostamente, tinha propriedades relaxantes. Como ainda devia estar tomando os remédios prescritos, que não podiam ser misturados com álcool, Ava resolveu dançar conforme a música, apesar de achar que uma taça de vinho ou até mesmo uma marguerita seria mais eficaz para diminuir a ansiedade.

No entanto, cumpriu seu papel e mergulhou o saquinho de chá na xícara de água quente, observando Graciela vestir as mangas de um casaco comprido e passar o cabelo pela gola. Virginia havia ligado o rádio baixinho. Mal se ouvia a música pop-rock dos anos 1980 por causa da água corrente que estava usando para lavar uma assadeira.

— Quer uma carona? — ofereceu Ian a Graciela, ao entrar na cozinha e pôr o copo na bancada.

Ele e Trent estavam jogando sinuca. Ava tinha escutado as bolas se chocando e as risadas enquanto conversava com a psiquiatra no escritório.

— Não precisa — respondeu Graciela, com um sorriso de gratidão.

— De qualquer forma, vou até a cidade. Estou sem cigarro.

— Então está bem — concordou a empregada.

— Pensei que você tivesse parado de fumar. — Ava jogou o saquinho de chá na lixeira debaixo da pia, e Khloe chegou tranquilamente.

Ian lançou um olhar frio.

— Por isso não tenho cigarro. — Como a prima não fez mais perguntas, ele prosseguiu. — Já estou bem grandinho. Acho que posso decidir o que é bom para mim.

Ava soprava a xícara de chá.

— Alcatrão e nicotina? — indagou ela, não resistindo à tentação de provocá-lo um pouco.

— E arsênio, amônia ou o que for. Provavelmente, todos os carcinógenos imagináveis.

— O pulmão é seu — retrucou Ava.

Virginia, enxugando as mãos no avental, bufou em sinal de reprovação.

— Que hábito nojento.

— Corta essa, mãe. Você fumou durante anos.

Khloe pôs mais algumas xícaras na pia e, quando a mãe parecia prestes a discutir, acrescentou:

— *Durante anos*. Virginia Slims. Eu lembro.

— Isso foi há um tempão, antes de eu criar juízo! — defendeu-se Virginia, obviamente mal-humorada por ter sido contrariada.

— Bom, eu ainda não criei juízo. — Ian tocou na lombar de Graciela para guiá-la até a varanda dos fundos e se despediu com um breve aceno. — Volto em meia hora. Só vou deixar a Graciela e passar na Loja de Alimentos.

Ava, com a xícara na mão, se dirigia à escada da frente quando viu a dra. McPherson e o marido muito perto um do outro, sussurrando com as cabeças encostadas. Com cuidado, recuou para trás de uma parede e parou para escutar, mas só conseguiu ouvir algumas palavras.

— ... sobre o Noah... Pois é... — disse a médica.

Não deu para entender nada que Wyatt respondera, pois ele estava de costas para a porta.

— ... algum tipo... avanço... Kelvin... Tenho certeza... paciência... com a Ava...

Mais uma vez, a resposta de Wyatt não ficou clara. Cansada de ouvir a conversa dos outros, Ava dobrou a quina da parede e viu os dois ainda juntinhos. Wyatt pusera a mão no ombro da psiquiatra e se inclinava para escutar melhor.

Ava não se conteve.

— Então... Qual é o diagnóstico? — perguntou, entrando no corredor. — Wyatt olhou rapidamente por cima do ombro e fechou a cara. — Ouvi meu nome; então, imagino que estejam falando do meu "estado".

— É verdade — admitiu Wyatt, endireitando a postura. — Eu estava perguntando de você.

— Isso não é tremendamente ilegal? — indagou Ava, e Evelyn McPherson, de fato, ficou corada. — Não existe um sigilo médico-paciente? Você é psiquiatra. Acho que está incluída — disse à dra. McPherson, antes de encarar o marido. — E você é advogado; então, também sabe disso. Portanto, o que está acontecendo aqui?

As veias do pescoço de Wyatt saltaram um pouco.

— Não gostei da sua insinuação.

— Ah, é? Depois de você ter sugerido que eu arranjasse um advogado antes de falar com a polícia? Depois de você e a Evelyn aqui ficarem cheios de dengo um com o outro sempre que estão sozinhos?

— Ava, não — pediu Evelyn, chocada.

— Pare com isso — avisou Wyatt, mas Ava não aguentava mais os joguinhos, o fingimento e as malditas mentiras.

— Você está dizendo — prosseguiu Ava, dirigindo-se à médica — que não tem um caso com o meu marido.

A mulher deu um passo para trás e sacudiu a cabeça.

— Não. Nunca.

Cética, Ava ergueu uma das sobrancelhas.

— De que diabos você está falando? — esbravejou Wyatt. — Ficou maluca? — Ele parecia absolutamente escandalizado com a insinuação. — Só contratei a Evelyn porque ela foi indicada e atendeu você no St. Brendan's. Pensei que fosse ajudar você! Não venha pôr a culpa na gente!

— Na gente — repetiu Ava. — Por que tenho a sensação de que são dois contra um, de que vocês se uniram para me atacar?

— Eu jamais... — Evelyn tentou se defender. Suas palavras pareciam sinceras, mas seus olhos a entregaram quando recorreram a Wyatt em busca de apoio.

— Talvez eu não precise mais de você — sugeriu Ava.

— Do meu ponto de vista profissional, você está progredindo por causa das sessões.

— Não tenho tanta certeza — retrucou Ava, curta e grossa.

Wyatt interveio.

— É claro que está progredindo. — Ele pegou a mão de Ava e virou a palma para cima, exibindo as cicatrizes feias que lhe riscavam os punhos de um lado a outro. — Veja o que você fez. Depois que o Noah sumiu. Tamanha eram a sua dor e sua confusão mental. — Wyatt a fitava nos olhos. — Não fuja de novo. Continue se consultando com a dra. McPherson. — Em sua fúria reprimida, ele afundava os dedos no braço da mulher.

Enquanto isso, a psiquiatra recobrara um pouco do equilíbrio.

— Se você preferir outro terapeuta, posso recomendar alguém. O Elliot Sterns é muito bom...

— Não! — Irredutível, Wyatt soltou o punho de Ava. — Você fica. Está ajudando. Ela precisa de você.

— Acho que a decisão é minha — declarou Ava.

— É — concordou Evelyn.

Os olhos de Wyatt pularam de uma mulher para outra. Por fim, ele disse à esposa:

— A dra. McPherson só está querendo apaziguar as coisas e evitar que você se chateie, mas, na verdade, sou seu curador, Ava.

— O quê? — indagou ela, quase engasgada.

Wyatt passou os dedos tensos e agitados pelo cabelo.

— Depois da tentativa de suicídio, solicitei a documentação. Você não lembra?

Vagamente, no fundo da memória, Ava se recordava de uma reunião com um juiz, mas ela não participara. Não entendera, de fato, o que estava acontecendo.

— A dra. McPherson fica, Ava — afirmou Wyatt com uma autoridade renovada. — A menos que você queira voltar para o hospital.

Com as mãos trêmulas, Ava pôs a xícara de chá numa mesa de cabeceira. Em seguida, segurou Wyatt pelo cotovelo e o puxou mais para o fundo do corredor, para que ninguém ouvisse a conversa. Falando mais baixo, soltou o braço do marido e perguntou:

— Você teria coragem de me interditar?

— Só em último caso — garantiu ele.

— Você está me ameaçando?

Levemente irritado, Wyatt contraiu os lábios sobre os dentes.

— Meu Deus, Ava. Eu tenho que prezar pela sua segurança! Isso fazia parte do combinado quando eu disse "sim" no altar.

— Segurança? — repetiu ela. — Do que está falando? Não vou me machucar, se é disso que você tem medo.

— Ouça, seria para o seu próprio bem.

— Você não precisa ser minha babá, Wyatt. Isso não fazia parte do "combinado". — Ava o encarou com atenção, tentando decifrar os olhos dele. — Se tem uma coisa de que me recordo bem é que estávamos prestes a nos divorciar pouco antes de eu me internar no St. Brendan's.

— Você não se internou no St. Brendan's — argumentou ele. — Não foi porque quis. Você foi interditada porque tentou se matar! Com comprimidos e uma lâmina de barbear! Lembra?

— Não!

— Então, você ainda está doente, Ava. Muito doente.

Wyatt tocou de leve no ombro da mulher, quase com amor, mas ela sabia que era falsidade. Encenação.

— Não volto mais para o hospital.

Ele não respondeu. Apenas a fitou com o olhar um pouco superior e condescendente que Ava não percebera antes do casamento. Apesar de Wyatt não ter pronunciado uma palavra sequer, ela sentiu o *Vamos ver* pairando em silêncio no ar e um pavor tão frio quanto o fundo da baía se instalou em sua alma.

CAPÍTULO 25

Ava tinha que sair de casa. As paredes do quarto a sufocavam e ela não aguentava ficar no Portão de Netuno nem mais um segundo.

No banheiro, achou um elástico e prendeu o cabelo num rabo de cavalo. Apesar de não estar em prisão domiciliar, sentia-se uma detenta nas velhas paredes do lar que amara durante tanto tempo da vida. Naquela noite, contudo, precisava espairecer. Olhou rapidamente para o próprio reflexo — as olheiras, a tensão nos cantos da boca, a pele pálida — e estremeceu.

Chega de ser fraca!

Chega de ser vítima!

Chega de ser intimidada!

Vestiu uma calça e uma camiseta de corrida que passara anos sem usar. Depois, pegou a jaqueta quebra-vento impermeável e com fita refletiva. Ela poderia correr à noite sem se preocupar com as reclamações do marido, pois Wyatt já havia pedido a Ian que o levasse ao continente com a dra. McPherson.

— Você vai sair? — perguntou Khloe, enquanto Ava vestia o casaco e descia a escada correndo. — Agora?

— Só um pouquinho.

— Vai a Anchorville? — Preocupada, Khloe observou a noite escura pelas janelas altas do saguão.

— Só vou até Monroe.

— Está chovendo — comentou Virginia, ao entrar no saguão desamarrando o avental.

— Não vou me afogar.

Virginia a encarou de um jeito especulativo, lembrando a Ava que fazia pouquíssimo tempo que todos haviam pensado que ela morreria nas águas da baía.

— Escutem, tenho que ir.

Antes que mais alguém discutisse, ela pegou uma lanterna e um boné de beisebol e saiu pela porta. De qualquer forma, todos já pensavam que era louca. Eles que torcessem o nariz para seu ato insano de correr na chuva à noite, pois não estava nem aí.

Ava desceu os degraus e chegou ao caminho de cascalho que dava na alameda. Dali, começou o *jogging*. De início, foi devagar, sentindo o vento frio bater no rosto e, quando a chuva atingiu seus dedos, percebeu que havia esquecido as luvas. Que pena. Não voltaria para casa para ter que se explicar de novo.

Prosseguiu morro abaixo, até a estrada principal. Os tênis de corrida golpeavam o asfalto molhado, a luz da lanterna saltitava na frente dela e seus pulmões sofriam o impacto do ar gelado.

Mesmo assim, era gostoso correr, sentir as panturrilhas e as coxas, respirar profundamente o ar salgado. A estrada acompanhava a curva da baía, descendo como uma fita plana ao longo do litoral e terminando em Monroe, onde um punhado de postes fornecia uma fraca iluminação azulada.

Slap, slap, slap!

Ava aumentou um pouco o ritmo. Olhava fixamente para a luz fraca da lanterna. Suas pernas se alongavam e a respiração estava constante. A chuva fria lhe descia pelo pescoço, mas não se importava. Valia a pena por causa da sensação de liberdade e da euforia por estar fazendo algo de concreto.

Mas onde estava Noah?

Ela não acreditava que o filho tivesse morrido. Não pensaria nisso. Contudo, se alguém realmente o levara, não o fizera em troca de resgate. Só podia ser uma pessoa que queria o menino e, sem dúvida, era alguém que estava na festa de Natal, fosse como convidado, empregado ou penetra, entrando na casa sem que ninguém visse.

A menos que o sequestrador tivesse um cúmplice.

Ava já havia cogitado essa hipótese e, se existisse um cúmplice, tinha que ser algum conhecido dela ou de Wyatt. Os nomes das pessoas que estavam na mansão naquela noite circulavam em sua cabeça: Jewel-Anne, Jacob, Trent e Ian, é claro. Zinnia, tia Piper e tio Crispin, Wyatt e todos os empregados, sendo que a maioria continuava trabalhando no Portão de Netuno. Também havia as pessoas de fora: Butch Johansen e vários clientes e conhecidos de Wyatt. Tanya e Russell... Meu Deus, era gente demais.

E Evelyn McPherson? Estava lá? Teria sido antes de virar sua psiquiatra... Será que já saía com Wyatt naquela época?

Não... Ava conhecera Evelyn McPherson no St. Brendan's, onde fora apresentada como sua terapeuta...

Uma lembrança distante atravessou seu cérebro. Algo que havia esquecido. A sala estava lotada. Era um entra e sai de pessoas na festa. O barulho da música, do tilintar de copos, das risadas e das conversas preenchia o ambiente. Ela estava descendo a escada com pressa, deslizando a mão pela balaustrada decorada com guirlandas. Ao passar pelos galhos mais altos da árvore de natal, viu uma mulher através das portas francesas que davam no escritório apagado. As vidraças das portas refletiam as luzes da árvore que dominava o saguão e, do outro lado, uma moça corpulenta e desconhecida estava de perfil. De início, Ava pensou que ela estivesse sozinha, talvez falando ao celular, mas estava concentrada em algo que Ava não conseguia ver. A tal mulher, que desde então mudara sensivelmente de aparência, só podia ser Evelyn McPherson.

Evelyn tinha se virado e olhado para cima da escada quando Ava descera correndo? Ou ela estava imaginando coisas agora? E por que a médica não constava em nenhuma das listas que Ava elaborara desde o desaparecimento de Noah? Nem tinha sido interrogada pela polícia ou...? O bico do tênis ficou preso num buraco da estrada, interrompendo o devaneio.

Com o tropeção, Ava caiu e derrubou a lanterna, ao se proteger com as mãos para amparar a queda. Ao escorregar, o cascalho e o asfalto áspero lhe arranharam a pele e rasgaram a calça de corrida na altura dos joelhos.

— Droga!

Ava observou a lanterna rolar morro abaixo, balançando o feixe de luz contra o pavimento molhado. Com as palmas ardendo e os joelhos doloridos, ela ficou de pé e deu Graças a Deus por ninguém ter visto o tombo desajeitado. As costas doíam um pouco, mas, tirando isso, a parte mais ferida era o ego.

Limpou as mãos raladas na jaqueta e olhou ao redor, meio que esperando que Dern aparecesse. Nas últimas poucas vezes em que quase se machucara, ele viera correndo ao seu socorro. Contudo, a noite continuava silenciosa e escura. O único barulho que se sobrepunha ao da rajada de chuva era o das ondas quebrando.

— Idiota — murmurou, saindo em busca da lanterna que havia parado na beirada de uma valeta. A lâmpada estava semiafundada numa poça.

Alcançando o maldito objeto, Ava o recolheu do chão e o limpou na jaqueta. Depois, andou até o vilarejo e passou pela Loja de Alimentos Frank's, na qual dois adolescentes de gorros e casacos pesados estavam sentados no meio-fio, debaixo da marquise, fumando cigarro e tomando Red Bull.

Dois quarteirões adiante, Ava passou pela única pousada da cidade e entrou no Rose's, a pequena lanchonete que, por sorte, ainda estava aberta. Rosie, que era dona, gerente e garçonete do estabelecimento, estava atrás do balcão passando um pano no velho tampo de fórmica.

— Vou fechar em quinze minutos — disse ela, forçando um pouco a visão antes de reconhecer Ava. — Srta. Church! Sabe que meu horário é flexível. Entre! — acrescentou, com um sorriso cheio de dentes. Rosie nunca se lembraria do nome de casada de Ava. A mulher largou o pano e pegou um cardápio de plástico. — Não nos vemos há um tempão. — Mirrada e um pouco corcunda, Rosie devia ter uns 70 anos e era proprietária da lanchonete desde que Ava se entendia por gente. — Sente-se onde quiser. O movimento não está lá essas coisas.

Ela tinha razão. O pequeno restaurante estava quase vazio. Um homem enorme — que tinha cara de que ficaria bem mais à vontade num bar — estava sentado diante do balcão, com a barriga pressionada contra o tampo que Rosie acabara de limpar. Ao lado do rapaz, um menino de uns 10 anos catava as batatas fritas do prato que continha os restos de um hambúrguer.

— Como você está? — quis saber Rosie.

— Bem.

— Tem certeza? — Ela entregou o cardápio a Ava.

— Sim, estou bem. Mas não pergunte aos meus parentes. Eles acham que estou louca.

Rosie riu e tossiu de leve para se livrar do pigarro provocado pelo fumo.

— É para isso que serve a família, sabia? Para amar até a morte, só que arrancando o coração da gente no caminho. Quer beber alguma coisa?

— Uma taça de vinho. Branco. Chardonnay, suponho.

Chega de fingir que está tomando os remédios.

— Já trago. Ei, vai querer a última fatia de torta de abóbora? Peça logo, antes que o velho George a coma — alertou Rosie, apontando com o polegar para o outro cliente.

Pensando na possível qualidade do vinho da casa, Ava disse:

— Dá para trazer um pouco de queijo e biscoito?

— Só tenho biscoito água e sal.

— Serve.

Rosie assentiu com a cabeça.

— É para a caldeirada e o ensopado de ostras. O Clyde fez o ensopado de manhã, mas acabou de acabar.

Clyde era o marido de Rosie. Entre idas e vindas, os dois tinham mais de quarenta anos de casados e, atualmente, moravam no apartamento em cima da lanchonete.

Depois de servida a taça, Ava murmurou um rápido "obrigada", tomou um gole, decidiu que o vinho era razoável e olhou pela grande janela de vidro, enquanto Rosie voltava para o balcão. De sua mesa de quina, observou as luzes de Anchorville do outro lado do mar escuro. Grossas fileiras de pontos iluminados acompanhavam a orla e ficavam mais escassas à medida que subiam o morro.

Obviamente, devido à extensão da baía, era impossível ver qualquer coisa na cidade com nitidez. Contudo, Ava olhou na direção do estúdio de Cheryl e se lembrou do semblante preocupado da hipnotizadora. Suas últimas palavras ecoaram na mente da moça.

— *Acho que você precisa ter cuidado... As coisas nem sempre são o que parecem ser nem como queremos que sejam. Tem muita gente amarga na ilha. Você sabe disso. Eu sei disso. Às vezes, não consigo evitar. Eu me preocupo com você.*

Cheryl acabou morrendo. Assassinada. E não o contrário. Aparentemente, quem estava em perigo era ela, não Ava. Que estranho. Ava franziu o cenho, relembrando a sessão. Por que Cheryl estava tão chateada? Será que foi algo que disse durante a hipnose?

Torcendo a haste da taça entre os dedos, Ava observou o Chardonnay girar dentro do cálice. O movimento do líquido transparente a remeteu a águas turbulentas e um flash de memória invadiu seu cérebro.

Ava voltou a se lembrar do dia em que Kelvin morreu. De alguma forma, em sua mente, os eventos dolorosos do passeio de barco se mesclavam com o desaparecimento de Noah. Às vezes, ela sentia que precisava haver uma relação entre as duas situações. Parecia que seu cérebro sempre tentava associar as tragédias. Como nunca conseguira descobrir o que uma coisa tinha a ver com a outra, vivia chegando à inevitável conclusão de que o único vínculo entre os dois incidentes era o baque emocional que sofrera com a perda do irmão e do filho.

Quando Kelvin era vivo, havia menos gente morando no Portão de Netuno e a família era mais distante. Ava já tinha comprado a parte dos parentes e, com exceção de Jewel-Anne, todos haviam se mudado da ilha, a maioria com a sensação de que já ia tarde ao deixar a pedra, localizada no estreito de Juan de Fuca, que separava a Ilha de Vancouver, na Colúmbia Britânica, do estado de Washington.

Eles só haviam voltado para o funeral do irmão, e alguns, inclusive Ian, tinham se oferecido para "ajudar" e permaneceram na casa.

— Estamos fechando! — A voz esganiçada de Rosie interrompeu os pensamentos de Ava, que olhou rapidamente para a porta de vidro que se abria.

Austin Dern entrava no estabelecimento sem prestar a menor atenção nos berros da proprietária.

— Você ouviu? — perguntou Rosie com as mãos nos quadris magrelos.

— É só um segundo. — Ele andou até a mesa de Ava e se sentou na frente dela.

Ava se dirigiu a Rosie:

— Pode deixar. Ele é... meu amigo.

— Humpf! — bufou Rosie, mas sem discutir.

— Por que não estou surpresa em ver você aqui? — perguntou Ava, enquanto ele tirava o casaco. — Parece que, sempre que saio de casa, você surge do nada. Pronto para me salvar.

Um sorriso se formou num dos cantos da boca de Dern e ela percebeu que os lábios dele, sob a barba feita pela manhã, eram finos como lâminas.

— Algo me diz que você não precisa ser salva.

— Você está certo, apesar do que a minha família pensa. — Ela tomou um gole demorado de vinho. — Quer uma bebida?

Ele se virou para o balcão, na qual Rosie repunha os guardanapos e, sem dúvida, fuzilava os dois com os olhos.

— Acho que o bar está fechado.

— Qual é a sua, Dern? Por que está me seguindo? — Ela apontou para ele. — E não me venha com desculpas esfarrapadas, dizendo que me viu sair por acaso ou algo do gênero. Não acredito nem um pouco em anjos da guarda; então, isso também não vai colar. Considerando que não me lembro de ter contratado você como meu segurança, deve haver algum outro motivo para viver atrás de mim.

Rosie escolheu aquele momento para chegar com um pratinho de queijo fatiado e três pacotes pequenos de biscoito água e sal.

— Você quer alguma coisa? — perguntou ela, de má vontade. — Já que é amigo da Ava e tal.

— Que tal uma cerveja?

Como Rosie ergueu uma das sobrancelhas, Dern acrescentou:

— O que tiver na torneira.

— Ou seja, nenhuma — retrucou ela, apertando um pouco os lábios.

— Então uma Budweiser.

— Essa nós temos.

No balcão, George mandou o filho fechar o casaco e, depois de roubar algumas batatas fritas que haviam sobrado no prato do menino, deixou algumas notas e cambaleou para fora da lanchonete.

Assim que os dois saíram, Rosie trancou a porta.

— Ela é simpática e fofinha como um porco-espinho irritado — observou Dern.

Ava sentiu um espasmo nos lábios assim que Rosie pôs a garrafa de cerveja e um copo sobre a mesa.

— Algo para comer? — perguntou a garçonete, quase como se o desafiasse.

— Não precisa — respondeu Dern.

— O Clyde está fechando a cozinha.

Rosie deu mais uma conferida em Dern. Depois, esticando a corcunda ao máximo, virou de costas e passou correndo por um portão que separava o restaurante do espaço apertado atrás do balcão.

Ava concordou:

— Não faz o tipo meiga.

Dern ignorou o copo e tomou um longo gole no gargalo. Ava o observou engolir, o movimento de seu pomo de adão, mas se obrigou a voltar a fitá-lo nos olhos. Ele, obviamente, também a encarava.

— Você não respondeu a minha pergunta. Por que tenho a impressão de você que me segue? E não ouse insinuar que estou sendo paranoica — falou ela, levantando o dedo.

Dern acomodou a garrafa na mesa e balançou a cabeça.

— Eu não ia insinuar nada. É verdade. Eu estava de olho em você. Mas não estou seguindo ninguém. Vi você pulando na baía, depois, perdi um cavalo e, por último, vi quando veio para a cidade. Eu também estava vindo para cá para respirar um pouco de ar puro e comprar algumas coisas.

— Aham — retrucou Ava, sem se convencer.

— Cerveja, pasta de dente e café.

Como ela não disse nada, ele acrescentou:

— Necessidades básicas.

— Mas, em vez de passar no Frank's, você apareceu aqui.

— Vi você entrar. — Dern deu de ombros. — Pensei que a gente pudesse conversar sem meia dúzia de parentes seus ouvindo atrás da porta.

— É isso que eles fazem? — perguntou Ava, e um sorriso maroto se formou lentamente nos lábios dele.

— É.

Ela não podia negar.

Recostando-se na cadeira, Dern assentiu.

— Não que isso importe. Toda família tem suas esquisitices.
— A sua também?
— Quer mesmo saber? — Dern fez cara de cético.
— Claro.
Sem parecer se importar, ele declarou:
— A minha família é toda desestruturada. Meus pais se divorciaram quando eu tinha uns 10 anos. Não vi mais meu velho depois que entrei no ensino médio.
— Tem irmãos?
— Tenho uma irmã em Baton Rouge e um irmão que só Deus sabe onde está. Perdemos contato há uns quinze anos. — Os olhos de Dern ficaram um pouco sombrios. — A gente já não era muito chegado mesmo.
— Não tem primos?
— Não que eu saiba. Acho que cresci sozinho. Aprendi a me virar por conta própria.
— Então... não é casado?
Ele bufou, como se a pergunta tivesse soado um tanto engraçada e ridícula.
— Não mais. — Ele contraiu um pouco os lábios. — Era paixão de escola, se é que ainda se usa esse termo. Não deu certo.
— Por quê?
— Porque éramos muito jovens, provavelmente. — Dern voltou a dar de ombros. — Eu estava no Exército, servi um tempo fora e, quando retornei, dei de cara com a papelada do divórcio. Resolvi não contestar, pois ela já estava morando com outra pessoa. Então, voltei a estudar.
— Não tem filhos?
Ele sacudiu a cabeça.
— Pensando bem, deve ter sido melhor assim.
— E depois? Você se formou e virou caseiro?
Mais uma vez, um breve sorriso autodepreciativo.
— Não é essa a evolução natural? — Dern terminou a cerveja. — Só acabei descobrindo que lido melhor com animais do que com gente. Mas e você?
— Você não sabe a minha história de vida? — Ava balançou cabeça e bebeu o resto do vinho. — Pensei que fosse uma informação pública, do conhecimento de todos.
— Eu não sou daqui, lembra?
Como ela não respondeu, ele prosseguiu:

— Trabalhei para o Rand Donnelly num rancho nas redondezas de Bend, em Central Oregon. Fui criado mais a leste, em Pendleton. — Dern buscou a carteira. — Você não leu minhas referências?

— Eu nem sabia que você tinha sido contratado.

— É sério? Pensei que você estivesse no comando.

— Muito tempo atrás, talvez.

Quando ela alcançou a bolsa para pegar o dinheiro, ele jogou algumas notas na mesa.

— Eu pago.

— Eu convidei você para beber.

— A próxima, sem dúvida, é por sua conta.

Ao se levantar, Ava percebeu que Dern havia reparado em sua calça de corrida, rasgada na altura dos joelhos.

Antes que ele perguntasse, ela disse:

— Bom, no caminho para cá, eu meio que deixei aflorar o meu lado desastrado.

— Você está bem?

De novo, a pergunta.

— Eu me arranhei um pouco, mas vou sobreviver — insistiu ela.

Ele segurou a porta para Ava e os dois saíram da lanchonete. A lanterna cheia d'água não servia para nada, mas Dern tinha um aplicativo em seu iPhone que iluminava o suficiente.

Sem pressa, subiram o morro juntos, seguindo a estrada principal em silêncio. Quando viraram na alameda, Vagabundo estava à espera deles e grudou em Dern como se conhecesse o homem a vida toda. Ava não pôde deixar de indagar por que se sentia mais à vontade com aquele desconhecido. Afinal, conhecera Dern poucos dias antes, mas, mesmo assim, acreditava ter mais afinidade com ele do que com o próprio marido.

De quem você pretendia se divorciar, lembra? Antes do desaparecimento de Noah, eles já estavam a maior parte do tempo separados. A festa de Natal tinha sido planejada enquanto o casal tentava fugir de algo que parecia inevitável. Depois, com o sumiço do filho, um se agarrara ao outro, mas só para esgarçar ainda mais o tecido de um casamento que já estava puído. Diante do luto e do medo, os dois discutiram seriamente a possibilidade de divórcio... Ou, pelo menos, era assim que ela se lembrava dos fatos.

Agora, com as mãos afundadas nos bolsos e soltando fumaça pela boca por causa do frio, Ava se recordou do sonho erótico no qual Wyatt se transformara em Dern e ela fizera amor com ele. Sexo selvagem. Sem inibição.

Sentindo suas mãos calejadas deslizarem sobre suas nádegas e subindo sua caixa torácica.

Ou tinha sido Wyatt?

Ele deixou a rosa para você, lembra? Com o polegar, Ava sentiu a espetada minúscula na ponta do dedo e bloqueou mentalmente todas as possibilidades bizarras. Jamais decifraria os sonhos e, além do mais, estava se desviando do objetivo.

Achar Noah.

Enquanto o vento soprava do mar e parecia lhe cravar uma rajada gelada no peito, Ava decidiu que não podia se dar ao luxo da distração. Sua única meta era encontrar o filho. Ponto final.

CAPÍTULO 26

— Acho que a gente já se conhecia — declarou Ava na tarde do dia seguinte, em mais uma sessão com a dra. McPherson. — Digo, antes de o Wyatt lhe contratar. Na época, você respondia por Eve.

Elas estavam no escritório, e Ava, em vez de fazer escândalo, concordou com a consulta, mais para obter informação do que para fornecer.

A terapeuta não discutiu. Pelo contrário. Sentada numa cadeira, com as mãos repousadas nos joelhos, fez que sim com a cabeça.

— Já falamos sobre isso, lembra? Discutimos o fato de termos nos conhecido na festa de Natal que você deu, na noite em que o Noah sumiu.

O coração de Ava perdeu o compasso.

— Quando?

— Na festa. Depois nos encontramos de novo quando você ainda estava em recuperação no St. Brendan's. — Evelyn falou com tanta paciência, que deu nos nervos à flor da pele de Ava. — Foi aí que o seu marido perguntou se eu podia atender você depois que tivesse alta do hospital. Ele sabia que eu tinha um consultório em Anchorville.

— Eu teria me lembrado — retrucou Ava, mas um flash de memória percorreu seu cérebro tão rapidamente que ela não conseguiu processar.

A médica forçava um sorriso cativante.

— Você continua bloqueando aquela noite, Ava. Está se recordando aos poucos, mas continua tendo lapsos de memória. Estou aqui para ajudar a preencher as lacunas.

— Muito bem, vamos começar do início. Você me foi apresentada como Eve Stone.

Ela confirmou.

— Fui casada, mas não deu certo. Meu divórcio ainda não estava concluído no Natal e voltei a usar o nome de solteira alguns meses depois.

— Você era diferente.

— É impressionante o efeito que perder 23kg e clarear o cabelo pode causar.

Era verdade? Ela já ouvira essa história?

— E você veio à festa com...?

— Na verdade, o seu primo Trent me convidou.

— O Trent? — Isso não fazia sentido.

— A gente se conheceu na faculdade.

— Na U-Dub? — perguntou Ava, usando o apelido da Universidade de Washington em Seattle.

— Oregon. Nós dois estudamos psicologia durante um tempo.

Um sorriso alegre se formou nos cantos dos lábios da psiquiatra e, por um segundo, Ava a fitou. Será que, esse tempo todo, julgara mal a mulher? Ela insistira em dizer que não estava envolvida com Wyatt e agora... Agora Ava quase acreditava.

— Fui a Washington fazer a pós-graduação — acrescentou a médica.

— O Trent, não.

Isso era verdade, mas Ava tinha a sensação de que algo havia sido omitido, de que alguma peça não se encaixava.

Evelyn mexeu no compartimento lateral da bolsa grande que havia colocado na cadeira ao lado.

— Refleti muito ontem à noite e cheguei à conclusão de que não posso ajudar você se não consegue confiar em mim. — Ela tirou um cartão de visitas da bolsa e o deslizou pela mesa de centro, até Ava. — Aqui estão o nome e o telefone do dr. Rollins. É claro que ele está em Seattle, mas trabalhamos juntos e ele conhece a ilha e a sua família. Era funcionário do Sea Cliff quando o seu tio administrava o hospital.

O nome não era estranho e a imagem de um homem negro e grandalhão surgiu na mente de Ava. Pele lisa e cor de café com chocolate, óculos enormes, barba branca e cabelo batidinho, se é que era o mesmo sujeito de quem se recordava das poucas visitas ao hospital.

— Foi lá que o conheci. No Sea Cliff. Ele ainda tem pacientes em Anchorville e divide um consultório com mais alguns médicos. O Dr. Rollins atende dois dias por semana.

Ava pegou o cartão de visitas.

— É essencial que você confie no terapeuta — afirmou com veemência a dra. McPherson. — Para que você não resista ao tratamento. Será um prazer fazer a recomendação e conversar com o dr. Rollins ou com quem você escolher. Farei o que for preciso para deixar a transição mais confortável para todos. Será como você quiser. — A dra. McPherson quase parecia aliviada. — Não sei se alguém estará disposto a vir até a ilha, mas você pode sugerir isso.

Ava olhou para o cartão com o nome, o número, o endereço e o e-mail do dr. Alan G. Rollins.

— E o Wyatt concorda com isso?

— Não contei a ele. — O sorriso da psiquiatra parecia sincero, apesar de poder ser fingimento. — Como você mesma disse, a vida é *sua*. Eu sou *sua* médica.

— Mas ele contratou você. Alega ser meu curador.

Evelyn deu de ombros.

— Suponho que ele possa fazer cerimônia, mas não acho que seja o caso. — Levantando-se, ela pendurou a alça da bolsa no braço. — O Wyatt só quer o seu bem, sabe?

— É o que ele diz. — Ava apertou o cartão no punho cerrado.

A terapeuta uniu as sobrancelhas e tocou de leve no ombro de Ava ao passar pela paciente.

— Me avise quando decidir o que quer fazer — disse, saindo rapidamente da sala.

Por mais ridículo que parecesse, Ava se sentiu abandonada. Agora que podia se livrar da psiquiatra que o marido havia escolhido para ela, da mulher que, de acordo com suas suspeitas, estava dormindo com ele, não tinha tanta certeza de que queria abrir mão da médica.

Não duvide de si mesma. Você sabe o que viu!

— Mas posso ter me enganado — murmurou, andando até a estante de livros, na qual havia uma série de fotos da família.

Seu olhar pousou em um retrato de Wyatt segurando Noah na praia. O vento bagunçava o cabelo do rapaz e o menino apertava os olhos contra a espessa brisa do mar. Ava sentiu uma angústia no peito ao pegar a fotografia e contornar o rosto do filho com o dedo.

Melancólica, devolveu o retrato e viu que ele estava ao lado de um instantâneo de Jewel-Anne montada na égua palomino, com o Sea Cliff ao fundo, em cima do morro. Na imagem, a garota sorria de orelha a orelha. Seu corpo redondo ocupava a sela, e a sombra da pessoa que portava a câmera caía na frente do cavalo. A fotografia havia sido tirada antes do acidente que lhe roubara o uso das pernas e, naquela época, Jewel-Anne era mesmo capaz de sorrir com vontade. Pesada para a altura, fora muito sido bonita. Seu rosto não exibia as rugas de tristeza que se formaram após a tragédia.

Deixando o porta-retratos de lado, Ava andou até a janela com vista para o jardim, no qual as marcas da cadeira de rodas da prima eram visíveis no cascalho e as samambaias balançavam com o vento. E se, como todos acreditavam, Ava estivesse mesmo paranoica? Ela pensou na última sessão de terapia. E se Wyatt e Evelyn McPherson não estivessem envolvidos? E se sua mente atormentada tivesse inventado a infidelidade do marido?

Uma esposa sempre sabe.

Alguém dissera isso a ela muito tempo antes.

Mas esse alguém podia estar enganado.

Mais tarde, na sala de jogos que cheirava a lustra-móveis, Trent confirmou que Evelyn McPherson Stone tinha sido sua acompanhante na festa de Natal.

— Qual é, Ava? Você lembra que eu apresentei a Evelyn a você — disse, arrumando as bolas na mesa de sinuca.

Ela não lembrava.

— Na cozinha. Nós entramos pela porta dos fundos e levamos uma bronca da Virginia. — Trent centralizou o triângulo, rolando as bolas coloridas no feltro verde-escuro. — Você também estava com pressa. Procurava alguma coisa. Mais copos, talvez? Enfim, a Virginia estava com a macaca naquela noite. Ela te disse que não dava para trabalhar daquele jeito.

Enquanto o primo removia o triângulo das bolas perfeitamente posicionadas, Ava tentava resgatar aquela lembrança. Ouviu o cantarolar desafinado de Virginia vindo da cozinha. Vagamente, recordou-se da reclamação da cozinheira e de seu mau humor exacerbado. Na época, Ava atribuíra a carranca de Virginia ao fato de ter que trabalhar naquela noite e de a filha ter reatado o casamento com Simon. Ela não ficara contente com aquilo.

Sim, Ava passara correndo pela cozinha, quase trombando com um garçom que levava uma bandeja de tira-gostos. Ele desviara com destreza, sem deixar cair nenhum petisco da travessa de prata, mas Virginia estava quase fora de si, esforçando-se para manter a língua dentro da boca.

— Tudo isso aconteceu perto da despensa e da escada dos fundos — relatou Trent. — Eu lembro porque a Virginia estava toda irritada e tocou a gente de lá para que o pessoal do bufê pudesse trabalhar. Cara, ela estava com um tremendo mau humor!

— É mesmo — disse Ava, quando a imagem ficou mais nítida.

Ela recordou que estava distraída, à procura de mais taças, pois Wyatt estava prestes a fazer seu brinde anual. Por alguma razão, faltavam três copos e Ava se lembrara dos cálices sobressalentes que estavam encaixotados nas prateleiras próximas à despensa, num armário no qual guardavam uma série de bugigangas como chaves extras, lâmpadas e até decoração de Natal.

Na busca pelas taças, ela se deparara com Trent, que estava acompanhado de uma mulher que Ava nunca tinha visto: a dra. McPherson.

— Você a apresentou como Eve.

— Pois é. Eu ainda a chamo assim. Foi como nos apresentaram ainda na faculdade, numa festa antes de um jogo do Ducks — disse ele, referindo-se à equipe de futebol americano da Universidade do Oregon. — Acho que foi no estacionamento.

Foi isso que ele disse no Natal? Aquilo soava estranho, mas Ava não conseguia se lembrar totalmente e, naquele momento, com Trent se inclinava sobre a mesa tentando dar uma tacada que parecia impossível, ela se recordou de ter apertado a mão da mulher quando haviam sido apresentadas.

Trent sorriu para a prima.

— Logo você vai se lembrar de tudo, tá? Sua memória está voltando. — Ele se debruçou na mesa, puxou o taco e acertou o alvo. *Crack!* As bolas se espalharam por todos os lados.

— Tomara.

— Seja paciente.

— Acho que estou sendo.

— Esse nunca foi o seu forte.

Isso ela não podia negar. Trent deu outra tacada, lançando a bola branca para cima de um grupo de outras bolas. A cinco caiu numa caçapa do canto.

— O problema é que a minha memória tem lacunas que não parecem estar fechando.

— Estão. Só que não na velocidade que você quer.

Ela não tinha tanta certeza.

— Desde que o Noah desapareceu...

— Antes disso — afirmou ele, de olho nas bolas que restavam na mesa. — Foi depois que o Kelvin morreu.

Ava ergueu uma das mãos.

— É claro que não.

— É claro que sim. Foi aí que você começou a ter... distúrbios mentais.

— Antes de sequestrarem meu bebê? — *Não. Não. Aquilo estava errado.* Trent levantou a cabeça.

— Ele não foi sequestrado, Ava. Não pediram resgate. — Trent se aproximou da prima. — Ninguém fez contato com a família depois que o Noah sumiu.

— O que você acha que é um sequestro? Alguém *levou* o Noah. Da cama dele! — O coração de Ava começou a bater com mais força. — Foi isso que aconteceu.

— Ele desapareceu. Sim. Mas não sabemos como.

— Ele tinha 2 anos. Não pode ter saído da cama sozinho e... E o que...? Ava sentiu o coração gelar ao imaginar o menino escalando o berço — como já havia acontecido pelo menos uma vez —, perambulando pelo quarto e saindo para o corredor. — Não estou entendendo — Mas Ava entendeu muito bem, e outro pensamento lhe ocorreu. — Você acha que *eu* tive alguma coisa a ver com o desaparecimento do meu filho?

Trent soltou o taco.

— É claro que não! — exclamou ele, dando a volta na mesa para confortar a prima com um abraço. — Não acredito, nem por um segundo, que você machucaria o Noah de propósito.

— De propósito? — sussurrou ela, perplexa. Seu desespero era visível.

Ele realmente achava que...? Ava olhou rapidamente para as cicatrizes nos punhos. Aquela memória também estava confusa e reprimida. Quando o filho sumiu, a polícia não apontou para ela? Biggs não pensou que ela pudesse estar envolvida? Ava admitira ter sido a última pessoa a ver o menino. Além disso, ela sabia que, na maioria dos casos, os membros da família eram os primeiros suspeitos...

— Não foi isso que eu quis dizer. — Trent estava irritado. — Não distorça as minhas palavras, tá? — O rompante de raiva durou um segundo. Depois, ele suspirou e balançou a cabeça. — Vamos, Ava. Não faça isso. — Deu outro abraço apertado na prima, fazendo-a lembrar, em silêncio, da antiga amizade que cultivavam desde crianças.

Agora, no entanto, ela sentia a tensão dele. Percebia a hesitação e a falta de convicção. Pela primeira vez, Ava reconheceu uma fissura no vínculo que já fora sólido, e temia que aquela fenda na relação com Trent fosse mais profunda do que suspeitava.

Dern estava se envolvendo demais.

Aquilo lhe parecia óbvio enquanto atravessava o capim molhado em direção ao estábulo. Com o cachorro grudado em seus calcanhares, olhou para a casa gigantesca e pensou em Ava Garrison e em por que ela o fascinava tanto.

Era um erro.

Ele não podia nem sonhar em se envolver com ela, e não era só pelo fato de Ava ser casada. Não. Havia motivos mais importantes, a razão pela qual ele estava ali, trabalhando para a maldita mulher.

No entanto, Dern estava com dificuldade de manter distância de Ava. Podia repetir mil vezes para si mesmo que havia seguido a patroa até a cidade na noite anterior porque fazia parte do trabalho, mas seria mentira, e ele não gostava de se enganar. Estava intrigado com a moça — mais do que deveria. Ela estava perturbada e atormentada, mas, por trás dos olhos tristes e dos lábios carnudos e preocupados, Dern enxergava outra pessoa, um lampejo da mulher forte e vivaz que ela fora um dia.

E era essa pessoa que ele queria conhecer e fazer se abrir, o único ser humano naquele fim de mundo com quem sentia um pingo de afinidade.

É um erro, Dern. A Ava não é uma aliada. Também é inimiga.

— Ah, desgraça.

Lembre-se de por que está aqui. Não se deixe levar pela beleza e pela encenação dela. Ela não é a vítima da história e você sabe disso.

Enquanto o cachorro cheirava os silos, Dern entrou na baia na qual havia trancado a égua palomino de manhã. Mais cedo, ele a vira mancando um pouco e examinara sua pata dianteira direita, mas não achara nada. Agora, enquanto a égua reclamava com relinchos, Dern cercou a pata e verificou o casco mais uma vez, averiguando se não havia rachaduras ou pedaços de cascalho e espinhos na ranilha e na sola, se estavam intactas. Com cuidado, puxou e observou. A égua se limitou a abanar as orelhas. Também não demonstrou nenhum desconforto quando ele examinou a pata, sem achar nada de suspeito na coroa, no osso sesamoide nem na quartela. Tudo parecia normal, assim como o joelho e o ombro.

— Então o que você tem? — perguntou o rapaz, e a égua bufou ao virar a cabeça e olhar para ele, exibindo a marca branca no rosto louro.

Dern não era veterinário, mas sempre convivera com cavalos. Levou a égua da baia para o pasto, no qual ela empinou o focinho, soltou um relincho agudo e saiu galopando na direção dos outros animais. Passou como um raio dourado, sem mancar nenhuma vez, e só diminuiu o ritmo quando chegou ao lado de Jasper.

— Você acha que ela estava fingindo? — perguntou Dern ao cachorro, depois de observar por alguns minutos e concluir que a égua ficaria boa. — Vamos ficar de olho nela. O que você acha?

Abanando o rabo devagar, Vagabundo inclinou a cabeça como se, fazendo isso, compreendesse tudo.

— Não se preocupe com isso. Venha.

Assobiando, Dern voltou ao estábulo, no qual pretendia verificar os arreios e consertar uma dobradiça quebrada em uma das baias.

Dessa forma, parecia exercer a função para a qual fora contratado. Mas isso também era encenação.

Dern, assim como todas as pessoas na maldita ilha, não era o que dizia ser e, cedo ou tarde, alguém descobriria. Era só uma questão de tempo.

Aí seria um verdadeiro inferno.

Ele pensou em Cheryl Reynolds, deixada numa poça de sangue.

Contraiu a mandíbula.

Talvez já fosse o inferno.

CAPÍTULO 27

Com um movimento brusco do punho, Ava jogou os remédios noturnos no vaso e deu descarga. Ela viu os comprimidos sumindo num redemoinho e sentiu um segundo de satisfação.

— Já vão tarde — disse, voltando para o quarto, no qual meio que esperava encontrar a severa Demetria, a mandona Khloe ou a eternamente bisbilhoteira Jewel-Anne observando-a em silêncio.

Contudo, estava sozinha no quarto, exceto pela visita rápida de Mr. T, que devia ter tomado o caminho errado. O gato saiu de fininho, dirigindo-se aos fundos da casa.

— Não vá por aí — murmurou Ava.

Logo o gato descobriria que a porta da escada dos fundos ficava trancada e teria que ousar descer pela escada principal, como faziam todos os moradores da casa.

Ela estava chateada e inquieta e pensar em dar a noite como encerrada não era agradável. Desde que tivera a conversa com Trent, se recolhera no quarto e ficara no computador. Sentia dor nas costas e nos ombros e estava com a cabeça a mil por causa do que descobrira.

Começara a reler os relatos da morte de Kelvin e se lembrara da própria experiência na água congelante. Depois, tentara vincular o falecimento do irmão ao sumiço de Noah. É claro que não encontrara nenhuma relação além da própria obsessão de "ver" o filho no cais, perto da água.

Observando a casa de barcos pela janela, indagou o que estava faltando, qual era a ligação entre Kelvin e Noah. Obviamente, o irmão não conhecera o sobrinho. Kelvin morrera pouco antes de Noah nascer.

Ava tirou o casaco de moletom favorito de um dos balaústres da cama, vestiu-o e desceu correndo a escada, rumo ao saguão.

O escritório de Wyatt continuava apagado. Ele telefonara para dizer que chegaria mais tarde, e a conversa tinha sido curta e grossa. Um milhão de perguntas permaneciam sem resposta, e o mesmo tanto de respostas continuava escondido no silêncio. Uma coisa era certa: ela não estava com vontade de discutir o fim das sessões de terapia com Evelyn McPherson. Isso podia ficar para depois.

Ao passar pela porta, Ava escutou o som de uma televisão, abafado pelas paredes, e, acima, o barulho inconfundível de bolas de sinuca. Os primos estavam jogando. Ótimo. Isso os manteria ocupados.

A cozinha estava escura. Virginia voltara para seu apartamento após o jantar. Não havia nem sinal de Demetria. Khloe e Simon tinham ido mais cedo para Anchorville, e Jewel-Anne já devia estar na suíte com as bonecas sinistras e a internet. Sua paixão mais recente eram os jogos on-line, que jogava ouvindo infinitas músicas de Elvis no iPod. Esquisita. Esquisita. Esquisita.

Ah, qual é, Ava? Acha mesmo que a Jewel-Anne é mais estranha do que você, com sua obsessão pelo desaparecimento do seu filho e a convicção de que todos estão a fim de lhe prejudicar?

Com a paranoia em seu encalço, Ava saiu de fininho pela porta da frente, sentindo no rosto o sopro frio da noite. Rapidamente, atravessou a varanda e desceu os degraus que davam no cais. O vento formava redemoinhos, fazendo as folhas secas rastejarem e dançarem por cima das molhadas. Enfiando as mãos no bolso do moletom, correu de leve até a ponta do cais. Sozinha, observou a água escura e turbulenta. Com muita frequência, nos sonhos, ela vira Noah de pé na mesma posição.

Não foi só enquanto dormia. Uma vez você acordou e o viu aqui também.

Avistou as luzes de Anchorville do outro lado da baía. Então, olhou para Monroe, que ficava mais ao fim da orla do lado de cá. Os poucos postes emitiam uma luz azulada e embaçada, e dava para ver o letreiro de neon piscante da Loja de Alimentos Frank's, uma clara homenagem aos anos 1950. A oeste estava o mar aberto e, atrás de si, a casa no topo da ladeira.

Por que Trent havia insinuado que a morte de Kelvin tinha alguma relação com o sumiço de Noah?

Porque o Noah nasceu logo depois que o Kelvin morreu. Você deu o nome do meio do menino em memória ao seu irmão: Noah Kelvin Garrison...

Mas faltava alguma coisa, outro motivo que a fizesse associar os dois incidentes. Algo evasivo e ardiloso, como uma enguia de águas profundas que vive se aproximando, mas sempre se esconde em fendas escuras.

Ela estava deixando algo escapar e tinha certeza disso, mas não conseguia se lembrar do quê. *Pense, Ava!*

O que é?

Desviou o olhar para o jardim escuro e o lugar que sediava o memorial do filho. Ava fora ali várias vezes, e o local era frequentado por Jewel-Anne. Era esquisito o fascínio da prima pelo marco.

— *Você não é a única de luto* — dissera Jewel-Anne quando Ava mencionara sua adoração pelo memorial. — *Também sinto saudades do Noah, Ava!*

Observando o jardim, um pavor gelado lhe desceu pelas costas. Havia alguma coisa naquele lugar... *Ah... meu... Deus...*

O vento soprou seu rosto, mas ela mal percebeu. Nuvens encobriram a lua.

Um por um, os pelos da nuca de Ava se eriçaram.

— Não pode ser — sussurrou ela, mas era tarde demais. Um lampejo, a sombra de um pesadelo muito real, tomou conta de sua mente. — Noah.

O coração congelou.

A saliva secou dentro da boca.

Havia alguma coisa embaixo da placa de mármore entalhada com o nome do filho?

Havia algum outro motivo mais complexo e sombrio para o marco ter sido posto ali, no jardim? Será que não era um memorial e, sim, uma *lápide*?

— Não... Ah, por favor, não...

Mas a ideia medonha já havia criado raízes e Ava não conseguia deixar para lá.

Ela não se lembrava da placa sendo colocada entre os arbustos podados, mas, agora, na escuridão intensa, tinha certeza de que aquele espaço no jardim havia sido criado por alguma razão. O mármore, o banco, as plantas cercando um santuário simples...

— Ah, por favor — murmurou ela. — Ah, não, não, não...

Mas Ava começou a andar. Rápido. Com o coração na garganta, passou correndo pelo cais, fazendo as velhas tábuas rangerem sob seus pés ao disparar na direção da casa de barcos. Rapidamente, abriu a porta com uma ombrada e acendeu a luz. O barco estava na rampa, suspenso da água. Coletes salva-vidas pendiam de ganchos nas paredes e havia remos e varas de pesca apoiados nos cantos.

Nenhuma pá.

Nada que ela pudesse usar para cavar.

Abriu a porta com violência. Hesitou. Disse a si mesma que estava bancando a louca e que não havia motivo para todo aquele pânico. Nada havia mudado. Tudo continuava igual.

Então, por que estava tomada pela sensação de que o amplo espaço no jardim dedicado à memória do filho pudesse ser algo mais, algo sinistro?

Com a pulsação nos ouvidos e as veias cheias de adrenalina, Ava tentou acalmar o frenesi que a dominava e a levava ao limite da sanidade.

O filho não estava enterrado debaixo do marco. Não podia estar!

Mesmo assim, sua mente criava todos os tipos de situação horrível nas quais o menino morria e alguém escondia seu corpinho perfeito.

Com o coração disparado, Ava deu meia-volta e correu pelo jardim, rumo à alameda. Teias de aranha molhadas atingiram seu rosto, mas ela não ligava. Alcançou a alameda e, pisando nas poças, contornou os fundos da propriedade até chegar à estufa. Ela precisava saber. *Precisava!* Custasse o que custasse. Com a visão embaçada pelas lágrimas, dobrou a última esquina e encontrou a estufa destrancada, com a porta entreaberta.

Desesperada, ligou o interruptor e contraiu o rosto com a claridade forte e súbita. Vasos quebrados entulhavam uma mesa debaixo de canos de irrigação, enquanto alguns pés de tomate mirrados trepavam no cercado. Havia duas pás encostadas ao lado da porta. Ava pegou a mais próxima e voltou a correr. Saiu da estufa, contornou a casa e passou pelas samambaias — ainda úmidas por causa da chuva que caíra mais cedo — e pelas teias de aranha que se esticavam feito renda entre as árvores.

Com certeza não havia nada sob a pedra lisa.

Era óbvio que o corpo do filho enterrado no solo macio do jardim era fruto de sua imaginação.

Ava tentou dizer a si mesma que o menino não tinha como estar sepultado ali.

Seus olhos ardiam com as lágrimas quando ela caminhou até o memorial e encaixou a lâmina da pá debaixo da ponta da placa, forçando-a para cima. Sob a suave luz da lua, Ava leu o nome do filho gravado no mármore liso.

— Ah, amor...

O hálito virava fumaça. O coração doía. O pânico subia lentamente pela espinha. A noite estava fria e a luz de segurança instalada perto da garagem era a única coisa que ajudava o luar pálido.

Afundando a lâmina, ela empurrou com mais força o cabo da pá e sentiu a pedra mover.

— Vamos lá, vamos lá — disse baixinho, enquanto seus músculos se contraíam e a placa cedia.

Ava não sabia o que ia encontrar. Nem o que esperava. Só tinha certeza do medo que sentia.

Provavelmente, não havia nada debaixo do mármore além de terra molhada, cascalho e insetos. Contudo, ela não podia interromper a missão secreta e insana. Enquanto trabalhava, o vento ganhou força, e o cheiro de chuva iminente impregnou o ar.

— Não tem nada aqui — disse a si mesma, ao deslizar a placa para o lado e começar a cavar.

Ava fincou a pá na terra fofa e úmida e pisou com vontade, afundando ainda mais a lâmina.

Fazendo força, jogou a terra solta para o lado e voltou a enfiar a pá no chão. Mais solo removido. Apertou o cabo com os dedos ao entrar num ritmo, afundando mais a lâmina para revolver a terra.

Pare! Agora! Ponha tudo no lugar antes que alguém veja e mande você de volta para o St. Brendan's.

Ela enfiou novamente a pá no buraco, que estava cada vez maior. O suor começava a se acumular entre suas escápulas e ao redor do pescoço. Por não estar acostumada com aquele tipo de trabalho braçal, sentiu cãibra nas mãos, mas continuou a cavar.

Descontroladamente.

Num ritmo frenético.

Compelida a descobrir o que havia debaixo da pedra, fincou a pá no solo repetidas vezes.

Não tem nada aqui. Isso é inútil e se alguém a vir...

O buraco ficou mais largo e profundo, enquanto o monte de terra ao lado dela ficava mais alto a cada investida. Com a boca seca, os músculos começando a reclamar e o pavor aumentando, Ava seguiu em frente.

— Ei!

Uma voz masculina a fez parar imediatamente. Ela olhou para cima e viu um vulto se aproximando. Ela apertou o cabo da pá com as duas mãos.

— Ava? O que está fazendo?

Era a voz de Dern. Ela relaxou um pouco quando ele saiu das sombras e entrou na luz fraca e filtrada da lua.

— Estou cavando.

— Estou vendo. Para quê? — quis saber ele e, de repente, Ava se sentiu ridícula por revirar terra no meio da noite.

— Não sei — admitiu, quase incapaz de proferir seus temores quando Dern se aproximou com o cachorro grudado nos calcanhares. — Talvez... para achar meu filho.

— O quê? — Ele agarrou o cabo da pá e a impediu de investir novamente contra o chão macio. — Ava, o que deu na sua cabeça?

Engolindo em seco e tentando se controlar, ela passou os dedos sujos da mão livre no cabelo.

— Só sei que tem alguma coisa estranha acontecendo aqui.
— Aqui? No jardim?
— Na maldita ilha toda!

Fuzilando-o com os olhos, Ava se recusou a soltar a pá.

— E você acha que enterraram alguma coisa aqui? Talvez o corpo do seu filho?

Ava detectou o ceticismo na voz dele.

— Sei lá. É só um pressentimento.

Ela puxou a pá com força, mas Dern não o soltou.

— Ava... Não acho...

— O quê? Não acha o quê? Que o Noah esteja aqui? Que eu vá encontrar alguma coisa? — perguntou ela. — Vai ver você também pensa que sou doida varrida.

— Eu ia dizer que não acho uma boa ideia.

Ela brigou pela pá.

— Então, me deixe em paz!

Mas ele continuou segurando-a com força, e Ava encarou seus olhos escurecidos pela noite quando nuvens carregadas começaram a encobrir as estrelas.

— Solte, Dern — ordenou, vendo o homem contrair a mandíbula. — O problema é meu. Você não tem nada a ver com isso.

— Ah, pelo amor de Deus!

Dern arrancou a pá da mão de Ava. Sem dizer mais uma palavra, começou a cavar, tirando porções enormes de terra do buraco e jogando o conteúdo para o lado.

— Pare. É sério. Você não precisa fazer isso.

Ele continuou. Ava sentiu as primeiras gotas de chuva atingirem sua nuca enquanto Dern jogava outra pá de terra preta para a lateral.

— Me diga quanto estiver fundo o bastante — determinou ele.

O homem fincou a lâmina no solo novamente, cavando com destreza. Seguindo um ritmo, aprofundou o buraco, e, à medida que o monte de terra crescia, a moça se dava conta de que podia estar errada. Havia deixado a imaginação fértil falar mais alto outra vez. Fora vítima do próprio desespero, do...

Clang!

A pá atingiu alguma coisa que parecia metálica.

— Caramba — murmurou ele.

O coração de Ava parou. Todos os seus temores se concretizaram e, por um segundo, não ouviu nada além do barulho constante do mar.

Clang!

Metal com metal outra vez. Dern levantou a cabeça e fitou os olhos dela na escuridão.

— Talvez seja melhor a gente parar.

Tomando coragem, ela balançou a cabeça com veemência e olhou para a cova escura.

— Preciso saber.

O coração disparava nos ouvidos, as palmas das mãos suavam e a negação pulsava dentro do cérebro de Ava.

— Tem certeza? — perguntou Dern.

Ela assentiu, mas sua voz interior berrava *não, não, não!* Ava não sabia como aguentaria viver se achasse o corpo do filho, se, finalmente, fosse obrigada a abrir mão da esperança de vê-lo outra vez.

Preparado, Dern voltou ao trabalho. No buraco, uma urna metálica, do tamanho de um caixão infantil, começou a emergir. *Ah, Deus, por favor, não... Por favor, faça com que o Noah não esteja aí dentro!* Com o coração a mil, Ava nem escutou direito o rangido de passos no cascalho.

— Temos companhia — disse Dern, quando gotas de chuva começaram a salpicar o chão.

Ela mal percebeu. Estava concentrada na urna enlameada que o homem ergueu com um pouco de esforço e deslizou para frente do banco.

— O que está acontecendo aqui? — A voz de Jacob ecoou ladeira abaixo, mas Ava mal ouviu o primo e o latido gutural de Vagabundo. Toda sua atenção estava voltada para a caixa.

— Não está vazia — afirmou Dern. — Deve pesar uns 10kg. Talvez 30kg — alertou.

— O que é esse troço? — Jacob apareceu na clareira e, usando o iPhone, iluminou a caixa metálica imunda e arranhada. — Merda... — A arrogância foi embora quando ele ligou os pontos. — Isso estava enterrado debaixo do memorial?

— Estava. — A voz da mulher não passava de um sussurro e ela nunca se sentira tão fraca. Estava com as pernas trêmulas, mas precisava saber. Precisava! A bile lhe subiu pela garganta. — Abra.

— Tem certeza? — perguntou Dern novamente.

— Tenho! — *Não, oh, Deus, não!*

— Cacete! — Jacob, ainda com a luz nítida do iPhone apontada para a urna, recuou devagar. Seu rosto havia perdido a cor, e a mão que segurava o celular tremia descontroladamente. — Eu... Não sei que porcaria é essa, mas não estou gostando.

— Abra — repetiu Ava. Um ronco abafado ressoava em seus ouvidos à medida que a tempestade ganhava força.

Dern se abaixou ao lado da caixa e forçou a tampa.

— Está trancada. Preciso buscar uma faca ou um pé de cabra.

— Não acho que seja necessário.

Com uma certeza um tanto fria, Ava tirou a chave do bolso da calça, agachou-se ao lado do pequeno caixão e, com a garganta seca feito areia, enfiou o objeto na fechadura.

Encaixe perfeito.

Meu Deus. Santo Deus...

— Jesus Cristo — murmurou Jacob, balançando o feixe de luz do celular. — Você não vai...

Clique.

A fechadura cedeu.

— Ava. — Dern pôs a mão forte e calejada sobre as dela.

Reunindo todas as forças, Ava abriu a tampa. O aparelho de Jacob iluminou a parte interna.

Com o rosto virado para cima e os olhos arregalados, um pequeno corpo sem vida foi atingido pela luz fraca e trêmula.

CAPÍTULO 28

— Puta merda! — Jacob deixou o celular cair e pulou para trás, assustando o cachorro. Vagabundo, que já estava nervoso, soltou um rosnado de preocupação.

Horrorizada, Ava conteve um grito e encarou a forma sem vida que se encontrava no caixão improvisado. O corpo minúsculo estava vestido com o casaco de moletom vermelho e a pequenina calça jeans desbotada de Noah...

Ela sentiu a bile subir pela garganta e não conseguiu controlar a náusea. De maneira involuntária, inclinou-se e esvaziou o estômago, mesmo ouvindo a mente berrar que o corpo na urna não era de seu filho. O troço dentro do "ataúde" nem chegava a ser um cadáver. Havia alguma coisa estranha naquilo. Sua intuição dizia isso, mas ela continuava apavorada.

— É uma boneca. — A voz de Dern soou surpreendentemente calma, enfatizada com uma raiva que mostrava a tensão em sua mandíbula. Ele fitou Jacob. — Ilumine aqui.

Tarde demais. Ava já havia apanhado o iPhone e apontava o pequeno feixe de luz para o caixão, no qual, sobre uma manta dobrada, jazia uma grande boneca antiga, de pano e porcelana. Seu rosto, que um dia fora perfeito, agora estava destruído por lascas e rachaduras. Havia uma orelha quebrada e um dos olhos estava virado para cima, enquanto a pálpebra do segundo emperrara no meio do caminho. O cabelo da boneca tinha sido cortado e separado em pequenos tufos desiguais, que mal apareciam na beirada do capuz do casaco de moletom.

Obviamente, o objeto tinha sido modificado para ficar parecido com Noah. Uma brincadeira de mau gosto.

Ava sentiu um doloroso aperto no peito e tremeu por dentro. Graças a Deus não era o corpo do filho. Ainda havia esperança de Noah estar vivo e de ela vê-lo outra vez. Mas aquilo... Quem faria algo tão medonho? Quem a odiava a ponto de ter todo aquele trabalho só para atormentá-la de maneira cruel? Ava mordeu o lábio para engolir o choro.

— Você já tinha visto isso? — perguntou Dern.

Ava balançou a cabeça.

— Não. — Ela teve que se esforçar para a voz sair. — Mas... Mas as roupas são do meu filho.

O rapaz olhou para a efígie.

— O casaco de moletom — murmurou Ava. — Eu reconheço.

— Cara, isso é *muita* sacanagem! — Jacob cambaleou ainda mais para trás, como se estivesse com medo da boneca de pano ganhar vida.

Dessa vez, Ava concordou com o primo.

— Você acha que alguém vestiu um boneco com as roupas do seu filho e o enterrou aqui — disse Dern, com cautela.

— Acho. Sem dúvida. É uma boneca. Pelo menos, era. Aí cortaram o cabelo para ficar parecendo um menino, o meu filho. — Ava sentiu um arrepio frio no fundo da alma. — Depois, deixaram a chave do caixão num lugar no qual eu pudesse encontrar, para brincar comigo e me provocar, testando para ver quanto tempo eu demoraria a descobrir onde estava a fechadura. — Aos poucos, o desespero deu lugar à raiva. Quem faria uma coisa dessas? *Quem?* — Alguém me odeia a ponto de querer me ver sofrer a pior dor que uma mãe pode suportar.

— Mas você podia não ter achado a urna nem ter se ligado que precisava desenterrar. — A chuva havia apertado e Dern limpava as gotas do rosto com a manga da camisa.

— Dariam um jeito de eu achar. Tenho certeza de que, se eu não tivesse pensado nisso hoje, quem enterrou este ataúde — disse ela, chutando a caixa metálica — deixaria mais e mais pistas, divertindo-se com a minha frustração e me achando burra, ao mesmo tempo que me guiaria na direção certa.

— Quem? — perguntou Jacob, tomando ar.

Qualquer pessoa da minha família. Ava sentiu o estômago revirar outra vez ao imaginar a longa lista de parentes. Muitos podiam estar ressentidos com ela, até mesmo falar mal pelas costas ou sentir algum tipo de satisfação por ela estar mentalmente instável e ter deixado de ser a mulher controladora e intransigente que fora um dia. Mas aquele ódio cruel e intenso... Era outra coisa.

Virando-se e tentando controlar os nervos, Ava observou a casa enorme no topo do morro. A mansão estava quase toda apagada, e o olhar da moça fora atraído para as janelas de luzes acesas, quadrados brilhantes de iluminação. Dava para ver a cozinha e a sala de jantar e, no segundo andar, uma luz azulada e horripilante tremia na suíte de Jewel-Anne, que estava vendo televisão ou olhando para a tela do computador, no escuro.

A cortina da janela da garota balançou de leve.

Parecia que alguém estava observando e tinha se escondido, como uma tartaruga que recolhe a cabeça para dentro do casco.

— Jewel-Anne — sussurrou Ava. Naquela fração de segundo, sua lista de suspeitos fora rapidamente reduzida a um indivíduo pervertido, à mulher que se recusava a crescer e que estava determinada a bancar a vítima para sempre, a prima que a culpava pela morte de Kelvin e pelas próprias lesões.

— Vaca — falou baixinho. — Com uma nova convicção, tirou a boneca horrenda do caixão e começou a subir o morro batendo os pés.

— Aonde você vai? — perguntou Dern.

— Para casa — retrucou ela, apertando o passo.

Jewel-Anne. Só pode ser a Jewel-Anne e suas malditas bonecas. Quem mais? Com os dedos apertando o ombro macio da boneca de pano, Ava correu na chuva até chegar em casa. O brinquedo modificado era do tamanho de um bebê de 6 meses, não de uma criança que começava a andar. As roupas estavam grandes demais, mas cumpriram o papel. A boneca era uma representação doentia de Noah.

Feita pela Jewel-Anne!

Dern vinha atrás dela, aproximando-se rapidamente. Os passos do homem castigavam a terra macia, mas Ava não diminuiu o ritmo nem sequer olhou por cima do ombro. Agora ela só tinha um objetivo. Subiu correndo os degraus da varanda e voou pela cozinha. Os sapatos ressoavam no piso de azulejo e Mr. T, o gato preto de Virginia, saiu alvoroçado do caminho.

Na escada principal, Dern a alcançou.

— Você não sabe se a Jewel-Anne está por trás disso.

— Até parece! — Ava foi tomada pela fúria enquanto subia em disparada. Ela sabia quem era a culpada, mas não entendia por que a prima recorreria a tamanha crueldade emocional. — Deixe que eu cuido disso! — disse, ao passar pela galeria de cima até chegar à ala da suíte de Jewel-Anne.

Ava nem se deu ao trabalho de bater. Foi logo abrindo a porta destrancada.

— Ei! — exclamou Jewel-Anne. — O que... — Com os fones no ouvido e sentada ao computador, a garota olhou para cima, de cara feia. — O que você pensa que está fa... Meu Deus! O que é *isso*? — Sua visão míope se deteve na boneca que pendia da mão de Ava.

— O que você acha?

Ava jogou a boneca molhada em cima de Jewel-Anne.

Encolhendo-se de horror, a garota soltou um gemido quando o objeto sujo deslizou para o chão.

— Ava! Meu Deus! — berrou a prima, recuando.

— Você não sabe mesmo do que se trata?

— Do que você está falando?! — Jewel balançava a cabeça com força.

Ava agarrou o fio fino e arrancou os fones minúsculos dos ouvidos da moça.

— Você *sabe*!

— O que está fazendo? — perguntou a prima, chocada.

— Quero que preste atenção!

— Ava — advertiu Dern da porta, mas ela ergueu a mão para silenciá-lo enquanto fuzilava Jewel-Anne com os olhos.

A aversão da menina era quase palpável.

— Onde você encontrou *isso*? — indagou Jewel-Anne, apontando com o dedo para a boneca molenga.

— Dentro de um caixão enterrado no jardim! Bem debaixo da pedra gravada com o nome do Noah. Onde você queria que eu achasse!

Jewel-Anne encarou Ava, com a pele branca feito giz e os olhos arregalados atrás dos óculos.

— Num caixão? Enterrado? O quê? Ficou maluca?

— Me diga você! Quem mais faria isso? Colocar uma boneca debaixo da placa com o nome do Noah. Você vive indo até lá. Está sempre visitando o lugar. Nunca entendi o seu fascínio. Agora saquei.

— Não... Não, eu só estava prestando minha homenagem.

— Até parece!

— Ava, escute o que está dizendo. Você está descontrolada, fora de si! Eu *nunca* vi esse *troço* na minha vida! — afirmou Jewel-Anne, apontando mais uma vez para a boneca, que tinha caído no chão e agora estava contorcida, com a cabeça pendendo para o lado, ao pé da cama de ferro forjado. Uma das pernas estava escondida debaixo da saia de babados do móvel de menininha.

— Veja mais de perto — sugeriu Ava, catando o brinquedo do chão e segurando-o diante do rosto da prima, a ponto do nariz de porcelana lascado quase tocar o de Jewel-Anne. — Cortaram o cabelo para que ficasse parecendo um menino.

— Você está me apavorando! — A garota afundou ainda mais na cadeira de rodas, se é que isso era possível.

— Ótimo! É para se apavorar mesmo!

— Pare. — Dern não se conteve e entrou no quarto.

— Foi ela! — Ava lançou um olhar furioso para o rapaz.

— Como? — perguntou Jewel-Anne. — Como, em nome do Senhor, eu poderia cavar um buraco e enfiar um... O que você disse que era? Um caixão! Foi isso, né? Um caixão? Como eu poderia meter um caixão num buraco no chão e ainda cobrir para ninguém perceber, de modo que ficasse perfeito? Não consigo nem levantar a placa de pedra!

Ela parecia tão infantil, tão dona da verdade, tão certa de que Ava tinha inventado aquilo tudo, que a mulher até sentiu uma pontada de dúvida.

Mas só podia ter sido Jewel-Anne. Só podia! Quem mais? Passos ecoaram no corredor poucos segundos antes de Demetria aparecer.

— O que está acontecendo aqui? — perguntou ela.

— A Jewel-Anne estava tentando me manipular para que eu ache que estou maluca. — Ava levantou a boneca para a enfermeira ver. — Com isto.

— Tentando te manipular para achar que você está maluca? — repetiu Demetria.

— A Ava acha que estou fazendo coisas para ela *pensar* que está louca. Que a estou manipulando de alguma forma — explicou Jewel-Anne. A garota havia recobrado um pouco da compostura e duas manchas vermelhas de raiva surgiram em suas bochechas.

Dern olhava para elas com o rosto inexpressivo. Absorvia tudo, mas sem julgar.

— Vamos começar pelos sapatos do Noah — disse Ava. — Teve também a chave que deixaram no meu bolso e que calhou de abrir o ataúde. E uma boneca. *Esta* boneca. — Sacudiu o brinquedo de pano com tanta força, que a cabeça pendeu para a frente e para trás.

A boca de Jewel-Anne tremia.

— Não me culpe pela sua paranoia idiota. Você é a surtada aqui, Ava. Deve ter feito tudo isso por conta própria! Provavelmente, foi por isso que tentou se matar! É... É a culpa que está vindo à tona.

— Não tente virar o jogo.

— É o que todo mundo acha, inclusive a polícia! Foi por sua causa que o Kelvin saiu de barco. Foi por sua causa que ele morreu e eu estou nesta maldita cadeira de rodas. Você foi a última a ver o Noah com vida. Agora foi a última pessoa a visitar a Cheryl Reynolds antes dela ser assassinada. É um padrão. Essa... Essa sua "descoberta" deve ser uma armação. É muito conveniente *você* ter achado o sapato do Noah no quarto dele, sendo que todo mundo viu o tênis no seu armário. Quanto à maldita chave — balançou a mão, em sinal de desprezo —, você pode tê-la enfiado no bolso e até esquecido. E, se eu quisesse enganar você, por que usaria uma boneca que não é minha? Nunca vi essa monstruosidade na vida, mas é claro que a boneca seria uma grande seta vermelha apontada para mim. Por que eu faria isso?

— Porque você pensou que pudesse me enganar — respondeu Ava, mas parte da lógica de Jewel-Anne já começava a fazer efeito.

— Você está se enganando!

— Isso é...

— Loucura! Pois é. Mas pode ser que você nem saiba o que está fazendo, Ava. Deve acreditar nisso tudo... nisso tudo que está dizendo porque não lembra. Que nem aquelas pessoas que têm dupla personalidade... Como se chama agora? Não é esquizofrenia, e sim... — Jewel olhou para Demetria. — Me ajudem aqui.

— Transtorno dissociativo de identidade — socorreu a enfermeira.

Ava encarou Demetria e, em seguida, Jewel-Anne.

— Eu *não* fiz isso!

— Não? — perguntou a prima, ajeitando-se na cadeira e até se aproximando um pouco mais, ao lançar um olhar acusador na direção dela. — Como você sabe?

A boneca caiu da mão de Ava e se estatelou no chão. O olho semiaberto parecia encarar a mulher de um jeito incriminador. Ela quase conseguia ouvir o brinquedo falando: *Foi você, sua pirada. Fez isso consigo mesma.* Seguida por uma gargalhada medonha, como se a boneca e todos os presentes no quarto fizessem parte de uma brincadeira cruel e apavorante. Ava se controlou para não tapar os ouvidos com as mãos e sair correndo daquela ala, que ocupava uma das laterais da casa. Correr para onde? Nenhum lugar era seguro. Para quem? Não podia confiar em ninguém. Olhou para Dern, que estava sério.

Como se tivesse captado a mensagem, o rapaz declarou:

— Acho melhor todo mundo se acalmar. Nada de acusações.

— *Alguém* vestiu a boneca com as roupas do meu filho, colocou-a numa urna que parece um caixão e aguardou. Ficou me provocando, me atentando, querendo que eu a achasse.

— Por quê? — indagou Demetria.

— Para me fazer perder a cabeça — afirmou Ava, convicta.

Com o rosto deformado pela revolta, Jewel-Anne declarou:

— Não acho que você precise de ajuda nesse quesito!

— Tudo bem! Já chega! — Dern pegou a boneca com uma das mãos e segurou o braço de Ava com a outra.

Jewel-Anne fitou-a com fúria e algo mais. Será que também havia um pinguinho de satisfação — por uma vitória velada — nos olhos da prima?

— Você está bem? — perguntou Demetria à paciente, enquanto Dern conduzia Ava para fora da suíte.

— O que pensa que está fazendo? — perguntou ela, tentando se soltar quando os dois chegaram ao corredor.

— Estou salvando a sua pele.

— De quê?

Dern a empurrou pelo corredor até chegarem ao quarto dela, iluminado pelo abajur da mesa de cabeceira. A porta estava semiaberta.

— Não sei que diabos está acontecendo aqui — disse Dern, ao entrar no cômodo arrastando-a consigo e fechando a porta com um chute —, mas, seja o que for, tenho certeza de que você precisa manter a calma.

Com os nervos à flor da pele, Ava arrancou a boneca das mãos do homem e a sacudiu na frente da cara dele.

— Como posso manter a calma diante disto, seja lá o que for?

— Não sei. — Ele levantou uma das mãos, demonstrando a própria frustração. — Mas, se acha mesmo que alguém está tentando fazer com que você seja internada de novo, precisa parar de agir feito louca.

— Não estou agindo feito nada!

— O que acha que aconteceria se a dra. McPherson, ou outra pessoa, a visse e outro psiquiatra fosse chamado para avaliar seu estado?

— Não estou louca, Dern! — afirmou, erguendo a cabeça para encará-lo olho no olho. — Você estava lá. Viu o maldito caixão.

— Não vi quem enterrou o caixão, mas acho difícil de acreditar que tenha sido uma garota confinada numa cadeira de rodas. Então, se não foi ela, quem é o cúmplice? O irmão? O Jacob é um babaca, mas, pela reação dele, acho que estava tão apavorado quanto os outros. Quem resta? Quem você vai acusar? Quem mais se daria ao trabalho?

— Qualquer um deles — disse Ava. Dern deixou a afirmação ser assimilada, como se também elaborasse uma lista de suspeitos: todos parentes dela.

— Sei que é perturbador...

— Perturbador?

O rapaz fez que sim com a cabeça e apertou os lábios.

— Enquanto não descobrirmos o que realmente está acontecendo aqui, quem está fazendo isso e por quê, você precisa dar um jeito de manter o controle.

— Controle — repetiu ela, com os dentes cerrados.

Dern apertou o braço dela.

— Controle. — Os olhos dele, que já eram castanho-escuros, pareciam mais intensos. — Estou falando sério, Ava.

A mulher suspirou devagar e contou mentalmente até dez, numa tentativa de acalmar os nervos abalados. Pelo menos, Dern estava ao lado dela.

Como você sabe? Ele também pode estar lhe enganando, tirando vantagem do seu estado mental fragilizado. Pode estar mancomunado com alguém. Parece que ele sempre surge quando você está em apuros, não é? Por quê? É um herói? Ou um oportunista? Ou pior? Você não sabe, Ava. Não pode confiar nele!

Apesar dos argumentos que lhe incendiavam o cérebro, ela se sentia obrigada a acreditar nele. Não podia confiar — nem de longe — em mais ninguém, nem mesmo no marido.

— Você acha que alguém está tentando fazer com que eu seja internada de novo? — perguntou, por fim.

— Tem alguma coisa estranha, mas não sei o que é. Por que iriam querer mandar você para um hospital psiquiátrico? — indagou Dern, quase que para si mesmo.

— Não sei.

Rugas se formaram na testa do homem enquanto ele pensava.

— Então, é isso que precisa descobrir. Vou lhe ajudar.

Dern ofereceu uma tentativa de sorriso, e a mão no braço de Ava, em vez de prendê-la, parecia mais um contato com outro ser humano e, Deus do céu, como ela precisava daquilo.

Ava sabia que era uma atitude tola, mas se recostou nele em busca de amparo. Fechando os olhos, quase suspirou de alívio. Quanto tempo fazia que não baixava a guarda? Que não confiava em outra pessoa? Por baixo da camisa, ouviu o batimento cardíaco dele, constante e forte, como ela deveria ser. Ava percebeu vagamente o som de um motor de barco ao longe. O barulho era fraco, mas ganhava intensidade.

Dern soltou a boneca e a envolveu nos braços.

— Vamos desvendar tudo — prometeu ele e, por mais ridículo que parecesse, Ava sentiu uma nova leva de lágrimas ardendo no fundo dos olhos.

— Tomara, meu Deus.

Do lado de fora, o cachorro soltou um latido mal-humorado, enquanto o vento soprava os galhos desfolhados das árvores.

Contudo, do lado de dentro, no quarto, Austin Dern tinha cheiro de outono, chuva e terra, além de uma masculinidade latente que ela considerava reconfortante. Confiável. Estável. Pensando bem, Ava sabia pouco a respeito do homem, mas não se importava. Enterrou o rosto no ombro dele, com vontade de se pendurar em seu pescoço, de sentir o roçar de seus lábios quentes contra os dela. Lembrou-se do sonho, da relação amorosa apaixonada, e devia ter ficado constrangida. Em vez disso, sentiu desejo.

Ava sabia que era tolice — além de arriscado — pensar que podia confiar num estranho, um homem que conhecia tão pouco. No entanto, os parentes, as pessoas que sempre haviam feito parte de sua vida, é que pareciam os desconhecidos, os que estavam contra ela: os inimigos. Ava tinha consciência do quanto isso soava paranoico. Não era à toa que todos pensavam que havia enlouquecido.

A verdade era simples: ela estava perdendo a noção de realidade e tinha dificuldade de distinguir fato de ficção. Uma nova onda de medo gelado lhe desceu pelas costas. Existia a possibilidade de Jewel-Anne ter razão.

Será que ela estava tão abalada emocionalmente, tão desequilibrada, a ponto de inventar coisas?

A porta da frente abriu e fechou. Dern ficou tenso.

— Tem alguém aqui — disse ele. Por uma fração de segundo, pensou que ele fosse lhe beijar o topo da cabeça ao soltá-la.

Dern ouviu o barulho de passos subindo a escada e se afastou de Ava.

Após uma série de batidas rápidas e insistentes, alguém abriu a porta do quarto.

Wyatt estava do outro lado, no corredor, com água escorrendo da capa de chuva. Com o cabelo molhado e emplastrado e o rosto vermelho — como se tivesse sido assolado pelo vento —, ele contraiu a boca em sinal de desagrado.

— O que está acontecendo aqui? — Seu semblante, que já parecia preocupado, ficara carregado de uma raiva velada. — Dern? Que diabos está fazendo com a minha mulher? — Seus lábios mal se mexeram.

CAPÍTULO 29

Ava não se deixaria intimidar pelo marido.

— O sr. Dern me ajudou, mesmo me achando louca por estar cavando o jardim.

— Cavando o jardim — repetiu o marido, tenso. — E vocês acabaram no quarto.

— Ele estava tentando me acalmar. Eu estava furiosa, fazendo várias acusações contra a Jewel-Anne, e ele quis apaziguar a situação.

— Não é problema dele. — Wyatt fuzilou o caseiro com os olhos.

— Sabe, tive uma noite muito difícil — declarou Ava, exausta. Não tinha energia para outro arranca-rabo com Wyatt.

Parte da agitação dele evaporou.

— Eu soube. O Jacob me ligou. Ele me falou da caixa com uma boneca dentro.

— Espere aí! Você disse *"caixa com uma boneca dentro"*? — repetiu ela. Ava se abaixou, apanhou a boneca e a pôs diante da cara do marido. — Foi *isto* que a gente desenterrou. — Ela sacudiu o brinquedo, fazendo o olho perfeito do brinquedo abrir e fechar rapidamente. Os braços e as pernas balançavam como num passo de dança macabra.

— Jesus! — Wyatt, de fato, deu um passo para trás. Olhou fixamente para a efígie e ficou com o rosto contorcido pela repulsa.

— É uma imitação do Noah! — Ava elevou a voz e percebeu que começava a soar exaltada de novo. Talvez estivesse mesmo. E daí?

Wyatt olhou para Dern. Depois, voltou a encarar a esposa. Sua arrogância parecia ter esmaecido um pouco; porém, ele continuou sendo cauteloso.

— Tudo bem — disse, por fim, cruzando os braços. — Por que não me conta exatamente o que aconteceu?

— Tive um estalo, acho que podemos chamar assim. Eu sempre via a Jewel-Anne sozinha no jardim... — Ava contou a Wyatt e a Dern o que sucedera. — Eu precisava saber — defendeu-se, esfregando os braços e sentindo o peso do olhar dos dois homens. — Ela está por trás disso tudo, Wyatt. Tenho certeza — concluiu. — A Jewel pretende transformar a minha vida num inferno. Acho que é por causa do Kelvin. Ela me culpa pela deficiência dela e pensa que fui responsável pela morte do meu irmão. Está usando o Noah para me atingir.

— Não acredito que ela faria isso — retrucou Wyatt, mas faltava convicção em suas palavras. A capa de chuva pingava no chão e, como se só então tivesse percebido, despiu o acessório molhado e o pendurou no braço.

— Alguém está — afirmou Dern.

Wyatt apertou os lábios e se dirigiu a Ava:

— Está bem. Acredito que alguém esteja sacaneando você. — Ela ergueu o queixo na direção da boneca, formando rugas de concentração entre as sobrancelhas. — Não acho que seja a Jewel-Anne. Por um motivo: é fisicamente impossível.

— A não ser que tenha um cúmplice — insinuou Ava.

Rapidamente, Wyatt olhou para cima e encarou Dern, verificando se o caseiro concordava com aquilo.

— Então, agora é uma conspiração?

— Pode ser. — Ava se manteve firme. Dern não disse nada. Os dois observavam Wyatt enquanto tentava conceber a teoria dela.

— Mesmo que a Jewel-Anne estivesse por trás disso — disse Wyatt, devagar —, mesmo que estivesse tramando alguma coisa, e não estou dizendo que acredito nisso, se ela a culpa e quer prejudicar você, por que alguém a ajudaria?

— Não sei — admitiu Ava, também tentando ligar todos os pontos. Frustrada por estar tão perto de entender, porém, continuar perdida, a moça jogou as mãos para cima. — Ela pode estar mancomunada com o Jacob. Ele é contra tudo. Ou com o pai, talvez? O tio Crispin nunca se conformou em ter perdido a parte dele do Portão de Netuno. Assumiu toda a culpa quando o Lester Reece fugiu do Sea Cliff; por isso, o hospital o destituiu da administração e ele foi obrigado a vender sua parte da propriedade. Não pode ter aceitado isso numa boa.

— Então o tio Crispin, acompanhado da Jewel-Anne, enterrou, no nosso quintal, uma boneca vestida com as roupas do Noah?

Até para os ouvidos dela, a teoria soava esfarrapada. Extremamente improvável. Como se estivesse atirando para todos os lados.

— Não sei o *motivo*, Wyatt, mas *alguém* fez isso. Se não foi o Crispin, foi outro comparsa da Jewel-Anne.

— Ava — disse Wyatt, com a voz desesperançada. De soslaio, Ava viu Dern contraindo os lábios. — Não piore as coisas.

— Acho que nem dá — retrucou ela, com raiva.

— Você concorda? — perguntou Wyatt a Dern.

O caseiro deu de ombros.

— Acho que alguém está aterrorizando a sua esposa de propósito. — Dern proferiu as palavras com dificuldade. Respirou fundo e exalou. — Ouçam, é melhor eu ir embora. Vocês que resolvam isso.

Ele se retirou. O barulho de suas botas foi abafado pelo tapete da escada. Wyatt fechou a porta e os dois ficaram a sós — marido e mulher.

— Não sei o que dizer — admitiu ele.

— Que tal: "Agora entendo, Ava." Ou: "Nossa, você tinha razão. Tem alguém tentando lhe pegar uma peça!" Ou ainda: "Ainda bem que não era o corpo do Noah que estava no caixãozinho. Vamos. Vamos encontrá-lo."

Wyatt olhou para Ava como se ela fosse uma estranha, em vez da mulher que, anos antes, escolhera para ser sua noiva. Parecia ter sido uma eternidade atrás. Raiva e desconfiança disputavam espaço no rosto dele.

— Tudo bem. — O homem afastou o cabelo molhado da testa. — Vamos nessa. Vamos encontrar nosso filho. — Por um segundo, Ava se alegrou. — Mas, antes, quero esclarecer uma coisa. Me diga que não está apaixonada pelo Austin Dern.

— O quê? — Ela quase riu. — Não! — declarou rapidamente. — Mal o conheço. — Isso era verdade. O marido ergueu uma sobrancelha desconfiada. — Sou casada com você, Wyatt.

— Mas ia se divorciar de mim.

Ava assentiu devagar. Aquele momento da vida não estava totalmente claro para ela.

— Eu me pergunto em que pé estamos em relação a isso.

— Bem que eu gostaria de saber — disse ela, com sinceridade.

— Soube que você demitiu a Evelyn.

— Ela pediu demissão — corrigiu Ava. — Me encaminhou a outro médico.

— Ela se sentiu obrigada a fazer isso. Por motivos éticos. Por causa das suas acusações ridículas.

— Ela disse isso?

— A Evelyn me ligou. Como fui eu que a contratei, achou que me devesse uma satisfação. Está lá embaixo.

— Você a trouxe para cá? — Ava estava surpresa.

— Trouxe.

— Mas...

Ava foi tomada pelo sentimento de traição, mas, antes que pudesse se manifestar, Wyatt prosseguiu:

— Quando o Jacob me ligou para contar o que você estava fazendo, cavando o jardim que nem uma louca, liguei para a Evelyn... a dra. McPherson e a convenci a vir até aqui para conversar com você.

— Não quero falar com ela.

— Nem mesmo depois disso? — retrucou Wyatt, pegando a boneca vestida com a roupa do filho. O brinquedo pendia desajeitado dos dedos dele. — Meu Deus, acho que até *eu* preciso de terapia agora.

— Então, vá conversar com ela. — Ava estava cansada de ser intimidada, cansada daquela farsa de casamento e, principalmente, de ser manipulada. — E leve isso — apontou para a boneca de olho esquisito — com você!

— Ava...

— Não tente me acalmar, Wyatt. Não.

Toda a ternura que ela vira nele, qualquer sinal do amor que partilharam um dia, desapareceu.

— Você está cometendo um erro, Ava — avisou o marido ao abrir a porta para se retirar.

— Pode ser. Mas não é o primeiro, Wyatt, e tenho certeza de que não será o último.

— Sabe, Ava, as coisas não precisam ser tão difíceis.

— É mesmo? — Ela o fitou, apesar do turbilhão de emoções. Dirigiu-se à porta e a trancou assim que o marido saiu.

Equilibrando a caixa de pizza numa das mãos e destrancando a porta do apartamento com a outra, Snyder praguejou quando o telefone começou a tocar no fundo do bolso.

Uma vez dentro de casa, ele deslizou a grande caixa pela bancada da cozinha e viu o nome da parceira brilhar na tela do celular.

— Isso está virando hábito — disse, ao atender. — O povo vai começar a pensar besteira.

Lyons soltou aquela risada gostosa que ele adorava.

— Só liguei para avisar uma coisa.

— O quê?

Snyder havia saído da delegacia poucas horas antes. Depois de ir à academia, passou no Bar do Capitão Maravilha, dois quarteirões adiante, no qual tomou duas cervejas enquanto aguardava a pizza.

— Não deve ser nada, mas o Biggs me ligou. Ele é parente de algumas pessoas que moram na ilha.

— É. — Snyder levantou a tampa da caixa e viu as apetitosas fatias de pepperoni e linguiça nadando no queijo mozzarella e no molho de tomate.

— O Biggs é ex-cunhado da cozinheira ou algo do gênero; então, ainda é considerado tio dos filhos da Virginia Zanders.

— Bom, ela ligou para contar uma história bizarra sobre um manequim que foi enterrado numa cova no jardim da casa. A boneca estava vestida que nem o menino desaparecido.

— O quê?

— Não houve crime, nem esperam que a gente vá até lá — prosseguiu Lyons —, mas é mais uma coisa estranha que acontece na Ilha da Esquisitice.

Snyder não gostou daquilo.

— Mas foi o quê? Uma pegadinha? Os restos de algum ritual bizarro?

— Não sei, mas, de acordo com o Biggs, foi a mãe da criança quem cavou o buraco e achou a boneca num caixão improvisado. Ava Garrison atacou a prima cadeirante, que ficou apavorada e negou as acusações, ou seja, não houve crime. É uma cambada de malucos, se quer saber. Eles têm mais do que um parafuso a menos.

Snyder concordou, esquecendo a pizza por um momento.

— Você acha que isso tem alguma ligação com o homicídio da Cheryl Reynolds?

— Não vejo como, mas pode estar relacionado ao caso do menino desaparecido.

— O Biggs quer que alguém averigue?

— Ainda não, mas vai saber.

Os dois estavam frustrados com o chefe, um xerife com pouquíssima experiência prática e muito renome, que vivia sendo reeleito. Os principais atributos de Biggs eram a capacidade de contratar as pessoas certas e de ser vaselina. Além disso, tivera sorte. Com exceção da fuga de Lester Reece do Sea Cliff, não ocorreram muitos crimes violentos na região.

Infelizmente, parecia que isso estava prestes a mudar.

— Alguma novidade sobre o homicídio da Reynolds? — perguntou Lyons.

— Desde a última vez em que vi você? Não.

Snyder sentia o tempo passar. Eles estavam aguardando o relatório da autópsia, alguns telefonemas de amigos e parentes e informações da seguradora. Tudo indicava que Cheryl falecera sem deixar testamento e que o dinheiro do seguro de vida só dava para cobrir o enterro. Além da casa e da hipoteca considerável, ela não tinha muito: menos de US$ 5 mil na poupança.

Valia a pena matar por isso? Talvez... Snyder já vira vítimas morrerem por bem menos. Ele desligou o telefone e pegou uma fatia de pizza, observando o queijo esticar. Sim. Era um infarto a caminho.

Naquela noite, ele não dava a mínima.

Ava escutou as vozes novamente. Baixas. No corredor externo.

Ela abriu os olhos e saiu da cama. Estava com o coração acelerado, como se tivesse bebido vinho demais, apesar de não ter tomado nenhuma gota.

Seus pés descalços pisaram o chão e ela sentiu uma breve tontura, como se estivesse bêbada.

Agarrando-se ao balaústre da cama, amparou-se até voltar a pensar com clareza. Sabia que tinha sonhado. Sentia os resquícios escondidos nos cantos da mente, mas não conseguia unir as imagens.

Agora, no entanto, acordara e percebera que estava sozinha. Depois da briga com Wyatt, Ava sabia que os dois não dividiriam mais a mesma cama. A farsa acabara havia tempo, desde que o filho morrera.

De camisola, atravessou o quarto na ponta dos pés. Mal ousava respirar, pois os sons passavam pela porta.

Não havia choro de bebê.

Nem soluços baixinhos murmurando *mamãe*.

Naquela noite, as vozes eram de adultos, e ela tinha quase certeza de que Wyatt era um deles. A outra voz era feminina, mas o diálogo era esquisito, desconexo, quase como se houvesse duas conversas acontecendo ao mesmo tempo e os barulhos subissem pela escada principal, talvez vindos de diferentes partes do andar de baixo.

Ela olhou para o relógio ao lado da cama. Os números vermelhos mostravam que era meia-noite e, naquele exato momento, ouviu as badaladas do relógio do bisavô anunciarem as horas.

Bong!

— Agora falta pouco — disse uma mulher de voz alegre.

Bong!

— ... estranho, não sei o que pensar. — A mesma mulher? Não. Era *outra*.

— ... lembra como era? — Essa pessoa falava por cima das duas anteriores.

— Eu gostaria de poder ajudar, mas não adianta. — Uma *terceira* mulher? A dra. McPherson? Tão tarde da noite?

Bong!

— Você fez o melhor que pôde. — Homem. Wyatt. Devia estar conversando com a psiquiatra. Quem mais poderia ser?

— ... só uma questão de tempo... — Era a segunda mulher que ela não conseguia identificar.

Bong!

A cada badalada do relógio, a cabeça de Ava latejava um pouco e as conversas ficavam confusas, misturadas. Ela abriu a porta e, vendo que não havia ninguém no corredor escuro, saiu do quarto.

Estava mais frio do lado de fora, o que lhe provocou arrepios.

Bong!

Ela quase engasgou de susto, pois o barulho do relógio era bem mais alto no corredor que cercava a escada.

— ... precisa ter cuidado... Ela está ficando desconfiada. — Um sussurro quase inaudível sobre as badaladas retumbantes. Era a terceira mulher? Ou uma pessoa que falava tão baixinho que não dava para distinguir o sexo.

— Apenas tenha cuidado. — Wyatt de novo?

Clique! Barulho de fechadura. *Creeeeeak.* A porta da frente se abriu.

Mordendo o lábio e segurando o corrimão, Ava desceu correndo para o primeiro andar, dirigindo-se à sala de estar.

Bong!

Quase tropeçou quando o relógio soou de novo e a porta da frente bateu. No saguão, só havia uma luz acesa, mas o ar frio, misturado ao cheiro de chuva, permanecia no ambiente.

O saguão estava vazio. Enquanto o relógio concluía sua mensagem barulhenta, Ava andou até as janelas estreitas que ladeavam a porta. Pelo vidro, teve certeza de que vira duas pessoas indo embora. Um homem alto — Wyatt, provavelmente — com a mão apoiada na lombar de uma criatura mais baixa. Ele estava com uma mulher — que devia ser a dra. McPherson — e ambos se dirigiam ao cais.

Apesar de negarem, era óbvio que os dois viviam um romance. E estavam falando de Ava. Meu Deus, que situação absurda!

— ... quase perdendo as estribeiras — sussurrou uma voz feminina no saguão vazio.

O coração de Ava gelou. Era a segunda conversa, sem dúvida. Mas onde estava o alto-falante? A casa estava apagada, com exceção de algumas luzes noturnas estrategicamente posicionadas que iluminavam o suficiente para que ela enxergasse formas e portas. No entanto, com o relógio retumbando, contando as horas, Ava não conseguia distinguir de onde vinha o diálogo.

Bong!

Tinha *que ser a última badalada*, pensou ela. Mas as vozes também se calaram, quase como se tivessem planejado abafar a conversa com o barulho.

Devagar, dirigiu-se ao escritório. Disse a si mesma que a casa era *dela* e que tinha todo o direito de entrar em qualquer cômodo que escolhesse, não importando a hora do dia ou da noite. Contudo, continuava nervosa, com o coração acelerado e os nervos à flor da pele. Apesar do burburinho anterior, agora se sentia sozinha, a única pessoa acordada naquele momento.

Ainda assim...

Com as palmas suadas, passou pela porta semiaberta do refúgio do marido. As vozes tinham vindo daquela área... Certo? Deu dois passos e viu um vulto, um movimento brusco perto da estante de livros.

O coração dela quase parou.

Algo gemeu e pulou em Ava. Contendo o grito, a moça deu um passo para trás ao reconhecer Mr. T. O gato, que havia dobrado de tamanho, rosnava ferozmente. Depois, saiu correndo pela porta aberta.

Ava se apoiou na quina da mesa.

Era só o gato de Virginia. Nada mais.

Só que o Mr. T não tem como parecer uma pessoa sussurrando e conversando. Tampouco poderia chorar feito bebê...

Ao longe, ela ouviu um motor de barco ganhar vida. Então Wyatt e a dra. McPherson tinham ido embora. *Já vão tarde*, pensou. Logo depois, ouviu o primeiro choro abafado de bebê. *Ah, não!*

— *Mamãe* — murmurou a voz fraquinha. Ava sentiu um frio na barriga.

— Amor? — respondeu, de maneira involuntária. Era óbvio que Noah não estava na casa. Ela sabia disso, mas havia alguma coisa...

Depois de contornar a mesa de Wyatt, abriu várias portas e revirou tudo até achar uma lanterna. Em vez de acender as luzes da casa, usou o feixe amarelado do aparelho para subir a escada até o segundo andar e se dirigir ao quarto de Noah. Hesitou na porta. Em seguida, abriu-a rapidamente e, com o coração disparado, iluminou o cômodo. O cercado do berço lembrava a grade de uma cela de presídio, e os brinquedos — que formavam sombras na penumbra — pareciam medonhos e grotescos em vez de fofinhos e macios. Os olhos de um tigre rajado brilhavam com um vigor diabólico, e o dinossauro favorito de Noah se assemelhava mais a uma gárgula que contraía o focinho e exibia dentes assustadores.

Controle-se. São só brinquedos, caramba. Brinquedos que você não teve coragem de dar...

— *Maaaamãeee...*

O sangue congelou nas veias, e Ava quase derrubou a lanterna ao ouvir o choro do filho ecoar pelo quarto.

CAPÍTULO 30

—*Mamãe, mamãe, mamãe!* — Com a voz entrecortada por soluços, Noah chamava por ela.

Ava sentiu um aperto no peito. De onde vinha o som? *De onde?* Desesperada, apontou a lanterna pelo quarto. Em seguida, acendeu a luz, iluminando o cômodo repentinamente. *Noah... Ah, amor, cadê você?*

— Pense — ordenou a si mesma. Tinha que haver uma forma da voz fraca e inocente do menino estar sendo projetada daquele ambiente para o escritório no andar de baixo e ecoando pelos corredores, de maneira que ela ouvisse os berros do próprio quarto.

Ava revistou o teto, as tábuas corridas e até mesmo as paredes, mas não encontrou nada de anormal. Contudo, em algum lugar... De alguma forma, alguém estava transmitindo um choro de bebê. Ela tinha certeza. Não importava o que os demais achavam de Jewel-Anne. Ava podia apostar que a prima estava por trás daquela tentativa de enlouquecê-la.

Como, aparentemente, não havia nada de estranho no quarto de Noah, Ava apagou as luzes e voltou para o corredor. Se não era ali, onde poderia ser? O choro havia parado; então, não dava para seguir o som. No entanto, ela duvidava de que descobriria alguma coisa procurando naquele andar e no inferior. Havia gente demais limpando, consertando ou apenas habitando os primeiros dois pavimentos da casa. Sendo assim, só restavam o porão — e Ava tremia só de pensar em ter que voltar ao lugar infestado de teias de aranha — e o terceiro andar, que antes era a acomodação dos empregados, mas agora virara um sótão, sendo usado apenas como depósito.

— Nem pensar — pensou em voz alta.

O elevador não chegava ao terceiro pavimento e o acesso pelo segundo piso havia sido bloqueado para sempre, com a porta bem trancada.

A menos que alguém tivesse a chave ou subisse pela porta próxima à despensa, no térreo.

Percebendo que morreria mais uma vez na praia, Ava se dirigiu à escada principal, desceu correndo, atravessou o saguão e entrou na cozinha. Contornou a despensa e chegou à velha escada que ninguém usava, pois era tão antiga quanto a mansão e precisava ser substituída.

Naquela noite, porém, Ava resolveu subir os degraus caquéticos em vez de encarar o porão novamente. Ela ligou o interruptor, mas uma das lâmpadas estava queimada, deixando o caminho para o segundo andar mal iluminado. No piso de cima, usou a lanterna para examinar a porta, que tinha sido trancada pelo corredor externo, próximo a um dos quartos sobressalentes. Havia uma trava do lado de cá, parecida com um trinco de fechadura, e funcionava com facilidade, como se tivesse sido lubrificada pouco tempo antes.

Estranho.

E inquietante.

Ava usou a lanterna para revistar a escada e percebeu que o pó dos degraus estava desigual e remexido, indicando que alguém havia passado por ali recentemente.

Ele olhou para cima da escada em caracol e imaginou se alguém ainda estaria nos quartos desativados. Não havia momento melhor para descobrir. Fazendo o máximo de silêncio possível, subiu correndo os degraus que restavam. O feixe da lanterna iluminava teias de aranha e revelava vestígios de camundongos.

Na última curva, ela encontrou outra porta.

Que estava trancada, claro. *Ótimo. E agora?* Tentou a maçaneta, mas não conseguiu virá-la. As dobradiças ficavam do lado de dentro; portanto, removê-las estava fora de cogitação. Mas precisava haver uma solução.

Quando Ava era criança, sua avó tinha uma equipe completa de funcionários e, além da governanta, duas empregadas haviam morado naqueles cômodos. Que ela lembrasse, a porta nunca ficara trancada e só havia outro acesso: a saída de incêndio, localizada nos fundos da casa ou... Ava olhou para a curva da escada, que se estreitava consideravelmente e terminava no telhado. Com cuidado, subiu os degraus velhos e viu que ali o pó não estava mexido. As teias de aranha ficavam mais grossas à medida que ela se aproximava da última porta, que dava no telhado e no terraço abalaustrado, pelo qual ninguém se aventurava havia anos.

Obviamente, estava trancada.

Ava deu uma ombrada forte na porta, que nem se moveu.

Empacada, ela examinou o batente com a lanterna esperando encontrar uma chave escondida na parte de cima da porta. Não teve essa sorte. Mas alguém precisaria subir no telhado caso houvesse necessidade de fazer consertos. Alguém tinha a chave. O mesmo valia para o terceiro andar. Se acontecesse algum vazamento, alguma infestação de bichos ou o que fosse, alguém na casa precisaria ter acesso. Ava já tivera um molho com as chaves de todos os cômodos da mansão, de todas as portas externas e até das demais construções da propriedade, mas não via o chaveiro desde que voltara do St. Brendan's. Na verdade, quando usara o carro, Wyatt lhe dera a chave dele.

Ela havia pedido a própria chave, e o marido sorrira e dissera:

— *É claro que vou devolver quando você melhorar.*

Na época, ela estava tão frágil que nem havia se importado. Contudo, agora a situação era outra. Convencida de que não acharia chave alguma escondida na escada, ela voltou ao escritório de Wyatt e começou a busca. Algumas gavetas da escrivaninha estavam trancadas. Após revirar as que estavam abertas e os demais compartimentos, não achou nada que pudesse ajudar, nem mesmo um abridor de cartas.

Estava nervosa, começando a suar só de pensar que seria flagrada bisbilhotando o escritório do marido. Fazia quanto tempo que ele tinha atravessado a baía? Voltaria na mesma noite? Será que a encontraria? Tinha que haver um jeito mais fácil.

Vamos, Ava, pense! A casa é sua. Você passou a maior parte da vida aqui. Conhece os segredos dela. Não pode existir só um molho de chaves. E se ele sumir? Alguém — que cuida da mansão — precisa ter acesso a todos os andares, ao maldito telhado...

As chaves estão no corredor dos fundos!

Não fazia pouco tempo que vira o chaveiro lá?

Ava desceu a escada correndo e quase tropeçou ao se dirigir ao primeiro andar e ao pequeno closet espremido entre a despensa e a escada. Com a lanterna, iluminou algumas ferramentas e velhos potes de vidro, até que, nos fundos, avistou vários molhos de chaves pendurados num gancho preso a uma viga. Estavam marcados: casa de barcos, paióis, estábulos e celeiros e a mansão. Puxou o chaveiro e estava prestes a sair do closet quando a lanterna clareou algo metálico bem no fundo de um dos compartimentos. Ava enfiou a mão no buraco e encontrou um molho de chaves separado. Depois de examiná-lo com cuidado, constatou que era diferente dos que já encontrara. Havia uma placa de latão gravada com as iniciais CC, e Ava imaginou que pudesse ser do pai, Connell Church. Deviam ter sido dele antes de morrer, mas não tinha tempo para pensar no assunto. No momento, precisava subir novamente e torcer para que uma das chaves de casa abrisse a fechadura do terceiro andar. Ava não sabia ao certo se Wyatt voltaria naquela noite, mas, se voltasse, não queria que o marido descobrisse o que estava fazendo.

Mesmo assim, parou para revirar as ferramentas e arranjou uma chave de fenda, caso precisasse arrombar alguma coisa.

Subiu a escada como um pé de vento. No terceiro andar, testou todas as chaves do molho, mas nenhuma encaixou na fechadura. Franzindo a testa e sentindo o tempo passar, voltou a selecionar cada chave com mais cuidado.

Não. Nenhuma delas abria a porta de acesso às antigas acomodações dos empregados.

Ava iluminou a porta novamente e, por fim, entendeu. A fechadura tinha sido substituída. A placa metálica reluzia e aparentava ser mais nova do que a das portas dos andares inferiores. Era óbvio que havia sido trocada. Mas quando? E por quem?

Uma nova onda de ansiedade tomou conta dela.

É só uma fechadura trocada, lembrou a si mesma. *Não é, necessariamente, uma conspiração, nem a encarnação do demônio.* Contudo, lá no fundo, Ava sabia que havia alguma coisa importante escondida no terceiro piso.

Frustrada, olhou ao redor. E agora? Ali, na escada escura, com a certeza de que a evidência necessária para provar que alguém tentava enlouquecê--la jazia do outro lado da porta, sentiu-se empacada. De pé nos degraus, o ar gelado resfriava o suor que havia se acumulado em sua pele. A mansão estava em silêncio, a não ser pelo rangido das velhas tábuas corridas e pelo vento que uivava ao longe.

Ava apontou a lanterna para a escada estreita que dava no terraço e imaginou se conseguiria destrancar a portinhola. Por que não tentar? De lá, poderia descer ao terceiro andar pela saída de incêndio. Subiu a escada em caracol e, ao chegar ao topo, examinou de perto a fechadura e constatou que era tão antiga quanto a maioria das trancas da casa. Testou várias chaves e, por fim, ouviu um satisfatório *clique* na quarta vez.

Tentou abrir a porta, mas estava emperrada. Nem se movia.

— Desgraçada — murmurou para o portal antigo.

Ela jogou o corpo contra a porta. Uma, duas, três vezes. Em vão. Ofegante, pôs a lanterna e as chaves nos degraus e segurou a maçaneta com as duas mãos. Girou e tentou novamente. Por fim, a madeira velha cedeu, lascando em volta do cilindro. A porta abriu e deixou a chuva entrar. A lanterna rolou escada abaixo, fazendo um barulhão e iluminando descontroladamente as paredes sujas e o teto antes que Ava conseguisse alcançá-la. Amaldiçoando o fato de não ter calçado as pantufas, ela pegou a lanterna, andou até a parte plana do telhado e, com o vento bagunçando seus cabelos, olhou para o mar.

A água estava escura. As ondas se formavam e a maré roncava. O som a fez se lembrar do fatídico passeio de barco que tirara a vida de Kelvin. O mar revolto, o barco oscilante, o destino final. A lembrança, gelada como a chuva de inverno, era nitidamente cruel. Dolorosa. Jewel-Anne a culpava pela viagem trágica e, naquele momento, pensando a respeito, Ava se perguntava por que insistira em sair com o veleiro.

Tinha sido ideia dela?

Ou de outra pessoa?

Por que, estando grávida, faria um passeio arriscado no mar turbulento, depois de já ter sofrido tantos abortos? Tudo bem, era o final da gravidez, mas, mesmo assim... Aquilo não fazia muito sentido.

Não pense nisso. Não agora. Mexa-se. Antes que o Wyatt volte e você tenha que se explicar!

Com o coração na garganta, atravessou o telhado molhado devagar, até a lateral, de qual dava para ver a escada da saída de incêndio. Galhos de pinheiro e anos de lodo entranhavam por seus dedos dos pés, mas, ao menos, o terraço parecia sólido. Ela podia descer para o segundo andar e subir por um dos quartos de hóspedes, mas era tão perto do quarto de Jewel-Anne que Ava não quis arriscar. Não. Era melhor descer pelo telhado.

Aguentando as investidas do vento que uivava pela baía, ela alcançou o corrimão da escada de incêndio e passou uma das pernas por cima dele. Atingida pela chuva, Ava se deu conta de que, se alguém a visse, seria mandada de volta para o hospital psiquiátrico num piscar de olhos. Se sobrevivesse.

No primeiro degrau, escorregou um pouco, então, fincou os pés descalços da melhor maneira que pôde, pôs a chave de fenda na boca e desceu lentamente. Com uma das mãos, ainda levava a lanterna e se agarrava à grade. Com a outra, segurava com força o corrimão molhado e escorregadio.

Estava com o coração disparado de medo, mas não olhou para baixo. Apenas desceu um degrau de cada vez, devagar, segurando-se com firmeza numa escada que estava longe de ser estável e que rangia com o peso dela.

E se o sótão estiver vazio? E se não houver nada além de móveis cobertos com lençóis velhos e aranhas fugindo para cantos escuros? E aí?

Ava bloqueou os pensamentos desagradáveis e desceu aos poucos. Um pé escorregou e ela tomou um susto, quase deixando cair a chave de fenda e a lanterna.

Mas ela se recompôs e, na chuva, alcançou a janela do terceiro andar e o pequeno patamar que rangeu e oscilou com o peso.

Você É maluca, provocou a mente, mas Ava seguiu adiante. Agachada no patamar e com a lanterna presa entre os dentes, apontou a luz fraca para o peitoril da janela velha e tentou abri-la. Esperava que estivesse firmemente trancada, mas ficou surpresa ao vê-la ceder com facilidade. Bastou um pouco de pressão para empurrá-la para cima, dispensando o uso da chave de fenda.

Finalmente uma folga! Com cuidado, puxou a corda das persianas para poder passar sem danificá-las. O quarto fedia a mofo. Parecia que ninguém entrava ali havia anos.

Meu Deus, e se ela estivesse enganada? E se o lugar só fosse mesmo usado como depósito? Ava sentiu o coração apertar ao fechar a janela e as persianas. Com cuidado, andou pelo labirinto de cômodos encerrados sob o beiral. Havia camas com capas e abajures e cadeiras cobertas. Tudo protegido e assustadoramente esquecido. No banheiro minúsculo, havia uma pia e um vaso sanitário manchados. A pequena cozinha tinha armários e fórmica descascada que pareciam ter saído da década de 1940. Fazia tempo que os eletrodomésticos tinham sido removidos.

— Não há ninguém aqui além dos fantasmas — murmurou baixinho, apontando a lanterna para a porta de fechadura nova que dava na escada. Por que diabos tinham feito a troca?

— *Mamãe... Mamãe!* — A voz de Noah ecoou dos caibros.

Ava conteve um grito e esbarrou num velho toca-discos, localizado no lugar em que outrora fora a sala de jantar. Deixou a chave de fenda cair e acabou pisando na ferramenta ao tentar pegá-la.

O filho *não* estava lá em cima. Não tinha como.

E o choro intermitente voltou a ressoar pelos cômodos.

Aquilo era o quê? Não era o bebê dela. Agora ela estava prevenida.

Engolindo o medo, andou novamente pelo cômodo, que tinha recobrado o silêncio, e imaginou se alguém conseguia ouvir seus passos no andar de baixo.

Contudo, não havia nada fora do lugar. Parecia que alguém tinha fechado a porta daquele pavimento uma década antes e nunca mais voltara.

O silêncio era aterrador.

Não se ouvia mais berros.

Apenas a força do vento.

Ela só avistava móveis cobertos. Gradualmente, começou a arrancar as capas, revelando cadeiras de cozinha abandonadas, uma espreguiçadeira antiga que tinha sido usada pela avó, televisões dos anos 1980, fotografias de parentes há muito falecidos e uma poltrona que fora a preferida do pai. Um por um, Ava puxou os lençóis, parando de repente.

Pensou ter ouvido o ronco de um motor de barco se sobrepondo ao barulho do vento. *Wyatt!*

Ela precisava ser mais rápida.

E sagaz.

O choro de bebê tinha soado no quarto de Noah, no segundo andar, e no escritório de Wyatt, no primeiro piso. Portanto, se o barulho estivesse se propagando por alguma passagem, faria sentido que começasse no cômodo diretamente acima ou abaixo, apesar de, até então, ela ter desconsiderado o porão. Ava desceu o curto corredor até os quartos, achou aquele que acreditava ser o certo e entrou.

O chão não parecia tão empoeirado como no resto do andar, mas havia poucos móveis no quarto. Duas camas de solteiro, sem colchão, estavam encostadas em paredes opostas, uma de cada lado da janela. Ela abriu a persiana e olhou para fora, observando os galhos superiores da mesma árvore que se via do escritório de Wyatt e do quarto do menino.

Só podia ser aquele cômodo.

Mas estava vazio.

Com a lanterna, Ava iluminou todas as tábuas corridas. Depois, abriu o armário. Não havia quase nada dentro, apenas algumas bolsas de viagem, um baú velho, umas poucas malas empoeiradas e uma caixa de chapéu na prateleira.

Ela puxou a caixa e não achou nada além de um chapéu *pillbox* cor-de-rosa — remanescente da época de Jackie Kennedy — e alguns aventais de "hostess" desbotados, porém formais. Um ainda estava com a etiqueta de preço. Era tudo da década de 1960.

Com o barulho do motor do barco cada vez mais alto, Ava sentiu um aperto no peito, como se tivesse fracassado. Mas ouvira a voz do filho. Em alto e bom som. Vindo daquele maldito sótão. Tinha certeza disso.

Observou a bagagem dentro do armário. Duas malas vermelhas da marca Samsonite, com alças de plástico, e uma mochila de rodinhas.

Olhou-as e percebeu os pelos dos braços se eriçarem. Não fazia ideia de quando as mochilas de rodinhas tinham entrado na moda, mas, sem dúvida, fora bem depois dos anos 1960. Aquilo estava destoando. Quase sem ousar respirar, Ava abriu o zíper com cuidado e, levantando a parte de cima, encontrou o que procurava: um pequeno tocador de mídia e algum tipo de dispositivo de conexão sem fio.

— Vaca — falou com os dentes cerrados, pois tinha certeza de que Jewel-Anne estava por trás daquilo.

Mas como podia ter instalado o aparelho? Ela é cadeirante.

A primeira reação de Ava foi querer arrancar do armário a maldita mochila de rodinhas, arrastá-la até o quarto da prima, jogá-la em cima da cama de babados, abrir a parte de cima e exigir explicações.

Mas não conseguiria nada.

Jewel-Anne simplesmente negaria tudo. Todos insinuariam que a própria Ava tinha dado um jeito de instalar o equipamento. Não. Não daria certo. De alguma forma, ela precisava vencer a prima — e quem mais estivesse por trás daquilo — jogando as mesmas cartas.

O ronco do motor do barco desacelerou, indicando que estava atracando. Ava pôs a mochila no lugar, fechou a porta do armário e, com rapidez e cautela, voltou a cobrir os móveis com as capas. Os cômodos não estavam exatamente da maneira como encontrara e o pó, sem dúvida, tinha sido mexido, mas ela não podia se prender a pequenos detalhes.

Com o coração a mil, olhou ao redor. A chave de fenda! Tropeçou e tateou o chão até encontrar. Em seguida, desligou a lanterna, saiu pela janela dos fundos e retornou à escada de incêndio. Só rezava para não ser vista por Wyatt ou por quem mais tivesse chegado de barco. Com uma agilidade surpreendente, subiu os degraus e só escorregou uma vez. Pulando a grade, correu a passos curtos pelo terraço até a porta no topo da escada.

Continuava chovendo forte, mas Ava ignorou o temporal e abriu a porta com um empurrão. Entrou no corredor superior, pegou as chaves e trancou a porta. A camisola pingava nos degraus, mas não havia nada que pudesse fazer a respeito; então, desceu correndo, passou pelo terceiro andar e parou no segundo. Se conseguisse sair por ali e torcer para que o responsável por aquilo tudo não percebesse que o trinco tinha sido girado...

Não havia outro jeito. Era muito arriscado correr para o primeiro andar e dar de cara com quem estivesse voltando para casa.

É o Wyatt. É claro que é o Wyatt. Quem mais levaria a psiquiatra de volta para Anchorville?

Mas era estranho. Por que ele não passara a noite lá?

Para manter as aparências, é óbvio!

Pagando para ver, Ava saiu da escada e pisou no carpete do segundo andar. Na mesma hora, ouviu a porta da frente se abrir.

Droga! Como ela explicaria o fato de estar encharcada? Se, ao menos, pudesse confiar no marido... Mas tinha certeza de que ele também estava contra ela.

Por quê? Se está apaixonado por outra mulher, por que não se divorcia logo de mim?

Mas ele fora contra o divórcio antes. Disso ela se lembrava. Apesar de Ava saber que não havia mais nenhum pingo de amor entre os dois e que o marido estava envolvido com outra pessoa, ele se recusava a desistir.

Por causa do dinheiro. Ele quer o controle desta propriedade e de tudo que você herdou ou construiu.

Essa ideia já havia lhe ocorrido, mas Ava sempre descartara a hipótese. Wyatt já era rico, tinha um ótimo emprego e ganhava mais do que o suficiente. Não queria o dinheiro dela. Se esse era o caso, por que não a matava logo e acabava com tudo de uma vez? Ela sabia a resposta. O marido não era assassino. Não tinha essa índole.

Então, por que estou tão apavorada? Meu coração está disparado, minhas mãos estão suando e mal tenho coragem de respirar por medo de ser pega.

Porque, lá no fundo, ela acreditava que o marido queria interná-la e procurava uma forma de mandá-la de volta para o St. Brendan's ou coisa pior.

Ava ouviu Wyatt entrando no escritório e sabia que era sua chance de escapar. Enquanto ele se acomodava na cadeira, ligava o computador e as luzes, ela precisava subir a escada correndo e torcer para que o marido não percebesse.

Diminuindo o passo no corredor, olhou rapidamente por cima do parapeito para o saguão. Quando viu as luzes se acenderem no escritório, saiu em disparada, mas na ponta dos pés, sem fazer alarde. *Depressa, depressa, depressa! Não tropece!*

Ele pigarreou e Ava quase pisou em falso, mas seguiu em frente, dobrando o corredor. A porta do quarto estava aberta, mas ela não ousou fechar, com medo de Wyatt ouvir. No escuro, abriu a gaveta da cômoda, pegou um pijama limpo, entrou no banheiro e, rapidamente, trocou de roupa e secou o cabelo com uma toalha. Imaginando que ele tivesse escutado o barulho, chutou a camisola para um canto e apertou a descarga.

Entrou no quarto e levou um susto.

Ela não estava só.

Havia um homem parado na porta. A luz do corredor deixava sua silhueta em destaque.

— O que está acontecendo, Ava? — perguntou Trent, assim que ela reconheceu o primo.

Ava quase desabou no chão de alívio, só por não ter que dar explicações ao marido.

— Só fui ao banheiro.

— Vindo do corredor? Vi você do lado de fora.

Flagrada!

— Ah... Bem, fui ao quarto do Noah — respondeu, pensando rápido. — Por favor, não conte a ninguém, mas achei que tivesse escutado meu filho de novo. Aí fui ao quarto dele antes de perceber... que não era possível. Deve ter sido um sonho. Um... pesadelo.

Trent olhou para a camisola e para o cabelo molhado da prima.

— Por que está acordado a esta hora? — perguntou ela, tentando mudar de assunto.

— Acabei de voltar de Anchorville. O Wyatt me pediu para levar a Eve, digo, a Evelyn, para casa.

— Por que ele mesmo não levou?

Trent deu de ombros.

— Não faço ideia.

— Onde ele está agora?

— De novo, não sei, mas você deveria saber. — Ele olhou de cara feia para a cama desfeita. — O Wyatt está dormindo em outro quarto?

Ava não respondeu e Trent inclinou a cabeça, entendendo que quem cala consente.

— Acho que vou me deitar. — O rapaz deu uns tapinhas no batente da porta. — A gente se vê de manhã.

— Claro.

— E Ava?

— Hum? — Morta de cansaço, já estava se dirigindo para a cama.

— Da próxima vez que você resolver subir no terraço no meio de um maldito temporal, é melhor levar um guarda-chuva.

— Do que...?

Ava sentiu o coração apertado ao perceber que já tinha sido pega numa mentira e que teria que inventar outra.

— Eu vi você, prima. No telhado. — Rugas de preocupação marcaram a boca do rapaz. — Que diabos estava fazendo lá em cima?

— Não consegui dormir — mentiu facilmente. — Estava pensando no meu filho e no meu irmão. O Kelvin não chegou a conhecer o sobrinho; então, fui ao terraço porque lá é o melhor lugar para ver onde o *Bloody Mary* afundou.

— Mas por que mentiu para mim?

Trent estava mesmo magoado?

— Você queria que eu admitisse mais uma loucura?

Ele suspirou. Olhou para o corredor e esfregou a nuca.

— Subir no terraço, na chuva, de madrugada, num temporal como o de hoje? Realmente não é sensato, Ava. É perigoso. Assim como perseguir a imagem do filho e parar dentro da baía.

— Por favor, Trent. Não conte a ninguém.

O primo hesitou e Ava sentiu sua indecisão, sua confiança nela se esvaindo.

— Por favor.

Ele suspirou fundo e, no andar de baixo, o relógio do avô soou uma badalada. Uma hora da manhã.

— Não vou dizer nada, mas você tem que me prometer que vai se tratar. Se não for com a Eve, que seja com outra pessoa. Isso não está certo, Ava — disse Trent, sacudindo a cabeça.

— Não estou louca. É sério.

Ela não pôde disfarçar a decepção que lhe apunhalou o peito nem o leve tom de acusação da própria voz.

— Você precisa de ajuda, Ava — retrucou ele. — Vai ver, todos nós precisamos. Mas vá dormir, tá? E, desta vez, fique na cama até amanhecer. Já é tarde — acrescentou, balançando a cabeça.

— Pode deixar — prometeu ela.

Quando o primo fechou a porta, Ava se deu conta de que havia perdido a confiança de uma das poucas pessoas que estavam entre seus aliados. Trent nunca mais acreditaria nela.

Agora estava completamente sozinha.

CAPÍTULO 31

O problema das mentiras é que elas continuam a crescer e, nem sempre, em linha reta. Às vezes se contorcem como uma cobra e em outras se dividem como uma árvore bifurcada. Também podem se espatifar e voar em todas as direções. Pedaços afiados da mentira vão parar nos lugares mais inusitados. Para ser um mentiroso, e dos bons, é preciso saber usar muito bem seus atributos e sempre se lembrar de para quem disse o quê, e isso é difícil. A mentira não se baseia em realidade e, portanto, não tem um fundamento firme e concreto. Em vez disso, baseia-se em areia movediça, pronta para sugar o mentiroso e enterrá-lo com suas inconsistências.

Felizmente, Ava nunca tivera problemas com mentiras. Sempre falara tudo na lata.

Até aquele momento.

— Trate de se acostumar — murmurou ela, com o celular no ouvido e de pé na janela do quarto, observando as nuvens sobrevoarem a baía enquanto esperava Tanya atender.

Após as descobertas da noite anterior, Ava precisava de um cúmplice, de alguém em quem pudesse confiar, e o número de pessoas que se enquadravam nessa categoria diminuía a olhos vistos.

Ouviu a voz abafada de Tanya, que conversava com alguém próximo. Depois, a amiga falou com mais clareza:

— Muito bem. Consultei minha agenda e, realmente, só posso sair daqui depois das 15 horas. A não ser que eu venha mudar drasticamente os horários. A Gloria Byers vem às 13 horas para cortar e pintar o cabelo, e sempre demora, no mínimo, duas horas. Depois fico tranquila. O Russ vai ficar com as crianças hoje. Vai buscar os dois quando chegarem da escola. Acho que está tentando fazer o papel de "bom pai" de novo, o que me deixa nervosa, mas não posso fazer nada; então, estou com a noite livre.

Ava consultou o relógio da mesa de cabeceira. Já eram quase 10 horas.

— Eu queria sair ao meio-dia, mas veja o que consegue fazer e me ligue de novo.

— Vou dar um jeito. Sabe, às vezes, é um saco ser mãe solteira. — Tanya desligou. Sua frustração ainda reverberava pela conexão sem fio.

Ava tentou imaginar o que faria se não tivesse Tanya como "álibi". Sem uma amiga, seria quase impossível viajar até Seattle — em busca do equipamento necessário — sem levantar suspeitas.

Ela trincou os dentes, já preocupada com a compra dos microfones e das câmeras. Wyatt poderia ver o extrato bancário caso usasse um cartão de crédito ou de débito, e ela não queria que ele ficasse desconfiado.

Ava sempre tivera uma conta separada, com seus próprios cartões de crédito e economias. Administrava os investimentos e criara sua independência financeira, mas perdera tudo quando fora internada no hospital. Desde então, sempre que mencionava a necessidade de ter o "próprio" dinheiro, Wyatt garantia que "resolveriam tudo" quando ela "melhorasse".

Ava precisava dar um basta naquela história do marido ter total controle das suas finanças. Isso aconteceria assim que voltasse do passeio subversivo em Seattle.

Ao pegar o casaco, sentiu o celular vibrar dentro do bolso e viu o número de Tanya aparecer na tela.

— Pronto. Tudo certo — informou a amiga, radiante. — Consegui reformular tudo. Acontece que a boa e velha Gloria ia ter que remarcar de qualquer jeito. Acho que consigo sair daqui às 11 horas.

— Perfeito. Estou indo! Podemos usar o seu carro?

— É claro. Contanto que você pague meu almoço. E não me refiro a um cachorro-quente com refrigerante na plataforma da barca. Hã-hã. Estou falando *sério*. Quero um almoço extraordinário de Seattle e, para completar, uma taça de vinho caro e vista para a enseada. Me dê o tratamento de princesa que eu mereço.

— Você é jogo duro.

— Sempre.

Ava riu pela primeira vez no dia.

— Fechado.

Ainda bem que Tanya existia!

O caso Reynolds andava a passos lentos. Aborrecido, Snyder estava sentado ao computador com um copo de café esquecido na mesa. Não escutara os telefones tocando nem vira os dois investigadores que passaram tranquilamente por sua baia ao voltarem para os fundos do prédio. Estava concentrado demais no trabalho e lia o relatório da autópsia de Cheryl Reynolds pela terceira vez.

Não que houvesse alguma grande surpresa no documento, mas esperava que tivesse deixado escapar algo importante nas duas primeiras leituras. De acordo com o médico-legista, a vítima falecera porque tivera a jugular e a carótida cortadas depois de quase ter sido estrangulada até a morte.

O assassino tinha que ser alguém forte o bastante para esmagar a laringe antes de rasgar a garganta de uma orelha a outra. Filho da puta sanguinário... E, provavelmente, conhecia a mulher. O ataque parecia pessoal, como se o agressor fizesse questão daquilo e não tivesse matado só por matar.

Snyder mudou de arquivo e analisou, mais uma vez, a lista de provas encontradas na cena do crime. Nada de útil. Não havia nada fora do normal, exceto por um fio de cabelo preto que, para o detetive, podia ser um pelo de gato ou pertencer a algum paciente de Cheryl que estivera na área de serviço. Ao que tudo indicava, não haviam roubado nada nem sequer tentado fazer com que o crime parecesse um assalto que terminara mal.

Mais uma vez, Snyder concluiu que o ataque tinha sido proposital e pessoal.

Nenhuma testemunha ocular relatara ter percebido alguém à espreita. Nenhum vizinho vira gente estranha ou suspeita no edifício. Os inquilinos do andar de cima — que deviam estar fumando maconha, a julgar pelo cheiro do apartamento — não tinham ouvido nada.

Como sempre.

O detetive se perguntou por que uma mulher que vivera décadas em Anchorville, em paz, sem inimigos declarados, de repente se tornara vítima de um ataque tão cruel e intencional.

Teria sido por acaso?

Não fazia muito sentido.

A última pessoa a ver Reynolds com vida — de quem se tinha conhecimento — fora Ava Garrison, mas a história dela parecia coerente. As informações e os horários que a mulher dera sobre a consulta com a hipnotizadora eram precisos e condiziam com os relatos de outras testemunhas que lhe serviram de álibi. Contudo, Cheryl Reynolds morrera pouco depois que a mulher saíra. Isso se não tivesse sido logo após. Além do mais, Ava Garrison estava longe de ser uma pessoa equilibrada. Tentara até se matar.

Talvez aquilo quisesse dizer alguma coisa. Talvez não.

Além da única tentativa de suicídio, a mulher não tinha nenhum histórico violento. Corriam boatos de que fora uma empresária intransigente, uma megera, de certo modo, mas isso tinha sido antes de virar mãe e perder o único filho.

Snyder fez uma careta. Era uma situação lamentável.

Ava nunca desistira do menino. Depois que ela aparecera no escritório dele, poucos dias antes, o detetive relera o arquivo. Nenhuma pista servira de ponto de partida, tampouco haviam surgido informações novas. A criança sumira. Como não houvera pedido de resgate e nenhum sequestrador entrara em contato com os Garrison, Snyder mudara de teoria. Sua opinião, uma tese que não tinha como provar, era de que ocorrera algum acidente terrível em que o menino morrera. Quem o matou se livrara do corpo — escondera em algum lugar antes de jogar em mar aberto.

A mãe? Pouco provável.

No entanto, a moça era problemática.

Frustrado, o homem tamborilou na mesa com os dedos enquanto repassava mentalmente todas as evidências.

De tão absorto, não percebeu que Biggs havia entrado no cubículo. Só quando o xerife pigarreou, Snyder levantou a cabeça e se deparou com o homenzarrão que preenchia o pouco espaço extra ao redor da mesa.

Biggs estava com os óculos de leitura no topo da cabeça e mascava chiclete com força.

— Alguma novidade sobre o caso Reynolds?

— Estou relendo a autópsia e o relatório de provas, mas, não. Nada de novo.

Biggs olhou de cara feia e mascou com mais vontade.

— A imprensa está em cima da porta-voz da delegacia e eu gostaria que ela pudesse dizer alguma coisa positiva que fosse útil para eles.

Como era de esperar.

— Assim que eu tiver alguma informação que não comprometa a investigação, ligo para a Natalie. — Snyder pensou na porta-voz baixinha e musculosa e não invejou o trabalho dela.

— Quanto antes, melhor. Não posso ficar com um homicídio não solucionado sob minha responsabilidade. — Biggs sacudiu a cabeça. Os óculos balançaram tanto que ele os tirou do cabelo batidinho e grisalho, dobrou as hastes e os guardou no bolso da camisa. — E não aguento mais receber telefonemas da minha ex-cunhada para me contar todas as merdas que acontecem na ilha. Bonecas enterradas e tudo mais. — Soltou um suspiro enojado. — A Virginia não sabe o que significa *ex*. Suponho que ainda não haja nada sobre o Lester Reece, né? Eu adoraria dizer alguma coisa para saciar a imprensa — acrescentou, franzindo a testa.

— Ninguém viu o homem recentemente, senhor.

Biggs apertou um pouco os olhos, como se achasse que Snyder estava zombando dele.

— Ele nunca apareceu em lugar nenhum.

— Pode ter se afogado. Ter sido carregado pelo mar. Devorado por tubarões ou orcas. — Snyder deu de ombros. — Já faz um tempão.

— Mesmo assim.

— Estamos sempre de olho nele.

— Ótimo — grunhiu Biggs. Jogando o peso de uma perna para a outra, fez uma careta. — Maldito joelho. Às vezes dói que é uma desgraça.

Diziam as más línguas que o médico havia sugerido uma cirurgia de prótese de joelho. As mesmas más línguas afirmavam que Biggs, um eterno cabeça-dura, tinha mandado o médico enfiar a ideia num determinado lugar. Agora, ainda mascando com fúria, Biggs se dirigiu com dificuldade aos fundos do edifício, onde ficavam a cozinha e os banheiros.

Snyder voltou ao trabalho e mal ergueu a cabeça quando ouviu Lyons chegar.

— Ouviu o discurso exaltado "temos que achar e crucificar o filho da puta"?

— Foi. — Ele olhou para a parceira. — Descobriu alguma coisa?

— Achei as anotações que ela fez no computador. Pretendo analisar.

— Não é confidencial?

Morgan olhou para o teto e balançou a cabeça.

— Só para quem é médico ou advogado. Ela não era uma coisa nem outra. Só espero, por tudo que é mais sagrado, que haja alguma informação que nos ajude a prender o assassino.

Do bebedouro dos animais, no qual consertava uma torneira que estava pingando, Dern observou sorrateiramente a saída de Ava. O homem torceu uma chave inglesa no cano para apertar a arruela nova no eixo. Quando, finalmente, se deu por satisfeito, tendo certeza de que não haveria mais vazamentos, viu Ava andar apressada pela rua. Estranhou o fato dela não ter usado o carro, mas concluiu que devia ser por causa dos horários limitados da barca. Além disso, ele sabia que Wyatt mantinha dois veículos numa garagem do outro lado da baía.

Quando ela desapareceu na marina, Dern trocou o registro da torneira e se conteve para não seguir a mulher. Foi por pouco. Essa parte, deixar Ava em paz, estava ficando mais difícil e ia de encontro a todos os seus desejos ridículos e primitivos.

Determinado, voltou depressa ao estábulo, onde havia fechado o registro geral do encanamento externo. Abriu a válvula e voltou ao bebedouro para verificar a água que descia da torneira. Desligando-a, conferiu o trabalho e confirmou que não havia vazamento. A arruela nova estava firme.

— Dá para o gasto — disse a si mesmo.

Dern sentiu um dos cavalos se aproximar. Virou a cabeça e viu Jasper, que relinchou baixinho, soltando dois jatos de vapor quente pelas narinas.

— Quer me ajudar? — perguntou. — Ou, quem sabe, quer uma bebida, hein?

Dern encheu a grande caixa de cimento — que parecia ter mais de 50 anos — e o cavalo se aproximou. Ele inclinou a cabeça sobre o bebedouro e relinchou novamente, espalhando a água doce.

— Você conhece aquele velho ditado sobre levar o cavalo até a água? — disse, afagando a testa larga do animal enquanto olhava para a baía e observava um barco atravessar as águas cinzentas rumo a Anchorville. — Então? O que acha de a gente dar um passeio?

Ainda imaginando aonde Ava tinha ido, prendeu a rédea no cabresto de Jasper e levou o cavalo ao estábulo para selá-lo. A saída dela não era um problema. Dern considerava um bom sinal o fato dela ter se afastado da maldita ilha. No entanto, parecia que, sempre que Ava ia a algum lugar, acontecia alguma encrenca.

Com frequência, encrencas vinham acompanhadas de perigos.

Não é hipocrisia, se você levar em conta o seu objetivo?

O rapaz assistiu ao barco que cortava a baía e sentiu uma vontade incontrolável de ir atrás dele.

— Idiota — disse a si mesmo, resistindo à tentação.

Não podia entregar o jogo. Ainda não. Se aparecesse sempre que Ava deixasse a ilha e ela o visse, ficaria desconfiada, e isso não podia acontecer. A mulher não cairia na desculpa da coincidência. Não era *tão* louca assim. Na verdade, Dern suspeitava de que, de louca, não tinha nada. Mas alguém na ilha tinha. A boneca enterrada era prova suficiente disso.

Ele olhou para o jardim quando subia na sela. Quem diabos havia decidido que enterrar uma imitação da criança desaparecida era uma boa ideia? Ou seria uma brincadeira de mau gosto?

Sim. De fato, a situação não era das melhores no Portão de Netuno, mas Dern concluíra que a vida ali nunca tinha sido lá essas coisas. A velha mansão, construída na encosta do morro, escondia segredos. Alguns bem mais sinistros do que outros.

Naquele dia, ele precisava aproveitar o fato de não haver ninguém bisbilhotando seus passos. Precisava de algumas horas sozinho, sem ser observado por olhos curiosos. O tempo estava passando rápido demais, e ele tinha que agir depressa. Não podia se desviar da missão. Nem mesmo por causa de Ava Garrison.

Deus sabia que ela era uma tremenda distração.

— Vamos lá — ordenou ao cavalo, que partiu num galope suave.

Dern cavalgaria mata acima e só desviaria para o sul quando tivesse certeza de que ninguém poderia vê-lo.

E então, entraria de mansinho no destino final: os muros abandonados do Sea Cliff.

— O que você vai fazer com essa parafernália de espionagem? — perguntou Tanya a Ava.

As duas andavam pelas calçadas acidentadas de Seattle. Tanya estava com um casaco com forro de pele e botas de salto de 10cm. Enquanto passeavam pela ladeira, tentou, em vão, impedir que o guarda-chuva virasse ao contrário com o vento que soprava da baía de Elliott.

— Digo, para que as câmeras de espionagem e os gravadores? Não me diga que... você vai virar detetive particular. Ótimo! Vou pedir que fotografe ou filme o Russell quando ele estiver com as crianças.

— Não acho que eu daria uma boa detetive particular — admitiu Ava, com uma risada.

Durante o trajeto até a cidade, Ava não revelara sua missão. Só agora, após terem ido a uma loja de eletrônicos — na qual ela comprara os itens que julgava necessários, com o cartão de Tanya para não criar vínculos —, estava pronta para explicar, nem que fosse só um pouquinho. Devia isso à amiga.

— O que vai fazer com o equipamento do James Bond? — pressionou Tanya.

— Só pretendo virar o jogo de quem está tentando me enlouquecer.

Elas desviaram de um homem que vinha com um schnauzer na direção oposta. Depois, esperaram o sinal abrir para atravessarem a rua do restaurante à beira-mar que Tanya escolhera para o almoço tardio.

— Você acha que isso tem alguma coisa a ver com o assassinato da Cheryl? — indagou Tanya, nervosa. Ela não escondia a crença de que a consulta de Ava com a hipnotizadora tinha alguma relação com a morte da mulher.

— Não sei como. — O que era verdade, mas, mesmo assim, isso a incomodava. Muito. Além de Cheryl ter perdido a vida de maneira brutal, Ava também temia que pudesse haver alguma ligação.

— Bom, é uma situação estranha e assustadora. Ou melhor: é apavorante, e está me deixando paranoica!

— Bem-vinda ao clube.

A luz do sinal mudou e elas esperaram um momento por causa de um louco que vinha num Fusca e resolveu atravessar o cruzamento com o sinal vermelho.

— Idiota! — berrou Tanya, quando o motorista de um Ford Escape afundou a mão na buzina, e o Fusquinha amarelo fugiu dobrando a esquina.

Uma vez fora de perigo, as duas amigas atravessaram rapidamente a rua ampla e chegaram à orla, onde o ar tinha cheiro de maresia e as gaivotas grasnavam e planavam no céu cinzento. As barcas recortavam as águas revoltas, deixando rastros de espuma. Ao longe, através de uma fina camada de neblina, dava para ver as montanhas da península Olympic.

Juntas, andaram até o Pier 57 e atravessaram a porta vai e vem de um bistrô localizado à beira da água, famoso pelos frutos do mar frescos. Havia poucos fregueses do lado de dentro, pois a clientela do almoço já diminuíra e ainda faltavam algumas horas para o jantar.

As mulheres ocuparam uma mesa próxima a uma janela com vista para Puget Sound. Pediram bebidas e dividiram uma entrada de caranguejo com molho de alcachofra. Como prato principal, cada uma pediu a especialidade do dia: ensopado de peixe e bolinho de sapateira-do-pacífico.

— Vamos lá — disse Tanya, depois de receber o Martini com suco de romã. — Desembuche. O que vai fazer com a tralha *high-tech* de espionagem? — Ela tomou um gole da bebida e olhou para a amiga do outro lado da mesa.

Respirando fundo para reunir forças, Ava desabafou sobre a noite anterior e contou que tinha invadido o terceiro andar e achado o gravador. Dessa vez, Tanya não interrompeu. Apenas escutou enquanto bebericava o drinque e beliscava o pão crocante com molho.

— Tem alguma coisa muito podre naquela ilha — declarou, por fim, quando Ava terminou de falar. — Mas a Jewel-Anne? Vamos encarar os fatos: mesmo que conseguisse subir a escada, o que não dá, ela entende tanto assim de tecnologia, a ponto de instalar um sistema elaborado?

— Pode ter sido ajudada por alguém. O irmão dela, o Jacob, é um gênio da computação. Ainda está na faculdade, mas já foi assediado por várias empresas de software daqui da região de Seattle e do Vale do Silício.

Ava provou a sopa e achou quente e picante, levando o aroma de tomate, alho e erva-doce complementava o alabote, os mexilhões, os camarões e o robalo.

— Mas por quê? — perguntou Tanya. — Por que teriam esse trabalho?

— Não sei. Vai ver é porque sou a dona do Portão de Netuno.
— Hummm. Dinheiro. O velho culpado.
— Pode ser.
— Mas e o Noah? Você acha que eles têm alguma coisa a ver com o sequestro do menino?

Ava sentiu o coração pesar novamente. Às vezes, o medo de nunca mais ver o filho era tão intenso que até tinha a impressão de que não conseguiria respirar, de que não seria capaz de pôr os pulmões para funcionar.

— Não sei. — Ignorou a taça de Chardonnay e, de repente, também passou a achar a sopa sem graça. — Não vejo como.

Beliscando os bolinhos de caranguejo, Tanya disse:
— Você sabe que os boatos se espalham rápido em Anchorville e é claro que um dos antros de fofoca é o meu salão.
— É claro.
— Eu soube que encontraram um corpo enterrado no jardim do Portão de Netuno. — Ela estava passando manteiga num pedaço de pão, mas parou por tempo suficiente para fitar Ava. — Era a isso que se referia quando disse que estavam tentando deixar você maluca?
— Não foi um corpo. Foi uma boneca. Me desculpe por não ter mencionado antes — explicou.

Ava resolveu que precisava confiar plenamente em alguém e contou a Tanya tudo que havia acontecido na ilha. Não se importava se a amiga a achasse louca. Pôs tudo para fora: a visão da imagem do filho no cais, os sapatos molhados que encontrara no quarto do menino e até a suspeita de que o marido estava tendo um caso com a psiquiatra.

Depois do desabafo, ela se sentiu melhor. Leve. Tanya mal tocara no ensopado.

— Uau! — exclamou a amiga, por fim. — Acho que vou passar a chamar você de Alice. Definitivamente, você entrou na toca do coelho.
— Várias vezes.

Elas terminaram o prato principal. Ava dispensou a sobremesa, preferindo um expresso, mas Tanya pediu uma torta de maçã e cranberry com uma bola enorme de sorvete de baunilha e duas colheres. Sem vontade, Ava deu várias colheradas no doce enquanto tomava o café preto.

Ela havia acabado de pagar a conta e estava assinando o comprovante do cartão de crédito quando Tanya disse:
— No caminho até Anchorville, você pode me contar tudo sobre o Austin Dern.
— Por que eu faria isso?

— Sei lá. Talvez porque você esteja apaixonada por ele?

Ava ficou passada.

— Foi o que pareceu?

A última coisa de que ela precisava, a última mesmo, era de uma complicação na vida amorosa, e Dern era, sem dúvida, uma complicação.

— Você não mencionou o Austin muitas vezes, mas, quando falou dele, ficou corada — declarou Tanya, apontando a colher para a amiga. — Não negue. Sou especialista nessas coisas. Sou esteticista, lembra? Escuto as histórias de vida da mulherada há anos, e sempre tem um homem no meio. Muitas vezes, mais de um.

— Nem conheço o cara. Não mesmo. Além do mais, não sei se você lembra, mas sou casada.

— Não é nada. Cadê os seus anéis? Se bem me recordo, você usava um solitário de dois quilates e uma aliança.

Boa pergunta, pensou Ava. Ela nunca havia questionado aquilo.

— Acho que devem estar em algum cofre ou guardados no banco. — Olhou para a mão esquerda nua e esfregou os dedos, constrangida.

— Você não lembra mesmo, né?

— Acho que não.

— Você jogou as alianças na baía.

— O quê? — Ava ficou perplexa.

— Eu estava lá. — Tanya tomou outra colherada de sorvete com frutas.

— Mas eu nunca faria...

— Claro que faria. Porque pegou o Wyatt traindo você, e não foi a primeira vez.

— Não. Digo, não acredito que... — Mas a voz dela falhou, e alguns caquinhos afiados do passado começaram a se encaixar, um por um. — Com quem?

— Faz diferença? Que eu saiba, traição é traição. Não importa quem seja o outro lado da equação.

O estômago de Ava embrulhou e ela ficou enjoada. Aquilo era verdade. Em parte.

— Caramba, Ava. Você tem mais do que lacunas na memória. Tem abismos enormes que incluem meses. Até anos, se bobear. — Tanya largou a colher e empurrou para o lado o resto da sobremesa derretida. — Ouça, eu não disse nada porque não queria que você piorasse. Mas vi você se esforçando para lembrar e, agora, as coisas estão ficando muito estranhas. Você precisa ir embora, enquanto ainda pode. — Tanya estava falando sério.

— Você acha que corro perigo?

— Bem... Acho. Talvez. Provavelmente. Veja o que aconteceu com a Cheryl.

— Isso é outra história.

— Será? — Tanya uniu as sobrancelhas, e rugas de preocupação marcaram sua testa. — O timing... Parece que está tudo relacionado. Você também sabe disso.

Sabia mesmo. Os temores que tentava controlar com todas as forças afloraram com mais intensidade.

— Não. Isso é tirar conclusões precipitadas. E, realmente, se alguém quisesse me ver morta, eu já teria morrido.

Tanya não estava convencida daquilo.

— Hoje em dia, não é tão fácil matar uma pessoa e fazer parecer que foi um acidente. Hã-hã. A perícia agora é muito detalhada e os parentes são sempre os primeiros suspeitos. Acho que estão torcendo para que você enlouqueça a ponto de tirar a própria vida.

— Não.

Tanya se esticou sobre a mesa e segurou um dos braços de Ava. Virando-o para cima, deixou o punho da amiga parcialmente exposto, mostrando as cicatrizes, e disse:

— Conheço você há muitos anos, Ava. Antes do Noah desaparecer, você era a última pessoa que eu acreditaria ser capaz de tentar suicídio. A última mesmo. Era a pessoa mais lúcida que eu conhecia. O que aconteceu naquela noite?

Ava engoliu em seco.

— Não sei — sussurrou. — Não consigo me lembrar.

Contudo, havia imagens obscuras, como fotografias superexpostas e de margens sombreadas. Ela se recordava da banheira de espuma, da água morna e reconfortante ao redor de seu corpo nu. Numa experiência fora do corpo, vira a mancha de sangue se espalhar na água, tingindo as bolhas de sabão de um rosa pálido e mortal. A lâmina de barbear estava ao lado da banheira... Tão fácil de alcançar... de deslizar contra a pele branca e cheia de veias...

Agora, ao se lembrar daquilo, o coração batia acelerado e ela sentia um gosto metálico subir pela garganta.

— Pense, Ava. É importante — suplicou Tanya, de algum lugar distante.

Era como se, de repente, tivesse sido transportada para uma gruta gelada no litoral. O barulho das ondas estourando nas pedras e do vento soprando na caverna era tão alto que Ava não conseguia pensar.

— Havia mais alguém com você? — A voz de Tanya. Muito, muito ao longe...

Balançando a cabeça na tentativa de desanuviar as lembranças, Ava se esforçou para recuperar as imagens daquela noite. Com os olhos da mente, ela se viu. Os braços e as pernas pareciam descolados do corpo. O espelho sobre a pia estava embaçado com o vapor da água quente. O banheiro estava à meia-luz e com velas acesas. A cera vermelha escorria como o filete de sangue.

Havia alguém com ela? Não...

— Quem encontrou você? Foi o Wyatt, né? — A voz fraca de Tanya novamente.

Tudo se misturou, girando num enorme redemoinho de nuvens. Contudo, ela estava lá, na banheira, sentindo-se embriagada.

— Ava? Você está bem?

Era Tanya, ali, no restaurante, ou alguém do lado de fora da porta do banheiro, batendo desesperadamente, tentando entrar?

— Quem encontrou você?

Ava piscou. Percebeu com quem estava. Deparou-se com os dedos agarrados às laterais da mesa. Concentrou-se em Tanya, que se levantava da cadeira como se esperasse que a amiga fosse desmaiar.

— Não... Não me lembro, não... Não foi o Wyatt. Não de início. — Era isso mesmo, né? Era. Ela se lembrou do rosto deformado e apavorado da prima. — Foi a Jewel-Anne. Ela estava em pânico. Berrava, chorava e...

A imagem começou a sumir novamente, mas Ava se agarrou a ela com toda força, certa de que vira a garota na cadeira de rodas, pedindo socorro, gritando que a prima estava morta. Depois, apareceram luzes, piscando contra as janelas, refletindo nas gotas de chuva.

Ao ser retirada da banheira, ouvira a voz reconfortante de Wyatt, pedindo, por favor, que a cobrissem quando os paramédicos chegaram para cuidar dela. Lá no fundo da consciência, Ava se recordou dos solavancos durante o trajeto pela baía, a caminho do hospital...

Tudo estava envolto em ilusões e sonhos, uma névoa criada pelo próprio desalento e pelos comprimidos que tomara antes de entrar na água morna e relaxante, o suficiente para acalmá-la.

De fato, Ava mal escapara com vida. Desmaiara dentro do barco de resgate e só acordara dias depois.

Engoliu em seco. A lembrança provocou arrepios na sua pele quando voltou ao presente: ao restaurante quase vazio e à melhor amiga.

— Eu menti — revelou, pigarreando. — Lembro, sim. Mas não tudo.

— Você não tentou se matar, né?
— Não — respondeu, agora mais certa do que nunca.
— Então quem foi?
— Isso eu ainda não sei — admitiu, com as possibilidades circulando na mente —, mas pretendo descobrir.
— Tenha cuidado, Ava — aconselhou Tanya, parecendo assustada. — Tenha muito cuidado.

CAPÍTULO 32

Dern sentiu as primeiras gotas de chuva ao amarrar o cavalo no galho baixo de um pinheiro próximo ao velho hospício. O Sea Cliff mostrava a idade que tinha. O concreto rachado, os canos enferrujados e o musgo que cobria os antigos jardins eram indícios suficientes do desuso e do vazio. O vento com cheiro de maresia que soprava dentro da propriedade não conseguia disfarçar o fedor de abandono.

Um corvo grasnou de um dos telhados, sacudindo as penas enquanto olhava para o pátio desocupado. Sobrepondo-se ao barulho do mar, uma corrente tilintava contra um dos mastros fora de uso.

De modo geral, era um lugar solitário e macabro que, provavelmente, deveria ser demolido. Foi o que Dern pensou ao entrar no edifício. Ele sabia andar por ali. Aprendera por tentativa e erro, nas três visitas anteriores ao hospital psiquiátrico desativado. Em cada vez, explorara uma seção do hospício durante cerca de uma hora, antes de voltar ao apartamento em cima do estábulo, torcendo para que ninguém o tivesse visto sair. Costumava ir a cavalo, com uma desculpa pronta, caso alguém perguntasse seu paradeiro. Ele já havia mencionado a manutenção da cerca e, agora, a justificativa era de que pensara ter visto uma pessoa na floresta, em cima do morro, e fora verificar se alguém estava acampando na propriedade ou precisava de ajuda. Podia usar essas mentiras simples para não causar muita desconfiança nem levantar suspeitas.

Até o momento, ninguém dera pela falta dele; então, não tinha sido obrigado a mentir.

Por enquanto, precisava manter em sigilo o fascínio pela instituição e, até então, achava que tinha conseguido.

Num dos portões enferrujados da lateral do complexo, apanhou uma ferramenta do kit de arrombar fechaduras, abriu o cadeado antigo e entrou. Um caminho de cascalho, tomado por ervas daninhas, recortava o que antes tinham sido os jardins que separavam vários prédios da propriedade. Dern passou por um conjunto de casas geminadas que haviam abrigado parte dos funcionários. Duas haviam sido remodeladas. A parede em comum fora derrubada para resultar numa casa maior. As demais pareciam não ter sido tocadas desde o governo Eisenhower. Atravessando uma cerca viva quase morta, ele contornou o prédio comprido da clínica que atendera os pacientes externos.

Apesar do terreno ser protegido por cercas e portões, também havia muros internos de segurança. A instalação principal — o hospital em si, que era o centro do complexo — tinha seus próprios cadeados, portões e cercas.

Mesmo não havendo torres nos cantos das cercas nem concertinas reluzindo no topo das muralhas de concreto, o lugar lembrava um presídio.

— Tudo muito civilizado — murmurou Dern, arrombando o cadeado do portão principal para invadir o coração do Sea Cliff. Um pórtico com o telhado afundado se espalhava pela entrada, no qual uma série de janelas e grandes portas duplas davam as boas-vindas aos visitantes.

Aquele cadeado era um pouco mais teimoso, mas acabou cedendo também. Dern afastou algumas teias de aranha ao entrar no lugar, onde o tempo e a humanidade pareciam ter sido esquecidos e andou pelo que tinha sido a recepção do hospital.

Estava vazia, exceto por uma mesa quebrada apoiada na parede, acumulando pó. Passada a recepção, ele chegou ao amplo escritório do administrador do hospital. O último a ocupar o cargo tinha sido Crispin Church, tio de Ava. Obviamente, os arquivos estavam vazios. O aparador, com um pé quebrado, tapava as antigas tubulações da calefação.

Dern já estivera ali e não encontrara nada no andar. Tampouco descobrira algo relevante quando revistara as casas geminadas e a clínica. Só restavam os pisos superiores do hospital principal, com seus labirintos de corredores, centrais de enfermagem, quartos coletivos abandonados e alas vazias.

Como os elevadores não funcionavam, usou a escada a passos barulhentos, batendo as botas contra os degraus de concreto. A escadaria estava escura. As janelas de vidro aramado, opacas por natureza, agora estavam imundas. O hospício era quase horripilante, mas Dern não se apavorava à toa. Do contrário, teria surtado ao desenterrar o caixão minúsculo. *Aquilo sim* tinha sido perturbador. Era um milagre Ava ter conseguido manter a sanidade.

A planta do segundo andar era quase idêntica à do primeiro. A única diferença era a área da recepção, que havia sido transformada em cozinha e refeitório. Os cômodos eram um pouco mais mobiliados. Havia uma cama com o colchão manchado no meio de um quarto de pacientes. As estruturas de outras duas camas entulhavam um quarto maior. Uma cadeira do início da década de 1970 estava encostada numa janela, esquecida. O estofado escapulia do couro sintético rasgado, formando uma cascata de espuma.

Nada de interessante.

Dern subiu a escada até o terceiro e último andar do edifício. Era bem parecido com os demais, exceto pelas manchas de infiltração no teto. Novamente, ali ficavam a área comum e a central de enfermagem, mas, dessa vez, ele sentiu um calafrio de apreensão ao percorrer um dos corredores e parar no quarto de quina, que se distinguia dos outros cômodos por causa das duas janelas.

A poeira daquele quarto estava um pouco mexida? Por um momento, pensou ter visto uma marca de sapato, mas foi só o efeito da luz.

O lugar estava vazio. Seu famoso habitante não havia deixado nenhum rastro.

— Onde diabos você se meteu, Reece? — A voz de Dern ecoou pelas paredes rachadas e pelos pisos arranhados. O homem era um fantasma que assombrava a ilha e a cidade de Anchorville. Deixara um legado quase palpável. Lester Reece tinha sido um monstro quando estava vivo e visível, porém, como o mistério de seu paradeiro nunca fora desvendado, ele se tornara uma lenda, parte do encanto daquele pedaço do mundo. Os velhotes do bar tinham razão: assim como D. B. Cooper, que nos anos 1960 pulara de um avião sequestrado com US$200 mil e dois paraquedas, Lester Reece tinha seus admiradores, pessoas fascinadas por criminosos que haviam fugido da polícia e que ninguém tinha como provar se estavam vivos ou mortos. O povo gostava de acreditar em mitos e de achar que alguém era capaz de se safar de um homicídio ou de fugir com dinheiro. Lester Reece fizera os dois. A grana que roubara nunca aparecera. Seu cadáver, tampouco. Contudo, o mito se mantinha vivo.

Mas Dern estava determinado a provar que o desgraçado havia morrido ou a crucificar o maldito de uma vez por todas.

De pé, diante da janela, olhou pelo vidro embaçado, riscado de sujeira. O parapeito estava coberto de cocô de passarinho. As paredes internas exibiam pontinhos pretos nas quais alguém havia apagado um cigarro ou dois... Ou três. Pouco tempo antes?

Ele ficou um pouco ansioso. Esforçando-se, achava que podia sentir o leve cheiro de fumaça... Mas devia ser só a imaginação fazendo hora extra.

Dern não sabia dizer se as marcas pretas eram de cigarros recentes ou de cigarros apagados anos antes.

— Droga — resmungou, olhando pela janela suja.

Daquele local estratégico, observou a água turbulenta que se espalhava até o litoral longínquo, rochoso e arborizado do continente. A rota de fuga de Reece. Pelo menos, era o que supunham as pessoas que acreditavam que o criminoso estava vivo.

Talvez sim.

Talvez não.

Uma luz chamou sua atenção, que ele desviou o olhar para o norte, ao longo da margem da ilha. Lá, em meio às árvores, quase invisível, havia uma região iluminada.

— Que diabos? — Ele esticou o pescoço para ver melhor.

De fato, através de um abismo na encosta — uma área em que as árvores eram particularmente finas — avistou os fundos da casa de Ava Garrison.

Não que aquilo significasse alguma coisa.

No entanto, Dern tinha a sensação incômoda de que acabara de se deparar com algo importante: uma relação entre Lester Reece e a enorme mansão de Ava Garrison ou, mais precisamente, alguém que morava lá.

Vá com calma. Você está tirando conclusões precipitadas.

Dali, ele conseguia ver pedaços do terraço abalaustrado. As janelas do terceiro andar apontavam da linha do telhado. Deviam ser das acomodações dos empregados que, até onde Dern sabia, estavam desocupadas. A janela iluminada ficava no andar de baixo e mal se via. Com certeza, era a parte de trás da casa e, mesmo na luz do dia cinzento, havia uma lâmpada acesa.

Quantas vezes o Lester Reece não ficou parado, neste mesmo lugar, olhando da janela para os fundos do Portão de Netuno?

Talvez nunca.

Ou, mais provavelmente, todo santo dia, concluiu Dern, com a cabeça cheia por causa da descoberta.

— Isso não vai dar certo! — Tanya apertou os olhos diante do para-brisa, segurando com força o volante do Chevrolet TrailBlazer.

Ainda não eram 18 horas, mas já havia anoitecido e a neblina densa obrigara Tanya a ligar o limpador de para-brisa. Folhas caíam, dançando e girando, iluminadas pelos faróis, enquanto os pneus do carro cantavam na estrada de mão dupla que cortava as florestas e a escuridão.

Que a verdade fosse dita: Ava também estava nervosa, e era bem possível que fosse flagrada com câmeras de espionagem e afins. Mas precisava arriscar.

Durante todo o trajeto para casa, quanto mais se aproximavam de Anchorville, mais preocupada e calada Tanya ficava. O que começara como um passeio divertido no início do dia havia se transformado numa realidade angustiante quando, no Chevrolet surrado, as duas mulheres atravessaram o Puget Sound de barca e dirigiram pelas cidades portuárias e para a costa norte da península Olympic, chegando cada vez mais perto de Anchorville.

Enquanto uma rádio de Seattle tocava um misto de rock leve e pesado, Tanya olhou para as bolsas grandes no banco de trás. A desculpa de Ava era um "dia de princesa", que, supostamente, incluía compras no centro da cidade, massagem num spa local e almoço à beira-mar. Elas haviam feito tudo isso e Ava tinha as bolsas de compra para provar. Contudo, no fundo da sacola da Nordstrom, estavam enfurnados os aparelhos que ela havia escolhido numa pequena loja de eletrônicos, não muito longe da Universidade de Washington. Ela escondera todo o equipamento em caixas de sapato e numa bolsa que acabara de comprar, esperando conseguir entrar em casa sem que ninguém quisesse ver os produtos nem fizesse muitas perguntas.

Ava não era uma exímia mentirosa.

Mas estava aprendendo.

— Sério, o que você vai fazer com toda essa tralha? — perguntou Tanya, apontando para as sacolas no banco de trás.

— Instalar.

— Você sabe como?

— Não, mas vem com instruções, e o rapaz disse que eram tão simples que até uma criança de 10 anos era capaz de fazer.

O "rapaz" era um *nerd* da loja *high-tech* que parecia capaz de instalar um sistema de computadores para a Nasa.

— Estou falando de *você* — lembrou Tanya.

— A sua confiança em mim é comovente.

Aflita, Tanya alongou as mãos sobre o volante e diminuiu a velocidade para fazer uma curva.

— Essa história me perturba. Não estou gostando disso — disse ela.

— Nem eu.

— Droga!

Um guaxinim atravessou a estreita rodovia de mão dupla, e Tanya desviou para não atropelar o animal.

Anchorville ficava a menos de 4km, e Ava podia sentir o acúmulo de ansiedade.

Wyatt havia telefonado durante as compras em Seattle. Ela vira o nome do marido na telinha do celular, mas não pudera atender dentro da loja de eletrônicos.

Agora, retornava a ligação. Ele atendeu antes do segundo toque.
— Oi — disse Wyatt.
— Acabei de ver que você ligou mais cedo — mentiu. — Foi mal.
— Liguei só para saber de você.
— A Tanya me sequestrou — contou Ava, mantendo a voz suave. — Almoço, compras e tratamento num spa. Você sabe. Tudo a que temos direito.
— Vocês se divertiram? — perguntou Wyatt, enquanto Tanya mexia no botão do desembaçador e fingia não escutar a conversa.
— Muito.
— E onde vocês estão?
— A poucos quilômetros de Anchorville.
— Você sabe que perdeu a última barca, né?
— Posso voltar com o Butch ou com algum dos caras que fazem a travessia para a ilha. Devo chegar em casa em menos de uma hora.
— Não. Espere no café. Vou buscar você.
Ava sentiu um frio na barriga só de pensar em ter que cuidar das bolsas e esconder o que havia nelas no trajeto de barco, com Wyatt ao leme.
— Obrigada, mas sei que alguém vai estar disponível. Senão, ligo para...
— Estou a caminho — interrompeu ele.
— É sério, Wyatt. Não precisa... — Ava percebeu o olhar preocupado de Tanya.
— Não tem problema. Até daqui a pouco! — O marido desligou antes que ela pudesse protestar ainda mais.
— Eu sabia! — exclamou Tanya, desistindo do aquecedor. — Ele está desconfiado!
— Ele *vive* desconfiado. — Ava soltou o celular dentro da bolsa e se recostou no banco, tentando se convencer de que era capaz de se safar da situação.
Luzes idênticas faróis de um carro que vinha no sentido oposto invadiram o veículo, iluminando o rosto aflito de Tanya por uma fração de segundo.
— Você pode ficar lá em casa.
— Obrigada. — Ava tocou no ombro da amiga. — Mas isso só levantaria mais suspeitas. Não se preocupe. Vai dar tudo certo.
A mentira ocupou o espaço entre elas.
— Eu sou mãe — disse Tanya. — A preocupação é um hábito.
O carro dobrou a última esquina, e elas avistaram as luzes de Anchorville.
Ao passarem pela placa azul e branca que dizia BEM-VINDOS A ANCHORVILLE, Ava disse a si mesma que sobreviveria, que o máximo que

podia acontecer era alguém descobrir e chamá-la de paranoica ou tentar interná-la. Já havia enfrentado situações piores.

Porém, sua confiança estava diminuindo, e Tanya não ajudou em nada quando falou:

— Mataram a Cheryl por um motivo, Ava. Não faço ideia de qual seja, mas aposto um mês de gorjeta que tem alguma coisa a ver com você. — Ava abriu a boca para discutir, mas Tanya não havia terminado. — Nem se atreva a dizer isso, tá? — Ela lançou um olhar não-me-venha-com-desculpas para a amiga. — É tudo muito estranho. Digo, estou uma pilha de nervos desde que soube do assassinato da Cheryl. *Assassinato*. À noite, confiro várias vezes se as portas estão trancadas. Verifico todos os trincos das janelas e ainda acho que escuto barulho de gente no porão.

— Mas por que *você* está com medo?

— Não sei! É disso que estou falando. Não faz sentido. Culpa por associação, suponho. Como a Cheryl.

Tanya parou num sinal vermelho que piscava, aguardando a passagem de uma picape que saía da cidade. Depois, desceu o morro e virou na rua que dava na marina.

— Associação comigo? — perguntou Ava. — Você acha que eu era o alvo?

— Não sei o que pensar. — Ela entrou com o TrailBlazer num estacionamento quase vazio, do outro lado da rua da orla. — Mas, para ser sincera, ainda bem que o Russ ficou com as crianças esta noite. Nossa... Você imaginava que me ouviria dizer isso algum dia?

— Não.

— Só para você ver como estou apavorada. — Tanya parou o carro, mas deixou o motor ligado. — Você precisa ter cuidado, Ava. Prometa.

— Prometo.

— Você pode, simplesmente, ir à polícia.

Ava pensou nos detetives Snyder e Lyons e no xerife.

— Ainda não. Só quando eu tiver alguma prova — respondeu, abrindo a porta do carro. Uma rajada de vento frio e úmido invadiu o veículo. — Muito obrigada por tudo, Tanya.

— Não foi nada.

Ava riu.

— Aí é que você se engana. Foi muito. Muito mesmo.

Tanya deu de ombros e retrucou:

— Beleza, então. Me agradeça dizendo ao Trent que mandei um "oi".

— Continuo lhe devendo uma, mas, tudo bem. Eu digo.

Certas coisas não mudam nunca. Ao que tudo indicava, Tanya não havia tirado Trent do coração.

Apanhando as bolsas no banco de trás, Ava se despediu com um aceno e desceu o caminho de asfalto até a marina. Sentia um frio na barriga a cada passo. Ela teria que dar um jeito de aturar as horas seguintes com Wyatt e fingir que estava gostando da companhia dele quando, na verdade, tudo o que queria era voltar para a ilha e instalar o equipamento de filmagem. Ela se trancaria no banheiro, ligaria o chuveiro e montaria todas as peças do aparelho de espionagem. Assim, uma vez que todos na casa estivessem dormindo, só precisaria colocar a câmera e o gravador no sótão. Ativado por movimento, o sistema só gravaria quando a pessoa entrasse no quarto para verificar o tocador de mídia.

— *Spy vs Spy* — sussurrou, pensando na antiga série de história em quadrinhos e desenho animado que ela lia e via na infância. — Nesse jogo brincam dois.

Mas, antes, precisava encarar o marido.

Na orla, havia luzinhas penduradas perto da entrada da marina. Ela passou pelo mercado ao ar livre, onde o cheiro de peixe era sufocante, e viu Lizzy ajudando a catar camarões para um casal que analisava o balcão de vidro.

Três portas à frente, Ava entrou no café, no qual o cheiro da bebida sendo passada era forte. Fileiras de presentes de Natal coloridos, destinados a conhecedores de café, estavam à mostra ao lado de uma vitrine de bolos, *donuts* e *croissants*. Pediu, sem vontade, um café latte, ocupou uma mesa alta, próxima a uma janela, e guardou as bolsas nos pés.

Tomando a bebida, apoiou os cotovelos no tampo da mesinha e observou a orla pela janela, temendo a viagem de barco com o marido.

Mais cedo, Tanya mencionara que Wyatt a traíra. A amiga, contudo, não pudera — ou não quisera — fornecer o nome da mulher que, supostamente, tivera um romance com ele. Agora, enquanto saboreava a espuma condimentada do café quente e olhava para a água preta da baía, ela tentava se lembrar de quem poderia ter sido e de quando aquilo acontecera.

Importava?

É claro que importa. Você tem que se lembrar de tudo. Bom. Ruim. Medonho. Verdade. Mentira. O que for. Pense, Ava. Concentre-se. Todas as recordações estão guardadas aí dentro, e você vai achar se procurar com afinco. Pense!

A cabeça latejava e o estômago estava embrulhado. Só mais algumas horas e ela poderia colocar o plano em prática. O celular tocou.

Num gesto instintivo, Ava enfiou a mão na bolsa. Seus dedos encostaram no molho de chaves que havia guardado. Com toda a agitação do dia, esquecera-se delas. Tirou o chaveiro da bolsa, soltou-o ruidosamente em cima da mesa e apanhou o celular.

Wyatt de novo.

— Oi — atendeu, ignorando o aperto no peito ao tocar nas chaves antigas.

— Já estou chegando, mas me espere. Podemos jantar em Anchorville e voltar para casa.

Meu Deus. Ava olhou para os embrulhos, desesperada para escondê-los no armário.

— A Virginia não está esperando a gente?

— Não tem problema. Ligaremos para ela.

Faça o que quiser, só não deixe o Wyatt ainda mais desconfiado.

— Tudo bem. Já estou no café. Vou esperar você.

As palavras proferidas retumbaram como um tapa na cara. *Vou esperar você.* Quando dissera aquilo? Arrepiada, olhou pela janela e se deparou com o reflexo pálido e preocupado no vidro, um fantasma da mulher que fora um dia.

Voltou a pensar na amante de Wyatt, a mulher com quem o marido tivera um caso. O coração batia de um jeito doloroso enquanto ela revirava a mente, remontando o passado, encaixando à força os cacos afiados e formando uma imagem que não conseguia entender.

De repente, a porta dessa parte da memória se abriu.

Todos os pequenos detalhes sórdidos daquela época de sua vida voltaram para atormentá-la.

CAPÍTULO 33

A lembrança era vívida demais, quase como se ela tivesse voltado alguns anos no tempo, para um outono em que a primeira geada já havia coberto a grama amarelada e todas as folhas dos bordos próximos à mansão brilhavam em tons de laranja e mostarda, como se estivessem em chamas.

Noah estava agitado como sempre, entrando nos lugares, abrindo portas, subindo escadas e insistindo para brincar de pique e de esconde-esconde.

Naquela noite, Ava estava ao celular, levando o filho para dentro de casa. O menino ficara encantado com as abóboras que cresciam no jardim e apontara várias vezes para um esquilo que implicara com eles de cima dos galhos mais altos de um pinheiro.

— ... só não vou conseguir chegar a tempo do jantar — dizia Wyatt, enquanto Ava punha Noah no chão e, com o telefone no ouvido, tentava, em vão, abrir o zíper do casaco do filho antes dele sair desembestado pelo saguão.

— Tudo bem — retrucou ela. — Eu e Noah vamos comer alguma coisa e, depois, vou arrumar o bebê para dormir. Ele está cansado, mas vou esperar você.

— Não precisa. Vou chegar tarde. Talvez eu só consiga voltar de manhã. É bem provável que eu durma aqui.

— No escritório.

— É. Eu me ajeito no sofá. Tenho outro terno e há um chuveiro no banheiro executivo.

— Mas...

— Dê um abraço no Noah por mim.

Wyatt desligou e, naquele momento, a verdade atingiu Ava em cheio. Ele estava com outra mulher. Estava mentindo. Ava olhou para o telefone na mão, paralisada, enquanto somava dois mais dois. Todas as vezes que o marido ligara, nos últimos tempos, para adiar um plano ou porque trabalharia até tarde...

— Mamãe! Venha me pegar!

Num movimento brusco, Ava olhou para cima e viu o filho no patamar da escada. Seu coração disparou. Por uma fração de segundo, achou que ele fosse pular. Em vez disso, o menino continuou subindo os degraus com o auxílio das mãos, obviamente esperando que a mãe fosse atrás dele.

Ava afastou os pensamentos sobre Wyatt — e quem quer que estivesse com ele — e correu atrás de Noah, erguendo-o do chão enquanto ele ria de alegria. Depois, deu um jeito de suportar as horas seguintes. Durante o jantar, sozinha, com o filho sentado ao lado dela na cadeira de refeição, pensou ter visto olhares de pena vindos de Virginia, mas atribuiu a impressão à imaginação fértil. Ninguém sabia da traição, meu Deus do céu. Ela acabara de descobrir.

Mesmo assim...

Ava teve a sensação de que o tempo passara na metade da velocidade usual enquanto dera banho em Noah, lera uma história para ele e o pusera para dormir. Depois, se trancou no quarto que dividia com o marido e olhou fixamente para o relógio digital enquanto os minutos mudavam lentamente.

Aquela tinha sido a noite mais longa de sua vida. A mente estava a mil. Perguntas ardiam em seu cérebro, e ela odiava o fato de não saber, de imaginar o marido na cama com outra mulher. O sexo... Era selvagem? Intenso? Eles trocavam palavras de amor, ou até piadas às custas dela, como se fosse a esposinha ingênua? Aquilo tirou Ava do sério e, após ter cochilado por poucas horas, acordou com os olhos cheios de coragem, mas determinada a não fazer o ridículo papel de vítima.

De início, durante cerca de uma semana, Wyatt negou as acusações. Isso não era nenhuma surpresa.

Por fim, no meio de uma tremenda briga na sala de estar, muitas semanas depois, ele ergueu as mãos e se rendeu, parando de negar e de inventar desculpas.

Furioso, com o rosto desfigurado pela raiva e sem demonstrar um pingo de remorso, Wyatt finalmente admitiu ter estado "meio apaixonado" por outra mulher. Apesar das suspeitas, ouvir aquilo da boca do próprio marido atingiu Ava como um coice de mula no estômago e ela percebeu que, lá no fundo, torcia para estar enganada.

— Tudo bem, tudo bem. Eu estava saindo com uma pessoa do trabalho — declarou ele. — Pronto! Está feliz agora?

— É claro que não estou feliz — respondeu Ava, de queixo erguido e sentindo o choro quente nos olhos. No entanto, não desabaria nem derramaria mais lágrimas de tristeza por um casamento que, provavelmente, já morrera havia muito tempo. — Como ela se chama?

— Não interessa.

— Até parece!

Ava ficou incomodada com o fato do marido proteger a amante, a estranha que havia ousado se meter no casamento de outra mulher!

— Ela já foi embora, tá? Não aguentou a culpa. O caso também destruiu o casamento dela; então, saiu da firma e arranjou um emprego do outro lado do país.

Frustrado, Wyatt cerrou um dos punhos, e Ava se perguntou se ele ergueria a mão para ela, ameaçando-a.

— Quem é ela, Wyatt? — perguntou, incapaz de deixar para lá.

— Por que diabos você se importa?

Batendo os pés, ele foi da sala para o saguão, no qual pegou o casaco e a pasta e saiu pela porta que, batendo, fez as janelas tremerem. Pela vidraça, Ava observou o marido descer o morro a passos firmes e se dirigir à casa de barcos. A parte de trás do casaco balançava com o vento.

— Desgraçado — murmurou. Depois, se lembrou de que ele era o pai de seu único filho. Tudo levava a crer que Noah seria criado numa família desestruturada, algo que Ava pretendia evitar.

Wyatt já havia abandonado o quarto do casal e, após a última briga, ela sabia que o marido manteria distância. De fato, nos meses que se seguiram, passou maior parte do tempo fora da ilha.

Wyatt jurava que o caso havia terminado.

— É passado, tá? Esqueça — aconselhou, cerca de um mês depois.

Ava não acreditou nele e entrou em contato com um amigo que trabalhava no escritório do marido. Norm, associado júnior da firma, confirmou a história.

— Pensei em lhe contar — admitiu Norm ao telefone —, mas eu estava entre a cruz e a espada. Sinceramente, não achei que seria bom deixar você a par do que estava acontecendo. Só magoaria todo mundo.

— Aí deixou o Wyatt me enganar — esbravejou Ava.

— Fiz isso para lhe proteger, Ava. Não foi por causa da Beth. Mas, ei, isso não importa mais. Já passou.

— É claro que importa! — exclamou ela, com lágrimas de raiva rolando dos olhos.

Ava desligou e voltou a se sentir péssima. Dividida entre o ódio e a dor, ela precisava saber mais, cavucar até revirar o último resquício de sujeira, até saciar toda a curiosidade e poder retomar a vida.

Norm tinha dito o primeiro nome da mulher. Beth. Deixara escapar? Ou fora de propósito? Não fazia diferença. Era um começo. Obcecada, Ava contratou um detetive particular que, em três dias, confirmou que uma Bethany A. Wells havia se mudado de Seattle para Boston menos de dois meses antes. A mulher tinha um divórcio pendente e, de acordo com o investigador, Wyatt não entrara em contato com ela nas semanas anteriores. O caso acabara quando Beth se mudara.

Não importava. Para Ava, o fim do romance não era o suficiente. Infidelidade era infidelidade. Ela deu entrada na papelada do divórcio e então... então... Meu Deus. Levaram Noah e tudo, inclusive a traição do marido se tornou irrelevante quando ela perdeu a noção da realidade.

Agora, ao pensar no último caso de Wyatt, a mesma sensação fria de total abandono voltara. O que a mãe dela sempre dissera? "Uma vez traidor, sempre traidor."

Apesar dele ter negado o romance atual, Ava sabia, no fundo do coração, que o marido encontrara outra pessoa por quem estava "meio apaixonado". Dessa vez, no entanto, não sentiu tristeza, mas, sim, alívio. Evelyn McPherson podia ficar com ele.

Ela jogou o celular dentro da bolsa e olhou novamente pela janela. De fato, viu as luzes em movimento, cada vez mais próximas, de um barco que atravessava a baía. Sentiu um embrulho no estômago ao tomar outro gole do café com leite.

— Preciso dar um jeito de sobreviver a esse jantar — disse a si mesma, guardando o chaveiro na bolsa.

De repente, se deteve. Uma das chaves lhe chamou a atenção. Era diferente das demais: não pertencia a uma casa e, sim, a um automóvel. Virando o objeto entre os dedos, viu que era de um Mercedes.

O pai sempre dirigira veículos da Ford; a mãe, uma variedade de carros americanos; e a avó, só Cadillacs. O único integrante da família que já possuíra um Mercedes tinha sido o tio Crispin. Então *aquele* chaveiro era dele. Hã. Fazia tempo que o carro tinha ido embora. Crispin o vendera assim que perdera o emprego no hospital...

Caramba!

O molho de chaves só podia ser de todas as portas do Sea Cliff! O tio as deixara na mansão? Junto com a chave do carro que vendera havia tanto tempo?

Deve ter esquecido o chaveiro ou, mais provavelmente, perdido.

Ava endireitou a postura com a sensação de que fizera uma descoberta importante. Além disso, sua memória começava a voltar. Ótimo. Pela janela, observou o marido atracar o barco e enfiou as chaves num compartimento escondido da bolsa. Em seguida, terminou o café latte e encontrou Wyatt na porta do estabelecimento.

Ele estava com o cabelo despenteado pelo vento, o rosto corado e um sorriso que parecia sincero ao beijar a bochecha da mulher. De alguma forma, Ava conseguiu forçar um sorriso quando Wyatt apontou para as duas grandes sacolas de compras.

— Nossa. Parece que você fez a limpa na loja — brincou ele. — Deixe que eu levo.

Wyatt apanhou as bolsas, e a Ava só restou soltá-las e murmurar um "obrigada", enquanto rezava em silêncio para ele não tentar bisbilhotar o que havia dentro.

— O que você comprou?

— Várias coisas: sapatos, uma bolsa, algumas calças jeans... — Meu Deus, como era difícil bater papo.

Os dois andaram pela névoa fria até um restaurante de frutos do mar, localizado na orla a poucas quadras da marina.

Depois de ocuparem uma mesa de quina, perto de uma barulhenta lareira a gás, o garçom anotou o pedido das bebidas e deixou os cardápios e uma cesta de pão quente. Havia outro punhado de casais espalhados em mesas próximas e dava para ouvir as conversas e o tilintar dos talheres.

Wyatt, sempre atencioso, voltou a perguntar como fora o dia de Ava, enquanto ela tinha a sensação de que as malditas sacolas quase brilhavam em neon: *equipamento de espionagem aqui dentro!*

— Foi legal sair de casa — disse, depois de fazerem os pedidos. Não era mentira. — O tempo estava ótimo; então, a gente não pegou chuva no caminho entre uma loja e outra.

— Foram ao centro da cidade?

— Aham — confirmou Ava, pegando o copo d'água só para não ter que olhar o marido nos olhos enquanto repetia a história que inventara mais cedo. — A Tanya entende tudo de promoções e sabia exatamente aonde ir. Ah, e a Nordstrom estava fazendo uma megaliquidação. Ela ficou que nem pinto no lixo.

— Aliás, como a Tanya está?

O garçom serviu a taça de vinho de Wyatt e a água com gás que Ava pedira a fim de continuar fingindo que estava tomando a medicação e que, portanto, não devia beber.

— Louca como sempre. — Para disfarçar o nervosismo, ela partiu o pão e passou manteiga num pedaço. — Falou sem parar dos filhos e da reforma do salão, que ela espera fazer no ano que vem. Ouvi todos os detalhes das apresentações de dança da Bella e dos jogos de futebol do Brent, que são crianças lindas, é claro.

De alguma forma, Ava comeu a fatia de pão e tagarelou sobre coisas sem importância. Quando o garçom voltou com os pratos — filé e camarões para Wyatt e uma salada de macarrão com salmão que ela pedira e não sabia como faria para engolir —, por fim perguntou:

— E você?

— Passei a maior parte do dia fora de casa. Vou sair cedo pela manhã. Preciso ir ao escritório e tomar alguns depoimentos nos próximos dias.

— Alguma coisa interessante? — Ava queria manter o foco da conversa nele.

— Nada que eu possa contar — retrucou Wyatt entre pedaços de carne.

O papo morreu. Ava beliscava a salada, esforçando-se para engolir, enquanto Wyatt devorava o filé com o mesmo apetite que tinha desde que ela o conhecera. Enquanto comiam, o silêncio ficou incômodo. O casal da mesa ao lado pagou a conta e foi embora. Por fim, Wyatt também terminou de comer e afastou o prato.

— Acho que devemos conversar — declarou ele.

— Sobre?

Todos os músculos do corpo de Ava se contraíram. O coração começou a bater forte. Onde aquilo iria parar? Ele pretendia falar de novo das brigas dela com Jewel-Anne? Ou era algo ainda pior?

— O nosso relacionamento.

O coração dela disparou de vez.

— O que é que tem?

— Não tem. Não somos mais um casal. — Wyatt abaixou a cabeça e olhou para as mãos antes de encarar a mulher. — Você também acha isso, Ava. Eu sei.

Ela não respondeu. Não sabia como lidar com aquele tipo de sinceridade da parte dele.

— Mal convivemos de maneira civilizada. Um não confia no outro. Um não tem tempo para o outro. — O rosto dele se contraiu de frustração. — Ai, droga, sou tão culpado quanto você.

— Então... O que está dizendo? — perguntou ela. — Quer recomeçar sua vida? Se separar?

— Quero que você fique boa, Ava. Sei que você não está tomando a medicação e agora quer se livrar da dra. McPherson sob a desculpa ridícula de que estou tendo um caso com ela.

Meu Deus, Ava não estava preparada para aquilo. Não quando estava prestes a, finalmente, pôr o plano em ação.

— Você quer ter essa discussão agora? Aqui?

— Só quero melhorar o clima entre a gente. Para começar, não estou tendo um caso com a sua maldita psiquiatra nem com mais ninguém! Isso é coisa da sua cabeça. E você fica imaginando situações absurdas, nas quais vê o Noah, e sabemos que ele se foi. Para sempre.

Ava abriu a boca de espanto.

— Pensei que você tivesse dito que íamos encontrar nosso filho...

Wyatt se debruçou na mesa e baixou o tom de voz.

— Só quero que você melhore, mas não acho que será capaz se não voltar para o St. Brendan's.

— *O quê?* — Ele queria interná-la de novo?

— Ouça, se você não quiser ir para lá, acharemos outro hospital em Seattle ou em São Francisco... Ai, droga, não me interessa onde! — Wyatt a encarou como se nunca a tivesse visto. — Você está doente, Ava. Precisa de ajuda.

Pronto. Ele havia posto todas as cartas na mesa.

— Por que você quer tanto que eu vá embora?

— Acabei de dizer.

— Talvez você não acredite, Wyatt, mas estou melhorando. Comecei a lembrar. De tudo. Pouco a pouco. E não é por causa de medicamentos que me deixam que nem um zumbi ou de uma psiquiatra que pensa que está apaixonada por você.

— Eu já falei que não...

— Pare! Pare com isso, tá? — insistiu, perdendo a paciência. — Eu disse que estou começando a lembrar! — Observou o marido apertar um pouco os olhos. Ava sabia que devia controlar a língua, mas não podia. Não naquele momento. Não quando estava voltando a ser o que era. — Se tem uma coisa de que me recordo muito bem, é que esta não é a primeira vez que você me trai, Wyatt.

Ele permaneceu calmo. Não discutiu, mas o tique ao lado de um dos olhos entregava o que sentia.

— Achei que eu tivesse dado entrada na papelada do divórcio porque não conseguia colocar minha vida nos eixos após o desaparecimento do Noah, mas não foi só isso, né? Você estava de caso com alguém... do trabalho. Foi pouco antes de perdermos nosso filho. Depois disso, tudo virou um inferno.

— Isso acabou há muito tempo. Eu admiti que estava saindo com uma mulher do escritório.

— Beth Wells. Eu me lembro. — Se ele estava surpreso, disfarçou de maneira admirável. — Reconheço os sinais. Está acontecendo de novo, Wyatt. Você tem razão. Perdemos a ligação afetiva que tínhamos, mas já faz muito tempo.

— Você já parou para pensar, por um minuto, que nos distanciamos por sua causa? A sua obsessão pelo Noah afastou você de mim. Não foi o contrário.

— Não é verdade.

Wyatt travou a mandíbula, e o tique dobrou de intensidade.

— Você só vai melhorar se for novamente para o hospital. Resisti à ideia. Torci para que, com a ajuda de uma médica, você pudesse voltar para mim, mas não é o que está acontecendo. Eu errei ao deixar você ir para casa e, como seu curador, vou providenciar a sua internação para que receba o tratamento necessário. Já conversei com a dra. McPherson a respeito, e ela também acha que você precisa de mais ajuda do que ela pode oferecer.

Ava se levantou, derrubando a faca da manteiga no chão e derramando o resto da bebida.

— Meu curador? Sério. Não preciso que você nem ninguém decida o meu destino — esbravejou. — Não pode me mandar para lugar nenhum, Wyatt. Vou apelar para a Justiça. Vou... Vou provar que estou sã e que posso cuidar de mim!

— Pode realmente? E se o Dern não tivesse tirado você da baía? E se não tivesse aparecido quando você estava cavalgando no penhasco?

— Quem lhe contou isso?

— A quem você acha que pedi para ficar de olho em você?

— O quê? — Um novo sentimento de traição tomou conta de Ava. Ela não podia acreditar. Tinha começado a confiar em Dern, a considerá-lo uma das poucas pessoas na casa que eram suas aliadas! Ele estava ao lado de Wyatt? — Você contratou o Austin Dern para me vigiar?

O marido levantou a cabeça e olhou para Ava, enquanto pegava a carteira no bolso.

— Isso a surpreende? — Um sorriso de satisfação se formou nos lábios de Wyatt e, de repente, ele pareceu cruel ao reconhecer o quanto a mulher estava abalada. — Ah, não. É mais do que isso, né? — declarou, com a voz cheia de sarcasmo. — Você tem coragem de se fazer de vítima, de me acusar de traição e acredita estar apaixonada por um homem que mal conhece...

— Não estou...

— Ah, corta essa. Está na cara.

Não acredite nele. Foi só um palpite de sorte.

Mas, de verdade?

Wyatt deve ter visto no rosto de Ava seu estado de ânimo.

— Então me diga se isso é coisa de gente sã. Fantasiar com o caseiro. Aliando isso a tudo que você fez recentemente, você tem uma paranoia pervertida e complicada e acha que todo mundo que você conhece há anos é seu inimigo, mas pode se apaixonar por um estranho e confiar nele?

Wyatt estava com o semblante tranquilo. O tique desapareceu diante da enormidade do que ele acabara de dizer. Havia planejado tudo nos mínimos detalhes, inclusive a contratação de Austin Dern.

— Desgraçado.

Ava catou as sacolas e se dirigiu para a saída do restaurante.

— Espere! Ava!

Desajeitado, Wyatt procurava os cartões de crédito enquanto tentava chamar a atenção do garçom.

Abrindo as portas de vidro com o ombro, ela tentou agarrar os fios de uma realidade que puía rapidamente quando a noite gelada lhe atingia o rosto em cheio. Pensar que Wyatt tramara para que ela fosse internada era avassalador, mas devia ter imaginado. Inferno! Ava jamais encontraria Noah se estivesse encarcerada, sob medicação forçada e observação total. Mesmo que convencesse os psiquiatras do hospital de que estava lúcida, isso demoraria semanas... Ai, Deus, ai, Deus, ai, Deus.

Não permita isso! Trate de se controlar! Você consegue, Ava. Tem que conseguir. Seu filho precisa de você!

Tomada pelo pânico, andou pela calçada a passos apressados em direção à marina. Quase trombou com um adolescente que vinha de skate no sentido oposto. O jovem, que vestia um casaco pesado e um gorro, estava digitando uma mensagem e fumando.

— Ei! Cuidado! Merda! — O cigarro caiu dos lábios dele e, com habilidade, o rapaz o catou do chão. Ao passar por Ava, deu uma ombrada nela.

— Ah! — A moça escorregou na calçada lisa e caiu. *Bam!* O joelho esquerdo bateu com força no concreto.

A dor lhe subiu pela perna, e Ava soltou uma das sacolas, que deslizou para a rua.

O adolescente dobrou a esquina sem nem ao menos olhar para trás.

— Ava! — A voz de Wyatt.

Ela não escutaria o marido nem mais um segundo. Aquela farsa de casamento havia acabado e os dois sabiam disso. Lutando para ficar de pé, Ava se segurou em um parquímetro e se levantou. Depois, recolheu a bolsa.

A alça arrebentou e a sacola, com tudo dentro, caiu com toda força no chão molhado.

Droga. A câmera estava ali. Toda aquela trama, tanto sacrifício, tantas mentiras e no entanto...

Com raiva de si mesma, pegou a sacola e a abraçou com firmeza. A outra bolsa balançou em seus dedos quando ela voltou a andar.

— Ava! Espere! — O berro de Wyatt veio de trás, mas ela o ignorou. Aquele dia virara um desastre de proporções épicas. — Ei — disse ele ao alcançá-la na marina —, me desculpe.

— Saia de perto de mim.

— Eu não devia ter ficado tão irritado.

Wyatt a segurou pelo cotovelo, mas ela puxou o braço, equilibrando a bolsa arrebentada e sentindo uma dorzinha chata no joelho que batera na calçada.

— Eu pedi desculpas — repetiu ele, parecendo magoado.

— Eu ouvi.

— Estou tentando me desculpar!

Quando Wyatt voltou a tocá-la, Ava ficou de frente para ele e disse devagar, com palavras bem claras:

— Quero o divórcio. Não um dia desses. Não no futuro. Agora. Vou ligar para um advogado de manhã. — A fúria a consumia. — Nem se dê ao trabalho de voltar para a ilha.

— Ava...

O tom paternalista de Wyatt foi a gota d'água. Ela passou voando por ele em direção à baía, onde a imensidão de água escura se espalhava pela noite gelada. Turvo e agitado, o mar era tão incerto e frio quanto o seu futuro. Ava sentiu um tremor involuntário ao perceber que, da superfície sombria, a verdade emergia com a boca aberta, mostrando as presas afiadas.

Pelo menos agora sabia em que pé estava com o marido.

CAPÍTULO 34

Com as botas afundando no pátio encharcado, Dern contornou o perímetro da casa gigantesca. O cachorro estava com ele. Cheirava troncos de árvores e levantava a pata, mas não se afastava muito.

Durante o dia, o Portão de Netuno era convidativo. A arquitetura remanescia de uma época de barcos a vela, de cavalos, do surgimento da eletricidade e da água encanada. Mas, à noite, a mansão parecia sombria e ameaçadora, como aqueles castelos sinistros de filmes antigos de vampiros. Não havia iluminação externa que atenuasse os ângulos acentuados e o aspecto tenebroso do lugar.

Dern tinha certeza de que a janela que avistara do quarto de Lester Reece, no Sea Cliff, pertencia à suíte de Jewel-Anne. Como não conhecia a configuração dos cômodos, decidiu que daria um jeito de entrar e observar a vista do quarto da garota. Quanto ao terraço e às janelas do terceiro andar, espremidas sob o beiral, inventaria algum serviço de manutenção para ter acesso à parte de cima e poder verificar a linha de visão para o hospital psiquiátrico.

— Não é nada demais — disse de novo a si mesmo e, outra vez, ao se dirigir ao galpão de jardinagem, não se convenceu.

— Você está atirando para todos os lados — murmurou sozinho, cogitando a possibilidade de estar inventando uma relação que não existia.

Fazia anos que Lester Reece sumira sem deixar vestígios, mas Dern estava disposto a revirar cada pedra viscosa da ilha para ter certeza.

Dobrando a esquina e se dirigindo à fachada da mansão, olhou para uma das janelas do quarto de Ava. Ela não estava. Fora passar o dia fora; portanto, seu papel de guarda-costas estava suspenso até ela voltar.

De início, o marido de Ava contratara Dern para ser caseiro e prestar serviços de manutenção. Só depois dele ter aceitado a oferta é que Wyatt Garrison pedira que "ficasse de olho" em sua esposa. Ele mencionara que estava preocupado com a segurança dela e que, por mais que quisesse que a mulher tivesse um pouco de liberdade, precisava que mais alguém ficasse atento para não deixar que ela "se machucasse".

Dern, que precisava de um emprego na ilha, concordou de imediato. Depois, antes mesmo de conhecer a patroa, ela mergulhou de cabeça na baía. Não era à toa que o marido estava preocupado. Dern levara a função a sério e chegara a acreditar que Ava Church Garrison era louca de pedra, disposta a fazer tudo, até mesmo a se ferir, na busca obsessiva pelo filho desaparecido. Como o serviço na ilha agora incluía bancar uma espécie de guarda-costas, ele tinha carta branca para dar seguimento ao objetivo pessoal: achar Lester Reece.

O problema é que começara a crer que Ava era a única pessoa da ilha que não estava perdendo todos os parafusos. Os demais — inclusive Jacob, o arrogante nerd de computador que morava no porão, e o primo Ian, que não fazia nada e parecia viver à toa — não aparentavam bater muito bem da cabeça. Até Trent surgira na ilha e não dava sinais de que pretendia ir embora tão cedo. Ninguém trabalhava?

Era gente doida que não acabava mais. Jewel-Anne, com as bonecas e a obsessão por Elvis, também tinha seus problemas. Além disso, todos os empregados estavam um pouco longe de serem normais. Virginia era uma megera teimosa que tinha algum grau de parentesco com o xerife inútil. Khloe e o marido, Simon — o jardineiro misterioso e fantasmagórico —, viviam terminando e reatando e nenhum dos dois dava a mínima bola para ele. No caso de Graciela, Dern suspeitava de que a faxineira tivesse uma vida secreta, apesar de ainda não ter averiguado. Faltava Demetria, a enfermeira amarga que ficava na dela quando não estava cuidando da paciente. Com exceção de Graciela, todos, assim como Dern, moravam na propriedade. Na sua opinião, eles não eram um exemplo de família feliz.

Então conclua o que tem para fazer e vá embora. Por que fica aí, fantasiando com uma mulher que todo mundo acha que está a um passo de surtar de vez?

Porque ele não acreditava naquilo.

Dern se inteirara do passado dela através de documentos e artigos que lera na internet. Além disso, por trás da pessoa frágil e abalada que ela se tornara, ele vira uma mulher resistente tentando aflorar. Isso o levava a crer na possibilidade de Ava se recuperar.

Ela ainda é casada.

Por isso mesmo, ele tinha que agir rápido. Precisava dar um telefonema e fazer um relatório. Então, levantou a gola da camisa para enfrentar a noite úmida e, com o cachorro grudado nos calcanhares, se dirigiu ao apartamento.

Wyatt saíra poucas horas antes para buscar a esposa.

Em pouco tempo, o casal feliz estará de volta, pensou Dern, com sarcasmo. No entanto, disse a si mesmo que não tinha nenhum direito sobre a mulher. Nenhum mesmo.

Só faltava se convencer disso.

Wyatt alcançou Ava no cais.

— Ei... Ouça... Me desculpe — disse. Dessa vez, quando o marido tocou no ombro da mulher, ela ficou parada. Não se afastou.

— Isso não se faz — murmurou Ava. — Atacar com tudo e depois se desculpar, como se nada tivesse acontecido.

— É que não sei o que fazer — retrucou Wyatt. Pela primeira vez na noite, ela acreditou nele de verdade. — Você está se distanciando, não confia em mim, faz de tudo para me evitar e até cria fantasias com outro homem. Toma atitudes malucas e ainda dispensa a terapeuta, depois de acusá-la de ter um caso comigo.

— Ela pediu demissão.

Wyatt segurou Ava pelos ombros e a virou de frente para ele para que tivesse que encará-lo nos olhos, iluminados apenas pelos postes da rua e pelas lâmpadas penduradas na marina.

— Você não me ama mais? — perguntou ele.

— Não *conheço* mais você.

Parênteses profundos apareceram nos cantos da boca do rapaz.

— Posso dizer o mesmo. Eu faria qualquer coisa para ver você melhorar — retrucou ele.

Ava sentiu uma pontada, uma vontade de ainda acreditar nele, mesmo sabendo que era arriscado.

— Sim, contratei o Dern como caseiro — admitiu Wyatt —, mas pedi que ele tomasse conta de você. Só isso.

Ela duvidava.

— E você tem razão. Gosto mesmo da Evelyn McPherson. Muito. Acho que ela fez maravilhas por você. Mas para por aí. — O vento que soprava do mar bagunçou o cabelo do marido e fez Ava sentir frio nos ossos. — E tive um caso há um tempão, mas acabou. Pensei... Digo, torci para que tivéssemos superado isso. — Wyatt largou os braços. — Só quero a minha mulher de volta. É pedir demais?

— Não é o suficiente — declarou ela, com cuidado. — Você também precisa querer seu filho de volta.

Wyatt ergueu a cabeça rapidamente.

— Nem precisa dizer isso, Ava. — Voltou a acusá-la com os olhos e endireitou um pouco a coluna.

Ela não recuaria.

— Ande, vamos para casa. Pode deixar que eu levo — disse ele, esticando os braços para apanhar as sacolas.

— Não precisa — respondeu ela, tensa. No entanto, como não queria que o marido imaginasse nem por um minuto que escondia algo, entregou, relutante, a bolsa plástica maior e ficou com a que estava com a alça arrebentada. — Tudo bem. Vamos — declarou, apertando a sacola contra o peito.

Com o coração na garganta, Ava continuou andando pelo cais e até deixou que o marido a ajudasse a subir a bordo. O barco balançava um pouco e a dor aguda no joelho a fez lembrar do tombo. Ela observou a imensidão da baía e, nervosa, imaginou como seria fácil acontecer um acidente que lhe tirasse a vida.

Wyatt poderia dizer que ela havia se jogado na água. A esposa era louca o bastante para fazer algo tão bizarro e arriscado. Já demonstrara isso várias vezes. Ou poderia dizer que tinha sido uma fatalidade. O mar estava agitado e ela caíra da lancha para nunca mais ser vista. Ava, como o irmão, Kelvin, morreria na água salgada e gélida, resultado de uma tragédia do acaso. Ela começou a criar várias situações nas quais não conseguia chegar ao Portão de Netuno.

Logo depois, quando Wyatt subiu a bordo, Ava quase saiu correndo. Ficar a sós com ele, na lancha, era loucura!

Não irrite seu marido. Mantenha a calma...

Ela se recordou da noite em que Kelvin morrera, da dor e da água congelante que a rodeara, do medo que sentira ao pensar que poderia se afogar.

Foi tomada pelo pânico.

Fuja. Fuja!

Wyatt pôs a sacola intacta num dos assentos e ela escorregou para o convés, espalhando o conteúdo pela teca lustrada. Ela deu um pulo, pronta para esconder tudo depressa, para enfiar as compras na bolsa, mas ele viu a besteira que fizera e se aproximou.

— O que é isto? — perguntou Wyatt. O coração de Ava parou. Ela estava certa de que ele havia achado o equipamento de espionagem e que agora tinha mais provas de sua paranoia. — É uma bolsa nova?

Ava tentou disfarçar o nervosismo.

— Eu contei para você. — *Fique tranquila, fique tranquila! Não deixe o seu marido ainda mais desconfiado.*

— É grande.

— Pensei que fosse caber meu laptop.

Ela prendeu a respiração enquanto o marido analisava a bolsa.

Não olhe dentro. Pelo amor de Deus, Wyatt. Não fuxique o compartimento fechado. Não vá encontrar a câmera e o gravador.

— Deve caber — concluiu ele, largando a bolsa dentro da sacola de compras e olhando para mulher. — Então... Estamos numa boa agora?

Nem perto disso, mas ela precisava dançar conforme a música.

— Não — respondeu, com cautela. — Não estamos numa boa. Talvez um pouco melhor. — Olhou para o marido e simulou preocupação. — Vai ver botar tudo para fora seja... um passo na direção certa.

— Então não vai me escorraçar de casa?

Ava abriu um sorriso forçado que mais pareceu uma careta.

— Ainda não decidi.

— Pode, ao menos, não fazer isso hoje? — Ele lançou um olhar comprido.

Com rispidez, ela fez que sim com a cabeça e tentou controlar a náusea. Era uma hipócrita, pura e simplesmente. *Mas você tem que fingir e bancar a esposa que quer recuperar o casamento destruído. Só assim vai descobrir a verdade e provar que não está louca...*

— Tudo bem. Ah, Ava? — chamou Wyatt, com a voz um pouco mais incisiva.

Lá vem! Ele viu o equipamento de espionagem! Ai, Jesus amado! Você está perdida!

— Sim?

— Ponha isto. — Ele apanhou um colete salva-vidas debaixo de um assento e entregou o dispositivo de flutuação a ela. — É como sempre dizem: cuidado nunca é demais.

— Então conseguimos uma testemunha que viu o Lester Reece — disse Lyons enquanto andava com Snyder para a delegacia. Os dois haviam jantado depressa e estavam voltando para o escritório.

— Não considero o Wolfgang Brandt uma testemunha confiável. Para mim, o Brandt está só um degrau abaixo na escada de mentirosos que "viram", para não dizer outra coisa, o Reece nos últimos anos. — Wolfgang Brandt tinha uns 35 anos e várias passagens pela polícia. — Alguns investigadores conversaram com ele e foram à velha cabana de caça na qual o sujeito alegou ter visto o Reece. Estava vazia. Só havia indícios de caçadores e talvez de adolescentes que invadiram a propriedade e tomaram algumas cervejas pouco tempo atrás. Que surpresa. Você é nova por aqui. Logo, logo, vai se acostumar com o povo vendo o Lester Reece. Além do mais, o que ele tem a ver com o nosso caso?

— Por que você tem que ser tão pessimista?

A caminho da recepção, Lyons tirou o cachecol antes de desabotoar a jaqueta. Atualmente, havia uma senha de acesso, e uma câmera filmava todos os passos deles, o que intrigava Snyder. Com tantas câmeras em celulares e computadores, por que ninguém viu nem fotografou nada de anormal na casa de Cheryl Reynolds? O problema era que o consultório de hipnose ficava numa área residencial de Anchorville. As câmeras das lojas e das ruas se encontravam poucas quadras depois, mais perto da orla e do centro da cidade.

— Não foi só o Brandt que viu o Lester Reece. Escutei alguns investigadores conversando. Um deles, que, se não me engano, se chama Gorski, joga pôquer com um grupo de homens. Um dos integrantes é o Butch Johansen, que alegou, depois de tomar algumas cervejas, ter levado para a Ilha Church um cara que era muito parecido com o Reece pouco tempo atrás.

— Já ouvi várias histórias de sujeitos que são a cara do Reece. Nunca dão em nada. Um bom exemplo é a cabana de caça. Além do mais, esse maníaco é coisa do passado.

— É mesmo? Acho que o xerife não pensa assim.

Dentro do cubículo, Snyder tirou a jaqueta e o coldre com a pistola enquanto Lyons caminhou na direção dos banheiros, localizados no fundo do prédio, e saiu, estalando os saltos das botas.

O caso Reynolds preocupava o detetive. Era o único homicídio em anos e não havia provas suficientes para que fosse desvendado. Sentando-se na cadeira, Snyder verificou o e-mail e encontrou uma mensagem do laboratório com um arquivo em anexo. Depois de alguns cliques no mouse, deparou-se com o relatório da análise do cabelo encontrado na área de serviço de Cheryl Reynolds.

Quando Lyons voltou — com uma xícara de café para ele e um chá de ervas sem cafeína que tinha cheiro de perfume de velha —, ele já havia imprimido o documento e o entregou a ela.

— Obrigado — agradeceu Snyder, segurando a xícara. — Parece que solucionaram o mistério do fio de cabelo preto.

— É sintético? — perguntou Lyons, unindo as sobrancelhas. De pé, a mulher lia o relatório com o quadril apoiado na mesa. — Alguém estava de peruca? O assassino?

— Talvez sim. Talvez não. — Ele abriu um arquivo com fotos tiradas na cena do crime. — Veja aqui, na estante de livros do escritório dela.

O detetive apontou para a tela. Lyons se abaixou para enxergar melhor e ele tentou não reparar que os seios da moça quase tocavam na escrivaninha. Clicando novamente no mouse, aumentou a fotografia da prateleira em questão. Era uma imagem de Cheryl, vestida de gato, rodeada dos próprios bichanos. Além da fantasia de estampa de leopardo, do rabo, das orelhas e do focinho e dos bigodes pintados, usava uma peruca preta e longa.

— Alguém achou a peruca no edifício? — indagou Lyons, que tomava o chá sem desgrudar os olhos da tela.

— Vamos ver... — Mais cliques, e Snyder abriu uma lista dos itens encontrados no entorno da cena do crime. — Não. Não estou vendo.

— O Halloween foi há poucas semanas.

— Só se a foto for deste ano. Pode ter sido tirada há uma década.

Lyons balançou a cabeça.

— Com os gatos na foto? São os mesmos de hoje. Alguns são novinhos. Se o vizinho estiver certo, foram aquisições recentes, ou seja, a foto é deste ano.

— Então, onde diabos está a peruca?

Lyons abriu um sorriso lento, como quem guarda um segredo, e o detetive achava aquilo atraente.

— Com o assassino — afirmou, feliz consigo mesma, enquanto fazia que sim com a cabeça e mergulhava o saquinho de chá.

— Ou na baía.

— Com o Lester Reece? — Lyons apertou o saquinho de chá entre os dedos e o jogou na lixeira. — Existe a possibilidade de que, quando os restos mortais dele finalmente emergirem na superfície, o esqueleto esteja vestido de *drag queen*. Magrela, mas uma gatinha sexy.

— Engraçadinha — resmungou Snyder.

Na verdade, o cabelo preto encontrado na cena do crime não levava a lugar algum, mas era a única pista que tinham.

Bam!

O barco bateu com força no rastro de ondas deixado por uma lancha que passou correndo no sentido oposto.

— Merda! — Wyatt estava ao leme, navegando na escuridão. Adiante, avistavam-se as poucas luzes de Monroe. — Idiota! Eu devia denunciar esse cara!

Ava mal ouviu. Tampouco percebeu o vento gelado que lhe soprava as bochechas e emaranhava os cabelos. Esqueceu até as sacolas de compras, enquanto o barco sacolejava um pouco e ela viajava no tempo, recordando-se de outra travessia na baía, do fim de tarde em que Kelvin morrera. Era uma lembrança que não queria reviver. No entanto, parecia fadada a remoer o acontecido.

Ava chegou a se arrepiar ao pensar no cair da noite e no pavor daqueles momentos. Com os olhos da mente, viu a tragédia se repetir.

O vento soprava com violência e as ondas se agitavam com a tempestade repentina. Ava se lembrou do desespero durante o passeio, de como rezara para que todos chegassem sãos e salvos à margem, do quanto temera pelo bebê...

Ela estava grávida, quase dando à luz e... Não. Franziu a testa. Não fazia sentido. Noah nascera prematuro e...

Ava sentiu uma alfinetada no cérebro, algo cruel e dilacerante, a ponta de uma mentira. De tão embrulhado, o estômago quase doía enquanto tentava recordar. Todavia, como uma moreia que se esconde no fundo das pedras do oceano, a lembrança mostrava a cabeça e recuava de novo. Provocava, mas não se revelava.

— O que é? — perguntou, fazendo tanta força para pensar que sentiu dor de cabeça. Tinha alguma coisa a ver com o bebê, a gravidez e... e... Uma ideia lhe ocorreu, mas a descartou rapidamente. Não. Não podia ser.

No entanto...

Ava se lembrou do primeiro trimestre. Não sentira enjoo.

E do segundo. Quando descobriu que era menino? Por que não se recordava de ter ido ao ginecologista, de ter feito ultrassom, de ter acompanhado o desenvolvimento de Noah dentro dela?

— Meu Deus.

A certeza começou a tomar conta de Ava, que ficou ofegante.

Por que não se lembrava direito do hospital e do nascimento do filho? Por que não havia fotos do parto?

Porque foi traumático. Aconteceu depois do acidente. Kelvin já havia sido dado como morto e os médicos estavam operando a Jewel-Anne. O seu parto iminente era motivo de preocupação. Não houve tempo para câmeras, flores, balões... nada.

Ava engoliu em seco e seus pulmões mal conseguiam encher de ar. O vento passava uivando e parecia zombar dela e de sua incapacidade de encarar a verdade que aflorara com força total. Imagens daquela noite piscavam como um caleidoscópio escandaloso atrás de seus olhos. Eram pedaços de lembranças estilhaçadas em formatos estranhos: o acidente, o resgate, o hospital, a notícia da morte de Kelvin, o medo de Jewel-Anne não sobreviver. E o bebê. Na maternidade, ele gritava e espernava. Era um pinguinho vermelho de gente sem muito cabelo, erguendo os punhos pequeninos...

— Ele precisa mamar — dissera Ava, com a voz ecoando na mente. — Por favor... Ele precisa mamar.

— Vamos cuidar dele — declarara a enfermeira.

Ava sentira o coração doer ao ver o filho indo embora.

Por quê? Levaram o menino para limpá-lo?

Para medi-lo e pesá-lo?

Para verificar os sinais vitais...

Mais imagens vieram à tona e lutaram com a verdade que ela conhecia.

Wyatt desacelerou o motor e, usando o controle remoto, abriu a porta da casa de barcos. A luz interna acendeu, e Ava, extremamente abalada, contava os batimentos cardíacos. Wyatt atracou a lancha e ajudou a mulher a subir na borda da rampa. *Não!*, pensou Ava, descontrolada. *Não, não, não!* Tinha que estar enganada!

— Eu levo para você — ofereceu o marido, como se estivesse muito distante, e ela não demonstrou o mínimo sinal de resistência quando ele carregou as sacolas de compras ladeira acima e para dentro de casa.

A revelação deixara Ava perplexa, absorta no próprio mundo. Desesperada, ela tentava descartar as lembranças que afloravam enquanto acompanhava o marido na escada.

— Você está bem? — perguntou ele, quando chegaram ao quarto. Wyatt deixou as sacolas no chão, perto do armário. — Você ficou calada.

— S-só estou cansada — mentiu.

Preocupado, o rapaz uniu as sobrancelhas.

— Você parece que viu um fantasma.

— O dia foi longo. Só isso.

Ao perceber que soara ríspida, Ava acrescentou:

— Só preciso relaxar um pouco.

— Está bem.

Dessa vez, Wyatt nem se incomodou em dar um beijo na bochecha da mulher.

Quando ele fechou a porta, Ava tirou as botas o mais rápido que pôde. Depois, arrancou as roupas: a jaqueta, o suéter e a calça legging, empilhando tudo na cama. Tirou o sutiã, a calcinha e voou para o banheiro, ficando de pé diante do espelho de corpo inteiro. Estava completamente nua. Despida até a alma. Estava com a pele boa. Apesar da magreza, tinha os músculos definidos e fortes. Algumas costelas estavam mais pronunciadas do que deveriam. Os seios continuavam fartos e empinados, com mamilos escuros. Os quadris se mantinham estreitos e firmes, como na época em que corria na faculdade.

Onde estavam as estrias dos seios e da barriga? Ela virou a cabeça e olhou por cima do ombro, conferindo a rigidez das nádegas.

Nada em seu corpo sugeria "mãe". Contudo, ela podia ser apenas uma dessas mulheres sortudas que não engordam muito durante a gravidez e cuja pele tem elasticidade suficiente para evitar a formação de estrias. Como não se lembrava de ter amamentado, os seios podiam ter mantido a forma.

Ou não.

O corpo refletido no espelho não parecia o de uma mulher que aguentara uma gestação até o fim.

Enjoada, entrou correndo no quarto, vestiu um pijama velho e desembestou escada abaixo, rumo ao escritório, no qual Wyatt, ainda de terno, já havia se acomodado atrás da mesa.

— Pensei que você estivesse cansada — comentou ele, olhando por cima da tela do computador.

— Eu estava. Estou. Mas... Hum... — Não havia um jeito fácil de abordar o assunto. — Onde estão as fotos da minha gravidez? — perguntou, ouvindo, ao longe, o barulho do elevador parando.

— O quê? — Wyatt parecia mesmo surpreso. — As fotos?

— Quero ver.

— Por que isso agora?

O zumbido da cadeira de rodas de Jewel-Anne estava cada vez mais alto.

— Quero ver como fiquei — disse, quase com o coração partido. A verdade fazia sua maldita voz falhar. — Preciso provar para mim mesma que realmente engravidei.

CAPÍTULO 35

Wyatt levantou num pulo e contornou a mesa.
— É claro que você engravidou!
— Então me mostre — disse Ava. — Prove!
— Ai, pelo amor de Deus...
— Não estou brincando, Wyatt. Devem estar aqui, no computador. Fotos que nunca foram impressas nem postas em porta-retratos. Tínhamos uma câmera digital na época. Deve haver dúzias de fotos baixadas.
— Acho que você não estava muito a fim de tirar fotos. Por causa de todos os abortos, andava meio supersticiosa em relação a isso.
— Mas tem que haver alguma — insistiu ela. — Nas férias ou num churrasco de família. Alguma foto em grupo na qual eu esteja tentando esconder ou exibir minha barriga.
— Acho que não tem.
— Me deixe ver. — Circulando a mesa, Ava deu uma topada com o dedão, xingou baixinho e virou o monitor para si enquanto digitava no teclado. — A maioria das nossas fotos está aqui, menos as que imprimimos, certo?
Ela olhou para a estante de livros, na qual havia um porta-retratos da família. De fato, havia uma foto dela com Kelvin, poucas semanas antes do acidente. Fora tirada na marina. Havia mastros de veleiros ao fundo e os irmãos só apareciam do peito para cima. Os dois estavam rindo e ela, pelo menos no rosto, não havia engordado um grama que fosse.
— Espere aí — pediu Wyatt, assim que Jewel-Anne entrou no escritório.
— Deixe a Ava procurar — disse a prima, com um quê de advertência no tom de voz.
— Muito bem. Quatro anos atrás... — murmurou Ava.
Relutante, Wyatt cedeu a cadeira e ela se sentou. Assumindo o teclado, Ava localizou os arquivos das fotos de família. Examinou dezenas de fotografias

de vários parentes, mas, em todas as fotos que ela aparecia, estava de costas ou só dava para ver a cabeça. Nenhuma mostrava a barriga.

— Por que está obcecada com isso agora? — perguntou Wyatt.

Ava não respondeu. Continuou procurando. Seus dedos voavam sobre o teclado. Passou arquivo por arquivo, sem encontrar nada, até que...

Noah!

De repente, as fotos do filho dominaram os arquivos. Centenas de registros da chegada do hospital, da primeira vez que o bebê sentou, de quando começou a engatinhar e a andar. Havia vídeos também. Ela assistira centenas de vezes nos últimos dois anos para manter viva a imagem da criança. Ava sentiu um frio na barriga. Havia alguma coisa errada... Muito errada. Mas Noah era real. As fotos e os vídeos comprovavam a insistência de sua mente. Ava afundou na cadeira.

— Não acho que eu... — Engoliu em seco, mas seguiu em frente. — Nós adotamos o Noah? — Sua cabeça estava a mil. — Foi isso que aconteceu?

Wyatt não respondeu. Desviou o olhar. Sua atitude dizia tudo.

O silêncio que tomara conta da sala ficou insuportável. Ava ouvia as batidas do próprio coração e desejava poder retirar o que dissera. Meu Deus. Era verdade? Ela não era mãe de Noah?

— Conte a ela — insistiu Jewel-Anne.

Ava se virou e encarou a prima. Havia um toque de malícia nos olhos da garota.

O mundo da moça pareceu desabar.

— *Você* sabia? — esbravejou. Depois se dirigiu a Wyatt. — Me contar o quê? — Apoiando-se na mesa, tentou controlar as pontadas na cabeça. Agora, depois de tanto tempo querendo saber a verdade, ela estava com medo. Desviou o olhar para o computador, no qual havia centenas de fotos salvas de Noah. O bebê *dela*. O filho *dela*.

Jewel-Anne não se aguentou.

— É claro que você não é mãe dele!

— Cale a boca! — bradou Wyatt.

Em vez de fuzilar Jewel-Anne com os olhos, Ava encarou o marido de maneira acusadora.

— O que significa isso, Wyatt?

O rapaz parecia sofrer um conflito interno, mas, por fim, desistiu.

— Você *é* mãe do Noah. É claro que é. Mas... — Contraiu a mandíbula. — Você não o gerou. Foi uma adoção particular.

Ava não se mexeu. Não conseguia respirar. Sentia o coração disparado e a negação correndo nas veias, apesar de, finalmente, ter a impressão de que ouvia a verdade ou, pelo menos, parte dela.

— Você estava no quinto ou sexto mês de gestação e, por incrível que pareça, mal dava para notar. Aí você perdeu o bebê...

O coração da moça se despedaçou e ela foi tomada pela dor.

— É óbvio que não foi o primeiro aborto, mas essa gravidez, de um menino, foi a que durou mais tempo — disse Wyatt, com a voz baixa e os olhos carregados. — Você ficou muito mal. Perdeu a noção da realidade. Adotar parecia a melhor opção. Eu sabia de uma adolescente grávida. Ela queria fazer uma adoção particular através da nossa firma. O *timing* foi perfeito. A garota deu à luz logo após o acidente de barco. Você ainda estava se recuperando e nós resolvemos não contar a ninguém que o bebê era adotado.

— E ninguém questionou? — Ava sacudia a cabeça. Apesar de partes da versão de Wyatt parecerem familiares, as peças eram desconexas, não se encaixavam em seu cérebro, como os destroços de um naufrágio boiando na água escura e turva. — Os empregados...

— Foram muito bem pagos.

— E ninguém deu com a língua nos dentes? — Não. Não podia ser. Sem acreditar, Ava apontou para Jewel-Anne. — *Ela* sabia e não contou a ninguém?

— Sei guardar segredo quando preciso — retrucou a garota, jogando a cabeça de um jeito afetado.

— E por que *precisava* guardar segredo?

— Porque era melhor para todo mundo. Principalmente para *você* — esbravejou Jewel-Anne.

Distraída, a jovem afagou a cabeça da boneca e, na mesma hora, Ava se lembrou da efígie que encontrara dentro do caixãozinho. Jewel-Anne tinha que estar por trás daquilo.

— Não imagino você fazendo alguma coisa por mim — disse Ava, devagar.

— Bom, mas você não me conhece mesmo, né? — atacou a prima, com um novo sorrisinho se formando nos cantos da boca.

Wyatt declarou:

— Ninguém disse uma palavra. É, a Jewel-Anne sabia, assim como a Khloe e a mãe dela. A Virginia é leal e a Khloe é uma das suas melhores amigas. Ela estava separada do Simon. Duvido que ele saiba. Já a Demetria foi contratada depois, quando a Jewel-Anne voltou para a ilha. A Graciela não estava trabalhando aqui, apesar de ter sido nossa empregada antes, e o caseiro da época sabia manter a boca fechada.

— Mas as outras pessoas... — sussurrou Ava.

— Ninguém mais da família sabe. Nem mesmo o Ian. Eles não estavam aqui e nunca questionaram o fato do Noah ser nosso filho, carne da nossa carne e sangue do nosso sangue.

— Não acredito nisso — murmurou Ava, apesar de uma parte da história soar verídica. Ela sentia, no fundo do peito, que Noah não tinha saído de seu corpo, que outra mulher lhe dera vida... Uma mulher sem rosto que havia aberto mão do filho. — Você não devia ter mentido para mim — disse ao marido, com a voz trêmula.

— Ava, você estava muito perturbada — argumentou ele.

Wyatt andou até a estante de livros e olhou para uma foto dos três, tirada quando Noah mal havia completado 1 ano. A família feliz. Uma grande mentira.

Ele tocou o porta-retratos e disse:

— Você se convenceu de que o Noah era nosso filho biológico. Diante de qualquer insinuação contrária, você surtava e tinha um ataque de pânico. Conversamos a respeito no hospital, contudo, a simples menção da palavra *adoção* fazia você pirar.

Ela se lembrava muito pouco da estada no St. Brendan's.

— Então, os funcionários de lá, do hospital... sabem? — Tinha que haver uma maneira de confirmar a história.

— Só a dra. McPherson, mas é sigilo médico-paciente.

— Quem é a mãe?

— Não importa.

— É claro que importa! — berrou Ava, levantando da cadeira num pulo. — Foi ela! Não está vendo? Foi a mãe de sangue quem roubou nosso filho!

— Não seja irracional!

— Irracional? Acabei de descobrir que o bebê que eu pensava que tinha saído de mim foi adotado e você está me chamando de irracional? — Sua mente estava a mil. Imagens do passado surgiam, mas nenhuma condizia com a verdade. — E o pai do bebê? Digo, o pai biológico do bebê?

— Não está envolvido no esquema.

Ava sacudia a cabeça, tentando desesperadamente entender aquilo tudo.

— Ele abriu mão dos direitos paternos?

— Nem chegou a saber que tinha um filho.

— Então, pode estar por trás do sequestro! — Descontrolada, ela transferiu o olhar de Wyatt para Jewel-Anne. O sorrisinho da prima havia sumido. Agora a moça parecia tão transtornada quanto Ava. — Você tentou localizar essas pessoas? A polícia sabe? — perguntou. — Temos que ligar para o Snyder agora mesmo!

Ela já estava pegando o telefone fixo, na mesa, mas Wyatt a segurou pelo punho.

— Não, Ava — alertou.

— Por que não?

— Não vai adiantar nada.

Ainda com o aparelho na mão, Ava teve uma premonição súbita.

— Você sabe o que aconteceu com o nosso filho — atacou, respirando com dificuldade e encarando Wyatt.

O rosto dele, de traços firmes e determinados, estava a centímetros do dela. A tristeza na alma do marido se refletia nos olhos.

— Os pais biológicos do nosso filho estão mortos.

Ela se afastou dele.

— Mortos? — Era muita informação de uma vez só. — Como?

— Acidente de moto.

— Os dois? Juntos? E ele não sabia do bebê?

— Eles haviam passado um tempo separados. — Wyatt soltou a mão de Ava, e ela pôs o telefone no gancho. — Depois, reataram. Não sei se ela chegou a contar do Noah para ele. Se contou, nenhuma atitude foi tomada antes do casal morrer, quando descia a costa do Oregon de moto. Pelo que entendi, o rapaz estava dirigindo e tentou ultrapassar um *motor home* que rebocava um carro. Não viu o veículo que vinha na outra pista e perdeu o controle quando foi desviar.

O estômago de Ava embrulhou.

— Ai, meu Deus.

Não acredite nisso de primeira. Pode ser tudo uma mentira conveniente! Ele mentiu para você durante anos.

Jewel-Anne estava calada. Parecia ausente, talvez sem reação, e o prazer que obtivera ao provocar Ava havia desaparecido por completo. Com uma das mãos, afagava lentamente o cabelo preto e brilhante da boneca.

— Como eles se chamam? — perguntou Ava.

— Ava, não faça isso. Deixe para lá — retrucou Wyatt.

— Quero saber os nomes dos pais biológicos do meu filho — insistiu, furiosa porque o marido havia guardado o segredo por todo aquele tempo. — Quem eram eles? Quem eram eles, Wyatt? Quem eram os pais de sangue do *nosso* filho?

Ele a encarou durante cinco segundos inteiros, o que pareceu uma eternidade. Só depois do relógio do corredor anunciar a meia hora é que Wyatt respondeu:

— Tracey. Tracey Johnson e Charles Yates.

Jewel-Anne inspirou fundo. Obviamente, aquilo também era novidade para ela.

Algo dentro de Ava se partiu. Ouvir os nomes fez as pessoas sem rosto que haviam gerado seu filho se tornarem bem mais reais.

— Eram seus clientes?

— De um associado.

— Você devia ter me contado, Wyatt.

Ava contornou o marido e saiu pela porta, passando espremida por Jewel-Anne e a cadeira de rodas.

— Você devia ter me dado um voto de confiança e contado a verdade sobre o nosso filho!

— Ava! — gritou ele.

Ava correu. Em vez de passos atrás dela, ouviu alguém dizer "canalha" num tom frustrado. O eco a perseguiu escada acima, enquanto a cabeça era tomada por dúvidas e o coração se contorcia com a dor das novas descobertas. Era como se vivesse numa casa de horrores, onde nada era o que parecia ser.

Tudo que Wyatt dissera sobre Noah — além do fato de o menino ter sido adotado — girava na mente dela. Tracey Johnson? Charles Yates? Já ouvira aqueles nomes?

Espere, Ava. Não caia nessa! O Wyatt mente!

Uma vez no quarto, tirou o laptop da capa. Provavelmente, o marido tinha algum rastreador ligado ao computador dela para poder ver todos os sites acessados, mas, mesmo assim, Ava jogou no Google os nomes que ele havia citado, junto com *acidente de moto* e *Oregon*.

Precisou peneirar um pouco, pois não era uma especialista em pesquisas na internet. Não era tão rápida quanto antigamente, mas, por fim, achou algumas ocorrências. De fato, um terrível acidente de moto acontecera três anos antes, quando Noah tinha 1 ano. Charles Yates, de 26 anos, e a noiva de 21 anos, Tracey Johnson, morreram em decorrência da gravidade das lesões.

— Não — sussurrou Ava. Contudo, procurou os obituários e acabou encontrando.

Os registros listavam a cidade natal do casal, o local em que os dois haviam cursado o ensino médio e ainda informavam que Tracey estudava numa escola técnica e sonhava em ser enfermeira. Yates trabalhava para uma pequena transportadora.

Gente de verdade.

Com parentes mais próximos que também estavam listados.

As mãos de Ava tremiam sobre o teclado. Ela precisava ver aquelas pessoas. Tinha que tentar identificar alguma semelhança com o filho.

Demorou um pouco, mas conseguiu localizar fotos das vítimas. Olhando para as imagens planas, imaginou se Noah tinha o queixo pontudo de Tracey ou o cabelo cacheado de Charles. Possível? Sim. Prova? Não.

A palavra de Wyatt, a notícia confirmando o acidente e os obituários não bastavam para ela ter certeza de que havia encontrado os pais biológicos do filho.

Não, não, não!, berrava a sua mente. No entanto, havia um quê de veracidade na confissão de Wyatt. Ava deveria acreditar que ele só queria protegê-la, que temia que a verdade fizesse com que tivesse outro colapso nervoso?

Ela balançou a cabeça.

Segundo o obituário, Zed e Maria Johnson — os pais de Tracey — moravam em Bellevue, uma cidade a leste de Seattle. Ava começou a procurar a proverbial agulha no palheiro.

— Você é capaz — incentivou a si mesma, apesar da tarefa desanimadora.

Por meio de várias ferramentas de busca da internet e da lista telefônica, também via computador, Ava conseguiu chegar aos Z Johnson da grande Bellevue/região de Seattle. É claro que havia a possibilidade do telefone não estar listado, dos pais terem se divorciado ou se mudado. Ela pensou em meia dúzia de razões para abandonar a pesquisa, mas descartou todas.

— Quem não arrisca, não petisca — disse em voz alta e, na mesma hora, ouviu alguém bater na porta.

— Sim? — respondeu, esperando que Wyatt enfiasse a cabeça no quarto.

Em vez do marido, Ava escutou a voz de Khloe.

— Oi, Ava. Você está bem?

Ela parecia preocupada, mas Ava nem tinha mais certeza de que Khloe ainda era sua amiga. A relação das duas ficara complicada depois da morte de Kelvin. Após fechar o laptop, Ava se levantou da cama e enfurnou as sacolas de compras na prateleira mais alta do armário. Não havia por que atiçar a curiosidade alheia, nem mesmo a de Khloe.

— Estou bem — disse Ava, abrindo a porta.

— A Jewel-Anne me contou o que aconteceu. Fui até a cozinha para pegar meus óculos de leitura e ela estava lá, com cara de quem tinha visto um fantasma. Caí na asneira de perguntar qual era o problema. — Ainda com os óculos na mão, Khloe hesitou antes de prosseguir. — Ouça, Ava, estou sem palavras. Eu sabia que o Noah era adotado? Sabia. Eu quis contar a verdade quando você esqueceu? Pode apostar. Mas... você estava muito...

inconstante. Muito desconfiada. Muito... descontrolada. Tive medo de você surtar ainda mais.

— Então iam passar a vida toda sem me dizer nada?

— Queríamos que você soubesse. Era só uma questão de quando contar. — Ela suspirou e olhou para o corredor. — Conversei muito sobre isso com a mamãe, mas você tinha que estar em condições de receber a notícia sem surtar e... sem se machucar de novo.

De novo.

Constrangida, Ava puxou as mangas para esconder as cicatrizes.

Pequenas rugas de preocupação se formaram entre as sobrancelhas de Khloe, que voltou a encarar a amiga nos olhos. Ela deu de ombros, como se tivesse ficado envergonhada de repente.

— Só achei melhor vir lhe dizer que lamento... por tudo.

— Eu também — concordou Ava, sentindo um nó se formar na garganta. Por que sempre que alguém lhe oferecia um gesto mínimo de bondade ela quase chorava?

— Eu, hum, fui muito cruel quando o Kelvin morreu — murmurou Khloe, olhando para o chão durante um segundo. — Culpei você.

— Assim como todo mundo.

— Pois é, mas não foi culpa sua — sussurrou, emotiva. A amiga pigarreou e prosseguiu. — Não posso falar pelos outros, mas, no meu caso, eu precisava tanto culpar alguém pela morte dele, que nem levei em conta que você também tinha perdido o irmão.

— E por que ninguém reparou que eu não estava grávida?

Khloe sacudiu a cabeça.

— Acho que foi porque você tinha engordado muito pouco e ninguém a via com frequência. Nem mesmo eu. Passamos meses... — respondeu, dando de ombros.

Aquilo incomodava Ava. Demais.

— Acho que nunca enxerguei o óbvio — continuou Khloe, com o rosto vincado de aflição. — Verdade seja dita: eu não queria saber. Estava concentrada demais no meu sofrimento por ter perdido o Kelvin. Talvez tenha sido assim com todo mundo, mas eu só queria que você soubesse que sinto muito. Não que eu goste de ver seu irmão morto, mas, se ele estivesse vivo, eu não teria encontrado o amor da minha vida. — Khloe se animou um pouco e Ava deixou passar. O casamento da amiga com Simon nunca tinha sido estável, mas todos na casa pareciam viver no mundo da fantasia.

— Vamos descer para afogar as mágoas num bolo de chocolate? A mamãe fez um de três camadas para o aniversário do Simon.

Suas sobrancelhas se ergueram um pouco e Ava se lembrou de Khloe criança, a mais velha de seis irmãos, a menina que, anos antes, adorava correr riscos, estava sempre pronta para a próxima festa e tinha sido sua melhor amiga.

Tudo antes da morte de Kelvin, é claro.

— Com cobertura — disse Khloe, na esperança de convencê-la.

Ava olhou para baixo da escada.

— Obrigada, mas comi demais no jantar.

— E brigou demais.

— É.

— Pensei que você quisesse conversar.

— Agora não, mas vou aceitar o bolo.

— Ótimo — retrucou Khloe, alegre.

Juntas, as duas desceram a escada. Khloe achou um pacote de café solúvel descafeinado. Aquecida no micro-ondas, a bebida não tinha gosto, mas não importava. Elas dividiram uma fatia do bolo calórico, grande o suficiente para alimentar meia Anchorville.

Enquanto isso, Ava tinha consciência da passagem dos segundos, do tempo que podia estar aproveitando para localizar parentes dos pais biológicos de Noah ou para se familiarizar com a microcâmera e o gravador novos. Mais uma vez, foi cautelosa, tentando não levantar ainda mais suspeitas, e se obrigou a saborear até o último pedaço. Chegou a apertar as migalhas com o garfo, como se não pudesse desperdiçar nem um tiquinho do chocolate amargo.

Óbvio que era tudo fingimento. Apesar de ser bom se reaproximar de Khloe, Ava simplesmente não tinha tempo para aquilo no momento. Depois de tomar o resto do café acumulado no fundo da xícara, bocejou e espreguiçou os braços sobre a cabeça, como se estivesse morta de cansaço. Outra encenação. Por dentro, estava empolgada, pronta para pôr o plano em ação.

Wyatt entrou na cozinha quando ela estava devolvendo a cadeira à mesa. Ava não sabia o que dizer a ele, ao contrário de Khloe.

— Que mentira escabrosa — comentou ela, fazendo Wyatt olhar de cara feia. — A Jewel-Anne me contou o que aconteceu.

— Pelo visto, não é mais segredo — declarou ele.

— Nem devia ter sido segredo — retorquiu Ava.

Wyatt concordou com a cabeça, mas Ava não acreditava no remorso dele. Além do mais, o marido reagira da maneira errada. Enquanto ela ficara chocada, ansiosa para procurar novas pistas sobre o desaparecimento do filho, Wyatt nem havia se incomodado em tentar localizar os avós biológicos do menino. Qual era o problema dele? Por que não estava atrás do casal? E para que tanto segredo?

Porque ele sabe. Ele sabe que o Noah não vai voltar.

O coração de Ava se espatifou em mil pedaços, mas ela deu um jeito de alcançar a pia para enxaguar a xícara. Estava com os dedos trêmulos, mas torceu para que ninguém tivesse notado enquanto colocava o recipiente na lava-louça. Deu boa-noite a todos e subiu a escada correndo.

Ao chegar ao segundo andar, ouviu o zumbido da cadeira de rodas de Jewel-Anne descendo o corredor. Por uma fração de segundo, Ava pensou que Khloe pudesse ter criado uma distração proposital para que a prima fosse bisbilhotar o quarto dela...

Pare com isso! Essas duas nem se gostam! Não foi nada! Deixe isso para lá e faça o que tem que ser feito.

Dentro do quarto, Ava não viu nada fora do lugar. Não havia marcas de cadeira de rodas no carpete em volta da cama, nada que ela identificasse que tinha sido mexido. Apanhou o laptop na última prateleira e o ligou. Depressa, recuperou a pesquisa anterior e, levando o celular para o banheiro, ligou para o primeiro dos três Z Johnson da lista telefônica.

Nervosa, aguardou. Uma voz de máquina atendeu e informou que o número discado estava desativado. Ninguém atendeu ao segundo telefonema, nem mesmo a secretária eletrônica. Na terceira tentativa, contudo, uma mulher com voz de sono disse:

— Alô?

— Sra. Johnson?

— Sim.

Até aí, nada.

— Meu nome é Ava Garrison. Me desculpe o incômodo, mas gostaria de que a senhora me desse uma informação sobre a Tracey.

Silêncio.

Ava prosseguiu.

— Acho que era sua filha.

— Quem está falando? — perguntou a mulher. — Por que está me ligando?

— Sei que é difícil, mas tive um filho adotado e acho que a Tracey era a sua mãe biológica.

— O quê? Não!

Clique! O telefone ficou mudo.

— Droga.

Ava ligou de novo e, dessa vez, um homem atendeu.

Antes que desse um pio, ele disse:

— Não nos perturbe. Não sei o que você quer, mas deixe a nossa filha descansar em paz.

— Por favor, por favor, não desligue. Meu filho está desaparecido há dois anos e acabei de descobrir que a Tracey pode ser a mãe biológica dele. Me ajuda, por favor?

Fez-se uma pausa seguida de um longo suspiro.

— Sinto muito, moça, mas isso é muito doloroso para nós.

— Eu entendo — retrucou Ava, atormentada — e lamento, mas também perdi meu filho. Estou desesperada atrás dele. Se puderem, por favor, me ajudem. Meu nome é Ava Church Garrison e adotei meu filho faz uns quatro anos. — Ela disse ao homem a data de nascimento de Noah e deu o número de telefone. — Estou tentando encontrá-lo. Você perdeu uma filha e sabe o que estou passando. Por favor, pode me ajudar?

Depois de uma longa pausa, Ava escutou uma conversa abafada, como se o homem estivesse falando com outra pessoa. Ela prendeu a respiração e aguardou, contando os batimentos cardíacos. Por fim, ele disse:

— Nós só sabemos que a Tracey se meteu numa encrenca e nos contou. Mas ela fugiu e deu o bebê. Não sabemos de mais nada, então, por favor, pare de ligar. Se ligar, teremos que chamar a polícia. — Outra hesitação. — Boa sorte.

Clique!

O celular ficou mudo novamente e Ava tinha consciência de que ligar outra vez não adiantaria nada. Era uma ameaça vazia? Os Johnson sabiam o paradeiro de Noah? Ou aquilo não passava de outra pista inútil?

CAPÍTULO 36

Trocando os papéis habituais, Snyder, depois de enfrentar o dia de frio e ventania, voltou a pé de uma cafeteria localizada a poucas quadras da orla. Uma vez na delegacia surpreendentemente silenciosa, passou pela segurança e se dirigiu ao cubículo de Lyons, onde pôs um café na mesa da moça. Era uma daquelas bebidas doces e cremosas que ele detestava, mas que ela parecia consumir sem pensar muito no preço exorbitante nem no alto valor calórico. Snyder se lembrara até do canudo, que achava dispensável.

Lyons estava toda inclinada, com os cotovelos apoiados na mesa arrumada. Com as sobrancelhas unidas, escutava com atenção o que saía dos fones que lhe tapavam os ouvidos. Sobre o móvel, havia um gravador antigo acompanhado de fitas cassetes. Ao lado, espremido entre o monitor e um pequeno terrário repleto de plantas suculentas — troços esquisitos, parecidos com alienígenas, que a avó dele cultivava —, havia uma pilha perfeita de cartuchos minúsculos.

— Uau. — Lyons desligou o gravador, tirou o fone e pegou a bebida. — Obrigada. — Após um gole, soltou um grunhido de satisfação. — É gemada?

— Está na época.

— Quase. Humm. — Outro gole. — O que deu em você?

— Eu sou assim mesmo — respondeu Snyder, e Lyons riu, quase engasgando com a bebida. — Também imaginei que você precisasse fazer uma pausa. Passou a maior parte do dia concentrada nisso aí.

— Alguma novidade sobre a peruca da Cheryl Reynolds?

Ele balançou a cabeça.

— Continua desaparecida. O que você descobriu?

— Coisas interessantes — disse Lyons, batendo com o dedo num dos montinhos de fitas cassetes, todas marcadas com a caligrafia de Cheryl Reynolds. Recostando-se na cadeira, ela o chamou com a mão e ele, segurando o café preto, entrou no escritório e se jogou numa cadeira. — Continuo sem as últimas fitas da Ava Garrison, e isso me incomoda.

— Também não gosto disso.

— Vamos continuar procurando, mas, enquanto isso, tenho estas aqui.

— São de quem?

— Da Jewel-Anne Church. Você sabia que, quando o pai dela, Crispin, era o diretor do presídio, digo, do hospital Sea Cliff, a família morou no complexo durante um tempo?

— Lá dentro?

Lyons fez que sim com a cabeça, segurando o copo e olhando, pensativa, para o gravador.

— Parece que eles moravam na mansão, mas o Crispin teve algum desentendimento com o irmão, Connell, que acabou morrendo pouco tempo depois. Ele era pai da Ava e do Kelvin. O irmão dela morreu naquele acidente de barco, alguns anos atrás. O resto da tribo é filha do Crispin e de suas duas esposas: Regina, que já faleceu, e Piper, mais jovem e mãe dos dois caçulas, um garoto chamado Jacob e a Jewel-Anne.

— A aleijada?

— O termo politicamente correto é *deficiente*.

Snyder deu de ombros.

— Obtive todas essas informações fazendo uma pesquisa rápida, e a Jewel-Anne confirmou tudo nestas fitas. — Lyons apanhou uma delas. — Pelo que pude constatar, os dois irmãos tiveram uma briga feia e o Crispin deu toda a parte dele do Portão de Netuno para os filhos. Logo depois, venderam tudo para a prima Ava. Exceto a Jewel-Anne. Ela não cedeu.

— E, por causa das sessões com a Cheryl, você sabe o motivo? — supôs ele.

— Talvez. — Lyons voltou a se concentrar, mastigando o canudo que brotava da bebida. — Mas o negócio é o seguinte: a família morou em duas das casas geminadas do Sea Cliff pouco antes do Crispin ser demitido e de fecharem o hospital.

— E daí?

— Daí que a Jewel-Anne tinha contato com alguns pacientes.

— Detentos — corrigiu Snyder.

— Chame como quiser. Muitos nem eram perigosos, tinham apenas problemas mentais.

— E todos os parafusos soltos.

Lyons olhou de cara feia.

— A questão é que um dos pacientes tinha certo fascínio pela Jewel-Anne.

Snyder percebeu o que estava por vir e... aguardou.

A moça deu um sorriso de gato que comeu o canário e brincou com o canudo, puxando-o e afundando-o no copo.

— Tudo indica que a filhinha do papai se apaixonou pelo paciente mais infame do Sea Cliff: nosso velho e sumido amigo Lester Reece.

— Você está me vigiando! — esbravejou Ava, no dia seguinte, ao entrar no estábulo e encontrar Dern escovando Cayenne até a pelagem alazã brilhar.

Os raios pálidos do sol de inverno permeavam as janelas, fazendo os tufos de pelos ruivos reluzirem. O estábulo estava quente, impregnado dos odores de cavalo, feno e poeira, mas Ava, que passara quase a noite toda instalando o novo equipamento de espionagem, nem percebeu.

— Como é que é? — Da baia de Cayenne, Dern olhou na direção da moça, mas continuou movendo a escova pelo dorso largo da égua.

Nas baias próximas, vários cavalos levantaram a cabeça e empinaram as orelhas quando Ava passou pelos cochos. Vagabundo, que estava deitado ao lado de uma lata de ração, abanou o rabo.

De maneira geral, o interior do prédio comprido estava sereno, até a chegada explosiva de Ava.

— Você está me espionando e contando tudo ao Wyatt. Diz a ele aonde vou! Eu o acusei de ser meu guarda-costas e você riu da ideia.

— Porque não sou seu guarda-costas.

O homem, que permaneceu dentro dos confins da baia, esfregou Cayenne suavemente com uma toalha. A égua balançou o rabo e relinchou um pouco, mas aceitou o tratamento.

— Dern, já *sei* de tudo. O Wyatt admitiu.

— É mesmo?

— É!

Meu Deus. O homem era frustrante, só que de um jeito bem diferente do marido.

— Até que enfim. — Depois, se dirigiu à égua. — Pronto, menina. Está um brinco. — Saiu da baia e trancou o portão.

— Não gosto que me vigie e vá correndo contar tudo para o Wyatt — declarou Ava, com frieza.

— É o que estou fazendo? — Dern estava nitidamente despreocupado.

— Foi o que ele disse.

— E você acredita nele?

— Ele sabia que eu tinha subido a falésia, e a única pessoa que me viu lá foi você, Dern. Você é só mais um pau-mandado dele, né?

— Contei sobre a falésia porque imaginei que mais alguém pudesse descobrir, e eu queria que ele confiasse em mim.

— Que mentira, que lorota boa!

Um dos cantos da boca do homem se ergueu, formando um sorriso canalha que não tinha o direito de ser tão desencanado e sexy. Que se danasse o homem de maxilar quadrado, barba por fazer e olhos intensos. À meia-luz do estábulo, com os traços do rosto na sombra, Dern era bruto e lindo demais para ser verdade.

— Não é nenhuma lorota.

— Então me diga o motivo — exigiu Ava.

— Porque foi o que me mandaram fazer. — Ele cruzou os braços, esticando a costura dos ombros da jaqueta de camurça. — Por que você não respira fundo e recomeça do início?

Nervosa e cansada por ter dormido muito pouco, Ava podia sentir a ira aumentando.

— Ontem à noite, eu tive outra briga com o Wyatt. No meio do bate-boca, me disse que havia ela lhe pedido para ficar de olho em mim. Como se eu tivesse 5 anos de idade!

— Ele me pediu mesmo. — Dern fez que sim com a cabeça, como se concordasse consigo mesmo numa discussão silenciosa. — Eu lhe contei isso.

— Mas não achou que devia me avisar que meu marido havia contratado espiões? — perguntou Ava. Dern era a única pessoa que ela considerava confiável na ilha. A única.

— Isso acabaria com o objetivo, né?

— Objetivo?

Fitando-a nos olhos, Dern disse:

— Poder escolher o que contar para ele.

— Espere aí...

Ele ergueu uma das mãos.

— Escute. Você tem razão. Eu não ia lhe contar porque sabia que isso a deixaria toda aborrecida de novo e, pelo que vejo, você precisa de um amigo no momento.

— Que, no caso, é você? — retrucou ela, com sarcasmo.

— Estou do seu lado.

— *Meu* lado? — Ava apontou com o polegar para o próprio peito. — Não, se está me dedurando.

— Ouça, não me candidatei para essa função e ela nem fazia parte da proposta original, mas aceitei porque precisava do emprego.

— Você podia ter me contado. Sei guardar segredo.

— Sabe? — Tudo na expressão dele demonstrava dúvida. — Bom, eu também sei. Por exemplo, não dedurei os seus passeios no terraço no meio da noite.

Ava não podia acreditar. Ele sabia daquilo?

— Que eu saiba, você esteve lá em cima duas vezes.

— Não. Nem cheguei perto...

— Até parece, Ava. — Rápido como uma cobra dando bote, Dern segurou o braço dela, apertando, com os dedos fortes, o suéter e a jaqueta da moça. — Eu vi você e a segui, mas decidi que, se estava disposta a cometer loucuras como subir a escada de incêndio, não havia muito que eu pudesse fazer a respeito. Não achei que a estrutura fosse aguentar o peso de nós dois. Além disso, quando vi você e a lanterna, já não dava mais tempo de tomar uma atitude; então, simplesmente esperei. Que diabos passa na sua cabeça? — Apertou o braço dela com mais força. — Está querendo morrer?

— É claro que não!

— Então, o que estava fazendo?

— Não posso falar.

Dern, com os lábios curvados para baixo, estudou o rosto da mulher. Apesar de ele não ter dito nada, uma ameaça velada pairava entre os dois.

— Você vai contar ao Wyatt.

— Não se você explicar.

— Eu sabia.

— Me conte.

— Não posso confiar em você.

— É claro que pode.

— Você acabou de dizer que está trabalhando para o meu marido.

— O que disse foi que escolho o que conto para ele.

Os olhos do rapaz analisaram o contorno do rosto dela e Ava se sentiu tonta, com o coração disparado.

Não confie nele. Não pode! Ele está enganando você. Assim como todo mundo nesta maldita ilha!

Dern se aproximou dela e, naquela instante, Ava percebeu que ele pretendia beijá-la. *Não!* Seu coração já clamava e o ar ficou preso na garganta. *Ai, Deus!* Ainda mais perto, a mão que a segurava pelo braço a puxou. Apesar de estar com os pés plantados no chão, o tronco da moça estava inclinado.

— Isto é um erro — disse ele, soltando o hálito quente no rosto dela.

— Pois é. Não posso...

Mas, assim que as palavras escaparam, a boca do rapaz se moldou sobre a dela. Dern a trouxe para perto, envolvendo-a com os braços fortes e os lábios quentes, firmes e atraentes.

Não, Ava. Não faça isso. Se envolver com o Austin Dern é maluquice!

Calando a voz que vinha da mente, ela se entregou, pendurando-se no pescoço dele, pressionando sua boca ansiosa contra a dele, ouvindo-o gemer em protesto. O sangue circulava quente pelas veias, correndo com as batidas do coração descompassado. A cabeça girava com a negação e o desejo e todas as partes do corpo estavam eletrizadas, ávidas... carentes... encontrando consolo e alegria no toque daquele homem. Ele tocou nos botões do casaco dela, e Ava deslizou as mãos por baixo da jaqueta dele, sentindo, sob a camisa, os músculos duros como pedra.

Algo se partiu lá no fundo, dentro dela. Algo quente e líquido. Todos os argumentos em sua cabeça se dissiparam para os cantos escuros do estábulo. Os joelhos bambearam e a mente foi tomada por imagens intensas de músculos suados e definidos, de nádegas nuas e duras e de peitorais firmes. Visualizou-o em cima dela, afastando suas pernas, penetrando-a, enquanto ela se agarrava a ele e apertava os lábios e os dentes na lateral de seu pescoço...

Como se tivesse assistido à fantasia de Ava por uma janela, Dern levantou a cabeça e xingou baixinho. Depois a largou e se afastou. Encarou-a com olhos inflamados por um fogo que ainda não havia se apagado.

— Isso é errado.

— Eu sei. — Ava sentiu a vergonha subir pela nuca. — Me desculpe.

— Não diga isso. — Ele segurou a mão dela e apertou com tanta força que quase doeu. — A culpa foi minha. — Como se tivesse percebido a intensidade da pegada, soltou a mão da mulher. — Isso não vai se repetir.

— Quando um não quer, dois não fazem, Dern — afirmou ela, com a voz rouca. — Eu estava a fim. Você não é o casado aqui.

— Não tem nada a ver com isso.

— Tem tudo a ver com isso.

Ela virou de costas e começou a andar na direção da porta, mas a voz dele a deteve.

— Não sei que diabos você estava fazendo no telhado, mas pare com isso, tá? Pode acabar morrendo.

Olhando por cima do ombro, Ava perguntou:

— Você não vai contar?

— Não, mas vai ter que me levar com você da próxima vez. Se vai morrer, vou morrer junto.

— Isso é loucura.

— Ser louco é normal por aqui.

Ava soltou um risinho quando saía, apesar de, lá no fundo, saber que seria tolice confiar em Dern.

Na verdade, ela não podia confiar em ninguém. No caminho de volta para casa, cruzou os dedos, torcendo para que ele mantivesse a boca fechada sobre o que vira na noite anterior, assim como Trent prometera. Ela esperava que ninguém mais soubesse o que havia aprontado. Não queria que atrapalhassem seus planos: montar a armadilha naquela noite.

Ava esperou dar 2h da manhã para voltar ao sótão.

Instalar a câmera e o gravador foi tão fácil quanto o vendedor insistira. Depois de montar o equipamento de espionagem sem fio no banheiro, Ava observou o relógio até de madrugada. Suando em bicas, com medo de ser vista por alguém, desligou a chave geral da casa primeiro, como sugerira o atendente da loja de computadores. Assim, quem havia instalado o gravador no sótão teria que religá-lo por causa do corte de energia. Ava esperou cinco minutos inteiros, imaginando que alguém acordaria porque a mansão ficara silenciosa demais sem o barulho do aquecedor, o zumbido da geladeira ou os apitos dos aparelhos eletrônicos que haviam sido desligados de repente.

O coração batia tão alto que ela pensou que o mundo todo pudesse ouvir. Como não escutou ninguém subindo, Ava suspirou e, em silêncio, pôs a câmera num canto escuro da escada dos fundos. Depois, segura de que ainda era a única pessoa acordada, foi ao terraço e desceu novamente ao terceiro andar. Nas antigas habitações dos empregados, instalou outras duas câmeras minúsculas, inclusive uma no armário no qual havia achado o gravador que reproduzia os berros de Noah chamando por ela.

Durante a instalação das câmeras de espionagem, Ava ficou uma pilha de nervos e, por duas vezes, pensou ter ouvido alguém perambulando no andar de baixo. Ficou paralisada, suando, enquanto aguardava, antes de concluir que os barulhos eram apenas estalos e rangidos da velha mansão que se acomodava ao seu redor.

Felizmente, Ava não foi pega enquanto a casa estava sem luz e, se Deus quisesse, a queda de energia e o pisca-pisca dos relógios digitais seriam atribuídos ao mau tempo. Agora rezava para que o novo equipamento fizesse a parte dele. Com o sensor de movimento do sistema, a câmera só filmaria se houvesse atividade na escada, e mandaria as imagens de vídeo e áudio para um pequeno receptor que Ava mantinha na bolsa. Poderia até verificar as informações sempre que quisesse, reproduzindo-as no computador. A pior parte foi esconder as embalagens. Ava amassou as caixas e as enfiou entre o colchão e a estrutura de molas de uma cama, num quarto de hóspedes desocupado, e entulhou o resto do material de proteção numa caixa que continha enfeites de Natal, também no quarto extra. Com sorte, ninguém perceberia antes de reunir os indícios necessários para provar que não estava ficando maluca e que, de fato, havia alguém tentando fazê-la enlouquecer.

Depois de voltar ao quarto para aguardar, ela demorou quase duas horas para adormecer. Contudo, até aquela manhã, ninguém, além de Dern, havia mencionado ter ouvido uma pessoa acordada na noite anterior. Tampouco haviam comentado que Ava parecia morta de cansaço. Isso ela esperava justificar usando a briga com Wyatt. Sem dúvida, Jewel-Anne já havia contado para todo mundo que presenciara a discussão.

Aquilo serviria de álibi.

Por enquanto.

Já eram mais de 10 horas. Graciela estava passando o aspirador de pó no corredor, bem na frente da porta do quarto, e mal olhou para cima quando Ava entrou novamente no cômodo, ligou o computador e verificou as câmeras. Não mostraram nenhuma atividade. Por fim, acessou as contas bancárias.

Tanya e Dern haviam aconselhado que ela conferisse o dinheiro para descobrir quem iria querer que ela pensasse que estava perdendo o juízo. Ava acatou a sugestão, mas todos os fundos pareciam intactos. Obviamente, não se lembrava de detalhes específicos, mas, em suma, não havia rombos nos saldos bancários e, apesar da flutuação do mercado imobiliário e de ações, seus ativos continuavam do jeito que lembrava.

Dia após dia, a moça estava recobrando a memória. Com isso, era mais provável que descobrisse discrepâncias, mas, até então, não havia nada fora do padrão. Pelo menos, nada que pudesse perceber de imediato. Sem dúvida, investigaria mais a fundo e conversaria com o corretor e o gerente do banco, mas, antes, queria ligar para um detetive particular.

Estava na hora de descobrir tudo que pudesse a respeito de Tracey Johnson e Charles Yates, e a busca incluiria todos os parentes vivos do casal. Apesar de tudo que começava a se lembrar, os nomes dos pais biológicos de Noah não soavam nada familiares. Como não podia investigar por conta própria sem levantar suspeitas, contrataria alguém.

Tanya, que nunca confiara no ex-marido, recorrera a um rapaz...

Ava não perdeu tempo. Pegou o celular, ligou para a amiga e anotou o nome de um detetive particular de Seattle.

— Ele é bom — contou Tanya —, mas não é barato.

— A verdade nunca é — retrucou Ava.

Em quinze minutos, uma secretária com voz de ratinho transferiu a ligação para o sujeito e Ava contratou os serviços de um tal de A. B. "Abe" Crenshaw.

Agora, talvez, descobrisse a verdade.

CAPÍTULO 37

Dern era uma distração.
Distração de que Ava não precisava, mas que existia. Ela o evitara nos dois dias seguintes ao confronto no estábulo, mas não o esquecera, a traição nem o maldito beijo, que parecia ter permanecido em seus lábios durante horas. Desde então, enquanto deveria estar pensando em tudo, *menos* em Austin Dern, não conseguia tirá-lo da cabeça. Talvez ele não ocupasse a parte frontal ou central do cérebro dela, mas, com certeza, estava na periferia. A imagem dele ficava a postos. Não perdia a oportunidade de bagunçar tudo que ela pretendia fazer.

Até então, Ava não tivera notícias de Abe Crenshaw e, nas primeiras duas noites, as câmeras não registraram nada nem — ainda bem — ela acordara com os berros de Noah. Wyatt fora e voltara várias vezes, e o clima entre eles estava tenso, como a calmaria antes de uma tempestade, a sensação de desgraça iminente vinda do mar. O casal não tocou mais no assunto da adoção. Ava não queria e, obviamente, Wyatt também não.

Até que, na terceira noite, o raio caiu outra vez no mesmo lugar.

Wyatt e a esposa, que mal estavam se falando, jantaram juntos na sala. Apesar do arroz de forno com frango de Virginia estar delicioso — e de ser um dos pratos preferidos de Ava —, a comida entalou na garganta da moça. Sentado de frente para ela, Wyatt mal a olhava nos olhos, e a conversa que rolava em torno dos dois abrangia de tudo: desde Trent planejando ir embora no sábado a Jacob estar "puto da vida" com um dos professores e Ian dizendo que passaria alguns dias com o irmão no continente. Todos pareciam agitados, exceto Jewel-Anne, que beliscou a comida e reclamou de dor de estômago.

Após o jantar, Jewel-Anne pediu a Demetria que a levasse rapidamente para o quarto, enquanto os gêmeos cogitavam ir a um bar em Anchorville. Jacob parecia indeciso. Quase foi com os meios-irmãos, mas, depois de receber uma mensagem de texto, murmurou alguma coisa sobre ter que ir ao continente para ajudar um amigo que estava com problemas com um sistema sem fio.

Depois que todos se dispersaram para cantos diferentes da casa, Ava ficou sozinha com Wyatt. Ela se preparou quando ele empurrou o prato para o lado, mas o marido disse apenas:

— Conversei com a dra. McPherson hoje.

— Certo — retrucou Ava, com cautela.

— Eu a recontratei como sua médica. Foi difícil, mas convenci a Evelyn de que era a melhor opção.

— Eu combinei com ela...

— Não me interessa o que vocês combinaram — interrompeu Wyatt, com frieza. — Pelo amor de Deus, Ava. Estou tentando lhe ajudar.

— Já tivemos esta discussão!

— E você disse que não queria voltar para o hospital. Esta é a alternativa.

— Não *preciso* ficar num hospital. Eu também já disse isso. E não vou aturar a dra. McPherson de novo, Wyatt.

— Imaginei que você fosse dizer isso; então, liguei para o St. Brendan's. Acontece que têm um quarto com vista para...

— Preste atenção no que estou falando! *Não* vou voltar para lá. *Nunca!*

— Foi por isso que contratei a Evelyn — retrucou ele, com uma lógica circular extremamente irritante.

— Não sei por que você pensa que tem que me controlar, mas isso acabou. Já liguei para um advogado, que não é da sua firma, para começar os procedimentos para que você deixe de ser meu curador; portanto, chega.

Ava saiu da sala e sentiu a raiva irradiar do corpo em ondas. Era impossível manter a paciência, uma vez que o marido vivia tentando controlá-la. Apesar de ter mentido — não havia conversado com um advogado ainda —, possuía uma lista de nomes e, assim que descobrisse quem estava tentando enlouquecê-la, pretendia levar todas as provas ao advogado de maior prestígio do estado e retomar as rédeas da própria vida.

Além disso, ela se divorciaria do canalha do Wyatt. Simples assim. Ava se casara achando que seria eterno e acreditara em todas as palavras do voto "na alegria e na tristeza", mas tinha certeza de que a parte da tristeza não incluía adultério e sabe Deus mais o quê.

Ao subir a escada, ela ouviu o celular do marido tocar e, então, uma breve conversa unilateral. Em poucos minutos, viu Wyatt ir embora. Com a cabeça inclinada para se proteger da tempestade que vinha do mar, ele se dirigiu à casa de barcos. Ian, Trent e Jacob saíram logo depois.

Enquanto as primeiras gotas de chuva escorriam pelas janelas do quarto, Ava observou as luzes da casa de barcos se acendendo, ouviu o ronco do motor da lancha e viu todos partirem. O marido foi para o continente sem ter dito uma palavra a ela, mas Ava só conseguia sentir alívio.

— Já vai tarde.

Virando-se, reparou nos remédios que alguém havia separado para ela: pequenos comprimidos ao lado de um copo d'água. Estava prestes a jogá-los no vaso sanitário quando percebeu que, até onde sabia, o quarto podia estar sendo vigiado, com câmeras minúsculas escondidas em algum canto.

O que faz você pensar que é a única que tem câmeras? É só porque não achou nenhum indício de que instalaram alguma coisa no quarto enquanto estava no sótão? Nunca se sabe.

Ava ligou a televisão do quarto, mas viu que tinha dificuldade em manter o interesse, até mesmo quando a "notícia urgente" era sobre mais uma pessoa alegando ter visto Lester Reece. A tela foi ocupada pela última foto divulgada do homem e, em *off*, um repórter lembrava aos telespectadores de seus crimes e de como ele havia fugido do Sea Cliff. Reece era um rapaz bonito, de aparência meio bruta e atlética, cabelo preto e cheio e inteligência por trás dos olhos. "Encantador", como disseram alguns vizinhos do sujeito. "Calado. Na dele." Agora, contudo, era o criminoso mais famoso de Anchorville.

A lenda de Lester Reece é imortal, constatou Ava. Ela estava prestes a desligar o televisor quando uma mulher negra e esbelta, de 40 e poucos anos, apareceu na tela. Um repórter anunciou que ela era a porta-voz da delegacia e começou a fazer perguntas sobre o homicídio de Cheryl Reynolds.

Ava ficou assistindo da beirada da cama enquanto a oficial basicamente evitava dar respostas. Não, não havia pistas novas, mas a polícia estava fazendo o possível para levar a julgamento o autor do crime. Ela pediu ao público que, caso alguém tivesse alguma informação, que avisasse à delegacia, enquanto uma foto de Cheryl preenchia a tela.

O coração de Ava foi tomado de tristeza. Ela gostava de Cheryl. Considerava a hipnotizadora uma amiga. Confiou nela. Tremeu só de pensar que alguém havia matado a mulher de forma brutal, possivelmente poucos minutos após sua saída do estúdio. Quem faria uma coisa dessas? E por quê?

O telefone da delegacia piscou na tela antes de entrar um comercial de uma concessionária de carros. Ava desligou a televisão e apanhou um livro de suspense que estava no criado-mudo havia semanas. Recostada nos travesseiros empilhados para acolchoar a cabeceira da cama, tentou ler. No entanto, depois de começar a mesma página quatro vezes, deixou o romance de lado. Cheia de energia por causa do nervosismo, perambulou um pouco pelos corredores. Além de Elvis cantando baixinho na suíte de Jewel-Anne, não ouviu mais nenhum barulho na casa.

A porta do quarto de Noah estava semiaberta. Ava entrou no cômodo, passou pelo berço com o móbile de animais marinhos e se dirigiu ao aparador, no qual ficavam os potes de pomada e de creme.

— Amor, cadê você? — disse ela em voz alta.

Apesar de ter contratado o detetive particular, Ava pesquisou na internet por conta própria, em busca de qualquer indício que vinculasse o filho ao casal que morrera no acidente de moto no trecho sinuoso da Rodovia 101, bem ao sul de Cannon Beach, no Oregon. Quis ir de carro até o local, mas ficava a mais de 300 km de distância. Tentou falar novamente com os Johnson, mas não atenderam aos telefonemas. Sem dúvida, reconheceram o número no identificador de chamadas.

Depois de tocar num castor de pelúcia, macio e surrado, que tinha sido o brinquedo preferido de Noah, Ava andou até o quarto de hóspedes dos fundos, que oferecia uma vista clara do estábulo e do apartamento de Dern. Manteve a luz do cômodo apagada e abriu as persianas. Com os olhos, vasculhou a escuridão.

Dern a vira no terraço, o que era estranho. Por que estava acordado de madrugada? Foi dar uma olhada nos animais? Foi soltar o cachorro? Estava sem sono? Ou a espionava? Não, não... É claro que não.

Ava reparou que a porta do apartamento dele estava aberta. Em seguida, viu um homem sair apressado. Um sujeito forte, de aparência bruta, que... Por um segundo, pensou ter visto Lester Reece, mas, obviamente, era uma ideia ridícula, desencadeada pela notícia que acabara de ver na televisão sobre o criminoso. Apertando os olhos para enxergar melhor, Ava se deu conta de que o homem que descia a escada correndo era Austin Dern.

Claro.

No que ela estava pensando?

Agora, ao olhar para ele, sentiu a pulsação acelerar e o sangue ferver estupidamente. Dern entrou no estábulo, localizado debaixo do apartamento minúsculo, e ela teve vontade de ir atrás dele, de descobrir mais a respeito do homem, de conversar e...

Nem cogite essa possibilidade. Você ganhou um beijo e viveu sua fantasia. Chega. Fique longe dele. Por enquanto.

Afastando-se da janela, Ava abaixou as persianas e voltou para o quarto, onde tentou parar de pensar em Dern, Noah e Wyatt. Pegou novamente o maldito livro de suspense, tirou os sapatos, enfiou-se debaixo das cobertas e se obrigou a ler.

Enfrentaria Wyatt e sua vida bizarra pela manhã.

Certas coisas não mudam, pensou Evelyn McPherson ao refletir sobre sua patética vida amorosa. *O dia foi ruim. Minto: a semana foi ruim,* concluiu enquanto destrancava a porta da casa geminada. Ela comprara o pequeno imóvel quando decidira fincar raízes em Anchorville, depois do fechamento do Sea Cliff. A casa, com duas unidades térreas e aconchegantes, pareceu um bom investimento na época. Agora, contudo, Evelyn não tinha tanta certeza disso. A outra metade do imóvel estava vaga. Havia um cartaz de ALUGA-SE na janela e um anúncio no site de classificados Craigslist. O último inquilino fora embora havia três meses, após ficar devendo dois meses de aluguel e de destruir o lugar. Finalmente, a casa voltara a ser o que era antes de Jerry, O Baderneiro, se mudar para lá. Ela devia ter se tocado quando leu os adesivos colados na picape turbinada do rapaz.

Naquela noite, não dava a mínima. Suspirando, jogou as chaves num prato que estava na mesa ao lado da porta, deixou o laptop e a bolsa na mesma mesa e desenrolou o cachecol. Fazia frio na casa. O velho aquecedor estava mais para lá do que para cá, e Evelyn mexeu no termostato do corredor até ouvir o clique. Naquele momento, a temperatura estava em torno de 18º C.

— Alguns graus a mais não vão lhe matar — murmurou.

Ela entrou na cozinha para fazer um chá... Não. Nada disso. Naquela noite, tomaria a garrafa de Chardonnay que abrira dois dias antes e deixara na geladeira. Depois de tirar o casaco, apanhou alguns biscoitos e um pouco de queijo — Edam defumado, pois foi o que achou dando sopa na geladeira — e se deu por satisfeita.

Afinal, qual seria o jantar de uma pessoa que, além de ter sido demitida, fora acusada de ter um caso com o marido da paciente? Na verdade, ela havia sugerido que Ava mudasse de psiquiatra, mas Wyatt interveio. Aquilo acontecera dias antes, mas, para Evelyn, a lembrança continuava igualmente viva.

Meu Deus, ela havia destruído a própria vida.

Porque as acusações de Ava Garrison não eram tão absurdas assim. Mais de uma vez, Evelyn se imaginou casada com Wyatt. Bonito e atlético, era advogado e podia ser tão encantador quanto atraente. Também tinha escritórios em Anchorville e em Seattle, além de uma bela casa histórica, com uma vista deslumbrante da baía e do mar.

E uma esposa!

Uma mulher que luta para se lembrar do que aconteceu com o filho.
E que calha de ser sua paciente.

— Merda — murmurou, ao olhar para a sala arrumada, com móveis modernos, tudo perfeito, como se tivesse saído de uma vitrine. Duas poltronas iguais e superestofadas, um sofá comprido e baixo e algumas luminárias incandescentes de vidro. Uma lareira a gás, que podia ser ligada com um botão, finalizava o cômodo. Ao longo da cornija ampla, havia vidrinhos opacos com velas aromáticas, como Evelyn vira numa loja em Seattle. Também havia porta-retratos em cima da lareira. Só com fotos dela. Sozinha ou acompanhada de amigos da faculdade, onde conheceu Trent Church. — Vai, Ducks! — disse, com tristeza, repetindo o grito de guerra que sempre se ouvia no campus, que vivia escrito em cartazes ou era mandado por e-mail e Facebook para qualquer um que tivesse alguma relação com a Universidade do Oregon.

Caramba, ela resolveu chorar todas as pitangas! Depois de um pigarro, Evelyn se serviu de vinho e disse a si mesma que não estava interessada no marido de Ava. Contudo, era mentira. E a atração não era unilateral.

Ela sabia que Wyatt sentia as mesmas faíscas sempre que estavam juntos. Ele parecia se alegrar um pouco quando ela estava por perto e vivia tentando levá-la a lugares reservados para que pudessem conversar sem serem interrompidos.

Sobre a mulher dele!

Evelyn tomou um gole demorado. O vinho gelado desceu com facilidade, ainda com um sabor divino, e ela pensou em dar cabo da garrafa. Ei, por que não? Se ficasse um pouco bêbada, quem se importaria?

— É mesmo. Quem se importa? — *Ninguém, Evelyn. Você vai passar a vida sozinha. Sem marido, sem filhos e sem casarão com vista para o mar.*

Tomou outro gole. E um terceiro, antes de encher a taça outra vez. Ela deveria estar comemorando. Havia se livrado de uma das pacientes mais difíceis de toda sua carreira.

Deveria estar radiante. Só que não estava.

Fechou os olhos por um segundo.

Clique!

Um barulhinho chamou sua atenção. Havia alguma coisa estranha. Vinha do banheiro. Ela parou e se esforçou para escutar, mas o ruído — se é que existira mesmo — não se repetiu.

É coisa da sua imaginação.
Será que não é água pingando?
Não é nada demais.

Mesmo assim, Evelyn estava um pouco nervosa, provavelmente porque fora insultada e demitida pela paciente e, verdade fosse dita, por causa do assassinato que ocorrera na cidadezinha, o primeiro de que ouvira falar. Bom, além dos homicídios cometidos por Lester Reece.

Ela não queria seguir esse raciocínio e pensar no assassino sádico. Atendera o homem no Sea Cliff e, por isso, sabia que ele era capaz de seduzir até a mais devota das freiras. O sujeito tinha algo de... sombrio, perigoso e fatal — uma combinação ruim e da qual não ficara imune.

Agora, sozinha na cozinha, lembrando-se dos homens que haviam feito parte de sua vida e dos erros cometidos — absolutamente todos —, sentiu a vergonha lhe queimar o pescoço.

Será que bancara a idiota com Wyatt? Será que interpretara mal? Quando ele a tocara nos braços e nas costas, não havia se demorado demais?

Foi o que ela pensou.

As ocasiões nas quais ele passara na casa e no consultório dela, dizendo estar preocupado com a esposa, não tinham sido apenas pretextos para vê-la de novo?

— Idiota — murmurou Evelyn, começando a cortar o pequeno bloco de queijo.

Quando seu radar feminino havia dado pane?

Ah, corta essa. O seu radar nunca funcionou direito. Você se lembra do Chad Stanton, no ensino médio? Tudo terminou quando você o encontrou com a sua melhor amiga, a Carlie. Depois, foi aquela série de garotos na faculdade. Acabou que nenhum deles era o amor da sua vida. Principalmente o Trent Church. Você era a fim dele, né? Evelyn fez uma careta ao se recordar do episódio em que havia ficado bêbada e se atirado em cima do rapaz. Os dois acabaram na cama e ele foi embora no meio da noite. Ela acordou com uma dor de cabeça e uma flor, ao lado da cama: uma rosa que Trent colhera de uma roseira mirrada, perto da porta da frente do apartamento. No entanto, ele não deixara nenhum bilhete nem telefonara nos dias que se seguiram. Na verdade, quando ela o vira de novo, Trent fora simpático o bastante, como antes, como se *nada* tivesse acontecido. Quando Evelyn insistira para conversar sobre o assunto, o rapaz dissera:

— Não foi nada demais, né? Digo, a gente se divertiu, mas foi só isso.

A vontade dela era de afundar no gramado viçoso do pátio. De alguma forma, conseguira manter a amizade e acabara indo com Trent na fatídica festa de Natal na qual Noah Garrison, filho de Wyatt, havia desaparecido. Contudo, Evelyn nunca mais fora para a cama nem se envolvera com ele.

E a pós-graduação não foi melhor, martirizou-se. *Você se lembra daquele professor, que era só seis anos mais velho? Ah, e depois... Meu Deus... Depois veio o Sea Cliff...*

Ela fechou os olhos. Não queria nem pensar que sentira atração por um paciente, ainda mais em se tratando de um assassino perigoso. *Mas é verdade*, pensou, fechando a cara. Os homens errados sempre a fascinaram. Homens distantes, comprometidos ou perigosos, e havia vários motivos para isso. Evelyn era a confusão em pessoa no quesito amor e sexo.

Portanto, foi sorte ter sido demitida antes de fazer uma burrice! Ela estava prestes a...

Ai!

Uma dor penetrante fez arder a ponta de seu dedo indicador. Distraída, a moça havia se cortado com a faca ao fatiar o maldito queijo.

— Burra, burra, burra — murmurou.

Enfiando o dedo dolorido na boca, andou até o quarto e ligou o interruptor, acendendo uma luz na lateral da cama. A temperatura naquela parte da casa parecia estar 3ºC a menos, mas ela não podia se preocupar com o aquecedor naquele momento. Foi direto para o banheiro, no qual guardava os itens de primeiros socorros. Tinha certeza de que havia um tubo de pomada antisséptica no armário de remédios.

Ainda com o dedo machucado na boca, não se deu ao trabalho de acender a luz. Deixou que a lâmpada do quarto iluminasse o banheiro enquanto abria o armário de remédios. Era o suficiente para enxergar. Pronto. Ali estava o tubinho de pomada, bem ao lado da caixa de Band-Aid.

Ao fechar o armário, Evelyn viu, refletido no espelho, um rosto obscurecido pela sombra.

Soltou a pomada e começou a gritar. Mãos fortes a agarraram por trás, enterrando os dedos em sua garganta, empurrando o pomo de adão e interrompendo a passagem do ar. Desesperada, debateu-se com toda força, reagindo, socando a cabeça e o corpo do agressor. Tentou chutar, mas errou o alvo.

O mundo escureceu.

Parecia que seus pulmões iam explodir.

Evelyn sentiu o acúmulo de calor na cabeça e tentou agarrar as mãos enluvadas que lhe apertavam o pescoço e impediam a respiração. *Meu Deus! Vou morrer! Este monstro está tentando me matar!* Alucinada, lutou pela vida, derrubando os frascos e as latas da bancada.

Crash! Um vidro com uma vela se espatifou no piso de azulejo.

Por quê? Ela chorou em silêncio e, como nunca, desejou ter uma arma — uma faca, uma barra de ferro, um abajur, *qualquer coisa*! A ardência nos pulmões ficou insuportável.

Ela não podia morrer daquele jeito!

Solteira e sem filhos! Não era para ser assim! No quarto escuro, lutou, só que mais devagar, com reações mais lentas e o mundo girando.

No espelho, seu olhar se cruzou com o do agressor. Viu o ódio frio e perverso nos olhos desalmados... que ela reconhecia, apesar do disfarce ridículo: uma peruca longa e preta.

Por quê? Voltou a se indagar, mas a pegada na garganta se afrouxou e ela inspirou uma quantidade ínfima de ar. Zonza, não pôde reagir. Tentou, mas não conseguiu ficar de pé e quase caiu na bancada. Pelo espelho, viu o criminoso puxar uma faca do bolso da jaqueta.

Trôpega, tentou fugir.

Tarde demais!

Afiada e brilhante, a lâmina reluziu no espelho.

Rapidamente.

Atravessando-lhe a garganta.

Ela engasgou.

Tentou gritar.

Assistiu, horrorizada, ao próprio sangue manchando o espelho de carmim, às gotas vermelhas que escorriam no vidro e escondiam o sorriso malévolo do assassino.

CAPÍTULO 38

Totalmente vestida e ainda deitada na cama, Ava acordou num pulo, com o coração disparado e adrenalina correndo nas veias. Algo a despertara. Algo fora do comum. Algo que não estava certo.

Até que se repetiu. O som mais lamentoso e desolador que já ouvira.

— Mamãe... Maaamããāe!

Depois, os soluços tristes e assustados do filho ecoaram pelos corredores.

— Desgraçada — murmurou entredentes.

Ava removeu as cobertas e, só de meias, andou devagarzinho até a janela. Meio que esperando ver o filho no cais, olhou para o lado de fora e se deparou apenas com a escuridão e as ondas espumantes e visíveis na água. Mas nada de Noah. A imagem do menino de casaquinho de moletom, de pé, no píer, tinha sido inventada por ela, era fruto de sua mente desesperada e confusa, ajudada pelos alucinógenos presentes na medicação.

Evelyn McPherson havia insistido para que continuasse tomando os remédios. O médico também concordara.

— Vaca — resmungou, enquanto a voz de Noah se espalhava pelo corredor. Ninguém mais ouvia? Por que era só ela?

Do lado de fora do quarto, no corredor, a voz do menino sussurrou para ela e, pela primeira vez, Ava percebeu que o som nem era tão alto. Só quem estivesse nos cômodos adjacentes escutaria o choro fraco e assustado da criança.

Ela se dirigiu ao quarto de Noah.

No primeiro andar, o relógio do avô soou uma badalada escandalosa ao anunciar a meia hora, fazendo a moça saltar de susto. Então, os berros cessaram. De repente. A casa voltou a ficar silenciosa. Parecia vazia.

Mas alguém estava acordado.

Tinha que estar!

Antes de esmurrar as portas e fazer acusações sem fundamento, Ava voltou para o quarto, pegou, na bolsa, o receptor do equipamento e o conectou ao computador. Enquanto o coração contava os segundos que passavam de sua vida, ela viu uma imagem surgir na tela.

Em preto e branco, Ava observou Jewel-Anne, a prima "deficiente", se levantar da cadeira de rodas. Desajeitada, com a ajuda dos braços e arrastando os pés, a menina subiu a escada caquética. Jewel sumiu durante um tempo, mas apareceu depois, na tela de outra câmera, a que estava no quarto da caixa de chapéu. Apoiando-se nos ganchos do armário que já tinham sido usados para pendurar roupas, pôs-se de pé, apanhou a caixa que continha o equipamento e, então, cantarolando "Suspicious Minds", de Elvis, religou o aparelho.

— Tem razão, sua vaca — disse Ava à tela, que exibia a prima pondo no lugar a mala da década de 1960 que continha o equipamento. — Você caiu mesmo numa armadilha! — exclamou, fazendo analogia à letra da música de Elvis.

Ava não perdeu tempo. Tratou de mandar o vídeo para o próprio e-mail e para Tanya, só por segurança, e salvou o arquivo num pequeno pen drive. O computador estava travando e demorou vários minutos para enviar a informação. Depois, movida pela fúria, apanhou o pen drive, com seu novo conteúdo, e marchou pelo corredor até a suíte ocupada pela prima.

Por que Jewel-Anne estava tão determinada a torturá-la? O que ela fizera para a jovem querer magoá-la de maneira tão cruel e convencê-la de que estava enlouquecendo?

Será que já havia dado tempo de Jewel-Anne voltar para a suíte? Ava tinha certeza de que sim, mas, àquela altura, não estava nem aí. Se a prima a encontrasse na porta, paciência. Teriam a discussão no corredor.

Revoltada, Ava esmurrou a porta espessa do quarto da garota. *Bam! Bam! Bam!*

— Jewel-Anne! — berrou. — Quero falar com você!

— Vá embora — respondeu uma voz grogue.

Então ela estava lá. Ava bateu com mais força.

— São quase 3 horas da manhã! — reclamou a jovem.

— Abra, Jewel-Anne, senão vou invadir.

Ava tentou abrir a porta, viu que estava destrancada e entrou no quarto de menininha. Maior que o cômodo do irmão, no porão, a suíte de Jewel-Anne tinha cama, mesa, uma saleta com cadeiras e um banheiro adaptado para cadeirantes.

— Por quê? — perguntou Ava, ainda mais furiosa ao ver a prima deitada na cama, cercada pelas esquisitas bonecas com olhos de vidro, todas de pijama, arrumadas em volta da garota. — Por que você fez isso?

— Fiz o quê?

Jewel-Anne piscou e bocejou, como se estivesse acordando de um sono profundo. O cabelo, preso numa trança grossa, estava um pouco despenteado ao redor do rosto. Usava uma camisola, mas os óculos estavam bem ajeitados e o computador, na escrivaninha, estava desligando, fazendo todos os cliques e barulhos devidos, mostrando que alguém havia acabado de fechar os programas.

Ava atravessou o quarto e apertou a tecla para reiniciar o computador.

— O que está fazendo? — Jewel-Anne usou as mãos para sentar-se, derrubando no chão uma boneca ruiva e sardenta que bateu nas ridículas pantufas de coelhinho. — Veja só o que me obrigou a fazer! — Depressa, a garota catou a boneca e a enfiou debaixo das cobertas, ao lado das outras. — Já é madrugada, meu Deus do céu. Eu estava dormindo e...

— Cansei das suas mentiras — esbravejou Ava. — Você não estava dormindo.

— É claro que estava! Como ousa me acusar de... de... mentir? Eu não minto. Nunca.

— Ah, é?

Quase incapaz de manter a compostura, Ava olhou para a tela do computador, que voltara a brilhar. O sistema passava por todos os processos enquanto a CPU religava.

— Pare de mexer nas minhas coisas.

Jewel-Anne se arrastou para fora da cama e puxou a cadeira de rodas para a beirada do colchão, numa tentativa desesperada de deter a prima.

— Ainda não.

— Estou falando sério, Ava. Saia daí!

— Só quando você me disser por que tentou me fazer pensar que eu estava enlouquecendo.

— Não mexa nas minhas coisas!

Quando Ava não demonstrou o menor sinal de que desistiria, Jewel-Anne, que havia se arrastado para a cadeira de rodas, catou o celular na mesa de cabeceira e avisou:

— Vou chamar a Demetria e o Wyatt!

— Ótimo. Acho que também vão se interessar em ver isto.

— Isto o quê? — perguntou Jewel-Anne. Pela primeira vez, havia um pouco de hesitação na voz da garota.

— Apenas assista.

— Que diabos você está fazendo? — indagou, enquanto Ava inseria o pen drive numa entrada USB. — Pare com isso! Não mexa nas minhas coisas! Isso é invasão e... — Jewel-Anne perdeu a voz e ficou branca feito um defunto quando as imagens apareceram na tela, mostrando, claramente, em preto e branco, a garota subindo a escada e religando o aparelho guardado no armário.

— É... É algum engano. Você... Você inventou isso! — berrou Jewel-Anne.

— Eu só segui as suas pistas.

— Não sei do que você está falando.

— É, vamos chamar a Demetria, o Wyatt e quem mais estiver em casa para que todos vejam que a louca aqui *não sou eu*!

A expressão no rosto de Jewel-Anne passou de horror para ressentimento e fúria. Ela ergueu o queixo e contraiu os lábios, revoltada.

— Saia do meu quarto! Agora!

— Ou o quê? — Ava se sentou na cadeira da escrivaninha. — Por que, Jewel? — perguntou Ava, falando baixo. — Por que, em nome de Deus, você teve todo esse trabalho para me convencer de que estava enlouquecendo? — Ela tremia com a raiva pulsando nas veias.

— Nem foi tão difícil! — gritou Jewel-Anne.

— Mas tem que haver um motivo.

Jewel-Anne, de fato, mudou sua expressão.

— O que foi? Me conte. Pretendo mostrar este videozinho para todo mundo aqui, então, é melhor me dizer agora. Qual era a sua razão para me aterrorizar, para fazer com que eu pensasse que meu filho estava me assombrando, me chamando? Você faz ideia do quanto sofri?

— Faço! — Jewel quase berrou. Seus traços de menininha se desfiguraram com um ódio tão intenso que Ava chegou a se encolher um pouco. Os olhos carregados a fitavam. — Faço, sim — esbravejou.

O brilho repentino no olhar da garota indicava que ela adoraria contar como havia enganado Ava, como havia passado a perna na prima bem-sucedida.

— Sabe, para uma mulher que devia ser inteligente, quase com um QI de gênio, você é mesmo uma tapada — declarou Jewel-Anne.

Ava sacudia a cabeça e, mais uma vez, sentia que estava pisando em areia movediça, afundando devagar, mas, sem dúvida, sendo sugada.

— Acho que está na hora de você saber toda a verdade. — O sorrisinho malicioso de Jewel-Anne se expandiu, formando uma curva feia de um canto a outro do rosto. — Você nem se lembra de quem é a mãe biológica do seu filho, né?

Ava teve a sensação de que o quarto recuava, como se ela estivesse no final de um corredor comprido. Levantou a mão para se proteger do que estava por vir, mas foi um gesto em vão.

— É isso mesmo, Ava. A versão do Wyatt sobre... Quem? Charles Yates e Tracey Johnson? — Jewel soltou um risinho desagradável. — Também foi novidade para mim. Ele inventou aquela história sem pé nem cabeça só para confundir você. — Ela estava quase furiosa. Os olhos brilhavam com a verdade, e a garota se deixou possuir pelo desejo de esfregá-la na cara da prima. Elevou a voz, que alcançou o corredor e reverberou no cérebro de Ava. — Eu sou a mãe do Noah, sua vaca burra! Eu o carreguei na barriga. Eu senti o bebê me destroçando por dentro naquela noite, no barco! O Noah era *meu* filho, e você nem conseguiu reconhecer esse fato simples, mas tão importante. O Noah era *meu* filho. Não era seu. Era *meu*!

— Não...

Ava não acreditaria naquilo. Não podia. Mas a verdade estava nua e crua, deixara de ser ocultada por uma teia de mentiras. Seria possível que seu filho, seu lindo filho, tivesse saído de Jewel?

Sacudindo a cabeça e andando para trás, ela precisava negar.

— Não!

— É verdade, Ava. É verdade.

Meu Deus, ela se lembrou. Ela se lembrou! Jewel-Anne engravidara na mesma época que ela, mas não divulgava o nome do pai da criança, agindo como se fosse uma Virgem Maria dos tempos modernos... Minha nossa... Aquilo tudo era muito confuso. Doloroso. Errado. Ava sentiu o estômago embrulhar e pensou que fosse vomitar ao se recordar de ter perdido o filho e que, de tanto sofrimento, estava disposta a fazer de tudo para substituí-lo.

— O Noah era meu bebê! — Jewel-Anne voltou a gritar.

— Era? — repetiu Ava, ouvindo o pretérito imperfeito pela primeira vez. Não. Ah, não. Noah não podia estar morto. *Não podia*. Como um zumbi, a moça se sentiu arrasada por dentro, destroçada pela negação. Mesmo assim, avançou na direção da prima, olhando-a de cima. — Que diabos você fez com o meu filho?

— Não sei o que aconteceu com ele.

— Sua fingida!

Ava agarrou os ombros da prima e a fez ficar de pé.

Jewel-Anne tremeu de pavor.

— Me solte!

— Me diga onde ele está!

Furiosa, Ava sacudia a prima. Jewel-Anne balançava a cabeça como uma de suas bonecas sinistras.

— Não sei!

— Mentirosa! Você mentiu o tempo todo. Durante dois malditos anos. Tentou me enlouquecer! Me fez pensar que eu via meu filho e que ouvia o Noah me chamar!

— Me solte!

Para arrancar uma resposta, Ava arrastou Jewel-Anne até o corredor. A garota, menor que a prima, se contorcia e se debatia, balançava as mãos e sacudia as pernas de maneira descontrolada.

— Ava, o que está fazendo? Não! — berrava Jewel-Anne, enquanto a moça a puxava para a escada. — Não! Ai, meu Deus!

— Cadê o meu filho?

— Não sei — insistiu a jovem, com os olhos arregalados, demonstrando pânico quando chegaram ao topo da escada. — É sério, Ava. Não sei! Pare com isso! — suplicou Jewel, aos prantos.

Ava apertou a prima contra o corrimão, envergando-a para trás, enquanto Jewel-Anne se agarrava a ela.

— Por que você instalou o gravador? — perguntou Ava. — Por que me fez pensar que o Noah estava aqui em casa? Por que tentou me enlouquecer?

Jewel-Anne esbugalhou os olhos de medo.

— Ava, por favor...

— *Por quê?*

— Porque você tem tudo! — despejou Jewel-Anne, nervosa. — A mansão, a propriedade, a beleza, o corpão. Tudo. Você e o Kelvin herdaram tudo. Tentei comprar a sua parte, mas, *não*, você nem pensou a respeito. Também pertenço a esta família. Pertenço! Meu pai era dono de metade disto aqui, e você devia ter feito o sacrifício de me deixar comprar algumas das partes que os imbecis dos meus irmãos venderam para você! Mas isso não aconteceria nunca. *Nunca!* — Jewel estava chorando. Lágrimas escorriam por suas bochechas. Arqueada por cima do corrimão, a garota afundava os dedos nos ombros de Ava. — Aí... Aí você *tomou* o meu *filho*. O Wyatt preparou um acordo e *você* ficou com tudo. *Você!*

— Ava! — A voz de Wyatt irrompeu de algum lugar próximo. Ele havia regressado e andava na direção delas. — Que diabos você está fazendo? Pare!

Uma porta se abriu e passos invadiram o corredor.

— Jewel-Anne! — gritou Demetria. — Ai, Jesus amado!

Ava queria pagar à prima na mesma moeda. Queria arrancar a verdade dela, estrangular aquela garganta mentirosa. Mas o mundo começou a girar um pouco quando se recordou de alguns momentos: o nascimento do menino, o próprio aborto... Jewel-Anne estava dizendo a verdade. Noah era filho da prima, não dela.

Os joelhos de Ava estremeceram e Jewel-Anne berrou quando as duas começaram a cair juntas sobre o corrimão. Ava segurou firme.

— Você vendeu o Noah? — acusou.

Assentindo freneticamente, Jewel-Anne soluçava e, em desespero, se agarrava à prima, apertando sua pele enquanto era tomada de pavor.

— Sim — admitiu, perdendo o fôlego. — Vendi meu filho! — A garota estava aos prantos, como se o coração tivesse se despedaçado em mil caquinhos dolorosos. — Mas — berrou, começando a soluçar — não sou a única culpada! Você também teve participação nisso! — acusou, no momento em que o maldito relógio soou a primeira badalada no andar de baixo. — Sim, vendi meu bebê, mas, droga, Ava, você comprou o meu filho!

CAPÍTULO 39

"*Você comprou o meu filho. Você comprou o meu filho...*"

Consternada, Ava tinha a sensação de que havia levado um chute no estômago.

A acusação de que ela, de fato, havia comprado Noah ecoava em seu cérebro, enquanto o chão do andar de baixo começava a rodar de um jeito sedutor. *A Jewel-Anne vendeu o menino, mas você o comprou. Você e o Wyatt. Você participou dessa mentira escabrosa. Você comprou o próprio filho e mascarou a verdade! Não é melhor que a Jewel-Anne!*

— Cadê ele? — perguntou Ava, com a voz embargada.

Inclinada sobre a prima, ela jogava o peso contra a jovem. Imaginou se as duas cairiam da escada... e se teria importância.

Jewel-Anne berrou de pavor.

— Pare! — ordenou Wyatt. Ele correu descalço, com o cabelo bagunçado e vestindo apenas a calça do pijama. Alcançando-as, puxou o braço da esposa. — Meu Deus, Ava. Não faça isso!

Jewel-Anne gritou de novo e, dessa vez, Ava voltou à realidade. Reconheceu o horror da situação assim que Wyatt a arrancou do corrimão, puxando as duas mulheres para um lugar seguro.

Ava começou a tremer de maneira incontrolável. Podia facilmente ter perdido o equilíbrio e rolado por cima do corrimão, matando Jewel-Anne também. Imaginou o próprio corpo e o da prima espatifados, com os braços e as pernas espalhados em ângulos impossíveis, as cabeças torcidas nos pescoços quebrados, seu sangue se misturando ao de Jewel-Anne no piso de azulejo lustroso.

— Ai... meu... Deus...

Jewel-Anne estava imóvel, estatelada no chão da sacada. Lágrimas escorriam pelo seu rosto branco feito giz. Afastando-se rapidamente de Ava, ela fuzilou a moça com os olhos e esbravejou:

— Você é mesmo surtada! — Mal conseguia respirar enquanto apontava um dedo acusador para Ava. — Você tem que ser encarcerada! Para sempre! Não pode sair por aí agredindo os outros. Eu... Eu vou prestar queixa! E não pense que não vou! Agressão, intenção de matar... Sei lá! — Seu rosto ficou desfigurado de ódio. — Você devia ter morrido. Sabe aquela noite do barco? Devia ter sido você! Não o Kelvin! Está me ouvindo? Você! — Jewel sacudia o dedo no ar e soluçava de tanto chorar. — Você devia ter morrido com o seu bebê!

Ava cambaleou para trás diante dos comentários mordazes da prima.

Devagar, com os olhos focados em Ava, Jewel-Anne usou as barras do corrimão da escada para se levantar. Quando Wyatt tentou ajudar, a garota, com o rosto vermelho, suando, lágrimas e meleca escorrendo pelo rosto, lançou sua fúria contra ele também.

— Me deixe me paz! — gritou com ele, mas seu olhar estava fixo em Ava. — Da próxima vez que você tentar se suicidar, me ligue. Será um prazer ajudar.

— Já chega! — bradou Wyatt, mas Jewel-Anne olhou para ele com desdém.

— Você não é melhor do que ninguém — esbravejou a garota, segurando o corrimão e limpando o rosto na manga do outro braço. — Só continua aqui por causa do dinheiro! — Olhou tanto para Wyatt como para Ava. — Você tem razão. Ele está tendo um caso. Ouvi uma conversa dele ao telefone.

— Cale a boca, Jewel! — alertou Wyatt, enquanto Demetria, empurrando a cadeira de rodas, se aproximou.

— Calma, pessoal — ordenou Demetria, segurando Jewel-Anne para ajudá-la a sentar na cadeira.

No entanto, Ava não havia terminado.

— Quem é? — perguntou à prima. — O pai do Noah. Como se chama?

Jewel-Anne travou a boca.

— Não acredito que você tenha se relacionado com alguém...

— É claro que não acredita — retrucou Jewel-Anne, fungando alto. — Para você, é inconcebível que alguém possa me querer, né?

— Quem? — perguntou a Wyatt.

— Ela nunca disse.

— E você não perguntou?

— É claro que ele perguntou, mas nunca vou contar! — A superioridade presunçosa de Jewel-Anne começava a se manifestar novamente. — E você nunca vai saber — disse, alisando a trança.

Ava virou para o marido e declarou com a voz fraca:

— Era a Jewel-Anne. Era ela quem estava tentando me enlouquecer. Gravou um bebê chorando e transmitiu o som para o meu quarto. Tenho como provar. O equipamento dela está no sótão. Eu a filmei religando o aparelho. Foi isto que comprei em Seattle: um sistema de espionagem. Para desmascarar a Jewel-Anne! — Wyatt e Demetria a encararam como se estivesse completamente louca. — Vejam o laptop dela, se não acreditam em mim. Está na escrivaninha. Baixei o filme para um pen drive e mostrei para ela. Ainda está lá. Ela estava tentando me fazer parecer maluca.

— Você *é* maluca. Não preciso ajudar — retorquiu Jewel-Anne. Depois se dirigiu a Wyatt. — Ela armou para cima de mim. Usou algum truque fotográfico, alguma mágica de Photoshop, sei lá. Qualquer um sabe mexer com computação gráfica hoje em dia. A Ava me mostrou um vídeo em que, *supostamente*, estou subindo a escada dos fundos. Sim, claro. Como se eu conseguisse fazer isso. — Mesmo sentada, Jewel-Anne conseguiu olhar a prima de cima.

Wyatt se voltou para Ava:

— Nunca ouvi o choro — disse, com cuidado, como se estivesse propenso a acreditar em Jewel-Anne!

— De algum jeito, o som era transmitido para o meu quarto e o do Noah. A Jewel-Anne chegou a dizer que tinha escutado também, só para... para me despistar. Pelo amor de Deus, veja o computador dela! As imagens que gravei, o *filme inalterado*, ainda estão lá!

Dando a si mesma uma rápida sacudidela mental, Ava se recompôs o máximo que pôde e disparou atrás de Jewel-Anne e da enfermeira, que estavam a caminho do quarto da garota. Wyatt acompanhou a esposa e, apesar de Jewel-Anne ter tentado desligar o computador, ele não a deixou alcançar o teclado. Sob os protestos da moça, ele olhou para a tela e viu Jewel-Anne subir a escada.

— Então você consegue andar — afirmou, fitando a imagem exibida no monitor. — E foi capaz disso? Tentou fazer a Ava parecer paranoica?

— Ela é paranoica! — insistiu Jewel-Anne. — E eu *não consigo* andar. Só... me equilibro um pouco.

Demetria, com os olhos grudados no computador, disse baixinho:

— Com a fisioterapia, estamos desenvolvendo equilíbrio e força e, quem sabe, movimento. Mas eu não fazia a menor ideia... — Virou o rosto na direção da paciente. — Jewel-Anne?

Não havia como negar a gravação. Encurralada, Jewel-Anne fuzilou Ava com os olhos.

— Está bem. Admito! — esbravejou. Logo depois, subiu na cama e se embrenhou entre as bonecas assustadoras.

— Por que fez isso? — perguntou Wyatt.

Mas Ava respondeu:

— Ela me culpa pela morte do Kelvin, por não ter vendido a casa para ela, pelo acidente, por ela ter que dar o bebê e tudo mais. Sou culpada por tudo que aconteceu de ruim na vida dela.

— E é mesmo! — insistiu Jewel-Anne, como se, de fato, acreditasse nas próprias mentiras. — Você nunca percebeu o meu sofrimento. Age como se eu fosse invisível.

— Jesus — murmurou Wyatt.

— E você! — Jewel-Anne atacou Wyatt, puxando a coberta felpuda e cor-de-rosa. — Foi você quem quis manter a mentira, não foi? E deixar a Ava pensar que tinha parido o Noah! Então, não venha me julgar!

— Você está iludida — disse Ava.

Jewel-Anne soltou um risinho amargo.

— Olha só quem fala!

— Você molhou os sapatos do Noah e deixou no caminho para eu encontrá-los — disse Ava. — Você pôs aquela boneca doentia no caixão. — A fúria queimava suas veias. — Você pôs a chave do caixão no meu bolso e ficou me instigando, indo ao memorial do Noah, no jardim, tentando me fazer perceber que havia alguma coisa enterrada ali!

— Não, eu... — Jewel-Anne começou a se defender.

— Você tem que sair da minha casa — interrompeu Ava, tremendo por dentro.

— A casa também é minha!

— Vamos comprar a sua parte — disse Wyatt, de repente.

— *Eu* vou comprar a sua parte — corrigiu Ava. Wyatt não era inocente naquela história. Quanto a isso, Jewel-Anne tinha razão.

A garota balançou a cabeça com força. Depois, arrumou as bonecas ao seu redor.

— Nunca vou vender.

— Então, vou arranjar outro jeito — alertou Ava.

— Não pode — retrucou Jewel-Anne, certa de que estava por cima.

— Não me provoque — ameaçou Ava, rangendo os dentes.

Wyatt segurou o braço da esposa e a puxou para trás.

— Acho que já chega — disse baixinho.

Ava se desvencilhou do marido.

— Ainda não terminamos — insistiu.

— Como ela cavaria uma cova? — perguntou o marido.

— Alguém ajudou — respondeu Ava. — Só pode ter um cúmplice. — Ava se dirigiu à prima. — O Jacob. A reação que ele teve quando desenterramos a boneca foi só fingimento.

Jewel-Anne arregalou os olhos na direção de Demetria e disse, com vozinha infantil:

— Estou muito cansada.

— Beleza! Se não vai contar a verdade, sei de alguém que vai! — Ava havia chegado até ali e não pararia. Começou a andar para a porta.

— Espere! — berrou Wyatt. — Ava, o que pensa que está fazendo?

— Vou falar com o Jacob!

— Mas são...

— Três horas da manhã. Eu sei.

Wyatt foi atrás, mas Ava nem se importou. Como ela dissera, o marido também fazia parte daquilo, talvez até mais do que ela podia imaginar. E não era o único. Todos que sabiam da adoção do Noah estavam envolvidos. Todos participavam daquela conspiração que não parava de aumentar. Não era só Jacob. Havia empregados da casa. Talvez Ian e Trent. Até Zinnia, na Califórnia, podia estar envolvida. Mas onde estava Noah? Será que algum deles sabia? Teriam escondido o menino em algum lugar?

Pare com isso! Trate de se controlar! Uma coisa de cada vez.

— É melhor esperar até se acalmar — ordenou Wyatt, enquanto ela desembestava pela cozinha e saía para a varanda usando a porta dos fundos. Apenas um passo atrás, ele segurou a mulher pelo cotovelo e a puxou, fazendo com que ficasse de frente para ele. — Pegue leve, Ava. Você não pode agir no impulso e sair acusando as pessoas no meio da noite.

Ava não conseguia acreditar que já tinha sido apaixonada por aquele homem. Um vento úmido soprou os galhos dos pinheiros, atravessando o quintal. Cheirava a terra e mar e a fez se arrepiar de frio.

— Você deveria exigir respostas sobre o paradeiro do seu filho. Do nosso filho. Por que não me contou, Wyatt? Por quê?

— Porque a dra. McPherson pensou que seria melhor você descobrir sozinha. Ela tinha certeza de que seus pesadelos também tinham a ver com o filho que você perdeu, não só com o Noah. Lá no fundo do seu subconsciente, você sabia do aborto, mas não conseguia aceitar. Transferiu isso para a sua preocupação com o Noah.

— Que psicobaboseira é essa? — Ava puxou o braço e ouviu um canto de coruja, como se fosse um agouro. — Obrigada pela lição de psicologia barata, mas vou achar meu filho!

Dito isso, Ava saiu em disparada novamente, descendo os degraus. Mr. T, que estava escondido perto da escada, chiou e deslizou para debaixo da casa. Ava chegou à calçada e tomou o caminho — assolado pela ventania — que dava na escada externa do apartamento de Jacob. Ela desceu correndo e esmurrou a porta.

— Jacob! — gritou, ignorando Wyatt, que a alcançou. O marido a segurou pelo punho, impedindo-a de continuar batendo.

— Pare com isso! — ordenou ele.

— Me solte! — bradou Ava.

Um abafado "que merda é essa?" saiu de dentro do apartamento.

— Jacob, abra! — berrou Ava.

— Aconteceu algum incêndio? — perguntou Jacob ao abrir a porta.

O garoto estava com o cabelo bagunçado, os olhos vermelhos e vestia apenas uma cueca samba-canção, exibindo as pernas excessivamente peludas. O cheiro de maconha permanecia no ar, e o lugar estava uma bagunça: roupas sujas, caixas de pizza vazias e telas de computadores acesas. A cama estava desarrumada e as cobertas caídas no chão.

— O que você sabe sobre o gravador que está no terceiro andar? — inquiriu Ava.

— O quê? — O jovem coçou a barbicha. — Você ficou maluca? — Jacob entrou novamente e Ava e Wyatt foram atrás.

Esforçando-se, Ava controlou a raiva e relatou sua descoberta de que Jewel-Anne estava tentando aterrorizá-la.

— Que isso! — Foi a reação de Jacob, que estava sentado na beirada da cama.

— Você ajudou sua irmã — acusou Ava.

Ele balançou a cabeça.

— Hã-hã. De jeito nenhum.

— Ela não teria conseguido sozinha — insistiu Ava. Wyatt parecia querer dizer alguma coisa, mas permaneceu calado.

Jacob respondeu:

— Bom, sim. Isso é verdade. Não vejo como. Caramba, já é incrível ela ter feito o que você disse que filmou. — Ele parecia estar impressionado e quase com inveja.

— Você só pode ter ajudado. É quem manja tudo de tecnologia por aqui — declarou Ava.

— Eu não fazia ideia de nada disso. — Jacob levantou as duas mãos e olhou para Wyatt. — É sério, cara.

Ava não conseguia acreditar naquilo, mas ele parecia sincero. Ou estava fazendo uma encenação digna do Oscar, ou, de fato, não estava envolvido.

— Vamos, Ava. A gente resolve isso de manhã — disse Wyatt.

Ela se virou para o marido.

— Também vamos resolver o fato de você ter inventado nomes falsos para os pais biológicos do nosso filho? Eu liguei para a família da menina, sabia? Fiz os pais dela passarem pelo tormento de reviver a morte da filha! Eles eram o quê? Clientes da firma?

Wyatt não respondeu, mas Ava percebeu que havia acertado em cheio. Os Johnson devem ter ido procurar alguma orientação jurídica e foi assim que o marido soube da tragédia.

— A Jewel-Anne tem razão — Jacob disse a Wyatt, apontando com o polegar para Ava. — Ela *está* mesmo maluca.

Sem acreditar naquilo, Ava levantou os braços e deixou o primo no chiqueiro que ele chamava de quarto. Do lado de fora, a escuridão a envolveu com o vento de novembro que balançava as árvores. Será que ela estava redondamente enganada em pensar que Jacob tinha participação na tramoia? Se não era o irmão de Jewel-Anne, quem poderia ser? Para Ava, não havia dúvida de que a prima tinha um cúmplice. Só faltava desmascarar o sujeito.

Ou a sujeita. Pode ser uma mulher.

Wyatt estava poucos passos atrás. Sentindo-se sufocada só em ficar perto dele, Ava acelerou o ritmo e voltou correndo para a casa e para a relativa segurança do quarto.

Na manhã seguinte, Lyons deu a notícia assim que Snyder entrou no cubículo.

— Adivinhe só? — declarou ela, mais uma vez com um sorriso que fazia seus olhos brilharem de um jeito travesso, como uma criança que não consegue guardar segredo.

— O quê?

— Adivinhe quem estava grávida durante as sessões de hipnose?

— Jewel-Anne Church?

— Aham.

— É sério? — disse ele, sentando-se, enquanto a parceira assentia com a cabeça, recostada na estrutura da baia. Lyons estava com o celular numa das mãos e com uma pequena fita cassete na outra.

— Foi o que ouvi nesta preciosidade aqui.

— Quem é o pai do bebê?

— Não se sabe.

— E onde está a criança?

— Também não se sabe. Ainda. Falta ouvir mais três sessões, mas vou manter você informado.

— Faça isso — sugeriu ele. — Sabe, não sei o que isso tem a ver com a investigação.

— Nem eu, mas algo me diz que tem a ver.

— Vai ver você só gosta é de ouvir a conversa dos outros.

— Você tem uma ideia melhor?

Snyder deu de ombros.

— Foi o que pensei — retrucou ela.

O telefone fixo de Snyder tocou. Ele atendeu, enquanto Lyons desceu o corredor em direção à própria baia. O detetive não observou a parceira sair. Disse a si mesmo que não queria saber como a bunda dela tinha ficado na saia cinza e justa que estava usando. Ele não dava a mínima.

Para Ava, o dia seguinte foi infernal. Jewel-Anne, fazendo-se de vítima da situação, passou a maior parte do tempo no quarto. Jacob, antes e depois de ir ao continente estudar, olhou de cara feia para ela. Virginia ficou murmurando: "Tudo que vai, volta." Já Ian nem tentou disfarçar que, de tão nervoso, havia voltado a fumar. Trent, Ian e Wyatt saíram cedo, logo depois do café da manhã. Mais uma vez, Ava viu os três atravessarem a baía de barco, como tinham feito no dia anterior. Graciela se fez de desentendida e trabalhou quase muda e, nas vezes em que Ava cruzou o caminho de Demetria, a enfermeira de Jewel-Anne a fuzilou com os olhos.

Ai, me poupem. Ava não levaria *aquela* culpa. Já estava com problemas demais.

Após o café da manhã, Khloe, que costumava ser sua defensora, acompanhou-a escada acima, até o quarto, e disse:

— Não podia ter arranjado um jeito melhor de confrontar a Jewel-Anne? Você não pode ameaçar uma garota cadeirante e quase jogar a criatura da sacada do segundo andar.

Ava havia apanhado o laptop, mas o colocou no lugar. Ela havia começado a procurar um advogado, alguém que não fosse associado ao marido e que pudesse ajudá-la a retomar as rédeas da própria vida, anulando a curadoria e, talvez, auxiliando-a com o pedido de divórcio. Queria retomar a pesquisa, mas não com Khloe presente.

— Pegue leve, está bem? — aconselhou Khloe.

— A Jewel-Anne é mãe do Noah e, há anos, se acha melhor do que eu por causa disso. Não sei se dá para pegar leve.

— Você não está melhorando as coisas para o seu lado ao agredir uma garota deficiente.

— Pois é, e o Wyatt quer me mandar de volta para o St. Brendan's. Sem dúvida, não ajudei em nada.

Khloe ficou paralisada.

— O quê?

— Ele e a dra. McPherson acham que vai ser melhor para mim.

— Você não dispensou a psiquiatra?

— Bom, sim. Na verdade, acho que foi ela quem desistiu. Não faz diferença. O Wyatt a recontratou. Ele pode fazer isso porque é meu curador.

— Você deveria questionar isso. A curadoria, quero dizer.

— E vou. Só preciso arranjar um advogado. — Ava abriu novamente o laptop e se sentou numa cadeira. — Pensei que flagrar a Jewel-Anne com a câmera provaria a minha sanidade e que todos veriam que ela estava por trás da minha paranoia, mas até esse tiro parece ter saído pela culatra.

— É tudo muito estranho — disse Khloe. — Não me lembro de nenhum namorado da Jewel-Anne. Nenhum. Então, se ela é mãe do Noah, digo, a mãe de verdade, quem é o pai?

— Ela se recusa a dizer. Já revirei meu cérebro, mas nada me ocorreu — bufou Ava. — Talvez não tenha restado muita massa cinzenta para revirar.

Khloe conteve uma risada. Na verdade, Ava estava sem ideias. Tentou se lembrar de alguém com quem Jewel-Anne pudesse ter dormido mais de quatro anos antes. Havia considerado homens que moravam em Monroe: um fisioterapeuta, o próprio marido... Até Kelvin, apesar de que, na época, ele estava noivo de Khloe, e Ava não conseguia imaginá-lo traindo a amiga por causa de um rolo com a prima de primeiro grau. Ele faria mesmo isso? Não era o estilo de Kelvin.

O celular de Khloe tocou. Ela tirou o aparelho do bolso da calça jeans e fez uma careta.

— É o Simon. Ele anda mal-humorado desde que fez aniversário. Rabugento que só — murmurou, revirando os olhos grandes.

— Por que você não se separa logo dele?

— Não é tão fácil assim — respondeu ela, enquanto o celular tocava pela segunda vez. — Ava, e se você achasse o Noah e a notícia fosse simplesmente... horrível?

— O Noah está vivo. Eu sei disso.

— Tudo bem. Só estou dizendo que você deveria se preparar. Mesmo que esteja vivo, pode ser que você nunca o encontre e que passe a vida inteira procurando, sem saber o que aconteceu com o menino. É isso que você quer fazer?

— Se for preciso.

O celular de Khloe tocou pela terceira vez e ela disse, dirigindo-se à porta:
— Acho melhor eu atender.

Khloe saiu e Ava permaneceu em silêncio por alguns segundos. Em seguida, fechou o laptop e foi para a cama. As palavras de Khloe a abalaram. Sentiu a garganta quente e inchada ao cogitar uma vida sem saber do paradeiro do filho.

Havia a possibilidade de Khloe e os demais estarem certos. E se a verdade fosse pior do que a ignorância? Imediatamente bloqueou esse pensamento. Não. Nada era pior do que não saber.

Olhou para a mesa de cabeceira. A medicação do dia já estava separada para ela. Alguém — Khloe? Graciela? Wyatt? — havia deixado ali. E os comprimidos eram sedutores. Podiam diminuir a ansiedade e ajudar a protegê-la do sofrimento.

— Droga — murmurou, erguendo as pernas e levando as bochechas aos joelhos para deixar as lágrimas rolarem. Soluçou baixinho ao pensar em Noah e na verdade óbvia: talvez jamais o visse de novo. Ficava desolada só de cogitar a possibilidade de continuar desaparecido para sempre.

Voltou a olhar para os comprimidos.

Cerrou os punhos. Ela não desistiria.

Nunca!

Levantando-se da cama, Ava, mais uma vez, cometeu o ato ridículo de fingir que engolia os remédios antes de jogá-los no vaso sanitário. Ela precisava começar do início. Se Jewel-Anne era mãe de Noah, quem diabos era o pai? Será que o homem misterioso podia ser cúmplice da prima?

Ava se preparou. Tinha que descobrir quem era o amante secreto de Jewel-Anne. O sujeito podia ser a peça-chave para localizar Noah.

CAPÍTULO 40

— Filho da mãe! — Snyder bateu o telefone e, ao mesmo tempo, apanhou o coldre de ombro. Dez segundos depois, vestia a jaqueta e se dirigia à mesa de Lyons. Ele a encontrou com os fones no ouvido e vincos marcando a testa.

Quando ele se aproximou, Lyons ergueu um dedo.

— Só um segundo — disse, um pouco mais alto do que devia. — Jesus, Maria e José! — Apertou o botão do gravador e repetiu o trecho da fita cassete mais uma vez. Enquanto escutava, sua expressão facial passou por três fases: confusão, surpresa e, por fim, compreensão. Desligou o aparelho e arrancou o fone. — Acabamos de descobrir o nome do pai do filho da Jewel-Anne. Tente adivinhar.

— Podemos brincar de adivinhação no carro. Mas, no momento, temos que investigar um possível homicídio, e usei o termo *possível* de bobeira. O socorrista não tem dúvida.

— O quê? Quem?

— Evelyn McPherson.

— A psiquiatra?

— É.

— Da Ava Garrison? — Lyons encarou Snyder, mas ele ignorou.

— A própria. Foi encontrada em casa. A vizinha percebeu uma mudança de rotina e a chamou. Como ninguém respondeu, ela investigou e viu o carro da McPherson na garagem. Apertou a campainha várias vezes. Como ninguém atendeu, chamou a polícia.

Lyons ficou de pé e apanhou o casaco, o cachecol e a pistola.

— Que coincidência. Mais algum detalhe?

— Ainda não.

Ela lançou um sorriso determinado para Snyder ao destrancar a gaveta da escrivaninha para pegar a bolsa.

— Vamos descobrir alguns. Eu dirijo.

Juntos, atravessaram o prédio rumo ao estacionamento dos fundos, correndo na garoa até chegarem ao carro de Lyons. Uma vez dentro do veículo, ela ligou o motor e o aquecedor.

Snyder disse rapidamente o endereço de Evelyn McPherson e pôs o cinto.

— Está bem — declarou, enquanto Lyons passava a marcha. — Eu me rendo. Quem engravidou a Jewel-Anne Church?

Ela olhou para ele de soslaio.

— Ninguém menos do que o herói da história de fantasmas preferida de Anchorville.

Snyder encarou a parceira como se ela tivesse enlouquecido.

— O Lester Reece?

— Sim, senhor. — Lyons acionou o limpador de para-brisa e saiu do estacionamento pisando fundo no acelerador. Dobrou a esquina tão rápido que chegou a cantar pneu. — A época coincide, se pensarmos bem. A Jewel-Anne morava com a família no terreno do hospital. Ela conheceu o Reece e pode ter ficado fascinada. Que eu saiba, muitas mulheres ficavam.

— Você acha que ela se envolveu com ele, engravidou e o ajudou a fugir.

— Pelo que li sobre o caso, sempre houve especulações de que alguém ajudou o Reece, mas o foco sempre foi a enfermeira dele. Mas e se tiver sido a Jewel-Anne? Sem dúvida, ela é inteligente o bastante.

— Isso é um tremendo de um chute — retrucou Snyder, olhando da janela para as árvores desfolhadas e encharcadas que contornavam a rua. Contudo, ao pensar na teoria, ao som do chiado do rádio da polícia e do gemido dos pneus no asfalto molhado, considerou que era possível.

Lyons disse com cautela:

— Sabe, o nome dele não para de ser mencionado.

— E daí?

— As pessoas vivem dizendo que veem o Reece e, de repente, duas mulheres são assassinadas de um jeito bem parecido com o qual o velho Lester dava cabo das vítimas.

Snyder não gostou daquilo, apesar de fazer algum sentido.

— Sei que, para você, é mais fácil pensar que o Reece está morto e que o corpo dele está apodrecendo no mar, mas existe a chance dele não ter morrido. — Lyons lançou outro olhar para o detetive. — O assassinato da Evelyn McPherson pode ter sido obra dele. — Como Snyder não argumentou, ela prosseguiu. — Só estou dizendo, sabe? Precisamos manter a mente aberta.

— Tudo bem.

O trajeto de carro, passando por ruas lavadas pela chuva e que brilhavam sob a luz pálida dos postes, demorou menos de quinze minutos. Quando a viatura dobrou a esquina do quarteirão no qual Evelyn McPherson morava, a dupla se deparou com carros das polícias federal e civil aglomerados ao redor da casa geminada. As sirenes piscavam, giravam e iluminavam os prédios da redondeza. Havia um grupo de vizinhos reunidos na calçada da segunda casa ao lado e alguns oficiais estavam terminando de passar a fita amarela no perímetro da cena do crime.

— Já virou um circo — murmurou Snyder, enquanto Lyons estacionava numa vaga do outro lado da rua da residência da psiquiatra.

— A tendência é piorar.

Ela desligou o motor, guardou a chave no bolso e saiu do carro. Os dois desviaram das poças ao andarem, na chuva, até a porta da frente.

— Tenham cuidado — alertou o policial que admitia pessoas dentro do local, enquanto a dupla calçava os protetores nos sapatos. — Os peritos criminais não chegaram ainda.

— Não vamos mexer em nada — garantiu Snyder.

Após assinarem o livro de registro, eles dois entraram com cuidado. Era sempre desconcertante entrar na casa de uma vítima de assassinato, e Snyder nunca se sentia à vontade em examinar os pertences de uma vida interrompida de maneira tão violenta. Parecia uma violação de privacidade, apesar de saber que o fazia em prol da vítima. Naquele dia, andou com cautela pela casa da dra. McPherson, na qual uma taça de vinho pela metade e um prato de queijo tinham sido deixados na bancada da cozinha. A faca usada para cortar o queijo estava ao lado dos restos de uma fatia.

— Lanche individual.

— Talvez fosse o jantar.

Snyder ergueu uma sobrancelha e Lyons explicou:

— Sou uma mulher solteira. Reconheço uma refeição quando vejo.

— Se você está dizendo...

A sala estava intacta, extremamente arrumada, com tudo no lugar, como se fosse um daqueles ambientes montados que aparecem em revistas de decoração. Nenhum sinal de conflito.

Eles se dirigiram ao quarto e ao banheiro anexo. Evelyn McPherson, totalmente vestida, trajando calça e um suéter de aparência cara, jazia no chão, de barriga para cima. Seus olhos já estavam ficando opacos. O corte profundo abaixo do queixo estava vermelho escuro e aberto. O sangue havia formado uma poça debaixo do corpo e se espalhado pelo pequeno cômodo

A briga acontecera ali.

E tinha sido violenta.

A cortina do chuveiro estava escancarada. Marcas de terra mostravam que alguém havia ficado de pé na banheira, à espreita. Havia sangue espirrado nas paredes, no espelho, na pia e na bancada. Um pouco escorrera do armário, em fios vermelhos, e se acumulara nas gavetas. Frascos e potes de maquiagem e removedores estavam espalhados pelo chão. Havia cacos de vidro nos azulejos e batons manchados por terem rolado no sangue.

— Não resta dúvida de que foi homicídio — disse Lyons, contraindo a mandíbula ao examinar a cena.

— Não.

Que desperdício, pensou Snyder, sem pisar no banheiro no qual Evelyn McPherson respirara pela última vez.

— Isto lembra alguma coisa? — perguntou à parceira.

Ela fez que sim com a cabeça, como se tivesse lido os pensamentos dele.

— Parece a cena do caso Reynolds. A segunda vítima do mesmo assassino. — Lyons olhou para Snyder. — As duas eram próximas da Ava Garrison.

— E, possivelmente, de tantas outras pessoas.

— Possivelmente — concordou, mas os dois seguiam o mesmo raciocínio.

A relação óbvia entre as duas vítimas era uma ex-paciente psiquiátrica que procurava, de maneira obsessiva, o filho desaparecido, um menino que a maioria das pessoas supunha que havia saído da casa, descido o cais e caído na água, afogando-se. O corpo teria sido levado pelo mar enquanto os pais se divertiam na festa de Natal. Snyder achava que a obsessão de Ava Garrison em encontrar o filho tinha a ver com culpa. Se bem que — caramba — ele não era psiquiatra e a que atendia a moça agora estava mortinha da silva.

— Desgraçado. — Snyder começou a se afastar, mas parou. — Que diabos é aquilo? — perguntou, apontando para a banheira. Riscos de sangue seco manchavam a superfície lustrosa e um único fio de cabelo preto se equilibrava na borda.

— Ai, merda — disse Lyons, inclinando-se para olhar mais de perto. — É a nossa ligação entre os dois crimes. — Encarou o parceiro. — Isso me faz pensar se a Ava Garrison não roubou a fantasia de Halloween da Cheryl Reynolds.

— Você acha que ela seria capaz de fazer isso? — Snyder apontou para o corpo ensanguentado e sem vida de Evelyn McPherson.

— O que acho é que quem levou a peruca também levou as fitas das sessões de hipnose da sra. Garrison. Quem mais iria querer as fitas além da própria Ava?

Snyder sentiu uma pontada de ansiedade incendiar suas veias.

— Se a sua teoria estiver certa, então todas as fitas desaparecidas estão com o assassino.

— Ou já foram destruídas.

Lyons se levantou e atravessou o quarto, chegando a uma escrivaninha localizada num canto. Não havia nada na mesa, apenas um suporte para laptop. Ela apontou para o lugar que, obviamente, estava vazio.

— Precisamos achar esse computador — afirmou Lyons.

— E revistar o consultório dela.

— Você leu meus pensamentos.

Os dois deram mais uma olhada na casa e não acharam a arma do crime. Contudo, o assassino podia ter usado uma das facas da cozinha — levando-a consigo ou limpando-a e devolvendo-a ao mesmo lugar —, mas Snyder não apostava nisso. Também haviam sumido o laptop que encaixava no suporte da escrivaninha, a bolsa e o celular de McPherson. Nenhum dos itens estava no carro dela, estacionado na garagem da casa. Tampouco havia indícios de arrombamento. Todas as portas estavam trancadas, e as janelas, travadas.

Também não acharam nada na outra metade da casa geminada, que estava bem trancada, porém desocupada. Snyder supôs que a mulher tivesse deixado o invasor entrar ou que o sujeito tivesse encontrado uma chave ou uma porta aberta e fechado depois... Estranho. Era quase certo, porém, que o assassino estivesse com os pertences dela, inclusive o laptop. A eles só restava esperar que a psiquiatra tivesse outro computador no consultório ou um disco de backup em algum lugar e, quando voltassem à delegacia, começariam a analisar os registros do celular, as contas de internet, o e-mail e os contatos nas mídias sociais para tentar descobrir quem tinha sido a última pessoa a vê-la com vida.

Os detetives conversaram um pouco com os peritos quando chegaram. Em seguida, falaram com a vizinha que havia chamado a polícia, mas não descobriram nada além do que o socorrista havia relatado.

A dupla deixou os investigadores no comando e se dirigiu ao consultório da dra. McPherson assim que a primeira van de uma emissora de TV local estacionou no final da rua.

— Sabe que vamos acabar indo falar com a Ava Garrison — afirmou Lyons, com o rosto iluminado pelos faróis que se aproximavam.

— Pois é.

— Isso é intrigante, né? — acrescentou, quase falando consigo mesma.

— O que pode ser importante a ponto de justificar o extermínio de duas mulheres?

— É pessoal — responder Snyder, olhando pela janela do carona e pensando na morte violenta das vítimas. No caso de Cheryl Reynolds, ela quase morrera estrangulada, mas o assassino ainda se deu ao trabalho de finalizar a obra com uma faca de lâmina de serra de 23 cm de comprimento. Snyder estava disposto a apostar um ano de remuneração de férias que, uma vez concluída a autópsia de Evelyn McPherson, eles descobririam o mesmo *modus operandi*.

E o assassino continuava com a arma do crime.

Sentado à mesa da cozinha, Dern tomou um gole de uísque direto da garrafa. A TV estava ligada, com o volume baixo, exibindo algum filme antigo de Clint Eastwood. Não que se importasse.

Do tapete de retalhos, perto do fogão, o cachorro inclinou a cabeça, com os olhos pretos focados em Dern.

— Já passou muuuito das cinco, amigo; então, não me julgue — disse Dern, que acabou tampando a garrafa.

Tinha sido um dia longo, após uma noite louca. Ele ouviu a confusão: Ava correndo escada abaixo, rumo ao apartamento do nerd, e quase arrombando a porta a murros. Pelo que o rapaz constatara, isso acontecera logo depois da mulher quase ter matado a prima aleijada. Não que Jewel-Anne não merecesse, segundo os comentários que Ian fizera no início do dia.

— Isto aqui é uma maldita mansão dos horrores — contou Ian, enquanto fumava perto da estufa, onde Dern estava à procura de outra pá. — A Ava perdeu totalmente o juízo e a Jewel-Anne... Bom, ela está perturbada há anos. Acho que ter que abrir mão de um filho e perder o uso das pernas pode fazer isso, mas, caramba... Minha irmã estava aterrorizando a Ava desde que voltou do hospital.

Ian relatou o que escutara sobre os acontecimentos da noite, apesar de ele e Trent, depois de tomarem "algumas" em Anchorville, terem dormido durante a baderna. Isso, por si só, já era incrível, mas Dern não disse nada.

Ian sugou com força o filtro do cigarro Camel e se desfez da guimba, que ela chiou ao cair na grama molhada.

— E é contagioso, sabia? Outro dia, juro por Deus, eu estava vindo de barco de Anchorville e pensei ter visto o Lester Reece, bem aqui na ilha, em cima do morro, no meio do nevoeiro, olhando para a casa de barcos.

Ian meteu a mão no bolso, em busca do maço, e tirou outro cigarro, apesar do último ainda estar em brasa no gramado.

— É maluquice, né? Agora peguei a maldita paranoia da Ava! — Mexendo nos bolsos, o rapaz achou o isqueiro e pôs o cigarro na boca.

— Não tem como o Lester Reece ainda estar vivo, muito menos aqui nesta droga de ilha, certo? — perguntou, balançando o filtro e acionando o isqueiro várias vezes, até que surgiu uma chama minúscula e conseguiu acender. Tragando a ponto de absorver toda a nicotina presente no cigarro, Ian fez uma pausa, deixando a fumaça encher seus pulmões antes de expirar. — Pisquei e ele sumiu, de repente — disse, estalando os dedos. — Deve ter sido só uma alucinação de merda, mas, para mim, já chega. Vou me mandar daqui.

— E vai fazer o quê? — Dern avistou a pá pelas vidraças sujas da estufa.

— Não sei, mas tenho amigos em Portland. Posso passar um tempo com eles. — Ian parecia apavorado, mas todos os moradores do Portão de Netuno estavam à flora da pele. — Só sei que vou meeeesmo embora daqui. — O rapaz contornou a casa, deixando Dern pegar a pá e voltar para o estábulo e o apartamento.

Agora, pensando naquilo tudo, Dern apanhou o celular irrastreável e, relutante, fez a ligação que temia havia horas.

Reba atendeu no segundo toque.

— Alô?

— Oi. — Ele sorriu ao ouvir a voz dela. — Como vai?

— Já estive melhor.

— Mais algum telefonema?

— Não. — Dern imaginou a mulher balançando a cabeça e enrugando a testa. — Você o achou? — perguntou ela.

— Ainda não — admitiu —, mas ele está aqui, na ilha. Posso sentir. Só não posso provar... ainda.

Dern não acrescentou que acreditava ter avistado o desgraçado de longe, porém, como fumaça, Reece desaparecera antes que pudesse chegar ao local na qual o vira. O homem estava escondido perto do Sea Cliff. Dern tinha a sensação de que Reece estava entocado no velho hospício, mas as possibilidades de esconderijo eram tantas que, para Dern, era difícil achá-lo ou descobrir onde estava acampado. O problema era que Reece conhecia a região como a palma da mão. Quando Dern tivesse provas de que o criminoso estava lá, chamaria a polícia. No entanto, só contaria à mãe depois.

— Não o machuque — implorou ela, e Dern percebeu que precisaria mentir. De novo. Ah, mas ele estava ficando bom nisso. Tinha anos de prática.

— Vou fazer o possível.

— Prometa, Austin. Você tem que entregar o Lester vivo. Ele precisa estar a salvo.

— Se eu puder.

— Prometa! — insistiu ela, elevando a voz. Dern a imaginou na cadeira de rodas, agarrada aos braços, olhando pela janela. — Se eu pudesse, estaria aí com você, mas não posso; então, você precisa fazer isso por mim. Por nós. Pela nossa família. — Sua voz ficou embargada, mas ele sabia que seus olhos estavam secos. Fazia anos que aprendera a não chorar.

— Prometo, mãe — disse Dern, por fim, apesar de ter certeza de que os dois sabiam que, talvez, não cumprisse a promessa.

— Não chame a polícia. Eles... Eles vão atirar para matar e você sabe disso.

Reba se referia ao período em que ele fora policial. Foi por pouco tempo, mas Dern sabia que a polícia também queria capturar Reece para levá-lo à Justiça.

— Sei que vão dar o máximo de si.

— Ai, Austin. Não deixe que eles...

— Vou tentar levar o Lester vivo, em segurança.

— Graças a Deus. — Ela pareceu tão aliviada que o coração dele pesou um pouco. — Trate de achar o seu irmão.

Dern desligou com o mesmo vazio na alma que sentia sempre que falava com a mãe. Ela teria uma morte prematura. Segundo todos os médicos, estava na sobrevida.

Ele sabia disso.

Ela também.

Reece também sabia disso. Esse foi o motivo do seu ressurgimento, de ter se arriscado e entrado em contato com a mãe que mal conhecia, uma mulher que deixara o marido rico, porém violento, levar o primogênito. Lester era um menino endiabrado, de quatro anos, quando Reba começou uma vida nova ao lado de outro homem que, apesar de não ser muito melhor do que o primeiro, lhe dera um segundo filho, batizado de Austin em homenagem à cidade para onde ela havia fugido.

Lester Reece crescera com privilégios e instrução, mas sofrera nas mãos do pai e de uma série de madrastas que eram um tanto responsáveis por seus atos criminosos. Pelo menos, foi o que disseram os advogados de defesa durante o julgamento.

Dern, por outro lado, tinha sido criado num lar relativamente estável — apesar de pobre — com os outros irmãos. O pai, um caseiro que ensinara a profissão ao filho antes de abandonar a família, quando o menino tinha dez anos, era um homem beberrão, trabalhador e que parecia gostar mais de cavalos do que de pessoas.

Dern continuava sem saber que fim o pai levara.

Poucos anos depois, quando a mãe se juntou com outro homem — um padrasto que Dern não fez questão de conhecer —, o jovem saiu de casa. Passado muito tempo, quando estava servindo ao Exército no exterior, ele soube a verdade. Reba, diante do primeiro problema sério de saúde, escreveu para Dern, contando, por fim, do primeiro casamento breve e do filho que não via fazia mais de um quarto de século, um rapaz que tinha sido acusado de matar a ex-mulher e uma amiga, um sujeito perigoso.

Reba se sentia culpada por ter abandonado o filho, mas Dern achava melhor deixar Lester Reece em paz. Não queria conhecer aquele meio-irmão que tinha a tendência de degolar mulheres.

Até que Reece foi capturado, julgado e mandado para o hospital psiquiátrico. *Já vai tarde,* pensou Dern, na época.

Mas o desgraçado fugiu e fez o melhor truque de desaparecimento da história recente. Agora a mãe moribunda queria ter certeza de que o filho estava bem e de que não estava machucando ninguém.

E essa era a missão de Dern.

Ele olhou de novo para o cachorro, franziu a testa e abriu a garrafa de uísque mais uma vez. Com um dedo apontado para Vagabundo, tomou um gole demorado, sentiu a bebida aquecer a garganta e disse:

— Nosso acordo ainda está de pé, né? Nada de julgar.

Vagabundo abanou o rabo no momento em que Dern ouviu passos na escada do apartamento. O cachorro soltou um latido de alerta baixo e muito atrasado.

Derm olhou para o relógio. Já passava das 22h30. Que horário estranho para uma visita. Do que poderia se tratar? Depressa, guardou o celular no bolso. Quando abriu a porta, Ava Garrison estava no patamar superior.

Ele sentiu um frio na barriga quando ela o encarou com seus incríveis olhos acinzentados. Merda. O que ela estava fazendo ali?

— Vi que sua luz ainda estava acesa, que você ainda estava acordado e... — Ava deu de ombros. — Eu queria conversar com você. — Então, deu-se conta de que podia estar interrompendo algo. — Se você não estiver ocupado.

— Entre. — Dern abriu um pouco mais a porta para que ela pudesse entrar e ver que estava sozinho, apenas na companhia da TV muda e do vira--lata. — Aceita uma bebida?

Uma vez no apartamento, Ava olhou para a mesinha de tábuas da cozinha e para a garrafa aberta de uísque. Sem pestanejar, fez que sim com a cabeça.

— Quer saber? Uma bebida cairia muito bem.

CAPÍTULO 41

— ... e foi isso que aconteceu ontem à noite — admitiu Ava, fitando o pequeno copo de uísque, no qual dois cubos de gelo derretiam devagar. Ela havia decidido que precisava contar a Dern seu lado da história, pois tinha certeza de que ele soubera da briga com Jewel-Anne através de comentários soltos, feitos pelos empregados, e queria que ele ouvisse sua versão. — Fiquei irritada e passei dos limites, mas não aguentava nem mais um minuto de mentiras e de manipulação.

— Não é para menos.

Dern estava montado na cadeira, com os braços apoiados no encosto. Mal havia tocado na bebida. Sem interromper, ele ouvira as explicações de Ava sobre a trama de Jewel-Anne para aterrorizá-la, sobre o gravador que estava programado para tocar os gritos amedrontados de um menininho e sobre a garota ter afirmado ser a mãe biológica de Noah.

— Está aí uma coisa da qual eu não me lembrava mesmo. Tenho um lapso de memória enorme. Eu estava grávida, mas não há tanto tempo quanto a Jewel-Anne... E com a morte do Kelvin e a paralisia da minha prima...

— Mas ela pode andar. Não está paraplégica.

— Ela consegue ficar de pé e está fazendo fisioterapia. Na câmera, vi a Jewel-Anne se locomover, mas não andou exatamente. Parecia mais se arrastar usando os membros superiores. — Ava sentiu uma pontada de culpa por ter deixado a raiva reprimida tomar conta de seus atos. — Sei que ela está enfrentando uma barra, mas, poxa...

Dern esticou o braço sobre a mesa e segurou a mão dela.

— Você também está — disse ele, apertando os dedos robustos, como que para reforçar as palavras. — Ela tentou destruir a sua vida lhe manipulando, fez você acreditar que estava enlouquecendo e a provocou com gravações assustadoras de uma criança que você pensou ser seu filho.

O coração de Ava amoleceu diante daqueles dizeres. Podia confiar nele? Vai saber. Mas, ao menos, naquele momento, Dern parecia sincero, e isso, por si só, causou um nó em sua garganta, fazendo-a sentir mais próxima de um homem que ela mal conhecia.

— Obrigada — agradeceu Ava.

Mais uma vez, os dedos fortes do rapaz apertaram a mão da moça e, por uma fração de segundo, o polegar dele roçou a parte interna do polegar dela.

Ava levantou a cabeça e o flagrou olhando para ela. Naquele instante, voltou a se imaginar fazendo amor com ele. Depressa, puxou a mão e pigarreou.

— De qualquer forma, achei melhor contar a minha versão, apesar da nossa última briga...

— Fizemos mais do que brigar. — Os olhos de Dern encontraram os dela e Ava se lembrou nitidamente de como tinha sido beijá-lo e sentir seu corpo musculoso contra o dela.

— Foi. — De repente, Ava ficou constrangida. Apanhou o copo e mexeu o conteúdo, fazendo os cubos de gelo balançarem no líquido âmbar. — Mas acho que lhe acusei de participar de uma conspiração ou algo do gênero.

Dern abriu um sorriso sutil e malicioso, ocultado pela barba por fazer.

— Ou algo do gênero.

— Então... Cheguei à conclusão de que nem é tão ruim ter alguém tomando conta de mim.

O sorriso dele se expandiu.

— Me deixe adivinhar: você sentiu falta de ter alguém do seu lado ontem à noite. O guarda-costas que você achava um pé no saco.

Por fim, Ava retribuiu o sorriso e odiou o entusiasmo que sentia com ele, ali, naquele apartamento pequeno, com o cachorro se aquecendo na frente do fogão a lenha e uma garrafa aberta de uísque entre eles. Como aquilo havia acontecido? Era quase tão surreal quanto o resto de sua vida.

Parecendo sentir o mesmo, uma intimidade sedutora demais, Dern desviou o olhar.

— Como a Jewel-Anne está?

— Não sei. Passou a maior parte do dia escondida na suíte. Saiu da toca para almoçar e para me olhar de cara feia. Jantou no quarto e permaneceu lá. Acho... Acho que eu deveria sentir remorso por ter apavorado minha prima, mas não sinto. Não depois do que fez comigo.

— E agora? Como vai ser?

— O mesmo de antes. Vou continuar procurando meu filho.

Ava tomou um último gole do uísque e se levantou.

— Mais alguma coisa?

— Sim. Acho que vou fazer uma limpeza na casa. Se eu descobrir um jeito de expulsar a Jewel-Anne e os irmãos dela do Portão de Netuno, vou fazer isso.

— E quanto aos empregados?

— Ainda não sei.

— Aí você vai ficar sozinha com o Wyatt? — disse Dern, chutando a cadeira para trás e levando Ava até a porta. — Casamento feliz.

— Você já foi casado, né? — perguntou ela.

— Por pouco tempo. Acho que lhe contei isso.

— Então você sabe que, às vezes, não tem muita felicidade envolvida.

De repente, Ava se recordou da época em que se separara de Wyatt e que ele morara um tempo em Anchorville. No entanto, quando ela saiu do hospital, o marido voltou para casa e passou a dormir em outro quarto, enquanto os dois "resolviam a situação".

— Meu casamento morreu há muito tempo, Dern. Infelizmente, fui a última a perceber.

Antes que fizesse alguma burrice, como dar um beijo na bochecha dele e causar mais problemas, Ava saiu do apartamento e encarou a noite fria de novembro. Não dava para ver a lua, chovia forte e o casarão estava quase todo apagado. Contudo, havia uma luz acesa no quarto de Jewel-Anne e ela resolveu que estava na hora de ter outra conversa com a prima. Não deixaria que a situação fugisse ao controle como acontecera na noite anterior, mas tinha certeza de que a peça-chave para descobrir o paradeiro de Noah era o pai do menino, e ela precisava saber quem era o homem.

A única pessoa capaz de responder a essa pergunta era Jewel-Anne.

Fique calma, pensou Ava. *Faça a Jewel acreditar que ela está por cima. Tire proveito da vaidade dela, faça com que ache que você é lerda demais para descobrir sozinha e ela não vai conseguir se controlar. Vai acabar soltando uma informação aqui e outra ali para se sentir superior. Faça o que quiser, mas não seja violenta... Manipule a Jewel da mesma forma que ela tenta manipular você.*

Ava entrou pela porta dos fundos e atravessou a cozinha escura. A casa estava em silêncio, exceto pelo ronco da geladeira e pelo barulho de uma torneira gotejante. Ao passar pela pia, parou rapidamente para fechar a torneira com mais força e, cruzando o saguão, chegou à escada. Ouviu uma música bem baixa vindo da ala que abrigava a suíte de Jewel-Anne. Alguma canção antiga do Elvis sobre gente tola mergulhando de cabeça no amor.

O som ficava mais alto à medida que ela se aproximava do quarto de Jewel-Anne, e isso fez Ava parar. Desde quando a prima ouvia música com aquele som tão alto? Ainda mais de madrugada. A garota costumava usar fones.

Estranho. No entanto, o que não era estranho quando o assunto era Jewel-Anne?

Ava bateu na porta e aguardou.

Nada.

Talvez a prima não estivesse ouvindo por causa da cantoria de Elvis.

— Jewel-Anne? Posso entrar? — Voltou a bater com mais força.

De novo, não houve resposta.

Girando a maçaneta, Ava abriu a porta e entrou no santuário cor-de-rosa da menina, cheio de babados e bonecas.

— Jewel? — chamou Ava.

A prima não estava na cama nem na saleta. O computador estava ligado sobre a mesa. O iPod estava conectado e tocava pelas caixas de som do laptop. A cadeira de rodas estava vazia, abandonada perto do closet enorme.

Ava sentiu o primeiro calafrio de pavor.

— Jewel?

Desligou o iPod, e o quarto ficou em silêncio.

— Você está bem?

Acendeu a luz do closet, um ambiente gigantesco, grande o bastante para permitir as manobras da cadeira de rodas. As estantes e os cabides eram adaptados para pessoas baixinhas.

Estava vazio.

Só restava o banheiro. Ava bateu na porta.

— Oi, Jewel. Sou eu, Ava. Quero pedir desculpas. Será que a gente pode conversar?

Preparando-se para um grosseiro "suma daqui!", ela permaneceu na porta.

Nem um pio.

Mesmo sabendo que aquilo não acabaria bem, Ava abriu a porta e entrou.

— Não quero incomodar você, só...

As palavras morreram dentro da boca quando ela assimilou a cena.

Jewel-Anne, totalmente vestida e usando uma peruca preta, jazia na banheira. Sua garganta comprida tinha sido cortada de uma orelha à outra e um sorriso vermelho de sangue escorria pelo peito. Ao lado dela havia duas bonecas olhando para cima, com o pescoço de plástico degolado, a cabeça quase decapitada e o corte pintado de vermelho escuro.

As duas tinham cabelo preto e liso.

O grito que irrompeu da garganta de Ava perturbou o ar parado da noite. Trêmula e incrédula, Ava demorou um instante para se obrigar a tomar o pulso de Jewel-Anne, mas obviamente não detectou nada. A jovem nem sequer estava quente.

—- Meu Deus, meu Deus, meu...

De costas, Ava saiu do banheiro e, na pressa, esbarrou na cadeira de rodas.

— Socorro! Chamem uma ambulância! — berrou, antes de perceber que estava com o celular. Meteu a mão no bolso do casaco em busca do maldito aparelho. — Socorro! — Digitou os números e conseguiu falar com uma telefonista.

— Emergência. Qual é...?

— Mande ajuda! Aconteceu um assassinato! Na Ilha Church!

— Qual é o nome da senhora?

— Ava Garrison. Precisamos de ajuda. Minha prima, Jewel-Anne Church, foi assassinada! Meu Deus, por favor, mande logo alguém para o Portão de Netuno, na ilha!

Enquanto dava o endereço, Ava escutou passos no corredor. Demetria, sonolenta e assustada, cambaleou para dentro do quarto.

— O que aconteceu? — perguntou a enfermeira, passando correndo pela mulher e se dirigindo ao banheiro.

Demetria soltou um grito tão agudo que fez Ava tremer por dentro. Todos na casa acordaram. Chocada, Ava se recostou na parede da suíte de Jewel-Anne. Wyatt, vestido só com a calça do pijama, entrou às pressas no quarto. Olhou o banheiro e voltou. De maneira ríspida, perguntou:

— Meu Deus, Ava, o que você fez?

O telefonema foi dado às 00h57, de acordo com o visor brilhante do relógio digital da mesa de cabeceira. Snyder estava num sono profundo, sonhando com a época em que fora o astro do futebol americano do ensino médio, mas foi interrompido pelo toque escandaloso do celular. Era o xerife Biggs, avisando sobre um possível homicídio na Ilha Church. A vítima: Jewel-Anne Church, mãe biológica do menino desaparecido, amante de Lester Reece, deficiente e moradora do Portão de Netuno. Biggs contou que dois policiais tinham sido enviados à casa para garantir a segurança do lugar e reunir as testemunhas.

Snyder foi buscar Lyons que, mesmo tendo sido arrancada da cama, estava com a cara ótima. Havia prendido o cabelo e vestia apenas uma calça jeans, botas e um casaco pesado, mas, para o detetive, ela estava atraente demais. No *case* que carregava, Snyder sabia que havia um *tablet*.

— Dá pra acreditar? — perguntou ela, com os olhos iluminados enquanto iam de carro até a marina, da qual tomariam o barco da delegacia rumo à ilha. Chovia forte e o limpador de para-brisa trabalhava em dobro.

— Nem um pouco.

— O Biggs mandou fazer uma busca na ilha inteira com o auxílio de cães farejadores. De madrugada.

— O quê?

— Ele está cogitando todas as possibilidades. Muita gente viu o Lester Reece. Não dava mais para ignorar isso.

— Ele também ligou para você? Pessoalmente?

— Ele parece estar muito interessado no que acontece lá.

— Então você lhe disse que o Reece é o pai biológico do menino desaparecido?

— Bom, eu disse que era *possível*... Não, eu disse que era *provável*. — Lyons mexeu no aquecedor, tentando deixar o interior do velho Dodge um pouco mais agradável.

A situação estava saindo do controle rapidamente.

— Como o Biggs ficou sabendo? Não é comum ligarem para o xerife.

— Não. Ele disse que foi alguém da ilha. Uma ex-cunhada.

O calor começou a sair da passagem de ar logo que chegaram à orla. No cais, uma lancha os aguardava com o motor ligado e um investigador ao leme.

— Foi a cozinheira — afirmou Snyder.

— Foi, e ela disse que houve um arranca-rabo na noite anterior e que a Ava Garrison quase matou a prima. Por pouco não jogou a garota da sacada do segundo andar. Jewel-Anne Church.

— E ela é a vítima?

Lyons assentiu.

— Parece que sim.

— Tudo indica que temos nossa principal suspeita — disse Snyder, cansado.

— Só que as coisas nunca são fáceis assim. — Lyons já estava soltando o cinto de segurança.

— Não. Nunca são — concordou ele ao estacionar. Quando saiu do carro, Snyder foi atingido por uma rajada de vento gelado que vinha do Pacífico.

— Hora do show.

— Vamos agir. — Lyons levantou o capuz do casaco e, com o *tablet* no *case*, já estava andando depressa na direção do cais.

Snyder teve que correr para alcançá-la e, quando conseguiu, o celular dele tocou. A mensagem era só uma confirmação de que o parente mais próximo de Evelyn McPherson tinha sido notificado. A imprensa já estava recebendo a informação e, portanto, as pessoas isoladas na Ilha Church saberiam da notícia da morte da psiquiatra.

Pelo menos, Snyder veria a reação delas, o que poderia ser útil, uma vez que três mulheres ligadas a Ava Garrison tinham sido assassinadas e praticamente todo mundo com quem ela se relacionava morava na maldita ilha.

— Depressa, Snyder! — Lyons já estava no barco.

O detetive enfiou o celular no bolso da jaqueta e subiu a bordo, depois da parceira.

— O parente mais próximo da McPherson foi notificado — contou a ela.

— Ótimo. Vamos ver o que o Povo da Ilha tem a dizer sobre isso.

Em meia hora, depois de passar pela água turbulenta e pelas ondas que estouravam em torno do barco sob as nuvens pretas que encobriam as estrelas, eles atracaram ao lado de Monroe, no cais particular do Portão de Netuno. O vento uivava no mar e chovia forte quando a dupla, acompanhada do investigador, se dirigiu à escada da frente.

— Parece coisa de filme de terror — disse Lyons, observando a mansão gigantesca, construída antes da virada do século *anterior*. — Uma casa enorme e sinistra, madrugada e uma família de pessoas estranhas. Além de um assassinato. Tem todos os elementos.

Uma investigadora tomava conta da porta da frente, registrando quem entrava e saía. Ela explicou que o parceiro havia levado todas as testemunhas para a sala de televisão/escritório, perto da cozinha, e que a vítima estava no andar de cima, intocada. Tinha sido encontrada por Ava Garrison, a dona da casa.

Que, supostamente, quase matou a vítima ontem à noite, pensou Snyder.

Os dois passaram por um saguão enorme. Ele se lembrou da escada impressionante que dava no segundo andar, no qual ficavam os quartos.

— O Dillard levou todo mundo para a sala de televisão — informou a investigadora. — Não interrogamos um por um, mas, em suma, a proprietária, Ava Garrison, estava visitando o caseiro, que mora em cima do estábulo. — A investigadora verificou as anotações e as leu para eles. — Ela viu luzes acesas no quarto da vítima e subiu para conversar com a prima. Isso foi por volta da meia-noite. Ouviu o relógio. Bateu na porta, mas ninguém atendeu. Depois de tentar várias vezes, entrou no quarto e encontrou a vítima na banheira. Já morta. — A policial informou aos detetives a localização da suíte de Jewel-Anne.

— Vamos dar uma olhada. — Lyons já estava subindo a escada, seguida por Snyder.

A porta do quarto da jovem estava aberta. A decoração do cômodo parecia ter sido inspirada no castelo da Bela Adormecida, na Disneylândia. Tons de rosa e lavanda, cama de dossel e mobília branca e feminina.

— Era o quarto dos meus sonhos quando eu tinha 9 anos — murmurou Lyons, antes de abrir a porta do banheiro e deixar a cena desagradável à mostra.

A vítima jazia dentro da banheira, vestida dos pés à cabeça, ladeada por duas bonecas com olhos que abriam e fechavam e que eram consideradas antiguidades. As três tinham sido degoladas e o pescoço das bonecas estava pintado com algo que simulava sangue.

— É esmalte — afirmou Lyons. — Que bizarro. — A detetive tirou fotos com o iPad.

— Pois é, e veja só a peruca.

Lyons parou de fotografar e, de soslaio, olhou para o parceiro.

— Você acha que é o mesmo assassino?

Snyder fez uma careta, sem gostar do rumo dos próprios pensamentos.

— Aposto o meu distintivo que é.

CAPÍTULO 42

Ava passou o maior sufoco. Pensou que fosse enlouquecer ao ficar confinada no primeiro andar, em contato direto com os parentes e os empregados, enquanto aguardavam no grande cômodo próximo à cozinha. Dern estava incluído no grupo de pessoas que moravam no Portão de Netuno, mas Ava ficou longe dele. Não queria que ninguém suspeitasse de seus sentimentos. Além disso, estava chateada. Mais do que chateada.

Quem?, indagou várias vezes. Quem mataria Jewel-Anne? Será que o assassino estava ali, no recinto? Ava ficou arrepiada ao pensar nas possibilidades e, quando se lembrou da prima, de todo aquele sangue e das bonecas medonhas, tremeu por dentro.

E todos a culpavam. Ela percebia nos olhares lançados em sua direção.

A cabeça latejava, o coração apertava, o estômago estava prestes a pôr tudo para fora e Ava não conseguia ignorar as acusações veladas nos olhos de Jacob e Demetria. Apesar de ter virado de costas para a família, olhando a noite pela janela, ela sabia que era observada. Sentia o peso dos olhares. Todos achavam que era a responsável.

Mas alguém sabia a verdade.

Alguém tinha que saber.

Porque alguém tinha culpa no cartório. Ela só não sabia quem.

Gotas de chuva escorriam pelo vidro em linhas tortas, e as folhas das azaleias, visíveis na luz fraca emitida da casa, balançavam ao vento. Mesmo assim, parecia mais seguro ficar lá fora, ao relento.

Aquele salão nunca parecera tão pequeno. Sempre fora um ambiente confortável e familiar, com a lareira a gás e os móveis exagerados. Era um lugar no qual se podia ler um livro, ver televisão ou apenas ficar à toa. Melancólica, Ava se lembrou de quando ficava agarradinha com Noah, lendo em voz alta a história favorita do filho. Até Jewel-Anne, com as agulhas de tricô e os eternos fones de ouvido e bonecas, frequentava aquele cômodo.

Agora o santuário se transformara numa prisão. Confinados na sala, todos estavam nervosos e mal falavam. Ava imaginou que também estivessem enfrentando pensamentos surreais. Jacob e Demetria, que eram mais próximos de Jewel-Anne, pareciam em estado de choque. Khloe, Simon e Virginia haviam se encolhido num canto e estavam sussurrando entre si. Ian e Trent se instalaram perto da lareira. Ian, nervoso, mexia nas chaves dentro do bolso. O fogo chiava quando as chamas lambiam a lenha.

Tenso, Wyatt se encontrava de pé, ao lado da porta. Estava com o rosto cor de cinza e com os braços cruzados, quase de maneira desafiadora. Permanecia taciturno. Obviamente, estava o mais longe possível da esposa, do lado oposto da sala, com oceanos de sentimentos sombrios e acusações veladas separando os dois. Ele havia parado de bancar o marido atencioso. Era quase como se acreditasse que Ava tinha matado Jewel-Anne e que esse fosse o golpe de misericórdia num casamento que já estava destruído e ele, como marido, havia se conformado com o fracasso.

Não que Ava se importasse. Continuava olhando para fora, para a noite de nanquim, através da própria imagem fantasmagórica refletida na vidraça. Wyatt que pensasse o que quisesse.

Dern estava na outra janela. Com um ombro apoiado no batente, também observava a escuridão do lado de fora e, provavelmente, desejava estar em qualquer lugar, menos naquela sala tensa e incômoda.

Em momento algum, o olhar dele encontrou o de Ava.

Graciela não estava presente, pois só pegava no serviço de manhã. Fazendo barulho, os dois detetives voltaram ao primeiro andar e entraram no escritório. Quando Ava se virou para olhá-los, tentou manter a calma e o juízo.

Snyder declarou:

— Vamos precisar falar com todos vocês individualmente. Um dos investigadores vai ficar com os demais enquanto interrogamos um de cada vez. Pediremos que todos deem depoimento. Vou conversar com alguns no escritório e a detetive Lyons vai conversar com os outros novamente, um de cada vez, na sala de jantar.

Snyder coçou a nuca, como se tentasse pensar num jeito de dar outra notícia ruim. Ian parou e largou as chaves. O grupo do canto parou de sussurrar.

Ava sentiu um frio no estômago. Alguma coisa no comportamento do detetive fez os músculos da moça se contraírem. Meu Deus, o que foi agora?

— Antes de começarmos os interrogatórios, acho melhor informar que aconteceu outro homicídio bem parecido com este.

— O quê? — Trent fitou o detetive. — *Outro*? Além da Jewel-Anne, você quer dizer?

— Além da Cheryl Reynolds — interrompeu Wyatt.

— Além da sra. Reynolds — esclareceu Snyder.

Ava ficou paralisada, sem acreditar naquilo.

Por favor, que não seja mais ninguém próximo de mim... Ai, por favor.

— Tudo indica que temos outra vítima do mesmo assassino.

Snyder fez uma pausa para respirar, enquanto todos no recinto olhavam para ele. Aguardando. Nervosos.

— Evelyn McPherson também foi assassinada.

— O quê? — espantou-se Ava. — Não! — A moça levou uma das mãos à boca e seus joelhos quase cederam. *A dra. McPherson? A mulher que ela jurava que estava tendo um caso com o marido dela?* — Só pode ser um engano! — Balançando a cabeça, Ava se lembrou do rosto de Evelyn, de seu sorriso triste, dos olhos sábios...

— Não pode ser! — exclamou Wyatt, perdendo toda a cor do rosto. — A Evelyn está bem!

Trent deu um passo na direção de Snyder.

— Não acredito que alguém tenha sido capaz de fazer mal à Eve... — Contudo, o semblante sério dos dois detetives interrompeu o rapaz, que pareceu se convencer. — Jesus. Por quê?

Todos ficaram abalados, cada um num nível diferente de negação. Dois assassinatos? De pessoas que passavam tanto tempo ali? Não fazia o menor sentido...

— Quando foi? — sussurrou Ava. — E onde?

— Em casa, ontem, provavelmente à noite. Ainda estamos esperando para descobrir.

— Não saiu nada no jornal! — Wyatt continuava não aceitando a notícia.

— O corpo dela só foi encontrado hoje.

Jacob encarou os policiais.

— Que merda é essa que está acontecendo aqui?

— Viemos até aqui justamente para descobrir.

— Então, tratem de fazer isso! — disse Jacob, pegando a jaqueta como se pretendesse ir embora.

Lyons ergueu uma das mãos.

— Calma aí! — ordenou ela. — Sabemos que é um choque, mas pedimos que tentem manter a calma.

— Como vamos fazer isso? — retrucou Jacob. — Vocês acabaram de contar que duas pessoas que conhecemos foram assassinadas. Minha irmã e a psiquiatra. Merda! Calma porra nenhuma!

Lyons não toleraria a histeria de Jacob.

— Sabe, a gente pode obrigar todo mundo a ir para a delegacia; então, se eu fosse você, trataria de se acalmar. — A detetive fitava Jacob, mas suas palavras serviam para todos no recinto.

Ninguém mais discutiu. Todos estavam perplexos, e Jacob, muito escolado se jogou outra vez no sofá.

— Que palhaçada — disse o rapaz, mas sua voz nem se ouvia direito.

Lyons não caiu na provocação e Snyder assumiu o discurso.

— Escutem — disse ele —, lamento muito. Sei que vocês conheciam a Evelyn McPherson e que é uma situação difícil. Sabemos disso. Mas, tendo em vista o que aconteceu com a Jewel-Anne, achei que deveriam ficar cientes. — Snyder fez uma pausa e pigarreou antes de prosseguir. — Encontramos o corpo dela no início desta noite e achamos que estava morta havia cerca de 24 horas. A família já foi notificada. Então agora, pelo menos, podemos tornar a informação pública, e tenho certeza de que a imprensa vai ficar em polvorosa, pois já andou ligando para a delegacia.

— Isso vai acontecer aqui também — declarou Ian, horrorizado. — Vão aparecer repórteres por todos os lados.

— Lamento, mas vai mesmo — concordou Snyder, enquanto Lyons assentia com a cabeça.

— Que ótimo — murmurou Wyatt.

— Isso é muito sinistro — disse Khloe, tremendo. — Cheryl Reynolds, Evelyn e agora... a Jewel-Anne.

— Pois é. Vamos superar isso. — Simon passou o braço pelos ombros da esposa, como se quisesse consolá-la, mas o gesto pareceu estranho. Frio. Encenado. Ava não pôde deixar de indagar se ele, tão misterioso, não estaria envolvido nesses assassinatos. Foi um pensamento breve e idiota. Por que Simon teria esse trabalho?

— Então, durante os interrogatórios — dizia Snyder —, vamos conversar sobre o que sabem a respeito do homicídio da Jewel-Anne, mas também precisaremos perguntar quando foi a última vez que tiveram contato com a dra. McPherson.

A temperatura ambiente pareceu cair 6°C quando Ava assimilou o que estava acontecendo.

Três mulheres.

Três homicídios.

E a polícia achava que se relacionavam.

Porque todas as vítimas a conheciam! Você é o elo, Ava. É isso que a polícia acha.

Ava engoliu em seco. A cabeça estava a mil, repleta de visões de Jewel-Anne. Ela imaginou como Cheryl e Evelyn haviam morrido. Será que estavam de peruca? Ao lado de coisas queridas... Cheryl com os gatos. Jewel-Anne com as bonecas. Ava não fazia ideia de o que Evelyn gostava — se é que gostava alguma coisa —, mas disse a si mesma para bloquear tais pensamentos. Sim, conhecia aquelas mulheres, assim como elas a conheciam, talvez num nível de intimidade maior do que qualquer outra pessoa presente na sala. Cheryl por causa da hipnose e das confissões compartilhadas, Evelyn por causa das consultas psiquiátricas e Jewel-Anne por observação e proximidade.

Mais uma vez, Ava sentiu um vazio no estômago.

Com o coração pesado, ela se deu conta de que, além do elo entre as vítimas, era, possivelmente, a principal suspeita. Com seu histórico de distúrbios mentais e a violência contra si mesma, era muito fácil pensar que seria capaz de cometer assassinato. Ava visualizou todos os indícios se acumulando contra ela. De fato, podiam achar que...

— Sra. Garrison? — chamou o detetive Snyder, trazendo Ava de volta para a realidade.

O estômago da moça quase caiu no chão. Ela não estava preparada, mas percebeu que o interrogatório era inevitável. Precisava dar um depoimento, por mais difícil que fosse. Com todos os olhos voltados na direção dela, Ava conseguiu obrigar as pernas a funcionarem e acompanhou Snyder até o escritório, apesar de saber, no fundo do peito, que o interrogatório não correria bem.

Do canto da sala, perto de uma janela, Dern observara o desfecho do espetáculo e decidira segurar a língua, pelo menos, por enquanto. Obviamente, tinha muito a dizer, mas achou melhor revelar tudo a um dos policiais quando estivessem a sós.

Não foi o caso do marido de Ava. Típico.

— Eu sou advogado — declarou Garrison, finalmente demonstrando um pouco de preocupação com a esposa, que era levada ao escritório para ser interrogada. Os dois policiais trocaram olhares. — Não quero que minha mulher seja interrogada sem um advogado.

Dern não acreditou no teatro de Garrison. Nem por um minuto. Ele tinha a sensação de que Wyatt jogaria Ava aos lobos se isso recheasse sua carteira. O homem parecia ter óleo de cobra correndo nas veias. Além disso, do ponto de vista de Dern, Ava era capaz de se virar sozinha. Não precisava da ajuda do marido. Na verdade, Dern simplesmente não gostava do sujeito, não confiava nele e se perguntava que diabos Ava tinha visto de interessante naquele homem.

— Ava, você não é obrigada a falar com eles — disse Wyatt, baixinho, como se desse a mínima.

Snyder conduziu Ava para longe, parando por um segundo para lançar um olhar quase confuso a Wyatt.

— Você quer assistir? — O detetive inclinou a careca reluzente na direção do escritório. — Se a sua esposa não se incomodar, por mim, tudo bem.

— Não precisa — afirmou Ava.

— Tem certeza? — Wyatt contornou o lado do sofá no qual Jacob, carrancudo e calado, estava sentado no canto das almofadas.

Como se soubesse que permitir a presença de Wyatt no interrogatório seria um erro, Ava disse com firmeza:

— Acho que dou conta disso.

— Ótimo. Está tudo resolvido, então— declarou Snyder. — Só vamos tomar um depoimento. Ninguém está acusando a sua esposa, nem você e nem os demais presentes de nada.

— Mas ela esteve doente — revelou Wyatt ao detetive. Depois, tocou no ombro da mulher e diminuiu o tom de voz. — Não faz muito tempo que você teve alta do St. Brendan's, querida.

Ava se esquivou da mão do marido.

— Não se preocupe. Não tenho nada a esconder.

— Mas...

— Vamos — disse Ava ao detetive e, saindo da sala, pôs fim à argumentação do rapaz.

— Ela vai fazer besteira! — pensou Wyatt em voz alta, andando de um lado para outro.

— Tenha um pouco de fé — sugeriu Dern. Ava era muito mais forte do que as pessoas julgavam.

— Ela está frágil — retrucou Wyatt. — Pode surtar do nada! — Estalou os dedos para enfatizar o argumento.

Dern deu de ombros.

— Acho que você não acredita nela o suficiente.

— Você não é pago para achar nada — esbravejou Wyatt, parando de falar quando o som das palavras ecoou pela sala. De repente, deu-se conta de que estava sendo observado pelos olhos de todos que aguardavam o interrogatório. — Me desculpe. É que estou aborrecido.

Claro. Não é porque você é um babaca egomaníaco. Mas Dern deixou para lá. Não havia por que continuar contrariando Garrison nem dar aos policiais mais assunto para pensar.

Além disso, ele também tinha algumas bombas para soltar.

***

— Então, depois de passar pouco mais de uma hora no apartamento do Austin Dern, você foi ao quarto da sua prima para conversar e descobrir o nome do pai do filho dela, o menino que você adotou, mas não se lembra? — perguntou Snyder. Sentado na cadeira executiva de Wyatt, ele fazia anotações num bloquinho com espiral, apesar de ter posto um pequeno gravador sobre a mesa.

Ava se encontrava do outro lado da escrivaninha, nervosa, sentada na beirada da cadeira preferida da avó.

— Isso mesmo. — Ela contara ao detetive tudo que se lembrava da noite anterior. — Reconheço que eu estava furiosa e determinada a descobrir quem era o pai do meu filho. Achei que a Jewel-Anne estivesse mentindo e que, provavelmente, sabia o paradeiro do Noah. Então, fui ao quarto dela. Bati na porta, chamei, mas, como ela não respondeu, entrei na suíte e... e... — A lembrança grotesca da prima na banheira, ensanguentada e rodeada pelas bonecas, assolou Ava. — E eu a encontrei. — Tremendo com a recordação, ela sabia como aquilo soava mal. Mais uma vez, estivera com raiva da prima, pouco depois de quase ter jogado a garota do corrimão da escada.

Snyder, que tomava nota, parou de escrever e olhou para ela.

— Você não faz ideia de quem seja o pai biológico do Noah? — perguntou o detetive, erguendo um pouco as sobrancelhas.

— Não — admitiu ela. Ao ver que o rosto do detetive permanecera inexpressivo, Ava sentiu um frio na espinha, um alerta. — Você sabe? — Só de pensar que aquele homem tinha informações sobre o Noah, o coração dela disparou.

Snyder fez que sim com a cabeça.

— Temos motivos para crer que a sua prima manteve relações sexuais com um paciente do Sea Cliff.

— Um paciente...? — repetiu Ava, ouvindo seus próprios batimentos cardíacos quando uma imagem lhe ocorreu.

— Lester Reece.

Um gritinho de protesto escapou dos lábios da moça. O assassino? *Ele* era o pai do pequeno Noah, uma criança perfeita?

— Não! — *Não! Não! NÃO!* — Não pode ser. Deve haver algum engano, pois não tem como um serial killer ser... Não! — Ava não percebeu que sacudia a cabeça.

— Você não sabia dessa possibilidade? — perguntou Snyder.

— É claro que não! Como eu poderia...? — Ava pensou em Jewel-Anne, com seu sorrisinho de quem guardava um segredo. Mas... Mas *Lester Reece*? — Não acredito.

— Ela morou com a família no Sea Cliff. O pai dela era o administrador da instituição.

— Eu sei disso! — Ava quase berrou. Estava com a cabeça a mil. Aquilo era possível? Não... Ah, não!

— Ela interagia com os pacientes. Trabalhou lá, não foi? Como uma espécie de auxiliar.

O coração de Ava ficou gelado. Sim... Ela se lembrava de Jewel-Anne falando de suas funções no hospital e de que acabara conhecendo alguns pacientes. No entanto, Ava não podia nem *iria* acreditar naquele absurdo. A voz estava falhando e ela teve que limpar a garganta.

— O tio Crispin jamais permitiria uma coisa dessas. — Mas Jewel-Anne sempre fora dissimulada, rebelde e teimosa, até mesmo traiçoeira. Pelo amor de São Pedro, será que era verdade? Apesar de Ava querer negar, negar e negar. Como ela teve coragem?

— Você nunca considerou essa possibilidade?

— Não — sussurrou, por fim, engolindo a bile que lhe subia pela garganta e a fazia lembrar de que era capaz de enfrentar qualquer coisa, contanto que achasse o filho. Custasse o que custasse.

Ava fechou os olhos e ouviu o coração bombear a negação nos ouvidos. Respirou fundo várias vezes antes de reabri-los.

— Por quê? Por que você acha que ele é o...? — Ela nem conseguia proferir a palavra.

Quase incapaz de manter a compostura, Ava escutou, calada, quando o detetive Snyder deu mais detalhes sobre a relação entre Reece e Jewel-Anne. A polícia havia ligado os pontos e estava confirmando a informação com outras pessoas, inclusive com Piper e Crispin, que tinham sido avisados da morte violenta da filha e estavam a caminho do Portão de Netuno, um lugar que Crispin tentara evitar.

Ava escutou a teoria do detetive e, mesmo sem querer acreditar, a suposição de que Jewel-Anne havia se rebelado e se apaixonado por Reece fazia um sentido peculiar. Afinal, *alguém* era pai de Noah.

Ava respondeu a todas as perguntas do policial da melhor maneira que pôde, mesmo com a dor de cabeça que latejava na base do crânio. A negação continuava rugindo em seu cérebro, de um jeito estrondoso e amargo, como uma ventania fria que carregava um caquinho pontiagudo de verdade.

— Vocês têm que encontrá-lo — disse ela a Snyder, numa ansiedade súbita de encarar o monstro. — O Lester Reece. Vocês têm que achar esse homem!

— Nós nem sabemos se está vivo.

— Mas ele tem que estar vivo — insistiu Ava. — Não está vendo? Foi ele quem sequestrou o Noah! — Ela elevou a voz e seu desespero ficou palpável. Tudo fazia sentido. Reece havia voltado por causa no filho! Naquele instante, podia estar mantendo Noah trancafiado na ilha!

— É claro... Porém, no momento, estamos no meio da investigação de um homicídio — lembrou Snyder.

— Mas e o assassino? Pode ser o Lester Reece? Ele fez isso antes e vocês acham que o sujeito está na ilha.

— Você acha que ele matou as outras mulheres?

— Eu... Eu não sei... — Não fazia sentido. Contudo, o que fazia sentido num homicídio?

— Você encontrou o corpo da Jewel-Anne. Acha que o Lester Reece se daria ao trabalho de colocar bonecas ao redor da sua prima? De degolar e pintar as bonecas?

Ava balançou a cabeça numa perplexidade muda.

— Não sei. Talvez?

— Ouvi dizer que você achou outra boneca — acrescentou o detetive, com cautela. — Num caixão. Enterrado pela vítima, numa tentativa de se vingar de você.

Ava olhou para Snyder, ciente de que os dominós começavam a cair, da sucessão de eventos e das próprias ações que a incriminavam. De pé, apoiada na mesa, declarou de forma clara e precisa para que ele entendesse:

— Eu não matei a Jewel-Anne, detetive. Nem ela nem ninguém. Só estou tentando achar o meu filho. Juro pela vida dele!

CAPÍTULO 43

Sentindo-se um animal enjaulado no escritório com o resto da família Church, Dern conseguiu manter a paciência, mas foi um sacrifício. Do lado de fora, a noite estava densa, impenetrável, enquanto que, dentro da casa, uma nuvem preta havia se instalado sobre os moradores.

Chegaram mais policiais, além do médico-legista e dos peritos criminais. Até J. T. Biggs, o xerife, deu as caras no início da manhã, totalmente uniformizado, mas passou mais tempo do lado de fora da mansão, organizando a equipe de busca.

Enquanto os empregados e os moradores da casa eram chamados, um a um, para dar o depoimento, os peritos e investigadores começavam a colher provas. Todos responderam as perguntas, até mesmo Graciela, que chegou para trabalhar muitas horas depois do início dos interrogatórios e foi escoltada até o escritório. Com olhos inocentes, ela também aguardou para relatar tudo o que sabia sobre a morte de Jewel-Anne. A mulher recebera a notícia por intermédio de Khloe, que lhe mandara uma mensagem de texto.

Quando chegou a vez dele, logo após Wyatt Garrison, Dern foi levado à sala de jantar. Ofereceram-lhe café — que ele recusou — e lhe indicaram uma cadeira do lado oposto da mesa onde a detetive Lyons se encontrava. Ela estava digitando num *tablet*. O café tinha sido esquecido. Mal se via a marca de batom na borda da xícara.

O interrogatório foi breve.

— Apenas me conte o que aconteceu ontem à noite — instruiu Lyons.

Obviamente, a polícia já estava ciente do arranca-rabo entre Jewel-Anne e Ava na véspera do assassinato. Contudo, eles não sabiam onde Lester Reece estava escondido nem que Austin Dern calhava de ser meio-irmão do criminoso. Dern decidiu abrir o jogo. Primeiro com os policiais. Depois, com Ava. Achava que devia isso a ela. Então, depois de explicar o que acontecera na noite anterior e de responder a algumas perguntas subsequentes, declarou:

— Sabe, existe outro porém.

— Ah, é? Qual? — perguntou Lyons, digitando no teclado.

— Sou meio-irmão do Lester Reece.

A reação dela foi imediata. Lyons olhou para cima, de cara feia, parou de mexer os dedos e encarou o rapaz.

— É mesmo?

Dern fez que sim com a cabeça.

— Sabe — disse ela, apertando um pouco os olhos, como se, de fato, pensasse que o rapaz tentava enganá-la —, não vi nenhum registro de que o Reece tem um irmão.

— Então seus registros estão incompletos. — Dern estava preparado para a discussão. Já sabia que ninguém acreditaria nele, mas não estava nem aí para isso. Queria apenas contar a verdade. — Vou resumir a história. Eu e o Reece somos irmãos por parte de mãe. — Lyons olhou para o iPad. Devia estar verificando os fatos enquanto ele falava. — Minha mãe se chama Reba Melinda Corliss Reece Dern McDaniels. O casamento com o Reece durou pouco. Ela mora no Texas. Se mudou várias vezes. Viveu em El Paso, Houston e em algumas cidades menores. Agora está num vilarejo chamado Azar. Até que é apropriado.

Lyons ergueu um pouco as sobrancelhas e desviou o olhar da telinha para o rosto do homem.

— Quantos nomes! Sua mãe tinha mania de casar?

— Pode-se dizer que sim. — Dern tentou não se ressentir, deixar para lá, mas o coração dele sempre amolecia quando o assunto era Reba.

Lyons uniu as sobrancelhas e Dern quase conseguia ver o cérebro da policial em funcionamento. Ela clicava a caneta enquanto pensava.

— Não sei como deixamos isso passar.

— Nem eu, mas estou sendo sincero — retrucou ele.

— Tudo bem. Continue.

Por fim, Dern fez Lyons se interessar pela história. Ela se recostou na cadeira.

— Bom, eis a boa notícia — disse ele, com cuidado. — Acho que posso levar vocês até o Reece.

— É sério? — De novo o ceticismo.

— É.

O sorriso de Lyons indicava que ela não acreditava nele nem por um segundo, mas a moça parou de clicar a maldita caneta.

— Muito bem, Dern. Vamos lá. Essa é a boa notícia? Então qual é a má notícia?

Dern respondeu:

— Ele não vai gostar.

— Acho que eu devia ter dito antes — admitiu Dern, depois de contar a Ava que era meio-irmão de Lester Reece.

— Eu não acho — retrucou ela, irritada —, *eu tenho certeza*!

Ava não podia crer no que acabara de ouvir, mas Dern pareceu bem sério ao contar a novidade para ela na cozinha, menos de uma hora após o depoimento. Ele havia conversado com Lyons durante muito tempo e, depois, passou mais uma hora na sala de jantar falando com os dois policiais, uma vez que a detetive havia chamado Snyder. Ava tinha imaginado que Dern estava dando alguma informação importante, mas não esperava por aquilo: o homem era meio-irmão de Lester Reece. Santo Deus, todo mundo era parente do maníaco? Primeiro Noah e agora Dern.

Todo mundo, não. Só as pessoas de quem você gosta!

Ava observou quando Lyons, obviamente agitada, convocou Snyder e o manteve fora do recinto por um tempo. Depois, os dois detetives deixaram a sala de jantar e deram alguns telefonemas, um de cada vez, enquanto o outro prosseguia com o interrogatório. Até J. T. Biggs se dignou a sair da área do estábulo, na qual estava reunindo a equipe de busca, e se fechou com os outros na sala de jantar.

A informação que Dern dera à polícia — não importa qual — tinha sido impactante.

Na hora, Ava se perguntou se ele era suspeito, se havia dito que ela estava determinada a expulsar Jewel-Anne da ilha ou se era outra coisa.

Ela e todos os presentes na casa tinham visto Biggs reunindo-se com os detetives, mas ninguém fora capaz de adivinhar o motivo.

— Que porra é *essa*? — perguntara Jacob, no momento em que o celular tocou. — Ai, que ótimo. Meus pais acabaram de pousar em Seattle. Isto está ficando cada vez melhor.

Ian gemeu, pediu para sair para fumar e, por fim, teve permissão. Trent, que parecia ter envelhecido cinco anos em cinco horas, entrou na cozinha para tomar café, enquanto Virginia, Khloe e Simon aguardavam para falar com os policiais.

Ava não dissera nada, mas ficara curiosa para saber o que Dern tinha dito a Lyons que deixara a detetive tão alvoroçada.

Agora ela sabia.

Mas estava com dificuldade de digerir a informação.

— Não acredito em você — declarou Ava.

O cheiro de café velho pairava na cozinha.

— Por que eu mentiria?

— Só Deus sabe.

— Eu juro.

— Ótimo. Vá em frente. Jure até a sua cara ficar azul.

Ava estava exausta, mal-humorada, abalada por ter encontrado Jewel-Anne assassinada de maneira tão chocante, cansada de pensar que Lester Reece pudesse ser o pai de seu filho... E agora *aquilo*? Depois de tudo que enfrentara?

— Ava — Dern tentou tocá-la, mas ela se afastou —, estou dizendo a verdade e, acredite, também não gosto nada disso.

A sinceridade no rosto dele a comoveu. Além do mais, havia outras razões para acreditar nele, apesar de estar desesperada para negar o óbvio. Sempre achara que o homem lembrava alguém. Certa vez, não imaginara ter visto Lester Reece no nevoeiro e, olhando com mais cuidado, não constatara que era Austin Dern?

— Apenas me escute — pediu ele.

Os dois estavam de pé, perto da pia. Dern explicou que era irmão de Reece por parte de mãe e que ela se casara várias vezes. No entanto, era informação demais para Ava absorver, depois das noites em claro e do choque diante dos assassinatos de Jewel-Anne e Evelyn McPherson. Cansada até os ossos, ela escutou, mas não pôde deixar de imaginar quais outros segredos aquele homem escondera dela. Por que havia confiado nele e se apaixonado por aquele estranho, um sujeito que era tão inconsistente quanto a névoa que vinha do Pacífico?

Porque você é uma idiota. Uma romântica boba. É por isso.

— Então... Por que não me disse antes que era parente do Reece? — perguntou, magoada e um pouco mais do que irritada. — Por que me deixou acreditar que você era outra pessoa?

— Não estava na hora de contar.

— Ah, que beleza! — retrucou ela, com sarcasmo. — Me diga: quando seria a hora certa de contar?

— Não sei.

— Talvez nunca?

— Acabou não sendo assim, né?

Mais notícias boas, pensou Ava. A raiva exacerbava sua decepção com o fato de ele não ter sido sincero com ela antes.

— Então... Vamos ver se entendi. Me ajude, se eu estiver errada, tá? — disse, enquanto tentava assimilar o que Dern havia contado. — Você está dizendo que é... o tio biológico do Noah?

— Não sei. Aí está uma coisa que não posso afirmar. Você não tem certeza de que o Noah é filho dele. — Encostando o quadril na bancada, Dern passou o dedo no azulejo gasto. — Na verdade, não conheço o Reece. Nem um pouco. Não sei muita coisa a respeito dele. Ele foi criado pelo pai, que nunca vi. Eu mal tinha ouvido falar do sujeito. Minha mãe não tocava no nome dele e preferia que ninguém soubesse que havia se envolvido com ele. Acredite em mim, Ava. Eu não fazia ideia de que o Lester Reece tinha um filho. Nunca ouvi essa história. É só suposição dos policiais, certo? A única pessoa que sabia, de fato, era a Jewel-Anne.

— Mas...

— Por enquanto é só especulação.

— Não é assim sempre? — Ava olhou para a torneira, onde se formava uma gota d'água. — Meus Deus, estou cansada... de tentar adivinhar a atitude dos outros, de não saber... de tudo isso. De tudo mesmo!

— Eu sei.

Dern a fitou nos olhos e Ava sentiu um nó na garganta. Ela pensou que ele fosse tocá-la, mas o homem sabia que precisava respeitar o espaço dela. Além disso, apesar de os dois estarem sozinhos na cozinha, a casa estava lotada de gente.

Enquanto todos perambulavam pela mansão — os policiais ainda coletavam provas, conversavam entre si, falavam ao telefone e interrogavam a família —, Ava continuava tentando entender como aquilo tudo — sua vida e o desaparecimento do filho — se encaixava. Mas não se encaixava. Pelo amor de Deus, como podia? Austin Dern era meio-irmão de um dos assassinos mais cruéis do estado. Sem falar que era tio de Noah. Sério? E tinha sido contratado pelo marido na encolha. Não podia ser tudo coincidência.

— Foi por isso que você aceitou o emprego? — perguntou Ava. — Por causa do Reece? — Ela percebeu que a água continuava pingando e apertou mais a torneira.

— Foi um dos motivos. Eu suspeitava de que ele tinha voltado para a ilha.

— Por quê? Digo, ele fugiu do Sea Cliff. Por que voltaria?

— Pode ter ficado sem opção. Talvez se sentisse mais seguro aqui e tenha pensado que a polícia jamais voltaria a procurar na ilha, já que a área foi vasculhada anos atrás. Ele pode ter vindo por causa da Jewel-Anne ou por outro motivo. Quem sabe? Mas a ilha é isolada. Tem florestas extensas, nas quais qualquer um consegue se perder. É cercada pelo mar. Não é tão habitada. Ele poderia ter alguma liberdade, sem temer ser visto por muitas pessoas.

— Mas ficaria preso aqui.

— Ele está preso na própria pele.

— Sim, mas qualquer pessoa da ilha reconheceria o Reece se o visse. Ele sumiria numa cidade grande, longe daqui. Ninguém em Boston ou em Miami saberia quem ele é. Provavelmente, não dariam a mínima.

Dern assentiu, como se já tivesse cogitado os argumentos dela.

— O Reece pode ter mudado de aparência. Já faz um tempo, mas você tem razão. As poucas notícias de pessoas que o viram chamaram minha atenção, além dos boatos locais sobre ele. Ele era como o Pé Grande ou estava mesmo aqui? Achei melhor descobrir por conta própria. Foi por essas e outras que vim para cá e aceitei o emprego.

— A ilha já foi revistada.

— Como eu disse, há muito tempo. Supus que ele tivesse passado um período fora daqui. Quem sabe? Mas, por algum motivo, o Reece voltou e se sentiu seguro no mesmo lugar onde tudo começou: o Sea Cliff.

— Ele *fugiu* do Sea Cliff. Imagino que seja o último lugar no mundo no qual ele queira estar — retrucou Ava, falando baixo, pois Virginia parecia estar perto da porta, escutando a conversa ou tomando conta da parte da casa que ela considerava seu território.

— Exatamente. É o que qualquer pessoa equilibrada *pensaria*. Ele pode ter decidido tirar proveito disso.

— É muito improvável.

— Ou não. Fui ao hospital algumas vezes. Invadi a propriedade e dei uma olhada. Encontrei indícios de que alguém anda frequentando o lugar, mas não revistei todos os prédios. Algumas partes estão muito bem trancadas e não consegui arrombar. — Dern franziu a testa e contraiu a mandíbula. — Ainda.

A cabeça de Ava latejava com as notícias cada vez piores. Ainda não aceitara o fato de que Jewel-Anne e a dra. McPherson tinham sido assassinadas pelo mesmo maníaco homicida que havia matado Cheryl Reynolds, e agora Dern vinha anunciar que era parente do suposto assassino?

— Não posso lidar com isso agora.

Ava fez menção de ir embora, mas Dern a segurou pelo cotovelo.

— Você não tem opção, Ava — sussurrou, virando-a de frente para ele. Seu nariz quase tocava no dela. Seu olhar era tão intenso que Ava tinha a sensação de que ele podia enxergar sua alma. — Tem gente aqui que acha que você matou sua prima e as outras duas mulheres.

Ava sentiu um frio na barriga só de pensar que não só a família, como também a polícia, poderia abrir um processo contra ela. Um processo forte.

Só Dern acreditava nela. Sim, ele havia mentido, mas quem naquela maldita ilha não havia mentido?

— Acho que o Reece está por trás dos assassinatos. Ele não consegue se controlar. É uma obsessão. Quem sabe se não fez vítimas enquanto estava fora da ilha? Como você disse, em cidades grandes. Mas essas três mulheres, tão próximas, só podem ter sido obra dele.

Ava se lembrou da pergunta que Snyder fizera: *"Você acha que o Lester Reece se daria ao trabalho de colocar bonecas ao redor da sua prima? De degolar e pintar as bonecas?"*

— Sabe, talvez ele não seja o assassino — comentou ela.

— Sim, existe essa possibilidade, mas, se desentocarmos o Reece, poderemos descobrir isso e, talvez, acabar com toda essa maluquice.

Nisso ela acreditava. Além do mais, estava cansada de ficar parada, de deixar os policiais provarem que estava envolvida na morte das três mulheres.

— Tudo bem — disse, sentindo um pouco de adrenalina correr nas veias ao pensar que poderia, de fato, fazer alguma coisa. — Vamos encontrar o cara. Estou dentro!

— Espere aí.

— Eu vou com você.

Dern balançou a cabeça.

— Não.

— Como assim "não"? — Nada a impediria. — Você me convenceu de que o Lester Reece pode estar na ilha, então, vamos atrás dele. — Ava se aproximou ainda mais do rosto de Dern. — Assassino ou não, é o único que talvez faça ideia de onde o Noah está!

— Você não tem certeza disso — retrucou Dern, devagar.

— Não interessa! O Reece é a minha única esperança no momento.

Pensar nisso era deprimente. Ela não podia depositar todas as esperanças no assassino conhecido. Frustrada, Ava observou da janela o bando de viaturas que tinham sido transportadas para a ilha, todas reunidas perto dos portões da propriedade, com os faróis acesos, apesar de, finalmente, estar quase amanhecendo. O grupo armado era liderado por Joe Biggs. *Ai, Jesus.*

— Eles vão matar o Reece — afirmou Ava, num lampejo. — Vão matar o Reece. — Ela agarrou a camisa de Dern, enroscando os dedos no tecido gasto. — Se fizerem isso, nunca vou descobrir o que aconteceu com o Noah. Não está vendo? — Sua voz falhava por causa do desespero. — Vou perder meu filho de vez! *Preciso* ir!

— Ah, meu bem... — Suspirando, Dern envolveu Ava num abraço apertado. Ela ouviu as batidas do coração dele, sentiu seu hálito no cabelo e se achou fraca diante da força daquele homem. — Escute — disse ele, baixinho —, apenas aguente firme. A polícia só vai me deixar ir porque acho que sei onde podemos encontrar o Reece e, além disso, já fui policial. Ainda sou da reserva. Sei o que estou fazendo. Não vou atrapalhar nem causar problemas.

— E eu atrapalharia? Estamos falando do meu filho, Dern! Do meu bebê.

— E vamos trazer o menino de volta. Se pudermos.

Lágrimas ameaçavam rolar dos olhos de Ava. Finalmente, ela estava bem perto de descobrir alguma coisa e de localizar o garoto que desaparecera havia tanto tempo. Estava com o coração partido, mas não podia desabar. Nem desabaria. Detestava admitir, mas Dern tinha razão. A polícia jamais permitiria que ela fosse. Por mais que implorasse. Mas havia uma coisa que Ava podia fazer para ajudar. Devagar, reuniu forças e tomou uma decisão que já devia ter sido tomada havia muito tempo. Desvencilhando-se do abraço, andou rapidamente até o saguão e voltou com a bolsa.

— O que foi?

— Acho que posso ajudar. — Revirou a parte interna da bolsa por um segundo, abriu um compartimento fechado e pegou o chaveiro que havia encontrado. Pôs o objeto na mão de Dern. — Achei isto um dia desses. Tenho certeza de que são as chaves do Sea Cliff. Pertenciam ao meu tio e, provavelmente, abrem todas as portas.

— Por que está com elas?

— É uma longa história. Não temos tempo para isso agora. Digamos que eu tenha encontrado o chaveiro.

— Encontrado? — Os olhos dele brilharam com uma dúzia de perguntas, mas um canto de sua boca se ergueu, formando o sorriso torto que ela achava muito sexy. — Está bem. — Dern parecia prestes a fazer outra pergunta, mas mudou de ideia e encerrou o chaveiro no punho. — Obrigado.

— Apenas mantenha o Reece vivo para que eu possa achar o Noah.

— Vou fazer o possível.

— Faça melhor do que isso, tá?

Os olhos dele reluziram. Então, num gesto impulsivo, Dern voltou a segurar Ava e a puxou para perto, encaixando seu corpo no dela. Ela engasgou de emoção quando ele a beijou. Sem pressa. Com vontade. Os lábios quentes. Ava prendeu a respiração quando o beijo se aprofundou, virando uma promessa implícita. Ela fechou os olhos e bloqueou a mente para tudo que estava ao redor. Durante alguns segundos gloriosos, enquanto os dedos dele se emaranhavam nos cabelos dela e o quadril de um pressionava o do outro, com força, Ava se perdeu em Dern e se esqueceu da dor da realidade.

Prazeres proibidos invadiram a cabeça dela e, por apenas um instante, ela imaginou como seria amar aquele homem, ficar com ele.

Mas não podia.

Não naquele momento...

Nem nunca.

Como se tivesse sentido a mudança de espírito de Ava, Dern levantou a cabeça e xingou baixinho.

— Que se dane tudo isso. — Dern fitou os olhos de Ava por um instante. Depois, com o mesmo imediatismo com que a abraçou, ele a soltou. Deu um passo rápido para trás. Frustrado, passou os dedos tensos pelo cabelo. — Eu deveria pedir desculpas, mas não vou — murmurou, enquanto ela ainda sentia o calor do momento queimando nas bochechas.

— Nem eu.

Aquilo era loucura! Com tudo que estava acontecendo, ela não podia se distrair por um segundo que fosse. Desviou o olhar, estabelecendo uma distância emocional entre eles no instante em que um investigador entrou na cozinha de cara amarrada.

— Eu soube que você vai com a gente — disse ele. — Negro e 10cm mais alto que Dern, o homem mais parecia um jogador de futebol americano do que um policial. Seu crachá dizia INVESTIGADOR BENNET RAMSEY e seu semblante expressava melhor do que mil palavras que não estava disposto a aturar bobagens alheias. — Está na hora.

— Eu também vou — insistiu Ava, olhando pela janela. Estava amanhecendo. O céu se iluminava em um tom de cinza deprimente e a chuva continuava a cair.

— Me mandaram levar só o Dern — afirmou Ramsey.

— Mas conheço a ilha melhor do que ninguém! Posso ajudar. De verdade! — Desesperada, Ava tentou argumentar. — Morei aqui quase a vida toda e existe a possibilidade de o Reece saber onde meu filho está!

— Só o Dern. — Havia um pouco de compaixão nos olhos do policial, mas ele não cedeu.

— Não, é sério. Preciso ir com vocês — insistiu ela, descontrolada. Ava entrou em pânico só de pensar que seria deixada para trás e que, de alguma forma, perderia a chance de encontrar Noah. Se Reece ficasse encurralado e reagisse ou se algum policial resolvesse atirar sem pensar... — Por favor!

A expressão inabalável do investigador mostrou uma brecha.

— Vou falar com o comandante. É o máximo que posso fazer, senhora — retrucou Ramsey, amolecendo um pouco.

— Sra. Garrison? — O detetive Snyder entrou na cozinha, acompanhado de um perito criminal. — Podemos conversar?

— Eu ia com eles. — Ava apontou para o investigador Ramsey e para Dern.

— É importante.

Snyder estava com o rosto impassível, mas havia algo em seu olhar, algo um pouco mais agressivo do que antes e que lhe chamou a atenção.

Dern também reparou. Enquanto Ramsey o conduzia para a porta dos fundos, ele ergueu uma das mãos e disse:

— Só um segundo.

— Só preciso falar com a Sra. Garrison — insistiu Snyder.

Ramsey já havia aberto as portas. A tela rangeu quando ele a empurrou, deixando o ar frio invadir a cozinha.

— Se você vai com a gente, é melhor me acompanhar — avisou a Dern. — O xerife não gosta de ficar esperando.

Ava deu um passo na direção da porta dos fundos, mas Dern sacudiu brevemente a cabeça, detendo-a.

— Vou encontrar o menino — prometeu, tirando a jaqueta de um gancho próximo à varanda. — Se o Reece estiver com o Noah ou souber o paradeiro dele, vou encontrar o menino.

— Mas...

— Ava, por favor. Confie em mim.

Então, antes que ela começasse a argumentar, ele se foi. Passou pela porta e deixou a tela bater ruidosamente.

Ava sentiu uma parte dela indo embora com Dern.

Agarrou-se com todas as forças à promessa dele, mas sabia que podia ser vazia. Durante o acerto de contas com Reece — caso acontecesse mesmo —, Dern não teria controle da situação. Além disso, apesar dele não ter proferido as malditas palavras, Ava percebeu que Dern, assim como quase todo mundo, acreditava que Noah estava morto.

Pela janela, ela observou os dois homens correrem para o estábulo, no qual os agentes — alguns a cavalo, outros com cães e mais tantos em veículos com tração nas quatro rodas — haviam se reunido. Os faróis brilhavam na escuridão enquanto policiais com capas de chuva — e as armas à mostra — se dividiam em pequenos aglomerados. Alguns fumavam, dois falavam ao celular e um terceiro segurava as guias de três cachorros.

Seria possível? Depois de tanto tempo, realmente encontrariam Lester Reece na ilha?

Ramsey e Dern se juntaram ao grupo e, ao que parecia, fizeram apresentações breves.

Ava sentiu a garganta fechar e os nervos a ponto de arrebentarem ao pensar que, além do risco de nunca mais ver o filho, também podia perder Dern. Uma vez que ele localizasse Reece e o levasse à Justiça, não teria mais motivos para ficar na ilha.

— Sra. Garrison? — Snyder de novo, com a voz mais incisiva. — Pode me acompanhar, por favor?

— Sim... Claro.

— Até o andar de cima.

Ava ficou tensa só de cogitar a hipótese de ter que olhar para o corpo de Jewel-Anne novamente. Até então, não tinha visto ninguém levar para o térreo o saco com o cadáver, portanto, supôs que estivesse sendo analisado. Ela tremou só de pensar.

— Por aqui — disse Snyder, quando Ava chegou ao topo da escada e virou na direção da ala que a prima ocupara. Em vez disso, o detetive a levou para o quarto dela.

Por quê?

Então a ficha de Ava caiu. Ela era a principal suspeita, a pessoa que havia encontrado o corpo, a integrante da família que tinha motivos de sobra. Seu coração acelerou um pouco.

O quarto estava uma bagunça. Haviam espalhado um pó preto em todas as superfícies para obter impressões digitais. A cama estava desmontada, sem os lençóis. Haviam separado a estrutura de molas e o colchão, que estava de lado, perto de uma parede.

— O que está acontecendo aqui? — perguntou Ava, com o coração a mil. Fosse o que fosse, não era bom.

— Gostaríamos de saber o que tem a dizer sobre isso. — Snyder apontou para a cama dela, onde se via uma mancha marrom avermelhada na estrutura de molas. Entre 18cm e 20cm de comprimento por 3 cm de largura...

Santo Deus, o que...?

Ava olhou na direção do colchão que estava de lado e que, obviamente, exibia uma mancha parecida. Era óbvio que alguém havia enfiado algum objeto entre os dois. A pulsação da moça disparou.

— O quê? — murmurou Ava, tomada por uma nova onda de pânico quando entendeu a situação. A mancha só podia ser de sangue seco e tinha o formato inconfundível de uma faca comprida. O estômago dela embrulhou.

— Meu Deus do céu — sussurrou e olhou para Snyder, que segurava uma sacola plástica.

Dentro da sacola estava a faca que faltava. A lâmina de serra, afiada e letal, estava suja de sangue.

De sangue da Jewel-Anne!

Os joelhos de Ava bambearam e ela teve que se equilibrar recostando-se na cômoda. Obviamente, os policiais achavam que aquela tinha sido a arma usada para cortar a garganta de Jewel-Anne. O estômago dela deu um nó e Ava sentiu a náusea borbulhar só de pensar na lâmina horrenda rasgando a carne da prima. Correu para o banheiro e vomitou no vaso sanitário. Uma vez. Duas vezes. A barriga se contraía e lágrimas ardiam em seus olhos enquanto seu cérebro era invadido por imagens da prima deficiente sendo atacada. Voltou a fazer força, mas o estômago estava vazio. Só a bile amarga espirrou no vaso sanitário. Será que Jewel-Anne conhecia o agressor? Estava na cara que o assassino sabia o quanto a garota gostava das bonecas idiotas. Mas quem...? Ava sentiu o tempo passar enquanto se agarrava à louça do vaso. Viu gotas de suor escorrerem pelo nariz e pingarem na água turva.

— Sra. Garrison? — Snyder de novo. Parecia estar a quilômetros de distância, quando, na verdade, se encontrava de pé, na porta.

Por fim, o estômago de Ava se acalmou. Depois de dar descarga, ela se deteve na pia, lavou a boca e observou o próprio reflexo no espelho. Rosto pálido. Cabelo despenteado. Olhos assustados.

Que droga.

Não era culpada!

Ainda com as pernas trêmulas, ela entrou no quarto e viu que a séria parceira de Snyder havia se juntado a ele.

— Desculpa. — Ava se concentrou na sacola que ainda estava na mão do detetive. Pelo plástico, dava para ver a faca ensanguentada. — Isso — ela apontou para a sacola — não é meu. Essa faca... Não sei como veio parar aqui, no meu quarto.

Obviamente, Lyons estava cética.

— Temos que fazer mais algumas perguntas, sra. Garrison, mas é melhor responder na delegacia.

O quê? Não!

— Esperem. Eu... Não posso sair daqui. Não agora. A equipe de busca está procurando o Lester Reece e o meu filho...

Ava perdeu a voz quando percebeu que ninguém estava pedindo sua permissão. Eles pensavam que ela podia ter matado Jewel-Anne e, provavelmente, as outras duas mulheres. Aquilo era ridículo. Por que ela faria algo tão medonho? Por que cometeria assassinatos tão cruéis e maliciosos?

Porque eles acham que você é maluca. Homicida. Possivelmente, suicida também, e todos os outros "idas" que existem.
Lembre-se: a Cheryl Reynolds e a Evelyn McPherson sabiam todos os seus segredos. Você não acusou a boa e velha dra. McPherson de ter um caso com o seu marido? Não tentou demitir a psiquiatra? É. Foi isso mesmo. Tentou, sim. Todo mundo sabia a sua opinião sobre ela. Você não foi a última a ver a Cheryl Reynolds com vida? Pode ter dito alguma coisa e se arrependido depois... Hein? E ainda teve outro pequeno detalhe: você quase jogou sua prima querida do corrimão anteontem. Todo mundo aqui, no Portão de Netuno, sabe o quanto você desprezava a garota e como uma não suportava a outra. Aí você descobriu que ela era a mãe biológica do Noah. Você surtou, Ava. É o que todos pensam. Você perdeu a cabeça e se transformou numa fera assassina. Agora eles estão com a faca, a arma do crime. Encare os fatos, Ava: você está ferrada. Seja quem for o criminoso, foi muito esperto e fez de tudo para você ser a primeira e, talvez, a única suspeita.
Lester Reece — o Vigarista Reece —, os policiais... Todo mundo vai achar que foi você.

Mais uma vez, Ava sentiu o estômago revirar e quase vomitou o que não tinha só de pensar na emboscada em que caíra. Estava com a respiração curta, e o medo lhe subia pela espinha. Aquilo, o fato dos policiais a levarem para a delegacia, no continente, era só mais uma etapa do plano elaborado que alguém havia armado para destruí-la.

Quem?
Por quê?

— Eu... — Ava ia negar tudo, pôr para fora o que estava pensando, dizer a eles que alguém estava manipulando tudo que acontecia com ela, mas percebeu que, se começasse a discutir naquele instante, daria razão a todo mundo que a chamava de paranoica. Os dois agentes a encaravam, e até o perito, que vasculhava as gavetas com cuidado, olhou para ela por cima do ombro. *Fique calma! Eles estão analisando você com lentes de microscópio, só esperando que cometa um erro!* — Eu... — Pigarreando, Ava fitou os olhos de Snyder. — Vou buscar meu casaco.

CAPÍTULO 44

A equipe de busca chegou ao hospício abandonado assim que começou a ventania que carregou a chuva e varreu o mar, bem ao longe do rochedo que inspirara o nome do Sea Cliff. A cavalo, a pé levando cães, em veículos com tração nas quatro rodas e até em helicópteros — além de vários barcos da delegacia posicionados na baía, caso Reece resolvesse mergulhar na maré congelante —, a polícia cercou o hospital.

— Desta vez, ele não vai escapar. Não comigo no comando! — anunciou Biggs, enquanto o vento quase lhe arrancou o chapéu da cabeça e as ondas quebravam no litoral.

O grupo havia se reunido do lado de fora dos muros do Sea Cliff, onde o xerife pretendia ficar enquanto a equipe de busca se espalhava pelo complexo. Os policiais do xerife não estavam sós. Também contavam com as tropas da Patrulha Estadual de Washington e com o Sistema de Rastreamento de Investigação de Homicídios, mais de doze agentes e Dern, todos à procura do fantasma de um homem.

De início, o xerife determinara que Dern aguardasse do lado de fora. No entanto, como o homem havia elaborado a teoria da localização de Reece, conhecia o hospital, havia encontrado indícios de que alguém estava morando no prédio e, de alguma forma, conseguira as "chaves do castelo", como Biggs chamava, teve permissão para entrar. Além do mais, Dern era ex-policial e continuava na reserva.

— Apenas não atrapalhe — resmungou Biggs, com o rosto vermelho e ardido por causa do frio e a jaqueta apertada ao redor da barriga. — Nós cuidamos de tudo.

Dern segurou a língua. Se, de fato, a equipe de Biggs "cuidasse de tudo", demoraria uma eternidade e ainda precisariam da ajuda dele. Além disso, Dern suspeitava de que, se tudo desse errado, a imprensa ficaria em polvorosa com a história e ele seria o bode expiatório.

O show era de Biggs.

Negaram-lhe uma arma. Dern recebeu apenas um colete e uma jaqueta que o identificava como policial, além de instruções para permanecer atrás, enquanto um investigador destrancou os portões e a equipe de busca se dividiu em dois grupos. Um começou pelas casas e pelas construções externas. O outro, do qual Dern fazia parte, iniciou a caçada no hospital.

— Ouvi dizer que você é irmão do Reece — disse uma policial, quando eles se aproximaram da entrada principal.

— Meio-irmão. Não conheço o sujeito.

— Mesmo assim. — Ela olhou para ele. — Que droga.

Dern não fez comentários. Com mais quatro agentes armados, eles vasculharam o edifício abandonado. Ninguém pronunciou uma palavra enquanto passavam por corredores e banheiros desativados, nos quais a ferrugem era evidente e as aranhas se recolhiam dentro das rachaduras escuras. Subiram as escadas, percorreram corredores vazios e passaram por quartos individuais no andar no qual Reece ocupara um quarto com vista direta para o Portão de Netuno.

Nem sinal do homem, obviamente.

Teria sido fácil demais.

Revistaram o telhado.

Estava vazio. Faltavam telhas, havia alguns canos quebrados e uma chaminé perfurava o céu nublado.

Mas nem sinal de Reece.

Só restava o subsolo.

— Se ele estava aqui, já deve ter se mandado — resmungou um dos investigadores, um rapaz grandalhão e sem pescoço.

— Merda de busca inútil — reclamou outro agente. Esse era baixo, magro e definido. Tinha a pele rosada e olhos pequenos e desconfiados.

O grandalhão bufou.

— O Biggs vai falar pelos cotovelos se a gente não achar o elemento.

— Calem a boca! — ralhou uma policial.

Todos ficaram quietos. Usando lanternas potentes, revistaram os corredores subterrâneos. Estreitos, escuros e lembrando um labirinto, os túneis interligavam todas as seções do complexo. Em algumas áreas, o concreto havia rachado, permitindo o acúmulo de água. Outras partes estavam extremamente secas e cobertas de poeira, que fez o nariz de Dern entupir. Arranhões de unhas minúsculas indicavam que não estavam sozinhos. Ratos e camundongos — ou sabe Deus mais o quê — residiam nas entranhas cheias de teias da velha instituição. Contudo, a equipe não encontrou pegadas nem outros indícios da presença recente de algum ser humano naqueles corredores retorcidos.

No entanto, a busca era angustiante. Dern estava com a pulsação elevada, os olhos atentos, os músculos tensos e desejava, por tudo que era mais sagrado, que tivessem permitido que levasse uma pistola.

Revistaram um cômodo que Dern não conseguira arrombar. A investigadora, usando as chaves de Crispin Church, abriu a porta, que cedeu sem fazer barulho. Assim que entraram na grande sala de máquinas, a temperatura e o cheiro do ambiente indicaram que a situação havia mudado.

Dern percebeu que o grandalhão puxou a arma do coldre, mas supôs que o policial era inteligente o bastante para só disparar a pistola Glock se não tivesse escolha. Balas ricocheteando eram bem mais perigosas do que o assassino.

As lanternas iluminaram a área, onde enormes dutos de calefação chegavam ao teto e uma pesada tubulação de água subia pela parede. Havia caixas de passagem elétrica perto de lixeiras gigantescas, e várias caldeiras inutilizadas se encontravam ao lado do que um dia fora um incinerador ativo. As portas de ferro estavam pretas e a chaminé continuava de pé.

O lugar estava silencioso. Nenhum som foi produzido enquanto a equipe se espalhava com armas em punho e os nervos à flor da pele. Dern preparou os ouvidos, mas não escutou nada além do próprio coração disparado e dos outros policiais que se deslocavam pela região.

Com cuidado, ele contornou uma caldeira. Ali, bloqueado pela fornalha enorme, havia um acampamento, supostamente de Reece. *Peguei você, seu filho da mãe!* Dern fez sinal para uma investigadora, que direcionou a lanterna para um saco de dormir imundo, um fogareiro, roupas e lixo espalhado num canto. Também havia dois baldes: um com água limpa e outro sujo de dejetos.

Mas nem sinal de Reece.

Revistaram o lugar.

— Ele foi embora — afirmou um policial, com voz de repulsa. — Sumiu no vento.

— Parece recente — declarou outro homem, balançando a cabeça.

Dern tocou no fogareiro.

— Ainda está quente.

— Aonde ele pode ter ido? — Outro agente iluminou as paredes com a lanterna. — Parece que só existe um jeito de sair daqui.

— Pela tubulação da calefação — disse um policial.

— Os dutos sobem direto. Ele não teria como escalar as chapas de metal e os dutos nem são grandes o bastante. O Reece tem mais de 1,80 m.

— Merda!

Dern observou a sala, que mais parecia uma caverna. Olhou para o teto, até que, por fim, se deteve no incinerador. Era óbvio que já haviam revistado a parte interna, mas havia alguma coisa estranha ali. A grande fornalha parecia fora do lugar e havia um pouco de cinza no chão, do lado de fora. Dern abriu a porta de novo, mas o compartimento estava vazio. Iluminou a parte de cima com a lanterna e percebeu que havia uma escada interna que devia ser usada para a limpeza da chaminé.

— Ele está no telhado! — Dern já estava correndo para a saída.

— Ei! — berrou o grandalhão. — Já procuramos lá em cima.

— Eu sei, mas ele ouviu a gente e esperou. Depois, entrou no incinerador e usou a escada. Ele está no maldito telhado!

Em vez de esperar pela discussão subsequente, Dern disparou escada acima. Ouviu o barulho de botas atrás dele e até um ou dois palavrões, mas continuou correndo, subindo os degraus de dois em dois e torcendo para que, pelo menos, dois policiais subissem a escada do incinerador.

— Ele vai ficar encurralado lá em cima! — berrou alguém atrás de Dern, quando ele alcançou o primeiro andar.

— A não ser que ele resolva pular!

— Meu Deus! Bom, ele não sobreviveria. Seria bem-feito para o desgraçado e o estado economizaria uma grana preta!

Subindo dois degraus de cada vez, Dern passou voando pelo segundo andar, pelo terceiro e chegou ao acesso do telhado. Estava trancado. Reece devia ter trancado pelo outro lado.

— Miserável! — murmurou Dern.

O rapaz segurou nos corrimões da escada, balançou o corpo e, dando impulso, chutou a porta com toda força.

BAM!

O batente se despedaçou e a porta se escancarou, dando pancadas barulhentas quando uma rajada de vento desceu uivando pela escada. Ouvindo o estrondo dos passos do grupo de policiais que vinha atrás dele, Dern ficou em pé e se alavancou para o telhado. Mais uma vez, desejou estar armado ao contornar a escada devagar e se dirigir ao perímetro do prédio. Vasculhou o local com os olhos enquanto resistia ao vento uivante e à chuvarada.

— Que porra é essa? — perguntou alguém que vinha atrás.

Dern se virou e viu o rosto perturbado do grandalhão.

— Ele não está aqui! Fugiu do maldito galinheiro. Estou dizendo.

O investigador já estava apanhando o celular para dar a má notícia ao xerife. Dern virou de costas e olhou para o Sea Cliff. Dali, dava para ver o terraço abalaustrado do Portão de Netuno e, com os olhos da mente, o rapaz visualizou Ava descendo pela saída de incêndio.

Assim como esta porcaria de lugar!

Tudo fez sentido. Antes, ele tinha visto a escada do lado sul da ilha. Agora tinha atravessado o telhado encharcado, até chegar à beirada do prédio. Duas alças idênticas, presas ao parapeito, se conectavam ao corrimão da saída de incêndio. Com cuidado, Dern olhou por cima do parapeito.

Dois andares abaixo, agarrado aos corrimões enferrujados para se salvar, com o corpo açoitado pela ventania que assolava a ilha, estava o Maldito Lester Reece. Percebendo a presença de Dern, o homem olhou para cima só por um segundo.

— Olá, irmão — disse Dern, mas o sujeito desesperado, que estava bem mais abaixo e olhava para cima com cara de pânico, não conseguia ouvi-lo por causa do estrondo da arrebentação e do barulho do vento.

Por cima do ombro, Dern berrou:

— Ei! Aqui em cima!

Reece começou a descer depressa, mas com dificuldade.

O grandalhão, a passos lentos e pesados e seguido por mais dois investigadores, apontou a lanterna para as paredes externas imundas e viu o rosto do assassino, que voltou a olhar para cima. Havia terror nos olhos de Reece.

— Acho bom estar com medo, seu filho da mãe — provocou o grandalhão. — Você agora está na nossa mira!

O policial ia passar um rádio para os agentes que estavam no chão quando Dern subiu na escada de incêndio.

— Pare! Que diabos você pensa que está fazendo? — perguntou o grandalhão. — Ei!

Dern não quis saber de desculpas esfarrapadas do tipo "isso é com a polícia". Em vez disso, desceu depressa os degraus escorregadios. Ele se lembrou de Ava na saída de incêndio e de como ela havia entrado num andar mais baixo. Não correria esse risco com Reece. E se o sujeito tivesse uma rota de fuga? Um caminho que a polícia teria dificuldade de encontrar? Ele podia entrar por uma janela, tomar uma escada dos fundos e desaparecer de novo. Também podia tentar pular.

De um jeito ou de outro, Dern estava no encalço dele.

— Pelo amor de Deus! — Dern ouviu o grandalhão falar em meio ao barulho das ondas e sentiu a escada balançar um pouco. Pressupôs que o policial gigantesco estivesse indo atrás, mas não olhou para cima. Continuou observando Reece enquanto descia, de um em um, os degraus da escada enferrujada.

Reece desceu feito um esquilo pela saída de incêndio. Ele era ágil e rápido, e o grupo de policiais que Dern achou que fosse aparecer no pátio, uma vez que o grandalhão havia passado um rádio, não havia chegado quando Reece, na base da escada, pulou para o chão.

— Merda! — Lá de cima, o grandalhão vira o criminoso escapar.

Dern se apressou, torcendo para que os malditos policiais e os cães surgissem naquele pedaço do gramado, mas, quando chegou ao primeiro andar, nenhum agente havia aparecido e Reece fugiu por uma trilha escorregadia, bifurcada e tomada por ervas daninhas. Um caminho levava para a cerca e para um portão que dava acesso à parte da frente do prédio. O outro terminava na baía.

O cretino do Reece se dirige ao mar aberto.

— Que ótimo! — resmungou Dern.

Usando as mãos e a gravidade, o rapaz liberou os pés e escorregou pelos últimos degraus, até cair no chão. A queda foi dura e ele torceu o tornozelo, mas, um segundo depois, já estava de pé à procura do irmão psicopata. Não podia perdê-lo de vista agora. Não depois de tanto tempo e das promessas que fizera à Ava e à mãe. Também não deixaria os policiais atirarem primeiro e perguntarem depois. Dern correu cada vez mais rápido, com o vento frio queimando seus pulmões. Fixou o olhar na cabeça de Reece enquanto ambos voavam pelo caminho escorregadio e coberto por ervas daninhas, que entremeava pedras e moitas de capim-da-praia. Dern ouviu gritos vindos de trás. Finalmente, a polícia estava chegando.

Onde diabos estão os cachorros?

O rapaz esperava que os cães passassem por ele a galope, disparando atrás do cheiro da presa, mas até então nada havia acontecido. Deviam estar presos do outro lado da cerca ou ocorrera outro contratempo.

Não se preocupe com essas merdas de cães. Pegue logo o canalha!

Reece, tão escorregadio quanto as pedras molhadas do promontório, conhecia a região melhor do que ninguém.

— Você não vai fugir, desgraçado — disse Dern, com os olhos fixados no homem que perseguia e, em silêncio, xingando o xerife, que não tinha lhe dado uma arma. A cada descida e curva que o caminho fazia, Reece desaparecia por um segundo e Dern temia que o sujeito mudasse de direção, sumisse no meio do capim-da-praia, achasse uma enseada escondida ou mergulhasse no mar.

— Polícia! Pare! — Dern ouviu alguém gritar atrás e rezou para que não atirassem. Ele estava com a jaqueta de policial, mas aquilo não garantia sua segurança e, além do mais, queria Reece vivo.

Dern continuou a correr. As botas escorregavam na lama e a porcaria do tornozelo começava a latejar. Mesmo assim, pouco a pouco, ele estava diminuindo a distância. Reece estava 5m à frente, mas reduzia o passo. Logo, logo, a diferença caiu para 3m. Depois, para 1,5m.

Ele conseguia ouvir a respiração ofegante do irmão à medida que reduzia o ritmo.

— Reece! Desista! — gritou Dern.

O meio-irmão lançou um olhar arregalado e furtivo sobre o ombro, murmurou algo ininteligível, meteu a mão no bolso da calça jeans e continuou correndo na direção do mar. Será que pensava que conseguiria fugir a nado? Sumir no oceano antes de se afogar ou morrer de hipotermia?

Não podia ser!

Os policiais gritavam. Dispararam um tiro de alerta.

Mas Reece não diminuiu o passo. A meio metro do mar revolto, parecia prestes a mergulhar.

Reunindo todas as forças, Dern se jogou.

Reece girou.

Estava com uma faca na mão. Com um sorriso sádico contorcendo seu rosto estreito, chegou a fazer cara de alegria.

— Venha, imbecil. Venha logo! — disse Reece quando Dern caiu em cima dele e o homem magricela enfiou a faca no peito do irmão. O ar escapou dos pulmões de Dern quando, juntos, os dois rapazes tombaram na areia. Reece tentou se desvencilhar e atacou Dern várias vezes, empurrando a faca com força. — Morra, babaca! Morra!

Dern se atracou com o maníaco, usando todas as táticas que havia aprendido no exército, mas o meio-irmão era ardiloso e estava cheio de adrenalina, lutando pela vida, com a faca sempre apontada para Dern.

Agarrados, os dois rolaram para o mar. A chuva caía, os passos causavam estrondo e dava para ouvir vozes de homens gritando em meio ao barulho das ondas.

Dern se contorceu e se esquivou, agarrou os braços do homem e, por fim, usou as pernas para virar Reece de bruços, tentando escapar do golpe fatal da faca do maníaco.

Um jato gélido de espuma do mar se espalhou sobre eles enquanto os dois lutavam. Dern engasgou com a água salgada que lhe invadiu o nariz e a boca. Devagar, mas certeiro, o rapaz forçou a mão de Reece para trás, cada vez mais para longe, até o homem mais velho se contorcer de dor. Mesmo assim, não desistiu de atacar. Outra onda acertou os dois.

Reece berrava como um porco apunhalado. Engasgava, tossia e cuspia areia e água salgada.

Dern torceu mais um pouquinho. Dessa vez, sentiu o tendão estalar.

Urrando de dor, Reece soltou a faca.

— Eu devia matar você, seu merda! — esbravejou Dern.

— Pegamos! — gritou o grandalhão.

Dern não se mexeu. Estava montado no prisioneiro, sem soltá-lo, e sentiu o frio ártico depois de ser atingido por outra onda forte. Por fim, mais quatro policiais chegaram e apontaram as armas para Reece.

— Eu disse que pegamos o elemento — repetiu o grandalhão ao telefone, afastando Dern para algemar o prisioneiro derrotado que tossia.

— Pegaram mesmo — comentou Dern, congelando, com areia e água salgada grudadas na pele, o cabelo emplastrado e o colete, que o havia salvado dos raivosos golpes de faca de Reece, apertando seu corpo. Tremendo, olhou para o monstro que havia matado tantas pessoas. Um psicopata que tinha o sangue de Dern correndo nas veias.

Uma vez algemado e de pé, Reece, ainda cuspindo areia, encarou Dern. A calça jeans e a jaqueta imundas estavam largas demais nele, e seu cabelo, que era louro, agora estava molhado, batia nos ombros e exibia fios grisalhos. Os olhos pretos se contraíram um pouco, como se alguma lembrança lhe tivesse invadido o cérebro.

— Quem diabos é você?

Dern não respondeu. Não daria esse gostinho ao babaca, pois aquele maníaco homicida, não importava o que dissessem, não era irmão dele. Se Reece descobrisse quem Dern era, tudo bem. Sem dúvida, saberia pelos policiais, mas Dern não daria ao psicopata o prazer de uma resposta.

— Eu perguntei quem diabos é você! — berrou Reece, quase espumando de raiva em busca da verdade.

O grandalhão bufou.

— Acho que ele é o seu pior pesadelo, Reece. Porém, é isso que você representa para nós.

Dern, mancando um pouco, acompanhou os agentes e o prisioneiro pelo caminho até o hospital, onde Biggs e mais um bando de policiais aguardavam. Todos os olhares se detiveram em Reece, e Dern percebeu o alívio, e até mesmo a alegria, que emanava do grupo encharcado. Os cães ganiam, alguns tiras contavam piadas, enquanto outros falavam ao telefone, fumavam ou mandavam mensagens de texto.

Depois de acorrentado, o prisioneiro foi empurrado para um carro que estava à espera. Biggs já sorria de felicidade. O homem mais odiado da história do estado de Washington tinha sido capturado sob o comando dele e, sem dúvida, o xerife gorducho já estava pensando num jeito de tirar proveito político da situação. Não que isso importasse. Reece ficaria atrás das grades e seu reinado de terror seria interrompido. Reba poderia descansar.

Dern localizou o xerife e abriu caminho entre alguns policiais que estavam discutindo a próxima medida a ser tomada.

— Só um segundo — disse Biggs a um dos investigadores, interrompendo-o ao se voltar para Dern. A chuva escorria da aba do chapéu, mas ele sorria de orelha a orelha, obviamente se sentindo responsável pela façanha do século. — Você precisa de alguma coisa?

— Sim. Quero falar com o Reece.

O xerife riu.

— Você e 1 milhão de pessoas.

De pé, na chuva, cara a cara com Biggs, o tornozelo latejando e a carne quase congelando, Dern não estava para brincadeiras.

— Preciso falar com ele. Sem mim, vocês não teriam prendido o sujeito. Eu trouxe vocês até aqui e derrubei o cara. Quero falar com ele.

— Reconheço que você foi fundamental para a captura do Reece, mas não posso...

— É claro que pode, xerife. — Dern quase insinuou que o homem não tinha colhões, mas segurou a língua. No entanto, deve ter passado a mensagem por telepatia, pois Biggs bufou e pareceu mudar de opinião.

— É o seguinte: vou ver o que posso fazer. Enquanto isso, peça para os paramédicos examinarem o seu tornozelo.

— Que se dane o meu tornozelo! Preciso falar com ele agora!

O sorriso de Biggs esmaeceu.

— Não dá, filho. Tem gente muito mais importante do que você na fila. Você teve a sua chance quando bancou o valentão e atrapalhou os policiais.

— *Eu* achei o Reece.

— É, é, eu sei — admitiu Biggs. — Ouça, talvez você tenha outra chance mais tarde, na delegacia. Mas os agentes federais estarão lá, então, não posso prometer nada. É isso. É pegar ou largar. — E foi embora. Sem nem dizer "obrigado".

Desgraçado!

Fervilhando de raiva, Dern ignorou a dor do tornozelo e decidiu "pegar", enquanto observava a saída do veículo que carregava Reece algemado e acorrentado. O prisioneiro seria levado de volta à marina de Monroe para, de lá, ir de barco até o continente.

— Por aqui! — avisou o grandalhão, que surgiu por trás de Dern e lhe deu um tapinha nas costas. — Vou levar você ao pronto-socorro para cuidar desse tornozelo.

— Me leve para a delegacia.

— Mas...

— Não discuta comigo, tá? O tornozelo é meu.

— Concorde, Orvin — ordenou a policial, revelando o verdadeiro nome do grandalhão. — É o mínimo que podemos fazer.

— Ai, merda. O Biggs não vai gostar.

— Ele nunca gosta de nada — retrucou a policial. — Bom, o que está esperando? Entre! — disse ela, dirigindo-se a Dern e apontando para um carro.

Orvin se acomodou ao volante do Jeep da delegacia e Connie, a investigadora com quem Dern conversara antes, se sentou no banco do carona. Os policiais ofereceram a ele o banco de trás, uma toalha e um cobertor. Dern entrou no carro e os três seguiram o comboio que se dirigia a Monroe, onde a barca tinha sido requisitada para fazer várias viagens ao continente. O clima era de alegria. Os agentes se entretinham trocando versões da captura enquanto aguardavam para serem levados a Anchorville.

Sentado no Jeep, à espera da próxima barca, Dern apanhou o celular no bolso da jaqueta. Cheio d'água e coberto de areia, o aparelho nem ligava.

— Que maravilha.

— Pode ser que seque — disse Connie, que observou quando Dern tentou usar o celular. — Enquanto isso, pode ligar do meu.

— Você tem o número da Ava Church?

— Não — respondeu ela, balançando a cabeça. — Mas tenho certeza de que a gente descobre quando voltar para a delegacia.

— Deixe para lá.

Ava ainda devia estar na delegacia e ele tentaria entrar em contato com ela quando chegasse. Pelo menos, lá, com Reece acorrentado, Ava estava a salvo. Por mais surpreendente que parecesse, Dern se sentia aliviado. Agora, talvez, ela pudesse encontrar um pouco de paz. Pararia de ter alucinações com o filho, de mergulhar na baía e de subir no maldito telhado de madrugada. Com a tramoia de Jewel-Anne revelada e extinta e Reece sob custódia, Ava, por fim, poderia retomar a vida.

Por que cargas d'água você se importa? Ela continua casada com aquele imbecil. Não é?

E isso era um problema. Um problemão. Admitindo ou não, ele estava apaixonado por Ava. Olhou pela janela embaçada do Jeep e, baixinho, se xingou de todos os nomes. A mulher era casada, tinha um histórico de problemas mentais, era obcecada por uma criança que, provavelmente, estava morta, já havia tentado se suicidar, acreditava em conspirações, era chegada numa paranoia e tinha a língua afiada quando se irritava, e isso acontecia com frequência.

Não era exatamente uma garota apaixonante.

— Ei, ela está chegando — disse Connie, apontando para uma barca que atravessava a baía devagar. — Agora falta pouco.

Ela estava enganada. O veículo demorou mais uma hora e meia para chegar a Anchorville, onde a notícia da captura de Reece já havia se espalhado pelas lojas, restaurantes e escritórios. Na marina, havia uma multidão trocando histórias, tentando obter informações com a polícia quando a barca atracou e os carros oficiais abriram caminho pelas ruas estreitas que levavam à delegacia.

Apesar da tempestade que assolava com fúria a região, a imprensa aguardava ansiosa. Havia vans de canais de TV, repórteres e câmeras, além de equipamentos via satélite que começavam a ser montados perto dos degraus dos escritórios da delegacia. A multidão de curiosos não parava de crescer. Pessoas protegidas por capas de chuva e chapéus, aglomeradas debaixo de árvores ou em veículos, esperavam dar uma olhadinha no criminoso mais infame da região.

É meio que um circo midiático doentio, pensou Dern, apesar de não ter um pingo de empatia pelo homem detido. Tampouco sentia algum vínculo fraternal latente. Reece era um assassino condenado. Ponto final. Quanto mais cedo Dern passasse por toda a burocracia e descobrisse o que o irmão sabia, mais cedo poderiam trancafiar o canalha e jogar a chave fora, pois ele não dava a mínima.

Joe Biggs, por outro lado, estava adorando a comoção. Todo sorridente, saiu do carro e, em vez de entrar pela porta dos fundos, se dirigiu para o topo do curto lance de escada. Radiante, deu uma entrevista breve aos repórteres e, com orgulho, declarou, em mais de um microfone externo:

— Finalmente, pegamos o Reece!

Apesar do tempo feio, o xerife Joe T. Biggs estava, de fato, bem à vontade. A multidão aumentava do lado de fora da delegacia. Dern, que havia corrido para dentro do prédio, analisou a produção através de janelas salpicadas pela chuva. De acordo com umas poucas perguntas feitas às pressas, tudo indicava que a maioria dos moradores de Anchorville estava decepcionada com o fato de Reece não ter se escondido e surgido de repente, atacando com toda força. O homem era um criminoso, um assassino, mas também havia se tornado parte dos atrativos da comunidade. Era odiado e, ao mesmo tempo, idolatrado. Se, por um lado, uma grande porcentagem da população da cidadezinha ficaria mais tranquila com a captura do psicopata que causara estragos tão chocantes alguns anos antes, por outro, havia um punhado de moradores que odiaria ver o mistério solucionado e a lenda destruída.

Dern estava feliz com o fim da missão, mas nervoso por não poder ficar cara a cara com o sujeito. Só queria ter alguns minutos a sós com Reece, mas Biggs anunciou que ele teve sorte de conseguir autorização para permanecer na sala de observação, da qual poderia assistir ao interrogatório por um espelho falso. Não fazia diferença o fato de Dern ter liderado a busca, fornecido a informação que levou à captura de Reece, ser reserva da polícia ou mesmo ser parente do prisioneiro. Joe Biggs se manteve firme. Aquele momento era da delegacia.

— Tem sorte de eu deixar você chegar tão perto — disse ele a Dern antes de voltar para conversar com a porta-voz, a fim de saber se o governador havia ligado para parabenizá-lo.

Contrariado, Dern ficou no escuro, observando pelo espelho falso enquanto Lester Reece, do outro lado, era entrevistado por uma investigadora que não reconheceu. A mulher se apresentou ao prisioneiro como detetive Kim. Com menos de 1,62m de altura, a mulher era pequena, mas tinha cara de durona. Com óculos sem aro, cabelo preto e curto e o queixo erguido, mostrando determinação, ela começou a fazer perguntas.

Reece não estava a fim de colaborar.

Apesar da tranquilidade da policial, o prisioneiro estava sentado na cadeira de um jeito hostil, com os braços cruzados e os olhos faiscando de ódio.

— Estou dizendo que não fui eu — repetiu ele pela quinta vez. — Não matei nenhuma dessas mulheres. Caramba, eu nem conhecia duas delas! Vocês só estão querendo jogar a culpa em mim porque é mais fácil do que descobrir o verdadeiro assassino!

A detetive estava calma. Escutava. Fingia concordar, mas persistia.

— Você pode me perguntar a mesma coisa mil vezes e a resposta não vai mudar. Não matei nenhuma delas.

Reece estava ficando agitado, deixando à mostra os dentes amarelos. Os lábios sem sangue se curvaram num rosnado sob a barba grisalha. Ele olhou para o espelho como se soubesse que Dern estava assistindo.

— E em relação ao Noah Church?

— Quem?

— O garoto que desapareceu da ilha há uns dois anos.

— O que tem ele?
— Você sabe o que aconteceu com o garoto?
— O quê? Você pirou? Não, porra! Não tive nada a ver com isso. Nada! — Reece foi veemente.
— O que você sabe a respeito? — perguntou a detetive, com calma.
— Eu já disse: nada!
— Você é o pai biológico dele?
— O quê? — Perplexo, sacudia a cabeça com violência, balançando o cabelo longo e desgrenhado enquanto negava. — Merda, não! Mas que porra está acontecendo aqui?
— Mas você se envolveu com a Jewel-Anne Church?
— Eu *conheci* a garota. Sim, no hospital. Mas não *comi*. *Grande* coisa! Jesus Cristo! Vocês são doentes!
— Por que não?
— O quê? Por que não transei com ela? Caramba, porque eu não quis. Não lá, no hospital. O coroa dela me mataria ou faria coisa pior. — Reece mudou de expressão e lançou um olhar dissimulado para o espelho. — Mas bem que ela queria. Queria dar para mim. Vivia me provocando. — Com os olhos reluzentes, fez que sim com a cabeça. — Ela se exibiu para mim algumas vezes. Me mostrou os peitos. Eram bonitos, por sinal.
— Mas você não...
— Eu já disse que não, cacete! Do que você precisa? De um exame de DNA? Vamos fazer! — Um músculo se contraía descontroladamente sob a barba dele. — Posso ser louco, mas nem tanto!
— Dá na mesma.
— Escute aqui, sua escrota — disse Reece, explodindo de raiva enquanto Dern e outras seis pessoas assistiam a tudo pelo vidro —, eu *não* matei essas mulheres, não comi a Jewel-Anne Church e tenho certeza absoluta de que não sou o pai do menino desaparecido! Entendeu? Não tente jogar a culpa em mim.
— E, você, trate de me respeitar. Entendeu? — Ela o encarou por um bom tempo, até Reece relaxar os ombros. — Você sabe onde ele está?
— Quem? O quê? O garoto? Não!
— Tem alguma ideia?
— A esta altura, já deve estar morto. Vai saber. Mas por que isso?
Reece estava com saliva acumulada nos cantos da boca e usou as costas da mão para se limpar.
A detetive Kim não desanimou.
— Me fale da Jewel-Anne Church e da sua relação com ela.

— Já falei. Ela apareceu quando eu estava no hospital. Acho que ficou fascinada pelo assassino bizarro. Sei lá. A garota deu a entender que me deixaria transar com ela, sacou? — Ele assentiu e fez um gesto obsceno com as mãos. — Chegou até a me ajudar a fugir. Encontrou as chaves do pai, as que ele achava que tinha perdido. — Os olhos do homem faiscaram. — Foi um dos motivos da demissão dele. O cara perdeu as chaves e não se deu ao trabalho de trocar as malditas fechaduras. Ela ainda está... estava com elas.

— Então ela facilitou a sua fuga. E você foi para onde?

— O que você acha? Ela me tirou da ilha, me deu uma grana e eu me mandei. Fui para o Canadá pelo mar.

— Por que você voltou? — perguntou Kim.

Ele não respondeu.

— Qual é, Reece? O que foi? O bicho pegou para o seu lado no norte? — Como o prisioneiro não reagiu, a detetive continuou. — Se eu ligar para as autoridades canadenses, vou descobrir que outras mulheres morreram de forma suspeita? Que tiveram a garganta cortada?

— Não! — Reece socou a mesa, fazendo o gravador pular. Seu rosto estava tomado por uma raiva que não conseguia controlar. Parecia prestes a cuspir tudo e enfrentava um conflito interno. Quando Dern pensou que ele fosse ceder, o homem reagiu. — Quero um advogado! — Depois, olhando por cima do ombro da detetive, encarou o espelho. — É isso mesmo, seus desgraçados — disse para as pessoas escondidas atrás do vidro. — Vocês ouviram? Conheço meus direitos e não digo mais nada enquanto não chamarem meu advogado. Vocês se lembram dele? C. Robert Cresswell? Chamem o cara!

Todos que sabiam qualquer coisa a respeito de Reece reconheciam o nome do advogado que ajudara o criminoso a se livrar da prisão, dando um jeito de interná-lo no Sea Cliff.

Reece voltou a atenção para a mulher que o interrogava e disse:

— Enquanto o Cresswell não chegar, vocês podem esperar sentados. Não vou dizer mais porra nenhuma.

CAPÍTULO 45

— Não podemos mais mantê-la aqui — disse Snyder do lado de fora da sala de interrogatório, onde Lyons e ele fizeram perguntas a Ava Garrison. A delegacia estava um caos por causa da captura de Lester Reece: telefones tocando, pessoas conversando e mais policiais sendo convocados. O ar parecia crepitar com tanta agitação e empolgação.

Em meio àquilo tudo, os dois detetives tentaram achar incoerências no depoimento de Ava Garrison.

Mas não conseguiram. Fazê-la cair em contradição era impossível, pois a mulher que, supostamente, tinha um estado mental frágil e, de acordo com alguns, era "louca de pedra", se mostrou dura na queda. Eles descobriram pouco mais do que já sabiam. Apesar de horas de interrogatório, ela mantivera a mesma versão. Não sabia como a faca tinha ido parar no quarto dela e parecera chocada ao se deparar com a situação. Apesar de terem achado um longo fio de cabelo preto da peruca encontrada na cabeça de Jewel-Anne — e que, provavelmente, era igual aos fios coletados nas cenas dos outros dois crimes — Ava jurou que nunca vira aquilo.

Apesar dela ter sido a última pessoa a encontrar Cheryl Reynolds com vida, de ter acusado Evelyn McPherson de ser amante do marido e de ter agredido fisicamente a prima na noite anterior, as provas reunidas contra Ava eram meramente circunstanciais.

Nada de concreto a ligava aos crimes.

A faca, que devia ser a arma do assassino e fora encontrada no quarto dela, não tinha impressões digitais, e a mulher continuava contando com álibis coerentes. Se o caso fosse a julgamento, Snyder só imaginaria a grande oportunidade que aquilo representaria para qualquer advogado de defesa respeitável. Havia muita gente morando no Portão de Netuno e em seus arredores, e qualquer um podia ter plantado a faca e o fio de cabelo da peruca.

Quem matou Jewel-Anne Church queria estabelecer essa relação. Puseram a peruca na garota para que a polícia ligasse os pontos.

Também havia a história descabida da tramoia de Jewel-Anne para fazer com que Ava pensasse que estava enlouquecendo. Quando pressionada para falar da briga com a prima, Ava insistiu em afirmar que Jewel-Anne e Lester Reece eram os pais biológicos de Noah — fato que convenientemente esquecera ao ser hospitalizada — e que a prima aleijada, apesar de estar confinada numa cadeira de rodas, dera um jeito de armar um esquema elaborado para que ela pensasse que estava ouvindo e vendo o filho desaparecido e, portanto, tivesse crises de paranoia.

Era a coisa mais maluca que Snyder já tinha ouvido. No entanto, Ava alegou ter um vídeo que comprovava a história. Ele assistiria. Até vídeos podiam ser alterados, apesar do detetive duvidar que Ava se desse ao trabalho de fazer isso. Mas vai saber.

Além do mais, Snyder ficava arrepiado só de pensar que Lester Reece pudesse ser pai.

— Você não acha que foi ela? — perguntou Lyons, perturbada. Com um ombro apoiado na parede do corredor, a parceira parecia tão cansada quanto ele. Fora uma noite longa que se transformara num dia mais longo ainda.

— Só sei que não podemos segurá-la aqui — respondeu Snyder.

— É claro que podemos. Por um tempo.

— Para quê? Para fazê-la confessar? Para impedir que ela mate mais alguém?

— É! — retrucou Lyons, com veemência.

— Ela tem direito de chamar um advogado.

— Deixe chamar.

Snyder coçou o queixo, sentiu a barba por fazer e desejou que o caso fosse mais aparente. No entanto, sempre desejava isso.

— Motivação, oportunidade e meios — comentou ela, enquanto um agente passou por eles levando um preso algemado. O detento, um rapaz com a calça jeans quase caindo de tão magro, um casaco de moletom com capuz molhado e tatuagens no pescoço, olhou com interesse para Lyons. Ela não pareceu ter reparado.

Mas Snyder reparou.

No entanto, ignorou o ocorrido e disse:

— A arma não possui impressões digitais.

— Mas não pode ter transferência de sangue? Talvez, quando o sangue da lâmina for analisado, a gente se depare com o DNA da vítima ou, como desconfio, das vítimas e do assassino.

— Isso vai demorar.

Lyons bufou e mexeu dentro da bolsa pendurada no ombro.

— Acho que a gente deveria prender a Ava. Dar uma abalada nela.

— Ainda não.

— Por quê? Porque é rica e pode contratar o melhor advogado de defesa da região? — esbravejou Lyons, frustrada. Ela achou um elástico e, com a destreza de anos de prática, começou a prender o cabelo rebelde num rabo de cavalo.

— É um ponto a ser considerado. Mas o X da questão é que não temos provas suficientes para detê-la.

Lyons revirou os olhos ao ajeitar o cabelo. Alguns cachos já estavam escapando.

— Não acredito que você esteja dizendo isso. Depois da gente ter dado um duro danado para tentar descobrir quem matou as mulheres, você vai liberar a Ava. Caramba, Snyder, juro que, às vezes, tenho mais colhões do que você! — Dito isso, a detetive saiu batendo os pés.

Ai! O comentário feriu o ego masculino de Snyder, mas ele não podia perder tempo pensando naquilo. Tinha muito que fazer e estava tão compenetrado no caso que quase nem reparou em como a calça jeans apertava as nádegas da parceira quando ela saiu em disparada. Nem na maneira como o novo rabo de cavalo batia nas costas a cada passo rápido que ela dava.

Quase.

Gostando ou não, estava na hora de soltar Ava Garrison no mundo. O marido dela já estava lá, tumultuando, exigindo que a mulher conversasse com um advogado criminalista de defesa. Snyder deduziu que ficar livre não seria muito divertido para Ava, pois a imprensa já estava em polvorosa. Por enquanto, os jornalistas se concentrariam em Lester Reece, em sua família rica e no advogado dele. Porém, o círculo se expandiria em pouco tempo, como a ondulação no espelho d'água quando uma pedra é arremessada num lago, e Ava Garrison passaria a ser de grande interesse. Agora rolavam boatos de que o pai de seu filho desaparecido era um dos criminosos mais famosos do estado de Washington, e ela era a principal suspeita na investigação do assassinado brutal de três mulheres da região. Supostamente, uma das vítimas era a mãe biológica do filho desaparecido de Ava Garrison.

Pois é, a diversão estava apenas começando.

Do ponto de vista de Snyder, Ava Garrison sairia da delegacia como uma mulher livre, mas acabaria encarcerada pela mídia na própria ilha.

Ele se dirigiu ao cubículo e tentou ignorar a empolgação geral presente nos corredores e escritórios da delegacia. Não se deixaria contagiar pelo sentimento quase vertiginoso de dever cumprido.

Sentado à escrivaninha, segurou o mouse e mexeu no computador. Segundos depois, estava estudando as fotos de Jewel-Anne Church na cena do crime e fazendo anotações pessoais. As bonecas o incomodavam muito. Quem se daria ao trabalho? Lester Reece não faria uma coisa daquelas. Nem Ava Church. No entanto, alguém fez aquilo de propósito, talvez por causa do fascínio de Jewel-Anne por bonecas, mania que podia ter sido desencadeada pelo fato de ter aberto mão do bebê de verdade? Vai saber. Snyder abandonou a linha de raciocínio e se concentrou em outro enigma.

Por que o assassino deixou a peruca, se pretendia cometer mais homicídios, fazer mais vítimas? Obviamente, os fios tinham sido esquecidos de propósito nas cenas dos crimes anteriores; então, o fato de ter deixado a peruca era algum tipo de mensagem? Com a morte de Jewel-Anne, a matança estava concluída? Mais uma vez, Snyder pensou nas bonecas mutiladas. Representavam uma vingança por causa da boneca que tinha sido enterrada? Nada fazia muito sentido.

Talvez Lester Reece pudesse esclarecer os fatos. Os homicídios atuais não eram muito diferentes dos assassinatos que ele cometera anos antes. Só havia um problema: o homem, que passara todo esse tempo entocado no hospício, não parecia capaz de matar mais do que um rato que estivesse perambulando pelo velho hospital.

Mas as aparências enganam, pensou o detetive. O sujeito ainda teve uma briga e tanto com Austin Dern.

Para olhar a situação por outro ângulo, Snyder resolveu descer o corredor e escutar o interrogatório. Veria o que o velho Lester tinha a dizer em defesa própria.

Poderia ser interessante.

— Entre — disse Wyatt ao desligar o motor. — Vou guardar o barco.

Ótimo! Ava estava louca para descer da lancha. O trajeto silencioso e angustiante pela baía já tinha sido ruim o bastante. Acusações pairaram no ar, ficando cada vez mais insuportável em meio ao ronco do motor potente do barco; portanto, Ava não permaneceria nem mais um segundo a sós com o marido.

Do lado de fora da casa de barcos, com a noite fria envolvendo-a como uma mortalha, Ava observou a casa que tanto amara um dia. Escuro, despontando na costa, o Portão de Netuno parecia mais uma monstruosidade do que um santuário. O lugar agora lembrava muito pouco o que antes ela considerava um lar.

Algumas luzes brilhavam na escuridão, mas não foram suficientes para levantar seu ânimo. Haviam ocorrido muitos eventos trágicos e traumáticos nas últimas 24 horas. Dois dias antes, Jewel-Anne estava viva, atormentando-a. Agora, nunca mais veria a prima. Nunca mais se irritaria com o zumbido da cadeira de rodas nem com os comentários maldosos da garota. Nunca mais desejaria que Jewel-Anne encontrasse outro artista para idolatrar — Michael Jackson, Katy Perry, Lady Gaga, qualquer um, menos Elvis.. Não que isso ainda importasse.

Andando na direção da casa, Ava girou o pescoço, tentando liberar a tensão que havia se instalado nos músculos. Tinha a sensação de estar há dias sem dormir e passara horas sendo interrogada na delegacia. Por fim, eles a dispensaram e Wyatt, sempre fazendo o papel de marido dedicado, apesar de distante, havia insistido em levá-la de volta para a ilha. Durante o trajeto, ele tentara puxar conversa, mas ela não estava a fim de ficar gritando para competir com o ronco do motor do barco e, verdade seja dita, também estava cansada daquela farsa de casamento.

Estava tudo acabado.

Os dois sabiam disso.

A chuva, que antes estivera pesada, havia passado, deixando uma neblina suave que parecia grudar nos postes e adensar o ar. Ava olhou para as luzes de Monroe. Àquela hora, só o mercado continuava aberto. Seu letreiro de cerveja em neon brilhava. Naquela noite, a ilha parecia um lugar triste e solitário. Com as mãos nos bolsos do casaco, ela passou pelo cais, do qual havia pulado na baía, e se perguntou por que tivera tanta certeza de que vira o filho ali, naquele mesmo local. A mente dela estivera perturbada e desejosa a esse ponto?

Ava sentiu o coração apertado ao pensar em Noah. Pelo que ouvira, principalmente de Wyatt, Lester Reece declarara que não havia levado o menino e que não sabia do paradeiro dele. O assassino dissera a verdade? Ou fizera o inimaginável e, depois de tanto tempo, ela teria que encarar a dura realidade de que o filho estava morto?

A garganta de Ava se fechou.

As lágrimas lhe ardiam as pálpebras, mas ela se recusava a desabar.

Quando recobrasse as forças, depois de umas 48 horas de sono ininterrupto, reavaliaria a situação. Até então, estava desgastada demais até para controlar os próprios pensamentos.

Mas, antes, o divórcio. Não importa o seu nível de cansaço. Amanhã você vai levantar da cama e ligar para o advogado.

Esfregando os braços para afastar o frio, olhou para o cais mais uma vez e o encontrou vazio, expandindo-se para dentro da água escura e revolta. Ela não veria mais o filho na ponta do píer. Nem naquela noite nem nunca mais.

Agora, ao seguir o caminho que levava à casa, Ava se deu conta de que a vida ao lado do filho não passava de uma lembrança distante e apagada. Mais uma vez, lágrimas ameaçaram seus olhos e, mais uma vez, conteve seu choro.

— Por favor, esteja ao lado dele, seja onde for — rezou. Seu hálito virava fumaça na noite fria e calma, e o coração estava partido em um milhão de cacos.

Talvez esteja na hora de deixar a ilha. De recomeçar.

Ava passou pelo jardim, onde o memorial do menino havia sido arrancado, o caixãozinho descoberto e a alma dela tinha ficado ainda mais dilacerada, se é que isso era possível.

Será que conseguiria mesmo abrir mão daquela casa que lhe causara tanta mágoa e sofrimento? Estaria sozinha, pois, não importa como, não tentaria reatar com Wyatt.

Atravessando a porta da frente, Ava tirou o casaco e o pendurou no cabideiro. A mansão cheirava a café velho, cinzas frias e flores mortas, mas, pelo menos, estava silenciosa. Após ter passado o dia sendo interrogada pelos detetives, precisava de paz, de tempo para acalmar o coração acelerado e de espaço para dormir e esquecer.

Além do gato, que a encarava do banco do saguão, não havia ninguém por perto. Ainda bem. Ava escutou Wyatt abrir a porta dos fundos. Ele havia dito que Trent e Ian foram para o continente mais cedo e que não sabia se voltariam. Demetria, atordoada com a morte de Jewel-Anne, havia ligado para uma das irmãs e passaria pelo menos aquela noite fora da ilha. Era provável que só voltasse para buscar os pertences. De acordo com Wyatt, ela pretendia se mudar de vez assim que arranjasse outro emprego. Simon, Khloe e Virginia deviam estar em suas acomodações, portanto, só restava Dern. Será que continuaria na ilha, agora que havia localizado o meio-irmão? Era pouco provável.

Ava subiu a escada, mas se deteve no patamar do segundo andar. Em vez de ir direto para o quarto, percorreu a galeria até chegar ao quarto de hóspedes que ficava nos fundos. Dali, olhou pela janela. Em meio à neblina, viu o contorno do estábulo, mas não havia luzes acesas na janela de cima. Dern ainda devia estar fora da ilha.

Por mais ridículo que parecesse, ela se sentiu mais sozinha.

Não conseguia parar de pensar no abraço dele. Ou no beijo que trocaram. Fazia apenas 24 horas que ela o visitara? Apenas um dia antes, Jewel-Anne estava viva?

Ava saiu do cômodo e viu a porta do quarto de Noah entreaberta. Sentiu uma pontada no estômago, mas se obrigou a percorrer o corredor. Segurou a maçaneta e abriu a porta. Algum dia, teria que esvaziar o quarto. Não poderia mantê-lo eternamente como um santuário.

Mas não seria naquela noite.

Você consegue fazer isso, Ava. Você consegue. De algum jeito.

Dirigiu-se novamente ao próprio quarto. Enquanto andava pela sacada aberta, olhou para baixo, para o primeiro andar. Depois do saguão, avistou um feixe de luz refletido no mármore, emitido por alguma lâmpada do escritório.

Wyatt devia estar ansioso demais e não conseguia dormir.

Ótimo. Ava não corria o risco de ter que aturá-lo. Além do mais, ela enfrentava o mesmo problema. Por mais exausta que estivesse, sabia que seria difícil dormir, que sua mente estava fadada a passar a noite toda girando em círculos. Já imaginava cenas que incluíam desde o cadáver de Jewel-Anne até a sala de interrogatório com os policiais a Austin Dern e como seria fazer amor com ele. Sem dúvida, imagens de Noah também invadiriam sua mente. Também era provável que Wyatt permeasse seus pensamentos, e ela ficaria acordada, apesar de estar há tanto tempo sem dormir.

Ava se encolheu um pouco ao abrir a porta do quarto. Na última vez que o vira, o lugar estava um caos. No entanto, quando meteu a cabeça dentro do cômodo, teve a sensação de que voltara dias no tempo. Alguém — Graciela, Khloe ou as duas — havia limpado o quarto inteiro e arrumado tudo. É claro que, depois de inspecionar mais de perto, percebeu que o tapete que cobria o chão estava faltando. Obviamente, um colchão novo — oriundo de um dos quartos de hóspedes, sem dúvida — substituíra o que a polícia devia ter levado. Também haviam trocado os lençóis e as cobertas.

O pó preto desaparecera e, de um jeito surreal, com a casa relativamente em ordem, era quase como se não tivesse acontecido nada, como se as três mulheres não tivessem sido assassinadas e um paciente psiquiátrico fugitivo não tivesse sido capturado. A vida de antes continuaria.

Na mesa de cabeceira, como sempre, estavam os comprimidos separados Ah, claro. Como se fosse mesmo tomá-los.

Então, por uma fração de segundo, Ava, de fato, cogitou a ideia. *Por que não? Permita-se viajar para o mundo dos sonhos. Talvez você só acorde daqui a 24 horas. Não seria maravilhoso?*

Não há mais nada que você possa fazer hoje e, com o Reece atrás das grades, todos estão a salvo. Você pode voltar a confiar... Certo?

— Certo — pensou em voz alta, optando por deixar rolar.

Esticando o braço, apanhou os comprimidos e os jogou na boca. Lembrando que precisava de água para engoli-los, entrou no banheiro. Depois, mais por hábito do que por qualquer coisa, cuspiu as cápsulas dentro do vaso e deu descarga. Vai saber o que havia, de fato, naquela medicação? O fato de Reece estar detido e de Jewel-Anne estar morta não significava que a vida dela tivesse voltado ao normal.

Como se, alguma vez, tivesse sido normal.

Ava abriu o armário de remédios e, revirando a prateleira fina, encontrou um frasco antigo de sonífero — isento de prescrição — com a data de validade vencida seis meses antes.

— Dá para o gasto — disse e, observando seu reflexo no espelho do armário de remédios, tomou dois comprimidos e se abaixou para engoli-los com a água da torneira. Em pouco tempo, ela esperava se encontrar com o senhor dos sonhos. Então, no dia seguinte, quando estivesse descansada e com a mente tranquila, resolveria o que fazer com o restante da vida.

Ava vestiu uma camiseta largona e, enquanto esperava o sonífero fazer efeito, procurou o computador. Havia sumido... Sem dúvida, fora levado pela polícia, que havia retirado do quarto tudo que tivesse o mínimo interesse.

— Perfeito.

No entanto, ainda tinha o celular e o usaria para se conectar à internet e verificar o e-mail. Grogue, achou o smartphone e viu o aplicativo que instalara no outro dia e que estava conectado à câmera da escada para que pudesse ver os degraus e as acomodações dos empregados — no terceiro andar, que ficava trancado — quando estivesse longe do computador.

Ava imaginou se a polícia também havia desinstalado o dispositivo ou se na pressa de levá-la para a delegacia, transportar o corpo de Jewel-Anne e encontrar Reece, havia negligenciado aquela parte da casa.

Qual era a probabilidade?

Nenhuma. Eles foram minuciosos. Só que...

Bocejando, Ava ligou o aplicativo e, de fato, uma imagem se formou na telinha do celular: a vista do terceiro andar. Ela estava prestes a desligar quando percebeu um movimento no visor.

— O quê?

Uma pontada de medo desceu por sua espinha.

Forçando os olhos, voltou a ver um vulto surgindo sorrateiramente.

Quem sabe não era um roedor, o gato ou algo maior...?

Não! Havia alguém no terceiro andar! Ava quase morreu de susto quando uma pessoa surgiu no campo de visão da câmera e preencheu a tela. Ficou paralisada. Mal ousava respirar. Sentiu um arrepio de alerta. O que era aquilo? Jewel-Anne havia morrido; então, quem estaria perambulando no terceiro andar?

— Ai, meu Deus — murmurou, quando a imagem ficou mais nítida e ela reconheceu a pessoa na tela.

Ali, sem tirar nem pôr, estava Khloe Prescott.

Que cuidava dela.

Que tinha sido sua melhor amiga.

Por que estava no terceiro andar?

Aquele não era o território de Jewel-Anne, onde a prima havia escondido o gravador nefasto?

Você sempre achou que a Jewel-Anne tinha um cúmplice. Parece que a Khloe também fazia parte do esquema para enlouquecer e aterrorizar você.

Arrasada, Ava analisou Khloe pela câmera escondida. Estava claro que a moça procurava alguma coisa.

Não, não, não pode ser... Tem que haver algum engano! A Khloe não tinha como saber dos planos da Jewel-Anne. Não tinha como. Era impossível ela estar mancomunada com a minha prima.

Mesmo assim, era exatamente o que parecia. Incrédula e com o coração disparado, Ava viu quando Khloe encontrou o dispositivo em questão, arrastou-o da prateleira do armário e, com avidez, o desmontou. Removeu a fita que continha choros de bebê e a destruiu em pedacinhos.

Isso é estranho... Muito estranho, pensou Ava, lutando contra a ideia horrenda que se formava no fundo da mente. Khloe, que fora sua amiga quase a vida toda, babá de Noah e, depois, ainda cuidara de Ava, quando a moça tivera a primeira alta do St. Brendan's, não podia estar envolvida em algo medonho como a tramoia de Jewel-Anne.

Outra ideia, mais horripilante do que as outras, lhe ocorreu.

E se Lester Reece não tivesse matado Jewel-Anne? O que o policial havia insinuado sobre as bonecas de garganta cortada? Que Reece não se daria ao trabalho? Mas Khloe também odiava a obsessão de Jewel-Anne por seus "bebês"... Além disso, Ava entendera que a prima precisava das bonecas porque havia vendido o próprio filho.

Meu Deus do céu, existia a possibilidade de Khloe estar por trás do assassinado de Jewel-Anne? Se existisse, será que tentaria transformar Ava na principal suspeita plantando a faca no quarto? Mas Khloe sempre fora amiga dela, uma grande aliada...
Nem sempre!
Lembra?
Vocês foram amigas há muito tempo. A relação começou a se enfraquecer no ensino médio, quando você cometeu o erro de ficar com o namorado dela, o Mel Lefever. Tudo bem, eles haviam terminado, mas, menos de uma semana depois, você saiu com ele. Na época, a Khloe ficou magoada, mas foi coisa de escola. Tudo parecia ter sido perdoado anos antes.
Talvez não. Será que Khloe ainda guardava rancor? Não podia ser.
Mas e o Kelvin? Ela era perdidamente apaixonada pelo seu irmão quando ele morreu. Se a Khloe, assim como a Jewel-Anne, lhe culpou pela morte dele...
Ava se lembrou das vezes em que Khloe parecera distante e sombria e do casamento com Simon Prescott, um homem que namorara para esquecer Kelvin e com quem engatara num relacionamento tumultuado — talvez até abusivo — logo depois da morte de Kelvin.
— Meu Deus — sussurrou Ava, tentando entender, uma vez que nada fazia sentido. Nada!
Ela estava cansada e grogue. O sonífero começara a fazer efeito. Ava resistiu. Precisava ficar acordada e descobrir a verdade.
Poderia confrontar a amiga.
E o que vai acontecer se a Khloe for mesmo uma assassina?
— Nem pensar!
A imagem no computador ficou embaçada quando uma sombra cobriu a tela por um instante. Khloe olhou para cima. Sorriu. De um jeito quase safado.
O quê?
Outra pessoa entrou em cena. Estatura alta. Ombros largos. Do sexo masculino.
Ava sentiu um arrepio na nuca.
Seu coração quase parou.
Não podia ser! Não podia! A mão que segurava o celular tremia e Ava olhava para o aparelho sem acreditar no que via. A pessoa que entrava no quarto era Wyatt.
Que diabos ele estava fazendo no sótão? Ainda com os olhos grudados no dispositivo que levava na mão, Ava andou até a porta do quarto e meteu a cabeça para fora, no patamar que tinha vista para o andar de baixo. A luz do escritório ainda brilhava pela fresta da porta.

O que estava acontecendo?

Ava pensou numa dúzia de respostas. Nenhuma era boa.

Ao voltar para o quarto, viu Khloe cumprimentá-lo com um sorriso lento e sexy. Ava só conseguia ver o marido de perfil, mas o maldito devolveu o sorriso misterioso da moça.

Sério mesmo?

Eles estavam mancomunados?

Ava nunca suspeitara. Também podia ter jurado que Wyatt estava de caso com Evelyn McPherson.

Na tela, o rapaz se aproximou ainda mais de Khloe e disse algo ininteligível. Ela riu, jogando a cabeça para trás, e ele a segurou pela nuca. Os olhos de Khloe brilharam com um fogo sensual e provocante.

Horrorizada, Ava assistiu quando Wyatt puxou Khloe mais para perto. A moça disse alguma coisa e ele riu baixinho. Depois, deu um beijo nela. Demorado. Ávido. Como se tivesse passado a vida toda à espera daquele momento.

Que nojo!

Não era com a Evelyn McPherson que ele estava tendo um caso, sua idiota. Era com a Khloe! Meu Deus!

Será que eles...? Ela estava com a mente confusa. Era possível que tivessem matado Jewel-Anne e as outras mulheres? Não... Claro que não. Só podia ter sido Lester Reece. Só podia!

Ou não?

Ava começou a ser tomada por um pânico gelado. Já havia pensado de um tudo sobre o marido, mas, nem por um segundo, considerara que Wyatt fosse capaz de cometer assassinato.

Mas você também não pensou que ele teria um caso com a Khloe, né? O que você realmente sabe sobre o Wyatt... ou sobre a Khloe? Só o que queriam que você soubesse.

Será que os dois haviam participado da tramoia de Jewel-Anne? Será que alguma coisa dera errado e a brincadeira cruel evoluíra para algo mais medonho do que manipular a mente de Ava?

Ela largou o celular e suspirou devagar. Um milhão de perguntas circulavam em sua cabeça. Perguntas sem resposta. Ava não queria acreditar que os dois amantes estivessem envolvidos no assassinato de Jewel-Anne nem na morte brutal das outras mulheres.

Lá no fundo, ela sabia que havia um dedo de Wyatt e de Khloe naquilo tudo, mas não fazia ideia do quanto estavam envolvidos.

Pense, Ava. Pense. Você não pode ficar parada aqui e digerir isto, muito menos decifrar. Precisa fazer alguma coisa.

No entanto, ela estava um pouco lenta. Os comprimidos que havia tomado começavam a fazer sua mágica sedativa, apesar da adrenalina que corria em suas veias.

Você precisa confrontar os dois.

Não. Não daria certo. Ava apanhou novamente o celular e, olhando para a telinha, viu que o casal ainda estava entretido com beijos e abraços.

Peça ajuda. Chame alguém e, depois, confronte os dois.

Impossível! A casa estava vazia. Ela percebera isso assim que atravessara a porta da frente. Não havia ninguém lá.

Só Khloe e Wyatt.

Ava sentiu um frio na barriga. Será que Khloe havia se livrado de todo mundo da casa? Aí Wyatt fora buscá-la, bancando o marido dedicado, para armar uma cilada para ela?

A moça alcançou o telefone fixo a fim de ligar para a polícia e tentar localizar o detetive Snyder. Apesar dele considerá-la suspeita dos assassinatos, ficaria interessado naquilo. Eles tinham uma história.

Ava tirou o fone do gancho.

Sem sinal.

Visor apagado.

Não havia... nada.

Sentiu o pavor descer pela espinha.

Só podia ser um engano.

Ela conferiu os fios e apertou o botão.

Nada.

Meu Deus!

Eles estão isolando você!

O que está acontecendo esta noite faz parte da trama para fazer você parecer maluca.

Mais uma vez, Ava olhou para a tela do smartphone, onde o beijo estava terminando. Eles trocaram sorrisos, como se estivessem satisfeitos porque o plano perfeito, finalmente, surtia efeito.

Saia de casa! Pegue a lancha. Se mande da ilha! Agora! Enquanto eles ainda estão no sótão, entretidos um com o outro. Vá agora! Pense na Jewel-Anne. Talvez seja a sua única chance de escapar com vida.

Mas primeiro... Ava digitou o número da polícia no celular antes de desligar rapidamente. Se Wyatt queria mesmo matá-la, por que não a jogou do barco quando voltaram do continente, apenas uma hora antes? Ele podia ter alegado que a mulher havia caído ou pulado da lancha e, considerando o histórico dela, ninguém duvidaria. Não, não, não. Ela estava confusa. Wyatt não queria machucá-la. Não era o objetivo dele.

Então o que ele quer?

Você não pode se dar ao luxo de ficar aí para descobrir.

Ava procurou uma calça jeans e a vestiu depressa. De olho na telinha do celular, enfiou os braços nas mangas da jaqueta de novo. Sairia da casa de fininho, iria até a lancha e...

E o quê? Vai fugir que nem uma covarde? Vai deixar os dois se safarem de seja lá o que estiverem fazendo? Vai contar à polícia que eles estavam tendo um caso e que destruíram um mero gravador que reproduzia sons de choro de bebê? Você acha que vão acreditar em você? Ou será que a polícia também vai achar que você está paranoica, desesperada ou, simplesmente, maluca? Respire fundo, Ava. Depois, contra-ataque! Vença os dois usando as mesmas cartas

No entanto, ela precisava de ajuda. Não conseguiria fazer aquilo sozinha. Desligou a tela de novo e ligou para Dern. Em silêncio, rezou para ele atender, para o celular dele estar ligado, para não estar fora de área. Ava não o via desde que ele acompanhara a polícia na busca por Reece, apesar de ter ouvido o falatório na delegacia que indicava que Dern tinha sido fundamental para a captura do fugitivo. Agora, porém, não fazia ideia de onde ele estava.

A chamada caiu direto na caixa postal. *Droga!* Ela não tinha tempo para deixar mensagens longas, mas sussurrou:

— Oi, é a Ava. Por favor, volte para a ilha. O mais rápido possível! Tem alguma coisa acontecendo aqui. Me ligue!

Apesar do coração disparado, a circulação dela estava lenta e a mente não estava aguçada como de costume. Ava verificou a câmera outra vez.

Finalmente eles se soltaram do abraço demorado e algo parecia diferente. Os dois ainda estavam próximos e falavam rápido, mas o jogo de sedução havia terminado e se transformado em outros sentimentos. Sem dúvida, o clima estava mais tenso. A raiva era visível no rosto dos dois. A mandíbula de Wyatt estava dura feito pedra e os olhos de Khloe pareciam carregados. Sua boca se contorcera com uma fúria intensa e fumegante. Era óbvio que estavam brigando.

Por causa de Jewel-Anne?

Ou por causa de outra coisa?

É por sua causa, Ava. Ela está tentando convencer o Wyatt a matar você! Ou pode ser o contrário: talvez ele esteja tentando convencer a Khloe a dar cabo da sua vida.

De um jeito ou de outro, ela precisava ir embora.

Ainda de olho na tela, Ava saiu pela porta. Estava no topo da escada quando observou uma mudança na imagem. Alguma coisa estava acontecendo. A discussão havia piorado.

Meu Deus. Ela parou de andar e assistiu.

O olhar de Khloe estava frio como gelo.

Wyatt tentou tocá-la novamente, mas ela se afastou e disse algo que deteve o homem. Ele abriu a boca como se gritasse "não". Depois, rápida como uma cobra dando bote, Khloe meteu a mão no bolso e tirou uma faca.

O quê?! Ava levou um susto.

Wyatt ergueu a mão.

Porém, mostrando os dentes e com a fúria faiscando nos olhos, Khloe atacou.

A faca reluziu. Wyatt fez finta, tentando se esquivar do golpe.

Tarde demais.

Horrorizada, Ava assistiu quando Khloe, com um olhar vitorioso, cravou a lâmina no peito de Wyatt.

CAPÍTULO 46

Reece não era o assassino. Talvez os policiais não soubessem disso, mas Dern tinha certeza.

O que significava que o assassino ainda estava à solta.

Um homicida que, com crueldade, havia tirado a vida de pessoas próximas de Ava.

Dern conseguiu carona para a marina. Um patrulheiro o deixou perto da orla e ele correu em busca de alguém que o levasse para a ilha.

A delegacia estava uma confusão. A imprensa e diferentes agências policiais só aumentaram o caos. No entanto, do lado de fora, sob as etéreas luzes de segurança, com o nevoeiro se espalhando pela água escura que ultrapassava os barcos atracados, a noite estava serena. Pelo menos, a olho nu.

Mas Dern sentia um medo palpitante. Algo dentro dele dizia que o mal reinava. Felizmente, agora ele estava seco. As roupas endurecerem por causa da água do mar, onde havia lutado com Reece horas antes. Na delegacia, Dern ligara para Reba e ouvira a mãe tentando não desabar depois de sussurrar "graças a Deus" e, por fim, "obrigada, Austin". Essa parte o incomodara e o rapaz desligara o telefone perguntando-se por que era difícil sentir satisfação.

Apesar da captura de Reece e das horas sem dormir, Dern estava agitado, com os músculos doloridos e a mente acesa. Se o irmão não era o assassino, então, quem era? Fazia horas que ele se perguntava a mesma coisa, até quando estava na sala escura, vendo o maníaco negar, falar besteira e continuar negando. Insano? Nem um pouco. Homicida? Sem dúvida. Contudo, Reece fora inflexível e convincente quando afirmara que não tinha "dado cabo das vadias".

Portanto, o assassino continuava em liberdade.

Alguém havia matado três mulheres a sangue-frio.

Até aquele momento.

Dern enfiou as mãos nos bolsos cheios de areia da jaqueta, apanhou o celular e tentou ligar para Ava novamente, mas o aparelho ainda não estava funcionando. Quando soube que ela já havia deixado a delegacia com o imbecil do marido, tentou ligar para a casa usando um dos telefones fixos do departamento, mas não conseguiu completar a chamada.

O fato de não conseguir falar com ela o incomodava um pouco. Bem, na verdade, incomodava muito.

Nem por um segundo Dern achou que Ava fosse a assassina. No entanto, pelo que ouvira na delegacia, a polícia estava tentando montar um caso contra ela.

Dern agora acreditava que haviam armado para Ava. O cúmplice de Jewel-Anne — não importa quem fosse — se voltara contra ela e tentara fazer Ava parecer não só paranoica como homicida.

Ele concluiu que o assassino tinha que ser alguém íntimo da moça, alguém que tivesse circulação livre na ilha e que conhecesse as peculiaridades do Portão de Netuno.

Dern verificou o celular outra vez. Continuava sem funcionar. Talvez nunca mais ligasse. O azar se uniu à sensação de problema iminente.

Pare com isso. Em uma hora você vai estar na ilha de novo.

As botas do rapaz martelaram as tábuas úmidas da marina. O cheiro de água salgada misturada com óleo estava presente no nevoeiro que havia começado a chegar do mar. Todos os barcos já estavam recolhidos, atracados com firmeza no cais. Contudo, Dern avistou o *Pestinha* e seu capitão, sentado do lado de fora, na névoa, com a ponta do cigarro brilhando na noite. *Perfeito.*

— Preciso atravessar — disse Dern ao dono. Ele encontrara Butch Johansen algumas vezes e imaginou que pudesse ser gente boa. — Para a Ilha Church.

— Vou cobrar caro. — Johansen jogou a guimba de cigarro no escuro. A ponta vermelha se curvou antes de sofrer uma morte fulminante na água preta.

— Beleza, mas vamos depressa. — Dern estava movido pela sensação de urgência. Ele não conseguia deixar de se preocupar com o fato de que Ava estava na ilha, possivelmente com um assassino à solta.

— O mais rápido que eu puder. Um nevoeiro se aproxima.

Apesar das ressalvas, Johansen já estava ligando a ignição enquanto Dern subia a bordo. Quando o motor acordou e o capitão manobrou o *Pestinha* para fora da rampa, Dern passou a fixar o olhar na noite nebulosa. Não dava para enxergar a Ilha Church, mas estava lá. Em algum lugar.

E, provavelmente, Ava estava lá com o imbecil do marido. Esse pensamento também o incomodava. Mais uma vez, Dern tentou usar o celular. A tela se iluminou um pouco, mas o aparelho continuava sem funcionar.

O rapaz ficou mais preocupado.

— Você tem celular? — perguntou Dern em meio ao ruído crescente do motor.

— Rádio.

— É sério? — Quem não tem celular hoje em dia?

— Entrei numa briga com a operadora. Adivinhe quem perdeu? — Johansen não desgrudou os olhos da proa do barco nem da noite densa adiante.

Ótimo. O vento passava assobiando enquanto eles atravessavam o nevoeiro, mas eles não estavam indo depressa o bastante.

— Esta banheira não pode ir mais rápido? — gritou Dern, frustrado. Era perigoso, mas não se importava. Estava motivado pela sensação de urgência. Temia pela segurança de Ava.

— Sim, senhor! — Dito isso, Johansen aumentou a potência, e o barco quase voou pela água, como se estivessem ultrapassando a neblina que se acumulava em silêncio por cima da superfície preta.

Ainda assim, para Dern, não era rápido o suficiente.

Não. Ah, não... Ava cambaleou para trás ao olhar, horrorizada, para a telinha em sua mão. Khloe estava por cima de Wyatt, que agonizava e tentava respirar. Uma mancha vermelha se espalhava na camisa do seu marido.

— Não... não...

Ela precisava ajudá-lo, salvá-lo, mas o brilho malévolo dos olhos de Khloe insinuava que a moça não havia terminado, e Ava se lembrou do corte gritante na garganta de Jewel-Anne. Tinha que arranjar uma arma. Um revólver, uma faca, um taco de beisebol. *Qualquer* coisa. Dessa forma, poderia se proteger de Khloe e ajudar a salvar Wyatt. Se desse tempo. Ai, Deus, por favor!

Ela sabia que a polícia não chegaria à ilha depressa o bastante. A salvação de Wyatt estava nas mãos dela. Entrando no corredor, ligou novamente para a emergência enquanto se passavam segundos preciosos que poderiam representar a vida ou a morte do marido.

Uma telefonista de voz áspera atendeu:

— Emergência. Por favor, diga qual é...

Antes que a telefonista pudesse concluir a pergunta, Ava interrompeu:

— Mande socorro para o Portão de Netuno, na Ilha Church! Agora! Meu marido está sendo atacado! Ele... Ai, meu Deus, ele já deve estar morto!

— Senhora, calma. Diga seu nome e qual é a emergência. Agressão?

— Meu nome é Ava Church e estou vendo uma pessoa tentando matar o meu marido! Aqui, na ilha. Mande alguém imediatamente! — Ava não conseguiu disfarçar o pânico. — Ela tem uma faca e está tentando matá-lo!

— A senhora está testemunhando o ataque?

— Pelo celular! Pela câmera do meu celular! — esclareceu, descendo depressa a escada para o primeiro andar. O tempo estava acabando. A cada segundo, Wyatt perdia mais sangue.

— Como?

— Tenho uma câmera instalada! Consigo ver o que está acontecendo.

Descalça, Ava correu pelo saguão e se dirigiu ao escritório, tendo o tempo como inimigo. Ao passar pelo relógio do avô, o objeto começou a soar alto. Cada badalada reverberava e contava os segundos, as batidas do coração de Wyatt, apesar de saber que, àquela altura, o marido podia estar morto.

Entrou voando no escritório, obrigando as pernas cansadas a continuarem correndo e a mente a manter o foco. No entanto, abobada por causa dos soníferos que circulavam em suas veias, bateu com o quadril na quina da mesa e deu uma topada numa cadeira.

— Ai! Droga!

— Alô? Senhora Church?

A telefonista continuava na linha. Ava respondeu:

— Por favor, me escute! Estou dizendo que Khloe Prescott está esfaqueando o meu marido! Pelo amor de Deus, mande alguém. Agora!

— A senhora está assistindo a isso pelo celular? — Ceticismo.

— Eu já disse que SIM!!!! — Frustrada, Ava deu o endereço. — Chame o detetive Snyder ou a detetive Lyons. Por favor, rápido!

— Se puder continuar na linha, sra. Church...

— Não dá! — retrucou Ava, desligando o telefone. Tentou ligar novamente para Dern. Nada. Depressa, enviou uma mensagem:

A Khloe esfaqueou o Wyatt. No sótão. Mande ajuda!

Após enviar a mensagem, Ava pôs o celular no modo silencioso. Não podia correr o risco de o aparelho tocar e informar sua localização a quem estivesse à espreita.

Depressa, Ava, depressa!

A mente berrava com ela, mas o corpo não atendia. Todos os seus movimentos estavam lentos devido ao efeito do sonífero. Mesmo assim, Ava seguiu em frente. Tinha certeza de que Wyatt guardava uma pistola na escrivaninha. A arma fora motivo de discórdia entre eles quando Noah morava na casa.

Obviamente, as gavetas estavam trancadas!

— Vamos lá, vamos lá — insistiu consigo mesma e achou a chave escondida pelo marido, cujo lugar secreto descobrira anos antes.

Com os dedos desajeitados e o medo de, a qualquer segundo, ser flagrada por Khloe, Ava destrancou e abriu a gaveta onde Wyatt sempre havia guardado a arma.

Estava vazia!

— Droga!

Ava ficou desanimada, mas não podia desistir. Precisava achar a maldita pistola Ruger, da qual o marido se orgulhava tanto. Desesperada, vasculhou as outras gavetas. Abriu-as com força, revirou os conteúdos, procurou a arma que nem uma louca, mas não encontrou.

Está com a Khloe!

Ela cortou a linha telefônica e pegou a arma.

E agora?

Não perca mais tempo! Apanhe uma faca na cozinha. Rápido! Tem meia dúzia na barra magnética que fica em cima do fogão.

Com o coração na garganta, Ava entrou de fininho na cozinha. O estômago pulava. Esperava ser atacada em qualquer canto. Quem mais fazia parte daquela trama horrenda contra ela? Trent? Jacob? Ian? Será que, ao menos, estavam por perto? Ava tivera a sensação de que não havia ninguém em casa, mas, obviamente, Khloe estava por ali. Mas e Simon? Ou Virginia? Será que faziam ideia de que a moça era uma assassina?

Trate de se controlar. Não se preocupe com os outros. Encare só a Khloe e tente chegar até o Wyatt. Talvez ainda dê tempo! Depressa, Ava! Mexa-se!

Ela alcançou o arco da cozinha, mas seus movimentos estavam cada vez mais lentos e era preciso lutar para manter a concentração. Na entrada do corredor, tropeçou de leve. Os pés não obedeciam direito aos comandos. *Vamos lá, vamos lá! Você consegue.* Esforçando-se, avançou em meio à escuridão. Só a luz bem fraca de uma lâmpada de segurança distante entrava pela janela e clareava um pouco o cômodo embreado.

Um vulto passou pela janela e ela quase gritou. Só depois viu que era o gato preto se escondendo na bancada da pia.

Pelo tato, encontrou o grande fogão a gás e, esticando o braço por cima das bocas, alcançou as barras magnéticas presas aos azulejos da parede. Com cuidado, passou os dedos pelas facas. Sentindo o cabo robusto do cutelo, puxou-o para baixo e se virou para o arco escancarado e escuro que dava na escada dos fundos. Depois, resolveu levar também uma faca menor e meteu-a no bolso.

— Estou pronta, sua vaca — disse baixinho, enrolando a língua, e se enfiou no breu.

Subiu um degrau de cada vez. Não podia correr o risco de acender a luz ou de usar uma lanterna. Teria que subir a escada em silêncio, com a faca empunhada e...

Creeeeaaaakkk...

Muito ao longe, uma porta se abriu.

Ai, Deus!

O coração de Ava quase parou.

Ela prendeu a respiração. Não ousou fazer o mínimo de barulho.

Passos cautelosos vinham da escada de cima. Alguém se locomovia de mansinho, evitando pisar em degraus que rangessem.

Khloe.

Jesus, me ajude.

Soltando o ar aos poucos, Ava chegou para trás, descendo os dois degraus que havia subido, recuando em silêncio enquanto o coração batia forte e gotas de suor frio, produzidas pelo nervosismo, se acumulavam na testa e nas palmas. A faca que levava na mão parecia pesar 50kg.

Você consegue, Ava. Consegue. Pense no Wyatt... Sim, ele traiu você e talvez até fizesse parte da tramoia, mas não merecia isso... Não mesmo.

Com a garganta seca, a moça se escondeu no escuro, do outro lado da quina do arco. Estava com o coração disparado, ecoando na cabeça. Suas pálpebras pesavam como nunca e, com as costas coladas na parede, estava morrendo de medo.

Os passos ficaram mais altos.

Mais próximos.

Socorro.

Com os ouvidos atentos e os olhos tentando enxergar no escuro, Ava aguardou, contando os batimentos cardíacos, preparada para atacar. *Espere o momento certo. Pegue a Khloe de surpresa, se jogue em cima dela e arranque a maldita faca da mão dela. Desarme-a. Basta fazer isso. Ai, santo Deus...*

Suando no cômodo frio, Ava segurava o cutelo.

Em algum lugar muito distante, ouviu o ronco de um motor de barco.

Seus joelhos bambearam. Graças a Deus!

Dern. Tem que ser o Austin Dern.

Depressa. Ai, Deus, por favor, depressa!

Os passos que desciam a escada devagar pararam de repente, como se Khloe também tivesse escutado o barco que se aproximava. Depois, retomou o movimento. Os sapatos, que faziam um leve ruído ao percorrerem o chão, se detiveram em algum lugar no meio da cozinha.

— Ava? — disse Khloe baixinho, e Ava torceu para que o chão se abrisse sob seus pés. — Sei que você está aqui embaixo.

O quê? Não... Ai, por favor, não.

— Saia. Saia de onde estiver.

Ava não se mexeu. Apenas manteve a faca erguida no escuro. Sentia tensão em todos os músculos do corpo. Mas ela estava cansada... Nossa, muito cansada... Precisava se esforçar para permanecer firme e a postos.

— Aaaavaaa — repetiu Khloe, com a voz cantada. — Aaaavaaa.

O suor escorria nos olhos e nas palmas de Ava, e o cabo da faca começou a escorregar da mão.

— Você viu tudo na sua camerazinha, não foi?

Ava engoliu em seco. Não respondeu. A faca balançava em suas mãos.

— Ah... Entendi... Você acha que vai me atacar primeiro, né?

Ava cambaleava. A faca estava pesada demais e o remédio que corria em suas veias a atrapalhava. Nem mesmo a adrenalina conseguia combater o sedativo.

— Bom, *amiga*, isso não vai acontecer!

É agora ou nunca!

Empunhando a faca, Ava deu um pulo para frente.

Naquele momento, o mundo ficou branco. Uma luz forte queimou as retinas da moça. Ela só conseguiu ver, de relance, a expressão surpresa de Khloe e a lanterna gigante que a mulher levava numa das mãos.

Na outra mão estava a mesma faca que fincara no peito de Wyatt.

A mensagem chegou tarde. Depois da meia-noite. A telefonista da emergência localizou Snyder e informou que Ava Garrison havia ligado para dizer que estava vendo o marido ser atacado por Khloe Prescott e que, àquela altura, Wyatt Garrison podia estar morto. Snyder ouviu a gravação duas vezes. Não entendeu o que estava acontecendo. Não sabia por onde começar a ligar os pontos, mas, sem perder tempo, convocou o piloto do barco da delegacia. Depois, deixou o prédio e se dirigiu à marina. Fazia mais de 24 horas que Snyder não dormia e ele estava exausto, mas esqueceu o cansaço quando deixou a bicicleta no escritório e pegou uma das viaturas da delegacia. Com as luzes acesas e as sirenes berrando, desceu as ruas rumo à marina.

Sem dúvida, Lyons ficaria uma fera por ele não ter ligado para ela, mas Snyder não podia esperar. Ele ouvira o pânico na voz gravada de Ava Garrison e sabia que a moça estava em apuros. Sérios apuros.

Sim, ela era suspeita, mas, depois de ter passado grande parte do dia interrogando-a, Snyder não acreditava que Ava fosse pedir socorro se, de fato, não precisasse.

A equipe de socorristas já estava a caminho da ilha. Um cúter e um helicóptero da guarda costeira já tinham sido enviados. No entanto, Snyder também pretendia ir à ilha.

O detetive ultrapassou um sinal amarelo e reduziu a velocidade num vermelho, mas as ruas estavam vazias e, com os faróis ligados, ele furou o sinal, entrou um pouco rápido demais nas curvas que davam na orla e, em tempo recorde, parou bruscamente no estacionamento localizado do outro lado da marina. Perto da água, o nevoeiro se aproximava. Ainda estava esparso, mas prometia ficar bem denso antes do amanhecer.

O barco aguardava.

Lyons — desgraçada — já estava a bordo.

— Por que você demorou tanto? — perguntou ela, jogando um colete salva-vidas para o parceiro e abrindo um sorriso nunca-mais-tente-me-passar-a-perna.

— Vá para o inferno. — Mas Snyder estava feliz em vê-la.

— Vá você. Capitão, podemos ir!

E o barco foi embora. Cortou a água preta, embrenhando-se no nevoeiro, rumo ao desconhecido.

— Sua escrota! — Khloe se encolheu ao ser atingida por Ava, que havia cravado a faca no ombro da moça. A lanterna caiu, bateu no azulejo e rolou para longe, sacudindo freneticamente o feixe luminoso.

Khloe, aos berros, balançando a mão livre, tentou esfaquear Ava várias vezes quando as duas tombaram.

Crack! Ava deu uma pancada forte com o joelho no chão azulejado, mas agarrou o punho de Khloe antes de ser golpeada.

Sob a luz sinistra, Khloe estava com o rosto desfigurado de dor e ódio e fuzilava a adversária com os olhos. Ela havia errado as facadas, mas chutou com força. O bico da bota acertou em cheio a canela de Ava.

A dor subiu pelo osso e ela perdeu o controle.

Fugindo depressa, Ava escutou Khloe chiar quando arrancou a faca do ombro. A moça soltou outro berro. A arma caiu no chão fazendo estardalhaço. Desesperada, Ava se arrastou para longe. Tentou se levantar, mas os pés descalços escorregavam e chafurdavam no sangue quente e pegajoso.

— Eu devia ter matado você quando tive a chance — esbravejou Khloe.

— E por que não matou? — retrucou Ava, respondendo à mulher que, um dia, fora sua amiga. *Faça a Khloe continuar falando e não a perca de vista... Não se distraia nem por um segundo.* — Você teve oportunidade de sobra.

— Tinha que parecer acidente, sua idiota! O que você acha? É um pouco mais difícil do que nos filmes!

— Mas as outras. Não foi acidente. — Enquanto falava, Ava olhava para a faca nos dedos de Khloe e torcia para que a polícia estivesse a caminho. Ou Dern. Qualquer um. Ela ouvira um barco se aproximando. Onde tinha ido parar?

Khloe avançava e tentava ficar de pé. *A faca. Cadê a sua maldita faca? Ela está ferida. Você pode levar a melhor, mas precisa da faca.* Desesperada, revistou o cômodo escuro. Então se lembrou da faca guardada no bolso e das outras dúzias que estavam nas gavetas e nos suportes da cozinha.

— No caso delas, não precisava ser acidental — explicava Khloe, parecendo feliz em contar seus planos a Ava, em mostrar o quanto tinha sido inteligente. — Aí a polícia pensaria que quem matou foi você, a mulher maluca.

— Eu não tinha motivo.

Com cuidado, mantendo o olhar fixo em Khloe, Ava deslizou a mão para dentro do bolso.

— Você odiava aquelas três...

— Não! A Cheryl, não! — berrou Ava, pensando na mulher bondosa que a acolhera e a hipnotizara, na esperança de exorcizar seus demônios. Com a ponta dos dedos, Ava tocou a faca dentro do bolso, mas precisava manter Khloe falando a fim de distraí-la. — Por que eu mataria a Cheryl?

— Porque ela sabia todos os seus segredos. Quando, por fim, encontrarem as fitas das suas sessões de hipnose que você escondeu debaixo das tábuas corridas do seu closet, você ficará vinculada aos assassinatos.

— Quais fitas? Eu nunca...

Os olhos de Khloe brilharam com o orgulho doentio.

— Eles vão achar — garantiu, cambaleando um pouco. Ela continuava sangrando. Gotas vermelhas escorriam pelo braço.

— Você matou todas elas — retrucou Ava. — Por quê?

— Cale a boca! Não interessa. Elas sabiam demais. De um jeito ou de outro, as três sabiam do meu caso com o Wyatt. Elas... Elas precisavam sumir.

— Khloe respirava com dificuldade, estava ofegante. Estava com o braço caído e os olhos encolerizados. — Me diga, sua vaca, qual foi a sensação de ter perdido o amor da sua vida?

— O meu o quê? — Por um segundo, ela pensou em Dern.

— O seu marido! — grunhiu Khloe, enquanto a moça continuava se distanciando dela.

A mente de Ava estava a mil. Ela se perguntava se o ferimento de Khloe era muito grave. O corte tinha sido profundo... Mas a mulher continuava avançando e atravessando a cozinha comprida.

— Wyatt. Precisamos salvá-lo! — Os dedos de Ava envolveram a faca dentro do bolso.

— Ele está morto.

— Não!

— Está, sim. Tenho certeza — afirmou Khloe, com ar de satisfação. — Não dou ponto sem nó.

— Mas... Você e ele... Por quê...? Meu Deus — murmurou, com o estômago embrulhado. Não que ela o amasse. Não mais. No entanto, pensar que ele havia sido morto por Khloe... — Como você teve coragem? — Contudo, como aquela mulher, que ela considerara uma amiga, havia se transformado numa assassina violenta e cruel?

— Por que você se importa? — disse Khloe, curvando os lábios num meio sorriso. — Foi muito fácil seduzir o Wyatt. Fiz isso para me vingar de você, sabia? — O sorriso parcial se expandiu. Ela parecia gostar de perseguir Ava. Avançava devagar, deixando a presa mais aterrorizada.

— Se vingar de mim? Por quê?

— Por tudo! Esta casa! O dinheiro! O fato de você ter sido tratada como princesa enquanto tive que cuidar de um bando de irmãos. Como acha que me senti *trabalhando* para você? Vendo minha mãe e meu marido trabalhando para você? — Khloe jogava as mãos para cima, balançando a faca e respingando sangue.

A raiva que se acumulara durante anos veio à tona.

— E ainda teve o lance dos homens. Primeiro, no ensino médio. Você só sossegou quando saiu com o *meu* namorado.

— O Mel? Mas isso faz anos... — Ava não conseguia acreditar no ódio puro de Khloe. Seus dedos apertaram o cabo da faca.

— Depois, teve o Kelvin... Quando eu pensei que teria a chance de melhorar de vida me casando com o seu irmão, de desfrutar um pouco do que você tinha e não dava valor, você o convenceu a sair de barco.

— Foi um acidente.

— E você acabou herdando tudo. — Os lábios de Khloe se curvaram de desgosto enquanto ela avançava. — Então, como pode ver, o Wyatt era uma forma de me vingar de você. Por intermédio dele, eu poderia ficar com uma parte disto. — Apontou a faca para o interior da cozinha, indicando a casa, a propriedade, todo o Portão de Netuno.

— Mas você matou o Wyatt!

Não fazia o menor sentido. Mesmo assim, Ava continuava se afastando. Ela precisava manter aquela situação até o socorro chegar. Khloe parecia a fim de se gabar e de contar tudo nos mínimos detalhes, pois as duas sabiam que a chance de Ava escapar era pequena.

— Porque o covarde amarelou! Decidiu não ir até o fim! Na verdade, o babaca disse que tentaria fazer as pazes com você. Ele gostava de ser seu marido, de ser dono de tudo. Por isso o divórcio estava fora de cogitação. O Wyatt preferia ver você viva e enclausurada num manicômio para que pudesse assumir o controle de tudo.

— E você...

— Tive uma ideia melhor! Eu sabia o que a Jewel-Anne estava aprontando; então, só acompanhei. Ela podia fazer você enlouquecer a ponto de se matar. Como isso não aconteceu, apelei para o plano B.

— Os assassinatos. Armou para que eu levasse a culpa.

— Viu só? Você não é tão tapada quanto parece.

Ava precisava manter Khloe falando enquanto se aproximava da parede. Faltava pouco. Se conseguisse segurar a porta, fechá-la na cara de Khloe, esfaqueá-la na barriga e fugir, talvez tivesse chance. *Para onde? Vai fugir para onde?*

Para a casa de barcos! Se desse tempo. As chaves estavam na ignição. Meu Deus, se ao menos... *Faça a Khloe continuar falando. Pelo amor de Deus, Ava, mantenha a mulher distraída.*

— Mas... E o Simon?

— O que tem ele?

— É seu marido.

— Não será por muito tempo. Ganhei hematomas demais daquele filho da puta, doente mental. Vou me divorciar daquele imbecil. Ele sabe disso. Não vai contestar.

Khloe parou por um segundo e piscou, como se quisesse retomar o fio da meada. Talvez o ferimento fosse mais grave do que pensava.

Novamente, Ava escutou um motor de barco... Ou mais de um. *Por favor, ai, por favor...*

Khloe deu mais um passo à frente.

— Sabe, teria sido bem mais fácil se você tivesse se afogado quando devia. Quando achou que tivesse visto o maldito do seu filho. Teria sido perfeito!

— O Noah? — sussurrou Ava, encostando a cabeça no batente da porta.

— É óbvio que estou falando do Noah. A gente trocou os seus remédios por alucinógenos. Mas você se tocou, né?

— Isso é inacreditável.

— É mesmo? Você faria qualquer coisa por ele. A gente sabia que podia usar o menino para manipular você.

— "A gente"?

— Jewel-Anne, Wyatt e eu. Quem você acha? A grande jogada do plano era que o garoto nem era seu filho. Não de verdade. Não é irônico? Não era seu filho.

— Ele era... é... meu filho! — Ava precisava se esforçar para proferir as palavras e continuar acordada.

— Pelo menos, ele estava vivendo com o pai biológico.

— Espere... O quê?

— É sério que você não sabe? — perguntou Khloe, contra-atacando para arrasar. — O Noah não é filho do Lester Reece. Era tudo mentira. Só para o caso de você descobrir.

— O quê? — A cabeça de Ava girava. Ela ainda estava digerindo a notícia de que Reece era amante de Jewel-Anne e pai biológico de Noah. — O Wyatt?

Khloe abriu um malicioso sorriso de satisfação.

— Wyatt e Jewel-Anne? — Ava achou que fosse vomitar.

— É óbvio! Minha nossa, como você é ingênua. Foi por isso que o Wyatt insistiu para a garota ficar na ilha, aqui em casa!

Perplexa, Ava tentou ligar os pontos. Nada do que Khloe dizia fazia sentido. Além disso, sua mente ficava cada vez mais lenta. O sedativo parecia determinado a assumir o controle. *Segure a faquinha. Não solte.*

— Ele engravidou você e a Jewel-Anne ao mesmo tempo. É ou não é perversão?

Ava tremeu só de pensar. Wyatt e Jewel-Anne?

— É impossível.

— Impossível? É a mais pura verdade. Qual é, Ava? Você nunca se perguntou de onde vinha a arrogância da Jewel-Anne? Por que ela sempre parecia tão presunçosa? Quando ela engravidou do Wyatt, já havia terminado com o Lester Reece. Não que alguém além da Jewel-Anne e do Wyatt pudesse sacar isso.

— Isso é manipulação! — disse Ava, enrolando a língua. *Segure a faca para usar no momento certo. Não solte, Ava. NÃO solte.*

— Também não consegue aceitar essa verdade, Ava? A Jewel-Anne se achava superior porque ela tinha uma vantagem sobre você, a mulher que era dona de tudo. — As palavras de Khloe estavam carregadas de um sentimento verdadeiro: o ódio que emanava dela. — O seu perfeito marido advogado e um filho lindo, apesar de não ser seu.

— Você é doente — sussurrou Ava, chegando para trás devagarinho, lutando para continuar acordada. — E você ajudou a Jewel... Foi você quem enterrou a boneca no caixão. Você matou minha prima e cortou o pescoço das bonecas.

— Como eu disse, ela sabia demais. Assim como as outras.

— Não acredito em você — afirmou Ava, apesar de ser mentira.

— Pense nas cicatrizes no seu braço! Como acha que se machucou, hein? Você acredita mesmo que tentou se suicidar? — provocou Khloe. O ombro de Ava bateu na parede. Ela sairia da cozinha. Havia alcançado a porta dos fundos. — Você não se lembra de quem a ajudou a entrar na banheira, de quem a ensaboou e lhe deu vinho... com um pouquinho de outra coisa?

Ava piscou. Tentou pensar. Meus Deus, estava com a cabeça pesada... Muito pesada. Como ficara naquela noite. Quando Wyatt a ajudara a entrar na banheira, preparara o banho de espuma, beijara seu pescoço liso e erguera a lâmina até o braço dela... A espuma ficara cor-de-rosa com o sangue...

Ava achou que fosse passar mal. *Wyatt? Tinha sido o Wyatt? Ele a havia drogado e cortado os pulsos dela para tentar simular um suicídio?* Ela foi tomada pelo sentimento de negação, mas logo se deu conta de que fora um peão de Wyatt Garrison e que facilitara a vida dele durante muito tempo. Ele não ousava se divorciar dela — teria muito a perder e era ganancioso o bastante para querer tudo. Se a matasse, levantaria suspeitas, mas se ela enlouquecesse e se suicidasse... ele se tornaria o perfeito marido martirizado. Ava chegou a sentir ânsia de vômito.

— Então agora você finalmente entendeu, né? — Khloe parecia satisfeita, apesar de sua voz soar mais fraca.

A faca! Ava começou a puxar o objeto do bolso, mas Khloe sacudiu a lanterna com a mão.

— Ah, ah, ah! — exclamou Khloe, depositando a lanterna na bancada. — Nem pense nisso. É claro que você tem outra arma. Uma reserva. É uma faca? Spray de pimenta? Largue.

Khloe sugou o ar entre os dentes, como se sentisse uma pontada de dor. Ótimo!

— Quanto ao garotinho que deixou você tão preocupada, esqueça. Ele morreu naquela noite, Ava. Saiu de casa e se afogou...

— Mais mentiras! — berrou Ava, despedaçada por dentro. Apertou os dedos no cabo da faca.

— Aceite, Ava. Ele se foi. E você gastou aquele dinheirão, aquele tempo todo e toda a sua sanidade à procura de um menino que não vai voltar. Um menino que é fruto de um caso entre o seu marido e a sua prima.

Ava mal ouviu a explicação e a ladainha de Khloe, abafadas pelo rugido da negação que martelava seu cérebro. Ouvir que Noah estava morto só aumentava seu desespero. No entanto, agora que estava desabafando, esfregando na cara de Ava como tinha sido inteligente, Khloe não conseguia parar.

— O Wyatt terminou com ela depois do acidente, e a Jewel-Anne nunca o deixou esquecer que estava em dívida com ela. Era muito escrota. Mas, até aí, tudo bem. Facilitou muito o meu lado. De início, o Wyatt estava me consolando por causa da morte do Kelvin, mas o clima esquentou depressa. Quanto ao Simon, ele é só outro peão. Eu queria deixar o Wyatt com ciúmes para ver se ele *faria* alguma coisa, se tomaria uma atitude e daria um jeito de se livrar de você! Mas ficou óbvio que não ia fazer nada. — Khloe riu com amargura. — E você é uma anta. Nunca nem desconfiou que o Wyatt estava comigo, em vez daquela psiquiatra fracote e chorona! — Ela se apoiou na bancada. — Sabe, Ava, você merece mesmo morrer! Vai ser divertido.

De repente, como se estivesse cansada de tagarelar, ela partiu para o ataque.

Ouviu-se um grito agudo.

Khloe pisou em falso.

Um vulto preto, chiando e rosnando, deslizou depressa pelo chão.

O gato!

Enquanto Khloe tentou recuperar seu equilíbrio e tombou para a frente, Ava arrancou a faca do bolso e ficou de pé, tentando se esquivar do golpe.

Tarde demais. Khloe acertou.

A dor tomou conta do braço de Ava e ela cambaleou para trás.

— Arde para caramba, né? — provocou Khloe, erguendo a faca outra vez.

— Nem me fale!

Reunindo todas as forças, Ava pulou em cima de Khloe. Fincou a faca no peito da adversária, que contra-atacou. Girando, Ava correu para a porta dos fundos. Abriu a tela com uma ombrada e desceu o caminho do cais o mais rápido que as pernas permitiram.

Fugiu para longe de Khloe.

Para longe do Portão de Netuno.

Para longe da notícia de que o filho estava morto.

Correu cada vez mais rápido, obrigando as pernas a se mexerem. Tropeçou, escorregou no cascalho molhado, sentiu na pele a névoa densa e úmida.

Os pensamentos se atropelavam. Situações horríveis e dolorosas assolavam sua mente. Wyatt tentara matá-la anos antes. O objetivo era fazer com que parecesse que havia tentado se suicidar. Agora ele estava morto, deitado numa poça de sangue, mas o que realmente doía, o que fazia as lágrimas rolarem dos olhos de Ava, era a verdade sufocante de que Noah estava morto.

Meu Deus, por que ele teve que perder sua vidinha preciosa?

Imagens do filho rindo, correndo e chamando por ela invadiram seus pensamentos. "Mamãe, vem também! Mamãe!", dissera ele, entre risadas, antes de sair em disparada. As perninhas se moviam rápido enquanto o menino olhava por cima do ombro para ter certeza de que a mãe estava indo atrás dele.

Amor, meu amorzinho.

Ai, meu bem, a mamãe te ama... A mamãe...

Sentindo o sangue quente escorrer pelo braço, Ava continuou seguindo para a casa de barcos. Se pudesse dar partida na maldita lancha... Mas, enquanto corria, percebeu uma luz pulando ao lado dela...

O feixe da lanterna de Khloe.

Passos irregulares faziam barulho atrás dela.

Corra, corra, corra! Ela está ferida. Está pior do que você. Dá para fugir dela!

Olhando rapidamente por cima do ombro, Ava viu Khloe se arrastar. A mulher estava com o rosto desfigurado de dor, o sangue escorria num dos braços e a mancha no peito crescia cada vez mais. Levava nas mãos a lanterna quebrada e a faca. Os olhos, concentrados em Ava, estavam pretos de fúria. Os lábios recolhidos exibiam os dentes. Movida a ódio puro, Khloe estava determinada e tinha uma intenção clara: dar cabo de Ava como fizera com os outros. Ela não se contentava mais em fazer parecer que Ava havia matado as duas mulheres. Agora Khloe tinha um único objetivo: assassinar a rival!

Desesperada e cambaleante, Ava desceu o morro em disparada e entrou no cais. Os pés descalços martelavam as tábuas molhadas. Seus pulmões inspiravam o ar salgado e ela se sentia livre ao correr, pois o medo se dissipava.

O nevoeiro ficava mais denso e úmido Apesar de não enxergar a baía, Ava escutou o inconfundível barulho de motor de barco se aproximando. Contudo, de repente, parou de se preocupar com o resgate.

A água preta que se expandia do cais a chamava, a seduzia, oferecia um alívio da loucura e do sofrimento que sua vida representava. Seria tão fácil pular...

Como se tivesse percebido o que estava acontecendo, Khloe gritou:
— Não, Ava, não! Me dê o gostinho...
Tarde demais. Ava obrigou as pernas a correrem ainda mais rápido, aproximando-se do vazio profundo e preto. As tábuas sob seus pés acabaram subitamente, mas Ava não parou. No fim do cais, pulou bem alto. Atirou-se, de corpo e alma, na escuridão acolhedora.

O celular de Dern ligou por um segundo e ele viu a mensagem de Ava.
A Khloe esfaqueou o Wyatt. No sótão. Mande ajuda!
Como assim? A Khloe esfaqueou o Wyatt? Dern tentou ligar para Ava de novo, mas o maldito celular não funcionou.
— Ainda falta muito? — perguntou a Johansen.
— Cinco minutos.
É muito tempo. Cinco minutos é muito tempo.
— Faça em três — berrou Dern em meio à ventania. Seus olhos preocupados se fixaram na escuridão à frente. — E passe um rádio para a polícia. Vamos precisar de reforço.
— Para quê? — perguntou Johansen.
— Bem que eu queria saber.
Aguente firme, Ava. Apenas aguente firme!
Enquanto Johansen apanhava o microfone do rádio, Dern viu as luzes piscantes e esparsas de Monroe, muito ao longe. Talvez chegassem a tempo. Havia chance! Meu Deus, assim ele esperava. Dern nunca se sentira tão impotente. Frustrado, rangia os dentes de trás.
Khloe Prescott? Ela estava por trás de tudo? Era a assassina? Não Wyatt? Dern podia apostar a vida que o marido imbecil de Ava fazia parte da tramoia para enlouquecer a mulher e era cúmplice da prima morta. Mas agora *Garrison* estava ferido? Talvez morto? Assassinado por Khloe?
Derm ficou ainda mais ansioso. Só torcia para que Ava não fizesse nenhuma besteira. Olhando para a frente, tentou localizar a mansão enorme ou o cais do Portão de Netuno, mas não enxergava nada além da escuridão.
Não era um bom sinal.
Os minutos demoravam uma eternidade.
Rápido, merda!
Ele precisava chegar até ela.
Antes que fosse tarde demais.

A água gélida envolveu Ava, causando um choque térmico ao corpo e aumentando as sinapses por um instante, acordando o maldito cérebro enquanto ela afundava nas profundezas negras. Infelizmente, o superficial momento de clareza durou apenas alguns segundos. Ava esperava se livrar da sonolência que havia se apossado dela, mas se enganou. Assim que o corpo se acostumou ao frio, as pálpebras voltaram a pesar. A adrenalina e a água gelada não eram impedimento para o sonífero que circulava em suas veias. Afundando no mar, ela chutou com as pernas, mas sem a força habitual. *Resista, Ava, resista,* insistia o lado racional do cérebro, enquanto a outra metade, mais triste, cogitava a possibilidade de desistir. De entregar os pontos...

Aos poucos, Ava subiu à superfície. Correntes de bolhas de ar liberadas pelos pulmões a acompanharam formando espirais.

Debaixo d'água, havia paz e serenidade, apesar dela ouvir, ao longe, o ronco do motor dos barcos que cortavam a água e se aproximavam cada vez mais.

Ava atravessou o espelho d'água, afastou o cabelo dos olhos e tomou ar.

Sob a luz fraca e azulada de uma lâmpada de segurança da casa de barcos, Khloe estava de guarda, como se não fosse permitir que Ava saísse do mar. Pálida e magra, um pouco cambaleante, ainda brandia a faca, ainda tinha forças para lutar, como se não tivesse consciência do sangue que escorria do braço e tingia o suéter.

— Vá em frente. Fique aí — grunhiu Khloe, observando Ava e, obviamente, satisfeita em ver a mulher se afogar. — Perfeito. Você vai morrer parecendo a maluca que é! — berrou, mas sua voz estava rouca.

Você vai morrer primeiro, pensou Ava, lutando para boiar e nadando mais perto do cais.

— Pague para ver, cretina!

A garra deixava o corpo de Ava e, devagar, se esvaía nas profundezas frígidas e salgadas. Ela que já fora uma grande nadadora, agora estava fraca, perdendo o sangue e a vontade de viver.

Ela começou a afundar e se debateu para emergir novamente, resistindo ao sedativo. A água gelada rodopiava ao redor dela e Ava se sentia deslizando cada vez mais para o fundo. Imagens de Dern e Noah preencheram seu cérebro quando ela chegou à superfície e tossiu. Faltava-lhe força. Pela última vez, olhou para o cais e viu Khloe, só que havia alguém correndo entre as sombras na direção da mulher.

Graças a Deus!

Finalmente alguém a ajudaria!

Alto, rápido e parecendo familiar, o homem desceu o cais em disparada. Khloe olhou por cima do ombro.

Cuidado!, quis gritar Ava para alertar o sujeito. *Ela está com uma faca!* Contudo, enquanto tentava expulsar as palavras dos lábios, Ava começou a reconhecer seu salvador. Incrédula, arregalou os olhos. Não, não, não! Não podia ser.

No entanto, quando o homem alcançou a luz da lâmpada, Ava viu o impossível se desenrolar diante de seus olhos: Wyatt reencontrou a amante.

Ela não acreditava no que via. Só podia ser alucinação.

Ele morreu com uma facada que levou da Khloe. Ela mesma admitiu que matou... Que o deixaria morrer.

Boiando, Ava assistia a tudo, perplexa. Sua cabeça girava em círculos desgovernados. Era ele mesmo? Ou era apenas invenção de sua mente torturada?

Como o Noah.

Você está mesmo maluca!

Sem acreditar, Ava viu Wyatt abraçar Khloe e puxá-la para perto. Depois, ele se virou para a baía e para a esposa que se afogava. Então sorriu... Como se tudo aquilo fizesse parte do plano dele. Ou dela. Não. *Deles.*

A mente perturbada de Ava insistia que Wyatt era fruto de sua imaginação. Tinha que ser... Nada fazia sentido. *Se o Wyatt está mesmo vivo, por que ele e a Khloe teriam se dado ao trabalho de fazer você acreditar que ele havia sido assassinado por ela?*

Para terem certeza de que ela enlouqueceria? Ou, melhor ainda, para fazer com que parecesse ainda menos estável e mais paranoica quando falasse com a polícia?

Ava não entendia. Não sabia bem por onde começar a decifrar o nível de depravação daqueles dois.

Ela sentiu que a água a arrastava e a puxava para baixo. Pelo campo de visão fraco, assistiu ao beijo intenso que Wyatt deu em Khloe, mais apaixonado do que Ava o julgara capaz. Para deixar claro. Ferida, Khloe tentou retribuir o fogo, mas estava desfalecendo. Com o sangue pingando do braço, ela, por fim, soltou a faca e a lanterna.

Ava, num dos últimos pensamentos conscientes, percebeu que o assassinato do marido fora apenas uma encenação para fazer com que reagisse, saísse de casa, corresse para o cais e pulasse na água. Ela caíra como um patinho. Foi por isso que Khloe desceu a escada empunhando uma faca limpa, sem nenhum sinal de sangue. Sem dúvida, Wyatt estava de colete.

Mas não era o caso de Khloe. Assassina de carteirinha e com a certeza de que derrotaria Ava, a mulher baixara a guarda e ficara vulnerável.

Confusa, afundando na água, Ava assistia enquanto os dois se beijavam e a ignoravam, cientes de que, finalmente, tinham vencido. Morreria como a surtada paranoica que sempre alegaram que ela era. Até mesmo os ferimentos de Khloe, que estavam aparentes, podiam ter resultado de uma briga com Ava, que seria tachada de psicótica, aquela que esfaqueia pessoas.

Era perfeito...

Só que Khloe parecia cambalear e escorregar dos braços de Wyatt.

Não que isso fizesse diferença.

Não mais.

Lentamente, Ava afundou no mesmo lugar no qual sempre via o filho. As ondas estouravam por cima dela. *Deus, me ajude.* A cabeça latejava e o constante *tump, tump, tump* que ouvia estava em descompasso com o coração. De repente, viu uma luz brilhante como a lua.

Não importava.

Frio. Sentia muito frio.

A luz intensa a seduzia.

Estava na hora de entregar os pontos...

Você tem uma arma a bordo? — gritou Dern em meio ao ronco do motor, enquanto o *Pestinha* se aproximava da ilha. A proa do barco cortava a água e apontava para o Portão de Netuno. Estavam tão perto que o cais e a casa de barcos começavam a emergir no nevoeiro. Outras embarcações se aproximavam deles. Provavelmente, eram os barcos da delegacia, mas o *Pestinha* continuava na frente. Mesmo assim, Dern temia que fosse tarde demais. Sentiu o estômago embrulhar ao cogitar essa hipótese e estava numa louca ansiedade para chegar à ilha.

Johansen, ao leme, fazia força para enxergar na escuridão.

— Tenho um arpão. Por quê?

— Só isso?

— Porra, é. Só tenho isso. Nunca precisei de mais nada. Sou capitão de barco, não um assassino!

— Já entendi! Espere, você não tem um sinalizador?

— Bom... Tenho.

— Pegue também!

Johansen olhou para ele de soslaio.

— Por quê? O que está acontecendo?

— Não sei, mas não é coisa boa.

Ao fitar a escuridão, Dern avistou a lâmpada de segurança da lateral da casa de barcos. A luz azulada e fraca iluminava o cais, e ele distinguiu a imagem de duas pessoas. Estavam agarradas. Abraçadas. Quase como se uma sustentasse a outra.

— Que porra é essa? — Johansen também viu o casal.

Eles estavam tão entretidos que não perceberam quando o barco se aproximou. Então Dern viu uma terceira pessoa, na água, virada de bruços.

O coração do rapaz parou.

Ava! Ai, pelo amor de Deus...

— Bem ali! — Dern apontou para o corpo sem vida. Mas Johansen já estava virando a proa para que pudessem se aproximar da forma inerte.

— Filho da puta — murmurou Johansen.

Meu Deus! Ai, Meu Deus! Não pode ser a Ava.

No cais, o homem fazia sinal para que se afastassem.

Como se temesse que atingissem a mulher que se afogava.

— Que diabos está acontecendo aqui? — perguntou Johansen. — Aquele não é o...?

— Wyatt Garrison. — *O babaca em pessoa. Tendo um caso com outra mulher... Khloe? A moça que, supostamente, o havia esfaqueado? E agora estavam abraçados.*

A situação era uma bizarrice só. Não condizia com a mensagem desesperada de Ava, mas, do barco, dava para ver que havia manchas escuras na camisa de Garrison. Será que fora atacado pela amante e, depois, fizera as pazes com ela?

Dern não sabia que diabos havia acontecido naquela ilha miserável, mas não tinha tempo para tentar descobrir. Johansen havia buscado o arpão e o sinalizador. Sentindo que o tempo estava passando, Dern pegou o sinalizador e verificou se estava carregado. Arrancando a jaqueta e os sapatos, subiu na amurada do convés e enfiou a arma no cós da calça jeans.

— Minha Nossa Senhora! — exclamou Johansen, diminuindo a velocidade do *Pestinha* ao se aproximar do corpo o máximo que ousou. — O que você está fazendo?

— O que você acha? — Enquanto ouvia gritos vindos do cais, Dern mergulhou. Fundo. Na água salgada e gélida. Não estava nem aí para os outros. Só precisava alcançar Ava. Ela não podia estar morta. Não podia! Precisava dar tempo!

— Que porra é essa? — Snyder observava o cais enquanto se aproximavam da ilha. O *Pestinha* já estava parado na água, perto da casa de barcos, onde duas pessoas — um homem e uma mulher — estavam de pé, abraçados. Havia um homem nadando e algo que parecia um cadáver boiando de bruços.

— Tudo indica que rolou uma merda das grandes — disse Lyons ao tirar a pistola do coldre. — Chegue mais perto — ordenou ao piloto. — A festa vai começar!

Snyder também havia puxado a arma enquanto observava a cena no cais. O homem — Garrison? — parecia ter acordado e percebido, pela primeira vez, o cúter da polícia. A expressão dele passou de curiosidade a pavor, como se, naquele instante, tivesse dado conta da dimensão do problema.

À medida que o barco se aproximava, ele começou a recuar e a arrastar a mulher consigo. No entanto, ela parecia um peso morto. No suéter dela, via-se uma mancha escarlate parecida com a que Garrison exibia na frente da camisa.

Que diabos aconteceu aqui?

— Isso não é nada bom — declarou Snyder, mas Lyons estava nervosa. — Tem gente ficando para trás.

Havia duas pessoas na água e uma ao leme do *Pestinha*. Era gente demais e aquilo podia atrapalhar. Uma delas parecia já estar morta.

— Talvez, agora, a gente finalmente consiga algumas respostas — comentou Lyons.

Acima, em meio à neblina fina, o barulhento *whomp, whomp* do rotor anunciava a chegada de um helicóptero da polícia que, com o holofote, iluminava a cena.

Garrison que, de repente, parecia um animal enjaulado — perdera a postura de advogado bambambã —, olhou para o helicóptero e, depois, para o barco da polícia. Demonstrando pânico, tentou arrastar o peso morto de Khloe Prescott consigo.

— Não tem para onde correr. Ele está numa maldita ilha, caramba! — disse Lyons, pegando o megafone. — Aqui é a polícia! — berrou, com a voz amplificada sobre a água. — Wyatt Garrison, ponha as mãos na cabeça!

Ignorando o comando, ele mudou de direção e arrastou Khloe para a casa de barcos.

— Nem pensar, zé-mané! Vá até lá — ordenou Snyder ao piloto, apanhando o revólver. — Obstrua a saída. Não deixe a lancha chegar ao mar aberto. — Apontou com o dedo para o outro barco. — E passe um rádio para o boçal que está no comando daquela merda do *Pestinha*. Mande a criatura sair do nosso caminho!

Dern nadou como um condenado na direção do corpo inanimado de Ava.

Thwump! Thwump! Thwump! O barulho dos rotores de um helicóptero perturbava a noite, acompanhado de um feixe de luz intenso que iluminava as águas revoltas e o terreno da propriedade.

Deus, como aquilo havia acontecido? Por que ele a salvara uma vez só para perdê-la de novo? Ódio corria nas veias de Dern e a adrenalina o impulsionava para perto dela.

Aguente firme, Ava. Pelo amor de Deus, apenas aguente firme!

O ronco de outro motor de barco se espalhou pela noite, mas Dern estava concentrado no corpo mole que boiava. Em poucos segundos, ele a alcançou, virou-a de barriga para cima e, como se tivesse sido treinado, nadou com ela para a margem e para o cais, de onde Wyatt assistia a tudo com olhos incrédulos.

— Polícia! — gritou uma mulher no megafone, fazendo o som ecoar por cima do mar aberto. — Wyatt Garrison, ponha as mãos na cabeça!

Wyatt olhou para o helicóptero e, em seguida, para Dern.

— Foda-se!

Ele arrastava Khloe para a casa de barcos, mas ela era um fardo e seus saltos arranhavam as tábuas. Enquanto Dern alcançava a margem e o helicóptero rugia, a polícia voltou a mandar Wyatt parar. Dessa vez, ele soltou Khloe e, como se enxergasse que era inútil tentar salvá-la, decidiu salvar a própria pele. Deixou-a escorregar para as tábuas do cais e correu para a casa de barcos.

— Pare! — ordenaram os policiais, enquanto manobravam o barco para impedir a fuga de Garrison.

Deslizando, Wyatt parou e mudou de direção, ignorando os comandos da polícia, enquanto Dern arrastava Ava, desfalecida, para a margem. Pegou-a no colo para subir as pedras próximas do cais, observando o sangue que escorria de um ferimento no braço.

— Aguente firme, Ava — sussurrou ele, temendo que ela já estivesse morta.

Diante desse pensamento, Dern passou a sentir uma dor profunda no peito. Ele não fazia ideia de quanto tempo Ava passara na água, mas ela não estava respirando quando ele a colocou deitada numa faixa de areia e conferiu o pulso. Não sentiu nada sob as pontas dos dedos. Chegara tarde demais! Ela já havia partido. Estava com o corpo frio e com a pele tingida de azul.

— Vamos, Ava — insistiu. — Vamos lá. — Dern começou a reanimá-la. Forçou o ar para dentro dos pulmões dela, fez compressões no peito e falou com a mulher. — Você consegue. Não desista, droga! — Soprou mais ar dentro dos pulmões. — Ava, por favor! Volte para mim. Ai, Deus... Não morra. Está me ouvindo? Você não pode morrer! Eu amo você, droga. Está me ouvindo? Eu amo você.

A voz dele falhou. Apesar de desejar com todas as forças que ela sobrevivesse, Dern não sentia nada sob as mãos. Nenhuma reação ao ar que ele forçava para dentro dos pulmões.

Nadinha de nada.

— Ele está fugindo! — berrou Lyons, xingando baixinho quando Garrison chegou à casa de barcos e viu que a rota de fuga estava obstruída. — Filho da puta! Ai, merda! Ele está armado!

Snyder se concentrou no advogado. Viu quando o homem enfiou a mão no bolso e puxou uma pistola.

— Filho da puta!

Aquilo não estava indo bem. Nada bem. Dern já havia levado o corpo flutuante para a margem e tentava fazer a reanimação, mas parecia ser tarde demais para a mulher. Apesar de Snyder não conseguir ver o rosto dela, podia apostar seu distintivo que a mulher afogada era Ava Garrison.

Lyons ligou o megafone outra vez.

— Wyatt Garrison, solte a arma. Devagar! Depois... Ai, droga!

Pow! Pow! Pow!

Garrison atirou para todos os lados. Uma bala acertou o casco e a outra quebrou o vidro do barco da polícia. Depois, o homem deu meia-volta e apontou para Dern e para o corpo sem vida que jazia ao lado dele.

— Não pode ser! — gritou Snyder, mirando no advogado.

O detetive disparou um tiro de alerta enquanto Lyons berrava no megafone:

— Largue a arma!

— Ai, cacete, ele vai atirar!

Ava engasgou. Seus pulmões borbulhavam e ela expelia água pelo nariz e pela boca. Com os pulmões pegando fogo, ela tossiu, enchendo os dois órgãos de ar. Estava escuro, o mundo girava e o rosto de Dern surgiu. Uma luz intensa pairava em cima dele. O barulho era ensurdecedor e o vento se deslocava com violência ao redor do casal.

Onde estou? Ava sentiu a areia debaixo dela, e constatou que estava ao relento.

O que está acontecendo?

— Ava! — Dern abriu um sorriso para ela enquanto o mundo rodava.

Depressa, Ava virou de lado e fez força para vomitar. A água salgada escapava pelo nariz e pela boca. O estômago e os pulmões expeliam toda a água que lhe invadira o corpo.

Ela passou mal de novo e tudo voltou ao normal.
Pow! Pow! Pow!
Tiros?
Num instante, Ava se lembrou de tudo. Quando Dern caiu sobre ela, protegendo-a, por instinto, com o corpo, Ava olhou por cima do ombro molhado dele e viu Wyatt, agachado no cais, com a pistola apontada para as costas de Dern.
— Não! — gritou ela, com os olhos aterrorizados.
Dern se virou e, automaticamente, pôs a mão no cós da calça encharcada.
— Cuidado! — berrou ela, apesar da voz rouca.
Pow!
Outro disparo da arma de Wyatt.
A areia ao lado da cabeça de Ava se espalhou ao ser atingida pela bala.
Agachando-se rapidamente, com o corpo entre a mulher e o cano da pistola de Wyatt, Dern atirou. Outras armas dispararam e Ava se encolheu. Uma rajada de balas alvejou o cais. Lascas de madeira voaram. Horrorizada, Ava assistiu ao rosto de Wyatt se desmanchar numa enorme explosão de cores. Carne e pele despedaçadas. Com olhar de desespero, o homem urrava de dor. Aos berros, sacudindo o corpo como uma marionete macabra ao ser alvejado por mais balas, Wyatt girou, ainda em chamas, jorrando sangue, e caiu na água negra.
Ava voltou a passar mal.
Dern a apertou contra o corpo. O coração dele estava disparado em meio ao caos provocado pela polícia.
— Você vai ficar bem — sussurrou, com os lábios colados no cabelo da moça.
Protegida naqueles braços, Ava acreditou nele.
— Amo você — murmurou ela.
Com a perda de sangue e o quase afogamento, Ava se entregou, fechou os olhos e deixou a segurança da inconsciência arrastá-la. Pensou ter ouvido a voz dele falhar ao dizer que também a amava, mas, depois, não sentiu mais nada...

CAPÍTULO 47

Ava se recuperaria.
Os médicos que a atenderam disseram a Dern que ela estava bem, apenas convalescendo, que o coma era resultado do ferimento e de todo o trauma mental que sofrera. Dern estava aturdido com aquilo tudo, mas passara as oito horas seguintes ao lado de Ava. Depois, foi para casa tomar banho, trocar de roupa e cuidar dos animais. Apesar do caos, os cavalos e o cachorro precisavam de atenção.

Depois de concluir os afazeres, ligou para o hospital — graças ao celular pré-pago que ele havia usado para falar com Reba —, soube que Ava continuava num sono profundo e resolveu investigar um pouco por conta própria.

Obviamente, não havia ninguém na casa. Todos os empregados e parentes de Ava tinham ido embora. Era horripilante andar pelo saguão ciente de que Wyatt e Khloe, que haviam morrido, nunca mais pisariam na mansão. Tampouco a dra. McPherson e Jewel-Anne. Até Demetria havia se mudado.

É uma casa fantasma, pensou, com as botas ressoando no saguão azulejado. Naquele dia, ao menos naquele momento, até o maldito relógio do avô estava em silêncio.

Dern não sabia ao certo o que procurava. Provavelmente, não encontraria nada, mas revistou todos os quartos, um por um e, por fim, se dirigiu ao sótão — onde Jewel-Anne havia começado a tramoia. O lugar era sinistro, com a luz fraca e todos os móveis cobertos e quebrados. Onde outrora, numa era mais suntuosa, tinha sido as habitações dos empregados, Dern passou da cozinha minúscula para a sala de estar e os quartos, mas não achou nada de interessante.

Ele havia retornado para a escada e estava prestes a ir embora quando algo brilhante lhe chamou a atenção. Inclinando-se para a frente, viu um velho CD de Elvis na caixa, escondido na sombra do parapeito da janela.

Não devia ser importante. Mas era estranho. Dern pegou o objeto. A caixa de plástico estava rachada e abriu com facilidade. O CD estava visivelmente arranhado. Não era à toa que fora abandonado. Ele já ia devolvê-lo ao parapeito quando reparou no livreto guardado na parte de dentro, um encarte com fotos de Elvis jovem e as letras das músicas do álbum, guardado por muito tempo. Dern folheou as páginas e um quadradinho de papel caiu, pousando no chão empoeirado.

Não devia ser nada demais. Podia até ser a notinha da compra. No entanto, quando o homem se abaixou para apanhar a foto e a virou para cima, viu que não era um recibo, e sim uma foto de um menino de uns 4 anos. O rostinho tímido olhava para a câmera, oferecendo apenas uma tentativa de sorriso. No verso, numa caligrafia que Dern já tinha visto, havia uma anotação simples:

Noah. Quatro anos.

Dern quase se estatelou no chão de tábua corrida. Puta merda! A criança estava viva! O filho de Ava estava vivo! A manipuladora da Jewel-Anne sabia disso o tempo todo e torturou a prima sonegando a informação. Atormentou-a.

Mas onde ele estava?

Sem dúvida, a fotografia pertencia a Jewel-Anne. Então, quem saberia o paradeiro...? Dern percebeu que a caligrafia no verso não era da prima de Ava. Não. Ele já tinha visto aquela letra — em bilhetes deixados para a mulher parcialmente paralisada.

A enfermeira.

Maldição. Demetria sabia onde o garoto estava.

Dern já havia disparado escada abaixo, pronto para acionar Snyder e encontrar a maldita enfermeira. De um jeito ou de outro, por bem ou por mal, Dern localizaria o filho de Ava.

— Sra. Garrison? — chamou baixinho uma mulher. — Está me ouvindo? Ava?

Os sons estavam muito distantes. Ao longe. Alguém tocou no seu ombro. Ava abriu um olho, e a intensidade da luz a obrigou a fechá-lo de novo.

— Ela está acordando. — Outra voz. Masculina.

— Sra. Garrison, como se sente? — perguntou outra vez a mulher.

Péssima.

— Está me ouvindo? Sou sua enfermeira, Karen. Ava, pode acordar? Você está no hospital.

— O quêêê? — murmurou ela.

— Ava? Graças a Deus!

Ela abriu um dos olhos e se deparou com Austin Dern ao lado do leito. Estava com a garganta áspera como uma lixa e com os olhos piores ainda.

— O que aconteceu? Onde...? — perguntou, mas começou a se lembrar de partes da noite horrenda.

— Shhh. — Dern beijou a testa de Ava e tentou se endireitar, mas ela segurou o antebraço dele com força, puxando o cateter que estava no braço.

— Me conte. — Quando ele olhou para a enfermeira, uma mulher alta, esguia e de cabelo ruivo e crespo, Ava apertou os dedos. — Agora.

— Vá em frente — disse a enfermeira. — Mas a polícia vai querer conversar com ela.

— Daqui a pouco. — Dern, que parecia ter voltado do Inferno, segurou a mão dela. — Tenho uma coisa para lhe mostrar... — Meteu a mão no bolso e tirou a foto de um menino, de uns 4 anos, olhando timidamente para a câmera.

— O quê? — sussurrou ela, mas, de imediato, percebeu que o garoto era Noah. Ava piscou, mordeu o lábio e conteve o choro.

— Encontrei seu filho. Ele está bem. Saudável.

— *Você encontrou o meu filho?* — Os olhos de Ava se encheram de lágrimas. Ela tinha certeza de que havia escutado mal, de que era outra alucinação causada pelos medicamentos... — Não minta para mim, Dern... Estou falando sério.

— Eu também.

Ava mal conseguia permitir que os ouvidos acreditassem naquilo. Depois de tantos anos! Ela apertou os dedos dele.

— Onde? Como?

— A Demetria estava envolvida. O Wyatt também. Eles mantiveram o menino no Canadá. Em Vancouver.

— O quê? — Ava piscou depressa e arrancou as cobertas. — Preciso sair daqui. O Noah... Eu não...

— Ele vem para a sua casa — garantiu Dern. — O Snyder está cuidando disso.

— Ai, meu Deus!

Era possível? Aquilo era verdade. Aquilo não era fruto de sua imaginação desejosa. Não era um sonho.

— Você vai conseguir seu filho de volta.

— Ai... Ai, meu Deus, até que enfim! — Ava sentia uma dor no peito só de pensar em vê-lo novamente, em abraçá-lo. Lágrimas escorriam pelas suas bochechas, apesar da alegria. Mal conseguia acreditar na notícia, mas a foto...

A foto era de Noah! — Está tudo bem com ele? — perguntou, tentando não entrar em pânico. — Está?

— Ele está bem — garantiu Dern.

A enfermeira interrompeu:

— Acho que já chega.

— Não! Preciso ver meu filho! — retrucou Ava, tentando se levantar.

— Não... Espere — insistiu a enfermeira. — Vou chamar um médico para liberar você o mais rápido possível. Prometo. — Ela sorriu e piscou, como se tentasse conter as lágrimas. — Acredite, eu entendo. Também sou mãe.

Os poucos dias subsequentes passaram bem devagar, como uma lesma. Quando Ava recebeu alta e foi para casa, não parava de olhar para o mar nem de atender a telefonemas de repórteres, ao quais respondia: "Nada a declarar." Felizmente, Dern, a única pessoa que permanecera na propriedade, estava com ela.

Os dois ficavam mais íntimos, apesar dela estar fragilizada. Nem havia enterrado Wyatt ainda. Tudo que o canalha do marido e a amante haviam planejado fora executado com perfeição, menos no fim, quando tudo dera errado para o casal, que acabou morrendo. A polícia acreditava que Khloe fosse mesmo a assassina, e o papel de Wyatt nessa parte do esquema era obscura. No entanto, ele, de fato, participara do atentado contra a sanidade de Ava, a fim de fazer com que ela se suicidasse. Já Jewel-Anne provavelmente dera início à tramoia movida pela inveja e pela culpa por ter entregado o filho.

Ava se sentia estranha em relação a tudo aquilo. Estava satisfeita com o fato de Wyatt e Khloe terem morrido e recebido o castigo merecido, mas, ao mesmo tempo, estava triste... Tudo continuava muito confuso. Além disso, não conseguia deixar de indagar se mais alguém na ilha havia suspeitado do esquema. Trent e Ian? Jacob? Apesar de todos alegarem perplexidade e inocência.

Convenientemente, Virginia e Simon não estavam na ilha na noite em que Khloe simulara a morte do amante e tentara matar Ava. Agora juravam inocência e haviam se mudado. Os primos, mostrando a verdadeira cara, também estavam procurando outro lugar para morar. Trent voltara para casa e Ian parara de reclamar durante o tempo necessário para desocupar o quarto. Até Jacob estava de mudança, insistindo em dizer que queria sair daquela "bizarra casa dos horrores" o quanto antes. Ele estava em casa na noite em que Ava quase fora assassinada. Devia estar completamente chapado e com a televisão ligada no último volume. Jacob jurou que não ouvira nada do lado de fora das paredes do quarto e que conseguira, apesar do barulho ensurdecedor da TV, dormir durante todo o tumulto.

Claro.

Contudo, Ava não estava nem aí para eles. Os empregados podiam ser substituídos e a família não era chegada a ela. Quem quisesse manter contato — talvez Zinnia ou tia Piper — tentaria. Ou não. Por enquanto, todos pareciam dar o espaço e o tempo de que Ava precisava.

Só restava Dern, um homem que ela estava conhecendo aos poucos e desvendando as camadas de seu passado.

Até aí, tudo bem. Pelo menos, Ava tinha esperança de que o relacionamento entre eles daria certo — quando a poeira assentasse na bagunça que era sua vida.

Obviamente, Noah era o mais importante.

Por fim, no terceiro dia, quando Ava pensou que, de fato, perderia o juízo, ela recebeu o telefonema. Com a ajuda do detetive Snyder, o seu filho ia para casa! Ele estava com 4 anos e tinha sido arrancado da família que o havia roubado, portanto, seria um desafio. Mas ela teria paciência.

Enquanto as nuvens rolavam do Pacífico e a maré estourava no litoral, Ava o aguardava na ponta do cais, ignorando os furos de bala e as manchas de sangue que não podiam ser removidas.

Dern estava ao lado dela. Nos dois dias em que Ava ficara internada no hospital, ele tinha sido a pessoa a desvendar o que acontecera.

— Só pode ter sido a Demetria — dissera ele, quando ela tivera alta. — Ninguém mais sabia guardar segredo e ela era quem dava mais apoio a Jewel-Anne. Era a confidente dela. A Jewel convenceu a enfermeira a roubar o filho dela na noite da festa. O Wyatt sabia de tudo. Eles deram um jeito de levá-lo depois que você pôs o menino na cama. Deixaram um barco a postos. Tiraram o garoto do quarto, e uma amiga deles que estava desesperada por um filho levou o Noah de barco pela baía. Foram de carro até uma pista particular e tomaram um avião fretado para o Canadá. Vancouver. Lá, com documentos falsos, Noah se perdeu na multidão. Mas já está tudo sendo resolvido. — Dern a abraçou. — A Demetria ficou péssima com a morte de Jewel-Anne e está desnorteada por causa dos assassinatos. Quando dei uma prensa nela e mostrei a foto que eu tinha achado, ela desabou de vez. Me contou tudo. Agora está enfrentando a polícia, o FBI e as autoridades canadenses. É uma confusão jurídica e criminal, mas uma coisa é certa: você vai ter seu filho de volta.

— Graças a Deus.

— Será difícil no começo. Ele entende que a "mãe" está em Vancouver. É claro que vai ser processada.

— Ele vai sentir saudade dela.

— O pai se mandou há um ano, então...

— Esse papel não vai ser tão difícil de ocupar. — Ava lançou um olhar para ele, e Derm retribuiu com o sorriso sexy que achava tão encantador. — Você está se candidatando?

— Você sabe minha opinião.

Ava sabia mesmo. Dern havia declarado seu amor por ela e, até então, pretendia ficar com ela, ali, apesar de ter propriedades no Texas.

Com Dern, tudo podia acontecer, mas Ava estava com um bom pressentimento em relação ao namoro. Um ótimo pressentimento.

Naquele momento, contudo, só o que importava era Noah. Como sempre, na verdade.

O barco se aproximava, cortando a água cinzenta e formando um caminho grosso. Todos os músculos do corpo de Ava estavam tensos. O vento soprava, jogando o cabelo dela no rosto. Naquele dia, o cheiro de maresia estava forte. Lá no alto, as gaivotas soltavam grasnadas agudas, provocando o cachorro que, sentindo o nervosismo no ar, não saíra do lado de Dern, nem mesmo quando um leão-marinho passou pela orla.

Ava nem percebeu. Estava totalmente concentrada no cúter da delegacia e em sua carga preciosa.

Com o coração disparado e os nervos tensionados como a corda de um arco, ela aguardou no cais enquanto o barco atracava.

Uniformizado, o detetive Snyder ajudou um menininho esguio a subir no cais.

O coração dela desmoronou. Noah! Apesar de estar mais alto e de ter perdido as bochechas de bebê, Ava reconheceu o garoto — de olhos redondos e cabelo castanho, cacheado e grosso — que caminhava no píer segurando a mão de Snyder.

A garganta dela estava quente, fechada. Os olhos ardiam com as lágrimas. Ele se lembrava dela? Isso, provavelmente era pedir demais.

Dern apertou o ombro de Ava, que deu um passo à frente.

— Noah? — perguntou ela. O menino olhou de cara feia, desconfiado.

— Meu nome é Peter.

— É claro que é. E eu sou... a Ava — retrucou, dizendo a si mesma para ir com calma.

Deus, ah, meu Deus, como ela queria que ele se lembrasse dela. Uma certa faísca iluminou os olhos do garoto quando ele observou a casa, o terreno e o rosto de Ava. No entanto, era ilusão achar que se lembraria dela de repente e correria para seus braços. Em vez disso, o menino desviou o olhar para Dern, voltou a encarar Ava e, por fim, concentrou-se em Vagabundo.

— Esse cachorro é seu? — perguntou.

— É — respondeu Ava, tentando conter as lágrimas.

Ele abriu um sorriso tímido.

— Eu sempre quis ter um cachorro.

— É seu — afirmou Dern.

— Sério? — Surpreso, Noah abriu a boca e seu rostinho se iluminou.

— Sério.

Noah se aproximou para fazer carinho em Vagabundo e foi correspondido com uma lambida molhada no rosto.

— Eca! — exclamou a criança, maravilhada, mas sem parar de afagar o cachorro.

Contendo as lágrimas, Ava apertou a mão de Dern. Soltando-a, ela andou até o filho, agachou-se e deu um abraço no garoto.

— Seja bem-vindo — disse, com a voz embargada. — Ah, Noah, seja bem-vindo.

— Eu já falei que meu nome é Peter — repetiu ele.

— É verdade. — Ava riu. — Bom, Peter, fico feliz por você estar aqui!

O cachorro, de olho num esquilo, soltou um latido alto e saiu em disparada. Peter não hesitou em ir atrás. O garoto estava bem mais alto do que na última vez em que a mãe o vira, dois anos antes.

— Acho que ele vai ficar bem — comentou Snyder, ao observar a criança correndo atrás do cão. Soltou um pigarro. Voltando-se para Ava, fez um breve sinal de aprovação com a cabeça. — Quer saber? Acho que *todos* vocês vão ficar bem.

Ava sorriu, feliz com a ideia.

— Pode apostar — retrucou.

Sentindo-se leve, Ava saiu correndo atrás do menino que pensava ter perdido para sempre. O filho que, por fim, regressara à casa de vez.

Impresso no Brasil pelo
Sistema Cameron da Divisão Gráfica da
DISTRIBUIDORA RECORD DE SERVIÇOS DE IMPRENSA S.A.
Rua Argentina 171 – Rio de Janeiro, RJ – 20921-380 – Tel.: 2585-2000